GERMINAL

Émile Zola

TEXTO INTEGRAL

Série Ouro

2ª edição

TRADUÇÃO: FRANCISCO BITTENCOURT

COLEÇÃO A OBRA-PRIMA DE CADA AUTOR

GERMINAL

Émile Zola

TEXTO INTEGRAL

MARTIN CLARET

CRÉDITOS

Título original em francês: *Germinal*.

Idealização e Coordenação
Martin Claret

Capa
Ilustração
Baseada na pintura
Os Trabalhadores Italianos em Greve (1905), *Pelizza de Volpedo*

Miolo
Revisão
Sebastião Paz
Paula B. P. Mendes
Bianca Conforti

Tradução
Francisco Bittencourt

Projeto Gráfico
José Duarte T. de Castro

Direção de Arte
José Duarte T. de Castro

Editoração Eletrônica
Editora Martin Claret

Papel
Off-Set, 70g/m²

Impressão e Acabamento
Paulus

Editora Martin Claret Ltda. - Rua Alegrete, 62 - Bairro Sumaré
CEP: 01254-010 - São Paulo - SP
Tel.: (11) 3672-8144 - Fax: (11) 3673-7146

www.martinclaret.com.br / editorial@martinclaret.com.br

Agradecemos a todos os nossos amigos e colaboradores — pessoas físicas e jurídicas — que deram as condições para que fosse possível a publicação deste livro.

2ª reimpressão - 2013

A história do livro e a coleção "A Obra-Prima de Cada Autor"

MARTIN CLARET

Que é o livro? Para fins estatísticos, na década de 1960, a UNESCO considerou o livro "uma publicação impressa, não periódica, que consta de no mínimo 48 páginas, sem contar as capas".

O livro é um produto industrial.

Mas também é mais do que um simples produto. O primeiro conceito que deveríamos reter é o de que o livro como objeto é o veículo, o suporte de uma informação. O livro é uma das mais revolucionárias invenções do homem.

A *Enciclopédia Abril* (1972), publicada pelo editor e empresário Victor Civita, no verbete "livro" traz concisas e importantes informações sobre a história do livro. A seguir, transcrevemos alguns tópicos desse estudo didático sobre o livro.

O livro na Antiguidade

Antes mesmo que o homem pensasse em utilizar determinados materiais para escrever (como, por exemplo, fibras vegetais e tecidos), as bibliotecas da Antiguidade estavam repletas de textos gravados em tabuinhas de barro cozido. Eram os primeiros "livros", depois progressivamente modificados até chegarem a ser feitos — em grandes tiragens — em papel impresso mecanicamente, proporcionando facilidade de leitura e transporte. Com eles, tornou-se possível, em todas as épocas, transmitir fatos, acontecimentos históricos, descobertas, tratados, códigos ou apenas entretenimento.

Como sua fabricação, a função do livro sofreu enormes modificações dentro das mais diversas sociedades, a ponto de constituir uma mercadoria especial, com técnica, intenção e utilização determinadas. No moderno movimento editorial das chamadas sociedades de consumo, o livro pode ser considerado uma mercadoria cultural, com maior ou menor significado no contexto socioeconômico em que é publicado. Enquanto mercadoria, pode ser comprado, vendido ou trocado. Isso não ocorre, porém, com sua função intrínseca, insubstituível: pode-se dizer que o livro é essencialmente um instrumento cultural de difusão de idéias, transmissão de conceitos, documentação (inclusive fotográfica e iconográfica), entretenimento ou ainda de condensação e acumulação do conhecimento. A palavra escrita venceu o tempo, e o livro conquistou o espaço. Teoricamente, toda a humanidade pode ser atingida por textos que difundem idéias que vão de Sócrates e Horácio a Sartre e McLuhan, de Adolf Hitler a Karl Marx.

Espelho da sociedade

A história do livro confunde-se, em muitos aspectos, com a história da humanidade. Sempre que escolhem frases e temas, e transmitem idéias e conceitos, os escritores estão elegendo o que consideram significativo no momento histórico e cultural que vivem. E, assim, fornecem dados para a análise de sua sociedade. O conteúdo de um livro — aceito, discutido ou refutado socialmente — integra a estrutura intelectual dos grupos sociais.

Nos primeiros tempos, o escritor geralmente vivia em contato direto com seu público, que era formado por uns poucos letrados, já cientes das opiniões, idéias, imaginação e teses do autor, pela própria convivência que tinha com ele. Muitas vezes, mesmo antes de ser redigido o texto, as idéias nele contidas já haviam sido intensamente discutidas pelo escritor e parte de seus leitores. Nessa época, como em várias outras, não se pensava na enorme porcentagem de analfabetos. Até o século XV, o livro servia exclusivamente a uma pequena minoria de sábios e estudiosos que constituíam os círculos intelectuais (confinados aos mosteiros durante o começo da Idade Média) e que tinham acesso às bibliotecas, cheias de manuscritos ricamente ilustrados.

Com o reflorescimento comercial europeu, nos fins do século XIV, burgueses e comerciantes passaram a integrar o mercado livreiro da época. A erudição laicizou-se e o número de escritores aumentou, surgindo também as primeiras obras escritas em línguas que não o latim e o grego (reservadas aos textos clássicos e aos assuntos considerados dignos de atenção). Nos séculos XVI e XVII, surgiram diversas literaturas nacionais, demonstrando, além do florescimento intelectual da época, que a população letrada dos países europeus estava mais capacitada a adquirir obras escritas.

Cultura e comércio

Com o desenvolvimento do sistema de impressão de Gutenberg, a Europa conseguiu dinamizar a fabricação de livros, imprimindo, em cinqüenta anos, cerca de 20 milhões de exemplares para uma população de quase 10 milhões de habitantes, cuja maioria era analfabeta. Para a época, isso significou enorme revolução, demonstrando que a imprensa só se tornou uma realidade diante da necessidade social de ler mais.

Impressos em papel, feitos em cadernos costurados e posteriormente encapados, os livros tornaram-se empreendimento cultural e comercial: os editores passaram logo a se preocupar com melhor apresentação e redução de preços. Tudo isso levou à comercialização do livro. E os livreiros baseavam-se no gosto do público para imprimir, principalmente obras religiosas, novelas, coleções de anedotas, manuais técnicos e receitas.

Mas a porcentagem de leitores não cresceu na mesma proporção que a expansão demográfica mundial. Somente com as modificações socioculturais e econômicas do século XIX — quando o livro começou a ser utilizado também como meio de divulgação dessas modificações e o conhecimento passou a significar uma conquista para o homem, que, segundo se acreditava, poderia ascender socialmente se lesse — houve um relativo aumento no número de leitores, sobretudo na França e na Inglaterra, onde alguns editores passaram a produzir obras completas de autores famosos, a preços baixos. O livro era então interpretado como símbolo de liberdade, conseguida por conquistas culturais. Entretanto, na maioria dos países, não houve nenhuma grande modificação nos índices porcentuais até o fim da Primeira Guerra Mundial (1914/18), quando surgiram as primeiras grandes tiragens de um só livro, principalmente romances, novelas e textos didáticos. O número elevado de cópias, além de baratear o preço da unidade, difundiu ainda mais a literatura. Mesmo assim, a maior parte da população de muitos países continuou distanciada, em parte porque o livro, em si, tinha sido durante muitos séculos considerado objeto raro, atingível somente por um pequeno número de eruditos. A grande massa da população mostrou maior receptividade aos jornais, periódicos e folhetins, mais dinâmicos e atualizados, e acessíveis ao poder aquisitivo da grande maioria. Mas isso não chegou a ameaçar o livro como símbolo cultural de difusão de idéias, como fariam, mais tarde, o rádio, o cinema e a televisão.

O advento das técnicas eletrônicas, o aperfeiçoamento dos métodos fotográficos e a pesquisa de materiais praticamente imperecíveis fazem alguns teóricos da comunicação de massa pensarem em um futuro sem os livros tradicionais (com seu formato quadrado ou retangular, composto de folhas de papel, unidas umas às outras por um dos lados). Seu conteúdo e suas mensagens (racionais ou emocionais) seriam transmitidos por outros meios, como por exemplo microfilmes e fitas gravadas.

A televisão transformaria o mundo todo em uma grande "aldeia" (como afirmou Marshall McLuhan), no momento em que todas as sociedades decretassem sua prioridade em relação aos textos escritos. Mas a palavra escrita dificilmente deixaria de ser considerada uma das mais importantes heranças culturais, entre todos os povos.

Através de toda a sua evolução, o livro sempre pôde ser visto como objeto cultural (manuseável, com forma entendida e interpretada em função de valores plásticos) e símbolo cultural (dotado de conteúdo, entendido e interpretado em função de valores semânticos). As duas maneiras podem fundir-se no pensamento coletivo, como um conjunto orgânico (onde texto e arte se completam, como, por exemplo, em um livro de arte) ou apenas como um conjunto textual (onde a mensagem escrita vem em primeiro lugar — em um livro de matemática, por exemplo).

A mensagem (racional, prática ou emocional) de um livro é sempre intelectual e pode ser revivida a cada momento. O conteúdo, estático em si, dinamiza-se em função da assimilação das palavras pelo leitor, que pode discuti-las, reafirmá-las, negá-las ou transformá-las. Por isso, o livro pode ser considerado instrumento cultural capaz de libertar informação, sons, imagens, sentimentos e idéias através do tempo e do espaço. A quantidade e a qualidade de idéias colocadas em um texto podem ser aceitas por uma sociedade, ou por ela negadas, quando entram em choque com conceitos ou normas culturalmente admitidos.

Nas sociedades modernas, em que a classe média tende a considerar o livro como sinal de *status* e cultura (erudição), os compradores utilizam-no como símbolo mesmo, desvirtuando suas funções ao transformá-lo em livro-objeto. Mas o livro é, antes de tudo, funcional — seu conteúdo é que lhe dá valor (como os livros de ciências, filosofia, religião, artes, história e geografia, que representam cerca de 75% dos títulos publicados anualmente em todo o mundo).

O mundo lê mais

No século XX, o consumo e a produção de livros aumentaram progressivamente. Lançado logo após a Segunda Guerra Mundial (1939/45), quando uma das características principais da edição de um livro eram as capas entreteladas ou cartonadas, o livro de bolso constituiu um grande êxito comercial. As obras — sobretudo *best sellers* publicados algum tempo antes em edições de luxo — passaram a ser impressas em rotativas, como as revistas, e distribuídas às bancas de jornal. Como as tiragens elevadas permitiam preços muito baixos, essas edições de bolso popularizaram-se e ganharam importância em todo o mundo.

Até 1950, existiam somente livros de bolso destinados a pessoas de baixo poder aquisitivo; a partir de 1955, desenvolveu-se a categoria do livro de bolso "de luxo". As características principais destes últimos eram a abundância de coleções — em 1964 havia mais de duzentas, nos Estados Unidos — e a variedade de títulos, endereçados a um público intelectualmente mais refinado. A essa diversificação das categorias adiciona-se a dos pontos-de-venda, que passaram a abranger, além das bancas de jornal, farmácias, lojas, livrarias, etc. Assim, nos Estados Unidos, o número de títulos publicados em edições de bolso chegou a 35 mil em 1969, representando quase 35% do total dos títulos editados.

Proposta da coleção "A Obra-Prima de Cada Autor"

"Coleção" é uma palavra há muito tempo dicionarizada e define o conjunto ou reunião de objetos da mesma natureza ou que têm alguma relação entre si. Em um sentido editorial, significa o conjunto não-limitado de obras de autores diversos, publicado por uma mesma editora, sob um título geral indicativo de assunto ou área, para atendimento de segmentos definidos do mercado.

A coleção "A Obra-Prima de Cada Autor" corresponde plenamente à definição acima mencionada. Nosso principal objetivo é oferecer, em formato de bolso, a obra mais importante de cada autor, satisfazendo o leitor que procura qualidade.*

Desde os tempos mais remotos existiram coleções de livros. Em Nínive, em Pérgamo e na Anatólia existiam coleções de obras literárias de grande importância cultural. Mas nenhuma delas superou a célebre biblioteca de Alexandria, incendiada em 48 a.C. pelas legiões de Júlio César, quando estes arrasaram a cidade.

A coleção "A Obra-Prima de Cada Autor" é uma série de livros a ser composta por mais de 400 volumes, em formato de bolso, com preço altamente competitivo, e pode ser encontrada em centenas de pontos-de-venda. O critério de seleção dos títulos foi o já estabelecido pela tradição e pela crítica especializada. Em sua maioria, são obras de ficção e filosofia, embora possa haver textos sobre religião, poesia, política, psicologia e obras de auto-ajuda. Inauguram a coleção quatro textos clássicos: *Dom Casmurro*, de Machado de Assis; *O Príncipe*, de Maquiavel; *Mensagem*, de Fernando Pessoa e *O Lobo do Mar*, de Jack London.

Nossa proposta é fazer uma coleção quantitativamente aberta. A periodicidade é mensal. Editorialmente, sentimo-nos orgulhosos de poder oferecer a coleção "A Obra-Prima de Cada Autor" aos leitores brasileiros. Nós acreditamos na função do livro.

---

* Atendendo a sugestões de leitores, livreiros e professores, a partir de certo número da coleção, começamos a publicar, de alguns autores, outras obras além da sua obra-prima.

Germinal

PRIMEIRA PARTE

I

Na planície rasa, sob a noite sem estrelas, de uma escuridão e espessura de tinta, um homem caminhava sozinho pela estrada real que vai de Marchiennes a Montsou, dez quilômetros retos de calçamento cortando os campos de beterraba. À sua frente, não enxergava nem mesmo o solo negro e somente sentia o imenso horizonte achatado através do sopro do vento de março, rajadas largas como sobre um mar, geladas por terem varrido léguas de pântanos e terras nuas. Nem sombra de árvore manchava o céu; a estrada desenrolava-se reta como um quebra-mar em meio à cerração ofuscante das trevas.

O homem partira de Marchiennes lá pelas duas horas. Caminhava a passos largos, tiritando sob o algodão puído de sua jaqueta e da calça de veludo. Um pequeno embrulho, feito com um lenço de quadrados, incomodava-o bastante; ora o mantinha apertado debaixo de um braço, ora de outro, para poder assim enfiar no fundo dos bolsos as mãos entorpecidas que o açoite do vento leste fazia sangrar. Uma única idéia lhe ocupava o cérebro vazio de operário sem trabalho e sem teto, a esperança de que o frio se tornasse menos agudo com o romper do dia. Havia uma hora que ele caminhava assim, quando percebeu à esquerda, a dois quilômetros de Montsou, uns clarões vermelhos, três braseiros queimando ao ar livre, e como suspensos. A princípio hesitou, tomado de receio; mas logo após não pôde resistir à necessidade dolorosa de aquecer por um instante as mãos.

Entrou por um atalho que se afundava campo adentro. Tudo desapareceu. À sua direita o homem tinha uma paliçada, um pedaço de tapume feito de pranchas grossas protegendo uma via férrea, enquanto à esquerda se elevava um talude de erva encimado por empenas confusas, visão de uma aldeia de tetos baixos e uniformes. Percorrera uma distância aproximada de duzentos passos quando, bruscamente, numa volta do caminho, os fogos reapareceram próximos dele sem que o homem chegasse a compreender como podiam elevar-se tão alto no céu morto, iguais a luas enevoadas. Mas, ao nível do solo, outro espetáculo o fazia parar. Era uma massa pesada, um amontoado de construções de onde se levantava a silhueta da chaminé de uma fábrica. Raros clarões saíam das janelas sujas, cinco ou seis lampiões tristes pendiam do lado de fora das vigas de madeira enegrecidas do edifício, alinhando vagamente perfis de cavaletes gigantescos. E, dessa aparição fantástica, engolfada na noite e na fumaça, um único ruído se elevava: o arfar grosso e prolongado de um escapamento de vapor, que não se via.

Só então o homem se deu conta de que aquilo era uma mina e a vergonha tomou conta dele. Para que tentar? Não haveria trabalho... Em vez de se dirigir para o edifício, decidiu escalar o terreno onde ardiam os três fogos de hulha em tachos de ferro fundido que serviam para alumiar e aquecer os homens no trabalho. Os operários encarregados do desaterro certamente tinham trabalhado até tarde, ainda estavam retirando o entulho. Agora ouvia os carregadores empurrando os vagonetes sobre os trilhos montados nos cavaletes, divisava sombras que se moviam descarregando os carros ao lado das fogueiras.

— Bom dia — disse ele aproximando-se de um dos fogos.

Em pé, de costas para o fogo, encontrava-se o carroceiro, um velho com uma blusa de malha de lã violeta e gorro de pele de coelho; enquanto seu cavalo, um cavalo baio e gordo, esperava, numa imobilidade de pedra, que esvaziassem os seis vagonetes puxados por ele. O trabalhador encarregado da descarga, um rapagão ruivo e esguio, parecia não ter pressa, e pressionava a alavanca com gestos lentos. No alto, o vento redobrava de intensidade, um sopro glacial feito de grandes golfadas regulares que cortavam como golpes de foice.

— Bom dia — respondeu o velho.

E de novo o silêncio. O homem, que se sentia olhado com desconfiança, disse logo o nome:

— Eu me chamo Etienne Lantier e sou operador de máquinas. Não haverá trabalho por aqui?

As chamas o iluminavam: devia ter vinte e um anos, bem moreno, belo homem, de aspecto vigoroso, apesar de os membros serem pouco desenvolvidos.

Tranqüilizado, o carroceiro abanou a cabeça.

— Trabalho para operador de máquinas, não, não há. Ainda ontem apareceram dois, mas não há nada.

Uma rajada de vento impediu-os de falar. Mas, em seguida, Etienne, indicando o amontoado sombrio das construções ao pé do aterro, perguntou

— É uma mina, não é?

Desta vez o velho não pôde responder imediatamente, um violento acesso de tosse o sufocava. Por fim escarrou, e seu escarro fez uma mancha negra no chão avermelhado.

— É, sim, é uma mina, a Voreux. E veja, lá bem próximo está o conjunto habitacional dos mineiros.

Por sua vez, com o braço estendido, indicava no escuro a aldeia cujos telhados o jovem já vira. Mas os seis vagonetes acabavam de ser descarregados e o homem os seguiu sem mesmo fazer estalar o chicote, as pernas rígidas pelo reumatismo, enquanto o cavalo baio partia sozinho, puxando-os a custo entre os varais, debaixo de uma nova rajada de vento que lhe eriçava os pêlos.

Agora a Voreux tornava-se realidade. Etienne, que continuava em frente ao braseiro aquecendo as pobres mãos escalavradas, olhava, começava a perceber cada uma das partes da mina, o galpão preto onde o carvão é peneirado, a torre do sino do poço, a vasta casa da máquina de extração, o torreão quadrado da bomba de esgoto. Esta mina, apertada no fundo de um buraco, com suas construções de tijolo atarracadas, de onde sobressaía uma chaminé que mais parecia um chifre ameaçador, dava-lhe a impressão de um animal voraz e feroz, agachado à espreita para devorar o mundo. Examinando-a, pensava em si, na sua existência de vagabundo que havia oito dias procurava trabalho; via-se na oficina da estrada de ferro, esbofeteando o chefe, expulso de Lille, expulso de toda parte; sábado tinha chegado a Marchiennes, onde se dizia que havia trabalho nas Forjas, e nada, nem nas Forjas nem em Sonneville: tivera de passar o domingo escondido sob as madeiras de uma fábrica de carroças, de onde o vigia acabava de expulsá-lo, às duas horas da madrugada. Nada, nem mais um tostão, nem mesmo uma côdea. Como continuar assim pelos caminhos, sem destino, não sabendo sequer onde abrigar-se do vento frio? Sim, era de fato uma mina, os raros lampiões iluminavam o pátio, uma porta subitamente aberta permitira-lhe vislumbrar as fornalhas das caldeiras das máquinas envoltas numa claridade viva. Encontrava explicação até para o escapamento da bomba, essa respiração grossa e ampla, resfolegando sem descanso, e que era como a respiração obstruída do monstro.

O encarregado da descarga dos vagonetes, de costas curvadas, nem mesmo levantara os olhos para Etienne. No momento em que este ia apanhar seu pequeno embrulho que estava no chão, um acesso de tosse anunciou-lhe a volta do carroceiro. Lentamente ele surgiu do escuro, seguido pelo cavalo baio que puxava outros seis vagonetes cheios.

— Há fábricas em Montsou? — perguntou o rapaz.

O velho escarrou preto antes de responder em meio à ventania:

— Fábricas é o que não falta. Você precisava ver há três ou quatro anos: tudo produzindo, faltava mão-de-obra, nunca se ganhou tanto. E, de repente, começa-se a apertar o cinto. Uma verdadeira desgraça cai sobre a região, o pessoal é despedido, as oficinas começam a fechar uma após outra. Talvez não seja culpa do imperador, mas que necessidade tem ele de ir lutar na América? E isso tudo sem contar os animais que morrem de cólera, como as pessoas.

E, em frases curtas, com a respiração entrecortada, ambos continuaram a lamentar-se. Etienne falou sobre seus passos inúteis que já duravam uma semana. Então havia-se de morrer de fome? Dentro em pouco as estradas estariam cheias de mendigos. Sim, retrucava o velho, tudo isso ia terminar mal, Deus não tinha o direito de jogar tantos cristãos na desgraça.

— Nem todo dia se tem carne.

— Se ao menos houvesse pão!

— É verdade, se ao menos houvesse pão!

Suas vozes se perdiam, rajadas de vento transformavam as palavras num lamento melancólico.

— Veja! — disse em voz alta o carroceiro, voltando-se para o sul. — Montsou fica para lá.

E com a mão novamente estendida designou nas trevas pontos invisíveis, à medida que os nomeava. Lá, em Montsou, a refinaria de açúcar Fauvelle ainda trabalhava, mas a Hoton reduzira o pessoal. As únicas que ainda se agüentavam: a fábrica de moagem Dutilleul e a cordoaria Bleuze, que fazia cabos de mina. Depois, com um gesto largo, indicou, ao norte, a metade do horizonte: as oficinas de construção de Sonneville não tinham recebido nem dois terços das encomendas habituais; dos três altos-fornos das Forjas de Marchiennes, só dois estavam em serviço; e, finalmente, na fábrica de vidros Gagebois havia ameaça de greve porque se falava em redução de salário.

— Sei, sei — repetia o rapaz a cada indicação. — De lá venho eu.

— Para nós aqui, as coisas até agora estão indo — continuou o carroceiro. — Contudo, as minas diminuíram a extração. E repare, em frente, na Victoire, há apenas duas baterias de fornos de coque acesas.

Escarrou, e seguiu de novo atrás do cavalo sonolento, depois de o ter atrelado aos vagonetes vazios.

Agora Etienne dominava toda a região. As trevas continuavam profundas, mas a mão do velho como que as povoara de grandes misérias, que o jovem, inconscientemente, sentia naquela hora à sua volta, por toda parte, na amplidão sem termo. Não era um grito de fome que rolava com o vento de março através destes campos nus? As rajadas do vento haviam aumentado e pareciam trazer consigo a morte do trabalho, uma escassez que mataria muitos homens. E, com os olhos errando de um ponto a outro, ele se esforçava por furar as sombras, atormentado pelo desejo e pelo medo de ver.

Tudo se aniquilava no fundo desconhecido das noites obscuras; só percebia, muito ao longe, os altos-fornos e as fornalhas de coque. Estas, baterias de cem chaminés erguidas obliquamente, alinhavam rampas de chamas rubras, enquanto as duas torres, mais à esquerda, ardiam, azuis, em pleno céu, como tochas gigantescas. Era uma tristeza de incêndio, não havia no horizonte ameaçador outros astros elevando-se a não ser esses fogos noturnos dos países da hulha e do ferro.

— Você é da Bélgica, não é? — perguntou por trás de Etienne o carroceiro, que estava de volta.

Desta vez ele trouxera apenas três vagonetes. Um acidente na gávea de extração, uma porca quebrada, iria retardar o trabalho por um bom quarto de hora, mas estes vagonetes ainda podiam ser descarregados. Ao pé do aterro reinava silêncio, os carregadores não estavam mais sacudindo os cavaletes com uma rotação prolongada. Ouvia-se apenas sair de dentro da mina o ruído longínquo de um martelo batendo o ferro.

— Não, sou do sul — respondeu o jovem.

O encarregado de despejar os vagonetes sentara-se no chão, feliz com o acidente. E continuava no seu mutismo selvagem, erguera apenas os grandes olhos mortiços para o carroceiro, como incomodado com toda aquela conversa. Na verdade, este último, de hábito, não falava muito. Era preciso que o rosto de um desconhecido lhe agradasse e que ele estivesse tomado por um desses desejos imperiosos de confidências que fazem, às vezes, as pessoas idosas falarem sozinhas, em voz alta.

— Eu — disse ele — sou de Montsou e chamo-me Boa-Morte.

— É apelido? — perguntou Etienne admirado.

O velho riu com gosto e, apontando para Voreux, respondeu:

— É, é... Retiraram-me três vezes lá de dentro, em pedaços. Uma vez com o cabelo todo chamuscado, outra com terra até o bucho e a terceira com a barriga cheia de água, como uma rã... Foi então que eles viram que eu não queria morrer mesmo e começaram a me chamar Boa-Morte, de troça.

Sua alegria redobrou — rangido de roldana mal azeitada que degenerou num terrível ataque de tosse. O fogo iluminava-lhe agora a grande cabeça de cabelos brancos e ralos, o rosto achatado, de uma palidez cadavérica, cheio de manchas azuladas. Era baixo, pescoço enorme, a barriga da perna e os calcanhares salientes, com braços compridos e mãos quadradas que batiam nos joelhos. E, como o cavalo que permanecia imóvel em pé, sem dar mostras de estar sofrendo com o vento, ele parecia de pedra, insensível ao frio e às rajadas que assobiavam em seus ouvidos. Depois de tossir, a garganta escoriada por um rascar profundo, escarrou para o lado do fogo e a terra enegreceu.

Etienne olhou-o para em seguida examinar a nódoa no chão.

— Há muito tempo que você trabalha na mina?

Boa-Morte abriu muito os braços:

— Ah! sim... Há muito tempo. Não tinha ainda oito anos quando desci, imagine, justamente na Voreux, e agora tenho cinqüenta e oito. Veja bem, fiz de tudo lá dentro: primeiro como aprendiz; depois, quando tive forças para puxar, fui operador de vagonetes e, mais tarde, durante dezoito anos, britador. Em seguida, por causa destas malditas pernas, puseram-me para desaterrar, aterrar, consertar... Isso até o momento em que tiveram de me tirar lá de baixo porque o médico disse que um dia eu não voltaria mais. E faz cinco anos que sou carroceiro... Que tal? Não é bonito? Cinqüenta anos de mina, sendo que quarenta e cinco no fundo!

Enquanto falava, pedaços de hulha incandescentes, que, a espaços, caíam do tacho, punham reflexos sangrentos em seu rosto lívido.

— Mandam-me descansar — continuou ele. — E, como não quero, julgam que sou idiota. Faltam só dois anos para eu completar sessenta, e aí terei direito à pensão de cento e oitenta francos. Se eu lhes desse boa-noite hoje, concediam-me imediatamente a de cento e cinqüenta. Esses velhacos são vivos!... De resto, tirante as pernas, sou forte. Foi a água, isso é certo, que me entrou na pele; durante a extração a gente fica todo o tempo dentro dela. Há dias em que não posso mexer um pé sem gritar.

Outro acesso de tosse veio interrompê-lo.

— E a tosse vem disso também? — perguntou Etienne.

O velho respondeu que não, violentamente, com a cabeça. Depois, quando pôde falar, disse:

— Não, não. Desde o mês passado que ando resfriado. Nunca tossia, agora não consigo mais livrar-me desta tosse... E o mais engraçado é como escarro, como escarro...

Pigarreou novamente e cuspiu negro.

— É sangue? — Etienne ousou perguntar.

Boa-Morte limpava lentamente a boca com as costas da mão.

— É carvão. Tenho tanto carvão no corpo que chega para aquecer o resto dos meus dias. E já faz cinco anos que não ponho os pés lá embaixo. Tinha tudo isso armazenado, parece-me, sem saber. Melhor, até conserva!

Houve um silêncio. Longínquo, o martelo batia regularmente na mina, e o velho era como uma queixa, como um grito de fome e de cansaço vindo das profundezas da noite. Diante das chamas enfurecidas o velho continuou, mais baixo, a remoer suas lembranças. Ah! certo, não era de ontem que ele e os seus cavavam no veio. A família trabalhava para a companhia das minas de Montsou desde a sua criação; e isso já vinha de muito longe, cento e seis anos. Seu avô, Guillaume Maheu, na época um garoto de quinze anos, fora o descobridor da hulha em Réquillart, a primeira mina da companhia, uma velha galeria atualmente abandonada, lá longe, perto da refinaria de açúcar Fauvelle. Toda a região sabia disso, e a prova é que o veio descoberto se chamava Guillaume, do nome de batismo do seu avô. Não o conhecera, mas diziam que fora um latagão; morrera de velhice aos sessenta anos. Depois, seu pai, Nicolas Maheu, conhecido como o Ruivo, com apenas quarenta anos de idade, ficara na Voreux, que nesse tempo estava sendo aberta: um desabamento e ele ficara completamente achatado, com o sangue bebido e os ossos engolidos pelas rochas. Dois dos seus tios e seus três irmãos ali também haviam deixado a pele, mais tarde. Ele, Vincent Maheu, que conseguira sair mais ou menos inteiro, apenas com as pernas em mau estado, passava por astucioso. Mas que fazer? Era preciso trabalhar. Isso já vinha sendo feito de pai para filho, como bem podia ser outra coisa. Seu filho, Toussaint Maheu, já se matava no mesmo ofício, assim como seus netos e toda a família, que morava em frente, no conjunto habitacional. Cento e seis anos de trabalho para o mesmo patrão, as crianças após os velhos: que tal? Muitos burgueses não saberiam contar tão bem a sua história!

— Quando ainda se pode comer... — murmurou novamente Etienne.

— É isso que eu digo: enquanto há pão para comer, vai-se vivendo.

Boa-Morte calou-se, os olhos voltados para o conjunto habitacional, onde as luzes se acendiam uma a uma.

O campanário de Montsou deu quatro horas; o frio aumentava.

— E essa sua companhia é rica? — voltou à carga Etienne.

O velho levantou os ombros para, em seguida, deixá-los cair, como que esmagado sob um monte de moedas.

— Sim, sim... Talvez não tanto como sua vizinha, a Companhia d'Anzin. Mas assim mesmo tem milhões e milhões. Nem se pode contar. Dezenove galerias, sendo que treze para exploração: Voreux, Victoire, Crèvecoeur, Mirou, Saint-Thomas, Madeleine, Feutry-Cantel e outras, e seis para esgoto ou ventilação, como a Réquillart... Dez mil operários, concessões que se estendem por sessenta e sete comunas, uma extração de cinco mil toneladas por dia, uma estrada de ferro ligando todas as galerias, e oficinas, e fábricas! Se é rica! Dinheiro é o que não falta.

Um rolar de carros sobre os cavaletes pôs em pé as orelhas do grande cavalo baio. Embaixo, o elevador já devia estar consertado, os carregadores tinham voltado ao serviço. Enquanto atrelava o animal para voltar a descer, o carroceiro falava-lhe com carinho:

— E agora não vais habituar-te a tagarelar, preguiçoso! Se o Sr. Hennebeau soubesse em que tu perdes o tempo!

Etienne, pensativo, contemplava a noite. Perguntou:

— Então, esta mina é do Sr. Hennebeau?

— Não — explicou o velho —, o Sr. Hennebeau é apenas o diretor-geral. Ele é pago como nós.

O jovem mostrou com um gesto a imensidão das trevas.

— Então, de quem é tudo isto?

Boa-Morte, no entanto, ficou por um instante sufocado com nova crise, de tal violência que não lhe permitia respirar. Por fim, tendo escarrado e limpado a espuma preta dos lábios, disse, em meio à ventania cada vez mais violenta:

— O quê? De quem é tudo isso? Não se sabe. É de umas pessoas.

E com a mão designou no escuro um ponto vago, um lugar ignorado e remoto, povoado por essas pessoas para quem os Maheu cavavam no veio havia mais de um século.

Sua voz elevava-se com uma espécie de medo religioso, era como se estivesse falando a respeito de um tabernáculo inacessível onde se escondia o deus farto e acocorado, a quem todos eles davam a sua própria carne e que nunca tinham visto.

— Se ao menos se comesse o pão necessário para viver! — repetiu pela terceira vez Etienne, sem transição aparente.

— Pois é! Se a gente pudesse comer sempre pão! Mas isso é impossível.

O cavalo partiu e o carroceiro seguiu-o com passo arrastado, de inválido. Sempre próximo do basculante, o operário encarregado de manobrá-lo não se mexera, todo curvado, com o queixo fincado nos joelhos, os grandes olhos mortiços fixos no vácuo.

Apesar de já ter apanhado o embrulho, Etienne permaneceu onde estava. Sentia as rajadas de vento gelando-lhe as costas, enquanto seu peito queimava, devido à fogueira. Talvez devesse tentar a mina, o velho podia não saber; e depois, estava resignado, aceitaria qualquer trabalho. Onde ir e em que transformar-se nesta região faminta devido ao desemprego? Esconder atrás de algum muro sua carcaça de cão vadio? No entanto, hesitava ainda; era medo, medo da Voreux no meio desta planície rasa, mergulhada numa noite tão profunda. A cada nova rajada o vento parecia aumentar, como se soprasse de um horizonte distendendo-se cada vez mais. Nenhum sinal de alvorada clareava o céu morto, apenas os altos-fornos e as fornalhas de coque ensangüentavam as trevas, sem alumiar seu mistério. E a Voreux, do fundo do seu buraco, com sua postura de bicho maligno parecendo cada vez mais retraído, respirava agora mais grossa e amplamente, como que sofrendo com sua dolorosa digestão de carne humana.

II

No meio dos campos de trigo e beterraba, o conjunto habitacional dos Deux-Cent-Quarante dormia sob a noite negra. Distinguiam-se vagamente os quatro imensos corpos de pequenas casas encostadas umas às outras, corpos de caserna ou de hospital, geométricos, paralelos, que separavam as três largas avenidas divididas em jardins iguais. E, no planalto deserto, ouvia-se apenas a queixa do vento por entre as sebes arrancadas.

Em casa dos Maheu, no número dezesseis do segundo grupo de casas, tudo era sossego. O único quarto do primeiro andar estava imerso nas trevas, como se estas quisessem esmagar com seu peso o sono das pessoas que se pressentiam lá, amontoadas, boca aberta, mortas de cansaço. Apesar do frio mordente do exterior, o ar pesado desse quarto tinha um calor vivo, esse calor rançoso dos dormitórios, que, mesmo asseados, cheiram a gado humano.

O cuco da sala do térreo deu quatro horas, mas ninguém se moveu. As respirações fracas continuaram a soprar, acompanhadas de dois roncos sonoros. Bruscamente, Catherine levantou-se. No seu cansaço, tinha ela, pela força do hábito, contado as quatro badaladas que atravessaram o soalho, mas continuara sem o ânimo necessário para acordar de todo. Depois, com as pernas para fora das cobertas, apalpou, riscou um fósforo e acendeu a vela. Mas continuou sentada, a cabeça tão pesada que tombava nos ombros, cedendo ao desejo invencível de voltar ao travesseiro.

Agora, a vela iluminava o quarto, quadrado, com duas janelas, atravancado com três camas. Havia um armário, uma mesa e duas cadeiras de nogueira velha, cujo tom escuro manchava duramente as paredes pintadas de amarelo-claro. E nada mais, a não ser roupa de uso diário pendurada em pregos, uma moringa no chão ao lado de um tacho vermelho que servia de bacia. Na cama da esquerda, Zacharie, o mais velho, um rapaz de vinte e um anos, estava deitado com o irmão, Jeanlin, com quase doze anos; na da direita, dois pequenos, Lénore e Henri, a primeira de seis anos, o segundo de quatro, dormiam abraçados; Catherine partilhava a terceira cama com a irmã Alzire, tão fraca para os seus nove anos, que ela nem a sentiria ao seu lado, não fosse a corcunda que deformava as costas da pequena enferma. A porta envidraçada estava aberta, podiam-se ver o corredor do patamar e o cubículo onde pai e mãe ocupavam uma quarta cama, contra a qual tiveram de instalar o berço da recém-nascida, Estelle, de apenas três meses.

Entretanto, Catherine fez um esforço desesperado. Espreguiçava-se, crispava as mãos nos cabelos ruivos que se emaranhavam na testa e na nuca. Franzina para os seus quinze anos, não mostrava dos membros senão uns pés azulados, como tatuados com carvão, que saíam da bainha da camisola estreita, e braços delicados, alvos como leite, contrastando com a cor pálida do rosto, já estragado pelas contínuas lavagens com sabão preto. Um último bocejo abriu-lhe a boca um pouco grande, com dentes magníficos incrustados na palidez clorótica das gengivas, enquanto seus olhos cinzentos choravam de tanto combater o sono. Era uma expressão dolorosa e abatida que parecia encher de cansaço toda a sua nudez.

Mas um grunhido veio do patamar; era a voz de Maheu que gaguejava, empastada:

— Raio! Já está na hora... Foste tu que acendeste a luz, Catherine?

— Fui, sim, senhor... O relógio acaba de dar horas.

— Então apressa-te, vagabunda! Se tivesses dançado menos ontem, domingo, ter-nos-ias acordado mais cedo. Que vida de malandros!

Continuou a ralhar, mas foi vencido pelo sono, suas repreensões embaralharam-se, extinguindo-se em novo ressonar.

A moça, de camisola, descalça, andava no quarto de um lado para outro. Ao passar pela cama de Henri e Lénore, cobriu-os novamente. As crianças não acordaram, mergulhadas no pesado sono da infância. Alzire, de olhos abertos, sem dizer palavra, pusera-se do outro lado, tomando o lugar aquecido pela irmã mais velha.

— Vamos, Zacharie! Vamos, Jeanlin! Levantem! — repetia Catherine, em pé diante dos dois irmãos, que continuavam refocilados, o nariz enfiado no travesseiro.

Teve de agarrar o mais velho pelos ombros e sacudi-lo; e, enquanto ele a injuriava com voz pastosa, ela resolveu descobri-los, arrancando o lençol. Isto divertiu-a, e pôs-se a rir, vendo os dois rapazes debater-se, pernas nuas.

— Idiota! Deixa-me em paz! — grunhiu Zacharie, mal-humorado, ao sentar-se. — Não gosto de brincadeiras... Porcaria! Já tenho que levantar...

Era magro, desengonçado, rosto comprido, barba rala, louro e com a palidez anêmica de toda a família. A camisola estava enrolada até a altura da barriga; baixou-a, não por pudor, mas por estar com frio.

— Vamos, de pé, o relógio já bateu — repetia Catherine. — Assim o pai se zanga.

Jeanlin, que se havia enroscado, fechou novamente os olhos, dizendo:

— Não chateies, estou dormindo.

Ela riu outra vez, um riso de coração aberto. O irmão era tão pequeno, de membros franzinos e articulações enormes, deformadas por escrófulas, que ela o pegou no colo. Mas o rapaz esperneou e sua cara de macaco desbotado e cabeludo, esburacada por dois olhos verdes e alargada pelas orelhas grandes, empalideceu de raiva por ser fraco. Sem dizer palavra, mordeu-a no seio direito.

— Animal malvado! — murmurou ela, contendo um grito e colocando-o no chão.

Alzire, silenciosa, com o lençol até o queixo, não voltara a dormir; seguia com seus olhos inteligentes de inválida a irmã e os dois irmãos que se vestiam. Outra discussão teve lugar em volta do tacho, e os rapazes começaram a empurrar a moça porque esta levava muito tempo lavando-se. As camisolas voavam, enquanto eles, ainda cheios de sono, urinavam sem vergonha, com a sem-cerimônia tranqüila de uma ninhada de cachorros criada junta. Em todo caso, Catherine foi a primeira a ficar pronta; enfiou as calças de mineiro, vestiu a jaqueta de algodão, amarrou a coifa azul em torno do cabelo preso na nuca; nessa roupa limpa de segunda-feira, mais parecia um homenzinho. Do seu sexo ficava apenas o ligeiro meneio dos quadris.

— Quando o velho voltar — disse maldosamente Zacharie —, ficará contente de encontrar a cama desarrumada... E vou dizer a ele que foste tu.

O velho era o avô, Boa-Morte, que trabalhava de noite e dormia de dia. Para que a cama não esfriasse, havia sempre nela alguém a roncar.

Sem responder, Catherine começou a alisar as cobertas, pondo as pontas para baixo do colchão. Há um momento que se ouviam ruídos do outro lado da parede, na casa vizinha. Essas construções de tijolos, feitas o mais economicamente possível pela companhia, tinham paredes tão finas que a respiração mais delicada as atravessava. As pessoas viviam tão chegadas, de um extremo a outro, que nenhuma parcela de vida íntima se conservava oculta, mesmo para as crianças. Um passo mais pesado sacudiu uma escada, depois houve como que uma queda suave, seguida de um suspiro de satisfação.

— Bem — disse Catherine —, Levaque desce, e lá vai Bouteloup para a cama da mulher dele.

Jeanlin deu uma risada de escárnio, os próprios olhos de Alzire brilharam. Toda manhã eles troçavam assim daquele triângulo de vizinhos, um cortador que hospedava um operário do desaterro, o que dava à mulher dois homens, um de noite, outro de dia.

— Philomène está tossindo — continuou Catherine, após ter apurado o ouvido.

Falava da filha mais velha dos Levaque, moça alta de dezenove anos, amante de Zacharie, de quem já tinha dois filhos. Era tão fraca do peito que nunca pudera trabalhar no fundo da mina, permanecendo como separadora do carvão.

— Ora, Philomène! — respondeu Zacharie. — Ela nem se importa com isso; e depois, tem sorte, pode dormir até às seis horas...

Enquanto vestia as calças, tomado de um pensamento repentino, foi abrir uma janela. Lá fora, nas trevas, o conjunto habitacional acordava; réstias de luz escapavam por entre as frinchas das persianas. E outra contenda teve lugar: o rapaz debruçava-se à janela para espreitar a casa dos Pierron, que ficava em frente, para ver se não sairia de lá o capataz da Voreux, que era acusado de dormir com a mulher de Pierron; enquanto a irmã lhe gritava que o marido desta voltara, desde a véspera, ao seu trabalho diurno na embocadura de uma das galerias com o poço de extração, e que portanto Dansaert não podia ter dormido lá naquela noite. Rajadas glaciais entravam pela janela aberta; os irmãos, exaltados, sustentavam a exatidão de suas próprias informações. Nesse momento, Estelle, de seu berço, incomodada pelo frio, começou a chorar em altos brados.

Com isso Maheu acordou de vez. Será que já não tinha mais tutano nos ossos, para voltar a dormir assim, como um vagabundo? E começou a praguejar tão alto, que os filhos, ao lado, nem ousavam respirar. Zacharie e Jeanlin acabaram de se lavar com uma lentidão que já era cansaço. Alzire, com os olhos bem abertos, continuava a observar. Os dois pequenos, Lénore e Henri, abraçados, continuavam imóveis, a respiração leve, apesar de toda a gritaria.

— Catherine, traz a vela! — gritou Maheu.

Tendo acabado de abotoar a jaqueta, ela levou a vela para a outra peça, deixando os irmãos à procura das roupas, apenas com a escassa claridade que vinha da porta. O pai saltou da cama; ela, porém, não parou; desceu, às apalpadelas, calçando apenas grossas meias de lã, para acender na sala uma outra vela e preparar o café. Todos os tamancos da família estavam debaixo do armário.

— Cala, porcaria! — gritou Maheu, exasperado com o choro contínuo de Estelle.

Era baixo como o velho Boa-Morte e parecia-se com ele, só que mais gordo, cabeça grande, rosto chato e lívido sob o cabelo louro, cortado bem curto. A criança berrava cada vez mais, assustada com aqueles grandes braços nodosos que gesticulavam por cima dela.

— Deixa, tu sabes bem que ela não quer calar-se — disse a mulher, estendendo-se no meio da cama.

Também ela acabava de acordar e lamentava-se. Era estúpido, nunca dormia uma noite completa. Por que eles não saíam em silêncio? Enfiada entre as cobertas, só se lhe via o rosto comprido, de traços graúdos, de uma beleza pesada, já disforme aos trinta e nove anos por uma vida de miséria e os sete filhos que tivera. Olhos no teto, começou a falar lentamente, enquanto seu homem se vestia.

— Sabe? Estou sem vintém, e hoje é apenas segunda-feira... Seis dias ainda para a quinzena... O dinheiro não dura nada. Todos vocês juntos trazem nove francos. Somos dez na casa, como é que vai dar?

— Nove francos? — protestou Maheu. — Eu e Zacharie, cada um três, são seis; Catherine e o pai, dois, são quatro; quatro e seis, dez... E Jeanlin, um, que faz onze.

— Sim, onze, mas há os domingos e feriados. Nunca mais de nove, compreende?

Ele não respondeu, procurava no chão o cinto de couro. Levantando-se, disse:

— Não devemos queixar-nos, ainda tenho saúde. Aos quarenta e dois anos muita gente já não presta para mais nada.

— É possível, meu velho, mas nem por isso temos mais pão. O que é que vou fazer? Não tens nada, mesmo?

— Tenho dois soldos[1].

— Pois podes tomar uma cerveja com eles... Meu Deus! O que é que vou fazer? Esses seis dias não vão terminar nunca! Devemos sessenta francos a Maigrat; anteontem ele me pôs na rua, mas isso não me impede de voltar lá. O caso é se ele continuar recusando...

E a mulher de Maheu continuou a lamentar-se, cabeça imóvel, fechando os olhos de vez em quando, à triste claridade da vela. Falou do guarda-comida vazio, das crianças que pediam pão, do café que faltava, da água que dava cólica e dos longos dias passados a enganar a fome com folhas de couve cozidas. Pouco a pouco foi elevando a voz, já que o berreiro de Estelle cobria suas palavras; seus gritos estavam ficando insuportáveis. De repente, Maheu pareceu ouvi-los e, fora de si, agarrou a criança no berço e atirou-a para junto da mãe, gaguejando de ódio:

— Toma! Pega-a, sou capaz de esmagá-la... Maldita criança... Não lhe falta nada, mama à vontade e queixa-se mais alto que os outros...

Realmente, Estelle pusera-se a mamar. Sumida debaixo das cobertas, sossegada pela tepidez da cama, agora só fazia um ruído guloso com os lábios.

---

[1] *Soldo*: moeda francesa, correspondente a um vigésimo do franco. (N. do T.)

— Os burgueses da Piolaine não disseram que fosses vê-los? — tornou o pai depois de uma pausa.

A mãe franziu a boca numa expressão de dúvida e desânimo.

— Sim, encontraram-me, andam distribuindo roupas às crianças pobres. Enfim, vou até lá esta manhã com Lénore e Henri. Se pelo menos eles me dessem uns cem soldos...

Novo silêncio, Maheu estava pronto; ficou imóvel um momento para, em seguida, encerrar a conversa com sua voz profunda:

— Que queres? Não há outro jeito, arranja a sopa como puderes. Melhor é ir trabalhar do que ficar aqui conversando.

— Claro — respondeu a mulher. — Apaga a vela, não quero ver a cor dos meus pensamentos.

O homem apagou a vela e seguiu Zacharie e Jeanlin, que já estavam descendo. A escada de madeira rangeu sob o peso de seus pés enfiados em meias de lã. O quarto e o cubículo do corredor voltaram às trevas. As crianças dormiam, a própria Alzire fechara novamente as pálpebras. A mãe, no entanto, permanecia de olhos abertos na escuridão, enquanto Estelle sorvia no seu seio murcho de mulher exausta e ronronava como um gatinho.

Embaixo Catherine tratara, em primeiro lugar, de reavivar o fogo no fogão de ferro que tinha uma grelha no centro e dois fornos nos lados e onde a hulha ardia constantemente. A companhia distribuía por mês, a cada família, oito hectolitros de lascas de carvão duro, sobras dos sacos, carvão esse difícil de acender. Toda noite a moça deixava o fogo aceso e coberto de cinzas; pela manhã apenas o reavivava com pedacinhos de carvão tenro, escolhidos com cuidado. Após ter colocado uma vasilha com água sobre a grelha, agachou-se diante do guarda-comida.

Era uma sala bastante grande, ocupando todo o térreo, pintada de verde-claro, de um asseio flamengo, com suas lajes muito bem lavadas e espargidas de areia branca. Além do guarda-comida de pinho envernizado, a mobília consistia de uma mesa e cadeiras da mesma madeira. Colados às paredes, reproduções de cores vivas, retratos do imperador e da imperatriz dados pela companhia, figuras de soldados e santos onde o dourado predominava, ressaltavam violentamente na nudez clara da peça, onde não havia outros ornamentos além de uma caixa de cartão cor-de-rosa em cima do guarda-comida e do relógio de cuco, de mostrador sarapintado, cujo tique-taque parecia encher o vazio da sala. Perto da porta da escada, outra porta conduzia ao portão.

Apesar do asseio, um cheiro de cebola cozida e guardada desde a véspera empestava o ar aquecido e pesado, sempre carregado de um cheiro forte de hulha.

Catherine refletia diante do guarda-comida aberto. Só havia um pedaço de pão, suficiente queijo fresco e apenas uma migalha de manteiga. E com isso teria de preparar comida para os quatro. Por fim decidiu-se: cortou o pão, cobriu uma fatia com queijo, a outra untou com manteiga e depois colou-as; era o "engana a fome" do mineiro, a fatia dupla que é levada pela manhã para a mina. Num instante os quatro sanduíches estavam enfileirados sobre a mesa, preparados com severa justiça, desde o grande para o pai até o pequeno para Jeanlin.

Catherine, que parecia toda entregue a seu trabalho, devia, contudo, estar pensando nas histórias que Zacharie contava a respeito do capataz com a mulher de Pierron, já que entreabriu a porta da rua e espiou para fora. O vento continuava a soprar, e, nas fachadas baixas do casario do conjunto habitacional, de onde subia uma vaga trepidação de despertar, as luzes eram cada vez mais numerosas. Portas batiam, grupos escuros de operários desapareciam dentro da noite. Era tolice ficar ali, apanhando frio, seguramente Pierron ainda dormia, seu trabalho começava às seis horas. Mas mesmo assim ela ficou olhando a casa do outro lado dos jardins. Tendo alguém aberto a porta, sua curiosidade aumentou. Mas só podia ser a filha dos Pierron, Lydie, que partia para a mina.

Nisto, um assobio de vapor fez que se voltasse; fechou a porta e correu: a água fervia e transbordava, apagando o fogo. Não havia mais café; teve de se contentar em passar a água pela borra da véspera para depois adoçá-la na cafeteira com açúcar preto. Nesse momento o pai e os dois irmãos desceram.

— Puxa! — exclamou Zacharie, enfiando o nariz na tigela. — Com um café deste não há perigo de ficar com dor de cabeça.

Maheu encolheu os ombros com ar resignado.

— Tanto faz! Está quente e até gostoso.

Jeanlin juntara as migalhas do pão e fizera uma papa. Depois de beber, Catherine despejou o que sobrara na cafeteira em cantis de lata. Os quatro em pé, mal iluminados pela vela fumacenta, engoliam às pressas.

— Como é, terminamos? — reclamou o pai. — Até parece que somos ricos!

Nisto uma voz veio da escada, cuja porta tinha deixado aberta; era a mãe que gritava:

— Levem todo o pão, ainda tenho um pouco de aletria para as crianças.

— Sim, sim! — respondeu Catherine.

Havia coberto novamente o fogo e colocado numa ponta da grelha um resto de sopa que o avô encontraria quente ao voltar do trabalho, às seis horas.

Cada um deles apanhou seu par de tamancos debaixo do guarda-comida, passou o cordão do cantil pelo ombro e enfiou o sanduíche nas costas, entre a camisa e a jaqueta. E saíram todos, homens na frente, a moça atrás, depois de soprar a vela e dar uma volta na chave. A casa voltou à escuridão.

— Muito bem, vamos juntos! — disse um homem que fechava a porta da casa vizinha.

Era Levaque com o filho Bébert, menino de doze anos, grande amigo de Jeanlin. Catherine, admirada, sufocou uma risada no ouvido de Zacharie: com que então Bouteloup nem esperava mais que o marido saísse?!

No conjunto habitacional, agora, as luzes se apagavam. Uma última porta bateu, tudo dormia novamente, mulheres e crianças voltavam ao sono em camas mais largas. E do vilarejo no escuro à Voreux que resfolegava houve um lento desfilar de sombras sob o vento impiedoso: a partida dos carvoeiros para o trabalho. Caminhavam balançando os ombros, sem saber o que fazer com os braços, que cruzavam no peito, enquanto, atrás, o farnel se transformara numa corcunda. Vestindo roupas leves, tiritavam de frio, mas nem por isso caminhavam mais depressa, dispersos ao longo da estrada, num tropear de rebanho.

III

Etienne desceu finalmente do aterro e entrou na Voreux. Os homens a quem se dirigia, perguntando se havia trabalho, balançavam a cabeça, respondendo que esperasse pelo capataz. Deixaram-no à vontade dentro das edificações mal iluminadas, cheias de buracos negros, assustadoras mesmo pela complicação de suas salas e andares. Tendo subido uma escada escura, quase em ruínas, encontrou-se numa ponte estreita e oscilante; em seguida, atravessou o galpão da triagem, mergulhado em noite tão profunda que teve de caminhar com as mãos estendidas para não esbarrar. De repente, diante dele, dois olhos amarelos, enormes, furaram as trevas. Estava exatamente sob a torre do sino de rebate, no local onde os elevadores cheios de hulha são içados, à boca do poço.

Um contramestre, o velho e gordo Richomme, com cara de policial bonachão, de bigode grisalho, dirigia-se nesse momento para o escritório do recebedor.

— Não estão precisando por aqui de um operário para qualquer tipo de trabalho? — perguntou novamente Etienne.

Richomme ia dizer não, mas conteve-se e respondeu como os outros, enquanto se afastava:

— Espere pelo Sr. Dansaert, o capataz.

Além de quatro lampiões, havia ainda os refletores com toda a sua luz dirigida para o poço, a iluminar vivamente os corrimões de ferro, as alavancas de sinais e de fechar as guias por onde deslizavam os dois elevadores. O resto, a vasta peça, parecida a uma nave de igreja, continuava no escuro e povoada de grandes sombras que flutuavam. Somente o depósito de lampiões resplandecia ao fundo; e no escritório do recebedor uma lamparina raquítica bruxuleava como uma estrela apagando-se.

O trabalho de extração recomeçara; sobre as chapas de ferro havia um trovejar contínuo, vagonetes de carvão rolavam sem descanso, carregadores corriam e podiam-se distinguir suas longas espinhas curvadas dentro do tumulto de todas aquelas coisas negras e ruidosas que se agitavam.

Por um instante Etienne permaneceu imóvel, ensurdecido e cego. Sentia-se gelado, havia correntes de ar por todos os lados. Em seguida deu alguns passos, atraído pela máquina da qual via reverberar agora aços e cobres. Ela ficava por trás do poço, a vinte e cinco metros, numa peça mais alta e tão solidamente assente sobre seu maciço pedestal de tijolos que mesmo trabalhando a todo vapor, com toda a força dos seus quatrocentos cavalos e com o movimento de sua biela, enorme, emergindo e mergulhando numa suavidade oleosa, não conseguia fazer que as paredes estremecessem. O maquinista, em pé ao lado da alavanca de comando, escutava as campainhas dos sinais, não tirava os olhos do painel indicador, onde o poço, com seus diversos andares, estava figurado numa ranhura vertical que era percorrida por pedaços de chumbo amarrados em barbantes e que representavam os elevadores. E a cada partida, quando a máquina se punha outra vez em movimento, as bobinas, as duas imensas rodas de cinco metros de raio por meio das quais os dois cabos de aço se enrolavam e desenrolavam em sentido inverso, giravam a tal velocidade que mais pareciam uma poeira cinzenta.

— Cuidado! — gritaram três trabalhadores que arrastavam uma escada gigantesca.

Por pouco Etienne não fora esmagado. Seus olhos habituavam-se, já podia ver no ar a corrida dos cabos, mais de trinta metros de fita de aço que subiam velozes à torre, onde passavam em roldanas para, em seguida, descer a pique ao poço e prenderem-se nos elevadores de extração. Uma armação de ferro, igual à dos campanários, sustentava as roldanas. Era como um vôo de pássaro, sem ruído, sem choque, a fuga rápida, o contínuo vaivém de um fio de peso enorme que podia levantar até doze mil quilos com uma velocidade de dez metros por segundo.

— Cuidado, com mil raios! — gritaram novamente os carregadores que empurravam a escada para o outro lado, para vistoriarem a roldana da esquerda.

Lentamente Etienne voltou à boca do poço. Esse vôo, como o perpassar de uma ave gigantesca, aturdia-o. E, tiritando devido às correntes de ar, começou a observar o trabalho dos elevadores, os ouvidos zonzos com o rodar dos vagonetes. Perto do poço o sinal estava funcionando, um pesado martelo de alavanca que uma corda puxada do fundo fazia cair sobre uma bigorna. Uma pancada para parar, duas para descer, três para subir; isto sem descanso, como golpes de clava dominando o tumulto e acompanhados do som claro da campainha; ao mesmo tempo, o operário que dirigia o trabalho gritava ordens ao maquinista por um megafone, aumentando o barulho. Os elevadores, no meio de toda essa confusão, apareciam e desapareciam, esvaziavam-se e enchiam-se sem que Etienne compreendesse nada dessas operações tão complicadas.

Só uma coisa ele compreendia perfeitamente: que o poço engolia magotes de vinte e de trinta homens, e com tal facilidade que nem parecia senti-los passar pela goela. Desde as quatro horas os operários começavam a descer; vinham da barraca, descalços, lâmpada na mão, e esperavam em grupos pequenos até formarem número suficiente. Sem ruído, com um pulo macio de animal noturno, o elevador de ferro subia do escuro, enganchava-se nas aldravas, com seus quatro andares, cada um contendo dois vagonetes cheios de carvão. Nos diferentes patamares, os carregadores retiravam os vagonetes, substituindo-os por outros vazios ou carregados antecipadamente com madeira em toros. E era nesses carros vazios que se empilhavam os operários, cinco a cinco, até quarenta de uma vez, quando ocupavam todos os compartimentos. Uma ordem partia do megafone, um tartamudear grosso e indistinto, enquanto a corda, para dar o sinal embaixo, era puxada quatro vezes, convenção que queria dizer "aí vai carne" e que avisava da descida desse carregamento de carne humana. Em seguida, depois de um ligeiro solavanco, o elevador afundava silencioso, caía como uma pedra, deixando atrás de si apenas a fuga vibrante do cabo.

— É muito fundo? — perguntou Etienne a um mineiro com ar sonolento que esperava perto dele.

— Quinhentos e cinqüenta e quatro metros — respondeu o homem. — Mas há quatro paradas, a primeira a trezentos e vinte metros.

Ambos se calaram, os olhos no cabo que subia. Etienne voltou a falar:

— E quando isso quebra?

— Ah! Quando quebra...

O mineiro acabou a frase com um gesto. Chegara a sua vez, o elevador apareceu com seu movimento ágil e repousado. O homem entrou, agachando-se, com os demais companheiros. A máquina desapareceu no poço, para voltar a brotar ao fim de apenas quatro minutos para engolir outro carregamento de pessoas. Durante meia hora o poço devorou essa carga humana com suas fauces mais ou menos glutonas, isto é, de acordo com a profundidade da galeria para onde elas iam, e isso sem descanso, sempre esfomeado, com tripas gigantes, capazes de digerir todo um povo. Elas se enchiam sem descanso, mas as trevas não se desfaziam, estavam mortas, e o elevador continuava a brotar do vazio no mesmo silêncio voraz.

Com o tempo, Etienne voltou a sentir o mal-estar de que já fora acometido no aterro. Valeria a pena insistir? Na certa esse capataz o despediria, como os outros. Um medo vago fez que tomasse uma decisão brusca: caminhou para fora, só parando em frente à casa dos geradores. A porta, aberta de par em par, deixava ver sete caldeiras de duas fornalhas. Em meio ao vapor branco e ao silvo das válvulas, um foguista abastecia uma das fornalhas, cujo calor ardente chegava até a soleira da porta. O rapaz, contente de poder aquecer-se, ia aproximar-se, quando divisou um novo grupo de carvoeiros que vinha chegando à mina. Eram os Maheu e os Levaque. Vendo à frente Catherine, com seu ar meigo de menino, teve a idéia supersticiosa de arriscar uma última pergunta:

— Por favor, camarada... Será que não estão precisando aqui de um operário, para qualquer trabalho?

Ela olhou-o surpreendida, assustada mesmo com aquela voz brusca que saía da sombra. Atrás dela, porém, Maheu tinha ouvido, e foi ele quem respondeu, conversando mesmo, por um momento. Não, não estavam precisando de ninguém... Mas aquele pobre-diabo, aquele operário perdido nas estradas interessava-o. Ao deixá-lo, exclamou para os outros:

— Viram? A gente podia estar na mesma situação... Não devemos queixar-nos, há muita gente sem trabalho.

O grupo entrou e foi direto ao vestiário, uma vasta peça grosseiramente rebocada, rodeada de armários fechados a cadeado. No centro, um fogão de ferro, uma espécie de estufa sem porta, estava em brasa; havia nele tanta hulha incandescente que os pedaços estalavam e rolavam para o chão de terra batida. A peça tinha como única iluminação esse braseiro, cujos reflexos sanguinolentos dançavam pelas paredes revestidas de madeira imunda e pelo teto coberto de fuligem.

No momento da chegada dos Maheu o pessoal estava rindo, afogueado. Uns trinta operários estavam de pé, de costas para o fogo, deixando-se assar com prazer. Antes de descerem, todos vinham aqui para absorver e levar consigo uma provisão de calor dentro do corpo capaz de fazer face à umidade do poço. Naquela manhã estavam rindo mais do que era costume, brincavam com a filha de Mouque, uma operadora de vagonetes, de dezoito anos, boa moça, mas com seios e nádegas tão grandes que furavam a jaqueta e as calças. Ela morava em Réquillart com seu velho pai, que era cavalariço, e com seu irmão, carregador; como as horas de trabalho não coincidiam, ela vinha sozinha para o trabalho. E, no meio dos campos de trigo, no verão, encostada a um muro, no inverno, entregava-se ao prazer com seu namorado da semana. Toda a mina estava passando pelos seus braços, um verdadeiro torneio entre colegas, sem outra conseqüência. Um dia em que alguém reclamou por ter ela andado com um negociante de pregos, de Marchiennes, quase explodiu de cólera, aos gritos de que tinha grande respeito próprio, que cortaria um braço se alguém pudesse provar que a vira com outra pessoa que não fosse um carvoeiro.

— Então não é mais o grandalhão do Chaval? — perguntou um mineiro às gargalhadas. — Agora andas com aquela criança? Na certa ele precisa de uma escada. Eu vi vocês dois atrás de Réquillart. Por sinal, ele teve de subir num marco...

— E daí? — respondeu a moça, de bom humor. — O que é que tens com isso? Ninguém te chamou para empurrar...

Esse descaramento inocente fez redobrar as gargalhadas dos homens que balançavam os ombros meio cozidos pelo fogo, enquanto ela, sacudida de riso, passeava entre eles a indecência de suas roupas, de um cômico perturbador, com suas saliências de carne exageradas até a enfermidade.

Mas a alegria logo terminou: a moça, conversando com Maheu, contou-lhe que Fleurance, a grande Fleurance, não trabalharia mais; tinha sido encontrada na véspera, hirta, sobre a cama. Uns diziam que fora o coração, outros, que a causa tinha sido um litro de genebra bebido muito rapidamente. Maheu ficou desesperado: que má sorte a sua! Perdia uma das suas operadoras de vagonetes, sem poder substituí-la imediatamente... É que trabalhava de empreitada; eram quatro britadores associados na sua zona de corte: ele, Zacharie, Levaque e Chaval. Se ficassem somente com Catherine para operar, o trabalho atrasaria.

De repente gritou:

— Pronto! E aquele homem que procurava trabalho?

Nesse momento Dansaert passava em frente ao alojamento; Maheu contou-lhe o caso e pediu autorização para empregar o homem; insistiu no desejo que tinha a companhia de substituir as operadoras de vagonetes por rapazes, como em Anzin. O capataz esboçou um sorriso. Esse projeto de retirar as mulheres do fundo da mina repugnava de ordinário aos mineiros, que temiam pelo emprego de suas filhas, pouco se importando com a questão da moralidade e da higiene. Após alguma hesitação, finalmente deu licença, mas reservando-se o direito de fazer ratificar sua decisão pelo Sr. Négrel, o engenheiro.

— Muito bem! — exclamou Zacharie. — Mas o homem já deve andar longe, se continua naquele passo.

— Não — respondeu Catherine. — Eu o vi parar nas caldeiras.

— Pois corre até lá, preguiçosa! — gritou Maheu.

A jovem saiu correndo, enquanto uma vaga de mineiros subia ao poço, cedendo o fogo a outros. Jeanlin, sem esperar pelo pai, foi buscar sua lâmpada com Bébert, um menino gordo e ingênuo, e Lydie, de dez anos, garota apagada e insignificante. A filha de Mouque, que partira na frente deles, gritava na escada escura, chamando-os de fedelhos sem-vergonha e ameaçando esbofeteá-los se a beliscassem.

Etienne, na casa das caldeiras, conversava com o foguista, que estava abastecendo as fornalhas de carvão. À idéia de ter de voltar para o relento sentia enorme frio, mas assim mesmo decidiu partir. Nesse momento sentiu uma mão pousando-lhe no ombro.

— Venha — disse Catherine. — Arranjamos alguma coisa para o senhor.

Não compreendeu logo; depois, num movimento de alegria, apertou energicamente as mãos da moça.

— Obrigado, camarada! Você é um bom sujeito...

Ela começou a rir, encarando-o ao clarão vermelho das fornalhas que iluminava a ambos. Divertia-se ao ver que ele a confundia com um rapaz, mesmo sendo ela tão franzina, cabelos apanhados na nuca, debaixo da coifa. Etienne ria também, de contentamento. E por um instante os dois ficaram assim, rindo um para o outro, faces afogueadas.

No vestiário, Maheu, agachado em frente à sua caixa, retirava os tamancos e as grossas meias de lã. Com a chegada de Etienne tudo foi combinado em quatro palavras: trinta soldos por dia, trabalho cansativo, mas ele aprenderia logo. O britador aconselhou-o a ir de sapatos e emprestou-lhe um chapéu velho de couro, destinado a proteger o crânio, precaução que pai e filhos não tomavam. As ferramentas foram tiradas da caixa, onde, precisamente, encontrava-se a pá de Fleurance. Maheu, tendo guardado os tamancos, as meias e o embrulho de Etienne, impacientou-se bruscamente:

— E por onde andará essa besta do Chaval? Na certa com alguma mulher num monte de pedras! Já estamos com atraso de meia hora...

Zacharie e Levaque assavam tranqüilamente as costas. O primeiro acabou por dizer:

— Se é Chaval que esperas, ele chegou antes de nós e desceu logo...

— E tu sabias disso e não disseste nada?! Vamos, vamos depressa.

Catherine, que aquecia as mãos, teve de seguir o grupo. Etienne deixou-a passar e subiu atrás dela. Viajava outra vez num dédalo de escadas e corredores escuros, onde os pés descalços faziam um ruído macio de chinelos velhos. De repente, o depósito de lampiões resplandeceu: um compartimento envidraçado, cheio de fileiras de cabides de onde pendiam centenas de lâmpadas Davy, inspecionadas e lavadas de véspera, acesas como círios ao fundo de uma câmara-ardente. No guichê, cada operário recebia a sua, em que estavam gravadas as suas iniciais; depois de examiná-la, ele mesmo a fechava. Enquanto isso, um marcador, sentado numa mesa, escrevia no registro a hora da descida. Maheu teve de intervir para conseguir uma lâmpada para seu novo operador de vagonetes. Como última precaução, os operários tinham que desfilar diante de um verificador que examinava todas as lâmpadas para ver se estavam bem fechadas.

— Cruzes! Como faz frio aqui... — murmurou Catherine, batendo o queixo.

Etienne limitou-se a acenar com a cabeça. Encontrava-se novamente diante do poço, no centro da vasta peça varrida por correntes de ar. Apesar de se acreditar destemido, uma sensação desagradável o sufocava, resultante do trovejar dos vagonetes, das pancadas surdas dos sinais, dos berros abafados do megafone e pela visão do vôo contínuo dos cabos desenrolados e enrolados a todo vapor pela bobina da máquina. Os elevadores subiam e desciam com seu deslizar de animal noturno, tragando homens que a goela do buraco parecia beber. Chegara a sua vez: tinha muito frio e guardava um silêncio nervoso que fazia Zacharie e Levaque darem boas gargalhadas, já que ambos desaprovavam o engajamento desse desconhecido, sobretudo Levaque, que se sentia ofendido por não ter sido consultado. Por isso Catherine ficou feliz ao ver o pai explicar ao rapaz como as coisas funcionavam.

— Olhe, por cima do elevador há um pára-quedas, uns ganchos de ferro que se engatam nas corrediças, mas isso sempre funciona. O poço é dividido em três compartimentos revestidos de alto a baixo por pranchas: no meio ficam os elevadores, à esquerda, as escadas.

Interrompeu-se para resmungar, mas sem ousar falar muito alto:

— Mas o que é que a gente está fazendo aqui, com todos os diabos! Deixarem-nos gelando dessa maneira!

O contramestre Richomme, que também ia descer, com a sua lâmpada de fogo livre segura por um prego no couro do chapéu, ouviu-o queixando-se.

— Cuidado! As paredes têm ouvidos... — murmurou ele paternalmente, como velho mineiro que permaneceu sempre bem com seus companheiros. — As manobras têm que ser feitas... Pronto! Aí está ele. Embarca com a tua gente.

Realmente, o elevador chegara, todo guarnecido de faixas de ferro fundido e de uma rede de arame de malhas pequenas, e esperava-os descansando sobre os trabalhos. Maheu, Zacharie, Levaque e Catherine escorregaram para um vagonete que estava no fundo. Como nele cabiam cinco pessoas, Etienne também entrou. Os melhores lugares já estavam tomados, teve de espremer-se ao lado da jovem, que, com um cotovelo, tocava-lhe a barriga. A lâmpada incomodava-o; aconselharam-lhe que a prendesse a uma casa de sua jaqueta. Não tendo ouvido, continuou a segurá-la desajeitadamente na mão.

O embarque continuava em cima e embaixo, um atropelo confuso de gado. Ainda não se podia partir; que estaria acontecendo? Sua impaciência parecia estar durando longos minutos. Enfim, um solavanco sacudiu-o e tudo afundou; os objetos a seu redor voavam e ele começou a sentir a vertigem ansiosa da queda, como que arrancando-lhe as entranhas. Isso durou enquanto havia luz, ao passar pelos dois andares de recepção do produto extraído, entre a fuga estonteante do vigamento. Depois, caído no escuro da galeria, permaneceu aturdido, perdida a percepção nítida de suas sensações.

— Agora, sim, estamos indo — disse placidamente Maheu.

Todos estavam à vontade. Quanto a ele, às vezes, não sabia se estava descendo ou subindo. Quando o elevador corria reto, sem tocar nas guias, era como se estivesse imóvel; mas em seguida produziam-se umas trepidações repentinas, uma espécie de deslocamento de todas as pranchas, que lhe faziam temer o pior. Ademais, ele não conseguia distinguir as paredes do poço por trás da rede onde colara o rosto. As lâmpadas mal iluminavam os corpos empilhados a seus pés. Somente a lâmpada do contramestre, no vagonete vizinho, brilhava como um farol.

— Este tem quatro metros de diâmetro — continuou Maheu a instruí-lo. — O madeiramento está precisando ser mudado, a água filtra por todos os lados. Veja! chegamos ao nível, está ouvindo?

Etienne justamente estava intrigado com o ruído de água caindo que ouvia. A princípio, algumas enormes gotas tinham batido no teto do elevador, como uma pancada de chuva; agora ela aumentava, fluía, transformava-se num verdadeiro dilúvio. Sim, havia uma goteira, um fio de água que, caindo no seu ombro, molhava-o até os ossos. O frio tornara-se glacial; afundavam numa umidade negra quando, de repente, atravessaram por um rápido deslumbramento, a visão de uma caverna onde homens se agitavam à luz de um relâmpago. Em seguida caíram novamente no nada.

Maheu disse:

— Esta é a primeira embocadura de galerias. Estamos a trezentos e vinte metros. Repare na velocidade.

Levantando a lâmpada, ele iluminou uma viga das guias que fugia como um trilho por baixo de um trem correndo a todo vapor. Além disso, não se via mais nada. Mais três embocaduras de galerias passaram numa revoada de luzes. A chuva ensurdecedora fustigava as trevas.

— Como é profundo! — murmurou Etienne.

Esta queda devia estar durando horas... Sofria com a posição incômoda que tomara, torturado sobretudo pelo cotovelo de Catherine, mas não ousava mexer-se. Ela não dizia palavra, sentia-a, apenas, contra si, aquecendo-o. Quando finalmente o elevador parou no fundo, a quinhentos e cinqüenta e quatro metros, ficou admirado de saber que a descida durara apenas um minuto. Mas o barulho dos pinos fixando-se, a sensação daquela solidez por baixo dos pés, deu-lhe uma repentina euforia, e foi gracejando que ele tratou Catherine por tu.

— Estás tão quente que parece que tens febre... O teu cotovelo continua fincado na minha barriga.

Ela começou a rir também; esse tolo ainda não sabia que ela era uma moça. Estava com os olhos tapados ou o quê?

— Estou com o cotovelo nos teus olhos, isso sim...

A resposta da moça foi recebida com uma tempestade de gargalhadas que o rapaz, surpreso, não compreendeu.

O elevador se esvaziava; os operários atravessaram a embocadura da galeria, uma sala talhada na rocha, com abóbada de alvenaria iluminada por três grandes lâmpadas de fogo livre. Sobre as chapas de ferro fundido os carregadores rolavam com estrondo vagonetes cheios. Um cheiro úmido de subterrâneo ressudava dos muros, um frescor salitroso perpassado de sopros quentes vindos da cavalariça vizinha. Nesses muros, quatro galerias tinham suas bocas abertas.

— Por aqui — disse Maheu a Etienne. — Ainda não chegou; temos dois bons quilômetros pela frente.

Os operários se separavam, perdiam-se em grupos no fundo desses buracos negros. Uns quinze deles acabavam de entrar no da esquerda. Etienne marchava na retaguarda, atrás de Maheu, que era precedido por Catherine, Zacharie e Levaque.

Era uma bela galeria de tração, cavada numa rocha tão sólida que apenas em parte teve necessidade de ser murada. Avançavam em fila, avançavam sempre, em silêncio à luz escassa das lâmpadas. O rapaz tropeçava a cada passo, os trilhos o atrapalhavam. Havia um instante que um ruído surdo o preocupava; era um reboar longínquo de tempestade que parecia estar crescendo e vir das entranhas da terra. Seria o estampido de um desabamento esmagando sobre suas cabeças a massa enorme que os separava da luz do dia? De repente, uma claridade furou as trevas e ele sentiu que a rocha tremia; quando se encostou no muro, como faziam os outros, viu passar à sua frente um grande cavalo branco atrelado a um comboio de vagonetes. No primeiro, segurando as rédeas, estava sentado Bébert, enquanto Jeanlin, agarrado ao último, corria descalço.

Recomeçaram a caminhar. Mais adiante havia uma encruzilhada onde se abriam duas novas galerias; o grupo dividiu-se outra vez; os operários repartiam-se pouco a pouco por todas as seções da mina.

Neste ponto, a galeria de tração estava revestida de madeira; toros de carvalho sustentavam o teto, cobrindo a rocha desmoronadiça com uma proteção de vigas, para trás das quais se podiam ver as lascas de xisto cintilante de mica, e a massa grosseira de arenito, baça e rugosa.

Comboios de vagonetes, cheios ou vazios, passavam e cruzavam-se continuamente, com seu estrondo que animais de formas vagas, num trote fantasmagórico, levavam para as sombras. Numa linha de desvio, dormia uma longa serpente negra: era um comboio de vagonetes parado, atrelado a um cavalo que rinchava; estava tão engolfado na noite, que sua garupa confusa mais parecia um bloco caído da abóbada. Portas de ventilação batiam, fechando-se lentamente. E, à medida que avançavam, a galeria ficava mais baixa, com o teto cheio de saliências, forçando as espinhas dorsais a dobrarem-se constantemente.

Etienne bateu violentamente com a cabeça. Se não fosse o chapéu de couro, teria quebrado a cabeça. E, contudo, seguia com atenção os mínimos gestos de Maheu, cuja silhueta sombria se destacava à claridade das lâmpadas. Nenhum dos outros operários esbarrava; deviam conhecer cada saliência, nó de madeira e protuberância da rocha. O rapaz tinha ainda problemas com o solo escorregadio, cada vez mais alagado. Em certos trechos atravessava verdadeiros charcos que só o chapinhar lamacento dos pés revelava. Mas o maior motivo do espanto eram, sobretudo, as bruscas mudanças de temperatura. No fundo do poço estava muito fresco e na galeria de tração, por onde passava todo o ar da mina, soprava um vento gelado, cuja violência parecia de tempestade, entre os muros apertados. A seguir, à medida que se penetrava nas outras galerias, que recebiam somente seu quinhão muito racionado de ventilação, o vento diminuía e era substituído por um calor sufocante, pesado como chumbo.

Maheu não voltara a abrir a boca. Entrou à direita, numa nova galeria, dizendo simplesmente a Etienne, sem se voltar:

— O veio Guillaume.

Era nesse veio que se encontrava sua zona de corte. Desde as primeiras passadas Etienne machucou a cabeça e os cotovelos. O teto, em declive, descia tanto que, por extensões de vinte a trinta metros, tinha de caminhar dobrado em dois. A água chegava aos tornozelos. Caminharam assim duzentos metros e, de repente, viu desaparecer Levaque, Zacharie e Catherine, como se tivessem voado por uma fenda estreita aberta diante dele.

— É preciso subir — disse Maheu. — Prenda sua lâmpada numa

casa da jaqueta e agarre-se no madeirame. — E desapareceu também.

Etienne teve de segui-lo. Essa fenda aberta no veio era destinada à passagem dos mineiros e servia a todas as vias secundárias. Tinha a espessura da camada de carvão, apenas sessenta centímetros. Felizmente o rapaz era magro, já que, ainda desajeitado, içava-se a custo, com um dispêndio inútil de forças, achatando ombros e quadris, avançando com as mãos, agarrado às vigas. Quinze metros acima encontrou a primeira via secundária, mas continuou para a frente; a zona de corte de Maheu e parceiros era na sexta via, "no inferno", como eles diziam. E a cada quinze metros havia uma outra via, a subida não terminava mais nessa fenda que esfolava o peito e as costas. Etienne estertorava, como se o peso das rochas lhe tivesse triturado os membros, mãos dilaceradas, pernas arranhadas, principalmente com falta de ar, a ponto de sentir que o sangue ia jorrar pela pele. Percebeu ao longe, numa das vias, duas formas indistintas e curvadas, uma pequena e outra grande, que empurravam vagonetes: eram Lydie e a filha de Mouque, já trabalhando. Ainda lhe faltava galgar a altura de duas zonas de corte! O suor o cegava, lutava desesperadamente para alcançar os outros, cujos membros ágeis ele ouvia roçar a rocha, como um farfalhar prolongado.

— Coragem, já chegamos! — disse a voz de Catherine.

No momento em que ele efetivamente chegava, outra voz gritou do fundo da caverna:

— Então, que brincadeira é essa? Eu, que tenho dois quilômetros para percorrer de Montsou, sou o primeiro a chegar...

Era Chaval, um magricela, alto, de vinte e cinco anos, ossudo, de feições duras, que estava furioso por ter esperado. Ao ver Etienne, perguntou, com uma surpresa cheia de desprezo:

— Quem é esse aí?

Tendo Maheu contado o que se passara, acrescentou entre dentes:

— Agora, então, os homens vão comer o pão das moças.

Os dois homens trocaram um olhar iluminado por um desses ódios cegos que se ateiam subitamente. Etienne sentira o insulto, sem compreendê-lo ainda. Em silêncio, todos começaram a trabalhar.

Pouco a pouco, os veios enchiam-se de gente, o corte começava em todos os andares, no extremo de cada caverna. O poço devorador tinha engolido sua ração diária de homens, cerca de setecentos operários que trabalhavam neste horário no formigueiro gigante, furando a terra em todos os sentidos, esburacando-a como a uma madeira velha atingida pelo caruncho. E, no meio do silêncio pesado, do esmagamento das camadas profundas, poder-se-ia ouvir, colando o ouvido à rocha, o laborar desses insetos humanos em marcha, desde o vôo do cabo a subir e a descer o elevador de extração, até a mordida das ferramentas cortando a hulha no fundo dos canteiros de desmonte.

Ao voltar-se, Etienne se encontrou novamente apertado contra Catherine, mas desta vez descobriu as saliências nascentes dos seios e compreendeu o porquê daquele calor que se apossara dele.

— Mas tu és uma moça! — murmurou ele, estupefato.

Ela respondeu, alegre, sem ruborizar-se:

— Claro! Custaste a perceber.

IV

Os quatro britadores acabavam de se estender uns acima dos outros por toda a altura frontal do corte, cada um deles ocupando aproximadamente quatro metros do veio, separados pelas pranchas com ganchos onde depositavam o carvão britado. Este veio era tão fino, com apenas cinqüenta centímetros de espessura neste lugar, que eles tinham de ficar achatados entre o teto e o muro, arrastando-se com os joelhos e cotovelos, sem se poderem voltar, para não ferir as costas. Para despedaçar a hulha, tinham de ficar deitados de lado, pescoço torto, braços levantados e brandindo de viés a picareta de cabo curto.

Bem embaixo estava Zacharie, no meio, superpostos, Levaque e Chaval, e, no alto, Maheu. Cada um deles cortava o leito de xisto a golpes de picareta, para depois abrir dois entalhes verticais na camada e destacar o bloco inteiro com uma cunha de ferro encravada na parte superior. A hulha era gordurosa, o bloco esfarelava-se, rolava em pedaços ao longo do ventre e das coxas. Quando esses pedaços, barrados pela prancha, tinham se amontoado sobre eles, os britadores desapareciam, murados na fenda estreita.

O que mais sofria era Maheu; na parte de cima a temperatura subia a trinta e cinco graus, o ar não circulava e com o tempo a asfixia era mortal. Para poder ver, tivera de pendurar a lâmpada num prego, próximo da cabeça, e essa lâmpada, esquentando-lhe o crânio, fazia-lhe o sangue ferver. O seu suplício agravava-se com a umidade; a rocha por cima dele, a poucos centímetros do rosto, porejava água: gotas enormes, contínuas e rápidas, caindo numa espécie de ritmo teimoso, sempre no mesmo lugar. Não adiantava torcer o pescoço, revirar-se: elas batiam-lhe no rosto, escorriam, fustigavam-no sem cessar. Após um quarto de hora estava encharcado — além de coberto de suor — e fumegando num lago quente como uma lixívia. Naquela manhã, uma goteira encarniçada contra seu olho fazia-o praguejar. Não queria largar o trabalho, dava golpes fortes, que o estremeciam violentamente entre as duas rochas, mais parecia um pulgão preso entre duas folhas de um livro, sob ameaça de ser completamente esmagado.

Não tinham trocado palavra; todos golpeavam sem descanso e não se ouvia mais que esses golpes irregulares, velados e como que longínquos. Os ruídos adquiriam uma sonoridade rouquenha, sem eco no ar morto. E era como se as trevas estivessem revestidas de uma cor negra ainda desconhecida, tornadas mais espessas pela poeira flutuante do carvão e grávidas de gases que eram um castigo para os olhos. As mechas das lâmpadas, sob suas proteções de tela metálica, emitiam apenas uns reflexos avermelhados. Não se distinguia coisa alguma, a fenda subia como uma enorme chaminé, achatada e oblíqua, onde a fuligem de dez invernos parecia ter acumulado uma noite profunda. Formas espectrais agitavam-se nessa fenda, clarões perdidos deixavam entrever o roliço de um quadril, um braço nodoso, uma cara terrível, deformada como para um crime. Às vezes, desprendendo-se, luziam pedaços de hulha, fímbrias e arestas, repentinamente iluminados como cristais. Depois, tudo voltava ao escuro, as picaretas davam grandes golpes surdos, não havia mais que o arquejar dos peitos, o grunhido de mal-estar e de cansaço sob o peso do ar e da chuva proveniente das infiltrações.

Zacharie, que estava com os braços sem vigor, devido a uma farra que fizera na véspera, logo deixou o trabalho, pretextando que era necessário forrar com madeira o local onde estava, e deixou-se ficar ali, assobiando baixinho, de olhos perdidos no escuro.

Atrás dos britadores, quase três metros do veio estavam desguarnecidos, sem que eles tivessem ainda tomado a precaução de colocar contrafortes, descuidados em face do perigo e sem querer perder tempo.

— Ei, aristocrata! — gritou o rapaz para Etienne. — Traze um pouco de madeira.

Etienne, que estava aprendendo com Catherine a trabalhar com a pá, teve de levar madeira ao veio; ainda havia uma pequena provisão de véspera. Toda manhã, como de costume, traziam um carregamento de toros já cortados na medida exata.

— Apressa-te, preguiçoso! — voltou à carga Zacharie, vendo o novo operador de vagonetes subindo desajeitadamente entre o carvão, carregando nos braços quatro toros de carvalho.

Com a picareta fez um entalhe no teto e logo um outro no muro; enfiou neles as duas extremidades da madeira, escorando assim a rocha. Na parte da tarde os operários do desaterro tiravam o entulho deixado no fundo da galeria pelos britadores e aterravam as partes já exploradas do veio, onde enfiavam os toros, deixando livres apenas as vias inferior e superior, para o carreto.

Maheu cessou de gemer; tinha enfim cortado o seu bloco. Limpou na manga o rosto molhado e, inquieto, observava o que Zacharie estava fazendo atrás dele.

— Deixa isso — disse ele. — Depois do almoço veremos. É melhor que voltes ao corte, senão ficaremos sem preencher nossa cota de vagonetes.

— É que isso está baixando — respondeu o rapaz. — Olha, há mesmo uma racha; tenho medo de que desabe.

O pai deu de ombros. Ora, desabar! Não seria a primeira vez... E depois, a gente sempre daria um jeito de se salvar. Acabou ficando zangado e mandando o filho de volta para a frente do corte.

A verdade é que todos estavam com preguiça. Levaque, deitado de costas, praguejava, examinando o polegar esquerdo, que sangrava, esfolado pela queda de um pedaço de arenito. Chaval arrancava furiosamente a camisa, punha-se de torso nu, por causa do calor. Todos eles já estavam negros de carvão, revestidos de uma poeira fina que o suor diluía, fazendo escorrer, e que ia formar regatos e charcos. Maheu foi o primeiro que voltou a golpear, desta vez mais abaixo, a cabeça ao nível da rocha. A goteira pingava agora sobre a sua testa, e tão obstinada que ele tinha a sensação de que ela ia fazer-lhe um buraco nos ossos do crânio.

— Eles sempre estão berrando — explicou Catherine. — O melhor é não dar importância.

E, cheia de boa vontade, continuou com sua lição. Cada vagonete carregado chegava lá em cima tal como partia do corte, marcado com um sinal especial para que o recebedor pudesse lançá-lo na conta da empreitada. Assim, devia-se ter muito cuidado ao enchê-lo, só colocando o carvão bom, sob pena de ser recusado na recepção.

O rapaz, cujos olhos se habituavam à escuridão, olhava-a, branca ainda, com sua tez clorótica, e não conseguia descobrir-lhe a idade; dava-lhe doze anos, de tão franzina que parecia, mas, na verdade, sabia que era mais velha, livre como um menino, de um descaramento ingênuo, que o constrangia um pouco; não se agradava dela, achava engraçada demais sua cara esbranquiçada de Pierrô, comprimida nas têmporas pela coifa. O que o espantava era a força dessa criança, uma força nervosa em que havia muito de destreza. Ela carregava seu vagonete mais ligeira do que ele, com pazadas regulares e rápidas; a seguir empurrava o carro até o plano inclinado, com um único e lento impulso, sem dificuldade, passando facilmente sob as rochas baixas. Ele se machucava, descarrilava, perdia o rumo.

Na verdade, o caminho não era cômodo. Havia cerca de sessenta metros da frente de corte ao plano inclinado, e a via, que os mineiros do desaterro ainda não tinham alargado, era um verdadeiro desfiladeiro, de teto muito desigual, cheio de saliências; em certos lugares, o vagonete mal passava, e o operador tinha de se achatar e empurrar ajoelhado para não quebrar a cabeça. Além disso, os caibros já estavam vergando e rachando. Podia-se ver que se partiam no meio, em compridas fendas pálidas, semelhantes a muletas muito frágeis; era preciso tomar cuidado para não se arranhar nessas fendas. E, sob o lento esmagamento que estourava toros de carvalho da grossura de uma coxa, era preciso passar de rastos, com a surda inquietação de ouvir de repente os ossos das costas se quebrando.

— Outra vez! — disse Catherine, rindo.

O vagonete de Etienne acabava de descarrilar numa passagem mais difícil. Não conseguia fazê-lo rodar direito naqueles trilhos que se afundavam na terra úmida; e praguejava, enfurecia-se, lutava raivosamente com as rodas que não podia, apesar dos esforços exagerados, pôr novamente no lugar.

— Espera um pouco — aconselhou a moça. — Se te zangas, ele jamais andará.

Habilmente escorregou para baixo do vagonete, ficando apenas com a parte superior do corpo para fora, e, usando os rins como alavanca, levantou e recolocou o carro no lugar. O peso do vagonete era de setecentos quilos. Ele, surpreso, envergonhado, balbuciou algumas desculpas.

Foi preciso que ela lhe ensinasse a abrir as pernas e a escorar os pés contra as vigas dos dois lados da galeria para ter pontos de apoio sólidos. O corpo devia permanecer inclinado, os braços tesos para poder empurrar, com todos os músculos, os ombros e os quadris. Numa das viagens ele seguiu-a, viu-a conduzindo com o dorso tenso e as mãos tão embaixo que mais parecia estar trotando de quatro pés, como um desses animais anões que trabalham nos circos. Ela suava, arquejava, estalava as juntas, mas sem uma queixa, com a indiferença do hábito, como se a miséria comum fosse uma fatalidade: a de viverem assim, curvados. Mas ele não conseguia fazer o mesmo, os sapatos incomodavam, e, ao ter de caminhar assim, com a cabeça baixa, seu corpo parecia que ia partir-se em pedaços. Depois de alguns minutos, essa posição era um verdadeiro suplício, uma angústia intolerável e tão dolorosa que ele se punha de joelhos, por instantes, para descansar as costas e respirar.

Depois, no plano inclinado, era uma nova trabalheira. Ela lhe ensinou como dar rapidez ao vagonete. Nos altos e baixos desse plano que dava vazão a todos os veios, de uma embocadura de galeria a outra, havia gente a postos: em cima o guarda-freio, embaixo o recebedor. Esses malandros, entre doze e quinze anos, gritavam um ao outro, todo o tempo, palavras abomináveis, e, para os prevenir, era preciso berrar palavrões ainda mais violentos.

Logo que havia um carro vazio para subir, o recebedor dava sinal, a operadora empurrava o seu, cheio, e era o peso deste que fazia subir o outro, quando o guarda-freio acionava a chave. Embaixo, na galeria do fundo, formavam-se os comboios que os cavalos puxavam até o poço.

— Olá, malditos burros! — gritou Catherine no plano inclinado, todo revestido de madeira, com uma extensão de cem metros e que ressoava como um megafone gigantesco.

Os dois rapazes deviam estar descansando, nenhum deles respondeu. Em todos os andares o transporte parou. Uma voz esganiçada de menina proclamou:

— Um deles está em cima da filha do Mouque, com certeza.

Gargalhadas enormes retumbaram pela mina; as operadores de todo o veio se dobraram de riso, apertando a barriga.

— Quem foi? — perguntou Etienne a Catherine.

Esta lhe disse que era a Lydie, uma garotinha muito sabida e que empurrava seu carro tão vigorosamente como uma mulher, apesar dos seus braços de boneca. Quanto à filha de Mouque, era bem capaz de estar com os dois rapazes juntos.

Mas a voz do recebedor veio lá de baixo, gritando que podiam soltar o carro; decerto surgira um contramestre. O transporte recomeçou nos nove andares; só se ouviam agora os chamados dos dois operários do plano inclinado e o bufar das operadoras chegando ao plano, esbaforidas como jumentas carregadas demais. Havia um sopro de bestialidade por toda a mina, um desejo súbito de macho, quando um mineiro encontrava uma dessas moças de quatro, o traseiro ao ar, as ancas arrebentando as calças de homem.

E, depois de cada viagem, Etienne voltava a encontrar no fundo do veio a mesma sufocação, a cadência surda e quebrada das picaretas, os grandes suspiros dolorosos dos britadores ferozes na sua labuta. Os quatro tinham-se posto em pêlo, enterrados na hulha, cobertos de lodo negro até os cabelos. Num certo momento foi preciso ajudar Maheu, que estertorava, e levantar as pranchas para fazer o carvão escorregar até a via. Zacharie e Levaque enfureciam-se contra o veio, que, diziam eles, estava resistindo às picaretas, o que tornaria as condições de sua empreitada desastrosas. Chaval deitava-se por uns instantes de costas, para poder assim descompor Etienne, cuja presença decididamente o exasperava.

— Este molenga tem menos força que uma moça! Desse jeito nunca vais encher o teu vagonete... Hem? É para poupar teus braços? Juro que não te pago os dez soldos se um deles não for aceito...

O rapaz evitava responder; ainda se considerava muito feliz por ter encontrado esse trabalho de forçado, e aceitava o brutal sentido de hierarquia do operário e do mestre-de-obras. Mas não podia mais, tinha os pés em sangue, os membros torcidos por cãibras atrozes, o tronco apertado por um cinto de ferro. Felizmente eram dez horas, o grupo resolveu almoçar.

Maheu tinha relógio, mas nem olhou para ele. No fundo desta noite sem astros, nunca se enganava, fosse em cinco minutos. Todos vestiram novamente a camisa e a jaqueta e desceram do veio; em seguida, acocoraram-se, puseram os cotovelos nas ilhargas, as nádegas sobre os calcanhares, nessa postura tão comum aos mineiros e que adotam até mesmo fora da mina, sem sentirem necessidade de uma pedra ou de uma trave para sentar. E cada um, tendo desenrolado seu sanduíche, começou a morder gravemente a grossa fatia, falando muito pouco sobre o trabalho da manhã. Catherine, que ficara em pé, acabou indo juntar-se a Etienne, que se espichara mais adiante, atravessado nos trilhos, as costas contra as madeiras; havia ali um lugar que estava quase seco.

— Não vais comer? — perguntou ela de boca cheia, sanduíche na mão.

Em seguida lembrou que encontrara esse rapaz vagando na noite, talvez sem vintém ou um pedaço de pão...

— Vamos repartir?

E, como ele não aceitasse, jurando que não tinha fome, mas com a voz trêmula de desejo, ela continuou alegremente:

— Ah! estás com nojo... Eu só mordi deste lado, vou te dar do outro, está bem?

Enquanto falava, foi partindo o pão em dois. O rapaz, ao pegar sua metade, teve de se conter para não a devorar de uma só vez, e descansou os braços sobre as coxas para que ela não notasse como tremiam. Com seu ar tranqüilo, de bom colega, Catherine deitara-se ao lado dele, barriga para baixo, o queixo em uma das mãos, enquanto com a outra comia sem pressa. Entre eles, as duas lâmpadas os iluminavam.

A moça olhou-o um momento em silêncio; devia estar achando bonito aquele rosto de feições finas e de bigode preto. Docemente, ela sorriu de prazer.

— Então és mecânico e te despediram da estrada de ferro... Por quê?

— Esbofeteei o chefe...

Ela ficou estupefata, confusa nas suas idéias hereditárias de subordinação e de obediência passiva.

— A verdade é que tinha bebido — continuou ele —, e quando bebo fico louco, sou capaz de me comer e comer os outros. É isso; basta beber dois goles para sentir a necessidade de destroçar um homem... Depois fico doente por dois dias...

— Não devias beber — disse ela muito séria.

— Não precisa ter medo, me conheço muito bem.

Balançou a cabeça: tinha um ódio de morte da aguardente, o ódio de último filho de uma raça de bêbados, que sofria na carne o resultado de toda essa ascendência empapada em álcool e desequilibrada graças a ele, e isso a tal ponto que uma simples gota transformava-se num veneno agindo no seu corpo.

— É mais por causa de minha mãe que estou aborrecido de ter sido posto na rua — continuou ele depois de engolir um bocado. — Ela não é feliz e de vez em quando eu lhe mandava uma moeda de cem soldos.

— E onde é que mora a tua mãe?

— Em Paris, na rua de la Goutte d'Or. É lavadeira.

Houve um silêncio. Quando ele pensava nessas coisas, seus olhos negros enfraqueciam-se e vacilavam, era uma angústia rápida resultante da lesão da qual ele temia o pior, apesar de sua saudável juventude. Por um instante ficou com os olhos perdidos nas trevas da mina. Àquela profundidade, sob o peso esmagador da terra, começou a relembrar sua infância, a mãe ainda bonita e corajosa, abandonada pelo pai, que depois voltou, apesar de ela já estar casada com outro, ela vivendo entre os dois homens que a destruíam, chafurdando com eles nas sarjetas, no vinho, na imundície. Sim, era lá mesmo, lembrava-se até da rua, de pormenores: a roupa suja no meio da loja, as bebedeiras que empestavam a casa, as bofetadas de quebrar os queixos...

— Agora — continuou ele lentamente — não será com trinta soldos que eu poderei ajudá-la. Com certeza vai morrer de tanta miséria...

Encolheu os ombros num gesto desesperado e mordeu novamente o pão.

— Queres beber? — perguntou Catherine abrindo o cantil. — É café, não faz mal. A gente chega a se engasgar engolindo dessa maneira...

Ele não quis aceitar; já não comera metade do seu pão? Mas ela insistiu cheia de boa vontade, dizendo:

— Muito bem! Bebo antes, já que és tão cortês, só que agora tens de aceitar, senão fica feio.

Catherine estendeu-lhe o cantil: estava de joelhos, muito próxima dele, iluminada pelas duas lâmpadas. Como podia tê-la achado feia? Agora que ela estava negra, o rosto empoado de carvão fino, parecia--lhe de um encanto singular. Naquela fisionomia escura, os dentes, na boca grande demais, eram uma explosão de brancura, os olhos pareciam maiores, brilhavam com um reflexo esverdeado, iguais a olhos de gata. Uma mecha de cabelo ruivo que escapara da coifa fazia-lhe cócegas no ouvido, obrigando-a a rir. Já nem parecia tão criança, bem que podia ter catorze anos...

— Já que queres... — disse ele, bebendo e devolvendo-lhe o cantil.

Ela bebeu outro gole e forçou-o a beber outro: para repartir, disse. E aquele gargalo minúsculo passando de uma boca a outra lhes proporcionou uma sensação agradável. De repente ele se perguntou se não devia tomá-la em seus braços e beijá-la na boca. A moça tinha lábios grossos de um rosa-pálido que o carvão ressaltava, o que fazia aumentar o seu desejo. No entanto não ousou, intimidado diante dela; em Lille só conhecera mulheres da mais baixa espécie, não saberia como agir com uma operária que ainda vivia com a família.

— Deves ter catorze anos, não? — perguntou ele após ter mordido o pão.

Ela respondeu espantada, quase zangada:

— O quê? Catorze? Tenho quinze anos! A verdade é que não sou muito desenvolvida; as moças aqui não crescem muito depressa.

Ele continuou a interrogá-la e ela respondeu a tudo, sem impudência ou acanhamento. De resto, ela não ignorava nada sobre o homem ou a mulher, ainda que ele a sentisse virgem de corpo, e virgem criança, com a maturidade do seu sexo retardada devido ao ar impuro e ao cansaço em que vivia. Quando ele voltou a falar na filha de Mouque, tentando embaraçá-la, ela contou histórias espantosas num tom tranqüilo e alegre: — Ah! essa vivia fazendo das dela! — E quando ele quis saber se não tinha namorado, ela respondeu gracejando que não queria contrariar a mãe, mas seguramente isso aconteceria um dia. Seus ombros estavam curvados, ela tinha um leve tremor de frio resultante da roupa molhada de suor, a fisionomia resignada e doce, pronta a suportar as coisas e os homens.

— Namorado é fácil encontrar quando todo mundo vive junto, não é verdade?

— Claro.

— E depois isso não faz mal a ninguém; é só não dizer nada ao padre...

— O padre pouco me importa! O Homem Negro, esse sim, é perigoso...

— Que Homem Negro?

— O velho mineiro que volta à mina para torcer o pescoço das moças que se portam mal...

Etienne fixou-a, receando que ela estivesse zombando dele.

— Então tu crês nessas bobagens? É porque não sabes nada...

— Sei, sim, sei ler e escrever... Isso é muito útil para nós; no tempo do papai e da mamãe não se estudava.

Decididamente, ela era encantadora. Assim que acabasse de comer, tomá-la-ia em seus braços e beijaria aqueles lábios grossos e róseos. Era a resolução de um tímido, um pensamento de violência que chegava a estrangular-lhe a voz. Essas roupas de rapaz, essa jaqueta e essas calças sobre a carne de moça o excitavam e incomodavam ao mesmo tempo. Tendo acabado de comer o último naco de pão, bebeu no cantil e entregou-lho, para que ela o esvaziasse. O momento de voltar ao trabalho havia chegado, deu uma olhadela inquieta para os mineiros no fundo; nesse momento uma sombra obstruiu a galeria.

Havia um instante que Chaval, em pé, observava-os de longe. Avançou, não sem primeiro estar certo de que Maheu não podia vê-lo, e, como Catherine tivesse permanecido sentada no chão, agarrou-a pelos ombros, deitou sua cabeça e esmagou sua boca com um beijo brutal, e tudo isso tranqüilamente, fingindo não se preocupar com a presença de Etienne. Havia nesse beijo uma tomada de posse, uma espécie de decisão ciumenta.

A moça, no entanto, revoltou-se:

— Deixa-me, ouviste?

Mas ele continuava a segurar-lhe a cabeça e olhava-a no fundo dos olhos. Seu bigode e sua barbicha ruivos flamejavam no rosto negro de nariz enorme, em forma de bico de águia. Por fim, largou-a e foi-se sem dizer palavra.

Um arrepio gelara o corpo de Etienne. Fora estúpido por ter esperado, e agora, claro, não a beijaria, ela poderia pensar que ele estava querendo imitar o outro. Na sua vaidade ferida, sentia-se verdadeiramente desesperado.

— Por que mentiste? — perguntou ele em voz baixa. — Esse é o teu namorado.

— Não, não, juro! — exclamou ela. — Não há nada entre nós. Às vezes ele gosta de fazer brincadeiras. Ademais, ele nem é daqui, veio há seis meses de Pas-de-Calais.

Era hora de voltar ao trabalho, ambos se levantaram. Vendo-o tão frio, ela ficou triste. Sem dúvida achava-o mais bonito que o outro, talvez mesmo o preferisse. Queria inventar uma amabilidade, alguma coisa para consolá-lo; e como o rapaz, admirado, examinava sua lâmpada, que tinha uma chama azul envolta num grande círculo pálido, ela tentou ao menos distraí-lo:

— Vem comigo, vou mostrar-te uma coisa — murmurou, num tom amistoso.

Levou-o para o fundo do veio e apontou para uma frincha na hulha; escapava dela um leve murmúrio, um ruidozinho igual a pipilo de pássaro.

— Põe a mão... sentes o vento? É o grisu.

Ele teve uma surpresa: então era só isso o gás terrível que fazia ir tudo pelos ares? Ela riu e explicou que naquele dia devia haver muito para que as chamas das lâmpadas estivessem tão azuis.

— Quando é que vocês vão parar de tagarelar, seus vagabundos? — gritou a voz brutal de Maheu.

Catherine e Etienne voltaram correndo ao trabalho de encher seus carros e de empurrá-los para o plano inclinado, as espinhas dorsais retesadas, raspando no teto acidentado da galeria. A partir do segundo carreto, o suor os inundava e os ossos voltavam a estalar.

No veio, o trabalho dos britadores tinha recomeçado. Muitas vezes eles apressavam o almoço para não perderem o calor do corpo; e seus sanduíches, comidos numa voracidade muda e naquela profundidade, transformavam-se em chumbo no estômago. Deitados de lado, golpeavam mais forte, com a idéia fixa de completar um número elevado de vagonetes. Tudo desaparecia nessa fúria de ganho tão duramente disputado, nem mesmo sentiam mais a água que escorria e lhes inchava os membros, as cãibras resultantes das posições forçadas, as trevas sufocantes onde eles descoravam como plantas encerradas em adegas. E, à medida que o dia avançava, o ar ficava cada vez mais envenenado, aquecia-se com a fumaça das lâmpadas, com a pestilência dos hálitos, com a asfixia do grisu, que pousava nos olhos como teias de aranha e somente o vento da noite varreria. Mas eles, no fundo dos seus buracos de toupeira, suportando o peso da terra, sem ar nos peitos escaldantes, continuavam a cavar.

V

Maheu, sem olhar o relógio guardado na jaqueta, parou e disse:

— Quase uma hora... Zacharie, acabou com isso?

O rapaz começara havia pouco tempo a colocar escoras. Durante o trabalho ele se deitara de costas, o olhar perdido, pensando nas partidas de críquete que jogara na véspera. Voltando ao mundo, respondeu:

— Sim, por hoje chega, amanhã veremos.

E retornou a seu lugar no veio.

Agora era a vez de Levaque e Chaval largarem as picaretas. Houve um descanso. Todos secavam o rosto nos braços nus, enquanto observavam a rocha do teto cuja parte de xisto estava toda fendida. O único motivo de conversa era o trabalho.

— Mais uma vez vim parar em terras que se esfarelam — murmurou Chaval. — Eles deviam ter levado isso em conta durante as negociações...

— Quem? Esses trapaceiros? — grunhiu Levaque. — O que eles querem é enterrar-nos aqui dentro.

Zacharie começou a rir; pouco se importava com o trabalho e o resto, mas gostava de ouvir falar mal da companhia. Com seu jeito calmo, Maheu explicou que o terreno mudava de natureza a cada vinte metros. Era preciso ser justo, ninguém podia prever. Como os outros dois continuassem a invectivar os chefes, ele ficou inquieto, começou a olhar para os lados.

— Psiu! Chega!

— Tens razão — disse Levaque, que também baixou a voz. — É perigoso.

A obsessão dos espiões não os deixava, mesmo naquela profundidade, como se a hulha dos acionistas, ainda no veio, tivesse ouvidos.

— Isso não impede — proclamou Chaval bem alto, em tom desafiador —, se o porco do Dansaert me falar novamente no tom com que falou no outro dia, que eu lhe pregue com um tijolo na pança. Não sou eu quem o proíbe de gastar dinheiro com louras de pele delicada.

Desta vez Zacharie riu às gargalhadas. Os amores do capataz com a mulher de Pierron eram o maior motivo de brincadeiras na mina. A própria Catherine, apoiada na pá, lá embaixo, dobrava-se de rir, e, numa frase, pôs Etienne a par do caso, enquanto Maheu resolveu zangar-se, presa de um medo que não conseguia esconder mais.

— Como é, não vais calar-te? Fala quando estiveres sozinho, se queres que te aconteça uma desgraça.

Ele falava ainda quando se ouviu um ruído de passos na galeria de cima. Quase no mesmo momento, o engenheiro da mina, o pequeno Négrel, como os operários o chamavam entre si, apareceu no alto do veio, acompanhado de Dansaert, o capataz.

— Eu não disse? — murmurou Maheu. — Eles sempre brotam da terra, de repente.

Paul Négrel, sobrinho do Sr. Hennebeau, era um rapaz de vinte e seis anos, magro e bonito, cabelos crespos e bigode escuro. O nariz pontudo, o olhar vivo lhe davam um ar de pessoa curiosa mas amável, de uma inteligência cética, que se transformava em brusco autoritarismo nas suas relações com os operários. Andava vestido e sujo de carvão como eles, e, para que o respeitassem, desafiava os perigos passando pelos lugares mais difíceis; era sempre o primeiro nos desabamentos e nas explosões de grisu.

— É aqui, Dansaert? — perguntou.

O capataz, um belga de cara grande e nariz grosseiro e sensual, respondeu com delicadeza exagerada:

— Sim, Sr. Négrel... Este é o homem que foi contratado de manhã.

Tinham escorregado até o meio do leito do veio e mandaram subir Etienne. O engenheiro levantou a lâmpada e observou-o sem o interrogar.

— Está bem — disse afinal. — Não gosto muito de que se agarrem desconhecidos nas estradas; que isso não se repita.

E, sem escutar as explicações que lhe davam sobre as necessidades do trabalho e do desejo de substituir as mulheres por rapazes no carreto, começou a estudar o teto, e os britadores tiveram de voltar às suas picaretas.

De repente exclamou:

— Será possível, Maheu, que você não se importa com nada? Vão ficar todos enterrados aqui, seus idiotas!

— Não, está firme — respondeu tranqüilamente o operário.

— Firme?! A rocha já está cedendo e vocês colocam as vigas com distâncias de mais de dois metros, e de má vontade! Quer saber de uma coisa? Vocês são todos iguais, preferem deixar-se esmagar a largar o veio, quando necessário, para fazer o revestimento. Vamos! Quero que me escorem isto imediatamente; e com vigas duplas, ouviram?

Diante da pachorra dos mineiros, que discutiam, dizendo que ninguém era melhor juiz da sua segurança do que eles, o engenheiro encolerizou-se:

— Como é? Vamos de uma vez! Quando estiverem com a cabeça esmagada, quem é que vai sofrer as conseqüências? Vocês? Claro que não! É a companhia; ela terá de pagar as suas pensões ou das suas mulheres. Já sabemos muito bem como são: para terem no fim do dia dois vagonetes a mais na conta, são capazes de largar a pele.

Maheu, apesar da cólera que pouco a pouco se apossava dele, conseguiu falar com calma:

— Se nos pagassem melhor poderíamos pensar nessas coisas.

O engenheiro deu de ombros sem responder. Tendo acabado de descer até o fundo, falou lá de baixo:

— Têm uma hora para fazer esse trabalho. E estão avisados de que a empreitada vai ser multada em três francos.

Os britadores receberam essas palavras com um surdo murmúrio de descontentamento. Só a força da hierarquia, essa hierarquia militar que, do trabalhador menor ao capataz da mina, curvava a todos, uns por baixo dos outros, retinha-os. Contudo, Chaval e Levaque tiveram um gesto de fúria, enquanto Maheu os continha com o olhar e Zacharie encolhia zombeteiramente os ombros. Mas era talvez Etienne o mais irritado; desde que se encontrava no fundo daquele inferno, uma revolta lenta o agitava. Olhou para Catherine, que continuava curvada, resignada. Então era possível que uma pessoa se matasse num trabalho de escravo, no fundo dessas trevas horrendas, e nem sequer conseguisse ganhar os parcos tostões para o pão de cada dia?

Négrel deu alguns passos, sempre acompanhado de Dansaert, que se contentara em aprovar tudo o que ele dissera com um movimento contínuo de cabeça. Ouviu-se outra vez a voz do engenheiro; tinham parado para examinar o revestimento da galeria, da qual os britadores eram responsáveis pela conservação numa extensão de dez metros, a partir do veio.

— Quando eu lhe digo que eles não ligam para nada estou mentindo? — berrava o engenheiro. — E você, meu Deus! Não viu isto?

— Sim, claro que vi... — balbuciava o capataz. — Estou cansado de adverti-los.

Négrel chamou aos brados:

— Maheu, Maheu!

Todos desceram; ele continuou:

— Veja isto. Está firme? Diga-me! Isso nunca foi trabalho decente. Este encaixe não segura mais os caibros porque foi colocado de qualquer jeito, e assim por diante. Agora compreendo as enormes somas que gastamos em consertos... Desde que isto agüente enquanto vocês são os responsáveis o resto não tem importância, não é assim? E que tudo quebre depois, a companhia está aí mesmo, ela que mantenha um exército de operários para consertar... Veja aquilo ali, é uma vergonha.

Chaval quis falar, mas ele não deixou.

— Não fale nada, já sei o que vai dizer: que lhe paguem melhor, não é? Pois previno-os de que vão forçar a direção a fazer uma coisa! Sim, pagaremos o revestimento à parte e reduziremos proporcionalmente o preço do vagonete. Já veremos o que ganharão com isso. Agora quero esse revestimento feito todo de novo e imediatamente. Amanhã volto aqui.

E partiu, deixando atrás de si o impacto causado por sua ameaça. Dansaert, tão humilde diante do outro, ficou para trás por alguns segundos para dizer brutalmente aos operários:

— Essa vocês me pagam... Não vai ser somente de três francos a multa que vou aplicar. Tomem cuidado comigo!

Depois de ele partir foi a vez de Maheu estourar.

— Com todos os diabos! O que não é justo não é justo. Gosto de fazer tudo com calma porque é a única maneira com que a gente se pode entender, mas é de ficar furioso. Vocês ouviram? Vão pagar menos por carro e o revestimento à parte! Isso não passa de uma desculpa para nos pagarem menos... Raios os partam.

Procurava alguém para descarregar a fúria: encontrou Catherine e Etienne sem fazerem nada.

— Vocês querem passar-me a madeira, ou será que isso não lhes interessa? Não me custa nada dar uns bons pontapés nos dois.

Etienne foi buscar madeira, sem guardar rancor por causa da grosseria do outro; estava tão furioso contra os chefes, que achava que os mineiros eram até muito delicados.

Levaque e Chaval desabafaram com palavrões. Todos, até Zacharie, emadeiravam furiosamente. Durante quase meia hora só se ouviu o estalar das madeiras sob os golpes dos martelos. Não falavam mais, resfolegavam, exasperavam-se contra a rocha, que, se pudessem, desalojariam e jogariam para o lado com um movimento de ombros.

— Chega! — disse enfim Maheu, cheio de raiva e cansaço. — Uma e meia... Ah, que belo dia! Não chegaremos a cinqüenta soldos. Vou embora, estou farto!

Ainda havia meia hora de trabalho, mas ele se vestiu e os outros fizeram o mesmo. Só de olhar para o veio perdiam a cabeça. Como a operadora de vagonetes continuasse a trabalhar, eles a chamaram, irritados com tanto zelo: o carvão que fosse sozinho, se pudesse. E os seis, ferramentas debaixo dos braços, voltaram ao poço pelo caminho da manhã.

Na fenda, Catherine e Etienne ficaram para trás, enquanto os britadores escorregaram até embaixo. Os dois haviam encontrado Lydie, que parara no meio de uma via para deixá-los passar, e que lhes contou que a filha do Mouque deixara o trabalho havia bem uma hora com o nariz sangrando e fora molhar o rosto ninguém sabia onde.

Quando a deixaram, a meninazinha começou a empurrar novamente o carro, prostrada, cheia de lama, retesando seus braços e pernas de inseto, igual a uma formiga preta em luta com um fardo demasiadamente pesado.

Os dois desceram de costas, encolhendo os ombros com receio de esfolar a testa; deslizavam tão rapidamente ao longo da rocha polida por todos os recantos da mina que tinham, de vez em quando, de agarrar-se às madeiras — para que suas nádegas não pegassem fogo, diziam eles gracejando.

Embaixo, não encontraram ninguém. Estrelas vermelhas passavam ao longe, num cotovelo da galeria. Puseram-se a caminho, ela na frente, ele atrás, arrastando os pés de cansaço, sem mais vontade de fazer gracejos. As lâmpadas fumegavam; ele mal podia vê-la, envolta numa espécie de neblina de fumaça. A idéia de que ela era uma moça o deixava inquieto; sentia-se estúpido por não a beijar, mas a lembrança do outro o impedia. Certamente ela tinha mentido:

o outro era seu amante, dormiam juntos em todos os leitos de pedras que encontravam, ela já rebolava como uma prostituta... Sem motivo, sentiu-se despeitado, como se a moça o tivesse enganado. E no entanto ela, a cada momento, voltava-se, prevenia-o sobre algum obstáculo, parecia convidá-lo a ser amável. Estavam tão sós, bem que podiam rir como dois bons amigos! Finalmente desembocaram na galeria de trânsito; foi um alívio para ele, ali não poderia fazer mais nada, nem que quisesse. Ela olhou-o pela última vez com um olhar triste, como saudosa de uma ventura para sempre perdida.

Agora, em torno deles, a vida subterrânea estrondeava com as contínuas andanças dos contramestres, o vaivém dos comboios de vagonetes puxados pelo trote dos cavalos. Só as lâmpadas punham estrelas naquela noite. Eles tinham de se encostar na rocha, dar passagem às sombras de homens e de animais e receber seu hálito no rosto. Jeanlin, correndo descalço atrás dos seus vagonetes, gritou-lhes um impropério que não entenderam, devido ao ribombar das rodas.

Continuavam caminhando; ela agora silenciosa, ele não reconhecendo as encruzilhadas e galerias por onde passara de manhã, imaginando que ela o afundava cada vez mais na terra. O que mais sentia era o frio; um frio sempre maior, que começara na saída do veio e o fazia tiritar violentamente à medida que se aproximavam do poço.

A corrente de ar soprava novamente como uma tempestade entre as muralhas estreitas. Ele pensava que nunca mais chegaria quando, de repente, atingiram a embocadura da galeria.

Chaval lançou-lhes um olhar atravessado, a boca franzida de desconfiança. Os outros também estavam lá, suando no ar gelado, mudos como ele, engolindo o ódio. Haviam chegado cedo demais, recusavam-se a subi-los antes de meia hora, ainda mais que estavam fazendo manobras complicadas para descer um cavalo. Os carregadores ainda faziam correr os carros com um ruído ensurdecedor de ferragem sacudida; os elevadores subiam, desaparecendo na chuva torrencial que caía do buraco negro; embaixo, o desaguadouro, com uma boca de dez metros de diâmetro, fluía sem descanso, exalando a sua umidade lodosa. Em volta do poço havia homens que trabalhavam infatigavelmente puxando as cordas dos sinais, pendurando-se nos braços das alavancas em meio àquela garoa que lhes encharcava as roupas. A claridade avermelhada das três lâmpadas de chama livre, recortando grandes sombras móveis, dava a essa sala subterrânea um aspecto de covil, de toca de bandidos próxima de uma torrente.

Maheu fez um último esforço. Aproximou-se de Pierron, que pegara no serviço às seis horas.

— Como é? tu bem que podias deixar-nos subir.

Mas o carregador, belo rapaz de rosto meigo e membros fortes, recusou com um gesto de medo.

— Impossível, pede ao contramestre. Eles me multariam se eu deixasse.

Novos grunhidos de cólera foram abafados. Catherine, inclinando-se, disse ao ouvido de Etienne:

— Vamos então à cavalariça, vais ver como é agradável. Tiveram de escapar sem ser vistos, porque era proibido ir lá.

A cavalariça encontrava-se à esquerda, no fim de uma pequena galeria. Talhada na rocha e abobadada de tijolos, com vinte e cinco metros de comprimento e quatro de altura, podia conter vinte cavalos. Realmente era agradável ali, com um bom calor de animais vivos, um cheiro bom de palha fresca e sempre limpa. A única lâmpada existente espalhava uma luz calma de lamparina. Os cavalos, descansando, viraram a cabeça para olhá-los com seus grandes olhos infantis, para em seguida voltarem à sua aveia, sem pressa, como trabalhadores bem alimentados e saudáveis, apreciados por todos.

Catherine começou a ler em voz alta os nomes escritos em placas de zinco por cima das manjedouras; de repente deu um pequeno grito, vendo um corpo erguer-se diante dela: era a filha de Mouque, que, sobressaltada, saía de um monte de palha, onde estivera dormindo. Às segundas-feiras, quando estava realmente cansada das farras de domingo, dava-se um violento soco no nariz, deixava seu veio com o pretexto de ir em busca de água e vinha esconder-se ali, na palha quente, com os animais. Seu pai, que a amava muito, tolerava tudo isso, correndo o risco de ter aborrecimentos.

Justamente nesse momento entrou o velho Mouque, baixo, careca, uma ruína, mas apesar de tudo gordo, o que era raro num mineiro de cinqüenta anos. Depois que fora transferido para a cavalariça, mascava tanto tabaco que as gengivas sangravam na boca negra. Vendo os dois com a filha, resolveu zangar-se.

— Que é que vocês todos estão fazendo aqui? Vamos, fora! E essas malandras ainda me trazem um homem... É muito bonito virem fazer suas sem-vergonhices em cima da palha!

A filha achou engraçado e começou a rir, apertando a barriga. Etienne, encabulado, foi embora, e Catherine lhe sorriu.

Os três chegaram à plataforma do poço com Bébert e Jeanlin,

que traziam um comboio de vagonetes. Houve uma parada para a manobra dos elevadores, e a moça aproximou-se do cavalo deles, acariciou-o e falou dele a Etienne. Era o Batalha, um animal branco que tinha dez anos de serviços prestados no fundo da mina, o mais antigo de todos os cavalos que trabalhavam ali; havia dez anos que ele vivia enfurnado, ocupando o mesmo canto da estrebaria, fazendo a mesma tarefa ao longo das galerias negras, sem jamais ter revisto a luz do dia. Muito gordo, de pêlo luzidio e ar bonachão, parecia levar ali embaixo uma existência de sábio, ao abrigo dos dissabores lá de cima; de tanto viver nas trevas, transformara-se num espertalhão; a via onde trabalhava era-lhe agora tão familiar que empurrava com a cabeça as portas de ventilação e curvava-se nos lugares mais baixos para não bater. Decerto ele contava suas viagens, porque, depois de ter feito o seu número regulamentar, recusava-se a continuar e tinha de ser reconduzido à manjedoura. Agora, que estava ficando velho, seus olhos de gato costumavam encher-se de melancolia; talvez estivesse revendo, no fundo de seus sonhos obscuros, o moinho onde nascera, perto de Marchiennes — um moinho construído às margens do Scarpe, rodeado de muito verde, sempre batido pelo vento. Alguma coisa ardia no ar, um lampião enorme, cuja forma exata escapava à sua memória de animal. E assim ele ficava, cabeça baixa, trêmulo sobre as pernas velhas, fazendo esforços inúteis para se lembrar do sol.

Enquanto isso, as manobras continuavam no poço; o martelo dos sinais dera quatro pancadas, já iam descer o cavalo. Isso era sempre motivo de emoção, já que muitas vezes o animal, presa de tal horror, desembarcava morto. Em cima, enrolado numa rede, ele se debatia, enlouquecido; depois, logo que sentia faltar-lhe o chão, ficava como que petrificado, e assim afundava no poço, sem um frêmito na pele, os olhos arregalados e fixos.

Este, como era muito grande para poder passar entre as guias, tiveram de amarrá-lo por baixo do elevador e encolhê-lo ligando a cabeça à ilharga. A descida durou cerca de três minutos: haviam diminuído a velocidade da máquina, por precaução. Embaixo, a emoção era cada vez maior. Que estaria acontecendo? Será que iam deixá-lo assim, pendurado no escuro, no meio do caminho? Afinal, ele apareceu, com sua imobilidade de pedra, olhar fixo, dilatado de terror. Era um cavalo baio, com apenas três anos, chamado Trombeta.

— Cuidado! — gritou o velho Mouque, que estava encarregado de recebê-lo. — Ponham-no aqui, mas sem desamarrá-lo.

Dentro em pouco, Trombeta estava deitado sobre as lajes de ferro fundido, como um fardo. Continuava sem movimento, parecia ainda dentro do pesadelo daquele buraco escuro, infinito, daquela peça profunda, cheia de barulho. Começavam a desamarrá-lo quando Batalha, já desatrelado, aproximou-se espichando o pescoço para farejar esse companheiro que vinha da terra. Os operários abriram a roda, gracejando: que cheiro bom estaria sentindo? Mas Batalha, surdo às zombarias, excitava-se. Sim, estava descobrindo o cheiro bom do ar livre, o perfume esquecido do sol nos campos. E subitamente deu um relincho sonoro, que era uma música de alegria onde parecia haver a tristeza do soluço. Eram as boas-vindas, a exultação daquelas coisas antigas das quais recebia o hálito, a tristeza por aquele prisioneiro a mais que só voltaria a subir depois de morto.

— Mas que animal esse Batalha! — gritavam os operários, divertidos com as patuscadas do seu favorito. — Agora está conversando com o companheiro.

Trombeta, desamarrado, continuava sem movimento. Permanecia de lado, como se ainda estivesse com a rede a apertá-lo, garroteado pelo medo. Por fim ficou em pé, depois de uma chicotada, atordoado, os membros sacudidos por tremores. O velho Mouque levou os dois animais, que confraternizavam.

— Como é, chegou a nossa vez? — perguntou Maheu.

Primeiro era preciso desimpedir os elevadores, e ainda faltavam dez minutos para a hora da subida.

Pouco a pouco, o trabalho ia parando, os mineiros desembocavam de todas as galerias. Já havia cerca de cinqüenta homens esperando, todos molhados e tiritando, sob a ameaça da pneumonia que poderia vir de qualquer lado.

Pierron, apesar do seu jeito delicado, deu um bofetão na filha, Lydie, por esta ter deixado o trabalho antes da hora. Zacharie esfregava-se na filha de Mouque, a pretexto de se aquecer. E o descontentamento ia crescendo; Chaval e Levaque contaram que o engenheiro os tinha ameaçado, que o preço do carro baixaria e o revestimento ia ser pago à parte; diversas exclamações acolheram este projeto; germinava uma rebelião naquele buraco estreito, a aproximadamente seiscentos metros abaixo do solo. Em dado momento, as vozes começaram a subir; esses homens, imundos de carvão, gelados pela espera, acusaram a companhia de matar no fundo da mina a metade dos seus operários e de fazer a outra metade morrer de fome. Etienne escutou tudo isso com um frêmito

— Vamos, mais depressa, mais depressa! — gritava aos carregadores o contramestre Richomme.

Apressava a manobra para a subida, não querendo usar de severidade, fingindo não escutar. Mas os murmúrios já estavam tão altos que ele se viu obrigado a entrar na história. Por trás dele gritava-se que como estava não podia durar muito e um belo dia aquilo tudo ia pelos ares.

— Tu, que és sensato — disse ele a Maheu —, faze que se calem. Quando não se é o mais forte, deve-se ter paciência.

Mas Maheu, que se acalmava e começava a inquietar-se, não teve que intervir. De repente, as vozes calaram. Négrel e Dansaert, voltando da inspeção, desembocavam, banhados em suor, de uma galeria. O hábito da disciplina fez que todos os homens formassem filas, enquanto o engenheiro atravessava o grupo sem dizer palavra; entrou num vagonete e o capataz noutro. O sinal foi puxado cinco vezes, sinal de "carne graúda", como diziam os operários, e o elevador subiu, em meio a um silêncio soturno.

VI

No elevador que o levava para cima, amontoado com mais quatro, Etienne resolveu voltar ao seu andarilhar faminto pelas estradas. Melhor seria morrer lá mesmo do que voltar ao fundo daquele inferno, onde nem sequer conseguia ganhar o suficiente para o pão. Catherine, encurralada acima dele, não mais estava ali, a seu lado, entorpecendo-o com o seu calor. Sim, era melhor que nem pensasse mais nessas bobagens, que se fosse... Sendo mais instruído que eles, não podia sentir essa resignação de rebanho, e acabaria por estrangular um chefe qualquer.

De repente, não enxergou mais nada; a subida fora tão rápida que ficou aturdido com a claridade, os olhos piscando, desabituados com a luz. Contudo, não deixou de ser um alívio para ele quando sentiu que o elevador se firmava nos ferrolhos. Um carregador abriu a porta, e uma vaga de operários saltou dos vagonetes.

— Como é, Mouque — murmurou Zacharie ao ouvido do carregador —, vamos ao Volcan esta noite?

O Volcan era um café-concerto de Montsou; o jovem Mouque piscou o olho esquerdo e riu silenciosamente, mas com toda a boca. Baixo e gordo como o pai, tinha um nariz arrebitado, típico desses rapazes que tudo esbanjam, sem qualquer preocupação com o futuro. Nesse momento, a irmã saía de dentro do elevador, e ele pespegou-lhe uma enorme palmada no traseiro, de pura ternura fraternal.

Etienne quase não reconhecia a nave alta de recepção que à noite lhe parecera tenebrosa, sob a luz bruxuleante dos lampiões. Agora não era mais que nua e suja. Uma claridade terrosa entrava pelas janelas empoeiradas. Só a máquina luzia seus cobres ao fundo da peça. Os cabos de aço, cobertos de graxa, corriam como fitas encharcadas de tinta, e as roldanas no alto, as enormes vigas que as sustentavam, os elevadores, os vagonetes, todo esse imenso aparato metálico escurecia a sala com a sua opacidade de ferragem gasta. O ruído surdo das rodas fazia que as lajes de ferro fundido tivessem um estremecimento contínuo, e da hulha transportada subia uma poeira fina de carvão que tisnava o solo, as paredes e até as traves da torre do sino de rebate.

Chaval, tendo dado uma vista de olhos no quadro de lançamentos, no pequeno escritório envidraçado do recebedor, voltou furioso; constatara que dois vagonetes dos seus tinham sido recusados; um por não conter a quantidade regulamentar, outro porque a hulha estava suja.

— O dia está completo! — gritou ele. — São vinte soldos a menos! A culpa é da gente, empregar vagabundos que se servem dos braços como um porco do rabo...

E, com um olhar de viés para Etienne, completou seu pensamento. O rapaz esteve a ponto de responder com um murro, mas conteve-se; para quê? Não ia embora? Esse incidente veio persuadi-lo de uma vez por todas.

— No primeiro dia não se pode fazer tudo direito — disse Maheu para pacificar. — Amanhã ele fará melhor.

Mas todos estavam exasperados, prontos para brigar. Ao passarem pelo depósito de lâmpadas, Levaque agarrou-se com o encarregado, que ele acusou de não limpar a sua como devia. Só no vestiário é que se acalmaram um pouco; ali o fogo continuava a arder tão forte que o fogão estava em brasa; o enorme compartimento sem janelas parecia estar em chamas com os reflexos purpúreos do braseiro dançando nas paredes. Houve exclamações de satisfação, todos se puseram a aquecer as costas a certa distância, fumegantes como pratos de sopa; quando os rins queimavam, punham as barrigas para cozer. A filha de Mouque, com toda a calma, tinha descido as calças para secar a camisa. Os rapazes começaram a soltar piadas; de repente, houve uma gargalhada geral, com a moça mostrando-lhes o traseiro, o que, para ela, era extrema expressão de desdém.

— Eu me vou — disse Chaval, que tinha fechado suas ferramentas na caixa.

Ninguém se mexeu. Só a filha de Mouque se apressou, correu atrás dele, pretextando que ambos iam para Montsou. Mas as brincadeiras a seu respeito continuaram, todos sabiam que Chaval não queria mais nada com ela.

Catherine, no entanto, preocupada, falava com o pai em voz baixa. Este, a princípio, mostrou-se espantado, depois fez um movimento de aprovação com a cabeça e chamou Etienne para lhe entregar o embrulho.

— Escute — murmurou ele. — Se você está sem dinheiro, vai morrer de fome antes do fim da quinzena. Quer que lhe arranje crédito em algum lugar?

O jovem não soube o que responder, embaraçado; ia justamente pedir seus trinta soldos e partir, mas teve vergonha diante da moça que o olhava fixamente; talvez fosse pensar que ele não gostava de trabalhar.

— Mas não lhe prometo nada — continuou Maheu. — Podem muito bem não querer dar.

Etienne resolveu não dizer que não; era certo que recusariam o tal crédito. E, além do mais, isso em nada o comprometia, podia ir embora quando quisesse, depois de haver comido alguma coisa. Mas em seguida arrependeu-se por ter aceito, ao ver a alegria de Catherine, seu riso aberto, seu olhar de amizade, sua satisfação por ter podido ajudar. De que serviria tudo aquilo?

Tendo apanhado os tamancos e fechado as caixas, Maheu e os filhos deixaram o vestiário, atrás dos camaradas que partiam depois de se aquecerem. Etienne seguiu-os, e Levaque e seu filho incorporaram-se ao grupo. Ao atravessarem a triagem, uma cena violenta fê-los parar.

Era um galpão, amplo, com o vigamento negro de pó e grandes persianas por onde soprava constantemente uma corrente de ar. Os carros de hulha vinham para ali diretamente da recepção, em seguida eram derramados por basculadores nas tremonhas, longas calhas metálicas de transporte; à direita e à esquerda destas, as separadoras, trepadas em degraus e armadas de pá e ancinho, retiravam as pedras e empurravam o carvão limpo que, em seguida, caía através de funis nos vagões do caminho de ferro construído sob o galpão.

Philomène Levaque trabalhava ali, franzina e pálida, com ar resignado de moça que põe sangue pela boca. A cabeça protegida por um farrapo de lã azul, mãos e braços negros até os cotovelos, fazia a sua triagem logo depois de uma velha bruxa, a mãe da mulher de Pierron, a Queimada, como a chamavam, terrível com seus olhos de coruja e lábios comprimidos como a bolsa de um avarento. As duas estavam brigando; a jovem acusava a velha de surrupiar suas pedras, de modo que não conseguia encher um cesto em dez minutos.

Eram pagas por cestos, daí nascerem disputas a cada momento; cabelos desfeitos, mãos marcadas a preto nos rostos vermelhos...

— Vamos, dá-lhe um soco! — gritou Zacharie lá de cima para a amante.

Todas as separadoras começaram a rir, mas a Queimada investiu furiosa contra o rapaz.

— Indecente! Era melhor que reconhecesses os dois filhos que fizeste nela! Imaginem! Nessa pateta de dezoito anos que nem consegue ficar em pé.

Maheu teve de impedir o filho de descer para ver, como ele disse, a cor da pele daquela carcaça. Um fiscal acorreu e os ancinhos puseram-se de novo a remexer o carvão. Não se via, do alto até o ponto mais baixo das tremonhas, senão as costas curvadas das mulheres encarniçadas a se disputarem as pedras.

Lá fora o vento amainara subitamente, um frio úmido caía do céu cinzento. Os mineiros encolheram os ombros, cruzaram os braços e partiram em debandada, com um movimento de cadeiras que tornava salientes seus ossos enormes sob a fazenda fina das roupas. À luz do dia, mais pareciam uma tropilha de negros que tivessem caído no lodo. Alguns deles não tinham comido todo o sanduíche, e esse resto de pão, enfiado entre a camisa e a jaqueta, tornava-os corcundas.

— Olha, lá vai o Bouteloup — disse Zacharie, rindo.

Levaque, sem parar, trocou duas frases com o seu inquilino, um homem gordo de trinta e cinco anos, de jeito calmo e honesto.

— Como é, Louis, a sopa está pronta?

— Acho que sim.

— Então a mulher está andando direito hoje?

— Sim, acho que sim.

Outros mineiros do desaterro estavam chegando, grupos novos que, um a um, eram engolidos pela mina. Era o turno das três horas, mais homens para a fome do poço e cujas equipes iam substituir os britadores de empreitada no fundo dos filões. A mina nunca parava, noite e dia havia insetos humanos cavando a rocha, seiscentos metros abaixo dos campos de beterraba.

Os meninos agora caminhavam na frente. Jeanlin confiava a Bébert um plano complicado para conseguir quatro soldos de tabaco a crédito, enquanto Lydie se conservava, respeitosamente, a distância. Catherine caminhava com Zacharie e Etienne; nenhum deles falava. Em frente à taberna Avantage, Maheu e Levaque alcançaram o grupo.

— Chegamos — disse o primeiro a Etienne. — Você quer entrar?

Separaram-se. Catherine tinha ficado um instante imóvel, olhando por uma última vez o rapaz com seus olhos grandes, límpidos e glaucos como água de fonte, encravados no rosto negro, o que mais ressaltava seu brilho. Ela sorriu e desapareceu com os outros no caminho ascendente que conduzia ao conjunto habitacional.

A taberna encontrava-se entre este e a mina, no cruzamento dos dois caminhos; era uma casa de tijolos de dois andares, caiada de alto a baixo, com as janelas emolduradas de largas faixas de um alegre azul-claro. Por cima da porta havia uma tabuleta com os seguintes dizeres pintados em amarelo: *À Avantage, taberna, administrada por Rasseneur*. Por trás da casa havia uma cancha para jogo de boliche cercada por uma sebe viva. A companhia, que tudo fizera para comprar esse terreno encravado em suas vastas terras, não se conformava com uma taberna aberta em pleno campo, às portas da Voreux.

— Entre — repetiu Maheu a Etienne.

A sala era pequena, de uma nudez clara com suas três mesas e sua dúzia de cadeiras, seu balcão de pinho, do tamanho de um guarda-comida de cozinha. Havia, quando muito, uns dez copos, três garrafas de licor, um garrafão, uma pequena caixa de zinco com torneira de estanho para a cerveja e nada mais, nenhuma imagem, nenhuma prateleira, nenhum jogo. No fogão de ferro fundido, envernizado e brilhante, ardia brandamente uma pazada de hulha. Sobre as lajes, uma camada fina de areia branca absorvia a contínua umidade daquela região encharcada.

— Uma cerveja — pediu Maheu a uma moça gorda e loura, filha de uma vizinha e que às vezes cuidava do estabelecimento. — Rasseneur está?

Abrindo a torneira, ela respondeu que o patrão vinha já. Lentamente, de um só trago, o mineiro bebeu metade do copo, para limpar a garganta da poeira que a obstruía. Não ofereceu nada a seu companheiro. Um único freguês, um outro mineiro molhado e lambuzado, estava sentado a uma mesa e bebia sua cerveja em silêncio, com ar de profunda meditação. Um terceiro entrou, foi servido a um gesto que fez, pagou e retirou-se sem dizer palavra.

Apareceu um homem gordo, de trinta e oito anos, barbeado, de rosto redondo e sorriso bonachão: era Rasseneur, antigo britador que a companhia tinha despedido havia três anos, depois de uma greve. Ótimo operário, falava bem, punha-se à frente de todas as reclamações e acabara sendo chefe dos descontentes. Sua mulher já tinha um pequeno estabelecimento, como muitas mulheres de mineiros; quando foi posto na rua, resolveu ser taberneiro, arranjou dinheiro e estabeleceu-se defronte da Voreux, como numa provocação à companhia. Atualmente sua casa prosperava, tornava-se um ponto de encontro, e ele enriquecia com as cóleras que pouco a pouco insuflara em seus antigos companheiros.

— É o rapaz que eu empreguei esta manhã — explicou Maheu sem mais preâmbulos. — Tens um dos teus dois quartos desocupado e queres dar-lhe crédito por uma semana?

O rosto largo de Rasseneur ficou subitamente desconfiado. Examinou Etienne com um olhar rápido e respondeu, sem tentar fingir que sentia muito:

— Impossível; meus dois quartos estão ocupados.

O rapaz esperava por aquela recusa, e no entanto sofreu com ela; espantou-se mesmo com o repentino desgosto que sentia por ter de partir. Mas que importa! Iria embora logo que recebesse os trinta soldos. O mineiro que bebia a uma mesa tinha saído. Outros, um a um, entravam para molhar a garganta e punham-se novamente a caminho com o mesmo passo cansado. Era uma simples lavagem de garganta, sem alegria ou paixão; o mudo saciar de uma necessidade.

— Então, que há de novo? — perguntou num tom misterioso Rasseneur a Maheu, que acabava sua cerveja a pequenos goles.

Este virou-se e viu que apenas Etienne se encontrava na peça.

— Houve outra briga... por causa do revestimento.

Contou o caso. O rosto do taberneiro ficou vermelho; uma emoção sangüínea, que lhe saía em chamas pela pele e olhos, inchou-o. Por fim, explodiu:

— Ah! Agora sim! Se eles baixarem os salários, estão perdidos.

A presença de Etienne o incomodava, mas assim mesmo continuou, lançando-lhe de vez em quando olhares oblíquos. Falava cheio de reticências, de subentendidos, citava o diretor, o Sr. Hennebeau, sua mulher, seu sobrinho, o pequeno Négrel, sem contudo os nomear, repetindo que isso não podia continuar assim, que mais dia menos dia ia explodir. A miséria era grande demais, citou as fábricas que estavam fechando, os operários despedidos. Havia um mês que dava mais de três quilos de pão por dia.

Na véspera, tinham-lhe dito que o Sr. Deneulin, o proprietário de uma mina vizinha, já não sabia como agüentar. Para completar, acabava de receber uma carta de Lille cheia de detalhes inquietadores.

— Sabes de quem? — murmurou ele. — Daquela pessoa que viste aqui uma noite.

Nisso foi interrompido; entrou sua esposa, uma mulher alta, magra e nervosa, de nariz comprido e pômulos violáceos. Em política era muito mais radical que o marido.

— A carta de Pluchart! — exclamou ela. — Ah, se aquele estivesse no comando, isto endireitava logo.

Etienne começara a escutar, a compreender, a se apaixonar por essas idéias de miséria e de desforra. Aquele nome atirado por acaso fê-lo estremecer. Disse alto, quase involuntariamente:

— Eu conheço Pluchart.

Olharam-no; teve de acrescentar:

— Sim, eu sou operador de máquinas, ele foi meu contramestre em Lille. Um homem capaz; conversei muitas vezes com ele.

Rasseneur examinou-o novamente: houve no seu rosto um movimento rápido, uma mudança súbita. Por fim disse à mulher:

— Maheu trouxe este senhor, trabalha para ele como operador de vagonetes, quer saber se não há um quarto desocupado em cima e se não poderíamos dar-lhe crédito por uma quinzena.

O negócio foi fechado em quatro palavras. Havia um quarto, o inquilino partira de manhã. E o taberneiro, cada vez mais exaltado, desabafou tudo, repetindo sempre que só pedia o possível aos patrões, sem exigir, como muitos outros, coisas difíceis de obter. Sua mulher dava de ombros; ela queria seus direitos completos.

— Até amanhã — interrompeu Maheu. — Tudo isso não impede que desçamos à mina, e enquanto se descer haverá gente morrendo... Olha para ti, forte e saudável desde que saíste de lá, há três anos.

— É verdade, estou muito melhor — declarou Rasseneur com bonomia.

Etienne foi até a porta para agradecer ao mineiro que partia; este abanou a cabeça sem dizer palavra e o rapaz ficou ali, vendo-o subir com dificuldade o caminho do conjunto habitacional.

A Sra. Rasseneur, que estava servindo fregueses, pedira-lhe que esperasse um minuto; em seguida o conduziria ao quarto para lavar-se. Devia ficar? Hesitava novamente, dominado por um mal-estar que o fazia sentir falta da liberdade das estradas abertas, da fome ao sol, sofrida com a alegria de ser dono de si. Parecia-lhe que vivera anos ali, desde a sua chegada ao aterro, no meio da borrasca, até as horas passadas debaixo da terra, arrastando-se pelas galerias escuras. Repugnava-lhe ter de começar; era injusto e demasiado duro; seu orgulho de homem revoltava-se à idéia de ter de ser um animal a quem se cega e esmaga.

Enquanto Etienne se debatia nessa crise, seus olhos, que vagavam pela planície imensa, foram-na captando. Espantou-se; não imaginara assim o horizonte quando o velho Boa-Morte apontara com o dedo, no fundo das trevas. Clara, diante dele, ali estava a Voreux, numa depressão do terreno, com suas construções de madeira e de tijolo, a triagem alcatroada, a torre do sino de rebate coberta de ardósia, a casa da máquina e a imensa chaminé de um vermelho pálido, tudo amontoado, de aparência lúgubre. Mas em torno das edificações desenrolava-se o pátio — e ele não o imaginara tão grande —, transformado num lago escuro pelas ondas cada vez maiores do estoque de carvão, eriçado de pontões altos que sustentavam os trilhos dos passadiços, atulhado a um canto com a provisão de madeira, semelhante à colheita de uma floresta ceifada. À direita, o aterro obstruía a vista, colossal como uma barricada de gigantes, já coberto de erva na parte mais antiga, consumido na outra por um fogo interior que ardia havia um ano, soltando uma fumaça espessa, deixando na superfície, entre o cinza esbranquiçado dos xistos e dos arenitos, extensos rastilhos de ferrugem cor de sangue. Depois, desenrolava-se o campo, plantações sem fim de trigo e beterraba ainda sem brotar naquela época do ano; pântanos de vegetação agreste entrecortada de alguns salgueiros definhados; prados longínquos separados por filas esguias de álamos. No fim do horizonte, pequenas manchas brancas indicavam as cidades: Marchiennes ao norte, Montsou ao sul e a leste a floresta de Vandame, orlando o espaço com a linha violácea das suas árvores despojadas. E, sob o céu lívido e de nuvens baixas daquele entardecer de inverno, parecia que todo o negrume da Voreux, toda a poeira esvoaçante da hulha ia abater-se na planície, enodoando as árvores, saibrando as estradas, juncando a terra.

Etienne olhava, e o que sobretudo o surpreendia era o canal, o rio Scarpe canalizado, que não tinha visto de noite. Da Voreux até Marchiennes, esse canal ia reto, uma fita de prata fosca de duas léguas, uma avenida debruada de árvores altas, correndo acima dos terrenos baixos, deslizando para o infinito com a perspectiva de suas ribanceiras verdes, de sua água pálida por onde escorregavam as popas vermelhas das chatas. Perto da mina havia um cais, barcos atracados que os vagonetes, de cima dos pontões, enchiam diretamente. A seguir, o canal fazia uma curva, cortando obliquamente os pântanos. Toda a alma dessa planície rasa parecia estar ali, nessa água geométrica que a cortava como uma estrada, carreando a hulha e o ferro.

Os olhos de Etienne subiram do canal para o conjunto habitacional dos mineiros, construído no planalto, e de que distinguia somente as telhas vermelhas; depois voltaram à Voreux, pararam na base da ladeira argilosa, em dois enormes montes de tijolos, fabricados e cozidos ali mesmo. Um ramal da estrada de ferro da companhia passava por trás de uma paliçada, em direção à mina. Os últimos mineiros do desaterro deviam estar sendo descidos. Um único vagão, empurrado por homens, gemia nos trilhos. Aquilo já não era mais o ignoto das trevas, os trovões inexplicáveis, o resplendor de astros ignorados. Ao longe, os altos-fornos e as fornalhas de coque tinham empalidecido com a alvorada. O que continuava, sem descanso, era o escapamento da bomba, respirando com o mesmo fôlego grosso e amplo, a respiração de um monstro, cujo bafo cinzento ele via agora, e que nada podia fartar.

Repentinamente, Etienne se decidiu. Talvez tenha acreditado estar entrevendo lá no alto, na entrada do conjunto habitacional, os olhos claros de Catherine. Antes talvez fosse um vento de revolta que vinha da Voreux, não sabia. Queria voltar a descer na mina para sofrer e combater; pensava com ódio nessas pessoas de quem falava Boa-Morte, nesse deus repleto e acocorado ao qual dez mil famintos davam sua carne sem nunca o terem visto.

SEGUNDA PARTE

I

A propriedade dos Grégoire, a Piolaine, ficava a dois quilômetros de Montsou, para leste, na estrada de Joiselle. Era um casarão quadrado, sem estilo, construído no começo do século passado. Das vastas terras que, no princípio, faziam parte da propriedade, apenas restavam uns trinta hectares rodeados de muros e de fácil conservação. Eram muito falados o pomar e a horta, célebres por seus frutos e legumes, tidos como os melhores da região. Não tinha parque; uma pequena mata tomava seu lugar. A alameda de velhas tílias, uma abóbada de folhagem de trezentos metros, desde o portão até a escadaria, era uma das curiosidades daquela planície rasa onde, de Marchiennes a Beaugnies, podiam-se contar as árvores.

Naquela manhã, os Grégoire levantaram-se às oito horas. De ordinário, só saíam da cama uma hora mais tarde, dormindo muito e com paixão, mas a tempestade noturna os enervara. E, enquanto o marido fora logo ver se o vento não fizera estragos, a Sra. Grégoire descera à cozinha em chinelos e roupão de flanela. Baixa, gorda, já com cinqüenta e oito anos de idade, conservava um largo rosto alvar de boneca, sob a brancura resplandecente dos cabelos.

— Mélanie — disse ela à cozinheira —, já que a massa está pronta, você bem que poderia fazer bolo esta manhã. A senhorita só se levantará daqui a meia hora, e então teria bolos para comer com o chocolate. Que tal? Seria uma surpresa...

A cozinheira, uma velha magra que trabalhava na casa havia trinta anos, pôs-se a rir.

— É verdade, seria uma bela surpresa. O fogão já está aceso, o forno deve estar quente e a Honorine vai ajudar-me um pouco.

Honorine, uma moça dos seus vinte anos, recolhida criança e criada pela casa, desempenhava agora as funções de camareira. Como criadagem, além destas duas mulheres, havia somente o cocheiro, Francis, encarregado dos trabalhos pesados. Um jardineiro e uma jardineira cuidavam dos legumes, das frutas, das flores e do aviário. E, como o serviço era patriarcal, de uma pacatez familiar, esse pequeno mundo vivia em harmonia.

A Sra. Grégoire, que tinha meditado na cama a surpresa do bolo, ficou para ver a massa ser posta no forno.

A cozinha era muito grande e percebia-se a importância que davam a essa peça pelo seu extremo asseio e pelo arsenal de caçarolas, utensílios e potes que a enchiam; cheirava a comidas boas; as provisões chegavam a não caber nas prateleiras e armários.

— E que fique bem tostado, sim? — recomendou a Sra. Grégoire, passando à sala de jantar.

Apesar do calorífero que aquecia toda a casa, um fogo de hulha alegrava aquela sala; luxo, nenhum: a mesa grande, as cadeiras, um aparador de mogno e apenas duas cômodas poltronas denunciavam o amor pelo conforto, as longas digestões felizes. O salão nunca era usado; ficava-se ali, em família.

Nesse momento, entrava o Sr. Grégoire, vestindo um casaco grosso de fustão, corado ele também para os seus sessenta anos, de largas feições honestas e bondosas sob a neve dos seus cabelos encaracolados. Tinha estado com o cocheiro e o jardineiro: não houvera estragos importantes, apenas um cano de chaminé caído. Costumava todas as manhãs ir dar uma vista de olhos na Piolaine, que não era bastante grande para lhe inspirar cuidados e de que tirava todas as alegrias de proprietário.

— E Cécile? — perguntou ele. — Não se levanta hoje?

— Não estou entendendo — respondeu a mulher. — Parecia-me tê-la ouvido mexer-se.

A mesa estava posta: três chávenas sobre a toalha branca. Mandaram Honorine ver o que era feito da moça; a criada voltou logo a descer, contendo o riso, abafando a voz como se estivesse falando lá em cima, no quarto.

— Se os senhores a vissem! Está dormindo, dormindo como um Menino Jesus... Nem fazem idéia, é um prazer olhá-la.

Pai e mãe trocaram olhares enternecidos. Ele disse, sorrindo:

— Vens ver?

— Coitadinha! — murmurou ela. — Vou, sim.

Subiram juntos. O quarto era a única peça luxuosa da casa, forrado de seda azul, com mobiliário laqueado de branco e filetes azuis, um capricho de criança mimada satisfeito pelos pais. No alvor informe do leito, à meia-luz filtrada pela abertura de um cortinado, a mocinha dormia, cabeça apoiada no braço nu. Não era bonita, mas muito sadia, muito vigorosa, madura mesmo nos seus dezoito anos, com uma carnação soberba, uma frescura de leite, cabelos castanhos, rosto redondo, narizinho voluntarioso afundado entre as faces. As cobertas tinham escorregado e podia-se vê-la respirando, mas tão levemente que a respiração nem sequer movimentava seu colo já desenvolvido.

— Foi esse maldito vento que a impediu de pregar olho — disse a mãe, baixinho.

O pai, com um gesto, mandou que se calasse. Ambos se curvaram para contemplar com adoração, na sua nudez de virgem, aquela filha tanto tempo desejada, vinda tardiamente, quando não esperavam mais. Viam-na perfeita, nunca demasiadamente gorda, jamais alimentando-se a contento.

A moça continuava dormindo, sem sentir a presença deles, seus rostos colados ao dela. De repente, uma sombra ligeira perpassou naquelas feições serenas. Temendo acordá-la, o casal saiu na ponta dos pés.

— Psiu! — fez o velho, já na porta. — Se ela não dormiu bem, deixemo-la dormir.

— Quanto a queridinha quiser — apoiou a esposa. — Esperaremos.

Desceram, instalando-se nas poltronas da sala de jantar, enquanto as criadas, rindo do sono pesado da moça, conservaram, sem reclamar, o chocolate ao fogo. Ele apanhou um jornal e ela começou a tricotar uma manta de lã para os pés. Estava muito quente; a casa voltou a cair no silêncio.

A fortuna dos Grégoire, quarenta mil francos de rendimento aproximadamente, consistia toda numa ação das minas de Montsou. Contavam com bonomia suas origens: nascera com a criação da companhia.

Lá pelo começo do século passado, teve lugar, de Lille a Valenciennes, uma febre de busca de hulha. O sucesso dos concessionários que deviam mais tarde formar a companhia de Anzin virara todas as cabeças. Em todas as comunas o solo era sondado, criavam-se sociedades e as concessões surgiam como cogumelos. Dos cabeçudos dessa época, porém, o Barão Desrumaux era o que, certamente, deixara a lembrança da inteligência mais heróica. Durante quarenta anos, batera-se sem fraquejar contra os mais variados obstáculos: primeiras pesquisas infrutíferas, novas galerias abandonadas depois de longos meses de trabalho, desabamentos que fechavam as escavações, inundações súbitas que afogavam os operários, milhões de francos perdidos; depois, as complicações da administração, o pânico entre os acionistas, a luta com os proprietários das terras resolvidos a não reconhecer as concessões régias, se recusassem negociar com eles em primeiro lugar. Por fim, foi fundada a sociedade Desrumaux, Fauquenoi & Cia., para explorar a concessão de Montsou, e as minas começaram a dar pequenos lucros quando duas concessões vizinhas, a de Cougny, pertencente ao Conde de Cougny, e a de Joiselle, pertencente à sociedade Cornille & Jenard, quase a esmagaram com o peso terrível de sua concorrência. Felizmente, em 25 de agosto de 1760, realizou-se um acordo entre os três grupos de concessionários, reunindo as três firmas numa só. A Companhia das Minas de Montsou foi então fundada, tal como existe até hoje. Para a partilha dividiu-se, segundo o padrão monetário da época, a propriedade total em vinte e quatro soldos, cada um dos quais se subdividia em doze dinheiros, o que perfazia duzentos e oitenta dinheiros; e, como o dinheiro era de dez mil francos, o capital representava uma soma de aproximadamente três milhões. Desrumaux, agonizante mas vencedor, recebeu nessa partilha seis soldos e três dinheiros.

Naquele tempo, o barão possuía a Piolaine, que tinha trezentos hectares de extensão; a seu serviço, como administrador, encontrava-se Honoré Grégoire, um rapaz da Picardia, bisavô de Léon Grégoire, pai de Cécile.

Na época da convenção de Montsou, Honoré, que escondia um pé-de-meia de uns cinqüenta mil francos, cedeu, tremendo, ante a fé inabalável do patrão. Agarrou dez mil libras de belos escudos e comprou um dinheiro, sempre com o terror de estar roubando os filhos dessa importância. Seu filho Eugène, com efeito, recebeu dividendos bem reduzidos, e, como se tinha aburguesado, cometera a loucura de empatar os outros quarenta mil francos da herança paterna numa associação desastrosa; assim, viveu quase na miséria. Mas os lucros do dinheiro foram subindo, e a fortuna começou com Félicien, que pôde realizar o sonho com que seu avô, o antigo administrador, o embalara na infância: a compra da Piolaine desmembrada, que obteve como bem nacional, por uma soma irrisória. Mas os anos seguintes foram maus, teve de esperar pelo desenlace das catástrofes revolucionárias, depois pela queda sangrenta de Napoleão. Foi portanto Léon Grégoire quem lucrou, numa progressão espantosa, desde a jogada tímida e nervosa do seu bisavô. Os parcos dez mil francos engrossaram, multiplicaram-se com a prosperidade da companhia. A partir de 1820 eles renderam cem por cento, dez mil francos; em 1844, produziram vinte mil; em 1850, quarenta; enfim, havia dois anos que o dividendo subira à cifra prodigiosa de cinqüenta mil francos: o valor do dinheiro, cotado na Bolsa de Lille em um milhão, centuplicara num século.

O Sr. Grégoire, a quem aconselharam que vendesse sua parte quando essa cotação de um milhão foi atingida, recusou-se, com seu ar sorridente e paternal. Seis meses mais tarde, explodia uma crise industrial e o dinheiro voltou a cair para seiscentos mil francos. Mas ele continuou a sorrir, sem sombra de preocupação: os Grégoire tinham agora uma fé obstinada em sua mina; voltaria a subir, nem Deus era tão sólido. Àquela crença religiosa misturava-se uma profunda gratidão por uma ação que, havia um século, sustentava a família, que não fazia nada. Era como uma divindade particular que seu egoísmo rodeava de um culto, a benfeitora do lar, embalando-os no grande leito de preguiça, engordando-os na mesa da gula. Isso ia passando de pai para filho: por que correr o risco de descontentar a sorte, duvidando dela? No fundo daquela fidelidade havia um terror supersticioso, o medo que o milhão dos juros derretesse de repente, logo depois de ser trocado e guardado numa gaveta. Acreditavam-no mais seguro na terra, de onde uma população de mineiros, gerações de famintos, extraía-o para eles, um pouco por dia, segundo as suas necessidades.

De resto, as venturas choviam sobre aquela casa. O Sr. Grégoire, muito jovem, desposara a filha de um farmacêutico de Marchiennes, moça feia, sem dinheiro, que ele adorava e que lhe retribuía em dobro a felicidade. Ela se fechara em casa, extasiada diante do marido, não tendo outra vontade senão a dele; nenhum gosto diferente os separava, um mesmo ideal de bem-estar confundia seus desejos. E assim viviam havia quarenta anos, de ternuras e pequenos cuidados recíprocos. Era uma existência pautada, os quarenta mil francos comidos sem ruído, as economias gastas com Cécile, cujo nascimento tardio chegou a transtornar por um instante o orçamento. Ainda hoje satisfaziam todos os caprichos da filha: um segundo cavalo, mais duas outras carruagens, roupas de Paris. Mas saboreavam naquilo uma alegria a mais; nada era bonito em demasia para a sua filha, apesar do horror pessoal que tinham da exibição, que, aliás, levou-os a conservar os modos de sua juventude. Toda despesa sem proveito lhes parecia estúpida

Repentinamente a porta abriu-se e uma voz alta soou:

— Muito bem! Com que então fazem o desjejum sem mim!

Era Cécile, recém-saída da cama, os olhos intumescidos de sono; levantara simplesmente os cabelos e enfiara um roupão de lã branca.

— Claro que não — respondeu a mãe. — Como vês, esperávamos-te. O vento não te deixou dormir, não foi? Coitadinha!

A moça olhou-a, muito admirada.

— Vento? Não senti nada, dormi toda a noite.

A história lhes pareceu engraçada e os três se puseram a rir; as criadas, que traziam o desjejum, também começaram a rir, a tal ponto a idéia de que a moça da casa dormira doze horas consecutivas alegrava a todos. À vista do bolo, o regozijo foi ainda mais acentuado.

— Como! Já está pronto? — repetia Cécile. — Por esta não esperava... Como vai ser bom quentinho, com chocolate!

Finalmente puseram-se à mesa; o chocolate fumegava nas taças, o bolo foi motivo para longa conversação. Mélanie e Honorine permaneceram na sala dando detalhes sobre o modo de assar observando-os empanturrarem-se, os lábios gordurosos, repetindo que era um prazer preparar um bolo e ver os patrões comê-lo com tanto gosto.

Nesse momento, os cães ladraram violentamente; pensou-se que era a professora de piano, que vinha de Marchiennes às segundas e sextas-feiras. Vinha também um professor de literatura. Toda a instrução da moça estava sendo feita assim, na Piolaine, numa feliz ignorância, entre caprichos infantis que a levavam a jogar o livro pela janela no momento em que um problema a aborrecia.

— É o Sr. Deneulin — disse Honorine voltando.

Atrás dela, Deneulin, um primo do Sr. Grégoire, entrou sem cerimônia, falando alto, gesticulando, com maneiras de antigo oficial de cavalaria. Embora já tivesse ultrapassado os cinqüenta, os cabelos cortados à escovinha e o bigode farto conservavam-se pretos retintos.

— Alô, sou eu, bom dia. Não se incomodem.

Sentou-se entre as exclamações admirativas da família, que não tardou a voltar ao chocolate.

— Tens alguma coisa a me dizer? — perguntou Grégoire.

— Não, nada — apressou-se a responder Deneulin. — Saí para dar um passeio a cavalo, para me desenferrujar um pouco, e, como passava pela porta, entrei para dar um bom-dia.

Cécile quis saber de suas filhas, Jeanne e Lucie. Iam muito bem; a primeira não largava mais os pincéis, enquanto a outra, a mais velha, cultivava o canto, ao piano, de manhã à noite. Havia um ligeiro tremor na sua voz, um mal-estar que dissimulava com explosões de alegria.

O Sr. Grégoire voltou à carga:

— E tudo vai bem na mina?

— Pois sim! Fui arrastado com os outros companheiros para essa crise dos diabos! Ah! estamos pagando pelos anos de prosperidade... Construímos fábricas e linhas férreas em demasia, imobilizamos enormes capitais tendo em vista uma produção formidável e hoje o dinheiro está imobilizado, não se encontram meios de fazer funcionar tudo isso... Felizmente não é para desesperar, conseguirei safar-me.

Como seu primo, recebera em herança um dinheiro das minas de Montsou. Mas, engenheiro empreendedor, açulado pelo desejo de uma fortuna principesca, apressara-se a vender o dinheiro assim que a sua cotação atingira um milhão. Há algum tempo que vinha articulando um plano: sua mulher recebera de um tio a pequena concessão de Vandame, onde só havia duas galerias abertas, Jean--Bart e Gaston-Marie, num tal estado de abandono, com material tão deficiente, que a exploração mal cobria as despesas. Ora, ele sonhava em reparar a Jean-Bart, renovar as máquinas e alargar o poço para poder botar mais gente a trabalhar, deixando a Gaston-Marie só para esgoto. Era certo, dizia ele, que ali se encontraria ouro a dar com o pé. A idéia era correta, só que o milhão já fora gasto e essa maldita crise industrial explodia no momento em que lucros enormes iam dar-lhe razão. De resto, mau administrador, de uma bondade rude para com os seus operários, deixava-se roubar após a morte da mulher, dando também às filhas rédea solta. A mais velha falava em entrar para o teatro e a outra já tivera três paisagens recusadas no Salão, mas ambas, risonhas na derrocada, revelavam-se ótimas donas de casa, diante da miséria próxima.

— Pois é, Léon — continuou ele com a voz hesitante —, fizeste mal em não vender tua ação quando vendi a minha. Agora terás que correr, está tudo desmoronando. Se me tivesses confiado teu dinheiro, verias o que teríamos feito em Vandame, na nossa mina.

O Sr. Grégoire acabava o chocolate, devagar. Respondeu tranqüilamente:

— Isso nunca! Bem sabes que não quero especular. Vivo em paz, seria estúpido começar agora a quebrar a cabeça com negócios. Quanto a Montsou, pode continuar a baixar, sempre nos bastará. Não se deve querer abarcar o mundo com as pernas, que diabo! Escuta o que te digo: serás tu quem vai roer as unhas um dia, porque Montsou subirá e ainda dará pão aos filhos dos filhos de Cécile.

Deneulin ouviu-o com um sorriso forçado.

— Então — murmurou ele —, se eu te dissesse que empregasses cem mil francos no meu negócio, recusavas?

Diante dos olhares inquietos dos Grégoire, ele se arrependeu de ter ido tão longe, e deixou para mais tarde sua idéia de empréstimo, reservando-a para um caso desesperado.

— É uma brincadeira, ainda não cheguei a esse ponto. Depois, Deus meu! talvez tenhas razão: o dinheiro ganho com o suor dos outros é o que mais engorda.

Mudaram de conversa. Cécile voltou a falar nas primas, cujos gostos a preocupavam e lhe desagradavam; a Sra. Grégoire prometeu levar a filha a visitar suas queridas priminhas no primeiro dia de sol. Mas o Sr. Grégoire, com ar distraído, não entrou na conversa; de repente, acrescentou em voz alta:

— Eu, se estivesse no teu lugar, não teimaria mais, negociaria com Montsou. Eles estão prontos a negociar e tu receberias de volta o teu dinheiro.

Aludia ao velho ódio que existia entre a concessão de Montsou e a de Vandame. Apesar da pouca importância desta última, sua poderosa vizinha enfurecia-se de ver, encravada nas suas sessenta e sete comunas, aquela légua quadrada que não lhe pertencia; e, depois de ter tentado em vão matá-la, tramava sua compra a baixo preço, quando estivesse sufocando. A guerra sem quartel continuava, cada exploração fixava suas galerias a duzentos metros umas das outras, era um duelo de morte, ainda que os diretores e engenheiros mantivessem entre si relações corteses.

Os olhos de Deneulin chamejaram.

— Nunca! — exclamou ele por sua vez. — Enquanto eu for vivo Montsou não vai encampar Vandame... Jantei na quinta-feira com Hennebeau e notei as voltas que dava para chegar ao assunto. Já no outono passado, quando os cartolas visitaram a empresa, quiseram adoçar-me o bico. Pois sim! Conheço bem esses marqueses e duques, esses generais e ministros! Salteadores é o que são! Capazes de roubar até a camisa da gente numa curva da estrada...

O homem desandou a falar que não acabava mais. A verdade é que o Sr. Grégoire não defendia a direção da Montsou, os seis diretores instituídos pelo tratado de 1760, que governavam despoticamente a companhia e cujos cinco sobreviventes, a cada falecimento, escolhiam o novo membro entre os acionistas poderosos e ricos. A opinião do proprietário da Piolaine, de gostos tão comuns, era que esses senhores eram às vezes desmedidos no seu amor ao dinheiro.

Mélanie viera retirar a mesa. Fora, os cães voltaram a ladrar, e Honorine já se dirigia para a porta quando Cécile, que o calor e a comida entorpeciam, ergueu-se da mesa.

— Deixa que eu vejo; deve ser a professora.

Deneulin também se levantou. Examinou a moça que saía e perguntou sorrindo:

— E então, esse casamento com o pequeno Négrel?

— Por enquanto, nada — respondeu a Sra. Grégoire. — Não passa de um plano, temos que refletir.

— Claro — continuou ele com um sorriso astuto. — Suponho que o sobrinho e a tia... O que me espanta é que seja a Sra. Hennebeau que se joga dessa maneira nos braços de Cécile.

O Sr. Grégoire indignou-se; uma senhora tão distinta, e catorze anos mais velha que o rapaz! Era uma monstruosidade, não gostava que fizessem brincadeiras com tais assuntos...

Deneulin, rindo sempre, apertou-lhe a mão e saiu.

— Ainda não é a professora — disse Cécile voltando. — É aquela mulher com dois filhos; sabes quem é, mamãe? A mulher do mineiro que encontramos. Mando-os entrar aqui?

Hesitaram. Estavam muito sujos? Não, não muito, e deixariam seus tamancos no patamar. O pai e a mãe já se tinham acomodado no fundo das grandes poltronas, para a digestão. O temor de uma mudança de ar fê-los decidir.

— Que entrem, Honorine.

A mulher de Maheu e suas crianças entraram, enregelados, famintos, perdidos e amedrontados ao verem-se naquela sala tão aquecida e cheirando a bolo.

II

No quarto, que se conservara fechado, as persianas deixavam entrar, pouco a pouco, manchas pardas de luz que se espalhavam em leque pelo teto. O ar viciado ficava cada vez mais pesado, mas todos continuavam no seu sono da noite: Lénore e Henri nos braços um do outro, Alzire com a cabeça para trás, apoiada na corcunda, enquanto o velho Boa-Morte, com a cama de Zacharie e Jeanlin só para ele, roncava de boca aberta. Nenhum ruído no cubículo ao lado da escada, onde a mulher de Maheu voltara a dormir dando de mamar a Estelle, com o seio caído para o lado, a criança atravessada na barriga, empanturrada de leite, adormecida também, sufocando-se nas carnes moles dos seios maternos.

O relógio de cuco, embaixo, deu seis horas. Ouviu-se ao longo das fachadas dos casebres o bater de portas, depois o pisar de tamancos na pedra das calçadas: eram as separadoras de carvão que partiam para a mina.

Até as sete horas houve outra vez silêncio; a partir de então, as persianas se abriram e através das paredes ouviram-se bocejos e limpar de gargantas. Por algum tempo rangeu uma máquina de moer café, sem que ninguém acordasse no quarto.

Subitamente, um barulho de tapas e gritos ao longe fez Alzire sentar na cama. Deu-se conta da hora e, descalça, correu e sacudiu a mãe.

— Mamãe! mamãe! É tarde e tens o que fazer... Cuidado! Vais esmagar Estelle.

E puxou a criança já meio sufocada sob a abundância dos seios.

— Inferno de vida! — tartamudeou a mulher, esfregando os olhos. — Ando tão esfalfada que podia dormir o dia inteiro. Veste Lénore e Henri, levo-os comigo; tu ficas com a Estelle, não quero expô-la, tenho medo de que apanhe alguma doença com este tempo maldito.

Lavou-se às pressas, enfiou uma velha saia azul, a mais limpa que tinha, uma bata de lã cinzenta, na qual pusera dois remendos na véspera.

— E a sopa, como é que vai ser? Vida miserável! — murmurou ela de novo.

Enquanto sua mãe descia, esbarrando em tudo, Alzire retornou ao quarto levando consigo Estelle, que voltara a berrar; já estava acostumada com as manhas da criança; nos seus oito anos, possuía astúcias de mulher capazes de acalmá-la e distraí-la. Com muito jeito, deitou-a na sua cama ainda quente e adormeceu-a dando-lhe um dedo para chupar. Não era sem tempo, porque começava outra algazarra: teve que apaziguar Lénore e Henri, que enfim acordavam. Esses dois não se entendiam muito bem, só se abraçavam enquanto dormiam. A menina, de seis anos, engalfinhava-se no garoto logo que acordava; este, que era dois anos mais moço, recebia os tapas sem retribuí-los. Ambos tinham uma cabeça enorme, como um balão, de cabelos eriçados e amarelos. Foi preciso que Alzire puxasse a irmã pelas pernas, ameaçando-a com uma boa surra. Depois repetiu-se a algazarra durante a lavagem do rosto e a cada peça de roupa que

Alzire lhes enfiava. Evitava-se abrir as persianas para não perturbar o sono do velho Boa-Morte, que continuava a roncar, apesar da terrível gritaria das crianças.

— Está pronto! Vocês ainda estão aí em cima? — gritou a mãe.

Tinha aberto os postigos das janelas, reavivado o fogo, colocado mais carvão. Sua esperança era que o velho não tivesse engolido toda a sopa, mas encontrou o tacho lambido. Colocou no fogo um punhado de aletria que tinha de reserva havia três dias; comê-la-iam assim, feita em água, sem manteiga: não devia restar nada da insignificância da véspera, mas ficou surpresa ao ver que Catherine, ao preparar as porções, miraculosamente deixara um pouco, do tamanho de uma noz. Fora isso, no entanto, desta vez o guarda-comida estava completamente vazio; nada, nem uma côdea de pão, um resto de provisões, um osso para roer... Que ia ser deles se Maigrat não quisesse fiar mais, se os burgueses da Piolaine não lhe dessem cem soldos? Quando os homens e a moça voltassem da mina teriam que comer alguma coisa; infelizmente ainda não tinham inventado um meio para que se vivesse sem comer.

— Vão descer ou não vão? — gritou ela, zangada. — Já devia ter saído.

Quando Alzire e as duas crianças apareceram, repartiu a aletria em três pratos pequenos. Ela não estava com fome, disse. Ainda que Catherine já tivesse passado água pela borra de café da véspera, passou mais um pouco e bebeu dois canecos de um café tão fraco que mais parecia chá. Mesmo assim, sentiu-se reconfortada.

— Escuta — repetiu ela a Alzire —, deixa teu avô dormir, cuida de Estelle para que não quebre a cabeça, e, se ela acordar e berrar muito, aqui tens um torrão de açúcar... Prepara uma água açucarada e dá-lhe algumas colheradas. Sei que és sensata e não vais comê-lo.

— E a escola, mãe?

— A escola... pois fica para um outro dia. Estou precisando de ti.

— E a sopa, queres que a faça, se demorares?

— A sopa, a sopa... Não, espera por mim.

Alzire, de uma inteligência precoce de menina enferma, sabia fazer sopa muito bem. Devia ter compreendido, não insistiu.

Agora todo o conjunto habitacional já estava desperto, grupos de crianças iam para a escola arrastando os tamancos. Deram oito horas; à esquerda, na casa de Levaque, um barulho de conversa foi aumentando. As mulheres começavam o seu dia, em volta das cafeteiras, mãos nos quadris, tagarelando sem descanso, verdadeiras línguas-de-trapo. Uma cabeça definhada, de lábios grossos e nariz chato, apareceu repentinamente do outro lado do vidro da janela, gritando:

— Escuta, tenho novidade!

— Não, não, mais tarde! — respondeu a mulher de Maheu. — Tenho de sair.

E, receando sucumbir ao oferecimento de um copo de café quente, empurrou aos tapas Lénore e Henri para a porta e saíram. Em cima, o velho Boa-Morte continuava a roncar num compasso que embalava a casa.

Na rua, a mulher admirou-se ao constatar que o vento amainara. Era um degelo súbito, o céu cor de terra, as paredes viscosas de uma umidade esverdeada, os caminhos encharcados de uma lama resinosa, dessa lama típica das regiões carboníferas, negra como a fuligem diluída, espessa e pegajosa a ponto de lá ficarem enterrados os tamancos. Logo de saída teve de bater em Lénore porque a menina divertia-se em juntar o lodo sobre os tamancos, como numa pá. Ao deixar o conjunto habitacional, contornou o aterro e tomou o caminho do canal, atravessando, para encurtar caminho, ruas intransitáveis, terrenos baldios, fechados por tapumes cobertos de hera. Passou por diversos galpões, compridos edifícios de fábricas, altas chaminés cuspindo fuligem, sujando esses arredores arrasados de subúrbio industrial. Por trás de um bosque de choupos, a velha mina Réquillart exibia o desmoronamento de sua torre do sino de rebate, da qual só restavam em pé as vigas mais grossas. Dobrando à direita, a mulher e as duas crianças entraram na estrada real.

— Espera um pouco, porcalhão! — exclamou a mãe — Vou te ensinar como é que se fazem bolas de barro.

Agora era Henri que tinha apanhado um punhado de lama para amassar. As duas crianças, esbofeteadas em conjunto, voltaram à ordem, mas sem deixar de olhar para trás, para ver as pegadas que haviam feito na lama. No fim, já patinhavam, exaustas dos esforços que faziam para despegar os tamancos a cada passada.

Do lado de Marchiennes, a estrada tinha duas léguas retas de pavimento que mais pareciam uma fita embebida de graxa entre terras avermelhadas. Do outro lado, porém, esta mesma estrada descia em ziguezague através de Montsou, construída num declive ondulado que ia dar na planície. Essas estradas ao norte, traçadas a cordel entre as cidades manufatureiras, com curvas suaves e subidas lentas, estavam sendo construídas aos poucos, tendentes a transformar um departamento numa colmeia de trabalho. As casinhas de tijolos, pintadas em cores variadas para alegrar o ambiente — umas de amarelo, outras de azul, outras de preto, estas últimas sem dúvida já antecipando a cor final de todas —, desciam serpenteando à direita e à esquerda, até a base do declive. Algumas belas casas de dois andares, residências dos chefes das fábricas, furavam a linha apertada das fachadas estreitas. Uma igreja, também de tijolos, mais parecia algum modelo novo de alto-forno, com seu campanário quadrado, já sujo da poeira do carvão. E, entre as refinarias de açúcar, cordoarias e fábricas de moagem, o que dominava eram as salas de baile, os botequins, as cervejarias, e em tão grande número que, para mil casas, havia mais de quinhentas tabernas.

Ao aproximar-se dos depósitos da companhia, vasto renque de armazéns e oficinas, a mulher resolveu levar Henri e Lénore pela mão, um à direita, outro à esquerda. Logo adiante ficava o palacete do diretor, o Sr. Hennebeau, uma espécie de chalé amplo, separado da estrada por uma grade, com um jardim onde vegetavam árvores raquíticas.

Nesse momento, em frente à porta, estacionava uma carruagem; desembarcaram um senhor condecorado e uma senhora de capa de peles: alguma visita de Paris vinda pelo trem e que devia ter descido na estação de Marchiennes, porque a Sra. Hennebeau, surgindo na meia-luz do vestíbulo, soltou uma exclamação de surpresa e alegria.

— Caminhem, seus malandros! — ralhou a mulher, puxando as duas crianças, que se arrastavam pela lama.

Estava chegando à venda de Maigrat, daí seu nervosismo. Maigrat morava bem ao lado do diretor, um simples muro separava o palacete da sua casinha; tinha ali um armazém, uma edificação comprida que dava para a estrada; era uma loja sem vitrine, mas onde havia de tudo: condimentos, artigos defumados, frutas, pão, cerveja, caçarolas. Antigo fiscal na Voreux, Maigrat começara com uma pequena cantina; depois, graças à proteção dos chefes, seu negócio aumentara, matando pouco a pouco o comércio a varejo de Montsou. Ele centralizava as mercadorias, a considerável clientela dos conjuntos habitacionais de mineiros permitia-lhe vender mais barato e abrir créditos maiores. Aliás, permanecera nas mãos da companhia, que lhe tinha construído a casinha e o armazém.

— Aqui estou outra vez, Sr. Maigrat — disse a mulher com humildade, ao dar com ele justamente à porta.

O homem encarou-a sem responder. Era gordo, frio e polido, e gabava-se de nunca voltar atrás numa decisão.

— O senhor não pode mandar-me embora como ontem. Temos de comer pão, daqui até sábado... Eu sei, nós lhe devemos sessenta francos há dois anos...

Tentava explicar-se em frases curtas, saídas a custo. Era uma dívida antiga, contraída durante a última greve. Vinte vezes tinham prometido saldá-la, mas não conseguiam, mal podiam entregar-lhe quarenta soldos por quinzena. Para cúmulo, acontecera-lhes uma desgraça na antevéspera, ela tivera de pagar vinte francos a um sapateiro que os ameaçava com uma penhora; eis a razão por que estavam sem dinheiro, de outro modo teriam ido até sábado, como os outros mineiros.

Maigrat, barrigudo, de braços cruzados, respondia negativamente com a cabeça a cada súplica.

— Só dois pães, Sr. Maigrat. Sou comedida, nem quero café. Nada mais que dois pães de três libras[1] por dia...

— Não! — berrou ele enfim com toda a força.

Sua esposa apareceu: uma criatura insignificante, que passava os dias sobre o livro do registro, sem mesmo ousar levantar a cabeça. Fugiu assustada ao ver a infeliz virar para ela uns olhos de súplica ardente. Dizia-se que cedia o leito conjugal às operadoras de vagonetes que faziam parte da clientela. Era coisa sabida: quando um mineiro queria uma prorrogação do crédito, bastava enviar sua filha ou esposa, feias ou belas, contanto que fossem condescendentes.

A mulher de Maheu, que continuava a suplicar com o olhar, sentiu-se chocada com o clarão pálido daqueles olhinhos que a desvestiam. Encolerizou-se; compreenderia tal audácia antes de ter tido sete filhos, quando era jovem. Partiu puxando violentamente Lénore e Henri, que juntavam cascas de nozes jogadas na sarjeta para levar para casa.

— O que está fazendo não lhe trará nenhum proveito, Sr. Maigrat, não esqueça!

Agora só lhe restavam os burgueses da Piolaine. Se esses não dessem os cem soldos, então o melhor seria deitar-se e esperar pela morte.

Tomou à esquerda o caminho de Joiselle. A sede da administração era ali, numa volta da estrada, um verdadeiro palácio de tijolos, onde os ricaços de Paris, príncipes, generais e gente do governo vinham todos os outonos participar de grandes jantares. Enquanto caminhava,

[1] Libra: antiga medida de peso, equivalente a 459,5 gramas. (N. do T.)

ia pensando onde gastaria os cem soldos: primeiro pão, depois café, em seguida um quarto de manteiga e um alqueire[2] de batatas para a sopa da manhã e para o guisado da noite; finalmente, talvez um pouco de torresmos, porque o pai precisava de carne.

O pároco de Montsou, Padre Joire, passou levantando a batina, com delicadezas de velho gato bem alimentado que tem medo de molhar o pêlo. Era um bom sujeito, só que fingia não se interessar por nada, para não ter problemas nem com operários, nem com patrões.

— Bom dia, senhor pároco.

Ele não parou, apenas sorriu para as crianças e deixou-a parada no meio da estrada. Apesar de não ter religião, ela imaginou de repente que esse padre ia dar-lhe alguma coisa.

E a caminhada recomeçou na lama negra e pegajosa. Ainda tinha dois quilômetros pela frente e as crianças deixavam-se arrastar, cansadas, não se divertindo mais. À direita e à esquerda da estrada desenrolavam-se os mesmos terrenos baldios, fechados por tapumes cobertos de hera, os mesmos edifícios de fábricas, sujos de fumaça, coroados de altas chaminés. Depois, em pleno campo, as terras planas se estendiam, imensas, iguais a um oceano de moitas escuras, sem o mastro de uma árvore até a linha violácea da floresta de Vandame.

— Mamãe, me leva no colo!

Levou-os, ora um, ora outro. Charcos acidentavam o calçamento, arregaçou a saia para não chegar muito suja. Três vezes quase caiu, tão escorregadias estavam aquelas malditas pedras. Ao chegarem, finalmente, à escadaria da mansão, dois cães enormes correram para eles ladrando tão forte que as crianças começaram a chorar de medo. Foi preciso que o cocheiro apanhasse um chicote.

— Tirem os tamancos e entrem — disse Honorine.

Na sala de jantar mãe e filhos ficaram imobilizados, atordoados pelo calor, sem jeito diante dos olhares daquele casal de velhos estendidos em suas poltronas.

— Minha filha — disse a dona da casa —, faze a tua caridade.

Os Grégoire encarregavam Cécile da distribuição de suas esmolas. Com isso pensavam estar inculcando na filha uma bela educação. Era preciso ser caridoso; diziam mesmo que sua casa era a casa de Nosso Senhor. Deleitavam-se em dizer que praticavam a caridade

---

[2] Alqueire: antiga medida de capacidade para secos e líquidos, correspondente a 13,8 litros. (N. do T)

com inteligência; na verdade, viviam possuídos do pavor de serem enganados e de encorajarem os vícios. Por isso nunca davam dinheiro, nunca! nem dez soldos, nem mesmo dois; então não era sabido que assim que um pobre se via com dois soldos ia logo bebê-los? Suas esmolas, portanto, eram sempre em gêneros, principalmente em roupas quentes, distribuídas no inverno às crianças indigentes.

— Ah, pobrezinhos! — exclamou Cécile. — Estão roxos de frio... Honorine, vai buscar o pacote no armário.

As criadas também olhavam aqueles miseráveis com a piedade e a ponta de inquietação daqueles que não precisam preocupar-se com o que vão jantar. Enquanto a camareira subiu, a cozinheira permaneceu ali, voltou a colocar o que sobrara do bolo na mesa e ficou de braços cruzados.

— Felizmente — continuou Cécile — ainda tenho dois vestidos de lã e uns lenços de pescoço. Vocês vão ver como os pobrezinhos vão ficar aquecidos!

Só então a mulher de Maheu pôde soltar a língua; disse gaguejando:

— Muito obrigada, senhorita... Os senhores todos são muito bons.

Os olhos encheram-se de lágrimas, estava certa de que lhe dariam os cem soldos, só não sabia como pedi-los se não oferecessem. A camareira estava custando a voltar, houve um silêncio embaraçoso. Agarradas à saia da mãe, as crianças arregalavam os olhos na contemplação do bolo.

— Você só tem esses dois? — perguntou a Sra. Grégoire para romper o silêncio.

— Não, senhora. Tenho sete.

O Sr. Grégoire, que voltara ao seu jornal, teve um sobressalto de indignação.

— Sete filhos! Por quê, Santo Deus?

— Que imprudência! — murmurou a senhora.

A mulher de Maheu esboçou um gesto vago de desculpa. Que havia de fazer? Não eram planejados, vinham naturalmente. Depois, quando cresciam, sempre produziam, ajudavam na manutenção da casa. Na família dela, por exemplo, todos poderiam viver muito bem se não fosse o avô que começava a ficar velho; dos filhos, apenas dois dos rapazes e a moça mais velha é que estavam em idade de trabalhar na mina. O problema era alimentar os menores, que não faziam nada...

— Então — continuou a Sra. Grégoire —, há muito tempo que trabalham nas minas?

Um sorriso mudo passou pelo rosto lívido da mulher.

— Sim, sim, há muito tempo. Eu trabalhei até os vinte anos. Quando dei à luz pela segunda vez, o médico disse que eu morreria se continuasse na mina; parece que o trabalho estava atacando-me os ossos. Aliás, foi nessa ocasião que me casei, e tinha muito que fazer em casa. Mas, do lado do meu marido, eles trabalham nisso há séculos, desde o tetravô, que sei eu! Seja como for, a família sempre trabalhou na mina, a partir das primeiras escavações em Réquillart.

Com um olhar sonhador, o Sr. Grégoire examinou aquela mulher e aquelas crianças esquálidas, suas carnações linfáticas, seus cabelos descoloridos, a degenerescência que até as fazia mirrar, roídas pela anemia, de uma fealdade triste de esfomeados.

Fez-se novo silêncio; apenas a hulha ardia, lançando um jato de gás. Na sala ligeiramente úmida respirava-se esse ar pesado de bem-estar no qual medra, sonolenta, a felicidade burguesa.

— Mas o que é que ela está fazendo? — exclamou Cécile impaciente. — Mélanie, vá dizer-lhe que o pacote está no fundo do armário, à esquerda.

Nesse entretempo, o Sr. Grégoire concluiu em voz alta as reflexões que lhe inspirava a visão desses famintos.

— Há muita desgraça neste mundo, isso é verdade; mas, minha boa mulher, é preciso que se diga que os operários nem sempre têm juízo... Em lugar de porem um dinheirinho de lado, como fazem os nossos camponeses, os mineiros bebem, contraem dívidas, terminam não tendo com que alimentar a família.

— O senhor tem razão — respondeu gravemente a mulher do mineiro. — Nem sempre trilhamos a estrada certa. É isso que sempre digo a esses malandros, quando se queixam... Eu tive sorte, meu marido não bebe, a não ser nos domingos de festa, quando às vezes toma uns tragos, mas só então. E o que é formidável, no caso dele, é que antes do nosso casamento tomava cada bebedeira de ver tudo de pernas para o ar, com perdão dos senhores... Mas o comportamento atual do meu marido não nos tem servido de grande coisa. Há dias, como hoje, que nem revirando todas as gavetas da casa se encontraria um tostão.

Com isso queria insinuar-lhes a idéia da moeda de cem soldos; e, continuando com sua voz arrastada, explicou o caso da dívida fatal, no começo pequena, depois grande e devoradora. Pagaram regularmente durante algumas semanas; um dia atrasaram e depois disso nunca mais conseguiram pôr-se em dia. O buraco era cada vez maior, os homens desgostavam-se do trabalho, que nem lhes permitia pagar as dívidas. Inferno de vida! Desse atoleiro não sairiam mais... Mas, que diabo, também era preciso saber compreender: um mineiro precisava de um gole de cerveja para limpar a garganta. Infelizmente tudo começa por aí, e, quando as dificuldades chegam, ele não sai mais da taberna. Vendo bem, e sem querer queixar-se de ninguém, talvez os operários não estivessem ganhando o suficiente para viver.

— Pensava — disse a Sra. Grégoire — que a companhia lhes fornecesse casa e carvão.

A mulher de Maheu lançou um olhar oblíquo para a hulha que ardia na chaminé.

— Sim, é verdade, fornecem-nos carvão, não é grande coisa, mas sempre acende... Quanto à casa, o aluguel é de seis francos por mês, parece que não é grande coisa, mas muitas vezes como é duro pagar... De forma que hoje, nem que me cortassem em pedaços, não encontrariam dois soldos. Onde não há nada, não há nada.

O casal resolveu ficar em silêncio, confortavelmente refestelados, pouco a pouco enojados e inquietos com todo aquele alarde de miséria. A outra, receando tê-los ofendido, acrescentou, com seu ar justo e calmo de mulher prática:

— Não me estou queixando. As coisas são assim, temos que aceitar, de nada adiantaria lutar, não mudaríamos nada, claro... O melhor mesmo é continuar trabalhando honestamente, como Deus quer, não é verdade, meus senhores?

O dono da casa aprovou-a com entusiasmo.

— Com tais sentimentos, minha boa mulher, é que se vencem os infortúnios.

Honorine e Mélanie trouxeram finalmente o pacote; Cécile desatou-o e retirou os dois vestidos, alguns lenços de pescoço e até meias e luvas. Tudo ia ficar às mil maravilhas; apressou-se, fez as criadas embrulharem as roupas escolhidas, e, como sua professora de piano acabava de chegar, foi empurrando a mãe e os filhos para a porta.

— Estamos tão apertados — gaguejou a mulher —; se ao menos tivéssemos uma moeda de cem soldos...

A frase engasgou-a: os Maheu eram orgulhosos, não mendigavam.

Cécile, inquieta, olhou para o pai, que recusou terminantemente, com ares de estar cumprindo um dever.

— Não, isso não está nos nossos costumes. Não podemos.

A moça, então, comovida com o semblante transtornado da mãe, quis agradar aos filhos, que não tiravam os olhos do bolo; cortou duas fatias e deu-as às crianças.

— Pronto! É para vocês.

Mas em seguida apanhou novamente os pedaços de bolo e pediu um jornal velho.

— Esperem, repartam com seus irmãos.

E, sob os olhares enternecidos dos pais, pô-los finalmente para fora da sala. As pobres crianças, que não tinham pão, lá se foram carregando respeitosamente as fatias de bolo nas mãozinhas entorpecidas pelo frio.

A mulher de Maheu saiu arrastando os filhos pela estrada, não enxergando mais os campos desertos, a lama negra, o vasto céu lívido que girava. Ao passar novamente por Montsou, entrou resolutamente na loja de Maigrat e suplicou com tal veemência que conseguiu arrancar dois pães, café, manteiga e até sua moeda de cem soldos; o homem emprestava a juro, em curto prazo. Não era ela que ele queria, era Catherine; compreendeu muito bem quando ele lhe recomendou que mandasse a filha para fazer as compras. Ah, gostaria de ver! Que ele se aproximasse muito e Catherine lhe deixaria a cara marcada...

III

Deram onze horas na igrejinha do conjunto habitacional dos Deux-Cent-Quarante, uma capela de tijolos onde o Padre Joire dizia missa aos domingos. Ao lado, na escola também de tijolos, ouviam-se as vozes balbuciantes das crianças, apesar das janelas fechadas por causa do frio do exterior. As ruas largas, divididas por pequenos jardins enfileirados, estavam desertas no perímetro dos quatro grandes quarteirões de casas uniformes; e esses jardins assolados pelo inverno expunham a tristeza de sua terra argilosa, que crestava e sujava os derradeiros legumes. Preparava-se a sopa, as chaminés fumegavam, uma ou outra mulher surgia de repente ao longo das fachadas, abria uma porta e desaparecia. De um extremo ao outro da calçada, as calhas dos telhados pingavam nos tonéis, se bem que não chovesse, tanta umidade havia na atmosfera. E esse lugarejo, edificado de uma só vez no meio do vasto planalto, rodeado de estradas negras como tarjas de luto, não tinha outro enfeite além do franjado regular de suas telhas vermelhas, constantemente lavadas pelas chuvas.

Voltando para casa, a mulher de Maheu fez um desvio para ir

comprar batatas à esposa de um fiscal que ainda as tinha de sua colheita. Por trás de um horizonte de choupos mirrados, únicas árvores possíveis naqueles terrenos planos, havia um grupo de construções isoladas, com diversos lotes de quatro casas rodeadas de jardins. E, como a companhia reservara esse novo plano habitacional para os contramestres, os operários apelidaram esse recanto do povoado de conjunto habitacional dos Bas-de-Soie[1], assim como chamavam a aglomeração que lhes tocava de Paie-tes-Dettes[2], numa ironia bem-humorada para com a sua própria miséria.

— Ufa! até que enfim chegamos! — exclamou a mulher de Maheu, carregada de embrulhos, empurrando para dentro de casa Lénore e Henri, enlameados e cambaleantes.

Diante do fogo, Estelle berrava, embalada nos braços de Alzire. Esta, tendo acabado o açúcar e não sabendo mais como fazê-la calar, decidira fingir que lhe dava de mamar. Esse simulacro costumava surtir efeito, mas desta vez, por mais que abrisse o vestido e lhe colasse a boca ao seu seio descarnado de enferma de oito anos, só conseguia enfurecer a criança, cansada de morder aquele peito seco.

— Vamos, dá-me — gritou a mãe logo que se viu livre dos embrulhos. — De outra forma ela não nos deixará falar.

Assim que puxou para fora do corpete um peito pesado como um odre e que a gritona se pendurou ao bico, subitamente emudecida, puderam enfim conversar. Tudo ia bem, a pequena dona-de-casa tinha alimentado o fogo, varrido, arrumado a sala. E no silêncio ouvia-se o roncar do avô no andar de cima, o mesmo ressonar compassado que não parara um instante.

— Ah, quanta coisa! — murmurou Alzire, sorrindo para as provisões. — Se queres, mamãe, eu faço a sopa.

A mesa estava cheia: um embrulho de roupas, dois pães, batatas, manteiga, café, chicória e meia libra de torresmos.

— Ai, a sopa! — disse a mulher, exausta. — É preciso ainda ir colher cebola e alho... Mas não, faço depois a sopa dos homens... Põe agora a cozer umas batatas, nós as comeremos com um pouco de manteiga. E café, hem? Não esqueças o café.

De repente, lembrou-se do bolo; olhou para as mãos vazias de Lénore e Henri, a lutarem no chão, já descansados e bem dispostos.

---

[1] *Bas-de-Soie*: meias de seda. (N. do E.)

[2] *Paie-tes-Dettes*: pague suas dívidas. (N. do E.)

Será que esses comilões tinham devorado sorrateiramente o bolo pelo caminho? Deu-lhes alguns safanões, enquanto Alzire, que punha a panela no fogo, tentava acalmá-la.

— Não tem importância, mamãe, se é por mim. Não ligo para bolos, tu sabes. Eles sentiram fome com a caminhada.

Deu meio-dia; ouviram-se os tamancos das crianças que saíam da escola. As batatas estavam cozidas e o café, engrossado com uma boa quantidade de chicória, passava no coador com um ruído cantante de gotas grossas. Limparam uma ponta da mesa, onde só a mãe comeu, enquanto as três crianças ficaram no seu colo; o menino, que era de uma voracidade muda, olhava sem dizer nada para o torresmo, cujo papel engordurado o excitava.

A mulher de Maheu tomou seu café aos golinhos, com ambas as mãos em volta do copo, para aquecê-las. Nesse momento, desceu o velho Boa-Morte; geralmente levantava-se mais tarde, encontrando sempre o almoço no fogão. Nesse dia pôs-se a resmungar porque não havia sopa. Depois, quando sua nora lhe disse que nem todos os dias se comia o prato preferido, devorou as batatas em silêncio. De vez em quando levantava-se para ir cuspir nas cinzas, por asseio; e voltava a encolher-se na sua cadeira para remoer vagarosamente a comida, de cabeça baixa e olhar ausente.

— Ah, ia esquecendo! Mamãe, a vizinha esteve aqui — disse Alzire.

A mãe interrompeu-a:

— Aquela chata!

Era um rancor surdo contra a mulher de Levaque, que viera, na véspera, chorar suas misérias só para não lhe emprestar nada. E ela sabia muito bem que a outra tinha dinheiro na ocasião, porque o seu inquilino, Bouteloup, pagara adiantado a quinzena. Nesse conjunto habitacional era assim, quase nada se emprestava de casa para casa.

— Agora me lembro... — continuou a mãe — estou devendo café desde anteontem à mulher do Pierron. Embrulha um pouco, que vou levá-lo.

Apanhando o embrulho feito pela filha, disse que já voltava para preparar a sopa dos homens. Saiu com Estelle nos braços, deixando o velho Boa-Morte a mastigar lentamente suas batatas, enquanto Lénore e Henri se engalfinhavam para comer as cascas caídas no chão.

A mulher, em vez de dar a volta, atravessou pelos jardins, para evitar a vizinha, que aborrecia. O jardim dela era continuação do dos Pierron, e havia, na velha cerca que os separava, um buraco por onde passavam quando se visitavam. Era ali o poço comum de que se serviam quatro famílias. Ao lado, por trás de um pé de lilás quase murcho, elevava-se um galpão baixo cheio de ferramentas velhas e onde eram criados, um a um, os coelhos para serem comidos nos dias de festa.

Bateu uma hora: era a hora do café, não se via vivalma nas portas ou janelas; apenas um operário do desaterro, esperando a hora da descida, capinava sua pequena horta sem levantar a cabeça. Quando a mulher atravessou a rua e se encontrou em frente às casas do outro quarteirão, ficou surpreendida de ver aparecer junto à igreja um homem acompanhado de duas senhoras. Estacou um segundo e reconheceu-os: era a Sra. Hennebeau, que mostrava o conjunto habitacional dos mineiros aos seus convidados, o homem condecorado e a senhora de capa de peles.

— Ora, não precisava incomodar-se! — exclamou a mulher de Pierron quando a outra lhe devolveu o café. — Não tinha pressa...

Tinha vinte e oito anos, passava por ser a mulher mais bonita do conjunto habitacional: morena, testa pequena, olhos grandes e boca bem feita; muito elegante, andava sempre limpa como uma gata; os seios continuavam belos, porque não tinha tido filhos. Sua mãe, a Queimada, viúva de um britador que morrera na mina, após ter posto a filha a trabalhar numa fábrica, jurando que esta jamais casaria com um mineiro, ficara furiosa ao vê-la casada tardiamente com Pierron, que ainda por cima era viúvo e tinha uma filha de oito anos. O casamento, no entanto, dera certo, e o casal vivia feliz, apesar dos mexericos e das histórias que corriam a respeito da complacência do marido e dos amantes da mulher; nenhuma dívida, carne duas vezes por semana, uma casa tão limpa que as caçarolas poderiam servir de espelho. Para cúmulo da sorte, graças a algumas proteções, a companhia autorizara-a a vender doces e biscoitos, que ela expunha em frascos sobre duas tábuas por trás dos vidros da janela. Com isso ganhava seis ou sete soldos por dia, às vezes doze, aos domingos. A única discrepância nessa felicidade toda era a mãe, a Queimada, que vivia berrando na sua fúria de velha revolucionária, que tinha de vingar a morte do seu homem, pela qual os patrões eram os responsáveis. Quem perdia com tudo isso era a filha de Pierron, a pequena Lydie, que recebia freqüentes bofetadas dessa família enérgica.

— Como está gorda! — exclamou a mulher de Pierron, brincando com Estelle.

— A trabalheira que isso dá, nem te digo! — respondeu a outra. — Considera-te feliz de não teres... Pelo menos podes andar limpa.

Embora na casa dela tudo andasse em ordem, e mesmo a lavasse todos os sábados, não podia deixar de olhar com inveja aquela sala tão clara e jeitosa, onde havia até vasos dourados sobre o guarda--comida, um espelho, três gravuras emolduradas.

A mulher de Pierron tomava café sozinha; toda a sua família estava na mina.

— Vais tomar um copo comigo — disse ela.

— Não, obrigada, acabo de beber o meu.

— Não tem importância, toma outro.

Realmente, não tinha importância; e ambas se puseram a beber lentamente. Por entre os frascos de biscoitos e doces, seus olhares pousaram nas casas da frente, com suas janelas de cortinas, cuja maior ou menor alvura falava das virtudes das suas respectivas proprietárias. As cortinas dos Levaque estavam imundas, verdadeiros esfregões, parecia terem servido para limpar o fundo das panelas.

— Como é possível viver com tal sujeira! — murmurou a mulher de Pierron.

A outra, então, começou a falar e não parou mais. Ah! Se ela tivesse um inquilino como esse Bouteloup, veriam como andaria limpa a sua casa! Para quem sabia fazer as coisas, um hóspede era um negócio excelente; mas nada de dormir com ele, isso não. Mas aqueles... O marido bebia, batia na mulher, vivia atrás das cantoras dos cafés-concerto de Montsou...

A mulher de Pierron fez um gesto de nojo. Essas cantoras transmitiam todas as doenças. Em Joiselle havia uma que tinha contaminado os mineiros de uma galeria inteira.

— O que me espanta é que tenhas deixado teu filho andar com a filha deles.

— Ora! E como impedir? O jardim deles é ligado ao nosso; no verão, Zacharie levava a Philomène para trás dos lilases, e faziam de tudo no galpão sem se incomodar com a gente; não se podia tirar água no poço sem tropeçar neles.

Era a história comum das promiscuidades do conjunto habitacional, rapazes e moças apodrecendo juntos, jogando-se de costas, como eles diziam, sob o teto baixo e em declive do galpão, assim que anoitecia. Todas as operadoras de vagonetes geravam ali o primeiro filho, quando não se davam ao trabalho de ir fazê-lo em Réquillart ou nos trigais. Mas isso não era considerado uma catástrofe, casavam--se depois; as mães zangavam-se quando os rapazes começavam muito cedo, já que um filho casado deixava de trazer dinheiro para a família.

— No teu lugar, poria fim nisso — continuou ajuizadamente a mulher de Pierron. — O teu Zacharie já a embarrigou duas vezes e vão acabar amigando-se... Bem, de qualquer maneira, o dinheiro está perdido.

A outra mulher fez um gesto furioso com as mãos.

— Escuta, eu amaldiçôo os dois se eles se amigarem. Então Zacharie não nos deve respeito? E custou-nos dinheiro, não foi? Pois então, que nos pague o que deve antes de se grudar a uma mulher... O que seria de nós se nossos filhos, mal começando a trabalhar, tivessem de sustentar os outros? Ah! melhor seria morrer!

Depois dessa explosão, acalmou-se.

— Falo de modo geral, mais tarde é que se verá... O teu café está realmente forte, pões a dose exata.

E, após mais um quarto de hora de novas histórias, levantou-se e saiu correndo, gritando que a sopa dos homens ainda não estava feita. Encontrou na rua as crianças que retornavam à escola; algumas mulheres estavam paradas nas soleiras das portas, vendo a Sra. Hennebeau, que caminhava ao longo de um dos blocos de casas, mostrando o conjunto habitacional a seus convidados. Essa visita começava a abalar a pacatez do lugarejo. O homem do desaterro parou de capinar por um momento, duas galinhas assustadas correram pelos jardins.

Ao voltar para casa, a mulher de Maheu deu de cara com a vizinha que não queria encontrar e que tinha saído ao ver que passava o Dr. Vanderhaghen, médico da companhia, homenzinho apressado, cheio de trabalho, que dava consultas caminhando.

— Doutor — disse a mulher de Levaque —, não estou dormindo mais, tenho dores por todo o corpo... O senhor tinha que tratar disso...

Ele tratava todas elas por tu. Respondeu sem parar:

— Deixa-me em paz! Tu bebes muito café.

— E o meu marido, doutor? — exclamou por sua vez a mulher de Maheu. — O senhor devia vê-lo. Continua com aquelas dores nas pernas.

— Porque tu o cansas demais... Sai do caminho.

As duas mulheres ficaram plantadas no meio da calçada sem saber o que fazer, enquanto o doutor se afastava a passos rápidos.

— Entra — disse a Levaque, depois de trocar com a vizinha um encolher de ombros desesperado. — Temos novidades... E tomas um cafezinho comigo, acabo de fazê-lo.

A outra, que procurava escapar, não resistiu à tentação. Por que não? Mas somente uma gota, para não lhe fazer desfeita... E entrou.

A sala era negra de sujeira, o chão e as paredes manchados de gordura, o guarda-comida e a mesa lambuzados de imundície; o mau cheiro, típico da casa que quase nunca é limpa, dava engulhos.

Perto do fogo, com os cotovelos sobre a mesa, o nariz enfiado no prato, Bouteloup, de aparência jovem para os seus trinta e cinco anos, dava cabo de um resto de cozido com a pachorra de movimentos inerente àquele tipo de homem, grande e calmo. Em pé, encostado nele, encontrava-se Achille, o filho mais velho de Philomène, já com seus três anos, olhando-o com o jeito suplicante e mudo dos animais famintos. O homem, cheio de ternura sob a espessa barba trigueira, metia-lhe de vez em quando um naco de carne na boca.

— Espera, vou adoçá-lo — disse a dona da casa, pondo açúcar preto na cafeteira.

Era uma mulher horrível, seis anos mais velha que ele, gasta, com os seios batendo na barriga e a barriga chegando até as coxas, com um carão achatado, de cabelos grisalhos, sempre despenteada. Ele dormia com ela com toda a naturalidade, sem a examinar mais do que a sopa que lhe era servida e onde encontrava fios de cabelo, e do que a cama onde os lençóis só eram mudados de três em três meses. Era pensão realmente completa, incluía até sexo... O marido gostava de dizer que o bom entendimento nos negócios faz os bons amigos.

— Queria te dizer — continuou ela — que viram ontem à noite a mulher de Pierron vagando pelas bandas dos Bas-de-Soie. O homem, tu sabes quem, estava esperando atrás da loja do Rasseneur; depois saíram juntos pela margem do canal. Que tal essa? Uma mulher casada...

— Ora! — respondeu a outra. — Antes de casar com ela, Pierron dava coelhos de presente ao contramestre, agora lhe empresta a mulher, sai mais barato.

Bouteloup deu uma gargalhada e enfiou um pedaço de miolo de pão embebido em molho na boca de Achille.

As duas mulheres continuaram a massacrar a esposa de Pierron: uma sirigaita que não era mais bonita do que as outras, mas vivia cuidando da pele, lavando-se, passando pomadas... Enfim, isso era da conta do marido, que parecia gostar desses requintes. Havia homens tão ambiciosos que eram capazes de limpar os sapatos dos chefes só para os ouvirem dizer obrigado. Estavam nesse ponto quando foram interrompidas pela chegada de uma vizinha trazendo ao colo uma menina de nove meses, Désirée, a filha mais nova de Philomène; esta, que almoçava no trabalho, pedira que lhe levassem a criancinha até lá, diariamente, para amamentá-la, sentada por uns minutos sobre o carvão.

— Não posso largar a minha um momento, começa logo a berrar... — disse a mulher de Maheu, olhando para Estelle, que dormia em seus braços.

Não conseguiu, porém, evitar a intimação que lia já há algum tempo nos olhos da outra e exclamou:

— Quando é que a gente vai resolver esse problema?

A princípio, as duas mães, implicitamente, tinham concordado em não apressar o casamento. Se a mãe de Zacharie queria receber durante o maior espaço de tempo possível as quinzenas do filho, a mãe de Philomène, só de pensar em largar as da filha, ficava uma fera. Nada a apressava, preferira mesmo cuidar do menino, isso enquanto havia um só; mas quando ele começou a crescer e a comer pão, e quando veio outro filho, achou-se prejudicada e tornou-se partidária fervorosa do casamento, disposta a não mais gastar do que era seu com os outros.

— Zacharie já está resolvido — continuou ela, implacável. — Agora só resta casar. Então, para quando?

— Deixemos isso para melhores dias — respondeu a mulher de Maheu embaraçada. — Esse assunto me irrita. Como se tivessem de esperar pelo casamento para andarem juntos... Palavra de honra, eu estrangulava Catherine se soubesse que ela deu um mau passo!

A mulher de Levaque deu de ombros.

— É melhor não jurares, ela fará exatamente como as outras.

Bouteloup, com a tranqüilidade de um homem que está em sua casa, começou a revirar o guarda-comida à procura de pão. Legumes para a sopa de Levaque, batatas e alhos esparramavam-se numa ponta da mesa, meio descascados, tomados e abandonados dez vezes, por entre mexericos contínuos. A mulher começou a descascá-los de novo, quando voltou a largá-los para correr à janela.

— Que é isso? Ah! é a Sra. Hennebeau com outras pessoas. Entraram na casa do Pierron.

Imediatamente ambas voltaram a cair sobre a outra. Claro! Isso não podia faltar: bastava a companhia querer mostrar o conjunto habitacional a estranhos, era logo para a casa dela que iam, por ser limpa. Sem dúvida não contavam aos visitantes seus amores com o capataz. Pode-se muito bem ser asseada quando se tem amantes que ganham três mil francos, belas casas, aquecimento, não contando os presentes... Limpa por fora, suja por dentro, essa era a verdade. E, durante todo o tempo em que as visitas estiveram na casa defronte, não pararam de tagarelar.

— Já estão saindo — disse a mulher de Levaque. — Estão inspecionando... Olha, minha cara, parece que vão para a tua casa.

A outra ficou amedrontada: teria Alzire limpado a mesa? E a sopa que também não estava pronta! Balbuciou um "até logo" e saiu correndo, entrando em casa sem olhar para os lados.

Felizmente estava tudo muito limpo. Vendo que sua mãe não voltava, Alzire, muito séria, amarrou um pano na cintura e começou a fazer a sopa. Arrancara os últimos alhos do jardim, colhera cebolas e limpava com muito cuidado os legumes, enquanto no fogo, num caldeirão enorme, aquecia a água para o banho dos homens, quando viessem. Por acaso, Henri e Lénore não estavam brigando, ocupados em rasgar um almanaque velho. O velho Boa-Morte fumava silenciosamente o cachimbo.

A mulher ainda estava esbaforida quando bateram.

— Podemos entrar, boa mulher?

Alta, loura, um pouco pesada na maturidade soberba dos quarenta, a Sra. Hennebeau sorria com esforço, querendo ser amável, sem querer deixar transparecer que temia sujar a roupa de seda cor de bronze, protegida por um manto de veludo preto.

— Entrem, entrem — repetia ela a seus convidados. — Não incomodam ninguém... Como é asseada também, não é? Esta boa mulher tem sete filhos. Todas as nossas casas são assim. Como já lhes disse, a companhia aluga a casa a seis francos por mês. Uma sala grande no térreo, dois quartos em cima, uma adega e jardim.

O senhor condecorado e a senhora de capa de peles, que tinham chegado de manhã pelo trem de Paris, abriam muito os olhos, não sabiam o que dizer, pasmados ante aquelas coisas que escapavam à sua compreensão.

— E jardim... — repetiu a senhora. — Poder-se-ia viver aqui, é encantador.

— A quantidade de carvão que lhes damos é muito mais do que precisam — continuou a Sra. Hennebeau. — Recebem visita do médico duas vezes por semana, e, quando estão velhos, recebem uma aposentadoria, apesar de não se fazer desconto algum nos salários.

— Um paraíso! Uma verdadeira Terra da Promissão! — murmurou o homem, maravilhado.

A mulher de Maheu precipitou-se para oferecer cadeiras, que as outras não aceitaram.

A Sra. Hennebeau já estava ficando cansada; a princípio sentira-se bem naquele papel de mostrar bichos, distraída por um instante no tédio do seu exílio, mas já estava cheia de repugnância pelo cheiro enjoativo de miséria, não obstante a limpeza das casas escolhidas onde ela se arriscava a entrar. Na verdade, repetia apenas pedaços de frases que ouvira, pois jamais se preocupara muito com todos esses operários que trabalhavam e sofriam perto dela.

— Que crianças lindas! — murmurou a senhora, que as achava horríveis, com aquelas enormes cabeças de cabelo cor de palha.

E a dona da casa teve de dizer a idade delas; fizeram-lhe igualmente perguntas sobre Estelle, por delicadeza. O velho Boa-Morte, respeitosamente, retirara o cachimbo da boca, mas nem por isso deixou de chamar a atenção, tão estragado estava pelos quarenta anos que passara no fundo da mina, as pernas endurecidas, só pele e osso, a face terrosa. E, como o acometesse um violento ataque de tosse, preferiu sair para cuspir fora, com medo de que seu escarro preto fosse assustar aquela gente.

Alzire foi muito festejada. Que bonita dona-de-casa, com o seu avental! Deram os parabéns à mãe por ter uma filha como aquela, já tão esperta para a idade. Mas ninguém falou sobre a sua corcova, apenas olhares de uma compaixão cheia de asco voltavam sempre a cair sobre o pobre ser enfermo.

— Agora — concluiu a Sra. Hennebeau —, se lhes perguntarem sobre nossas aldeias de mineiros, lá em Paris, já podem responder. Sempre esta calma, costumes patriarcais, todos felizes e saudáveis, um lugar para onde deviam vir descansar um pouco, onde há ar puro e tranqüilidade.

— É maravilhoso, maravilhoso! — exclamou o homem, numa demonstração final de entusiasmo.

E saíram com aquele ar satisfeito de quem sai de um circo onde se exibem fenômenos. A mulher de Maheu acompanhou-os até a porta e ali ficou enquanto eles se afastavam devagar, falando alto. As ruas estavam movimentadas, tiveram de defrontar grupos de mulheres atraídas pelo boato da sua visita, que fora espalhado de casa em casa.

Justamente defronte de sua porta, a mulher de Levaque acabava de deter a de Pierron, excitada com a visita. Ambas fingiam uma surpresa maldosa. Como é? Essa gente não saía mais da casa dos Maheu? Francamente, como é que agüentavam!

— Sempre sem dinheiro, apesar de tudo o que ganham... Claro, com os vícios que têm!

— Acabo de saber que ela foi mendigar hoje de manhã na porta dos burgueses da Piolaine, e que o Maigrat, que não queria vender-lhe mais nada, acabou voltando atrás e vendeu-lhe pão. Mas já sabemos como é que Maigrat cobra...

— Não, mas não ela! Também, precisava ter estômago... É a Catherine que Maigrat quer.

— Ah! escuta: sabes que ela teve a audácia de me dizer há pouco que estrangularia a Catherine se esta fizesse qualquer bobagem? Como se o latagão do Chaval já não tivesse há muito tempo dado um jeito nela, lá no galpão...

— Psiu! Aí vêm eles.

As duas mulheres adotaram então um ar despreocupado, sem mostras de curiosidade, contentando-se em espiar os visitantes pelo rabo do olho. Em seguida, chamaram com um aceno enérgico a outra, que ainda trazia Estelle ao colo. E as três, imóveis, ficaram contemplando as costas bem vestidas da Sra. Hennebeau, que se afastava com seus convidados. Quando estes iam já a uns trinta passos, o falatório recomeçou com violência redobrada.

— Esses vestidos valem talvez mais do que elas.

— Ah! claro... Não conheço a outra, mas essa daqui não vale quatro soldos, grande como é. Contam cada história...

— Hem? Que histórias?

— Que ela teria muitos homens, ora! Para começar, o engenheiro...

— Aquele magricela? Não, é muito pequeno, ela o perderia entre os lençóis.

— E o que é que tem, se ela gosta? Eu, quando vejo uma mulher assim, sempre fazendo caras de enjôo, de nariz torcido, fico logo desconfiada. Olha como ela rebola o traseiro, como que para nos rebaixar. Então isso se faz?

Os visitantes continuavam no mesmo passo lento, conversando, quando uma caleça apareceu, indo estacionar defronte à igreja. Saltou dela um homem dos seus quarenta e oito anos, apertado numa sobrecasaca preta, bem moreno, de semblante autoritário e correto.

— O marido! — murmurou a mulher de Levaque, baixando a voz como se ele pudesse ouvi-la, presa do medo hierárquico que o diretor inspirava aos seus dez mil operários. — Mas não é que esse homem tem mesmo cara de cornudo!

Agora toda a aldeia estava na rua. A curiosidade das mulheres continuava a aumentar, os grupos aproximavam-se, fundiam-se em turba, enquanto bandos de crianças ranhentas se espalhavam pelas calçadas, com ar atônito. Até o professor, com seu rosto pálido, espiou por um instante por trás da sebe da escola. No meio do jardim, o homem que capinava parou de trabalhar e ali ficou, com o pé na enxada e os olhos arregalados. E o murmúrio dos cochichos foi crescendo pouco a pouco, como um ruído de matraca, semelhante a um pé-de-vento em folhas secas.

O falatório maior era justamente em frente à casa de Levaque; primeiro aproximaram-se duas mulheres, depois dez, em seguida vinte. Prudentemente, a mulher de Pierron se calara: havia muitos ouvidos; a mulher de Maheu, uma das mais espertas, contentava-se em olhar, e, para acalmar Estelle, que acordara aos gritos, puxou para fora o seu seio enorme de vaca leiteira, que pendia flácido, como que alongado pela força de manancial do seu leite. Quando o Sr. Hennebeau acomodou as senhoras na carruagem que partiu em direção a Marchiennes, houve uma última explosão de loquacidade, todas as mulheres gesticularam, falando umas no rosto das outras, mais parecendo um formigueiro em pânico.

Nisso, bateram três horas. Os operários do desaterro, Bouteloup e os demais, partiram para a mina. De repente, de uma esquina da igreja, começaram a surgir os primeiros mineiros que voltavam, rosto preto, roupas encharcadas, braços cruzados e dorso arqueado. Houve então uma debandada entre as mulheres, todas corriam, todas voltavam para os trabalhos caseiros que haviam esquecido de tanto dar com a língua nos dentes e tomar café. E não se ouviu mais que a exclamação irritada, cheia de ameaças:

— Ah, meu Deus! E a sopa, e a sopa, que ainda não está pronta!

IV

Quando Maheu voltou, depois de haver deixado Etienne na casa de Rasseneur, encontrou Catherine, Zacharie e Jeanlin à mesa, acabando de tomar a sopa. Voltando da mina, a fome era tanta que comiam com roupa molhada e antes mesmo de se lavarem; e ninguém fazia cerimônia, a mesa permanecia posta da manhã à noite, sempre havia alguém sentado comendo sua ração, segundo as exigências do trabalho.

Da porta, Maheu vislumbrou as compras; não disse nada, mas seu semblante iluminou-se. Durante toda a manhã, o vazio do guarda-comida, a casa sem café e sem manteiga mantiveram-no preocupado, voltaram à sua cabeça em ondas dolorosas enquanto cavava no veio, sufocado no fundo da jazida. Como teria ela conseguido tudo aquilo? E que seria deles se ela tivesse voltado para casa de mãos vazias? Ah, felizmente havia de tudo! Riu de satisfação.

Catherine e Jeanlin já tinham acabado e bebiam seu café em pé, ao passo que Zacharie, não satisfeito com a sopa, cortava uma grossa fatia de pão e besuntava-a de manteiga. Viu o chouriço num prato, mas não o tocou: a carne, quando havia, era só para um, o pai. Todos terminavam a refeição com um enorme copo de água fresca, em substituição à boa aguardente dos fins de quinzena.

— Não tenho cerveja — disse a mulher, quando o marido sentou à mesa. — Quis economizar um pouco... Mas, se estás com vontade, a menina pode ir correndo buscar um litro.

Ele olhou-a assombrado. O quê? Também tinha dinheiro!

— Não, não — disse ele. — Já bebi um copo, chega.

E pôs-se a comer vagarosamente a mistura de pão, batatas, alho e cebola disposta na gamela que lhe servia de prato. A mulher, sem largar Estelle, inspecionava o trabalho de Alzire para que não faltasse nada, empurrava para perto dele a manteiga e o queijo, punha novamente no fogo seu café, para mantê-lo aquecido.

Ao mesmo tempo, ao lado do fogão, começava o banho, num tonel cortado ao meio e que servia de tina. Catherine, que era a primeira a lavar-se, encheu-a de água tépida e começou a despir-se tranqüilamente: tirou a coifa, a jaqueta, as calças e a camisa, acostumada a isso desde os oito anos, tendo crescido sem ver mal naquilo. Apenas se voltou de frente para o fogo e começou a esfregar-se vigorosamente com sabão preto. Ninguém a olhava; nem mesmo Lénore e Henri tinham mais curiosidade em ver como ela era. Acabado o banho, subiu nua a escada, deixando a camisa molhada e as outras peças do vestuário num monte no chão.

Em seguida, os dois irmãos começaram a discutir: Jeanlin correra para entrar na tina, a pretexto de que Zacharie ainda estava comendo; este empurrou-o, dizendo ser a sua vez, e que, se era bastante bondoso para permitir que Catherine tomasse seu banho em primeiro lugar, não queria lavar-se no resto de meninos sujos, tanto mais que água de banho daquele ali só serviria depois para encher os tinteiros da escola. Terminaram por lavar-se juntos, igualmente de frente para o fogo e até ajudando-se, um esfregando as costas do outro. Depois, como a irmã, subiram nus a escada.

— Que sujeira fazem! — murmurou a mãe, apanhando as roupas do chão para pô-las a secar. — Alzire, seca o chão, sim?

Uma algazarra do outro lado da parede cortou-lhe a palavra. Eram pragas de homem, choro de mulher, um barulhão de briga, com pancadas surdas que soavam como quedas de cabeças vazias.

— A mulher do Levaque está recebendo a sua dose — constatou calmamente Maheu, que rapava o fundo da gamela com a colher. — Engraçado, Bouteloup garantiu que a sopa estava pronta.

— Pronta! Essa não... — respondeu a mulher. — Eu vi os legumes em cima da mesa; nem descascados estavam.

Os gritos eram cada vez mais fortes; houve um encontrão tão violento que estremeceu a parede; em seguida voltou o silêncio. O mineiro, então, engolindo sua última colherada, concluiu com ar justo e calmo:

— Se a sopa não estava pronta, bem fez ele.

E depois de beber um copo cheio de água, passou ao chouriço; cortava-o em pedacinhos, espetava-os com a ponta da faca e ia comendo, depois de colocá-los sobre o pão, sem garfo. Enquanto o pai comia, ninguém falava; ele mesmo guardava silêncio, degustando o chouriço, no qual não encontrava o sabor característico do de Maigrat. Sim, devia ter vindo de outro lugar... Mas assim mesmo não interrogou a mulher a esse respeito. Perguntou-lhe apenas se o velho ainda estava dormindo. Não, o avô já tinha saído para o passeio habitual. E o silêncio baixou novamente sobre a sala.

O cheiro da carne açulara o olfato de Lénore e Henri, que se divertiam fazendo córregos no chão com a água derramada. Ambos foram para perto do pai, o menor na frente. Seguiam com os olhos cada pedaço; cheios de esperança, viam-nos partir do prato e, consternados, assistiam ao desaparecimento deles na boca do pai. Finalmente, o homem notou o desejo voraz que chegava a torná-los pálidos e lhes punha água na boca.

— As crianças já comeram disto? — perguntou.

E como a mulher hesitasse:

— Sabes bem que não gosto dessas injustiças. Tira-me o apetite vê-los ao meu redor, mendigando um pedaço.

— Mas claro que já comeram! — exclamou ela, encolerizada. — Se começas a apiedar-te acabas dando o que te toca e mais a parte dos outros, e eles comerão até estourar. Alzire! Não é verdade que todos nós já comemos chouriço?

— É, sim, mamãe — respondeu a corcundinha, que naqueles casos mentia com a desfaçatez de um adulto.

Lénore e Henri permaneceram imóveis, surpresos, revoltados ante tal mentira, eles, que eram açoitados quando não diziam a verdade. Com a revolta no coração, sentiram uma enorme vontade de protestar, de dizer que não estavam presentes quando os outros tinham comido.

— Vamos, saiam já daqui — gritou a mãe, enxotando-os para o outro extremo da peça. — Deveriam ter vergonha de estar sempre querendo a comida do seu pai. E se fosse só ele a comer, não seria justo? Não é ele quem trabalha? Vocês não passam de dois inúteis que fazem despesas e estão cada vez mais gordos!

Maheu chamou-os de volta, sentou Lénore na sua perna esquerda e Henri na direita e acabou o chouriço repartindo-o em pedacinhos com as crianças, que o devoraram deliciadas. Ao terminar, disse à mulher:

— Não, não quero o café agora, vou lavar-me primeiro... Ajuda-me a despejar esta água suja.

Agarraram a tina pelas alças e despejavam-na na sarjeta em frente à porta quando Jeanlin desceu vestindo roupas secas: umas calças e uma blusa de lã enormes, da medida do irmão. Vendo-o escapar sorrateiramente pela porta aberta, a mãe chamou-o.

— Aonde vais?

— Ali...

— Ali, aonde? Tu vais é colher um molho de dente-de-leão para a salada da ceia, ouviste? Se não trouxeres a verdura, vais arranjar-te comigo.

— Está bem, está bem!

Jeanlin partiu de mãos nos bolsos, arrastando os tamancos, gingando o traseiro magro de subnutrido de dez anos, mais parecendo um velho mineiro. Zacharie desceu por sua vez, mas mais bem cuidado, vestindo um suéter de malha de lã preta listrado de azul. Seu pai gritou-lhe que não voltasse tarde e ele saiu balançando a cabeça, de cachimbo na boca, sem responder.

A tina foi outra vez cheia de água morna. Maheu começou a tirar lentamente a jaqueta. A um olhar deste, Alzire levou Lénore e Henri para brincar na rua. O homem não gostava de se lavar diante da família, como era a prática em muitas casas do conjunto habitacional. Aliás, ele não censurava ninguém, dizia apenas que tomar banho na frente dos outros só era admissível para crianças.

— Que é que estás fazendo aí em cima? — gritou a mulher junto da escada.

— Estou remendando meu vestido, que se rasgou ontem — respondeu Catherine.

— Pois fica aí, não desce, teu pai está-se lavando.

Maheu e a mulher ficaram finalmente sós. Esta resolveu colocar Estelle sobre uma cadeira bem perto do fogo; a criança, por milagre, não começou a berrar e ficou olhando para os pais à maneira vaga dos inocentes que ainda não têm entendimento. Ele, completamente nu, acocorado diante da tina, mergulhou primeiro a cabeça ensaboada com esse sabão preto cujo uso secular descolorira e amarelecera os cabelos da raça; em seguida meteu-se na água, ensaboando o peito, a barriga, os braços e as pernas, para depois esfregá-los energicamente com ambas as mãos. Em pé, à sua frente, a mulher o observava.

— O que é que há? — começou ela. — Eu vi tua cara quando chegaste, estavas com uma carranca... Ao veres as compras é que desanuviaste o semblante. Imagina que os burgueses da Piolaine não quiseram dar-me um soldo... Mas mesmo assim são amáveis, deram roupas para as crianças e eu tive vergonha de suplicar; as palavras ficam-me atravessadas na garganta quando tenho de pedir.

Interrompeu-se por um instante para escorar Estelle na cadeira, com receio de uma queda. O homem continuou a rascar-se sem apressar com perguntas aquela história que tanto o interessava, esperando pacientemente compreendê-la.

— É preciso que te diga que o Maigrat tinha recusado com aquela empáfia dele, como quem enxota um cão. Calcula como me estava sentindo... Roupas de lã aquecem, mas não alimentam, não é verdade?

Ele levantou a cabeça, sempre mudo. Nada na Piolaine, nada no Maigrat; e então? Mas, como de costume, ela acabava de arregaçar as mangas para lhe lavar as costas e as partes do corpo que ele não podia alcançar. Ele gostava de que ela o ensaboasse, que o esfregasse todo, até cansar os pulsos. Apanhando o sabão, a mulher começou a lhe rascar os ombros, enquanto ele se firmava para poder permanecer ereto.

— Voltei então ao Maigrat e disse-lhe umas verdades, ah! se disse... Que era preciso não ter coração, que se havia justiça ele iria pagar por tudo isso... Ele ficou apavorado, desviava os olhos, queria escapar...

Das costas descera às nádegas e, arrebatada, continuou por todo o corpo, não deixando uma prega, uma curva sem esfregar, fazendo-o brilhar como as suas três caçarolas reluziam na limpeza geral dos sábados. Já estava suando com aquele terrível vaivém dos braços, tão agitada e sem fôlego que as palavras a engasgavam.

— Por fim, chamou-me de carrapato, mas temos pão até sábado, e o mais formidável é que me emprestou cem soldos... Trouxe ainda de lá manteiga, café e chicória, e ia pedir que me fornecesse um pouco de salsicharia e batatas, mas achei que era demais, ele já estava resmungando... Sete soldos de queijo de porco, dezoito soldos de batatas, sobram três francos e setenta e cinco para um guisado e um cozido. Que tal? Parece que aproveitei muito bem a manhã.

Agora enxugava-o; nos lugares que não queriam secar, batia com a toalha. Ele, feliz, sem mais se preocupar com o futuro da dívida, ria a plenos pulmões e abraçava-a.

— Solta-me, bruto! Estás encharcado, vais molhar-me. O que receio é que Maigrat tenha lá seus planos...

Ia falar em Catherine, mas conteve-se. De que serviria preocupar o marido? Seriam histórias sem fim.

— Que planos? — perguntou ele.

— Planos para nos roubar; o que haveria de ser? É preciso que Catherine examine muito bem a nota.

Ele abraçou-a de novo, não a deixando mais. O banho dele acabava sempre assim; ela excitava-o ao esfregá-lo com tal vigor, e depois, ao secá-lo com panos que lhe faziam cócegas nos cabelos dos braços e do peito. Aliás, por todo o conjunto habitacional, essa era a hora das brincadeiras, quando faziam mais filhos do que queriam. À noite não era possível, dormiam todos amontoados. Maheu empurrava a mulher para a mesa, gracejando com o bom humor daqueles que estão gozando do único momento agradável do dia, chamando o que ia fazer de comer sua sobremesa, e uma sobremesa que não lhe custava dinheiro. Ela, balançando seios e quadris, debatia-se um pouco, por brincadeira.

— Que bruto, meu Deus! Que bruto... A Estelle nos está olhando! Espera um pouco que vou virar a cabeça dela para o outro lado.

— Ora! Com três meses não pode compreender nada.

Levantando-se, ele vestiu apenas umas calças enxutas. Seu prazer, depois do banho e de ter feito suas brincadeiras com a mulher, era ficar com o torso nu por algum tempo. Na sua pele branca, de uma alvura de moça anêmica, os arranhões, os cortes de carvão deixavam tatuagens, "enxertos", como diziam os mineiros; e ele sentia-se orgulhoso disso, exibia seus braços grossos, seu peito largo, brilhante como um mármore raiado de azul. No verão, todos os mineiros ficavam nas portas de suas casas assim. Apesar da umidade do tempo, ele foi até a porta por um momento e gritou um palavrão para um companheiro que se encontrava igualmente de torso nu do outro lado dos jardins. Outros apareceram; e as crianças que brincavam nas calçadas ergueram as cabeças e riram também ao constatarem que havia alegria em toda aquela carne fatigada que os trabalhadores expunham ao ar livre.

Tomando o café, ainda sem camisa, Maheu contou à mulher da cólera do engenheiro por causa do estaqueamento. Estava calmo, descansado e ouviu com sinais de aprovação os prudentes conselhos da esposa, que demonstrava grande bom senso naqueles assuntos. Ela sempre repetia que não se ganhava nada entrando em choque com a companhia; falou-lhe, em seguida, da visita da Sra. Hennebeau. Sem o dizerem, ambos estavam envaidecidos com o acontecimento.

— Posso descer? — perguntou Catherine do alto da escada.

— Podes, sim, teu pai está-se enxugando.

A moça trajava sua roupa de domingo, um velho vestido de popelina azul-escuro, desbotado e já puído nas pregas. Trazia na cabeça uma touca de tule preto, muito simples.

— Como? Estás toda preparada! Onde é que vais?

— Vou a Montsou comprar uma fita para a minha touca... Arranquei a velha, estava imunda.

— Então tens dinheiro?

— Não, mas a filha do Mouque vai emprestar-me dez soldos.

A mãe deixou-a sair. À porta, porém, chamou-a.

— Escuta, não vás comprar tua fita no Maigrat... Ele te roubaria e ficaria pensando que estamos nadando em ouro.

O pai, que se tinha agachado em frente ao fogo para secar mais depressa o pescoço e as axilas, limitou-se a acrescentar:

— Volta para casa antes do anoitecer.

Na parte da tarde, Maheu trabalhou no jardim. Já plantara batatas, semeara feijão e ervilha e tinha em viveiros, desde a véspera, mudas de couves e alfaces, que se pôs a transplantar. Aquele retalho de jardim os abastecia de legumes, com exceção das batatas, que nunca chegavam para os gastos da casa. A verdade é que ele gostava de plantar e até alcachofras conseguia ali, o que era tido pelos vizinhos como uma mania de grandeza.

Estava preparando o canteiro quando surgiu Levaque, que viera dar uma cachimbada na entrada da sua casa e que se pôs a examinar as alfaces que Bouteloup plantara pela manhã; sem a disposição do senhorio para o cultivo, não cresceriam ali senão urtigas. E os dois começaram a conversar por cima da cerca. Levaque, descansado, mas excitado por ter batido na mulher, tentou em vão arrastar Maheu para o Rasseneur. Então, será que tinha medo de um copo de cerveja? Jogariam uma partida de boliche, vadiariam um pouco com os camaradas e voltariam para jantar. Era assim que passavam o tempo, depois de deixarem a mina. Claro que não havia mal nisso, mas Maheu estava decidido: se não transplantasse suas alfaces, no dia seguinte elas estariam murchas. No fundo, não queria ir por economia, para não ter que pedir à mulher um centavo do que sobrara dos cem soldos.

Davam cinco horas quando a mulher de Pierron veio perguntar se tinha sido com Jeanlin que a sua Lydie havia escapado. Levaque respondeu que talvez sim, porque o Bébert também desaparecera e os três faziam das suas sempre juntos. Maheu tranqüilizou-os falando da salada de alface, e em seguida ele e o companheiro passaram a fazer piadas com a mulher, numa linguagem de caserna. Ela zangou-se mas não foi embora, deleitada no fundo com os palavrões, que a faziam dobrar-se de riso. Veio em seu auxílio uma mulher magra, cuja cólera gaguejante se assemelhava a um cacarejar de galinha. Outras, das suas portas, começavam a ficar perturbadas com a cena, da qual não ouviam palavra.

A escola acabava de fechar suas portas, a petizada andava à solta, era um rebuliço de pequenos seres esganiçando-se, engalfinhando-se, rolando por terra. Enquanto isso, os pais que não estavam na taberna juntavam-se em grupos de três ou quatro, sentavam nos calcanhares, como no fundo da mina, para fumar seus cachimbos, falando pouco, encostados numa parede. A mulher de Pierron partiu furiosa quando Levaque tentou apalpá-la para ver se tinha as coxas bem torneadas; em seguida, este decidiu ir sozinho mesmo à taberna e Maheu continuou a trabalhar nos seus legumes.

O sol começou a desaparecer; a mulher de Maheu acendeu o candeeiro, irritada com a ausência dos filhos. Podia apostar: nunca faziam juntos a única refeição em que podiam estar todos em volta da mesa. E ainda havia a tal salada que Jeanlin não trouxera. Como poderia colhê-la agora, nessa escuridão? E uma salada viria a calhar com o guisado de batata, alho, azedinhas — tudo refogado na cebola —, que estava cozendo em fogo brando!

A casa inteira cheirava a cebola frita, um odor agradável que logo fica rançoso e penetra nas paredes dos conjuntos habitacionais de mineiros e passa a exalar tal fedor que de longe, do campo aberto, pode-se sentir esse cheiro de cozinha pobre.

Ao cair da noite, Maheu deixou o jardim e estirou-se numa cadeira para um cochilo, a cabeça apoiada na parede. À noite, bastava sentar para pegar no sono. O cuco deu sete horas. Henri e Lénore acabaram por quebrar um prato teimando em ajudar Alzire, que punha a mesa. O velho Boa-Morte foi o primeiro a voltar, pediu logo a janta, pois tinha que pegar no trabalho. A mulher resolveu então acordar o marido.

— Vamos comer. Se não vêm, pior para eles; são bastante grandes para encontrar o caminho de volta. O que me irrita é a salada.

V

Na casa de Rasseneur, depois de tomar uma sopa, Etienne voltou ao quarto estreito que ia ocupar no sótão, de frente para a Voreux, e caiu na cama completamente vestido, morto de cansaço. Durante dois dias não chegara a dormir quatro horas. Quando acordou, já anoitecia; ficou atordoado por alguns instantes, sem saber onde estava. Sentia tamanho mal-estar, tal peso na cabeça, que a muito custo se pôs em pé, com a intenção de ir tomar ar antes de jantar e deitar-se de novo.

Fora, não estava fazendo frio, o céu de fuligem tinha cintilações de cobre, grávido de uma dessas longas chuvadas que só caem no norte e cuja aproximação se fazia sentir na tepidez úmida do ar. A noite descia como um rolo de fumaça, engolfando os longínquos confins da planície. Sobre aquele mar imenso de terras avermelhadas, o céu baixo parecia fundir-se em poeira negra, sem um sopro de vento repentino que desse vida às trevas. Tudo isso era de uma tristeza confrangedora e baça como uma mortalha.

Etienne começou a caminhar ao acaso, com o único fim de livrar--se daquele mal-estar. Ao passar pela Voreux já em sombras no fundo do seu buraco e com os lampiões ainda apagados, parou um momento para ver a saída dos operários que trabalhavam à tarde. Eram decerto seis horas; carregadores da expedição e cavalariços saíam em grupos, misturados com as moças da triagem, indistintas e risonhas no meio da escuridão.

Os primeiros a sair foram a Queimada e o genro, Pierron; ela admoestava-o por não a ter apoiado numa altercação que tivera com um fiscal por causa de sua conta de pedras.

— Que molengão! Deus meu, como é que pode? Um homem desse, e rebaixando-se assim na frente dos canalhas que querem destruir-nos.

Pierron seguia-a tranqüilamente, sem responder. Acabou dizendo:

— Eu teria talvez de me atracar com o chefe. Muito obrigado! Não quero encrencas comigo.

— Pois então estende o traseiro! — gritou ela. — Ah! inferno de vida! Se ao menos minha filha me tivesse escutado... Parece que não chega o marido que me mataram, queres talvez que eu vá agradecer-lhes, não é isso? Pois verás, pagarão por isso...

As vozes foram ficando distantes e Etienne permaneceu olhando para a mulher que desaparecia com seu nariz adunco, seus cabelos brancos desgrenhados, seus longos braços que gesticulavam furiosamente. Atrás dele, porém, a conversa de dois rapazes fez que apurasse o ouvido. Reconheceu Zacharie, que estava à espera e que um amigo, o jovem Mouque, acabava de abordar.

— Como é, vens ou não vens? — perguntou este. — Comemos um pão com manteiga e vamos para o Volcan.

— Logo; primeiro vou resolver um assunto.

— O que é, hem?

O carregador virou-se, percebeu Philomène que saía da triagem e julgou compreender.

— Ah! é isso... Então eu vou na frente.

— Vai, que logo te alcanço.

Ao seguir pelo caminho, o carregador deu com o pai, o velho Mouque, que também estava saindo da Voreux; os dois homens cumprimentaram-se apenas, o filho tomou a estrada real e o pai enveredou pela margem do canal.

Zacharie, tendo cortado o passo a Philomène, carregou-a para esse mesmo caminho desviado apesar da sua resistência. Estaria outra vez com pressa? E começaram a discutir como um casal já antigo. Não tinha nenhuma graça só se verem fora, sobretudo no inverno, quando a terra está molhada e não há trigais para servir de cama.

— Não, não é isso — murmurou ele impaciente. — Tenho que te dizer uma coisa...

Segurou-a pela cintura, fazendo-a caminhar devagar. Assim que chegaram à sombra do aterro, ele perguntou-lhe se tinha dinheiro.

— Para quê? — quis ela saber.

Ele então atrapalhou-se, falou de uma dívida de dois francos que ia desesperar sua família.

— Não me venhas com essa! Eu vi o filho do Mouque falando contigo, tu vais é para o Volcan farrear com aquelas cantoras nojentas.

Ele jurou que não, bateu no peito, deu sua palavra de honra. Vendo que ela dava de ombros, disse num repente:

— Pois vem com a gente, se isso te agrada. Não me atrapalhas em nada. Cantoras! Não é nada disso, bobinha... Vens?

— E a criança? — perguntou ela. — Está sempre chorando, não

posso dar um passo... Vou é para casa, aposto que a confusão é total por lá.

Mas ele reteve-a e começou a suplicar. Então ia deixá-lo em má situação na frente do amigo ao qual havia prometido companhia? Um homem não podia dormir diariamente como as galinhas... Vencida, ela levantou uma ponta da sua bata, cortou a linha com a unha e tirou duas moedas de dez soldos de um canto da bainha. O receio de ser roubada pela mãe fazia com que escondesse ali o ganho das horas extras na mina.

— Tenho cinco, estás vendo? Posso muito bem dar-te três... Mas tens que jurar que vais convencer tua mãe a casar-nos. Chega dessa vida irregular, não posso mais agüentar as reclamações de mamãe a cada pedaço de pão que ponho na boca. Jura, jura primeiro.

Falava com a voz fraca de mulher doentia, sem paixão, exausta de viver. Ele jurou, disse que era coisa prometida, sagrada; depois, assim que se viu com as três moedas, beijou-a, fez-lhe carícias e graças, e tê-la-ia possuído ali mesmo, naquele recanto do aterro, que era o quarto de inverno da sua já antiga união, se ela não tivesse repetido que não, que desse jeito não teria nenhum prazer. E, assim, voltou para o conjunto habitacional sozinha, enquanto ele cortava através do campo para encontrar-se com o amigo.

Etienne, maquinalmente, seguira-os de longe, sem compreender, pensando que era um simples encontro. As moças eram precoces nas minas... Lembrou-se então das operárias de Lille que costumava esperar atrás das fábricas, esses bandos de moças corrompidas desde os catorze anos, entregues à miséria de sua própria sorte. Pensava nisso, quando um outro encontro o surpreendeu ainda mais. Parou.

Era no fundo do aterro, numa cova para onde tinham escorregado enormes pedras, que Jeanlin se instalara para maltratar Lydie e Bébert, que estavam sentados um à sua direita, outro à sua esquerda.

— Hem? Qual é a queixa? Dou um bom tabefe em cada um se reclamarem... Quem é que teve a idéia? Vamos, digam!

Na verdade, Jeanlin tivera a idéia. Depois de, durante uma hora, ter vagado pelos prados que ficam ao longo do canal, colhendo alfaces com os outros dois, decidiu, olhando para o molho de verdura, que em sua casa jamais comeriam tudo aquilo e, em vez de voltar para o conjunto habitacional, foi a Montsou levando Bébert para ficar de guarda e mandando Lydie bater nas portas dos burgueses oferecendo alfaces. Dizia ele — voz da experiência — que as meninas vendiam tudo o que quisessem. No ardor do negócio, todo o molho foi vendido e a garota apurara onze soldos. Agora repartiam o lucro.

— Não é justo — declarou Bébert. — Temos que dividir por três. Se tu ficas com sete, nós ficamos só com dois cada um.

— Não é justo por quê? — replicou Jeanlin furioso. — Para começar, colhi muito mais que vocês.

O outro costumava submeter-se às decisões do amigo, com uma admiração amedrontada, uma credulidade que o transformava na eterna vítima. Apesar de mais velho e mais forte, deixava que Jeanlin até mesmo o esbofeteasse. Mas, desta vez, a visão de todo esse dinheiro o excitava à resistência.

— Lydie, não é verdade que ele nos está roubando? Se não repartir por igual vamos dizer tudo à mãe dele.

Num relance Jeanlin abateu o punho no nariz do outro.

— Repete, repete! Eu é que vou dizer que vocês venderam a salada da mamãe... E depois, seu burro, como é que vou dividir onze soldos por três? Tenta só, espertinho. Aqui está: dois soldos para cada um. E peguem logo, senão vão voltar para meu bolso.

Resignado, Bébert apanhou os dois soldos. Lydie, toda trêmula, nada dissera: diante de Jeanlin ela sentia uma mistura de medo e ternura de mulherzinha acostumada a levar pancada. Como ele lhe estendesse os dois soldos, ela espichou a mão com um sorriso submisso. Mas ele, repentinamente, mudou de idéia.

— O que vais fazer com todo esse dinheiro? Não sabes como escondê-lo e a tua velha vai roubá-lo, com toda a certeza... É melhor que eu guarde para ti. Quando precisares dele é só pedir.

E os nove soldos sumiram. Para que não pudesse reclamar, abraçou-a rindo e rolou com ela pelo aterro. Era a sua mulherzinha, tentavam juntos, nos cantos escuros, praticar o amor que ouviam e viam em suas casas, por trás dos tabiques, pelas fendas das portas. Sabiam tudo, mas ainda não conseguiam fazer nada por serem muito jovens; apenas se apalpavam, brincavam durante horas como cãezinhos viciados. Ele chamava a isso "brincar de papai e mamãe", e quando queria bastava chamá-la, ela vinha correndo, deixava-se agarrar com o estremecimento delicioso do instinto, algumas vezes amuada, mas cedendo sempre, ansiando por algo que não chegava a acontecer.

Bébert nunca era admitido nessas brincadeiras e logo recebia uma tapona assim que tentava apalpar Lydie, por isso transformava-se numa fera, enquanto os outros dois se divertiam fazendo caso omisso da sua presença. A vingança dele era assustá-los e interrompê-los gritando que estavam sendo observados.

— Olha o homem espiando vocês!

Desta vez não mentia, ali estava Etienne, que imediatamente decidiu seguir seu caminho. Os meninos deram um pulo e se esconderam e ele passou, contornando o aterro e seguindo o canal, divertido com o susto que pregara nos pequenos descarados. Sem dúvida, era cedo para a idade deles, mas que fazer? Viam tantos exemplos, ouviam tanta barbaridade que teria sido preciso amarrá-los para que não fizessem o mesmo. Apesar de tudo isso, no fundo, Etienne entristecia-se com o fato.

Cem passos adiante encontrou mais casais. Estava chegando a Réquillart e ali, ao redor da velha galeria em ruínas, todas as moças de Montsou passeavam com seus namorados. Era o ponto de encontro comum, o recanto ignoto e deserto onde as operadoras de vagonetes iam conceber seu primeiro filho, quando não ousavam fazê-lo no galpão do fundo da casa. Os tapumes derruídos serviam de entrada para o antigo pátio transformado em terreno baldio, obstruído pelos destroços de dois galpões que tinham desabado e pelos esqueletos dos enormes cavaletes ainda em pé. O terreiro estava cheio de vagonetes fora de uso, de caibros velhos que apodreciam amontoados, enquanto uma vegetação violenta reconquistava aquele canto de terra, transformando-o em matagal cerrado, com pequenas árvores já copadas.

As moças sentiam-se ali tão à vontade como em suas casas; havia tocas escondidas para todas, os namorados deitavam-nas sobre as vigas, atrás dos montes de madeira ou dentro dos vagonetes. Sempre arranjavam um lugar, podia ser mesmo ao lado de outro casal, cada um cuidava da sua vida. E era como se fosse uma vingança da criação aquela prática do amor livre que, sob o látego do instinto, fecundava os ventres dessas meninas-moças ao redor da máquina extinta, junto do poço exausto de vomitar hulha.

Contudo, havia um guarda morando ali, o velho Mouque, a quem a companhia cedera, quase por baixo da torre do sino de rebate destruída, duas peças que a queda prevista das últimas vigas em pé punha sob a constante ameaça de esmagamento. Mouque tivera mesmo de escorar uma parte do teto e ali passara a viver muito bem, em família, ele e o filho num quarto, a filha no outro. Como as janelas não tinham mais vidros, vedara-as com tábuas; a luz era escassa, mas não fazia frio. Na verdade, era um guarda que não guardava nada; tratava, isso sim, dos cavalos da Voreux, não tendo o menor cuidado com as ruínas de Réquillart, das quais apenas o poço tinha serventia, como chaminé de uma fornalha que injetava ar na galeria vizinha.

E assim envelhecia o pai Mouque, entre amores. A partir dos dez anos de idade, sua filha fora possuída seguidamente naqueles escombros, não como garotinha assustada e ainda verde do tipo de Lydie, mas como mulher adulta, boa para rapazes de barba na cara. O pai não dizia nada porque ela mostrava-se respeitosa, nunca introduzira um namorado dentro de casa. Com o tempo, habituara-se àquelas cenas. Indo para a Voreux ou voltando de lá, cada vez que saía do seu buraco, tinha de cuidar onde punha o pé para não tropeçar em algum casal estendido no pasto; mas o pior era quando queria juntar gravetos para o fogo da sopa, ou relva para o coelho, no outro extremo do cercado: via então levantarem-se, um a um, os narizes gulosos de todas as moças de Montsou, ao passo que ele devia tomar precauções para não esbarrar nas pernas estendidas nas veredas. Aliás, pouco a pouco, esses encontros não incomodaram mais ninguém, nem a ele, que simplesmente cuidava de não cair, nem às moças, que deixava divertirem-se, afastando-se a passinhos discretos, como um homem bom, compreensivo para com as exigências da natureza. Mas, assim como elas já o reconheciam no escuro, ele também acabara por reconhecê-las, como se reconhece as gralhas em cio pousadas nas pereiras dos pomares. Ah! Esta juventude! Como sabia divertir-se, como se embriagava de prazeres! Às vezes, balançava a cabeça numa melancolia muda, ao desviar-se daquelas mulheres licenciosas e barulhentas, que gemiam alto demais no fundo das trevas. Só uma coisa o punha de mau humor: dois amantes tinham adquirido o péssimo costume de se abraçarem encostados à parede do seu quarto. Isso não o impedia de dormir, mas mexiam-se tanto que iam acabar derrubando a parede.

Todas as noites Mouque recebia a visita do seu amigo, o velho Boa-Morte, que regularmente dava um passeio antes do jantar. Os dois anciãos quase não falavam, apenas umas dez palavras durante a meia hora que passavam juntos. Mas alegrava-os estar um em companhia do outro, pensar no passado, ruminá-lo em comum, sem recorrer às palavras. Era sempre assim ali em Réquillart: sentavam-se lado a lado numa viga, diziam algo e depois partiam pelo caminho do sonho, os olhos postos na terra. Com isso sentiam-se rejuvenescer. Em volta deles os rapazes levantavam as saias das namoradas, cochichavam entre risos e beijos, um cheiro quente de mulher subia por entre o frescor da grama machucada. Fora atrás da mina, quarenta e três anos antes, que o velho Boa-Morte possuíra sua mulher, uma operadora de vagonetes tão magra que ele tinha que colocá-la sobre um vagonete para poder beijá-la à vontade. Ah, os bons tempos! E os dois velhos, balançando a cabeça, separavam-se enfim, muitas vezes sem se despedirem.

Naquela noite, porém, no momento em que Etienne chegava, o velho Boa-Morte levantava-se da viga para voltar ao conjunto habitacional, e estava dizendo a Mouque:

— Boa noite, meu velho... Escuta aqui, conheceste a Ruiva?

Mouque ficou um momento calado, deu de ombros e disse, entrando em casa:

— Boa noite, boa noite, meu velho.

Etienne, por seu turno, sentou-se na viga. Estava cada vez mais triste, sem saber por quê. O velho que via pelas costas fazia que se lembrasse da sua chegada pela manhã, do borbotão de palavras que o vento enervante arrancara daquele homem soturno. Quanta miséria! E todas essas moças esfalfadas, tolas bastante para, à noite, ainda se porem a fazer filhos, mais carne para trabalhar e sofrer! Isso não terminaria nunca se continuassem assim, a produzir mortos de fome. Antes, não seria melhor que arrolhassem o ventre e juntassem as pernas ante a aproximação da desgraça? Talvez a causa de todos esses pensamentos lúgubres e confusos fosse proveniente da sua solidão entediada, enquanto os outros, àquela hora, andavam aos pares, gozando a vida. A temperatura abafada pesava sobre ele, gotas de chuva ainda raras começaram a cair-lhe nas mãos febris. Não havia dúvida, todas elas se entregavam ao prazer, era uma compulsão.

E como Etienne permanecesse sentado, imóvel no escuro, um casal que vinha de Montsou roçou nele sem contudo notá-lo e embrenhou-se no terreno baldio de Réquillart. A moça, certamente uma virgem, debatia-se, resistia, suplicava em voz baixa; o rapaz, silencioso, implacável, empurrava-a para as trevas de um canto do galpão que ainda estava em pé e onde havia um monte de cordame bolorento. A dupla era Catherine e o espadaúdo Chaval, que Etienne não reconhecera ao passar, mas seguira com o olhar, esperando pelo fim da história, presa de uma sensualidade que mudava o curso de suas reflexões. Para que intervir? Quando elas dizem não, é porque gostam de apanhar antes do ato.

Ao deixar o conjunto habitacional dos Deux-Cent-Quarante, Catherine tinha ido a Montsou pela estrada. Desde os dez anos, desde que ganhava a vida na mina, andava pela região sempre sozinha, na mais completa liberdade, típica das famílias dos carvoeiros. E, se chegara aos quinze anos sem ter sido possuída, era graças ao tardio acordar da sua puberdade, cuja eclosão ainda aguardava. Ao passar pelos depósitos da companhia, atravessou a rua e entrou na casa de uma lavadeira, onde tinha certeza de encontrar a filha de Mouque, pois sabia que esta sempre estava ali, entre mulheres que, da manhã à noite, ofereciam rodadas de café umas às outras. Desta vez, no entanto, Catherine calculara mal; realmente a outra estava na casa da lavadeira, mas acabava de pagar a sua rodada e não pôde emprestar-lhe os dez soldos prometidos. Para consolá-la, em vão lhe ofereceram um copo de café quentinho. Ela nem mesmo quis que a companheira pedisse o dinheiro a outra mulher. Veio-lhe à cabeça uma idéia de economia, uma espécie de temor supersticioso, a certeza de que, se comprasse a tal fita agora, ela lhe traria desgraça.

Apressou-se em tomar o caminho de volta e já passava pelas duas últimas casas de Montsou quando um homem parado na porta do Café Piquette a chamou.

— Ei, Catherine, aonde vais com tanta pressa?

Era Chaval. Sentiu-se contrariada, não porque ele lhe desagradasse, mas porque não estava com vontade de conversar.

— Vem, convido-te a beber alguma coisa. Um copinho de licor, queres?

Delicadamente, agradeceu: estava anoitecendo, esperavam-na em casa. Ele avançou para o meio da rua e começou a falar em voz baixa, suplicante. Há muito tempo que planejara fazê-la subir ao seu quarto, no primeiro andar do Café Piquette, uma bela peça com cama de casal. Então, tinha medo dele? Por que dizia sempre não? Ela, inocente, ria, dizendo que iria na semana em que as crianças não vingassem. Em seguida, pulando de um assunto a outro, falou, não se sabe como, da fita azul que não pudera comprar.

— Mas eu vou dar-te uma! — exclamou ele.

Ela corou, sentindo que devia dizer não, outra vez, mas no fundo aguilhoada pelo enorme desejo de obter sua fita. Voltou-lhe a idéia de um empréstimo, terminou por aceitar, mas com a condição de pagar-lhe mais tarde a importância gasta. Isso foi motivo para outra brincadeira: sim, devolveria o dinheiro, mas só se não dormisse com ele. Nesse ponto sobreveio outra dificuldade, ele falou em ir ao Maigrat.

— Não, ao Maigrat não, mamãe não quer.

— Ora, ora! É preciso dizer aonde foste? Maigrat tem as fitas mais bonitas de Montsou.

Quando Maigrat viu entrar na sua loja aquele par, mais parecendo dois namorados comprando o presente de núpcias, ficou muito vermelho e mostrou as peças de fita azul com a raiva de um homem desprezado. Depois de atendê-los, pôs-se à porta para observar os dois jovens afastando-se no crepúsculo. Nisto surgiu sua mulher, que, com voz tímida, pediu-lhe um esclarecimento; descarregou seu ódio sobre ela, injuriou-a, gritou que um dia todos esses ingratos haviam de se arrepender quando os tivesse aos pés, lambendo-lhe as botas.

Catherine, acompanhada de Chaval, alto e forte, seguiu pela estrada. Caminhavam lado a lado, ele de braços balançando mas empurrando-a levemente com o quadril, dirigindo-a sub-repticiamente. De repente ela notou que ele a fizera sair da estrada e se embrenhavam juntos pelo estreito caminho que ia terminar em Réquillart. Não teve tempo de zangar-se: ele já a agarrava pela cintura, aturdindo-a com uma torrente de palavras carinhosas. Que boba era de ter medo! Que mal podia ele fazer a uma coisinha mimosa daquela, mais macia do que a seda, tão tenrinha que poderia comê-la? Ela sentia arrepios por todo o corpo, sentindo a respiração do homem no pescoço. Arrebatada, não encontrava resposta. Uma coisa era verdade, ele parecia amá-la. Ainda sábado à noite, depois de apagar a vela, interrogara-se sobre o que aconteceria se ele a agarrasse assim; depois, dormindo, sonhara que, frouxa de prazer, não dizia mais não. Então por que, hoje, à mesma idéia, sentia repugnância e desgosto? Enquanto ele lhe fazia cócegas na nuca com o bigode, e com tal jeito que ela fechava os olhos, a sombra de um outro homem, do rapaz que conhecera pela manhã, voltejava no escuro de suas pálpebras cerradas.

Quando Catherine olhou em volta, deu-se conta de que Chaval a conduzira para os escombros de Réquillart. Recuou fremindo ante as trevas do galpão desmoronado.

— Não, não! Pelo amor de Deus, deixa-me ir embora!

O medo do macho enlouquecia-a, esse medo que retesa os músculos das mulheres — o instinto de defesa —, mesmo quando estão incendiadas de desejo e sentem a aproximação triunfante do homem. Sua virgindade, que, aliás, já sabia tudo, aterrorizava-se sob a ameaça de um golpe, de um ferimento cuja dor futura temia.

— Não, não, já disse que não quero! Tu sabes que ainda sou muito moça. Juro! Mais tarde sim, quando eu estiver um pouco mais madura...

Ele respondeu com um rosnar surdo:

— Boba! assim ainda é melhor... não há perigo algum.

E não falou mais. Agarrou-a com força, atirando-a para dentro do galpão. Ela caiu de costas sobre as cordas velhas, não fez mais qualquer gesto de defesa e submeteu-se ao macho, sem ter idade para isso, com a humildade hereditária com que, desde a infância, entregam-se, mesmo ao ar livre, as moças da sua raça. Seu balbuciar assustado extinguiu-se, não se ouvia mais que a respiração ofegante do homem.

Etienne escutou tudo sem se mover. Mais uma que entrava na roda! E, agora que já assistira à comédia, levantou-se invadido pelo mal-estar, por uma espécie de excitação ciumenta onde predominava a cólera. Não se deu mais ao incômodo de ser discreto, saltou por cima das vigas: aqueles dois estavam ocupados demais para o notarem. Mas ficou surpreso ao voltar-se, depois de ter caminhado uns cem passos pela estrada, vendo que já estavam de pé e pareciam, como ele, dirigir-se ao conjunto habitacional. O homem abraçara novamente a moça pela cintura, cingindo-a com ar de reconhecimento, falando-lhe sempre ao ouvido. Era ela quem parecia apressada, querendo voltar logo para casa, com gestos zangados, sobretudo pela demora.

Etienne começou então a ser espicaçado pelo desejo de ver seus rostos. Mas isso era idiota! Apressou o passo para não sucumbir à tentação. Mas seus pés se tornavam lentos por si mesmos; ele acabou, ao passar pelo primeiro lampião de rua, por se esconder na sombra. Ficou paralisado de espanto ao reconhecer de passagem Catherine e Chaval. Chegou a não acreditar: seria mesmo ela essa mocinha de vestido azul-escuro e touca? Essa seria o garotinho que vira pela manhã de calças e lenço de pano grosseiro amarrado à cabeça? Eis por que ao passar, roçando-o, não a reconhecera... Não, não duvidava mais, eram bem os seus olhos, aquela limpidez esverdeada de água de fonte, clara e profunda... Que devassa! Sentiu um desesperado desejo de vingar-se dela, sem outro motivo que o desprezo. Ah! como estava horrível com aquelas roupas de mulher!

Catherine e Chaval tinham passado lentamente. Não sabiam que estavam sendo espiados, ele puxava-a para si, beijando-a no pescoço, ela começava a entregar-se novamente às carícias que lhe davam cócegas.

Tendo ficado para trás, Etienne foi obrigado a segui-los, irritado por tê-los à sua frente, obrigado a assistir àquelas cenas que o exasperavam. Então era verdade o que ela dissera de manhã: ainda não tinha amante. Apesar de ela ter jurado, não acreditara, mas assim mesmo privara-se de possuí-la para não fazer papel de canalha, como o outro.

E agora ela acabava de ganhar um amante bem nas suas barbas! E ele, que chegara a ponto de divertir-se, de se excitar, vendo-os! Parecia que ia ficar louco, cerrava os punhos, sua vontade era destroçar aquele homem, numa dessas vontades de matar que o cegavam.

O passeio durou uma meia hora. Ao aproximar-se da Voreux, o casal caminhou ainda mais vagarosamente, parando duas vezes à beira do canal, três vezes ao longo do aterro, muito alegre, fazendo gracinhas um para o outro. Etienne também tinha de parar à medida que os outros dois o faziam, com receio de ser visto. Esforçava-se para não ter mais aquele desgosto brutal, sabia agora que devia tratar as moças com delicadeza. Depois de ter passado pela Voreux, podendo enfim ir jantar no Rasseneur, continuou a segui-los até o conjunto habitacional e ali ficou, em pé, escondido no escuro, esperando que Chaval deixasse Catherine entrar em casa. Quando esteve seguro de que já se haviam separado, continuou a caminhar para a frente, estrada de Marchiennes afora, cego, sem pensar em nada, demasiadamente sufocado e triste para encerrar-se num quarto.

Só uma hora mais tarde, lá pelas nove, voltou a atravessar o conjunto habitacional, repetindo-se que era preciso comer e dormir se queria estar de pé às quatro da manhã. O lugarejo dormia engolfado na noite. Nenhum clarão varava as persianas fechadas. O extenso casario fazia uma reta, num sono pesado de caserna que ressona. De repente, um gato correu entre os jardins vazios. Era o fim do dia, com o aniquilamento dos trabalhadores que caíam da mesa para a cama, embrutecidos pelo cansaço e pela comida.

No estabelecimento de Rasseneur a sala estava iluminada e um mecânico e dois operários do turno do dia bebiam cerveja. Antes de entrar, Etienne parou para lançar um último olhar às trevas. Encontrou a mesma negra imensidão da madrugada em que chegara, trazido pela ventania. Diante dele ali estava a Voreux, agachada com seu ar de fera ávida, dissimulada, entrevista apenas através da luz baça de alguns lampiões. As três fogueiras do aterro refulgiam no ar, iguais a luas sanguinolentas, ressaltando por momentos os perfis descomunais do velho Boa-Morte e do seu cavalo baio. Para além, na planície rasa, tudo estava submerso em sombras: Montsou, Marchiennes, a floresta de Vandame, o vasto mar de beterrabas e trigo. Como faróis longínquos furando a treva permaneciam apenas as chamas azuis dos altos-fornos e as labaredas vermelhas das fornalhas de coque. E a noite avançava, agora acompanhada de uma chuva lenta e contínua que submergia esse nada no seu tamborilar monótono. Mas outro ruído persistia, a respiração grossa e compassada da bomba de sucção, que resfolegava dia e noite.

TERCEIRA PARTE

I

No dia seguinte, e nos que vieram depois, Etienne continuou trabalhando na mina. Ia-se acostumando, regulava sua existência pelo trabalho e pelos novos hábitos que, a princípio, tinham parecido tão duros. Uma única aventura quebrou a monotonia da primeira quinzena, uma febre passageira que o reteve na cama com os membros alquebrados, a cabeça fervendo, povoada de incoerências, uma espécie de semidelírio no qual empurrava seu vagonete para o fundo de uma passagem muito estreita onde ficava entalado. Era simplesmente a estafa do aprendizado, um excesso de fadiga de que se restabeleceu logo.

E assim passaram dias, semanas, meses. Agora, já na rotina, levantava-se às três horas, bebia café e carregava consigo o sanduíche duplo que a mulher de Rasseneur preparava na véspera. Regularmente, indo para a mina, encontrava o velho Boa-Morte, que deixava o trabalho, e ao sair, de tarde, cruzava com Bouteloup, que iniciava seu turno. Como os outros, tinha o seu pano para amarrar na cabeça, suas calças e jaqueta de trabalho, tiritava e aquecia as costas no fogão do vestiário. Depois vinha a espera, descalço, na recepção entrecortada por violentas correntes de ar. Mas a máquina de grossos membros de aço enfeitados de cobre, luzindo lá em cima, no escuro, não o atemorizava mais, nem os cabos a pique, voltejando como asas negras e silentes de pássaro noturno, nem os elevadores emergindo e mergulhando sem descanso em meio ao barulhão dos sinais, das ordens bradadas, dos vagonetes estremecendo o chão de ferro. Sua lâmpada iluminava mal, o maldito lanterneiro seguramente não a limpara... Ele só despertava realmente quando o jovem Mouque os empurrava para dentro do elevador com grande estardalhaço, dando palmadas retumbantes nos traseiros das moças. O ascensor desprendia-se, caindo como uma pedra num poço, sem que ele sequer virasse a cabeça para ver a luz desaparecendo. Jamais pensava na possibilidade de uma queda, sentia-se em casa à medida que afundava nas trevas sob a chuvada violenta. Embaixo, na expedição, assim que Pierron abria as portas do elevador com seu ar hipócrita de humildade, era sempre o mesmo tropel de rebanho, os grupos partindo para os seus filões a passo arrastado. Agora, ele já conhecia melhor as galerias da mina do que as ruas de Montsou, sabia onde tinha que dobrar, onde abaixar-se ou evitar mais adiante uma poça. Habituara-se tanto àqueles dois quilômetros subterrâneos que poderia percorrê-los sem lanterna com as mãos nos bolsos. E todos os dias eram os mesmos encontros, um contramestre iluminando na passagem o rosto dos operários, o velho Mouque puxando um cavalo, Bébert guiando Batalha aos relinchos, Jeanlin correndo atrás dos vagonetes e fechando as portas de ventilação, a rotunda filha de Mouque e a magricela Lydie empurrando seus carros...

Com o tempo, Etienne começou a acostumar-se à umidade e ao abafamento do filão onde trabalhava. O respiradouro já lhe parecia fácil de subir, como se tivesse encolhido e pudesse agora passar por fendas onde antes não teria ousado enfiar a mão. Respirava sem dificuldade a poeira do carvão, via muito bem no escuro, suava tranqüilamente, adaptado à sensação das roupas molhadas colando-se ao corpo da manhã à noite. E mais, já não gastava inutilmente suas forças, adquirira rapidamente uma destreza que espantava os companheiros. Ao cabo de três semanas era citado entre os bons operadores de vagonetes da mina: ninguém melhor do que ele rodava seu vagonete até o plano inclinado embalando-o a seguir com tanta correção. Sua pequena estatura lhe permitia entrar em qualquer lugar, seus braços, apesar de brancos e finos como de mulher, pareciam de ferro sob a delicadeza da pele, tanta força punham no trabalho. Nunca se queixava, sem dúvida por orgulho, mesmo quando já não podia mais de tanto cansaço. Acusavam-no apenas de não saber brincar, ficava logo todo eriçado assim que alguém lhe fazia uma piada. Com o tempo acabou sendo aceito e olhado como um verdadeiro mineiro, escravizado pelo hábito que o reduzia um pouco cada dia à função de máquina.

Maheu, sobretudo, tomara-se de amizade por Etienne, porque respeitava o trabalho bem feito. E, assim como os outros, ele sentia que esse rapaz tinha uma instrução superior à sua: via-o lendo, escrevendo, rabiscando planos, ouvia-o falar de coisas das quais ignorava até a existência. Isso não era de admirar, os carvoeiros são homens rudes, têm a cabeça mais dura que os mecânicos, mas o que o surpreendia era a coragem daquele rapazola, a maneira intrépida com que se atirava ao carvão para não morrer de fome. Era o primeiro operário de ocasião que se aclimatava tão rapidamente. Assim, quando o corte estava atrasado e não queria deslocar um britador, encarregava o rapaz do estaqueamento, certo da limpeza e solidez do trabalho. Os chefes estavam sempre em cima dele, azucrinando-o com esse maldito problema do revestimento, temia ver aparecer a qualquer momento o engenheiro Négrel, seguido de Dansaert, gritando, discutindo, fazendo recomeçar tudo de novo. Notara que o trabalho de estaqueamento do seu operador de vagonetes satisfazia muito mais a esses senhores que o dos outros, apesar dos seus ares de nunca estarem contentes e de repetirem que a companhia, mais dia menos dia, tomaria uma atitude radical. As coisas estavam nesse pé, um descontentamento surdo fermentava na mina, o próprio Maheu, tão calmo, andava de punhos cerrados.

No começo houvera muita rivalidade entre Zacharie e Etienne. Uma noite quase chegaram a vias de fato, mas o primeiro, de boa índole e disposto apenas a gozar a vida, voltou logo às boas diante do oferecimento de uma cerveja, vendo-se obrigado a reconhecer a superioridade do forasteiro. Até Levaque desanuviara o semblante e conversava sobre política com o operador de vagonetes, que, segundo ele, era cheio de idéias. Entre os homens da empreitada, o único que Etienne não tragava era o latagão do Chaval; não que tivessem discutido, ao contrário, eram até bons camaradas, mas quando brincavam um com o outro notava-se a divergência fundamental que os separava, seus olhos eram como labaredas. Catherine, entre eles, voltara ao seu trem de vida de moça cansada e resignada, vergando o dorso empurrando seu vagonete, sempre amável com seu companheiro de transporte, que a ajudava quando podia, e por outro lado submissa aos desejos do amante, de quem recebia abertamente as carícias. Era uma situação aceita, um casal de fato sobre o qual a própria família fechava os olhos, e isso a tal ponto que Chaval levava a operadora de vagonetes para trás do aterro todas as noites e depois a conduzia até a porta de casa, beijando-a uma última vez diante de todo o conjunto habitacional.

Etienne, que já se acreditava totalmente resignado, provocava-a falando dos seus passeios noturnos, soltando palavrões de brincadeira, como fazem rapazes e moças no fundo dos veios. Ela respondia-lhe no mesmo tom, dizia, por fanfarronice, o que o amante lhe tinha feito, mas trêmula e pálida ao encontrar os olhos do rapaz nos seus. Desviavam então o rosto, ficavam às vezes uma hora sem dizer palavra, como que se odiando por coisas que guardavam dentro de si e sobre as quais não conseguiam explicar-se.

Chegara a primavera. Um dia, saindo do poço, Etienne recebera no rosto a aragem tépida de abril, um cheiro bom de terra nova, de verdura tenra e ar puro. E agora, a cada saída do poço, notava que a primavera era cada vez mais perfumada e tépida após as suas dez horas de trabalho no eterno inverno da mina, no meio das trevas úmidas que nenhum verão conseguia dissipar. Os dias eram mais longos; em maio, desceu ao poço ao nascer do sol, com um céu rosicler aspergindo sobre a Voreux uma poeira de aurora à qual se misturava, subindo, o branco vapor dos escapes... Já não se tiritava mais, um sopro tépido vinha dos confins da planície e, lá no alto, as cotovias cantavam. Depois, às três horas, havia o deslumbramento do sol abrasador que incendiava o horizonte e fazia dardejar os tijolos sob a crosta de carvão. Em junho, os trigais já crescidos eram de um verde-azulado que se destacava sobre o verde-escuro das plantações de beterraba; um mar imenso, ondulando à menor aragem, que ele via estender-se e crescer de um dia para outro e o surpreendia às vezes, quando, ao sair da mina, pressentia-o ainda mais túrgido de verdura do que pela manhã. Os choupos do canal empenachavam-se de folhas, ervas invadiam o aterro, flores cobriam os prados, uma vida completa germinava, brotava dessa terra sob a qual, lá no fundo, ele gemia de miséria e cansaço.

Agora, quando ao anoitecer Etienne fazia o seu passeio, não era mais atrás do aterro que assustava os namorados. Seguia na esteira deles pelos trigais e ali descobria seus ninhos de aves lascivas sob o farfalhar das espigas amadurecendo e das grandes papoulas vermelhas. Para lá voltaram Zacharie e Philomène, como um casal torna ao lar. A velha Queimada, sempre nos calcanhares de Lydie, ia ali desaninhá-la a todo instante — a ela e a Jeanlin — tão profundamente entrincheirados que para fazê-los abalar tinha de pisá-los. Quanto à filha de Mouque, qualquer lugar servia; não se podia atravessar uma plantação sem ver a cabeça dela mergulhando, de pernas para o alto, em decúbito dorsal. Mas todos esses podiam fazer o que quisessem, não se importava; para Etienne, os únicos que achava imorais eram Catherine e Chaval.

Duas vezes os vira quando, ao aproximar-se, esconderam-se num trigal cujas hastes logo ficaram imóveis, como mortas. Outra vez, seguindo por uma senda estreita, os olhos claros de Catherine surgiram ao nível do trigo, desaparecendo em seguida. Nessas ocasiões, a planície imensa parecia-lhe pequena demais, preferia passar sua noite em casa de Rasseneur, no Avantage.

— Sra. Rasseneur, uma cerveja, por favor... Não, hoje não saio, estou com as pernas alquebradas.

E voltando-se para um camarada que tinha por hábito sentar à mesa do fundo, com a cabeça encostada na parede, perguntava:

— Aceitas uma, Suvarin?

— Obrigado, não, não quero.

Etienne travara conhecimento com Suvarin porque ambos moravam ali. Era um mecânico da Voreux que ocupava no primeiro andar um quarto mobiliado, vizinho ao seu. Devia ter uns trinta anos, era magro, louro, de fisionomia fina emoldurada por vasta cabeleira e barba rala. Seus dentes brancos e pontiagudos, sua boca e nariz delicados e o corado das faces davam-lhe um aspecto de mulher, um ar de doçura teimosa que o reflexo cinza dos olhos de aço percorria em cintilações selvagens. No seu quarto de operário pobre tinha apenas uma caixa cheia de papéis e livros. Era russo, nunca falava de si, não se importava com as lendas que corriam a seu respeito. Os mineiros, muito desconfiados com estrangeiros, pressentindo-o de outra classe devido a suas mãos pequenas, de burguês, a princípio tinham imaginado uma aventura, um assassinato de cujo castigo fugia. Depois, como ele se mostrasse sempre tão fraternal com todos, distribuindo à garotada do conjunto habitacional todas as moedas que trazia no bolso, passaram a aceitá-lo, tranqüilizados pelo boato corrente de que era um refugiado político, boato não confirmado, mas em que encontravam uma desculpa, mesmo para o crime, adotando-o assim como um companheiro de sofrimentos.

Nas primeiras semanas, Etienne achara-o extremamente reservado, não tendo conhecido senão mais tarde toda a sua história. Suvarin era o último rebento de uma família nobre do governo de Tula. Em São Petersburgo, onde estudava medicina, a paixão socialista que inflamava então toda a juventude russa convecera-o a aprender um ofício manual, o de mecânico, para estar assim junto ao povo, conhecê-lo e ajudá-lo como irmão. E agora era desse ofício que vivia, depois de ter fugido, em seguida, a um atentado malogrado contra a vida do imperador. Durante um mês vivera na adega de um fruteiro, cavando uma galeria por baixo da rua, carregando bombas, sob a contínua ameaça de voar pelos ares com a casa. Renegado pela família, sem dinheiro, posto como estrangeiro no índex das indústrias francesas, que viam nele um espião, morria de fome quando finalmente a companhia de Montsou o empregara num momento de aperto. Havia um ano que trabalhava ali como bom operário, sóbrio, silencioso, uma semana no turno do dia, outra semana no da noite, tão pontual que os chefes o citavam como exemplo.

— Como é, nunca tens sede? — perguntou-lhe Etienne, rindo.

Ele respondeu com voz macia, quase sem sotaque:

— Só quando como...

Etienne gostava de brincar com ele a respeito das mulheres; jurava tê-lo visto com uma operadora de vagonetes nos trigais para os lados dos Bas-de-Soie. O russo então encolhia os ombros, numa indiferença tranqüila. Uma operadora de vagonetes, para quê? A mulher, para ele, era como um rapaz, um camarada, quando possuía a coragem e a fraternidade do homem. Não, não permitia que seu coração sucumbisse a tais fraquezas. Mulher, amigo... não queria união alguma. Libertara-se de todos os laços com o seu próprio sangue e com o sangue dos outros.

Todas as noites, pelas nove horas, quando a taberna se esvaziava, Etienne punha-se a conversar com Suvarin. Enquanto bebia sua cerveja aos golinhos, o mecânico fumava um cigarro atrás do outro, os dedos delicados manchados de tabaco. Seus olhos sonhadores de místico seguiam a fumaça que se evolava; sua mão esquerda, hesitante e nervosa, tateava, procurando algo no vazio. E, como era seu hábito, acabava por instalar nos joelhos uma coelha caseira, uma eterna mãe sempre prenhe, que vivia solta pelos quartos. Esta coelha, que ele apelidara de Polônia, adorava-o, farejava-lhe as calças, erguia-se nas patas traseiras, arranhava-o até ele a tomar ao colo, como a uma criança. Depois, aconchegada contra ele, de orelhas caídas, fechava os olhos, enquanto o homem, incansável, alisava a seda acinzentada do seu pêlo com um gesto inconsciente, repousado pela maciez tépida e palpitante do animal.

— Sabem? — disse Etienne uma noite — recebi uma carta de Pluchart.

Apenas Rasseneur estava presente. O último freguês partira para o conjunto habitacional que se preparava para dormir.

— Sim? — exclamou o taberneiro, em pé diante dos seus dois hóspedes. — E que diz?

Havia dois meses que Etienne mantinha correspondência assídua com o mecânico de Lille, ao qual tivera a idéia de comunicar que trabalhava em Montsou, e agora o catequizava, impressionado pela propaganda que ele poderia fazer entre os mineiros.

— Diz que a sociedade da qual já falamos vai indo muito bem. Parece que as adesões estão chovendo de toda parte.

— E tu, que achas dessa sociedade? — perguntou Rasseneur a Suvarin.

Este, que coçava ternamente a cabeça de Polônia, exalou uma baforada de fumaça e murmurou com seu jeito tranqüilo:

— Mais uma bobagem.

Etienne, no entanto, estava muito animado. Uma predisposição para a revolta o impelia à luta do trabalho contra o capital, numa primeira ilusão, que era produto da ignorância. Tratava-se da Associação Internacional dos Trabalhadores, da famosa Internacional que acabava de ser criada em Londres. Não havia nisso um esforço maravilhoso, uma campanha onde a justiça ia enfim triunfar? O fim das fronteiras, os trabalhadores do mundo inteiro levantando-se, unindo-se para assegurar ao operário o pão que ganha. E que organização simples e grandiosa! Embaixo a seção que representa a comuna, em seguida a federação que agrupa as seções de uma mesma província, depois a nação e por fim, no topo, a humanidade encarnada num conselho geral onde cada nação está representada por um secretário correspondente. Antes de seis meses a terra seria conquistada e ditar-se-iam as leis aos patrões se eles se fizessem de espertos.

— Bobagens! — repetiu Suvarin. — Esse Karl Marx de vocês ainda acredita que se deve deixar agir as forças naturais. Nada de política, nada de conspiração, não é isso? Tudo feito abertamente, luta só pela subida dos salários... Não quero ter nada que ver com essa evolução de vocês. Incendeiem as cidades, ceifem os povos, arrasem tudo, e, quando não sobrar mais nada deste mundo podre, talvez nasça outro melhor dos escombros.

Etienne pôs-se a rir. Nem sempre prestava atenção às palavras do companheiro; essa história de destruição parecia-lhe uma atitude para impressionar. Rasseneur, mais prático, com um bom senso de homem de negócios, nem sequer se zangou. Quis apenas saber em que pé andavam as coisas.

— Então vais tentar criar uma seção em Montsou?

Era esse o desejo de Pluchart, que estava de secretário da Federação do Norte. Insistia ele particularmente sobre os serviços que a associação prestaria aos mineiros, se um dia entrassem em greve.

Etienne, por seu lado, acreditava numa greve iminente: a questão dos revestimentos ia acabar mal; mais uma exigência da companhia e todas as galerias se revoltariam.

— O problema é a cotização — declarou Rasseneur em tom judicioso. — Cinqüenta cêntimos por ano para o fundo comum e dois francos para a seção parece que não são nada, mas aposto que muitos se recusarão a dá-los.

— Tanto mais — acrescentou Etienne — que se devia criar aqui uma caixa de previdência, que seria transformada em caixa de resistência no momento oportuno. Chegou o momento de pensar nessas coisas. Por mim, estou pronto para acompanhar os outros.

Houve um silêncio. O candeeiro a querosene fumegava sobre o balcão. Pela porta aberta ouvia-se distintamente a pá de um foguista da Voreux abastecendo uma fornalha da máquina.

— Está tudo tão caro! — disse a mulher de Rasseneur, que acabava de entrar e escutava com ar sombrio, parecendo mais alta dentro do seu eterno vestido preto. — Vocês não acreditariam se eu dissesse que paguei vinte e dois soldos pelos ovos. A coisa não pode continuar assim, tem de explodir.

Desta vez os três homens estiveram de acordo. Cada um disse o que pensava com uma voz desolada e daí pularam para as lamentações. O operário não podia agüentar mais; a revolução só servira para agravar-lhe as misérias; a partir de 89 os burgueses é que se enchiam, e tão vorazmente que nem deixavam um resto no fundo do prato para o trabalhador lamber. Quem poderia demonstrar que os trabalhadores tinham tido um quinhão razoável no extraordinário aumento da riqueza e bem-estar dos últimos cem anos? Zombaram deles ao declará-los livres. Livres para morrerem de fome, isso sim, e do que, aliás, não se privavam. Não dava pão a ninguém votar em malandros que, eleitos, só queriam locupletar-se, pensando tanto nos miseráveis como nas suas botas velhas. Era preciso terminar com isso, de uma maneira ou de outra: ou por bem, por meio de leis, num acordo amigável, ou por mal, como selvagens, queimando tudo e devorando-se uns aos outros. Se isso não fosse feito agora, pela atual geração, seus filhos com certeza o fariam, já que o século não podia terminar sem outra revolução, desta vez a dos operários, uma revolução devastadora que varreria a sociedade de alto a baixo para reconstruí-la mais decente e justa.

— É preciso haver uma explosão — repetiu energicamente a Sra. Rasseneur.

— Sim, sim — exclamaram os três —, é preciso haver uma explosão.

Suvarin, afagando as orelhas de Polônia, que estremecia o focinho de prazer, disse a meia voz, olhar vago, como para si mesmo:

— Aumentar o salário, como? Ele está fixado pela lei de bronze na menor soma indispensável, exatamente no necessário para os operários poderem comer pão seco e fabricar filhos... Se cai muito baixo, os operários morrem e a procura de novos homens faz que ele suba. Se sobe muito alto, o excesso de oferta faz que baixe. É o equilíbrio das barrigas vazias, a condenação perpétua à escravidão da fome.

Quando o russo começava a discorrer dessa maneira, abordando assuntos de socialista instruído, Etienne e Rasseneur ficavam inquietos, perturbados pelas suas afirmações desoladoras, às quais não sabiam o que responder.

— Entendem? — continuou ele com sua calma habitual, encarando-os. — É preciso destruir tudo para que a fome não renasça. Sim! A anarquia, o nada, a terra banhada em sangue, purificada pelo incêndio! Em seguida veremos o que se pode fazer.

— O senhor tem razão — declarou a mulher de Rasseneur, que mesmo nas suas violências revolucionárias se mostrava de uma grande polidez.

Etienne, desesperado com a sua ignorância, não quis continuar a discussão. Levantou-se, dizendo:

— Vamos dormir. Tudo isso não impede que eu tenha de me levantar às três horas.

Suvarin cuspiu a ponta de cigarro colada aos lábios, tomou delicadamente a coelha grávida por baixo da barriga, colocando-a no chão, e Rasseneur fechou a casa. Separaram-se em silêncio, com os ouvidos zumbindo e a cabeça cheia de questões graves e excitantes.

Todas as noites era a mesma coisa, as mesmas conversas na sala vazia, em volta do copo de cerveja que Etienne levava uma hora para esvaziar. Certas idéias obscuras, ainda informes, agitavam-se e tomavam corpo dentro dele. Devorado sobretudo pela ânsia de saber, hesitara por muito tempo em pedir livros emprestados ao seu vizinho, que, infelizmente, quase só possuía obras alemãs e russas. Finalmente conseguira emprestado um livro francês sobre sociedades cooperativas, que, segundo Suvarin, eram outras besteiras, e lia regularmente um jornal que este recebia, *Le Combat*, folha anarquista publicada em Genebra. De resto, apesar de suas relações cotidianas, continuava a achá-lo reservado e inacessível, com ar de quem está de passagem pela vida, sem interesse, sentimentos ou bens de qualquer gênero.

Nos primeiros dias de julho a situação de Etienne começou a melhorar. No meio dessa vida monótona, sempre a mesma, da mina, sobreveio um acidente: as seções do veio Guillaume acabavam de descobrir uma interferência na jazida, uma mudança de matéria na camada hulhífera que certamente prenunciava a aproximação de uma falha. E, com efeito, em breve encontraram essa falha, que os engenheiros, apesar do seu grande conhecimento do terreno, ainda ignoravam. O fato agitou a mina, só se falava do filão desaparecido, que, sem dúvida, continuava do outro lado da falha. Os velhos mineiros já andavam farejando, como bons cães lançados à caça da hulha. Mas, enquanto esperavam, as seções afetadas não podiam permanecer de braços cruzados e a companhia lançou editais anunciando que ia leiloar novas empreitadas.

Um dia, à saída, Maheu acompanhou Etienne e propôs-lhe o lugar de britador na sua empreitada, em substituição de Levaque, que passara a outra seção. O negócio já fora combinado com o capataz e o engenheiro, que se mostravam muito satisfeitos com o rapaz. Etienne aceitou essa rápida subida de posto, contente com a crescente estima que lhe dedicava Maheu.

Naquela noite voltaram juntos à mina para tomarem conhecimento dos editais. As seções leiloadas encontravam-se no veio Filonière, na galeria norte da Voreux. Pareciam pouco vantajosas; à medida que o rapaz lia as condições, o mineiro balançava a cabeça.

Na manhã seguinte, com efeito, quando desceram e foram inspecionar o veio, fez-lhe notar a grande distância da expedição, a natureza movediça do terreno, a pouca espessura e a dureza do carvão. Mas tinham de trabalhar, se queriam comer... Assim, no domingo seguinte, foram ao leilão que tinha lugar no vestiário e ao qual o engenheiro da mina, assistido pelo capataz, presidia, na ausência do engenheiro de divisão. Quinhentos a seiscentos mineiros ali estavam, em frente ao pequeno estrado armado a um canto. E as adjudicações eram feitas tão depressa que se ouvia apenas um surdo tumulto de vozes, de números gritados e logo abafados por outros números.

Por um momento, Maheu temeu não poder obter uma das quarenta empreitadas oferecidas pela companhia. Todos os concorrentes baixavam os preços, inquietos com os boatos de crise, presas do pânico do desemprego. O engenheiro Négrel não se apressava diante dessa luta encarniçada, deixando descer os lances o mais baixo possível, enquanto Dansaert, desejoso de apressar ainda mais as coisas, mentia sobre a excelência das condições. Para que Maheu obtivesse seus cinqüenta metros de avanço, teve que lutar contra um camarada tão obstinado como ele. Cada um por sua vez foi diminuindo um cêntimo por vagonete e, se saiu vencedor, foi por ter baixado a tal ponto o salário que o contramestre Richomme, por trás dele, zangou-se entre dentes, cutucou-o diversas vezes, grunhindo que a esse preço não teria lucro algum.

Ao saírem, Etienne praguejava, e explodiu diante de Chaval, que voltava dos trigais em companhia de Catherine, flanando enquanto o sogro tratava dos negócios sérios.

— Raios os partam! — gritou ele. — Isso é um crime! O que eles querem é que o operário seja o algoz do seu próprio companheiro!

Chaval exaltou-se; se fosse ele, não teria baixado nunca! E Zacharie, que viera por curiosidade, declarou-se enojado. Etienne, porém, com um gesto de surda violência, fê-los calar.

— Isso vai terminar. Um dia nós seremos os donos.

Maheu, que permanecera silencioso desde o fim do leilão, pareceu despertar. Repetiu:

— Donos disto... Ah! vida desgraçada! Não vejo como.

II

Era o último domingo de julho, dia da festa do padroeiro de Montsou. No sábado, à noite, as boas donas de casa do conjunto habitacional tinham lavado as suas salas com grandes quantidades de água, um dilúvio de baldes jogados um atrás do outro nas lajes do chão e pelas paredes. E até agora os soalhos não tinham secado, apesar da grande quantidade de areia branca espargida, luxo dispendioso para aquelas bolsas de pobre. O dia, no entanto, anunciava-se muito quente, de céu pesado, prenunciando uma dessas tempestades que no verão costumam abater-se sobre os campos do norte, rasos e áridos até o infinito.

Na casa dos Maheu, o domingo mudava a hora do despertar. O pai, a partir das cinco horas, não podia mais ficar na cama, e vestia-se para sair; os filhos dormiam até às nove, usufruindo as delícias do feriado. Naquele dia, Maheu foi fumar seu cachimbo no jardim, mas acabou voltando para dentro de casa para comer uma fatia de pão com manteiga enquanto esperava. E assim foi passando a manhã, meio desarvorado; consertou a tina que estava furada, colou por baixo do cuco um retrato do príncipe imperial que tinham dado aos garotos. Nesse momento os outros começaram a descer. O velho Boa-Morte levou uma cadeira para fora e sentou-se ao sol, a mãe e Alzire começaram logo a tratar da cozinha, Catherine surgiu, tendo à frente Lénore e Henri, que acabava de vestir. Deram onze horas, o cheiro de coelho com batata já enchia a casa, quando desceram finalmente Zacharie e Jeanlin, de olhos inchados de tanto dormir, e ainda bocejando.

O conjunto habitacional estava em polvorosa, preparando-se para a festa, esperando a hora do jantar, que queria ver chegar logo, para, em seguida, dirigir-se em turba para Montsou.

Bandos de crianças corriam em alvoroço, homens em mangas de camisa arrastavam chinelos, na lassidão característica dos dias de repouso. As janelas e as portas, abertas de par em par para deixar entrar o estio, davam para salas transbordantes de gestos e gritos, fervilhantes de famílias. E de um extremo a outro das fachadas pairava o aroma de coelho, a fragrância de cozinha rica que combatia naquele dia o persistente odor de cebola frita.

Os Maheu comeram ao meio-dia em ponto. Não faziam muita algazarra em comparação com os falatórios em curso nas outras portas, com as discussões de vizinhas que resultavam numa troca permanente de perguntas e respostas, de objetos emprestados e crianças postas para fora ou trazidas para dentro de casa a palmadas. Aliás, havia três semanas que mal falavam com os Levaque, por causa do casamento de Zacharie com Philomène. Os homens mantinham relações, mas as mulheres faziam que não se conheciam. Este caso servira para estreitar as relações com a mulher de Pierron. Esta, no entanto, partira muito cedo para passar o dia na casa de uma prima em Marchiennes, deixando o marido e Lydie aos cuidados da mãe. O fato foi motivo de muita maledicência; todos sabiam bem quem era a prima: tinha bigode e um emprego de capataz na Voreux. A mulher de Maheu declarou ser imoral deixar a família num dia de festa.

Além do coelho com batatas, o qual haviam cevado durante um mês na coelheira, os Maheu tinham sopa gorda e carne de vaca. O pagamento da quinzena fora justamente na véspera. Até já tinham esquecido o gosto de tais manjares. Mesmo na última Santa Bárbara, a festa dos mineiros, em que eles não trabalham por três dias, o coelho não fora nem tão gordo, nem tão tenro. Assim, aqueles dez pares de mandíbulas, desde a pequena Estelle, cujos dentes começavam a nascer, até o velho Boa-Morte, que perdia os seus, trabalhavam com tal afinco que até os ossos desapareciam. Como era bom comer carne! A pena é que a digeriam mal, tão raramente a viam. Devoraram tudo, não sobrou mais que um pouco de cozido para a noite. Comê-lo-iam com pão, se tivessem fome.

Jeanlin foi o primeiro a desaparecer. Bébert esperava-o atrás da escola. Vagaram por muito tempo antes de conseguir arrancar Lydie, que a Queimada queria reter em casa, decidida a não a deixar sair. Quando se deu conta da fuga da menina, começou a agitar seus braços descarnados, enquanto Pierron, farto de brigas, foi dar um passeio com a calma do marido que se diverte sem remorsos, sabendo que também sua mulher passa momentos agradáveis.

O velho Boa-Morte partiu em seguida e Maheu decidiu tomar ar, depois de ter perguntado à mulher se iria ter com ele. Não, respondeu ela, com as crianças seria uma trabalheira. Mas talvez sim... refletiria, acabariam por encontrar-se. Fora, Maheu hesitou por um instante antes de entrar na casa dos vizinhos para ver se Levaque já estava pronto. Lá estava Zacharie à espera de Philomène, e a mãe desta voltou a repisar no eterno assunto do casamento, gritou que estavam fazendo troça dela, que teria de procurar a futura sogra da filha e pedir uma explicação definitiva. Então era vida a sua, cuidando dos rebentos de uma filha solteira que só pensava nas farras com o amante?

Tendo Philomène tranqüilamente acabado de enfiar sua touca, Zacharie puxou-a para fora, repetindo que estava pronto a casar, se sua mãe permitisse. E, como Levaque já escapulira, Maheu disse à vizinha que fosse falar com sua mulher e apressou-se em sair. Bouteloup, que dava cabo de um pedaço de queijo, com os cotovelos na mesa, recusou obstinadamente a oferta amistosa de uma cerveja. Ficava em casa, como marido exemplar que era.

Pouco a pouco, o conjunto habitacional se esvaziava. Todos os homens estavam partindo, uns após outros, enquanto as moças, espreitando nas portas, seguiam para o lado oposto, pelo braço dos namorados. Assim que o pai dobrou a esquina da igreja, Catherine correu para Chaval, que a esperava, e tomaram juntos o caminho de Montsou. A mãe, sozinha no meio das crianças às soltas, não se sentia com forças para deixar a cadeira. Encheu outro copo de café escaldante e bebeu-o aos golinhos.

Agora só havia mulheres no conjunto habitacional, mulheres que se visitavam para beber as últimas gotas de café deixadas na cafeteira, em volta das mesas ainda quentes e engorduradas da refeição.

Maheu supunha que Levaque estava no Avantage e para lá se dirigiu, sem a menor pressa. Realmente, por trás da casa, no estreito jardim rodeado de uma sebe, Levaque jogava boliche com alguns camaradas. Em pé, sem jogar, os velhos Boa-Morte e Mouque seguiam tão interessados a bola que nem se lembravam de trocar palavra. Caía a prumo um sol abrasador, não havia mais que uma faixa de sombra ao longo da taberna, e ali se encontrava Etienne, sentado a uma mesa, bebendo sua cerveja, irritado porque Suvarin acabava de deixá-lo para subir ao quarto. Quase todos os domingos o mecânico se isolava, para escrever ou ler.

— Jogas? — perguntou Levaque a Maheu.

Este não quis. Tinha muito calor, estava morrendo de sede.

— Rasseneur! — gritou Etienne. — Uma cerveja, por favor.

E voltando-se para Maheu:

— És meu convidado.

Agora todos já se tratavam por tu. Rasseneur não tinha pressa, chamaram-no três vezes, e foi a mulher quem trouxe a cerveja morna. O rapaz tinha baixado a voz para se queixar da casa: boa gente, sem dúvida, com boas idéias, mas a cerveja não valia nada e a sopa era detestável. Já teria mudado de pensão umas dez vezes se não fosse a caminhada que teria de dar até Montsou. Um dia desses procuraria um quarto numa casa do conjunto habitacional.

— Claro, claro — repetiu Maheu com sua voz lenta. — Estarias melhor com uma família.

De repente houve uma gritaria: Levaque derrubara todos os paus de uma só vez. Mouque e Boa-Morte, de olhos no chão, observavam um silêncio de profunda aprovação no meio do tumulto. A alegria de tal jogada transbordou em brincadeiras, sobretudo quando os jogadores perceberam por cima da cerca o rosto alegre da filha de Mouque. Já rondava por ali havia uma hora e ousara aproximar-se ao ouvir risos.

— Como é isso? Andas sozinha? — gritou Levaque. — E os teus namorados?

— Mandei passear todos eles — respondeu a moça com um descaramento cheio de alegria. — Ando em busca de um.

Todos se ofereceram, gritaram-lhe gracejos picantes. Ela recusava com a cabeça, ria às gargalhadas, soltava piadas. Seu pai, impassível, assistia a tudo isso sem mesmo tirar os olhos dos paus derrubados.

— Ora, minha filha, já sabemos bem quem é que tu cobiças — disse Levaque olhando para Etienne. — Terás que pegá-lo à força.

Etienne riu. De fato, era atrás dele que a operadora de vagonetes andava. Apesar de divertir-se com a idéia, não queria, não sentia a menor atração pela moça.

Ela ficou ainda alguns minutos olhando fixamente para o rapaz por cima da cerca, retirando-se em seguida num passo lento, subitamente séria, como que oprimida pelo peso do sol.

Etienne retomou as explicações dadas a meia voz para Maheu sobre a necessidade da criação de uma caixa de previdência entre os mineiros de Montsou.

— Uma vez que a companhia afirma que nos dá liberdade — continuou ele —, nada temos a recear. Só temos as pensões que ela, aliás, distribui a seu bel-prazer com a desculpa de não fazer descontos. Pois bem, seria prudente criar, livre da interferência dela, uma associação de socorro mútuo, com a qual pudéssemos contar pelo menos nos casos de necessidade imediata.

Explicou tudo em detalhes, discutiu a organização, prometeu tomar todo o trabalho sobre si.

— Por mim aceito — disse enfim Maheu, convencido. — Os outros é que são o problema. Trata de convencê-los.

Levaque ganhara a partida; abandonaram o jogo para esvaziar os copos. Maheu não quis beber outro: talvez mais tarde, o dia ainda não terminara. Lembrou-se de Pierron; por onde andaria? Sem dúvida no café L'Enfant. Convenceu Etienne e Levaque a irem com ele para Montsou no momento em que outro grupo invadia o boliche do Avantage.

A caminho, já na estrada de Montsou, tiveram de entrar no Casimir e no Progrès. Camaradas os chamavam lá de dentro, não havia como dizer não. De cada vez bebiam uma cerveja, ou duas, tinham a delicadeza de retribuir. Não ficavam mais do que dez minutos, trocavam quatro palavras e recomeçavam mais adiante, muito sensatos, conhecendo a cerveja, que podiam beber à vontade, sem outro inconveniente que o de uriná-la em seguida — à medida que a tomavam —, clara como água de fonte.

No café L'Enfant encontraram Pierron, que estava acabando seu segundo copo e, para não se recusar ao brinde, entornou um terceiro. Eles, claro está, também beberam. Agora, que eram quatro, saíram com o projeto de encontrar Zacharie, que deveria estar no Tison. A sala estava vazia e pediram cervejas, para beberem enquanto o esperavam. Em seguida lembraram-se do café Saint-Éloy, onde aceitaram uma rodada do contramestre Richomme. Daí por diante não mais procuraram pretextos para entrar em todos os cafés; queriam divertir-se.

— Vamos ao Volcan! — disse de repente Levaque, que começava a pegar fogo.

Os outros hesitaram, riram e acabaram acompanhando o camarada por entre a balbúrdia crescente da festa popular. Na sala estreita e comprida do Volcan, sobre um estrado de tábuas erguido ao fundo, cinco cantoras, o rebotalho das prostitutas de Lille, desfilavam com gestos e decotes absurdos. E os fregueses davam dez soldos quando queriam possuir uma delas atrás das tábuas do estrado. Quem ia lá eram sobretudo operadores de vagonetes, ascensoristas, até mineiros de catorze anos, toda a rapaziada das minas, e que bebiam mais genebra que cerveja. Alguns mineiros velhos também se arriscavam, os maridos que gostavam de dar as suas escapadas dos conjuntos habitacionais, aqueles cujos lares viviam imundos.

Assim que conseguiram uma pequena mesa e se sentaram, Etienne apoderou-se de Levaque para lhe explicar o seu plano de uma caixa de previdência. Tinha a obstinação dos neófitos que se outorgam uma missão.

— Cada membro — começou ele — poderia muito bem dar vinte soldos por mês. Com esses vinte soldos acumulados teríamos em quatro ou cinco anos um pecúlio. O dinheiro faz a força, não é isso? Em qualquer ocasião... Hem? que dizes disto?

— Não digo que não — respondeu Levaque distraído. — Depois falaremos.

Uma loura enorme o excitava; insistiu em ficar quando Maheu e Pierron, após terem bebido suas cervejas, quiseram partir sem esperar por outra canção.

Na rua, Etienne, que saíra com eles, encontrou novamente a filha de Mouque, que parecia tê-los seguido. Continuava a fitá-lo, rindo sempre, de coração aberto, como se estivesse dizendo: "Queres?" O rapaz gracejou e deu de ombros. Ela fez então um gesto de cólera e perdeu-se na multidão.

— Onde está Chaval? — perguntou Pierron.

— É verdade, onde andará? — disse Maheu. — Certamente no Piquette... Vamos até lá.

Quando os três chegavam ao café Piquette, um ruído de briga fez que parassem à porta. Era Zacharie, que ameaçava com o punho um vendedor de pregos belga, atarracado e fleumático. Por sua vez, Chaval, mãos nos bolsos, observava.

— Vejam, lá está Chaval — falou tranqüilamente Maheu. — Catherine também.

Havia cinco horas que a operadora de vagonetes e o namorado passeavam pela festa do padroeiro da cidade. Ao longo da estrada de Montsou, dessa rua larga de casas baixas pintadas de cores berrantes, descendo em ziguezague, havia uma multidão locomovendo-se ao sol, igual a um carreiro de formigas perdido na nudez da planície rasa. A eterna lama negra tinha secado; subia uma poeira preta que pairava como uma nuvem de tempestade. Dos dois lados, as tabernas estavam apinhadas de gente, e tinham de colocar suas mesas até na calçada, onde estacionava uma dupla fileira de vendedores ambulantes, verdadeiros bazares ambulantes vendendo lenços e espelhos para as moças, facas e bonés para os rapazes, sem contar as guloseimas, confeitos e biscoitos. Em frente à igreja atirava-se ao alvo com arco e flecha; diante dos depósitos da companhia havia jogos de bola. Num desvio da estrada de Joiselle, ao lado da administração, um cercado de tábuas burburinhava com a multidão que assistia a uma briga de galos, onde dois enormes galos vermelhos, armados de esporões de ferro, sangravam pelo pescoço. Mais adiante, no estabelecimento de Maigrat, ganhavam-se aventais e calças no jogo de bilhar. E havia silêncios espaçados, a turba bebia, empanturrava-se sem um grito, a muda indigestão de cerveja e batatas fritas era cada vez maior sob o calor intenso, que as frigideiras a borbulhar ao ar livre tornavam ainda mais abrasador.

Chaval comprou um espelho de dezenove soldos e um lenço de pescoço de três francos para Catherine. A cada volta encontravam Mouque e Boa-Morte, que tinham vindo à festa e a atravessavam juntos, com suas pernas cansadas e vagarosas. Um outro encontro, porém, indignou-os: perceberam Jeanlin incitando Bébert e Lydie a furtarem garrafas de genebra de uma tenda instalada num terreno baldio. Catherine conseguiu dar uns tapas no irmão, mas Lydie já escapara com uma garrafa. Ah, essas crianças estavam perdidas, acabariam nas galés!

Ao passarem em frente à venda Tête Coupée, Chaval teve a idéia de entrar com a sua namorada para assistir a um torneio de pintassilgos verdes que um cartaz na porta anunciava, havia oito dias. Quinze pregueiros, das fábricas de pregos de Marchiennes, concorriam, cada um com uma dúzia de gaiolas. Essas pequenas gaiolas cobertas, onde os pintassilgos sem visão permaneciam imóveis, já estavam penduradas numa cerca de madeira no pátio da taberna. Tratava-se de contar qual deles, durante uma hora, repetiria mais vezes o trinado do seu canto. Cada pregueiro, com uma ardósia, permanecia por trás das suas gaiolas, vigiando seus vizinhos e sendo por eles vigiado. E os pintassilgos começaram, uns gravemente, outros com uma sonoridade aguda, a princípio tímidos, soltando um ou outro gorjeio; depois, excitados pelos outros, apressaram o ritmo, e enfim, arrebatados por tal fúria de competição, alguns chegaram a cair mortos. Violentamente, os pregueiros os açulavam com a voz, gritavam-lhes em flamengo que cantassem mais, mais, um pouquinho mais, enquanto os espectadores, umas cem pessoas, permaneciam mudos, siderados no meio daquela música infernal de cento e oitenta pintassilgos repetindo a mesma cadência em desacordo. Foi um pássaro de trinado agudo que ganhou o primeiro prêmio, uma cafeteira de ferro batido.

Catherine e Chaval já estavam lá quando entrou Zacharie acompanhado de Philomène. Trocaram apertos de mão e ficaram juntos. Repentinamente Zacharie teve uma explosão ao surpreender um pregueiro, que ali entrara por curiosidade com outros companheiros, tateando as pernas da irmã. Ela, muito vermelha, pedia-lhe que se calasse, apavorada com a idéia de uma mortandade, com todos aqueles pregueiros atirando-se sobre Chaval se este resolvesse criar caso. Ela já sentira o homem a apalpá-la, mas não dissera nada por prudência. Mas seu namorado não levou a coisa a sério, os quatro saíram e o assunto pareceu encerrado. Apenas, porém, tinham entrado no Piquette para beber uma cerveja e eis que o pregueiro apareceu, debochando deles, resfolegando nas suas caras, provocando. Zacharie, sentindo ultrajada a dignidade familiar, atirou-se sobre o insolente.

— Esta é a minha irmã, seu cachorro! Espera que já faço com que a respeites!

Precipitaram-se para apartar os dois homens, enquanto Chaval, muito calmo, repetia:

— Deixa para lá, isso é comigo... Mas o melhor é não lhe dar a mínima importância...

Maheu vinha chegando com os companheiros e logo foi acalmar Catherine e Philomène, que choravam. A animação já voltara, o pregueiro tinha desaparecido. Para pôr um ponto final no incidente, Chaval, que se sentia em casa no café Piquette, ofereceu cerveja. Etienne teve de brincar com Catherine, todos beberam juntos, o pai, a filha e o amante, o filho e a amante, dizendo polidamente: "À saúde de todos!" Em seguida foi Pierron quem insistiu em pagar uma rodada. Todo mundo já estava de acordo e feliz, quando Zacharie se enfureceu de novo ao avistar seu amigo Mouque. Chamou-o, para irem juntos, dizia ele, ajustar as contas com o pregueiro.

— Tenho ganas de amassá-lo! Chaval, toma conta de Philomène e Catherine, volto logo.

Agora era a vez de Maheu oferecer cerveja. Afinal, se o rapaz queria vingar a irmã, não podia proibi-lo. Philomène, no entanto, ao ver que o amante saía com o filho de Mouque, balançou a cabeça tranqüilizada. Claro, os dois malandros tinham ido para o Volcan.

Nessas festas, concluía-se o dia no baile do Bon-Joyeux. Era a viúva Désir que organizava esse baile. Désir tinha cinqüenta anos, vigorosa e rotunda como um tonel, com energia suficiente para dar prazer a seis amantes; recebia um por dia durante a semana e, dizia ela, todos juntos no domingo. Chamava os mineiros de seus filhos, enternecida com a visão do rio de cerveja com que os inundava havia trinta anos; e gabava-se ainda de que nenhuma operadora de vagonetes ficava grávida sem ter, antes, dançado na sua casa. O Bon--Joyeux compunha-se de duas salas: a taberna, onde havia o balcão e as mesas, e, no mesmo andar e ligado a ela por um enorme arco, o salão de baile, peça muito ampla, com uma pista de madeira no meio e chão de tijolo em volta. A decoração compunha-se de duas guirlandas de flores de papel que se cruzavam de um ângulo a outro do teto, formando no centro uma coroa; ao longo das paredes alinhavam-se brasões dourados com nomes de santos: Santo Elói, padroeiro dos metalúrgicos, São Crispim, dos sapateiros, Santa Bárbara, dos mineiros, todo o calendário festivo das profissões. O teto era tão baixo que os três músicos, no seu estrado do tamanho de um púlpito, batiam nele todo o tempo com a cabeça. À noite, a iluminação era feita por quatro lampiões a querosene presos nos quatro cantos do salão.

Naquele domingo, dançou-se a partir das cinco horas, ainda com sol alto. Foi, no entanto, a partir das sete que a casa começou a encher. Lá fora soprava um vento de tempestade, levantando ondas de poeira negra que cegavam as pessoas e caíam como granizo dentro das frigideiras das tendas que vendiam batata frita. Maheu, Etienne e Pierron, que tinham entrado para descansar um pouco, encontraram no Bon-Joyeux Chaval dançando com Catherine, enquanto Philomène, sozinha, observava. Levaque e Zacharie ainda não tinham aparecido. Como não havia bancos no salão de baile, Catherine, após cada dança, ia descansar na mesa do pai. Chamaram Philomène, que disse preferir ficar em pé.

Anoitecia. Os três músicos tocavam sem parar; só se via na sala o movimento dos quadris e dos seios no meio de uma confusão de braços. Uma gritaria acolheu os quatro lampiões que, subitamente, iluminaram tudo: as faces vermelhas, os cabelos em desalinho, colados à pele, as saias no ar, expulsando o cheiro forte dos pares suados. Maheu mostrou a Etienne a filha de Mouque, que, redonda e gorda como uma bexiga cheia de unto de porco, rodopiava violentamente nos braços de um ascensorista alto e magro: para se consolar, arranjara outro homem.

Eram oito horas quando finalmente surgiu a mulher de Maheu, com Estelle ao colo, seguida do resto das crianças: Alzire, Henri e Lénore. Sabia que seu homem estava ali, nunca se enganava. Ceariam mais tarde, ninguém tinha fome, todos estavam com o estômago repleto de café e inchado de cerveja. Outras mulheres chegavam. Houve cochichos quando, atrás da mulher de Maheu, entrou a de Levaque, acompanhada de Bouteloup, que trazia pela mão os filhos de Philomène, Achille e Désirée. As duas vizinhas pareciam andar às mil maravilhas, voltavam-se todo o tempo para trocar impressões. Pelo caminho tinham tido uma grande conversa, a mãe de Zacharie resignara-se finalmente ao casamento do filho, abatida por ter de perder o dinheiro que o rapaz lhe dava, mas vencida pela razão: não podia conservá-lo por mais tempo sem cometer uma injustiça. Tratava, agora, de manter as aparências, mas com o coração aos pulos, de dona-de-casa que se perguntava ansiosamente como faria para manter o lar provido quando os filhos começavam a abandoná-lo.

— Senta-te aí, vizinha — disse ela, apontando para uma mesa junto daquela em que Maheu bebia com Etienne e Pierron.

— Meu marido não está com vocês? — perguntou a mulher de Levaque.

Responderam-lhe que voltava. Estavam todos amontoados, Bouteloup e as crianças ficaram espremidos entre os que bebiam, as duas mesas formavam uma só. Pediram cerveja. Vendo a mãe e os filhos, Philomène aproximou-se. Aceitou uma cadeira e deu sinais de alegria quando soube que finalmente ia casar. Depois, como lhe perguntassem por Zacharie, respondeu com sua voz fraca:

— Estou à espera dele, anda por aí.

Maheu trocou olhares com a mulher. Então ela consentia? Ficou sério e pôs-se a fumar em silêncio. Ele também se inquietava com o dia de amanhã, diante da ingratidão daqueles filhos que se casariam, um a um, deixando os pais na miséria.

Continuavam a dançar. Um fim de quadrilha enchia a sala de poeira vermelha, as paredes estalavam, um pistom dava assobios agudos, como uma locomotiva descarrilada. Os dançarinos, quando pararam, mais pareciam cavalos esfalfados, com o suor evaporando.

— Lembras — disse a mulher de Levaque ao ouvido da vizinha — quando dizias que estrangularia Catherine se ela desse um mau passo?

Chaval trouxe Catherine para a mesa da família e ambos, em pé por trás de Maheu, acabaram seus copos.

— Ah! — respondeu a outra. — A gente diz cada coisa... O que me tranqüiliza é que não pode ter filhos, disso estou certa. Imagina se ela também resolvesse parir e eu fosse obrigada a casá-la! Como é que a gente ia comer?

Agora era uma polca que o pistom tocava. Quando a barulheira recomeçou, Maheu curvou-se para a mulher e cochichou-lhe uma idéia que tivera. Por que não tomavam um inquilino, Etienne, por exemplo, que queria sair da pensão? Teriam lugar com a saída de Zacharie e, assim, o dinheiro que iam perder desse lado poderiam recuperá-lo, pelo menos em parte, do outro. O semblante da mulher iluminou-se: claro, que boa idéia, era preciso tratar disso! Parecia mais uma vez salva da fome, seu bom humor era tanto que pediu mais uma rodada de cerveja.

Enquanto isso, Etienne tentava catequizar Pierron, explicando-lhe seu projeto de uma caixa de previdência. Já conseguira que o outro prometesse aderir, quando cometeu a imprudência de descobrir sua verdadeira intenção.

— E, se entrarmos em greve, a utilidade dessa caixa será enorme. Podemos enfrentar a companhia, porque teremos fundos para resistir. Hem? Dás a palavra? Podemos contar contigo?

Pierron baixara os olhos, empalidecendo. Gaguejou:

— Vou refletir. O nosso bom comportamento é a melhor caixa de socorro.

Nesse momento Maheu apoderou-se de Etienne e propôs-lhe tomá-lo como hóspede, com aquela maneira franca, de homem sincero, que era a sua. O rapaz aceitou do mesmo modo, ansioso para ir morar no conjunto habitacional e conviver mais largamente com os camaradas. O assunto ficou resolvido com três palavras e a mulher de Maheu declarou que esperariam pelo casamento dos filhos.

Justamente nessa ocasião entrou Zacharie, acompanhado do jovem Mouque e de Levaque. Os três traziam o cheiro do Volcan, um hálito de genebra, um azedume almiscarado de mulheres mal lavadas. Estavam muito bêbados, satisfeitos com a aventura, cutucando-se e gracejando. Quando soube que finalmente ia casar, Zacharie riu tanto que se engasgou. Com toda a calma Philomène declarou que preferia vê-lo rindo a vê-lo chorando. Como não havia mais cadeiras, Bouteloup cedeu a metade da sua a Levaque. Este, subitamente enternecido por ver todos reunidos, em família, pediu mais uma rodada de cerveja.

— Diabos! Não é sempre que a gente pode divertir-se! — berrou.

Permaneceram no baile até as dez horas. As mulheres continuavam a chegar para arrastar de volta ao lar os seus homens. Grupos de crianças vinham a reboque. As mães, sentindo-se à vontade, punham à mostra seios compridos e louros como sacos de aveia, lambuzando de leite os bebês rechonchudos. Os que já podiam andar, abarrotados de cerveja, engatinhavam por baixo das mesas e urinavam na frente de todos. Era um verdadeiro dilúvio de cerveja, os tonéis da viúva Désir esvaziados, a bebida arredondando as panças, gotejando por todas as partes, pelo nariz, pelos olhos e pelos outros orifícios. Já estavam tão cheios naquele amontoado, que cada um tinha um ombro ou um joelho enterrado no vizinho, todos alegres e expansivos por se sentirem juntos. Um gargalhar contínuo mantinha as bocas abertas, rasgadas até as orelhas. O calor era de forno, assava-se, todos se punham à vontade, expondo as carnes que pareciam douradas devido à espessa fumaça dos cachimbos. O único inconveniente eram as necessidades fisiológicas: de vez em quando, uma moça levantava-se, dirigia-se para o fundo e ali, perto da bomba, levantava as saias e depois voltava. Sob as guirlandas de papel colorido, os dançarinos não se viam mais de tanto que suavam, o que encorajava os meninos de catorze anos a darem tombos nas operadoras de vagonetes com golpes de quadris distribuídos ao acaso. Mas, quando uma delas caía com um homem por cima, o pistom disfarçava a queda com o seu toque furioso, o movimento dos pés dos outros fazia-os rolar pela pista, como se o salão tivesse desabado sobre eles.

Alguém de passagem advertiu Pierron de que sua filha Lydie dormia na porta, atravessada na calçada. A menina tinha bebido sua parte da garrafa roubada e estava bêbada. O pai teve de carregá-la ao ombro, enquanto Jeanlin e Bébert, ainda bons das pernas, seguiam-no a distância, achando que era fingimento da companheira. Isso foi o sinal para a partida. As famílias começaram a deixar o Bon-Joyeux; os Maheu e os Levaque decidiram voltar para casa.

Nesse momento, Boa-Morte e Mouque deixavam Montsou, sempre no mesmo passo sonâmbulo, obstinados no silêncio de suas recordações.

E assim voltaram todos juntos, atravessando por uma última

vez o local da festa, onde a gordura coalhava nas frigideiras e as últimas cervejas, provindas das tabernas, corriam para o meio da estrada, formando regatos. A tempestade podia desabar a qualquer momento. As risadas recomeçaram assim que deixaram para trás as casas iluminadas e se embrenharam pelo campo escuro. Um hálito ardente vinha dos trigais maduros, na certa muitas crianças foram concebidas ali nessa noite... Chegaram ao conjunto habitacional em grupos separados. Tanto os Levaque como os Maheu comeram sem vontade; estes cabeceavam de sono sobre o cozido da manhã.

Etienne convidou Chaval para mais uma cerveja no Rasseneur.

— Estou contigo! — exclamou Chaval quando o companheiro lhe explicou o plano da caixa de previdência. — Vamos, homem, faze isto marchar! Tu és dos bons!

Um início de embriaguez fazia cintilar os olhos de Etienne. Gritou, arrebatado:

— Sim, sejamos amigos! Vês? Eu pela justiça troco tudo, bebida e mulheres. Só tenho uma idéia, um pensamento que faz pulsar meu coração: unidos, destruiremos a burguesia.

III

Em meados de agosto, assim que Zacharie casou e obteve da companhia uma casa desocupada do conjunto habitacional para Philomène e os dois filhos, Etienne foi morar com os Maheu. Nos primeiros tempos o rapaz não conseguia sentir-se à vontade em presença de Catherine.

Viviam em comum, era o substituto do irmão mais velho, partilhava o leito com Jeanlin, dormia no mesmo quarto com a moça. Ao deitar e ao levantar tinha de se despir e vestir diante dela, via-a tirando e pondo a roupa. Quando caía a última saia, ela era de uma brancura pálida, dessa alvura transparente das louras anêmicas. Ele ficava profundamente comovido ao vê-la tão branca, as mãos e o rosto já estragados, como que molhada em leite dos tornozelos ao pescoço, onde havia uma linha bronzeada que mais parecia um colar de âmbar. Fingia não olhar, mas pouco a pouco foi conhecendo-a. Primeiro os pés, que seus olhos baixos encontravam. Depois um joelho entrevisto quando ela entrava para baixo das cobertas. Em seguida o colo, de seios pequenos e rijos, quando pela manhã a moça curvava-se para o tacho. Enquanto ela era rápida, despia-se com movimentos ágeis de cobra e em dez segundos estava nua e estendida ao lado de Alzire, o rapaz era lento: não terminara de tirar os sapatos e ela já estava quase dormindo, de costas para ele, apenas com a vasta cabeleira à mostra.

A verdade é que a moça nunca teve motivo de queixa. Só uma espécie de obsessão, combatida, fazia que a espiasse no momento em que se deitava. Ele, por outro lado, evitava todas as brincadeiras e mantinha-se a distância. Os pais estavam ali mesmo, e, além disso, cultivava por ela um sentimento que era uma mistura de amizade e rancor, que o impedia de tratá-la como mulher que se deseja, apesar de todos aqueles momentos propícios de vida em comum, ao levantar, nas refeições, no trabalho, ambos conhecendo-se intimamente, mesmo nas necessidades fisiológicas. Todo o pudor familiar se refugiara no banho cotidiano, que a moça tomava agora no andar de cima, enquanto os homens se lavavam embaixo, um após o outro.

Ao término de um mês, Etienne e Catherine pareciam já não se ver, quando à noite, antes de apagar a vela, vagavam nus pelo quarto. Ela deixara de se apressar, voltara ao seu velho costume de prender os cabelos sentada na cama, de braços erguidos, com as coxas à mostra. Ele, sem calças, ajudava-a às vezes, procurando os grampos que ela perdia. A vergonha da nudez desapareceu com a força do hábito, achavam natural andar assim, já que não faziam nada de mal e não era culpa deles se havia um só quarto para toda a família. Mas mesmo assim, nos momentos em que não pensavam em coisas pecaminosas, voltava-lhes, repentinamente, um sentimento de culpa. Depois de diversas noites se terem passado sem que notasse a palidez do seu corpo, ele a vislumbrava de súbito toda branca, dessa brancura que o fazia fremir, que o obrigava a dar-lhe as costas, pelo receio de ceder à tentação de tomá-la em seus braços. Ela também, em certas noites, sem razão aparente, era presa de uma inquietação pudica, fugia, enrolava-se nos lençóis, como se tivesse sentido as mãos do rapaz percorrendo seu corpo. Depois, apagada a vela, sabiam-se acordados, pensando um no outro, apesar de exaustos. Isso os deixava intranqüilos e irritadiços no dia seguinte, porque preferiam as noites calmas em que conviviam como bons camaradas.

Etienne só se queixava de Jeanlin, que dormia encolhido. Alzire respirava levemente. Lénore e Henri eram encontrados na manhã seguinte como tinham sido deitados, nos braços um do outro. Na casa às escuras, só se ouvia o ressonar de Maheu e da mulher; eram roncos regulares que mais pareciam sair de um fole de ferreiro.

Em suma, Etienne achava-se melhor que na pensão de Rasseneur. A cama não era má, e os lençóis, mudados uma vez por mês. A sopa, muito boa, mais substanciosa mesmo que a da pensão: só sentia falta da carne, que vinha raramente à mesa. Mas todos os outros estavam na mesma situação, não podia exigir, por quarenta e cinco francos mensais, coelho a cada refeição. Esses quarenta e cinco ajudavam a família, ela podia continuar vivendo, ainda que deixando pequenas dívidas para trás. Por sua vez, os Maheu mostravam-se reconhecidos ao hóspede, sua roupa era lavada, remendada, os botões pregados, suas coisas estavam sempre em ordem. Enfim, o rapaz vivia rodeado de asseio e bem cuidado pela dona da casa.

Foi por essa época que Etienne começou a compreender as idéias que lhe fervilhavam na cabeça. Até então não passara de um revoltado instintivo absorvendo a surda fermentação dos companheiros. Uma gama variada de perguntas confusas não o deixava em paz: por que havia tanta miséria de um lado e tanta riqueza de outro? Por que estes tinham de viver escravizados àqueles, sem a menor esperança de um dia mudarem de posição? A primeira etapa vencida foi a da compreensão de sua ignorância. Uma vergonha secreta, um desgosto oculto começaram a atormentá-lo: nada sabia, não ousava falar sobre essas coisas que eram a sua paixão, a igualdade entre os homens, a justiça que exigia que os bens da terra fossem repartidos entre todos. Por isso começou a estudar, sem método, como fazem aqueles que são ignorantes mas têm sede de saber. Entabulou uma correspondência regular com Pluchart, mais instruído e a par do movimento socialista. Encomendou livros cuja leitura mal digerida acabou por exaltá-lo, sobretudo um livro de medicina, *Higiene do Mineiro*, em que um médico belga fazia o resumo das doenças de que morrem os trabalhadores das hulheiras, sem contar os tratados de economia política de uma aridez técnica incompreensível, folhetos anarquistas que o perturbavam, números antigos de jornais que lia e guardava depois como argumentos irrefutáveis em possíveis discussões. Também Suvarin lhe emprestava livros, e a obra sobre sociedades cooperativas fizera-o sonhar durante um mês com uma associação universal de intercâmbio, abolindo o dinheiro e baseando toda a vida social no trabalho. A vergonha de sua ignorância foi cedendo lugar a um certo orgulho desde que sentia que pensava.

Durante esses primeiros meses, Etienne viveu no êxtase dos neófitos, com o coração transbordante de indignações generosas contra os opressores e da esperança do triunfo próximo dos oprimidos. De todas as suas leituras ainda não conseguira pôr em pé um sistema que fosse seu. Misturavam-se nele as reivindicações práticas de Rasseneur com as violências destrutoras de Suvarin. Ao sair do Avantage, onde, quase todas as noites, ia invectivar com eles contra a companhia, caminhava como num sonho, assistindo à regeneração radical dos povos sem que para tanto fosse necessário quebrar um vidro ou derramar uma gota de sangue. Os meios de execução permaneciam obscuros, preferia acreditar que as coisas viriam por si, já que, ao tentar formular um programa de reconstrução, não sabia o que pensar. Mostrava-se cheio de moderação e até inconseqüente, repetindo, às vezes, que era preciso banir a política da questão social, uma frase que tinha lido e lhe parecia boa para ser dita no meio dos mineiros fleumáticos em que vivia.

Agora, na casa de Maheu, dormia-se meia hora mais tarde. Etienne repisava a conversa de sempre. Desde que começara a instruir-se, a promiscuidade do conjunto habitacional chocava-o. Então eram animais para viverem assim, amontoados, uns por cima dos outros, com tanto campo em volta, a ponto de não se poder trocar a camisa sem ter que mostrar o traseiro ao vizinho? E que bem fazia para a saúde essa promiscuidade, com moças e rapazes apodrecendo juntos!

— Ora! — respondia Maheu. — Se houvesse mais dinheiro viveríamos melhor... Mas, de fato, só pode fazer mal viver amontoado desse jeito. Sempre termina com homens bêbados e mulheres grávidas.

Era sempre assim que começava a conversa, cada um tinha algo a dizer, enquanto o querosene do candeeiro viciava o ar da sala já empestada pelo cheiro de cebola frita. Esta vida não tinha nada de agradável. Trabalhavam como bestas numa coisa que antes só era feita pelos condenados às galés, morriam ali, muito antes de ter chegado a sua hora, e tudo isso para nem sequer terem carne no jantar. Ainda comiam, claro, mas tão pouco, apenas o suficiente para seguirem sofrendo, cheios de dívidas, perseguidos como se estivessem roubando o pão que não os deixava morrer de fome. Aos domingos sucumbiam, exaustos. Os únicos prazeres eram embriagar-se e fazer filhos na mulher. E ainda por cima a cerveja fazia crescer a barriga, e os filhos, mais tarde, renegavam os pais. Não, não, a vida não tinha graça alguma. Nesse ponto a mulher de Maheu entrava na conversa.

— Mas o pior é quando a gente se diz que tudo isso não pode mudar... Quando se é jovem, imagina-se que a felicidade virá, tem-se esperança, mas a miséria continua e nada muda... Eu não desejo mal a ninguém, mas certas vezes ando revoltada com tanta miséria.

Descia um silêncio sobre o grupo, que respirava a custo, no mal-estar resultante desse horizonte cerrado. Apenas o velho Boa-Morte, quando estava, arregalava uns olhos surpresos, porque no seu tempo ninguém se preocupava dessa maneira: nascia-se no carvão, escavava-se no veio sem pedir mais nada. Agora, novos ventos enchiam os mineiros de ambição.

— Não presta cuspir no prato em que se come — murmurava ele. — Uma boa cerveja é uma boa cerveja... Claro, os chefes são quase sempre uns canalhas, mas sempre haverá chefes, não é verdade? Não quebrem a cabeça pensando nisso.

Era como botar fogo em Etienne. Como? Então os operários não podiam pensar? Pois esperassem e veriam... As coisas iam mudar muito em breve, justamente porque o operário aprendera a pensar. No tempo do velho, o mineiro vivia na mina como um animal de carga, como uma máquina de extrair hulha, sempre enfurnado na terra, os ouvidos e os olhos tapados, sem saber o que estava acontecendo no mundo. Por esse motivo os ricos que governam podiam fazer o que bem entendessem, vendê-lo e comprá-lo, chupar-lhe o sangue, o mineiro nem se dava conta. Agora ele estava acordado nas entranhas da terra, germinava lá no fundo como uma semente. E todos veriam, um belo dia, brotar homens da terra. Sim! Um exército de homens que restabeleceria a justiça... Ou será que todos não eram iguais depois da Revolução? Uma vez que tinha direito ao voto, por que o operário deveria permanecer escravo do patrão que lhe pagava? As grandes empresas, com suas máquinas, esmagavam tudo, e não se tinham sequer as garantias de outrora, quando o pessoal da mesma profissão, reunido em corporações, sabia defender-se. Raios! Era por isso, por isso e por muitas outras coisas, que este mundo acabaria explodindo um dia, graças à instrução. Era só olhar, ali no conjunto habitacional mesmo: os avós não sabiam nem assinar o nome, os pais já o assinavam, enquanto os filhos liam e escreviam como professores. Ah! Era uma bravia messe de homens amadurecendo ao sol, crescendo pouco a pouco. Desde o momento em que já não se estava mais colado no mesmo lugar a vida inteira e tinha-se a ambição de tomar o lugar do vizinho, por que não abrir caminho à força e vencer de uma vez por todas?

Apesar de sensibilizado pelos argumentos do rapaz Maheu continuava cheio de desconfiança.

— No momento em que a gente dá um pio é despedido — disse ele. — O velho tem razão, o mineiro será sempre a vítima, sem esperança de receber pelo menos uma perna de carneiro como recompensa.

A mulher, que ficara calada por algum tempo, falou como se estivesse saindo de um sonho.

— Se ao menos o que os padres dizem fosse verdade, os pobres deste mundo seriam os ricos do outro...

Uma gargalhada interrompeu-a. Até as crianças davam de ombros, transformadas em incrédulas pelas mudanças do mundo, rindo do céu vazio, ainda que cultivando sempre o secreto temor dos fantasmas da mina.

— Ora, ora! os padres... — exclamou Maheu. — Se eles acreditassem nisso comeriam menos e trabalhariam mais para terem garantido um bom lugar lá em cima... Nada disso. Quem morre acabou.

A mulher soltou suspiros enormes.

— Ah! Meu Deus, meu Deus...

Depois, com as mãos sobre os joelhos, num total abatimento:

— Então é verdade, nós, os pobres, não podemos ter esperança alguma.

Todos se olharam. O velho Boa-Morte escarrou no lenço e Maheu não mais acendeu o cachimbo e esqueceu-o na boca. Alzire escutava entre Lénore e Henri, que tinham adormecido debruçados sobre a mesa. Mas era sobretudo Catherine, com o queixo apoiado na mão, quem fitava Etienne com seus grandes olhos claros quando ele proclamava sua fé e pintava para a família o futuro maravilhoso do seu sonho social. Em torno deles o conjunto habitacional adormecia; ouviam-se apenas o choro longínquo de uma criança e os gritos de um bêbado retardatário. Na sala, o relógio batia lentamente, um frescor de umidade subia do chão de lajes espargido de areia, apesar da temperatura elevada.

— Santa ignorância! — exclamou o rapaz. — Então vocês ainda precisam de um Deus e do seu paraíso para serem felizes? Não podem construir com as próprias mãos a felicidade na terra?

E, com uma voz cheia de paixão, continuou falando. Era como se, de repente, o horizonte cerrado explodisse; um facho de luz começava a iluminar a vida sombria dessa pobre gente. O eterno recomeçar da miséria, o trabalho pesado, o destino de rebanho que dá a lã e é degolado, todas essas desgraças desapareciam, como que varridas por um raio de sol, e, num desabar feérico, a justiça descia do céu. Já que Deus estava morto, a justiça asseguraria a felicidade humana, fazendo reinar a igualdade e a fraternidade. Uma sociedade nova surgiria em um dia, como nos sonhos: uma cidade imensa, esplêndida como uma miragem, onde cada cidadão viveria do seu trabalho e teria o seu quinhão nas alegrias comuns. O velho mundo podre voltaria ao pó, uma humanidade nova, purgada dos seus crimes, formaria um único povo de trabalhadores, tendo por divisa: a cada um segundo seu mérito, e a cada mérito segundo suas obras. E este sonho seria cada vez mais amplo, mais sedutor à medida que fosse atingindo o impossível.

A princípio, a mulher de Maheu não quis dar ouvidos, presa de surdo temor. Não, não, era bonito demais, não devia deixar-se levar por tais idéias, que, em seguida, tornariam a vida um horror e levariam o homem a destruir tudo em busca da felicidade. Vendo cintilar os olhos do marido, perturbado e convencido, a mulher, quase em pânico, interrompia Etienne:

— Não deves dar ouvido a essas histórias, marido! É tudo lorota... Como é que vais acreditar que os burgueses um dia vão aceitar trabalhar como a gente?

Mas, pouco a pouco, o encanto atuava também sobre ela. Acabava sorrindo, com a imaginação trabalhando, entrando finalmente no mundo maravilhoso da esperança. Era tão agradável esquecer por uma hora a triste realidade! Quando se vive como um animal, de cabeça baixa, um pouco de ilusão não faz mal, um escape onde se possa sonhar com as coisas que jamais estarão ao alcance da mão. Mas o que mais a arrebatava, o que a punha de acordo com o rapaz, era a idéia de justiça.

— Nisso você tem razão! — exclamava ela. — Quando a justiça está do meu lado, luto até morrer... Que diabo! Nós também temos direito a um pouco de bem-estar!

Maheu, então, ousava exaltar-se:

— Juro por Deus! Não sou rico, mas daria com prazer cem soldos para não morrer antes de ver tudo isso... Que grande farra! Como é? Vai ser para breve? Como é que a gente vai fazer para dar cabo deles?

Etienne recomeçava a falar. A velha sociedade estava caindo aos pedaços, não agüentava mais que alguns meses, afirmava ele, peremptório. Sobre os meios de execução mostrava-se mais vago, misturando o que tinha lido, não temendo, diante de ignorantes, dar explicações em que ele próprio se perdia. Misturava todos os sistemas, suavizando-os com a certeza de um fácil triunfo, uma paz universal que terminaria com a luta de classes, e tudo isso sem levar em conta a má-fé reinante entre patrões e burgueses, o que talvez obrigasse os operários a fazê-los serem razoáveis à força.

A tudo isso os Maheu assentiam como se estivessem compreendendo, aceitavam as soluções miraculosas com a fé cega dos neófitos, iguais aos cristãos dos primeiros tempos da Igreja, que esperavam o advento de uma sociedade perfeita sobre os escombros do mundo antigo. A pequena Alzire apanhava uma ou outra palavra e imaginava a felicidade sob o ângulo de uma casa aquecida, onde as crianças brincariam e comeriam à vontade. Catherine, imóvel, sempre com o queixo apoiado na mão, continuava com os olhos fixos em Etienne, e, quando este se calava, ela, toda pálida, fremia levemente, como que perpassada por uma corrente de ar.

Nesse momento a mulher de Maheu olhava para o relógio.

— Como é que pode! Já são mais de nove horas... Aposto que amanhã ninguém se levanta.

E os Maheu deixavam a mesa frustrados e desesperados. Parecia-lhes que tinham sido ricos e de repente voltavam à miséria. O velho Boa-Morte, que partia para a mina, resmungava que todas aquelas histórias não tornavam a sopa mais suculenta, enquanto os outros subiam em fila, sentindo a umidade das paredes e mal podendo respirar o rançido ar ambiente. Em cima, já insulado no pesado sono do conjunto habitacional, Etienne sentia que Catherine, afinal deitada e tendo apagado a vela, remexia-se febrilmente antes de conciliar o sono.

Muitas vezes, durante aquelas conversas, apareciam os vizinhos: Levaque, que se deixava inflamar pelas idéias de partilha, ou Pierron, que por prudência ia logo dormir assim que atacavam a companhia. De tempos em tempos Zacharie também vinha, mas a política aborrecia-o, preferia dar um pulo até o Avantage e beber uma cerveja. Chaval era o que ia mais longe: queria sangue. Quase todas as noites passava uma hora com os Maheu; nessa assiduidade havia um ciúme inconfessado, o medo de que lhe roubassem Catherine. A moça, de quem já começava a cansar, tornara-se-lhe repentinamente cara a partir do momento em que um homem dormia perto dela e era capaz de tomá-la em seus braços durante a noite.

A influência de Etienne crescia, ele revolucionava pouco a pouco o conjunto habitacional. Fazia uma propaganda surda e dela já colhia frutos, graças à estima cada vez maior de que gozava. A mulher de Maheu, apesar de sua desconfiança de hospedeira prudente, tratava-o com toda a consideração devida a um rapaz que pagava a pensão pontualmente, não bebia nem jogava e estava sempre com o nariz colado em algum livro. Por esse motivo, fazia-lhe, junto às vizinhas, uma reputação de homem instruído, da qual elas abusavam, pedindo-lhe para que escrevesse suas cartas. Transformara-se numa espécie de sábio, encarregado da correspondência, consultado pelas famílias nos casos delicados.

Mas, a partir de setembro, sua famosa caixa de previdência finalmente entrou em funcionamento, muito precária ainda, contando apenas com as pessoas do conjunto habitacional. Esperava, no entanto, obter a adesão dos mineiros de todas as galerias, sobretudo se a companhia, até o momento inativa, não passasse ao ataque. Acabava de ser nomeado secretário da associação e recebia até um pequeno salário pela escrita. Isso o fazia quase rico. Se um mineiro casado não consegue viver sem dívidas, um rapaz sóbrio, sem qualquer compromisso, pode fazer sua economia.

A partir dessa época, operou-se em Etienne uma transformação lenta. Uma inclinação para a elegância e o viver bem, até agora abafada pela pobreza, revelou-se, levou-o a comprar roupas de bons tecidos e um par de botas finas. Transformou-se num chefe e todo o conjunto habitacional passou a ouvi-lo. Seu amor-próprio foi-se enfunando, vivia embriagado com a fruição de sua incipiente popularidade: estar à frente dos outros, tão jovem e já no comando, ele, que ainda na véspera não passava de um simples trabalhador braçal... Isso enchia-o de orgulho, fazia que se tornasse mais certo do seu sonho de uma revolução para breve, na qual desempenharia um papel. Sua fisionomia transformou-se, adotou um ar grave, passou a ouvir a própria voz. Ao mesmo tempo, a ambição nascente tornava ainda mais candentes suas teorias e levava-o a fazer planos de combate.

Enquanto isso, o outono avançava, os frios de outubro tinham queimado os pequenos jardins do conjunto habitacional. Por trás dos mirrados lilases, os rapazes já não deitavam as operadoras de vagonetes no galpão. E restavam apenas os legumes de inverno, as couves peroladas de gotas de geada, os alhos-porros e as saladas de conserva. De novo as bátegas de chuva lavavam as telhas vermelhas e escorriam para os tonéis debaixo das goteiras com um ruído de torrente. Nas casas, os fogões estavam sempre acesos, carregados de hulha, envenenando as salas fechadas. Era outra estação de grande miséria que começava.

Em outubro, por uma dessas primeiras noites glaciais, Etienne, febril de tanto ter falado, no térreo, não conseguia dormir. Observara Catherine escorregando para dentro das cobertas e depois apagando a vela. A moça também parecia estar tremendo, atormentada por um daqueles pudores que a faziam apressar-se para não ser vista, o que, às vezes, por alguma falta de jeito, mais a deixava à mostra. Na escuridão, ela ficou como se estivesse morta, mas o rapaz sentia que a moça também não dormia, que ambos estavam pensando um no outro. Nunca antes aquela silenciosa troca dos seus seres os enchera de tanta perturbação. Os minutos passavam, nenhum dos dois se movia, mas suas respirações se encontravam, apesar dos esforços que faziam para contê-las. Por duas vezes ele esteve na iminência de levantar-se para tomá-la em seus braços. Era estúpido ter tal desejo mútuo e nunca satisfazê-lo. Por que remar contra a correnteza? As crianças dormiam, ela estava tremendo de desejo, ele tinha certeza de que era esperado, de que ela sufocava, de que o apertaria em seus braços, muda, de dentes cerrados. E assim transcorreu cerca de uma hora. O rapaz não foi para os braços da moça, que também não se voltou, com medo de o chamar. Quanto mais viviam sob o mesmo teto, mais alta ficava a barreira que os separava: de vergonha, de repugnâncias, de gestos de amizade que nem eles mesmos conseguiriam explicar.

IV

— Escuta — disse a mulher de Maheu ao seu marido —, já que vais a Montsou receber o pagamento, traze uma libra de açúcar e um quilo de café.

Ele costurava um pé de sapato para poupar o dinheiro do conserto.

— Está bem — murmurou, sem abandonar o que fazia.

— Talvez ainda pudesses passar pelo açougue... Não seria bom um pedaço de vitela? Há tanto tempo que não vemos carne...

Desta vez ele ergueu a cabeça.

— Tu estás pensando que vou receber milhares e centenas! Esta quinzena não deu quase nada, por causa da maldita idéia deles de suspenderem constantemente o trabalho.

Ambos ficaram calados. Era depois do almoço de um sábado dos fins de outubro. A companhia, a pretexto de ter de fazer o pagamento naquele dia, suspendera a extração em todas as galerias. Em pânico diante da crise industrial cada dia mais grave, não querendo aumentar seu estoque já enorme, ela aproveitava os menores pretextos para forçar seus dez mil operários a ficarem em casa.

— Tu sabes que Etienne te está esperando no Rasseneur — continuou a mulher. — Leva-o contigo, ele é mais esperto que tu e descobrirá as trapaças que farão na contagem das horas.

Maheu disse que sim com a cabeça.

— E fala com esses senhores sobre o caso de teu pai. O médico é pau mandado da direção... Não é verdade, velho, que o doutor está enganado, que o senhor ainda pode trabalhar?

Havia dez dias que o velho Boa-Morte, os pés dormentes, como ele dizia, estava pregado a uma cadeira. A nora teve de repetir a pergunta, e ele então resmungou:

— Claro que posso trabalhar. Estou doente das pernas, mas não estou morto. Tudo isso são histórias que eles inventam para não me pagarem a pensão de cento e oitenta francos.

A mulher, que estava pensando nos quarenta soldos que o velho talvez nunca mais tornasse a trazer, soltou um grito de angústia.

— Meu Deus do céu! Acabaremos todos mortos, se a coisa continua desse jeito.

— Os mortos não têm fome — sentenciou Maheu.

Terminou o conserto dos sapatos com alguns pregos e por fim saiu. O conjunto habitacional dos Deux-Cent-Quarante só receberia por volta das quatro horas. Por isso os homens não tinham pressa, demoravam-se, iam um a um, perseguidos pelas mulheres que lhes suplicavam para que voltassem logo. Muitas delas encomendavam coisas para ver se assim os impediam de parar pelas tabernas.

Etienne fora ao Rasseneur em busca de novidades. Corriam notícias alarmantes, dizia-se que a companhia andava cada vez mais descontente com o estaqueamento. Os operários viviam sendo multados, um conflito parecia fatal. Verdade é que aquela era apenas uma das faces da contenda, a visível; por baixo dela havia toda uma série de complicações, de causas graves e secretas.

No momento em que Etienne entrou, um companheiro, que bebia cerveja e estava voltando de Montsou, falava sobre um cartaz que vira pregado na caixa, só que não sabia muito bem o que estava escrito ali. Em seguida entrou outro, e mais outro. Cada um deles contava uma história diferente, mas parecia certo que a companhia finalmente tomara uma resolução.

— O que dizes disto? — perguntou Etienne, sentando-se ao lado de Suvarin, que não tinha mais que um pacote de tabaco sobre a mesa que ocupava.

O mecânico não mostrou pressa em responder, continuou enrolando o seu cigarro.

— Digo que era fácil de prever. Eles vão puxar a corda até arrebentá-la.

Só ele tinha a inteligência bastante desenvolvida para analisar a situação. Explicava-se com seu ar tranqüilo. A companhia, atingida pela crise, via-se forçada a reduzir seus gastos para não sucumbir. E naturalmente seriam os operários os primeiros a pagar pela situação: ela ia cercear os salários, inventando um pretexto qualquer. Havia dois meses que a hulha se amontoava no pátio das minas, quase todas as fábricas estavam fechando as portas. Como ela não ousava fazer o mesmo, temendo a inação, ruinosa para o material, planejava um meio-termo, talvez uma greve, da qual os mineiros sairiam domados, e com menor salário. Por fim, a nova caixa de previdência inquietava-a: tornava-se uma ameaça para o futuro. Com uma greve, ficaria livre dela, esvaziando-a, o que seria fácil, já que a caixa ainda não tinha grandes reservas.

Rasseneur sentara-se ao lado de Etienne e ambos escutavam, com um ar consternado, o que o outro dizia. Podiam falar em voz alta; lá só estava a mulher do taberneiro, sentada atrás do balcão.

— Que idéia! — murmurou Rasseneur. — Para que tudo isso? A companhia não tem nenhum interesse numa greve e os operários também não. O melhor é que cheguem a um acordo.

Era muito prudente, mostrava-se sempre partidário das reivindicações razoáveis. Com a rápida popularidade do seu antigo inquilino, ele ficara reticente, desdenhava desse sistema de progresso, dizendo que não obtinha nada quem queria ter tudo de uma só vez. Na sua bonomia de obeso, de homem alimentado a cerveja, germinava um ciúme secreto, agravado pelo esvaziamento de sua casa, onde os operários da Voreux entravam agora em menor número para beber e para ouvi-lo. Assim é que, às vezes, chegava a defender a companhia, esquecendo seu rancor de antigo mineiro despedido.

— Então tu és contra a greve? — gritou a Sra. Rasseneur sem sair do balcão.

E, como ele respondesse energicamente que sim, ela mandou-o calar.

— Desalmado! Fica quieto e deixa os outros falarem.

Etienne pensava, com os olhos postos na cerveja que ela lhe servira. Por fim levantou a cabeça.

— Tudo o que o camarada disse é bem possível. Se eles nos forçarem, seremos obrigados a fazer greve. A esse respeito Pluchart me escreveu com muito acerto. Ele também é contra a greve, porque nessas ocasiões o operário sofre tanto quanto o patrão e sem conseguir qualquer coisa de definitivo. No entanto, ele vê nela uma ocasião excelente, capaz de levar os nossos homens a entrarem na sua grande organização. Aqui está a carta dele...

Realmente, Pluchart, desolado com as desconfianças que a Internacional encontrava entre os mineiros de Montsou, esperava vê-los aderir em massa se um conflito os obrigasse a lutar contra a companhia. Apesar dos seus esforços, Etienne não conseguira colocar uma única carteira de membro em Montsou, mas também porque pusera todo o peso de sua influência na caixa de socorros, muito mais bem acolhida. A verdade, porém, é que a caixa ainda estava muito pobre, e deveria esvaziar-se rapidamente, como dizia Suvarin. Fatalmente, então, os grevistas voltar-se-iam para a Associação dos Trabalhadores, a fim de que seus irmãos de todos os países os auxiliassem.

— Quanto é que vocês têm em caixa? — perguntou Rasseneur.

— Não mais do que três mil francos — respondeu Etienne. — E, como já sabem, a direção me chamou anteontem. São muito polidos, aqueles senhores... Repetiram que não impediam os operários de criar um fundo de reserva, mas deixaram subentendido que queriam controlá-lo... De qualquer maneira, vamos ter de travar uma batalha desse lado.

O taberneiro pusera-se a andar de um lado para outro, assobiando desdenhosamente.

— Três mil francos! E o que é que pretendem fazer com esse dinheiro? Não chega para seis dias de pão... E contar com os estrangeiros, essa gente que mora na Inglaterra, é um sonho, seria preferível ir logo preparando a cova. Não, francamente, esse plano de greve é uma grande besteira.

Então, pela primeira vez, aqueles dois homens, que de ordinário acabavam por entender-se no seu ódio comum ao capital, trocaram palavras ríspidas.

— Vejamos o que tu dizes disso — repetiu Etienne virando-se para Suvarin.

Este respondeu com a sua habitual palavra depreciativa:

— Greves? Ora, besteiras!

Em seguida, em meio ao silêncio ressentido que se armara, acrescentou brandamente:

— Em suma, não digo que não, se isso os diverte. Vai arruinar alguns, matar outros, é sempre uma limpezinha... Só que nesse ritmo gastaremos mil anos para renovar o mundo. Por que não começam fazendo explodir esse calabouço onde todos vocês deixam a pele?

Com a sua mão fina apontou para a Voreux, cujas construções podiam-se ver pela porta aberta. Nesse momento um drama imprevisto interrompeu-o: Polônia, a grande coelha caseira, que se arriscara a sair, voltava de um salto, fugindo das pedras de um bando de meninos aprendizes. E no seu pânico, de orelhas murchas e rabo levantado, veio refugiar-se contra as pernas dele, arranhando-o, implorando para ser posta no colo. Tendo deitado o animal nos joelhos, abrigando-o com as duas mãos, o russo caiu naquela espécie de sonolência sonhadora em que mergulhava ao acariciar o pêlo macio e tépido da coelha.

Maheu entrou quando as coisas estavam nesse pé. Não quis beber nada, apesar da insistência polida da Sra. Rasseneur, que vendia sua cerveja como se a estivesse oferecendo. Etienne levantou-se e ambos partiram para Montsou.

Nos dias de pagamento nos escritórios da companhia, Montsou parecia estar em festa, como nos belos domingos do padroeiro. De todos os conjuntos habitacionais operários chegava uma multidão de mineiros. O escritório do caixa era muito pequeno e eles preferiam esperar à porta; estacionavam em grupos na calçada e impediam o trânsito com uma fila enorme e que crescia sempre. Os vendedores ambulantes aproveitavam a ocasião e ali instalavam suas tendas de rodas, exibindo nos seus mostruários até louças e salsicharia. Mas eram sobretudo os cafés e os botequins que faziam uma boa féria, já que os mineiros, antes de receberem o pagamento, iam pacientar diante dos balcões e depois, com o dinheiro no bolso, voltavam para diluí-lo. Isso, quando não acabavam com ele no Volcan.

À medida que Maheu e Etienne avançavam por entre os grupos, sentiam no ar um surdo exaspero. Não era a habitual despreocupação do dinheiro recebido e esbanjado nas tabernas. Os punhos estavam cerrados, corria de boca em boca um sopro de violência.

— Então é verdade? — perguntou Maheu a Chaval, que se encontrava em frente ao Piquette. — A sujeira está feita?

Chaval, no entanto, contentou-se em responder com um grunhido furioso, olhando de revés para Etienne.

Depois da renovação da empreitada, fora trabalhar com outros, aos poucos roído de inveja do companheiro, esse recém-chegado que queria ser líder e a quem todo o conjunto habitacional, dizia ele, vinha lamber as botas. Esse despeito complicava-se com um amuo de amante: toda vez que levava Catherine a Réquillart ou para trás do aterro, acusava-a em termos abomináveis de dormir com um hóspede da família; em seguida afogava-a em carícias, presa de um desejo selvagem.

Maheu fez-lhe outra pergunta:

— É a vez da Voreux?

E como o outro lhes desse as costas, depois de ter respondido afirmativamente com a cabeça, os dois homens decidiram-se a entrar no escritório.

A pagadoria era uma peça acanhada, retangular, dividida em duas por um gradeado. Sentados em bancos dispostos ao longo das paredes, cinco ou seis mineiros esperavam, enquanto o caixa, ajudado por um funcionário, pagava a outro que estava em pé diante do guichê, de boné na mão. Por cima do banco da esquerda estava colado um cartaz amarelo cuja cor sobressaía no reboco de um pardo opaco. E era por ali que havia um desfile contínuo de homens desde a manhã. Entravam em grupos de dois ou três, ficavam parados por algum tempo e depois partiam calados, balançando os ombros, como se tivessem recebido uma bordoada nas costas.

Naquele momento havia dois mineiros diante do cartaz: um, jovem, com uma cabeçorra quadrada e bestial, e outro já velho, muito magro, o rosto embotado pela idade. Nenhum dos dois sabia ler: o mais moço soletrava movendo os lábios, o velho limitava-se a olhar estupidamente. Muitos entravam assim, só para ver, sem poder compreender.

— Lê isso para a gente — disse Maheu ao companheiro. Ele também não era forte na leitura.

Etienne pôs-se a ler o cartaz. Era um aviso da companhia aos mineiros de todas as galerias, advertindo-os de que, diante do descuido com que estava sendo feito o estaqueamento, cansada de infligir multas inúteis, resolvera aplicar um novo método de pagamento para o abate da hulha. De agora em diante, pagaria o estaqueamento à parte, por metro cúbico de madeira descida e empregada, baseando-se na quantidade necessária para um bom trabalho. O preço do vagonete de carvão abatido seria naturalmente diminuído, numa proporção de cinqüenta para quarenta cêntimos, segundo, claro está, a natureza e a distância dos veios. A seguir, um cálculo bastante obscuro tentava provar que essa diminuição de dez cêntimos ficava exatamente compensada pelo preço do estaqueamento. Para concluir, a companhia acrescentava que, querendo deixar a cada um o tempo necessário para se convencer das vantagens do novo sistema, pretendia aplicá-lo somente a partir de segunda-feira, primeiro de dezembro.

— Faça o favor, leia mais baixo! — gritou o caixa. — Com esse barulho não é possível trabalhar.

Etienne terminou sua leitura sem levar em conta a observação do funcionário. Sua voz estava trêmula, e, quando acabou, todos continuaram a olhar fixamente para o cartaz. O velho mineiro e o rapaz pareciam estar esperando por mais coisas. Depois foram-se, como que vergados.

— Infames! — murmurou Maheu.

Ele e seu companheiro sentaram-se, absortos, de cabeça baixa, enquanto o desfile continuava em frente ao papel amarelo. Aquilo mais parecia uma brincadeira! Jamais poderiam ressarcir-se dos dez cêntimos descontados de vagonete apenas com o estaqueamento. No máximo receberiam oito cêntimos, sem contar o tempo perdido num trabalho de estaqueamento cuidadoso. Era a isso que ela queria chegar, a esse rebaixamento de salário disfarçado! O que estava fazendo era economia com o suor dos mineiros.

— Malditos infames! — repetiu Maheu, levantando a cabeça. — Não passamos de uns incapazes se aceitarmos isso.

Como o guichê estava livre, ele aproximou-se para receber. Os chefes das empreitadas apresentavam-se sozinhos à caixa e depois repartiam o dinheiro entre seus homens, o que economizava tempo.

— Maheu e consócios — disse o funcionário. — Veio Filonnière, seção número sete.

Procurava nas listas que eram feitas de acordo com as cadernetas, onde os contramestres, diariamente e por seção, anotavam o número de vagonetes extraídos. Em seguida repetiu:

— Maheu e consócios, veio Filonnière, seção número sete... Cento e trinta e cinco francos.

O caixa pagou.

— Perdão, senhor — balbuciou o britador transido —, está certo de que é isso mesmo?

Olhava para a ínfima quantia sem tocá-la, perpassado por um leve frêmito que lhe atingia o coração, gelando-o. Claro que esperava um pagamento reduzido, mas não tanto assim... Ou será que seus cálculos estavam errados? Após ter entregue a Zacharie, Etienne e ao outro companheiro que substituía Chaval seus quinhões respectivos, sobrariam quando muito cinqüenta francos para ele, seu pai, Catherine e Jeanlin.

— Não, não estou enganado — disse o empregado. — Foram descontados dois domingos e quatro dias em que não houve trabalho, um total de nove dias.

Maheu seguia aquele cálculo adicionando baixinho: nove dias dariam a ele aproximadamente trinta francos, dezoito a Catherine, nove a Jeanlin. Quanto ao velho Boa-Morte, só trabalhara três dias.

Com tudo isso, somando os noventa francos de Zacharie e dos dois camaradas, era com certeza muito mais.

— E não esqueça que houve multas — concluiu o funcionário. — Só nelas foram vinte francos por revestimentos defeituosos.

O britador não sopitou um gesto de desespero. Vinte francos de multas, quatro dias sem trabalho! Tudo se esclarecia... E dizer que houvera quinzenas em que recebera cento e cinqüenta francos, quando o pai ainda trabalhava e Zacharie era solteiro!

— Vai apanhar o dinheiro ou não vai? — exclamou o caixa com impaciência. — Não vê que há outro esperando? Se não quer, diga.

Quando Maheu começou a juntar o dinheiro com a sua grossa mão trêmula, o empregado falou-lhe novamente.

— Espere, tenho o seu nome aqui comigo. Toussaint Maheu, não é? O senhor secretário-geral deseja vê-lo. Pode entrar, ele está só.

Atordoado, o operário achou-se num gabinete mobiliado de mogno velho e forrado com um tecido verde já desbotado. E durante cinco minutos escutou o secretário-geral, um homem alto e macilento, que lhe falou sem se levantar, por cima dos papéis espalhados na mesa. Não podia ouvir direito devido a um zumbido nos ouvidos. Compreendeu vagamente que se tratava do seu pai, cuja aposentadoria estava sendo estudada, com um teto de pensão de cento e cinqüenta francos, cinqüenta anos de idade e quarenta de serviços prestados. Em seguida, pareceu-lhe que a voz do secretário ficava mais áspera. Era uma repreensão, acusavam-no de estar fazendo política, uma alusão foi feita ao seu locatário e à caixa de previdência. Por fim o outro aconselhou-o a não se comprometer com tais loucuras, pois era um dos melhores operários da mina. Quis protestar, mas só conseguiu pronunciar palavras sem nexo, amarrotou o boné entre os dedos e retirou-se gaguejando:

— Certamente, senhor secretário... Asseguro-lhe, senhor secretário...

Já do lado de fora, ao dar com Etienne, que o esperava, explodiu.

— Eu sou um incapaz, devia ter respondido! O que pagam não chega para o pão, e ainda me vêm com histórias! Claro, a coisa é contra ti, disse-me que o conjunto habitacional está envenenado... Que se pode fazer? Diacho! Curvar-se, agradecer... Ele tem razão, é mais prudente.

O infeliz calou-se, dividido entre a cólera e o medo. Etienne meditava com ar sombrio. Novamente atravessaram os grupos que atravancavam a rua. A exasperação crescia, uma exasperação de gente calma, um murmúrio que prenunciava a tempestade, sem gestos violentos, pairando terrível por cima da multidão compacta. Algumas cabeças que sabiam contar tinham feito o cálculo e os dois cêntimos arrebatados pela companhia no estaqueamento circulavam, exaltavam até os mais ignorantes. Mas era sobretudo a fúria contra aquele pagamento desastroso que circulava, a revolta da fome contra as folgas e as multas. Já não se comia mais, o que iria acontecer agora com esse corte nos salários? Nos cafés, a fúria tinha livre curso, a cólera secava a tal ponto as goelas que a ninharia recebida ficava toda sobre os balcões.

De Montsou até o conjunto habitacional, Etienne e Maheu não trocaram palavra. Quando este último entrou, a mulher, que estava sozinha com as crianças, deu-se conta imediatamente de que ele voltara de mãos abanando.

— Como és bonzinho! — disse ela. — Onde está o café, o açúcar e a carne que pedi? Um pedaço de vitela não seria a causa da tua ruína.

Ele não respondeu, sufocado por uma emoção reprimida. Mas, em seguida, houve uma explosão de desespero naquele rosto denso de homem enrijecido nos trabalhos das minas, e grossas lágrimas saltaram em borbotões dos seus olhos. Desmoronou sobre uma cadeira chorando como criança e jogou os cinqüenta francos na mesa.

— Toma — gaguejou ele —, é isto o que te trago... Do trabalho de toda a família...

A mulher virou-se para Etienne, que estava mudo e abatido. Ela também começou a chorar. Como alimentar nove pessoas com cinqüenta francos para quinze dias? O filho mais velho os abandonara, o velho já não podia caminhar, era a morte certa para todos eles! Alzire jogou-se ao pescoço da mãe, aterrorizada ao vê-la chorando. Estelle começou a berrar, Lénore e Henri soluçavam.

E de todo o conjunto habitacional começou a subir o mesmo grito de miséria. Os homens tinham voltado, cada família se lamentava ante o desastroso pagamento. As portas se abriram, mulheres surgiram nas soleiras, aos gritos, como se os tetos das casas não mais pudessem conter suas queixas. Caía uma chuva fina que elas não sentiam, aos gritos umas às outras, mostrando na palma da mão o mísero dinheiro.

— Olha só o que eles pagaram! Então isso não é uma vergonha?

— E eu, que nem sequer para o pão da quinzena tenho!

— E o que dizem de mim? Contem, contem aqui na minha mão! Vou ter que vender minhas camisolas outra vez.

A mulher de Maheu foi para fora como as outras. Formou-se um grupo em torno da esposa de Levaque, que era a que gritava mais forte, porque o beberrão do marido nem sequer voltara e ela sabia que, muito ou pouco, todo o dinheiro recebido ia esboroar-se no Volcan. Philomène espreitava Maheu, para saltar sobre Zacharie no momento em que este fosse apanhar seu quinhão. Só a mulher de Pierron parecia calma: o salafrário do marido se arranjava sempre, ninguém sabia como, para ter mais horas que os outros na caderneta do contramestre. A Queimada, no entanto, achava isso uma covardia da parte do genro, estava entre as exaltadas, magra e ereta no meio do grupo, de punho ameaçador apontando para Montsou.

— E dizer — gritava ela, sem nomear os Hennebeau — que eu vi a empregada deles andando de caleça hoje de manhã! Juro! A cozinheira, na caleça de dois cavalos, indo a Marchiennes, na certa para comprar peixe!

Elevou-se um clamor e as violências recrudesceram. Essa empregada de avental branco, indo ao mercado da cidade vizinha na carruagem dos patrões, levantava uma indignação geral. Enquanto os operários morriam de fome, eles não podiam passar sem peixe na mesa! Mas isso não podia continuar, um dia não comeriam mais peixe, a vez do pobre tinha de chegar... E as idéias semeadas por Etienne tomavam corpo. Era um grito de revolta. Era a impaciência pela idade de ouro prometida, a pressa para gozarem do seu quinhão de felicidade, libertos enfim desse horizonte de miséria, esmagador como um sepulcro. A injustiça estava-se tornando quase insuportável, acabariam por exigir seus direitos, uma vez que lhes era tirado o pão da boca. As mulheres, sobretudo, queriam entrar de assalto, imediatamente, nessa cidade ideal do progresso, onde não haveria miseráveis.

Era quase noite e a chuva caía cada vez mais forte. As mulheres continuavam a inundar com suas lágrimas o conjunto habitacional, em meio à gritaria enlouquecedora das crianças.

À noite, no Avantage, a greve ficou decidida. Rasseneur já não mais a combatia e Suvarin aceitava-a como um primeiro passo. Concisamente, Etienne descreveu a situação: se a companhia queria a greve, ia tê-la.

V

Transcorreu uma semana, o trabalho continuou num ambiente de desconfiança sombria, na expectativa do conflito.

Na casa dos Maheu, a quinzena anunciava-se como devendo ser ainda mais magra. Por esse motivo, a mulher, apesar da sua moderação e bom senso, tornava-se cada vez mais azeda. Pois não é que sua filha, Catherine, tivera a audácia de passar uma noite fora? Na manhã seguinte voltara tão cansada e doente dessa aventura que não pôde ir trabalhar. Disse, chorando, que não tinha culpa, fora Chaval quem a obrigara, ameaçando-a com uma surra se escapasse. O amante estava enlouquecendo de tanto ciúme, queria impedi-la de voltar ao leito de Etienne, onde, tinha certeza — dizia ele —, a família a fazia dormir. A mãe, furiosa, após ter proibido sua filha de rever tal crápula, falou em ir a Montsou para esbofeteá-lo. Mas seria perder tempo, e a moça, já que tinha seu homem, preferia não o trocar.

Dois dias mais tarde aconteceu outra história. Na segunda e na terça-feira, Jeanlin, que todos julgavam estar tranqüilamente trabalhando na Voreux, escapou para uma incursão pelos pântanos e pela floresta de Vandame, carregando consigo Bébert e Lydie, por ele desencaminhados. Nunca se soube a que roubos, a que brinquedos proibidos de crianças precoces os três se entregaram. Jeanlin recebeu um forte corretivo, uma surra aplicada do lado de fora, na calçada, diante das apavoradas crianças do conjunto habitacional. Onde é que se vira coisa igual? Filhos que pusera no mundo, que desde o nascimento davam gastos, que deviam agora estar ajudando a manutenção da casa! Nesse grito havia a lembrança da sua atribulada juventude, da miséria hereditária que obrigava cada filho da família a ser um ganha-pão para o futuro.

Nessa manhã, tendo os homens e a moça partido para a mina, a mulher levantou a cabeça do travesseiro para dizer a Jeanlin:

— Escuta bem, cachorro sem-vergonha: se voltares a fazer o que fizeste eu te esfolo vivo.

O novo local de trabalho exigia um esforço penoso de Maheu e seus companheiros. Aquele trecho do veio Filonnière era tão estreito que os britadores, espremidos entre o muro e o teto, esfolavam os cotovelos durante o abate. Além disso, era cada vez mais úmido, receava-se que a qualquer momento a água jorrasse, numa dessas bruscas torrentes que rebentam as rochas e arrastam os homens. Na véspera, quando Etienne trabalhava metendo violentamente sua picareta na hulha, ao retirá-la recebeu um jacto de água no rosto. Foi como um toque de alerta, e o recinto ficou simplesmente mais molhado e insalubre. Aliás, ele já nem pensava mais nas possíveis catástrofes, entrosado com os camaradas, esquecido do perigo. Viviam no meio do grisu sem mesmo sentir seu peso sobre as pálpebras, o véu de teia de aranha que ele deixava nos cílios. Às vezes, quando a chama das lâmpadas enfraquecia e ficava muito azul, lembravam-se de sua existência, e um mineiro encostava a cabeça no veio para escutar o leve ruído do gás, um ruído de bolha de ar borbulhando em cada fenda. Mas a constante ameaça eram os desmoronamentos, já que, além da insuficiência do estaqueamento, sempre feito às pressas, o terreno, minado pela água, não era firme.

Por três vezes naquele dia Maheu tivera de mandar pôr reforços no estaqueamento. Eram duas e meia, os homens iam começar a subir. Deitado de lado, Etienne terminava o abate de um bloco quando um longínquo ribombar de trovão abalou toda a mina.

— Que é isso? — gritou ele, largando a picareta para escutar.

Por um momento acreditou que a galeria desabava por cima deles. Mas Maheu já escorregava pelo declive do filão, dizendo:

— É um desmoronamento... Depressa! Depressa!

Todos escorregaram declive abaixo, precipitadamente, levados por um impulso de fraternidade apreensiva. As lâmpadas balançavam nas suas mãos, no mortal silêncio que se fizera; corriam em fila ao longo das vias, de espinhas dobradas, como se estivessem galopando sobre os quatro membros. E, sem frear essa corrida, interrogavam-se, davam respostas sucintas: Onde? Onde? Seria nos desmontes? Não, o barulho vinha mais de baixo! Talvez da galeria de rodagem! Ao chegarem à chaminé de ventilação, precipitaram-se por ela, de cambulhada, sem se preocuparem com as contusões.

Jeanlin, com o couro ainda ardendo da surra da véspera, não escapara da mina naquele dia. Trotava descalço atrás do seu comboio de vagonetes, fechando uma a uma as portas de ventilação. E às vezes, quando sabia que não encontraria um contramestre, subia no último vagonete, o que lhe estava proibido para evitar que dormisse. A sua grande distração era ir ter com Bébert, que viajava na frente, guiando, cada vez que o comboio entrava num desvio para deixar outro passar. Vinha em silêncio, sorrateiramente, sem a lâmpada, beliscava o companheiro até fazer sangue, inventava brincadeiras de menino perverso, com aqueles seus cabelos amarelos, suas orelhas enormes, sua cara magra iluminada por pequenos olhos verdes que brilhavam no escuro. De uma precocidade malsã, parecia ter a inteligência obscura e a destreza viva de um aborto humano que estivesse regredindo à animalidade de origem.

À tarde, Mouque entregou aos aprendizes o Batalha, cujo turno de trabalho começava. E, como o animal resfolegasse num desvio, Jeanlin, que fora ter com Bébert, disse-lhe:

— O que é que há com esse matungo, que toda hora estaca? Numa dessa vai quebrar-me as pernas...

Bébert não pôde responder, retendo Batalha, que ficara todo alvoroçado com a aproximação de outro comboio. O cavalo reconhecera de longe, pelo faro, seu camarada Trombeta, pelo qual se tomara de grande ternura desde o dia em que o vira desembarcando no fundo do poço. Dir-se-ia a piedade afetuosa de um velho filósofo, desejoso de facilitar a vida do jovem amigo, inspirando-lhe resignação e paciência, porque Trombeta não se aclimatava, puxava os vagonetes sem vontade, permanecia de cabeça baixa, cego de tanta treva, com a constante nostalgia do sol. Assim, toda vez que Batalha o encontrava, espichava o pescoço, relinchando, incitando o outro com uma carícia de encorajamento.

— Raios de cavalos! — praguejou Bébert. — Já estão outra vez trocando carinhos...

Após a passagem de Trombeta, ele respondeu a respeito de Batalha:

— Este velhote é sabido. Quando estaca assim é porque está adivinhando algum tropeço pela frente, uma pedra, um buraco, sei lá... E ele se cuida, não quer machucar-se. Hoje não sei o que poderá haver logo depois da porta. Assim que a empurra, ele estaca... Sentiste alguma coisa tu também?

— Não — respondeu Jeanlin. — Há água, fico com ela até os joelhos.

O comboio voltou a partir. E na viagem seguinte, tendo aberto a porta de ventilação com a cabeça, Batalha, novamente, recusou-se a avançar, rinchando e tremendo. Por fim decidiu-se e partiu.

Jeanlin, que fechava a porta, ficara para trás. Abaixou-se para observar o charco em que chafurdava; depois, levantando sua lâmpada, percebeu que as madeiras tinham vergado com a infiltração contínua de um ponto de água. Justamente nesse momento, um britador chamado Berloque, apelidado Chicot, vinha do seu veio, com pressa para ir ver sua mulher, que estava de parto. Ele também parou para examinar o estaqueamento. E, de repente, quando o menino ia sair correndo para alcançar seu comboio, ouviu-se um estalo formidável e o desabamento submergiu o homem e a criança.

Houve um grande silêncio. Impelida pelo deslocamento de ar, uma poeira espessa invadiu as vias laterais. Cegos, sufocados, os mineiros surgiam de todas as partes, dos veios mais longínquos, com suas lâmpadas balouçantes que mal davam para iluminar essa correria de homens enegrecidos, no fundo daquelas tocas de toupeira. Quando os primeiros esbarraram nos escombros, começaram a gritar, chamando os camaradas. Um outro grupo, vindo pela via do fundo, achava-se do outro lado do desmoronamento, cuja massa selava a galeria. Imediatamente verificaram que o teto desabara numa extensão de aproximadamente dez metros. O estrago não tinha nada de grave, mas os corações apertaram-se quando um estertor saiu dos escombros.

Bébert, largando seu comboio, acorreu repetindo:

— Jeanlin está aí embaixo! Jeanlin está aí embaixo!

Nesse exato momento, Maheu, acompanhado de Zacharie e Etienne, surgia na boca da chaminé. Foi tomado por um furor desesperado e só conseguiu praguejar:

— Com mil raios! Com mil raios! Com mil raios!

Catherine, Lydie e a filha de Mouque, que também tinham acorrido, puseram-se a soluçar, a gritar de terror, em meio à pavorosa desordem que as trevas aumentavam. Tentaram fazê-las calar, mas elas estavam enlouquecidas e a cada estertor gritavam mais forte.

O contramestre Richomme chegou correndo, contrariado por não estarem na mina nem o engenheiro Négrel, nem Dansaert. Com o ouvido colado ao entulho, escutou, e acabou declarando que aqueles queixumes não eram de criança. Um homem, certamente, estava soterrado ali. Maheu gritou umas vinte vezes o nome do filho, mas nem sua respiração era ouvida. O menino devia estar esmagado.

Mas o estertor continuava, monótono. Falaram com o agonizante, perguntaram seu nome, apenas o gemido vinha como resposta.

— Apressemo-nos! — gritou Richomme, que já organizara os serviços de salvamento. — Depois se conversa.

De ambos os lados, os mineiros começaram a desentulhar, com picaretas e pás. Chaval trabalhava em silêncio ao lado de Maheu e de Etienne, enquanto Zacharie dirigia a remoção dos escombros. Era a hora de deixar o trabalho, ninguém comera ainda; mas quem abandonaria companheiros em perigo para ir comer tranqüilamente sua sopa? No entanto, pensaram no pessoal do conjunto habitacional, que já devia estar inquieto vendo que ninguém voltava, e alguém propôs enviar as mulheres. Nem Catherine, nem a filha de Mouque, nem mesmo Lydie quiseram afastar-se, roídas pelo desejo de saber quem estava ali, ajudando o desentulhar. Levaque aceitou então a missão de anunciar o desmoronamento como um simples estrago que estava sendo reparado. Eram quase quatro horas, em menos de uma hora os operários tinham feito o trabalho de um dia; metade do entulho já podia ter sido removido se não tivessem caído do teto outras rochas. Maheu trabalhava com tal obstinação e fúria que, se alguém se aproximava para substituí-lo, ele o afastava com um gesto terrível.

— Devagar, devagar... — disse enfim Richomme. — Já estamos perto deles, dessa maneira acabaremos de matá-los.

Realmente, o estertor era cada vez mais distinto. Era esse gemido contínuo que guiava os trabalhadores; agora eles pareciam estar por baixo das picaretas. Bruscamente, cessaram.

Todos se olharam em silêncio, arrepiados por terem sentido passar o frio da morte pelas trevas. Continuaram a cavar, inundados de suor, os músculos retesados a ponto de se romperem. Encontraram um pé e a partir daí o entulho foi retirado com a mão. Os membros foram aparecendo. A cabeça não tinha sofrido. As lâmpadas o iluminaram e o nome de Chicot passou de boca em boca. Ainda estava quente, mas com a coluna vertebral quebrada por uma rocha.

— Enrolem-no com uma manta e ponham-no num vagonete — ordenou o contramestre. — Agora ao garoto, depressa!

Maheu enfiou mais uma vez sua picareta e fez uma abertura pela qual já podia se comunicar com os homens que trabalhavam do outro lado. Estes gritaram: acabavam de encontrar Jeanlin desmaiado, as duas pernas quebradas, respirando ainda. Foi o pai que carregou o pequeno no colo. De dentes cerrados, continuou a praguejar: era a única maneira de expressar sua dor. Por sua vez, Catherine e as outras mulheres puseram-se novamente a gritar.

Formou-se rapidamente o cortejo. Bébert trouxe Batalha, que foi atrelado aos vagonetes; no primeiro jazia o cadáver de Chicot, carregado por Etienne, no segundo sentou-se Maheu, levando ao colo Jeanlin desacordado, coberto com um pedaço de lã arrancado de uma porta de ventilação. Partiram vagarosamente. Em cada vagonete luzia uma lâmpada, que era como uma estrela vermelha. Atrás, seguiam os mineiros, umas cinqüenta sombras em fila. Agora que o cansaço se abatera sobre eles, caminhavam arrastando os pés, escorregando na lama, com a lassidão de um rebanho atacado por uma epidemia. Foi necessária cerca de meia hora para chegarem ao patamar do poço. Parecia que aquela procissão não tinha mais fim, marchando nas entranhas da terra, em meio à escuridão, ao longo de galerias que bifurcavam, davam voltas, espichavam...

No patamar do poço, Richomme, que partira adiante, dera ordem para que reservassem um elevador vazio. Pierron embarcou logo os dois vagonetes. Num ficou Maheu com seu filho ferido sobre os joelhos, enquanto no outro Etienne permanecia com o cadáver de Chicot nos braços, para que este não escorregasse. Assim que os operários se amontoaram nos outros andares, o elevador subiu. Levou dois minutos. A água que jorrava do estaqueamento estava gélida; os homens olhavam para cima, impacientes por verem novamente a luz do dia.

Felizmente, um aprendiz enviado à casa do Dr. Vanderhaghen tinha-o encontrado e trazia-o. Jeanlin e o morto foram levados para o quarto dos contramestres, onde, durante o ano inteiro, ardia um grande fogo. Foram colocados ali dois baldes de água quente, prontos para a lavagem dos pés, e, tendo estendido dois colchões no chão, deitaram o homem e o menino. Apenas Maheu e Etienne entraram na peça. Fora, operadoras de vagonetes, mineiros e garotos em busca de notícias formavam um grupo e conversavam em voz baixa.

O médico, mal examinou Chicot, foi logo dizendo:

— Acabado! Podem lavá-lo...

Dois vigias despiram e lavaram com esponja aquele cadáver negro de carvão, ainda sujo do suor do trabalho.

— A cabeça não tem nada — continuou o doutor, de joelhos sobre o colchão de Jeanlin. — O peito também não... Ah!... foram as pernas que sofreram.

Ele mesmo despiu a criança, desatou o lenço da cabeça, tirou a jaqueta, a camisa, puxou as calças com uma destreza de ama. E o pobre corpinho surgiu, magro como um inseto, imundo de poeira negra e terra amarela, que o sangue manchava. Como não se distinguia nada, ele também teve de ser lavado. Sob a esponja pareceu ainda mais magro, a carne tão lívida e transparente que se viam os ossos. Era de partir o coração aquela degenerescência final de uma raça de miseráveis, aquele pobre serzinho sofredor, meio esmagado pela queda das rochas. Assim que o lavaram, puderam-se ver as contusões nas coxas, dois traços vermelhos na pele branca.

Voltando a si, Jeanlin deu um gemido. Em pé ao lado do colchão, de braços caídos, Maheu olhava para o filho. E grossas lágrimas começaram a rolar dos seus olhos.

— Então tu é que és o pai? — perguntou o doutor, levantando a cabeça. — Pois não chores, bem vês que ele não está morto, antes ajuda-me.

Constatou a existência de duas fraturas simples. Mas a perna direita o preocupava: sem dúvida teria de cortá-la.

Nesse momento, o engenheiro Négrel e Dansaert, finalmente avisados, chegaram, acompanhados de Richomme. O primeiro escutou os fatos da boca do contramestre com ar exasperado. E explodiu: sempre esses malditos estaqueamentos! Já não dissera cem vezes que por causa disso alguém ia morrer? E aqueles animais ainda falavam em entrar em greve se fossem forçados a dar maior solidez ao estaqueamento! O pior era que a companhia agora pagaria o pato... O Sr. Hennebeau ia ficar bem satisfeito com tudo isso!

— Quem é esse? — perguntou ele a Dansaert, silencioso diante do cadáver que enrolavam num lençol.

— Chicot, um dos nossos bons operários — respondeu o capataz. — Tem três filhos... Pobre-diabo!

O Dr. Vanderhaghen ordenou que Jeanlin fosse transportado imediatamente para casa. Deram seis horas, descia o crepúsculo, o defunto também devia ser transportado. O engenheiro deu ordens para que se atrelasse o furgão e trouxessem a maca. O pequeno ferido foi colocado na maca, enquanto metiam no furgão o colchão com o morto.

À porta permaneciam ainda muitas operadoras de vagonetes, conversando com mineiros que haviam ficado para ver. Quando o quarto dos contramestres foi reaberto, um silêncio se abateu sobre o grupo. Formou-se então um novo cortejo, o furgão à frente, a maca atrás, em seguida a turba. Deixaram o pátio da mina, subiram lentamente a estrada ascendente do conjunto habitacional. Os primeiros frios de novembro tinham desnudado a imensa planície, uma noite lenta a sepultava, como uma mortalha caída do céu lívido.

Etienne, então, aconselhou em voz baixa Maheu a enviar Catherine para prevenir a mulher, amortecendo assim o golpe. O pai, que seguia a maca, completamente abatido, assentiu com um gesto e a moça saiu correndo, porque já estavam quase chegando. Mas o furgão, essa caixa sombria bem conhecida de todos, já fora notado. Mulheres enlouquecidas saíam para as calçadas; três ou quatro, com os cabelos ao vento, corriam angustiadas. Em seguida foram trinta, depois cinqüenta, todas estranguladas pelo mesmo terror. Então havia um morto? Quem era? A história contada por Levaque, depois de as ter tranqüilizado, lançava-as agora num exagero de pesadelo: não era mais só um homem, eram dez que tinham morrido e o furgão iria trazer, um por um.

Catherine encontrou sua mãe agitada por um pressentimento. Logo às primeiras palavras balbuciadas, esta gritou:

— Teu pai morreu!

Em vão a moça disse que não, falou de Jeanlin. Sem querer ouvir mais, a mulher lançou-se para a rua. E, vendo o furgão que desembocava diante da igreja, ficou muito pálida e caiu desmaiada. Às portas, mulheres, mudas de horror, espichavam o pescoço, enquanto outras seguiam o cortejo, tremendo à idéia de saber em que casa ele pararia.

O carro passou. Logo atrás, a mulher de Maheu percebeu o marido acompanhando a maca. Quando pousaram a padiola diante da sua porta e ela viu Jeanlin vivo, com as duas pernas quebradas, teve uma reação tão repentina que ficou sufocada pela cólera e só conseguiu gaguejar, os olhos enxutos:

— Então é isto? Agora eles nos aleijam os filhos... Meu Deus, e as duas pernas!... O que vai ser de mim!

— Cala a boca! — ordenou o Dr. Vanderhaghen, que tinha vindo para fazer o curativo de Jeanlin. — Preferias que ele tivesse ficado por lá?

Mas a mulher estava cada vez mais violenta em meio às lágrimas de Alzire, Lénore e Henri. Enquanto ajudava a subirem o ferido e dava ao doutor tudo de que ele necessitava, maldizia-se, perguntava onde queriam que ela fosse buscar dinheiro para alimentar doentes. Não chegava o velho, agora também o garoto perdia as pernas! E não cessava de lamentar-se, enquanto outros gritos, lamentações aterradoras, saíam de uma casa próxima: eram a mulher e os filhos de Chicot que choravam sobre o defunto.

Era noite fechada. Os mineiros, exaustos, comiam enfim sua sopa, no conjunto habitacional mergulhado num silêncio lúgubre, atravessado apenas por aqueles gritos dilacerantes.

Decorreram três semanas. A amputação fora evitada, Jeanlin conservava ambas as pernas, mas ficara coxo. Depois de um inquérito, a companhia resignara-se a dar um auxílio de cinqüenta francos. Além disso, prometera procurar para o pequeno aleijado um emprego na superfície, logo que estivesse restabelecido. Apesar disso, a miséria agravou-se, já que Maheu, de tão abalado, ficou doente e ardeu em febre por alguns dias. Na quinta-feira seguinte, já curado, o homem voltou ao trabalho.

No domingo à noite, Etienne falou sobre o primeiro de dezembro que se aproximava, preocupado em saber se a companhia executaria sua ameaça naquela data. Ficaram acordados até as dez horas, esperando Catherine, que saíra com Chaval. Como a moça não voltou, a mulher, furiosa, fechou a porta com ferrolho, sem uma palavra.

Etienne demorou-se a dormir; nervoso com aquela cama vazia, onde Alzire ocupava tão pouco espaço.

Na manhã do dia seguinte Catherine continuou ausente. Somente à tarde, na volta da mina, foi que os Maheu souberam que Chaval decidira que a moça ficaria com ele. O homem fazia cenas tão terríveis, que ela resolvera ir viver com ele. Para evitar falatórios, Chaval demitiu-se bruscamente da Voreux, indo empregar-se na Jean-Bart, o poço do Sr. Deneulin, onde ela o seguiu como operadora de vagonetes. Fora isso, o novo casal continuou morando em Montsou, no Piquette.

No princípio, Maheu disse que ia esbofetear o homem e trazer a filha de volta para casa a pontapés no traseiro. Depois, resolveu resignar-se: para quê? Era sempre assim, não se podia impedir as mulheres de se amigarem quando tinham vontade. O melhor mesmo era esperar tranqüilamente pelo casamento.

Mas a mulher não via as coisas pelo mesmo prisma.

— Diga, eu a espanquei quando ela resolveu meter-se com esse Chaval? — gritava ela para Etienne, que a escutava, silencioso e muito pálido. — Vamos, responda! O senhor, que é um homem razoável, responda! Nós a deixamos livre, não foi? Meu Deus, eu sei que todas passam por isso! Veja eu, estava grávida quando casei, mas não fugi da casa dos meus pais, nunca faria essa sujeira de entregar antes da idade o dinheiro dos meus dias de trabalho a um homem que não precisa. Ah, como tenho razão de estar enojada de tudo! Vai chegar o tempo em que não se quererá mais ter filhos...

E, como Etienne continuasse em silêncio, respondendo apenas com movimentos de cabeça, ela insistia:

— Uma moça que ia aonde queria e todas as noites! Que foi que ele lhe andou metendo na cabeça? Será que não podia esperar que eu a casasse depois de nos ter ajudado a sair do atoleiro em que nos encontramos? Não era assim que ela tinha que agir? Afinal, a gente tem uma filha para que ela trabalhe, não é isso? Mas nós fomos bons demais, nunca devíamos ter permitido que andasse por aí com um homem. Dá-se um dedo e elas tomam logo o braço todo, é sempre assim.

Alzire aprovava com a cabeça. Lénore e Henri, amedrontados com aquela gritaria, choravam baixinho. A mulher, agora, desfiava seu rosário de desgraças: primeiro Zacharie, a quem tiveram de casar; em seguida o velho Boa-Morte, imobilizado numa cadeira, com os pés inutilizados; depois Jeanlin, que não poderia deixar a cama antes de dez dias, com os ossos ainda mal colados; e finalmente, para cúmulo dos males, a prostituta da Catherine resolvera fugir com um homem! A casa ia por água abaixo, só o pai continuava trabalhando e trazendo dinheiro. Como é que haviam de viver sete pessoas, sem contar Estelle, com os três francos do pai? Ah, o melhor era atirarem-se todos juntos no canal!

— Não adianta nada estares aí massacrando-te — disse Maheu com voz surda. — Talvez ainda não estejamos tão mal assim.

Etienne, que olhava fixamente para as pedras do chão, levantou a cabeça e, com os olhos perdidos numa visão do futuro, murmurou:

— Ah! chegou a hora! chegou a hora!

QUARTA PARTE

I

Naquela segunda-feira, o Hennebeau haviam convidado para almoçar os Grégoire e sua filha Cécile. Tinham planejado uma excursão: ao levantarem-se da mesa, Paul Négrel devia ir mostrar às senhoras uma galeria, a Saint-Thomas, que acabava de ser reaberta com todos os requintes. Mas o passeio não passaria de um amável pretexto; essa excursão fora inventada pela Sra. Hennebeau, para apressar o casamento de Cécile com Paul.

Mas, subitamente, nessa mesma segunda-feira, às quatro horas da manhã, rebentara a greve. Quando, no dia primeiro de dezembro, a companhia aplicou seu novo sistema de salário, os mimeiros permaneceram calmos. No fim da quinzena, no dia do pagamento, nenhum deles reclamou. Todos os empregados, desde o diretor até o último dos vigias, acreditavam que a tarifa fora aceita. E agora, desde a madrugada, era grande a surpresa com aquela declaração de guerra, de uma tática e de uma uniformidade que indicavam claramente uma direção enérgica.

Às cinco horas Dansaert foi acordar o Sr. Hennebeau para preveni-lo de que nenhum homem descera à Voreux. O conjunto habitacional dos Deux-Cent-Quarente, que ele atravessara, dormia, dormia profundamente, com as portas e janelas fechadas. E o diretor, assim que saltou da cama, os olhos ainda pesados de sono, não teve mais descanso: de quinze em quinze minutos chegavam mensageiros; como granizo, as mensagens caíram sobre sua mesa. A princípio acreditou que a revolta se limitaria à Voreux, mas as notícias eram cada vez mais graves: era Mirou, era Crèvecoeur, era Madeleine, onde só os cavalariços tinham aparecido; eram a Victoire e a Feutry-Cantel, as duas minas mais disciplinadas, onde a descida se achava reduzida a um terço; só a Saint-Thomas tinha o seu pessoal completo e parecia estar fora do movimento. Até as nove horas ditou mensagens e telegrafou para toda parte, ao prefeito de Lille, aos administradores da companhia, preveniu as autoridades, pediu ordens. Por outro lado, enviou Négrel para as minas mais próximas, a fim de fazer uma inspeção e obter informações precisas.

De repente, o Sr. Hennebeau lembrou-se do almoço, e ia enviar o cocheiro para prevenir os Grégoire de que a reunião estava adiada quando uma hesitação, uma quebra de vontade o reteve, a ele, que, em algumas frases rápidas, preparara militarmente seu campo de batalha. Subiu aos aposentos da esposa, que estava sendo penteada por uma camareira, no seu toucador.

— Ah, estão em greve! — disse ela tranqüilamente, ao ser consultada pelo marido. — Pois muito bem; e o que é que vamos fazer? Não vamos deixar de comer por isso, não é?

E, opiniática, ficou nisso. Por mais que lhe dissesse que o almoço seria um desastre, que a visita à mina de Saint-Thomas não poderia ser realizada, ela teve uma resposta para tudo: por que perder uma refeição que já estava preparada? Quanto a visitar a mina, podia-se renunciar a isso, se o passeio fosse realmente uma imprudência.

— De resto — continuou ela assim que a camareira saiu —, você sabe muito bem por que insisto em receber essa boa gente. Este casamento deveria interessá-lo muito mais do que as bobagens dos seus operários. Enfim, já disse que quero; por favor, não me contrarie.

Ele encarou-a com um ligeiro estremecimento e seu rosto duro e fechado de homem de disciplina exprimiu a dor secreta de um coração amargurado. Ela permanecera de ombros nus, já bem madura, mas esplêndida e desejável ainda, com a sua estatura de Ceres dourada pelo outono.

Por um instante, ele foi possuído pelo brutal desejo de tomá-la em seus braços, de afundar sua cabeça entre aqueles seios nus, naquela peça tépida de um luxo íntimo de mulher sensual, onde pairava um perfume irritante de almíscar. Mas recuou; havia dez anos que o casal dormia em quartos separados.

— Está bem — disse ele, deixando o quarto. — Deixemos as coisas seguirem seu curso.

O Sr. Hennebeau nascera nas Ardennes. Tivera um começo difícil de rapaz pobre, jogado como órfão nas ruas de Paris. Após ter seguido com muita dificuldade os cursos da Escola de Minas, partira, aos vinte e quatro anos, para a Grand-Combe, com o posto de engenheiro do poço Santa Bárbara. Três anos mais tarde era engenheiro de divisão em Pas-de-Calais, nas minas de Marles. Foi ali que casou, desposando, por um desses golpes de sorte, que são a regra geral para os altos funcionários de minas, a filha de um rico proprietário de uma fábrica de fiação de Arras. Durante quinze anos o casal viveu na pequena cidade provinciana, sem que um acontecimento, nem mesmo o nascimento de um filho, rompesse a monotonia de sua existência. Uma crescente irritação distanciava a mulher, que fora educada no respeito pelo dinheiro, cada vez mais desdenhosa por aquele marido que ganhava tão duramente um salário de pobre e do qual não tirava nenhuma das satisfações vaidosas com que sonhara no colégio. Ele, de uma honestidade muito estrita, não especulava, mantinha-se em seu posto, como um bom soldado. A divergência fora-se tornando cada vez maior, agravando-se por um desses singulares mal-entendidos da carne, que tornam frígidos mesmo os mais ardentes. Ele adorava sua mulher, ela era de uma sensualidade de loura gulosa. Mas desde então já dormiam separados, incômodos na presença um do outro, ferindo-se com facilidade. A partir dessa época a mulher arranjou um amante, fato que ele ignorou. Por fim, deixou Pas-de-Calais para ocupar em Paris um posto de administração, pensando que ela lhe ficaria grata por isso. No entanto, Paris acabou de separá-los, essa Paris com a qual ela sonhava desde a sua primeira boneca e onde, em oito dias, perdeu todo o provincianismo, tornando-se elegante, lançando-se em todas as loucuras luxuosas da época. Os dez anos que ali passou foram preenchidos por uma grande paixão, uma ligação pública com um homem que, ao abandoná-la, quase a matou. Dessa vez o marido não pôde continuar ignorando, e resignou-se, após ter feito cenas terríveis, desarmado ante a tranqüila inconsciência daquela mulher que buscava a felicidade e colhia-a onde quer que a encontrasse. Fora logo depois do rompimento, quando a vira doente de desgosto, que aceitara a direção das minas de Montsou, esperando ainda pô-la no bom caminho, no deserto das regiões carboníferas.

Os Hennebeau, desde que viviam em Montsou, tinham voltado para o tédio irritado dos primeiros tempos do seu casamento. No princípio, ela pareceu aliviada em meio àquela grande calma, saboreando uma espécie de relaxamento na monotonia chata da imensa planície. Passou a viver retirada, afetando ser uma mulher acabada, com o coração morto, tão distante do mundo que nem se importava de engordar. Depois, sob essa indiferença, um último arranco febril a possuiu, um desejo de viver mais ainda, desejo que ela conseguiu enganar durante seis meses, organizando e mobiliando a seu gosto o palacete da direção. Achava-o horrível e por isso encheu-o de tapeçarias, de bibelôs, de um grande luxo artístico do qual se falou até em Lille. Mas agora essa região a exasperava, não podia mais ver aqueles campos enfadonhos que se estendiam até o infinito, aquelas estradas eternamente negras, sem uma árvore, e onde formigava uma população horrenda que só lhe dava nojo e medo. Começaram então os lamentos de exilada; acusava o marido de a ter sacrificado ao ordenado de quarenta mil francos que recebia, miséria que mal dava para prover a casa. Na sua opinião, ele devia ter imitado os outros, exigido uma cota, obtido ações, chegado a alguma coisa, enfim. E insistia, com a crueldade da herdeira que trouxera a fortuna. Ele, sempre correto, refugiando-se na calma falsa de homem de administração, vivia devastado de desejo por essa mulher, um desses desejos tardios e violentos que aumentam com a idade. Nunca a possuíra como amante, e vivia perseguido pela eterna fantasia de tê-la uma vez como ela se dava a outro. Todas as manhãs sonhava conquistá-la à noite; depois, quando ela o fitava com seus olhos altaneiros, quando sentia que tudo nela era uma recusa, evitava até roçá-la com a mão. Era um sofrimento sem cura possível, escondido sob a carapaça da sua atitude, o sofrimento de uma natureza afável agonizando em silêncio por não ter encontrado a felicidade conjugal. Ao término de seis meses, tendo mobiliado completamente o palacete e sem mais nada para ocupar seus dias, ela deixou-se escorregar novamente para a languidez do tédio, como vítima que o exílio mataria, declarando-se feliz se morresse.

Justamente nessa época, Paul Négrel surgiu em Montsou. Sua mãe, viúva de um capitão provençal, que vivia em Avinhão com um modesto rendimento, tivera de se alimentar a pão e água para conseguir sustentá-lo na Escola Politécnica, de onde, aliás, ele saíra com más notas. Seu tio, o Sr. Hennebeau, aconselhara-o a pedir demissão do emprego anterior e oferecera-lhe um posto de engenheiro na Voreux. Desde então, tratado como filho da casa, ali tinha seu quarto, ali comia e vivia, o que lhe deixava a metade do seu salário de três mil francos livre para enviar à mãe. O Sr. Hennebeau procurava esconder a proteção que dispensava ao sobrinho, falando das dificuldades pelas quais passava um jovem para montar um lar num dos pequenos chalés reservados aos engenheiros das minas. Imediatamente, a Sra. Hennebeau começou a representar o papel da tia bondosa, tuteando o sobrinho, velando pelo seu bem-estar. Sobretudo nos primeiros meses mostrou-se muito maternal, cheia de conselhos a propósito das menores coisas. Mas, sendo mulher, escorregou para o terreno das confidências. O rapaz, jovem e prático, de uma inteligência inescrupulosa, professando sobre o amor teorias de filósofo, divertia-a pela vivacidade do seu pessimismo, que aguçava suas feições finas, de nariz pontudo. Naturalmente uma noite ele se encontrou nos braços dela, e ela pareceu entregar-se por bondade, não deixando de lhe dizer que já não tinha mais coração e desejava apenas ser sua amiga. E, realmente, não teve ciúmes, brincava até com ele a respeito das operadoras de vagonetes que o rapaz afirmava serem abomináveis, irritava-se mesmo por ele não ter um repertório de devassidões para lhe contar. Depois, a idéia de fazê-lo casar apaixonou-a, sonhou sacrificar-se e dá-lo, ela mesma, a uma moça rica. As suas relações, no entanto, continuavam, eram um brinquedo para passar tempo, em que ela punha suas derradeiras ternuras de mulher ociosa e acabada.

Decorreram dois anos. Uma noite, o Sr. Hennebeau, ouvindo pés descalços passando à sua porta, teve uma suspeita. Essa nova aventura revoltava-o; na sua casa, debaixo do seu teto, entre esta mãe e este filho! Mas, no dia seguinte, a mulher lhe falou precisamente da escolha que fizera para o sobrinho: Cécile Grégoire. Entregava-se a esse casamento com tal fervor, que ele envergonhou-se da monstruosa suspeita que tivera. Ao rapaz, continuou a dedicar algum reconhecimento, pois fizera menos triste a casa desde a sua chegada.

Ao descer dos aposentos da esposa, o Sr. Hennebeau encontrou no vestíbulo o sobrinho Paul, que voltava da inspeção. Este mostrava-se bastante divertido com toda aquela história de greve.

— Então? — perguntou o tio.

— Dei um passeio pelos conjuntos habitacionais dos mineiros. Parece tudo muito calmo. Creio que vão enviar delegados para discutirem com a direção.

Nesse momento, a voz da Sra. Hennebeau soou no primeiro andar.

— És tu, Paul? Sobe, quero saber as novidades. Uma gente que vive tão feliz querendo fazer-se de engraçada, bancando a valente...

O diretor teve de renunciar a saber mais, já que sua mulher lhe tomava o mensageiro. Voltou e sentou-se no escritório, onde se amontoava uma nova pilha de mensagens.

Às onze horas, quando os Grégoire chegaram, ficaram surpresos ao serem postos para dentro às pressas por Hippolyte, o camareiro, que fora colocado de sentinela à porta de entrada e lançava olhares inquietos para os dois extremos da estrada. As cortinas do salão estavam fechadas, e eles foram levados diretamente para o gabinete de trabalho, onde o Sr. Hennebeau desculpou-se de recebê-los assim, mas o salão dava para a rua e podia parecer que estavam provocando.

— Mas como? Ainda não sabem? — continuou ele, vendo a surpresa estampada nos rostos dos visitantes.

O Sr. Grégoire, quando soube que a greve tinha enfim sido declarada, deu de ombros com a sua calma habitual. Ora! Não havia de ser nada, essa gente era boa... Com um movimento de queixo a Sra. Grégoire aprovou a confiança do marido na secular resignação dos mineiros, enquanto Cécile, sentindo-se muito alegre naquele dia, e bem de saúde, trajando um vestido de cor pastel, sorria à palavra greve, que lhe fazia lembrar visitas e distribuição de esmolas pelos conjuntos habitacionais mineiros.

Mas a Sra. Hennebeau, seguida de Négrel, surgiu toda vestida de seda negra.

— Ora, ora, que aborrecimento! — exclamou ela da porta. — Então esses homens não podiam ter esperado? Agora Paul se recusa a levar-nos para a visita a Saint-Thomas.

— Pois permaneceremos aqui — disse galantemente o Sr. Grégoire. — Será igualmente um prazer.

Paul limitara-se a saudar Cécile e sua mãe. Irritada com essa mostra de pouco entusiasmo, sua tia ordenou-lhe, com um sinal, que se sentasse ao lado da moça. Depois, ouvindo-os rir juntos, envolveu-os num olhar maternal.

Nesse ínterim, o Sr. Hennebeau terminou de ler as mensagens e redigiu algumas respostas. E a conversa prosseguia; sua mulher explicava que não se ocupara daquele gabinete de trabalho. Realmente, a peça conservara seu forro de parede vermelho desbotado, seus pesados móveis de mogno, suas estantes estragadas pelo uso.

Passados quarenta e cinco minutos, iam sentar-se à mesa quando o camareiro anunciou o Sr. Deneulin. Este, muito excitado, entrou e inclinou-se diante da Sra. Hennebeau.

— Ah! vocês estão aqui? — disse ele, percebendo os Grégoire.

E dirigiu-se ao diretor sem mais delongas:

— Como vai a coisa? O meu engenheiro acaba de me dizer... Na minha mina todos os homens desceram esta manhã, mas assim mesmo não estou tranqüilo, a greve pode alastrar-se. Já resolveram alguma coisa?

Viera a cavalo e a sua inquietação ficava patente no tom de voz quase gritado e nos gestos bruscos que o faziam parecer um oficial da cavalaria reformado.

O Sr. Hennebeau começou a informá-lo sobre a situação exata, quando Hippolyte abriu a porta da sala de jantar. Interrompeu-se para dizer:

— Almoce conosco. À sobremesa, acabo de lhe contar.

— Pois bem, com muito prazer — respondeu Deneulin, tão arrebatado pelos acontecimentos que aceitou sem mais cerimônias.

Mas em seguida teve consciência de sua indelicadeza e voltou-se para a dona da casa, pedindo desculpas. Esta respondeu de maneira encantadora, e, depois de ter mandado pôr um sétimo talher, instalou seus convivas: a Sra. Grégoire e Cécile de um e outro lado do marido, o Sr. Grégoire e Deneulin à sua direita e à sua esquerda, respectivamente, e Paul, que ela colocou entre a moça e o pai desta. Ao *hors-d'oeuvre*[1], ela disse com um sorriso:

— Sei que me desculparão, desejava abrir este almoço com ostras... Como sabem, às segundas-feiras um carregamento delas chega a Marchiennes, e eu tinha planejado mandar a cozinheira até lá com o carro, mas ela teve medo de ser apedrejada...

Todos a interromperam com risadas. Achavam a história muito engraçada.

— Psiu! — fez o Sr. Hennebeau, contrariado, olhando para as janelas de onde via a estrada. — Os outros não precisam ficar sabendo que temos convidados esta manhã.

— Pois eis uma rodela de salsichão que eles não terão — gracejou o Sr. Grégoire.

As risadas recomeçaram, mas mais discretas. Os convivas sentiam-se à vontade nessa sala forrada de tapeçarias flamengas, mobiliada com velhos baús de carvalho. Peças de prata brilhavam por trás dos vidros dos armários e havia ainda um grande floreiro suspenso, de cobre vermelho, cuja forma arredondada e polida refletia uma palmeira e uma aspidistra, verdejando em vasos de maiólica. Lá fora estava um dia de dezembro glacial, devido ao cortante vento do nordeste, mas nem um sopro dele entrava na peça aquecida como uma estufa e onde flutuava o fino aroma de um ananás em fatias, numa compoteira de cristal.

— E se fechassem as cortinas? — propôs Négrel, que se divertia com a idéia de assustar os Grégoire.

---

[1] Entrada, em uma refeição. (N. do E.)

A camareira, que ajudava o criado a servir a mesa, pensou que era uma ordem e foi puxar uma das cortinas. Houve, desde então, intermináveis gracejos: não pousaram mais um copo ou um garfo sem tomar precauções, cada prato foi saudado como se fosse um salvado de um saque numa cidade conquistada. Mas por trás dessa alegria forçada havia um medo surdo, traído apenas por olhares involuntários à estrada, como se um bando de famintos estivesse espiando para a mesa, através das janelas.

Depois dos ovos trufados foram servidas trutas de rio.

A conversação era agora sobre a crise industrial que se agravava havia dezoito meses.

— Era fatal — disse Deneulin. — A prosperidade dos últimos anos tinha que nos levar a isto... Pensem um pouco nos enormes capitais imobilizados em vias férreas, em portos e canais, em todo esse dinheiro enterrado nas mais loucas especulações. Só aqui, nesta região, foram instaladas refinarias de açúcar como se o departamento tivesse de dar três colheitas de beterraba. E agora aí está o resultado! O dinheiro desapareceu, tem-se que esperar receber os juros dos milhões empatados. Daí o estrangulamento mortal da economia e a estagnação final dos negócios.

O Sr. Hennebeau combateu essa teoria, mas conveio que os anos felizes tinham estragado o operário.

— Quando penso — exclamou ele — que esses latagões das nossas minas podiam fazer até seis francos diários, o dobro do que ganham agora... E viviam bem, adquiriram hábitos de luxo... Hoje, naturalmente, parece-lhes duro ter de voltar à frugalidade antiga.

— Sr. Grégoire — interrompeu a dona da casa —, faça o favor, sirva-se de mais um pouco de truta. Estão boas, não acha?

O diretor continuou:

— Tudo isso será culpa nossa? Nós também somos atingidos, e bem cruelmente... Desde que as fábricas começaram a fechar, uma a uma, tivemos uma trabalheira dos diabos para dar saída aos nossos estoques. E, diante da crescente redução de pedidos, vemo-nos forçados a baixar o preço básico. E é isso que os operários não querem compreender.

Houve um silêncio. O criado apresentou perdizes assadas, enquanto a camareira começava a servir vinho de Chambertin aos convivas.

— Houve fome na Índia — continuou Deneulin a meia voz, como se estivesse falando consigo mesmo. — A América, suspendendo seus pedidos de ferro e de fundição, deu um rude golpe nos nossos altos-fornos. Tudo se encadeia, uma sacudidela longínqua é suficiente para abalar o mundo... E dizer que o império estava tão orgulhoso dessa febre industrial!

Atirou-se à sua asa de perdiz. Depois, elevando a voz:

— O pior é que, para baixar o preço básico, devia-se, logicamente, produzir mais; de outra forma, a baixa só atinge os salários, e o operário tem razão de dizer que é ele que paga com a crise.

Esta confissão, resultado da sua franqueza, foi motivo de discussão. As senhoras começaram a entediar-se. Por outro lado, cada um se ocupava do seu prato, no entusiasmo do primeiro apetite. O criado entrou e ia dizer alguma coisa, mas hesitou.

— Que é? — perguntou o Sr. Hennebeau. — Se são mensagens, pode entregar-me. Estou esperando algumas respostas.

— Não, senhor. É o Sr. Dansaert que está no vestíbulo, mas ele não quer incomodar.

O diretor desculpou-se e mandou entrar o capataz. Este ficou em pé, a poucos passos da mesa. Todos se voltaram para olhá-lo, enorme, sem fôlego, cheio de novidades. Os conjuntos habitacionais continuavam tranqüilos, mas já estava decidido que viria uma delegação. Talvez já estivesse a caminho...

— Está bem. Obrigado — disse o Sr. Hennebeau, — Preste atenção: quero um relatório de manhã e outro à noite.

Assim que Dansaert partiu, voltaram aos gracejos; atiraram-se à salada russa declarando que era preciso não perder um segundo se queriam dar cabo dela. Desse momento em diante a alegria recrudesceu. Tendo Négrel pedido pão à camareira, esta lhe respondeu com um "sim, senhor" tão baixo e tão aterrorizado que parecia ter atrás de si uma turba pronta para o massacre e a violação. A dona da casa disse-lhe então, com muita graça:

— Você pode falar, eles ainda não chegaram.

O diretor, a quem acabavam de entregar um maço de cartas e telegramas, quis ler alto uma das cartas. Era de Pierron. Dizia ele, em termos respeitosos, que se via obrigado a entrar em greve com os camaradas para não ser maltratado; e acrescentava que nem mesmo pudera recusar-se a fazer parte da delegação, mas estava em desacordo com essa gestão.

— Aí está a famosa liberdade de trabalho! — exclamou o Sr. Hennebeau.

Voltaram então à greve e pediram sua opinião.

— Bem... — respondeu ele. — Já tivemos outras, não é mesmo?

Será uma semana, no máximo uma quinzena de vagabundagem, como da última vez. Vão percorrer as tabernas e depois, quando a fome apertar, voltarão ao trabalho.

Deneulin balançou a cabeça.

— Eu não estou tão tranqüilo... Desta vez eles parecem mais bem organizados. Têm até uma caixa de previdência, não é isso?

— Sim, com apenas uns três mil francos... Que poderão fazer com uma ninharia dessas? Desconfio que o chefe deles é um tal de Etienne Lantier. É bom operário, não gostaria de ter de despedi-lo como fiz da vez passada com o famoso Rasseneur, que continua a empestar a Voreux com suas idéias e sua cerveja... Mas tudo isso não tem importância, dentro de oito dias a metade dos mineiros voltará ao trabalho, e dentro de quinze os dez mil estarão novamente no fundo da mina.

Estava convencido do que dizia. Sua única inquietação vinha do temor de cair em desgraça se a administração lhe imputasse a responsabilidade pela greve. Há já algum tempo sentia que não era visto com bons olhos. Por isso, abandonando a colherada de salada russa de que se servira, relia os telegramas de Paris, respostas em que ele procurava penetrar o sentido de cada palavra. Os outros compreendiam sua atitude, o almoço transformara-se em refeição de campanha, comida num campo de batalha, antes dos primeiros tiros.

A partir desse momentos as senhoras tomaram parte na conversa. A Sra. Grégoire apiedava-se daquela pobre gente que ia passar fome; Cécile já planejava a distribuição de pão e carne aos necessitados.

A Sra. Hennebeau, no entanto, espantava-se ouvindo falar da miséria dos mineiros de Montsou. Então eles não eram felizes? Gente que tinha casa, carvão e cuidados médicos, tudo à custa da companhia! Na sua indiferença por aquele rebanho, ela só sabia sobre ele a lição aprendida, com que maravilhava os parisienses de visita; e, tendo acabado por acreditar no que recitava, indignava-se com a ingratidão daquela gente.

Durante todo esse tempo, Négrel continuara assustando o Sr. Grégoire. Cécile não lhe desagradava e chegaria mesmo a casar com ela, para ser agradável à sua tia. Mas não estava apaixonado, isso não; era um rapaz experiente, já calejado, como ele dizia. Proclamava-se republicano, o que não o impedia de tratar seus operários com extremo rigor, e de fazer brincadeiras a respeito deles com as senhoras.

— Eu também não tenho o otimismo do meu tio — disse ele. — Receio graves desordens... Assim, Sr. Grégoire, aconselho-o a fechar a Piolaine a sete chaves. Podem saqueá-la...

Mas justamente o Sr. Grégoire, sem abandonar o sorriso que iluminava seu rosto bondoso, ia mais longe que a esposa nos sentimentos paternais pelos mineiros.

— Saquear a mim! — exclamou ele estupefato. — E por quê?

— O senhor não é acionista de Montsou? O senhor não faz nada, vive do trabalho dos outros... Enfim, o senhor é o infame capitalista, e isso basta. Esteja certo, se a revolução triunfasse, ela o forçaria a devolver sua fortuna, como dinheiro roubado...

Isso bastou para que o velho perdesse a serenidade, a tranqüilidade infantil em que vivia. Balbuciou:

— Dinheiro roubado, a minha fortuna! Então o meu bisavô não ganhou com o suor do seu rosto a soma que ele mesmo colocou na mina? Então não corremos todos juntos os riscos da empresa? Acaso estou eu fazendo uso indébito das minhas rendas?

A Sra. Hennebeau, alarmada ao ver mãe e filha pálidas de medo, apressou-se em intervir, dizendo:

— Paul está brincando, meu bom amigo.

Mas o Sr. Grégoire estava fora de si. Tendo-lhe o criado oferecido lagostins, tirou três sem saber mais o que fazia, e pôs-se a quebrar as patas com os dentes.

— Não digo que não, há acionistas que abusam. Contaram-me, por exemplo, que certos ministros receberam dinheiro de Montsou por baixo da mesa, em retribuição por serviços prestados à companhia. É o caso desse grande senhor, de quem não direi o nome, um duque, o maior acionista que temos, cuja vida é um escândalo de prodigalidade, milhões atirados à rua com mulheres, em estroinice, em luxo inútil. Nós não, vivemos dignamente, como boa gente que somos! Não especulamos, contentamo-nos numa vida austera com o que temos, repartindo sempre com os pobres... Ora, vamos! Seria preciso que os seus operários fossem uns grandes bandidos para nos roubar sequer um alfinete!

O próprio Négrel teve de acalmá-lo, apesar de estar se divertindo com a cólera do velho. Os lagostins continuavam a passar, ouviam-se os estalidos das cascas enquanto a conversa girava para o terreno da política. Apesar de tudo, ainda muito alterado, o Sr. Grégoire proclamava-se liberal e sentia falta de Luis Filipe. Deneulin era por um governo forte, dizia que o imperador escorregava pelo declive das concessões perigosas.

— Lembrem-se de 89! — disse ele. — Foi a nobreza que tornou possível a Revolução, com sua cumplicidade, com o seu gosto pelas novidades filosóficas... Pois bem, hoje, a burguesia faz o mesmo jogo imbecil, com seu furor de liberalismo, a sua ânsia destruidora e as bajulações ao povo... Sim, sim, são vocês que estão afiando os dentes do monstro para que ele nos devore. E fiquem tranqüilos, ele vai devorar-nos!

As senhoras fizeram-no calar e tentaram mudar de conversa perguntando-lhe pelas filhas. Lucie estava em Marchiennes, cantando com uma amiga; Jeanne pintava um quadro do rosto de um velho mendigo. Disse tudo isso com ar absorto, sem tirar os olhos do diretor que lia sua correspondência, esquecido dos seus convidados. Por trás daquelas folhas finas ele procurava captar Paris, as ordens dos administradores, que decidiriam a respeito da greve. Mas Deneulin não pôde deixar de voltar ao tema que o preocupava.

— Então, que tenciona fazer? — perguntou ele repentinamente.

Hennebeau estremeceu e desconversou com uma frase vaga:

— Ainda vamos ver.

— Claro, vocês podem esperar, têm infra-estrutura — pôs-se a pensar alto Deneulin. — Mas eu estou perdido se a greve atingir Vandame. Gastei tudo reinstalando Jean-Bart e agora só sobreviverei com essa galeria única se produzir sem parar. Como vêem, não posso ficar sentado esperando...

Essa confissão involuntária pareceu impressionar o Sr. Hennebeau. Enquanto escutava, um plano foi-se formando em sua cabeça: no caso de a greve trazer maus resultados, por que não a utilizar, deixando as coisas correrem até a ruína do vizinho, e depois comprar sua concessão por um preço baixo? Este era o método mais certo para voltar às boas graças dos administradores, que, havia muitos anos, sonhavam com a posse de Vandame.

— Se a Jean-Bart o preocupa dessa maneira — disse ele rindo —, por que não a passa adiante?

Mas Deneulin, que já se arrependia da involuntária confissão, exclamou:

— Isso nunca!

Todos riram da sua violência, e a greve foi finalmente esquecida no momento em que a sobremesa surgiu. A compota de maçãs coberta de merengue foi muito elogiada. Em seguida as senhoras discutiram uma receita, a propósito do ananás, que foi declarado igualmente delicioso. As frutas, uvas e pêras, foram o fecho de ouro daquele opulento almoço, que resultou num cansaço feliz. Todos falavam a um tempo, alegres e comovidos, enquanto o empregado servia vinho do Reno em substituição ao champanha, que foi julgado comum.

E o casamento de Paul e Cécile deu, por certo, um sério passo no ambiente simpático da sobremesa. Sua tia lançara-lhe olhares tão expressivos, que o rapaz mostrou-se amável, reconquistando com seu modo carinhoso os Grégoire apavorados com as suas histórias de pilhagem. Por um instante, o Sr. Hennebeau, ante o perfeito entendimento reinante entre sua mulher e sobrinho, sentiu ressurgir a abominável suspeita, como se tivesse surpreendido um contato carnal nos olhares trocados pelos dois. Mas o plano do casamento desenvolvido ali, diante dos seus olhos, tranqüilizou-o mais uma vez.

Hippolyte servia o café, quando a camareira entrou em pânico.

— Sr. Hennebeau, Sr. Hennebeau, eles chegaram!

Eram os delegados. Portas bateram, ouviu-se passar um sopro de pavor através dos aposentos circundantes.

— Faça-os entrar para o salão — disse o diretor.

Em volta da mesa, os convivas olharam-se, inquietos e vacilantes. Reinou silêncio por um momento. Em seguida, quiseram voltar às brincadeiras: fingiram colocar o resto do açúcar nos bolsos, falaram em esconder os talheres. Mas o diretor permanecia pensativo e os risos pararam, começaram a cochichar enquanto os passos pesados dos delegados entrando no salão ao lado esmagavam o tapete.

Baixando a voz, a Sra. Hennebeau disse ao marido:

— Você vai primeiro beber o seu café, não vai?

— Claro! — respondeu o homem. — Eles que esperem...

Estava nervoso, queria ouvir todos os ruídos, fingindo-se ocupado apenas com sua xícara.

Paul e Cécile levantaram-se; ele fez a moça olhar pelo buraco da fechadura e ambos começaram a sufocar risadas e a falar em voz baixa.

— Pode vê-los?

— Sim, vejo um gordo e dois menores atrás.

— E são monstruosos, não é isso?

— Não, não, são muito simpáticos...

Repentinamente o Sr. Hennebeau levantou-se, dizendo que o café estava muito quente e que depois o beberia. Ao sair pôs um dedo sobre os lábios, recomendando prudência. Todos tinham tornado a sentar-se, e ficaram à mesa, mudos, sem ousarem mover-se, de ouvido à escuta, procurando captar o que se dizia no salão, cheios de mal-estar com aquelas vozes grossas.

II

Numa reunião realizada na véspera em casa de Rasseneur, Etienne e mais alguns camaradas haviam escolhido os delegados que deveriam ir no dia seguinte falar com a direção. Quando à noite a mulher de Maheu soube que seu homem fora um dos convocados para a missão, ficou desesperada e perguntou-lhe se ele queria que os pusessem na rua. O próprio Maheu aceitara não sem relutância. Ambos, no momento de agir, apesar da injustiça da sua miséria, caíam na resignação característica daquele povo, apavorados com o futuro, preferindo baixar mais uma vez a cabeça. Para os problemas diários, ele, de hábito, entregava-se ao julgamento da mulher, que era boa conselheira. Desta vez, no entanto, acabou por zangar-se, tanto mais que participava secretamente dos receios dela.

— Deixa-me em paz! — disse ele, deitando-se e dando-lhe as costas. — Queres que eu abandone meus camaradas... Estou cumprindo um dever.

Ela deitou-se por sua vez; nenhum falava; após um longo silêncio a mulher respondeu:

— Tens razão, vai... Mas, desta vez, estamos perdidos, meu velho.

Comeram ao meio-dia em ponto; o encontro era à uma hora, no Avantage, de onde, em seguida, iriam à casa do Sr. Hennebeau. Almoçaram batatas; como havia apenas uma migalha de manteiga, ninguém a tocou; ficaria para ser comida com pão, à noite.

— Sabes que contamos contigo para falar — disse de repente Etienne a Maheu.

Este, apanhado de surpresa, não pôde responder, a voz embargada pela emoção:

— Ah, não! Isso já é demais! — saltou a mulher. — Não me importa que vá, mas proíbo-o de falar. Essa é boa! Por que há de ser ele e não outro?

Etienne, então, começou a explicar seu projeto com fogosa eloqüência. Maheu era o melhor operário da mina, o mais querido, o mais respeitado, o exemplo do bom senso. Pela sua boca, as reivindicações dos mineiros teriam um peso decisivo. No começo, o escolhido para falar era ele, Etienne, mas chegara a Montsou havia muito pouco tempo. Um natural da região seria escutado com mais boa vontade. Enfim, os camaradas confiavam seus interesses ao mais digno, não podia recusar, seria uma covardia.

A mulher fez um gesto impotente e desesperado.

— Pois vai, vai, homem, sacrifica-te pelos outros. Que mais posso dizer?!

— Mas o que é que eu vou falar? — balbuciou Maheu. — Vão sair só asneiras...

Etienne, satisfeito por tê-lo convencido, bateu-lhe no ombro.

— Dirás aquilo que sentes, e vais sair-te muito bem.

Com a boca cheia, o velho Boa-Morte, cujas pernas estavam desinchando, escutava balançando a cabeça. Fez-se silêncio. Quando comiam batatas, as crianças se engasgavam e ficavam muito comportadas. Depois de ter engolido, o velho murmurou lentamente:

— Podes dizer o que quiseres, não vai adiantar nada, será como se tivesses ficado calado. Ah, eu conheço muito bem essas coisas! Há quarenta anos, éramos jogados para fora do edifício da direção pelas baionetas caladas. Hoje talvez eles recebam vocês, mas permanecerão tão impassíveis como essa parede. Diabo! quem tem dinheiro não se importa com os outros.

Outra vez o silêncio. Maheu e Etienne levantaram-se, deixando o resto da família muito abatida diante dos pratos vazios. Ao sair, juntaram-se a Pierron e Levaque, e os quatro se dirigiram para a taberna de Rasseneur, onde os delegados dos conjuntos habitacionais operários vizinhos chegavam em pequenos grupos. Quando os vinte membros da delegação estavam presentes, decidiu-se quais condições seriam opostas às da companhia; em seguida partiram para Montsou.

O cortante vento do nordeste varria a estrada. Davam duas horas quando chegaram.

O criado que os atendeu mandou que esperassem, fechando novamente a porta; voltou em seguida, introduzindo-os no salão e abrindo as cortinas. Uma luz pálida, filtrada pelos rendões, clareou o ambiente. Os mineiros, tendo ficado sozinhos, não ousaram sentar, embaraçados, todos muito limpos, vestidos convenientemente, com barbas feitas pela manhã, com cabelos e bigodes amarelos. Rolavam os bonés entre os dedos, lançavam olhares de esguelha para o mobiliário, que era uma confusão de todos os estilos, que o gosto pela antigalha pusera em moda: poltronas Henrique II, cadeiras Luís XV, uma escrivaninha italiana do século XVII, um contador espanhol do século XV, um frontal de altar como lambrequim da lareira e apliques de vestimentas litúrgicas decorando os reposteiros. Esses ouros velhos, essas sedas velhas de tons fulvos, todo esse luxo de capela colhera-os num mal-estar respeitoso. Os tapetes do Oriente pareciam estar embaraçando seus pés com sua lã alta. Mas o que mais os sufocava era o calor, um calor de aquecedor que envolvia com sua surpresa aqueles rostos gelados pelo vento da estrada. Cinco minutos tinham-se escoado. Sentiam-se cada vez mais inquietos no bem-estar daquele salão rico e confortavelmente fechado.

Finalmente o Sr. Hennebeau fez sua entrada, abotoado militarmente, ostentando na sobrecasaca a roseta formal da sua condecoração. Foi ele o primeiro a falar.

— Pois muito bem... Ao que parece os senhores se revoltaram... — E interrompeu-se para acrescentar com uma rigidez polida: — Sentem-se, estou disposto a conversar.

Os mineiros voltaram-se, procurando assentos com os olhos. Alguns arriscaram-se a sentar nas cadeiras, enquanto outros, temerosos de estragar as sedas bordadas, preferiram ficar em pé.

Silêncio. O Sr. Hennebeau, que arrastara sua poltrona para junto da lareira, examinava-os inquisitorialmente, tentando lembrar-se dos seus rostos. Acabou reconhecendo Pierron, que se escondia na retaguarda, e seus olhos pousaram em Etienne, sentado à sua frente.

— Vejamos, o que têm a me dizer? — perguntou ele.

Esperava ouvir o rapaz tomar a palavra, e ficou a tal ponto surpreendido ao ver Maheu avançar, que não pôde conter-se e acrescentou:

— Então é você, um bom operário, que sempre se mostrou razoável, um antigo membro de Montsou, cuja família trabalha na mina desde a primeira escavação!... Ah... vai tudo muito mal! Entristece-me bastante vê-lo encabeçando os descontentes!

Maheu escutou de olhos baixos. Depois, começou com uma voz a princípio hesitante e surda:

— Senhor diretor, é justamente porque sou um homem tranqüilo, a quem ninguém pode atacar, que meus camaradas me escolheram. Isso deve servir-lhe como prova de que não se trata de uma revolução de desordeiros, de más pessoas que procuram instaurar a anarquia. Queremos apenas justiça, estamos cansados de andar morrendo de fome e parece-nos que chegou a hora de um entendimento para que ao menos tenhamos pão todos os dias.

Sua voz era cada vez mais firme. Levantou os olhos e continuou, fixando o diretor:

— O senhor sabe muito bem que não podemos aceitar o novo sistema. Somos acusados de revestir mal. É verdade, não dedicamos a essa tarefa o tempo necessário. Mas, se o fizéssemos, nosso salário seria ainda mais reduzido, e, como ele já não chega para nos alimentar, seria então o nosso fim, o golpe de misericórdia que arrasaria os homens que trabalham para o senhor. Pague-nos melhor e revestiremos melhor, empregaremos no escoramento as horas recomendadas, em lugar de nos encarniçarmos no abate, que é a única coisa que nos rende. Não há outro acordo possível, o trabalho precisa ser pago para ser feito... E o que o senhor inventou no lugar disso? Uma coisa que não nos entra na cabeça: baixou o preço do vagonete e depois pretendeu compensar essa baixa pagando o revestimento à parte! Mesmo que isso fosse verdade, ainda assim estaríamos sendo roubados, já que o revestimento sempre tomará mais tempo. Mas o que mais nos enfurece é que nem isso é verdade: a companhia não compensa coisa nenhuma, ela simplesmente põe dois cêntimos por vagonete no bolso, eis tudo.

— É isso mesmo, aí está a verdade... — murmuraram os outros delegados ao verem o Sr. Hennebeau fazer um gesto violento, como para interromper.

De resto, Maheu cortou a palavra ao diretor. Agora que começara, as palavras vinham sozinhas. Chegava a escutar-se, com surpresa, como se um estranho falasse nele. Eram coisas acumuladas no fundo do seu peito; coisas que não sabia que estavam ali armazenadas e saíam aos borbotões do seu coração. Falou da miséria em que viviam, do trabalho duro, da vida de bestas de carga, da mulher e das crianças chorando de fome em casa. Citou os últimos pagamentos ínfimos, as quinzenas irrisórias, desfalcadas pelas multas e pelas folgas, levadas às famílias desesperadas. Seria isso um plano para destruí-los?

— Assim é que, senhor diretor — concluiu ele —, viemos aqui para lhe dizer que, se é para morrer, preferimos morrer sem fazer nada; ao menos não estaremos exaustos quando chegar a hora. Deixamos o trabalho e só voltaremos a ele se a companhia aceitar nossas condições. Ela quer baixar o preço do vagonete, pagar o revestimento à parte. Nós queremos que as coisas continuem como eram e exigimos ainda que nos dêem cinco cêntimos a mais por vagonete... Agora chegou a sua vez de dizer se é pela justiça e pelo trabalho.

Outros membros da delegação elevaram suas vozes.

— É isso mesmo... Ele disse o que nós pensamos... Só queremos o direito.

Alguns, em silêncio, aprovavam com a cabeça. O salão luxuoso tinha desaparecido com seus ouros e bordados, seu amontoado misterioso de quinquilharias. Eles já nem mais sentiam o tapete que calcavam com seus sapatos grosseiros.

— Mas deixem-me responder! — acabou gritando o Sr. Hennebeau, que começava a ficar zangado. — Em primeiro lugar, não é verdade que a companhia esteja ganhando dois cêntimos por vagonete... Vejamos os dados.

Seguiu-se uma discussão confusa. O diretor, tentando dividi-los, interpelou Pierron, que se esquivou, balbuciando. Levaque, ao contrário, estava à frente dos mais agressivos, embaralhando as coisas, afirmando fatos que ignorava.

O murmúrio crescia, indo morrer contra as tapeçarias, em meio àquele calor que abafava.

— Se todos falam de uma só vez — continuou o Sr. Hennebeau —, não poderemos entender-nos.

Havia recuperado sua calma, sua polidez rude e controlada, de gerente que recebeu uma missão e quer vê-la respeitada. Desde as primeiras palavras não tirou os olhos de Etienne, manobrando para arrancá-lo do silêncio em que este se fechava. Assim é que, abandonando a discussão dos dois cêntimos, repentinamente ampliou o tema de debates.

— Vamos, confessem a verdade, vocês estão obedecendo a motivos detestáveis. É uma peste que atualmente sopra sobre todo o operariado e corrompe mesmo os melhores. Mas não preciso da confissão de ninguém, sei bem que vocês, antes tão tranqüilos, foram catequizados. Não estou certo? Prometeram-lhes uma grande vida, disseram-lhes que tinha chegado a vez de serem os patrões... Enfim, estão sendo arregimentados para essa malfadada Internacional, para esse exército de malfeitores, cujo sonho é a destruição da sociedade...

Nesse momento Etienne interrompeu-o.

— Está enganado, senhor diretor. Nenhum mineiro de Montsou ainda aderiu. Mas, se os empurrarem, todas as minas se alistarão. Isso depende da companhia.

Daí por diante a luta continuou entre ele e o diretor, como se os outros não estivessem mais ali.

— A companhia é uma mãe para os seus empregados, não deve ameaçá-la. Só este ano ela gastou trezentos mil francos na construção de conjuntos habitacionais operários, que não lhe rendem nem dois por cento, isso sem falar nas aposentadorias que dá, no carvão, nos medicamentos. Você, que parece ser inteligente e se tornou em poucos meses um dos operários mais competentes, não faria melhor espalhando essas verdades, em vez de tresmalhar-se na companhia de pessoas de péssima reputação? Sim, refiro-me a Rasseneur, que tivemos de alijar para salvar nossas minas da podridão do socialismo... Você é visto constantemente na casa dele, e foi ele, com certeza, que o levou a criar essa caixa de previdência, que toleraríamos de boa vontade se fosse apenas um motivo de economia para os operários, mas que não passa de uma arma contra nós, um fundo de reserva para pagar os gastos de guerra. E, já que estamos no assunto, devo acrescentar que a companhia pretende exercer um controle sobre essa caixa.

Etienne deixou-o falar, com os olhos fitos nos dele, os lábios agitados por uma leve contração nervosa. Quando a última frase foi pronunciada, ele sorriu e respondeu simplesmente:

— Esta é uma nova exigência, senhor diretor. Até agora o senhor não reclamara esse controle... Infelizmente, nosso desejo é que a companhia se ocupe menos de nós, e, em vez de representar o papel de mãe, mostre-se apenas justa, dando-nos aquilo que é nosso, isto é, nosso ganho, que ela reparte consigo própria. Então é honesto, a cada crise, deixar morrer de fome os trabalhadores para salvar os dividendos dos acionistas? Sem levar em conta tudo o que o senhor disse, o novo sistema é uma baixa disfarçada de salário, e é isso que nos revolta, porque, se a companhia tem que fazer economia, está agindo muito mal em aplicar seu processo unicamente sobre o operário.

— Ah, chegamos onde eu queria! — bradou o Sr. Hennebeau. — Estava esperando por esta acusação de deixar o povo faminto e viver do seu suor! Como pode dizer semelhantes bobagens, você, que devia saber dos riscos enormes que correm os capitais na indústria, nas minas, por exemplo? Uma galeria completamente equipada custa hoje de um milhão e meio a dois milhões de francos... E quanto tempo leva para que se tire um juro mínimo de tamanha soma empatada! Quase metade das sociedades carboníferas da França estão quebrando... O que vem a ser uma estupidez acusar de crueldade as que continuam abertas. Quando seus operários sofrem, elas também sofrem. Ou acredita que a companhia não tem tanto a perder quanto vocês com a crise atual? Não é ela que determina o salário; está apenas obedecendo à concorrência, sob pena de ruína. Culpem os fatos, não a companhia. Mas vocês não querem ouvir, não querem compreender, essa é a verdade!

— Mas sim — retrucou o rapaz. — Nós compreendemos muito bem que não há melhora possível para o operariado enquanto as coisas continuarem assim, e é por isso mesmo que os trabalhadores acabarão, cedo ou tarde, por fazer que elas mudem de rumo.

Esta frase, tão moderada na forma, foi pronunciada a meia voz, mas com tal convicção, tão cheia de ameaça, que se fez um grande silêncio. Um mal-estar, um sopro de medo perpassou pelo confortável salão. Os outros delegados, que compreendiam mal, sentiam, no entanto, que seu companheiro acabava de reclamar por todos no centro daquele luxo. E eles começaram a lançar olhares oblíquos às tapeçarias extravagantes, às poltronas refinadas, a todo aquele luxo cuja menor bagatela daria para comprar a sopa de um mês inteiro.

O diretor, que ficara pensativo, finalmente ergueu-se em sinal de despedida e todos o imitaram. Etienne tocou ligeiramente no braço de Maheu; este voltou a falar, mas já com a língua pastosa e emperrada:

— Então o senhor não tem mais nada a dizer? Iremos dizer aos outros que não aceita nossas condições...

— Eu, meu bom homem — exclamou o diretor —, não posso aceitar nada! Não passo de um assalariado, como vocês; mando tanto como o último dos empregados. Recebo ordens, e meu único papel é cuidar para que elas sejam levadas a bom termo. Disse-lhes o que julguei ser do meu dever dizer-lhes, mas não posso decidir nada. Vocês me trouxeram suas exigências, eu as comunicarei à administração e depois lhes transmitirei a resposta.

Falava com a sua maneira correta de alto funcionário, evitando inflamar-se, com uma secura cortês de simples instrumento da autoridade. Os mineiros, agora, olhavam-no com desconfiança, perguntando a si mesmos de onde vinha aquele homem, que interesse podia ter ele em mentir, quanto deveria roubar nessa posição de intermediário entre eles e os verdadeiros patrões. Talvez um intrigante, pois, sendo pago como um operário, como é que podia viver com tanto luxo?

Etienne ousou intervir outra vez.

— Veja, senhor diretor, como é lamentável que não possamos advogar nossa causa pessoalmente. Explicaríamos muitas coisas, encontraríamos razões que seguramente o senhor não vê. Se soubéssemos pelo menos a quem nos dirigir...

O Sr. Hennebeau não se irritou com o rapaz, chegou mesmo a sorrir.

— Ora! assim tudo se complica, vocês não têm confiança em mim... Terão que ir até lá, então...

Os delegados seguiram seu gesto vago, sua mão estendida para uma das janelas. Onde era esse lugar? Paris, sem dúvida. Mas não sabiam ao certo, devia ser uma paragem longínqua e aterradora, numa região inacessível e misteriosa onde reinava um deus desconhecido, acocorado no fundo do seu tabernáculo. Jamais o veriam, sentiam-no apenas como uma força que, de longe, pesava sobre os dez mil mineiros de Montsou. E, quando o diretor falava, era essa força que tinha por detrás, oculta e pronunciando seus oráculos.

Um enorme desânimo se abateu sobre eles. O próprio Etienne teve um encolher de ombros como dizendo-lhes que o melhor era irem embora. Enquanto isso o Sr. Hennebeau batia amistosamente no braço de Maheu, pedindo-lhe notícias de Jeanlin.

— Essa foi uma lição bem triste, e você ainda defende os revestimentos feitos às pressas! Reflitam, meus amigos, compreenderão em seguida que uma greve seria maléfica para todos nós. Antes de uma semana estarão morrendo de fome. Que farão nesse momento? Conto com o proverbial bom senso de vocês; estou convencido de que até segunda-feira, o mais tardar, estarão de volta ao trabalho.

Partiram. Abandonaram o salão acotovelando-se e tropeçando como um rebanho, curvados, sem responder àquela esperança de submissão. O diretor acompanhou-os e, num último gesto, resumiu o encontro: a companhia de um lado, com sua nova tarifa, os operários do outro, com seu pedido de um aumento de cinco cêntimos por vagonete. Para matar neles qualquer laivo de ilusão, julgou dever preveni-los de que suas condições seriam certamente rechaçadas pela administração.

— Reflitam antes de fazer tolices — repetiu ele, inquieto com seu silêncio.

No vestíbulo, Pierron cumprimentou-o disfarçadamente, enquanto Levaque fazia um gesto de pôr o boné. Maheu procurava alguma coisa para dizer quando novamente Etienne tocou no seu braço. E todos se retiraram em meio a um silêncio ameaçador. Só a porta bateu com grande estardalhaço.

Ao voltar para a sala de jantar, o Sr. Hennebeau encontrou seus convivas imóveis e mudos diante dos cálices de licor. Em poucas palavras expôs a reunião a Deneulin, cujo semblante acabou de se anuviar. Depois, enquanto ele tomava seu café frio, tentaram falar de outra coisa, mas os próprios Grégoire voltaram ao tema, admirados de não haver leis que proibissem os operários de abandonar o trabalho. Paul tranqüilizou Cécile, afirmando que os policiais estavam por chegar.

Finalmente a Sra. Hennebeau chamou o empregado.

— Hippolyte, antes de irmos para o salão, abra as janelas para arejar.

III

Haviam transcorrido quinze dias; e na segunda-feira da terceira semana, as folhas de ponto enviadas à direção acusavam uma nova queda no número de operários que se apresentavam ao trabalho. Naquela manhã contava-se com o reinício das atividades, mas a obstinação da administração em não ceder estava exasperando os mineiros. Já não eram só a Voreux, Crèvecoeur, Mirou e Madeleine que estavam paradas; na Victoire e na Feutry-Cantel, descia agora para o trabalho apenas um quarto dos seus homens; e a própria Saint-Thomas fora atingida. Pouco a pouco a greve alastrava-se, tornando-se geral.

No pátio da Voreux reinava profundo silêncio. Era uma fábrica morta, com o vazio e o abandono das vastas oficinas onde o trabalho cessara. Sob o céu cinzento de dezembro, ao longo dos altos passadiços, três ou quatro vagonetes esquecidos tinham a muda tristeza das coisas abandonadas. Embaixo, entre as armações dos cavaletes, o estoque de carvão esgotava-se, deixando a terra nua e negra; a provisão de madeira apodrecia sob os aguaceiros. No embarcadouro do canal, estacionava uma chata com seu carregamento incompleto, que parecia estar dormindo na água turva. No aterro deserto, cujas emanações sulfúricas fumegavam apesar da chuva, uma carroça erguia melancolicamente seus varais para o ar. Mas os edifícios, sobretudo, tinham sido atingidos por aquele torpor. A triagem com suas persianas fechadas, a torre do sino de rebate, para onde não mais subiam os ruídos da recepção, a casa das máquinas completamente fria e a gigantesca chaminé, soltando agora uma fumaça rala. A máquina extratora só era aquecida de manhã. Os cavalariços desciam a ração dos cavalos, os contramestres eram os únicos que trabalhavam, voltando a ser operários, remediando os desabamentos que costumam ocorrer nas galerias quando não há conservação. Depois, a partir das nove horas, o resto do serviço era feito pelas escadas. E, por cima dessa agonia dos edifícios amortalhados no seu sudário de poeira negra, não havia mais que o escapamento da bomba com seu bafo grosso e longo, o resto de vida da mina, que teria sido destruída pelas águas se aquela respiração parasse.

Defronte, no planalto, o conjunto habitacional dos Deux-Cent--Quarante também parecia morto. O prefeito de Lille acorrera, policiais tinham batido os caminhos, mas, diante da calma dos grevistas, prefeito e policiais decidiram voltar às suas bases. Nunca o conjunto habitacional dera tão belo exemplo a toda a planície. Os homens, para evitarem a taberna, dormiam o dia inteiro; as mulheres, racionando o café, andavam mais calmas, menos sequiosas de mexericos e disputas; até a garotada parecia estar imbuída dos mesmos propósitos razoáveis, pois corria descalça e brigava em surdina. Era a palavra de ordem, repetida, circulando de boca em boca: calma acima de tudo.

Mas, apesar disso, a casa dos Maheu era palco de um contínuo vaivém. Etienne, desempenhando as funções de secretário, repartira ali os três mil francos da caixa de previdência entre as famílias necessitadas; em seguida, tinham chegado de diversas partes algumas centenas de francos, produto de subscrição e donativos. Atualmente, porém, todos os recursos se esgotavam, os mineiros não tinham mais dinheiro para levar adiante a greve e a fome já rondava, ameaçadora. Maigrat, após ter prometido crédito por uma quinzena, ao cabo de oito dias mudara bruscamente de atitude, cortando os víveres. De costume ele recebia ordens da companhia; talvez esta desejasse acabar depressa com o movimento esfomeando os conjuntos habitacionais mineiras. Mas a verdade é que ele gostava de agir como um tirano caprichoso, dando ou recusando pão, conforme a aparência da moça que era mandada às compras pelos pais. Cheio de rancor, querendo puni-la por não ter conseguido Catherine, era na cara da mulher de Maheu que ele fechava mais acintosamente sua porta. Para cúmulo da miséria, o frio acentuava-se, as mulheres viam diminuir as provisões de carvão com a inquieta certeza de que elas não seriam renovadas pela companhia enquanto os homens não voltassem ao fundo da mina. Não bastando a fome, havia ainda o frio para castigá-los.

Na casa dos Maheu já faltava de tudo. Os Levaque ainda comiam com uma moeda de vinte francos que Bouteloup lhes emprestara. Os Pierron, esses tinham sempre dinheiro, mas, para parecerem tão famintos como os demais, temendo os pedidos de empréstimos, compravam fiado no Maigrat, que era capaz de entregar seu armazém à mulher de Pierron se esta levantasse a saia. A partir de sábado muitas famílias deitaram sem jantar. E, diante dos dias terríveis que se anunciavam, nem uma queixa era ouvida, todos obedecendo à palavra de ordem com uma tranqüila coragem. Havia, apesar de tudo, uma confiança absoluta, uma fé religiosa, a cega faculdade de suportar de uma população de crentes. Tinham-lhes prometido a era da justiça, eles estavam prontos a sofrer pela conquista da felicidade universal. A fome exaltava as cabeças; nunca antes uma porta a tal ponto estreita abrira-se para horizonte tão largo a esses alucinados da miséria. Viam ao longe, com olhos embaralhados pela fraqueza, a cidade ideal dos seus sonhos quase alcançada e como que real, com seu povo de irmãos, sua época de ouro de trabalho e refeições em comum. Nada abalava a convicção que eles tinham de nela entrar finalmente.

A caixa se esgotara, a companhia não ia ceder, a situação agravava-se com o correr dos dias, mas eles continuavam a ter esperança, sorrindo com desprezo para os fatos. Se a terra se abrisse sob seus pés, um milagre os salvaria. Esta fé substituía o pão e aquecia a barriga. Depois de ingerirem suas sopas ralas, os Maheu e os outros entregavam-se a uma semivertigem, ao êxtase de uma vida melhor que lançava os mártires às feras.

Daí por diante, Etienne foi o chefe incontestado. Nas conversas da noite falava como um oráculo, à medida que o estudo lhe dava firmeza, fazendo-os discorrer sobre qualquer assunto. Passava as noites lendo; recebia grande número de cartas; chegara mesmo a fazer uma assinatura do *Vingador*, folha socialista da Bélgica, aliás o primeiro jornal a entrar no conjunto habitacional, o que fez crescer mais ainda sua estatura entre os camaradas. A popularidade de que gozava superexcitava-o. Manter uma correspondência variada, discutir sobre o destino dos trabalhadores com os quatro cantos das províncias, dar conselhos aos mineiros da Voreux, sobretudo tornar-se um pólo, sentir o mundo girar em torno de si, resultava num constante aumento de vaidade, ele, antigo mecânico, atual operador de vagonetes, de mãos sujas e negras. Tinha subido um degrau, penetrava nessa execrada burguesia, com a satisfação da inteligência e do bem-estar que a si mesmo não confessava. Apenas uma coisa o incomodava: a consciência da sua falta de instrução, que o tornava embaraçado e tímido desde o momento em que se encontrava diante de um senhor de sobrecasaca. Se continuava a instruir-se, devorando tudo, a falta de método tornava a assimilação muito lenta, produzindo tal confusão que acabava por saber coisas que não tinha compreendido. Como resultado, em certos momentos de exame de consciência, sentia-se inquieto a respeito de sua missão, tinha medo de não ser o homem esperado. Talvez fosse preciso um advogado, alguém com muitas luzes, capaz de falar e agir sem comprometer os companheiros? Mas uma espécie de revolta fazia que vencesse uma outra vez as dúvidas. Não, não, nada de advogados! São todos uns canalhas que se aproveitam de sua sabedoria para chupar o sangue do povo! Acabando bem ou mal, os operários deviam decidir seus problemas entre eles... E o seu sonho de líder popular voltava a embalá-lo:

Montsou a seus pés, Paris ao longe, envolta em bruma, e, quem sabe? a deputação um dia, a tribuna de uma luxuosa assembléia onde se via fulminando os burgueses com o primeiro discurso pronunciado por um operário num parlamento.

Havia alguns dias que Etienne andava perplexo. Pluchart escrevia carta sobre carta, oferecendo-se para ir a Montsou reativar o ânimo dos grevistas. Tratava-se de organizar uma reunião privada, presidida pelo mecânico. Por trás desse projeto havia a idéia de explorar a greve, de levar para a Internacional os mineiros, até ali desconfiados. Etienne temia barulho, mas teria deixado vir Pluchart, se Rasseneur não se tivesse oposto violentamente a essa intervenção. Apesar do seu poder, o rapaz tinha que contar com o taberneiro, cuja influência era mais antiga e que possuía fiéis seguidores entre seus clientes. Por isso hesitava ainda, sem saber o que responder.

Na segunda-feira, por volta das quatro horas, chegou outra carta de Lille, quando Etienne estava sozinho com a mulher de Maheu na sala do térreo. O dono da casa, enervado pela ociosidade, fora pescar; se tivesse a sorte de fisgar um peixe grande, além da comporta do canal, vendê-lo-ia para comprar pão. O velho Boa-Morte e Jeanlin acabavam de sair, para esticar as pernas curadas, enquanto as crianças tinham saído com Alzire, que passava horas no aterro juntando lascas de carvão. Sentada ao lado do fogo quase morto, que não mais ousavam reavivar, a mulher, com o vestido aberto e um seio de fora caindo até a barriga, dava de mamar a Estelle.

Quando o rapaz dobrou a carta, ela perguntou:

— Boas notícias? Vão mandar dinheiro?

Ele fez um gesto negativo e ela continuou:

— Não sei como vamos fazer esta semana... Mas havemos de arranjar-nos. Quando a gente tem o direito do seu lado, pode resistir e acabar vencendo, não é?

Agora era partidária da greve. Teria sido melhor forçar a companhia a ser justa, mas, já que tinham abandonado o trabalho, não deviam voltar a ele sem a vitória. A esse respeito mostrava-se de uma energia virulenta. Antes morrer do que dar o braço a torcer, estando com a razão!

— Ah! — exclamou Etienne — se irrompesse uma boa epidemia de cólera que nos livrasse de todos esses exploradores da companhia!

— Não, isso não — respondeu ela. — Não se deve desejar a morte de ninguém. Não nos adiantaria de nada, outros tomariam os seus lugares. Eu só peço que os atuais se tornem mais sensatos, conto mesmo com isso, porque em toda parte há gente boa... Você sabe que não estou em absoluto de acordo com a sua política.

Ela, realmente, costumava censurar-lhe o verbo fogoso, achava-o muito brigão. Que exigissem a paga justa pelo trabalho, estava certo; mas para que ocupar-se de outras coisas, dos burgueses, do governo?... Para que meter-se nos assuntos dos outros para depois levar uma bordoada na cabeça? Apesar dessas divergências, continuava a estimá-lo, porque não bebia e pagava com toda a regularidade os quarenta e cinco francos pela pensão. Quando um homem se conduzia direito, podia-se esquecer o resto.

Etienne, então, começou a falar da república, que daria pão a todos. Mas a mulher sacudiu a cabeça: ela ainda se lembrava de 48, um ano dos diabos, que os deixara pele e ossos, a ela e ao seu homem, nos primeiros tempos do casamento. E começou a contar todos os percalços daquele ano com sua voz monótona, o olhar perdido, o colo nu, enquanto Estelle, sem largar o seio, dormia sobre seus joelhos. Etienne, também absorto, olhava fixamente para aquele seio enorme, cuja brancura flácida contrastava com a tez gretada e amarelecida do rosto.

— Não havia um centavo em parte alguma, ou mesmo um naco de qualquer coisa para mastigar... — murmurou ela. — Enfim, era igual a hoje, os pobres rebentando de fome!

Nesse momento, a porta se abriu e ambos ficaram mudos de surpresa vendo Catherine entrar. Desde a sua fuga com Chaval, não mais voltara ao conjunto habitacional. Sua confusão era tanta que nem mesmo fechou a porta, toda trêmula e sem voz. Pensara que ia encontrar sua mãe sozinha, e, ao ver o rapaz, a frase que preparara a caminho foi esquecida.

— Que é que vens fazer aqui? — gritou a mulher, permanecendo sentada. — Não quero mais saber de ti, podes ir andando!

Catherine, então, conseguiu balbuciar algumas palavras.

— Mamãe! É café e açúcar que estou trazendo... para as crianças... Perdi horas pensando nelas...

Tirou dos bolsos meio quilo de café e meio quilo de açúcar, que corajosamente pôs sobre a mesa. Andava angustiada com a greve da Voreux, enquanto ela continuava trabalhando na Jean-Bart, e só encontrara esta maneira de ajudar um pouco os pais, o pretexto de pensar nas crianças. Mas seu bom coração não amolecia o da mãe, que replicou:

— Em vez de trazer-nos gulodices, seria melhor que tivesses ficado para ganhar nosso pão.

A mulher então teve um grande desabafo, encheu a filha de insultos, lançou-lhe no rosto tudo aquilo que dizia contra ela havia um mês. Fugir com um homem, amasiar-se aos dezesseis anos, tendo uma família na mais negra miséria! Precisava ser a última das desnaturadas. Podia-se perdoar um mau passo, mas uma mãe nunca esqueceria tal atitude! Como se a trouxessem sob quatro chaves! Era livre como um passarinho, a única coisa que lhe exigiam é que viesse dormir em casa...

— Com essa idade... O que tens na cabeça, hem?

Catherine, imóvel junto da mesa, escutava de cabeça baixa. Um tremor agitava seu corpo magro de moça ainda não desabrochada. Procurava responder, e as palavras saíam entrecortadas.

— Não foi culpa minha, ele quis, mas não me sinto feliz... E, quando ele quer, eu tenho de obedecer... Ele é o mais forte, tu bem sabes... Como é que eu podia adivinhar que as coisas iam ficar desse jeito? Enfim, o que está feito, está feito. E agora, melhor ele que outro. Vamos ter de casar...

Defendia-se sem revolta, com a resignação passiva das moças que são defloradas cedo. Não era essa a lei comum? Nunca sonhara com outra coisa, era aquele o destino: violentada ao abrigo do aterro, um filho aos dezesseis anos, depois a miséria no lar, se o amante a desposasse. Não estava com vergonha, tremia assim por ser tratada como uma prostituta pela mãe diante daquele rapaz, cuja presença a oprimia e exasperava.

Etienne, no entanto, levantara-se fingindo reavivar o fogo quase apagado, para deixá-la mais à vontade. Mas seus olhares se encontraram, ele achava-a pálida, cansada, mas sempre bonita com aqueles olhos tão claros num rosto que fenecia. Teve uma estranha emoção, seu rancor desaparecera, desejou simplesmente que ela fosse feliz com esse homem pelo qual fora trocado. Sentia como um desejo de cuidar dela ainda, de ir a Montsou e forçar o outro a entrar em brios. No entanto, a moça não viu senão piedade naquela ternura que continuava a oferecer-se; ele devia desprezá-la para fitá-la daquela maneira. Sofria tanto que ficou sufocada e não pôde mais balbuciar outras palavras de desculpa.

— É melhor assim; ganhas mais calando-te — voltou à carga, implacável, a mãe. — Se voltas para ficar, entra; senão podes ir andando... E considera-te feliz de eu estar com a criança, porque a minha vontade é fazer-te cair a pontapés.

Como se, de repente, a ameaça se realizasse, Catherine recebeu em cheio um pontapé cuja violência deixou-a tonta de surpresa e de dor. Era Chaval, que entrara de um salto pela porta aberta e lhe dera um coice de besta furiosa. Havia um minuto que a espreitava do lado de fora.

— Cadela! — urrou ele. — Eu te segui, sabia que vinhas aqui para foderes até rebentar! E quem paga és tu, hem? O café que trazes para ele foi comprado com o meu dinheiro!

A mulher de Maheu e Etienne, estupefatos, não se moviam.

Com gestos furibundos, Chaval empurrava Catherine para a porta.

— Vamos! sai de uma vez, cadela!

E, como ela corresse para um canto, ele começou a atacar a mãe.

— É um belo trabalho guardar a casa enquanto a puta da tua filha está lá em cima, de pernas abertas!

Conseguiu por fim agarrar Catherine pelo pulso e, aos sacalões, começou a arrastá-la para fora. Já na porta voltou-se outra vez para a mulher de Maheu, ainda pregada na sua cadeira e que nem atinara em guardar o seio. Estelle dormia com o nariz enfiado na saia de lã e o seio enorme pendia livre e nu, como uma teta de vaca leiteira.

— Quando a filha não está é a mãe que trepa! — gritou Chaval. — Anda, mostra-lhe os peitos! Ele não sente nojo, o canalha do teu inquilino!

Com aquela, Etienne levantou-se para esbofetear o outro. O receio de tumultuar o conjunto habitacional com uma briga o contivera até ali de arrancar Catherine das mãos de Chaval. Mas, agora, ele também era presa da raiva, e os dois homens se encontraram frente a frente, com os olhos injetados de sangue. Era um ódio antigo, um ciúme por muito tempo inconfessado, que agora explodia. Chegara o momento de um dos dois destruir o outro.

— Cuidado! — balbuciou Etienne, mal podendo falar. — Chegou a tua hora!

— Vem, se és homem! — respondeu Chaval.

Encararam-se ainda por alguns segundos, tão de perto, que seus hálitos ardentes queimavam-lhes os rostos. Foi Catherine, suplicante, quem tomou a mão do amante para arrastá-lo para fora do conjunto habitacional o mais depressa possível, sem mesmo olhar para trás.

— Que animal! — murmurou Etienne batendo a porta violentamente, agitado por tamanha cólera que teve de sentar.

Em frente a ele, a mulher, que ainda não se movera, fez um gesto cheio de perplexidade, e ambos caíram num silêncio penoso e prenhe das coisas que calavam. Apesar dos esforços em contrário, o rapaz, agora, não podia tirar os olhos daquele seio, daquela torrente de carne branca, cuja alvura o embaraçava. Sem dúvida, ela tinha quarenta anos e estava deformada, como uma boa fêmea que produziu demais; mas muitos ainda a desejavam, larga, sólida, com seu rosto cheio e comprido de moça que foi bonita. Lenta e tranqüilamente, ela arrepanhou o seio para guardá-lo. Como um pedaço róseo se obstinasse em ficar de fora, empurrou-o com o dedo e abotoou-se. Agora, era uma figura toda de preto, encolhida dentro da sua velha bata.

— Mas que porco! — disse ela por fim. — Só mesmo um porco imundo como ele pode ter idéias tão repugnantes... Que me importa! nem merece resposta...

Depois, com voz franca, acrescentou, sem tirar os olhos do rapaz:

— Eu também tenho meus defeitos, mas não esse... Em toda a minha vida, só dois homens me tocaram: um operador de vagonetes, há muito tempo, quando eu tinha quinze anos, e depois Maheu. Se ele me tivesse abandonado como o outro, ah meu Deus! nem sei o que teria acontecido. E, se não tenho orgulho por ter sido sempre direita desde o nosso casamento, é porque muitas vezes não se pratica o mal apenas por falta de ocasião... Juro que estou dizendo a verdade; conheço vizinhas que não poderiam dizer a mesma coisa, não é?

— É mesmo — respondeu Etienne, levantando-se e saindo.

A mulher decidiu espertar o fogo, depois de ter deitado Estelle adormecida sobre duas cadeiras. Se o marido apanhasse um peixe para vender, poderiam fazer uma sopa.

Fora, a noite caía, uma noite glacial. E, de cabeça baixa, Etienne caminhava, tomado de grande tristeza. Não sentia mais cólera contra o homem, ou mesmo piedade pela pobre mocinha maltratada. A cena brutal apagava-se, desaparecia, atirando-o para o sofrimento geral, para a abominável miséria. Podia ver o conjunto habitacional sem pão, as mulheres e crianças que não comeriam naquela noite, toda aquela população lutando de barriga vazia. E a dúvida que tantas vezes o aguilhoava voltou, tendo por fundo a terrível melancolia do crepúsculo, prostrando-o numa angústia de inusitada violência. Que enorme responsabilidade carregava aos ombros! Iria continuar a empurrá-los, a fazê-los obstinarem-se na resistência, agora que o dinheiro e o crédito tinham acabado? E qual seria o desenlace se não viesse socorro algum, se a fome vencesse os ânimos? Repentinamente teve a visão do desastre: crianças morrendo, mães soluçando, enquanto os homens, cadavéricos e cabisbaixos, voltavam a descer ao fundo da mina.

Continuava caminhando, tropeçando nas pedras; a idéia de que a companhia seria a mais forte e de que ele era o responsável pela desgraça dos camaradas enchia-o de uma angústia insuportável.

Quando ergueu a cabeça, viu que estava defronte da Voreux. A massa sombria dos edifícios tornava-se mais pesada nas trevas que avançavam. No meio, o pátio deserto, obstruído por grandes sombras imóveis, mais parecia uma fortaleza abandonada. Desde que a máquina extratora parava, a alma daquele complexo carbonífero se evolava. Àquela hora da noite, tudo estava morto, não se via um lampião, não se ouvia uma voz. E o próprio escapamento da bomba de esgoto não passava de um estertor longínquo, vindo não se sabe de onde; era como se a mina inteira estivesse prostrada.

Enquanto olhava, sentiu que o sangue fluía novamente em seu coração. Se os operários estavam passando fome, a companhia estava deixando de ganhar os seus milhões. Por que havia de ser ela a mais forte nesta guerra do trabalho contra o dinheiro? Se ela vencesse, a vitória lhe custaria caro; depois ver-se-ia quem perdera mais. Ressurgia nele a sede de batalha, o desejo feroz de acabar com a miséria, mesmo que para isso tivesse de dar a vida. Era melhor que o conjunto habitacional sucumbisse todo junto, em vez de estar morrendo aos poucos, de fome e de injustiça. As leituras mal digeridas voltavam-lhe à mente, exemplos de povos que tinham incendiado suas cidades para deter o inimigo, histórias nebulosas onde as mães salvavam seus filhos da escravidão esmigalhando suas cabeças contra as pedras, onde os homens morriam de inanição para não comer o pão dos tiranos. Tudo isso arrebatava-o, uma alegria vermelha emergia da sua crise de negra tristeza, espantando a dúvida, envergonhando-o daquela vacilação passageira. E, nesse despertar de fé, o orgulho surgia, carregando-o em suas asas; era a alegria de ser o chefe, de se ver obedecido até o sacrifício, o sonho cada vez maior de poder, a noite do triunfo. Já imaginava uma cena de uma grandeza simples, sua não aceitação do poder, a autoridade entregue às mãos do povo, quando ele fosse o vencedor.

Mas despertou sobressaltado com a voz de Maheu que lhe contava da sorte que tivera: uma enorme truta pescada e vendida por três francos, o que daria para a sopa.

Deixou Maheu seguir sozinho para o conjunto habitacional, dizendo-lhe que iria em seguida, e entrou no Avantage, onde esperou a partida de um freguês para dizer claramente a Rasseneur que pretendia escrever a Pluchart pedindo-lhe que viesse imediatamente.

Sua resolução estava tomada, queria organizar uma reunião privada. Se os mineiros de Montsou aderissem em massa à Internacional, a vitória era certa.

IV

Foi no estabelecimento da viúva Désir, no Bon-Joyeux, que se marcou a reunião privada, para a quinta-feira, às duas horas.

A viúva, indignada com a miséria que estavam impondo aos seus filhos, os mineiros, andava rubra, sobretudo depois que sua taberna ficara às moscas. Nunca nenhuma greve tivera tão pouca sede; os beberrões fechavam-se em casa, temendo desobedecer à palavra de ordem de calma e sossego. Era o mesmo caso de Montsou, que costumava fervilhar de gente nos dias de festa, e agora exibia sua rua larga, silenciosa e vazia, sem vivalma. A cerveja não mais corria dos balcões e das bexigas, as sarjetas estavam secas. Na estrada, na venda Casimir e no botequim Progrès só se viam os rostos pálidos das taberneiras perscrutando o horizonte. Em Montsou mesmo, todos os estabelecimentos que vendiam cerveja estavam desertos, desde L'Enfant até o Tison, passando pelo Piquette e o Tête-Coupée. Apenas o Saint-Éloy, freqüentado por contramestres, servia ainda algumas cervejas. A solidão atingia até o Volcan, onde as mulheres não tinham o que fazer por falta de fregueses, embora tivessem baixado o preço de dez para cinco soldos, visto o rigor dos tempos. Era um verdadeiro luto que se abatia pela região inteira.

— Com mil diabos! — gritou a viúva Désir, batendo com as mãos nas coxas. — A culpa é dos policiais! Que me joguem na prisão, se quiserem, mas estou disposta a dar-lhes uma boa dor de cabeça!

Para ela, todas as autoridades, todos os patrões eram policiais, um termo de desprezo geral com que envolvia os inimigos do povo.

Acolhera com deleite o pedido de Etienne; a sua casa era propriedade dos mineiros, que emprestaria gratuitamente o salão de baile, faria ela mesma os convites, o que era uma exigência de lei. Aliás, se as autoridades não gostassem, melhor! Ver-se-ia com que cara se apresentariam.

No dia seguinte o rapaz lhe trouxe umas cinqüenta cartas para assinar e que ele fizera copiar pelos habitantes do conjunto habitacional que sabiam escrever. Essas cartas foram enviadas para as minas, aos delegados e a outros homens de confiança. A ordem do dia anunciada era discutir a continuação da greve, mas, na realidade, esperava-se

Pluchart, contava-se com um discurso dele para conseguir a adesão em massa à Internacional.

Na quinta-feira pela manhã Etienne começou a ficar inquieto, vendo que seu antigo contramestre não chegava, já que prometera por telegrama estar lá na quarta-feira à noite. Que podia estar acontecendo? Sentia-se irritado por não poder conversar com ele antes da reunião. Às nove horas foi para Montsou, com a idéia de que talvez o mecânico para lá tivesse ido diretamente, sem parar na Voreux.

— Não, o seu amigo não apareceu por aqui — respondeu a viúva Désir. — Mas está tudo pronto, venha ver.

Conduziu-o ao salão de baile. A decoração ainda era a mesma, guirlandas sustendo no teto uma coroa de flores de papel pintado, e escudos de cartão dourado com nomes de santos e santas ao longo das paredes. Apenas o tablado dos músicos tinha sido substituído por uma mesa e três cadeiras a um canto; bancos atravessados enchiam a sala.

— Está muito bem — declarou Etienne.

— E já sabem — disse a viúva —, esta é a casa de vocês. Podem gritar à vontade. Os policiais, para entrarem aqui, terão de passar por cima do meu cadáver.

Apesar do seu nervosismo, ele não pôde deixar de sorrir ao observá-la, tão gorda ela lhe pareceu, com tal par de seios que na certa um só homem não chegaria para abraçá-la; o que fazia dizer que, agora, dos seus seis amantes da semana, ela acolhia dois por noite, para conseguir satisfação.

Etienne admirou-se vendo entrar Rasseneur e Suvarin; e, como a viúva os deixasse sozinhos na grande sala vazia, exclamou:

— Então, já vieram?

Suvarin, que trabalhara à noite na Voreux — os mecânicos não estavam em greve —, vinha simplesmente por curiosidade. Quanto a Rasseneur, havia dois dias que parecia nervoso, sua gorda cara de lua cheia perdera o sorriso bondoso.

— Pluchart ainda não chegou, não sei o que vou fazer — acrescentou Etienne.

O taberneiro desviou os olhos e respondeu entre dentes:

— Isso não me espanta, não o espero mais.

— Como?

Com ar decidido, olhando o outro de frente, disse então:

— Se queres saber, eu também lhe escrevi uma carta; nela pedi-lhe que não viesse. É isso. Acho que temos de decidir nossos problemas entre nós, sem apelar para estranhos.

Etienne, fora de si, trêmulo de cólera, com os olhos nos do outro, disse gaguejando:

— Mas por que fizeste isso? Por quê?

— Fiz, sim, senhor. E tu sabes como tenho confiança em Pluchart! É leal e sabe muitas coisas, a gente pode contar com ele... Mas as idéias de vocês não me interessam. Política, governo, tudo isso não me interessa... Desejo apenas que o mineiro tenha um tratamento mais digno. Trabalhei no fundo da mina durante vinte anos, suei tanto de miséria e cansaço que jurei conseguir uma vida melhor para os infelizes que ainda estão lá embaixo. Sei muito bem que nada obterão com essas histórias de vocês, o que farão é apenas tornar a vida do operário ainda mais miserável. Quando ele for obrigado pela fome a voltar ao trabalho, será mais humilhado ainda, a companhia o receberá a porrete, como cão fugido que se faz voltar ao canil. E é isso que eu quero evitar, compreendeste?

Elevava a voz, barriga saliente, solidamente plantado sobre as grossas pernas. Toda a sua natureza de homem razoável e paciente se denunciava em frases claras, abundantes e rápidas. Então não era estúpido acreditar que se podia de um golpe mudar a face do mundo, pôr os operários no lugar dos patrões, repartir o dinheiro como se reparte uma maçã? Talvez dentro de milhares e milhares de anos isso fosse uma realidade. Mas, por enquanto, que o deixassem em paz, sem soluções miraculosas! A melhor maneira de não quebrar o nariz era andar direito, exigir as reformas que fossem viáveis, tentar melhorar a vida dos trabalhadores quando se apresentasse a ocasião. Assim é que ele agiria se estivesse com o caso em mãos, obrigando a companhia a dar melhores condições aos trabalhadores, em vez de obstinar-se em mandá-la ao diabo, o que resultaria na desgraça de todos.

Etienne tinha-o deixado falar, já que ele estava sufocado pela indignação. Mas, em seguida, explodiu:

— Com mil raios! Então tu não tens sangue nas veias?

Por um instante pensou que ia esbofeteá-lo. Para resistir à tentação, começou a andar furiosamente pela sala, aliviando sua raiva nos bancos, entre os quais abria passagem.

— Ao menos fechem a porta — observou Suvarin. — Ninguém precisa ouvir.

Depois de ter ido ele mesmo fechá-la, sentou-se tranqüilamente numa das cadeiras em frente à mesa. Enrolava um cigarro enquanto observava os outros dois com seu olhar calmo e irônico, os lábios franzidos por um leve sorriso.

— De nada adianta zangares-te — disse judiciosamente Rasseneur. — No princípio acreditei que eras sensato. Achei muito bom que tivesses recomendado a maior calma aos outros, que ficassem em casa, que usasses teu poder para manter a ordem. E agora queres instaurar a baderna...

Cada vez que respondia ao taberneiro, Etienne suspendia sua furiosa evolução por entre os bancos para agarrar o outro pelos ombros e sacudi-lo, gritando-lhe no rosto.

— Mas com todos os diabos! O que eu quero é ficar calmo! Sim, impus-lhes uma disciplina! Aconselhei-os a ficarem em casa! Mas os outros estão querendo destruir-nos, rindo na nossa cara! Considera-te feliz por seres um homem calmo. Há momentos em que parece que vou enlouquecer...

Era uma confissão da sua parte. Escarnecia das suas próprias ilusões de neófito, do seu sonho religioso de uma vida onde a justiça ia reinar em breve entre os homens transformados em irmãos. Um bom sistema, realmente: cruzar os braços e esperar para ver o homem devorando o homem até o fim dos tempos, como lobos. Não, nada disso! Era preciso participar, senão a injustiça seria eterna, os ricos sempre bebendo o sangue dos pobres. Por isso não se perdoava de ter dito uma vez que a política tinha de ser banida da questão social. Mas naquele tempo ele não sabia nada; depois, lera e estudara. Agora suas idéias estavam maduras, orgulhava-se de possuir um sistema.

E, contudo, explicava-o mal, em frases cuja confusão tinha um pouco de todas as teorias adotadas e sucessivamente abandonadas. No cimo, pairava a teoria de Karl Marx: o capital era o resultado da exploração, o trabalho tinha o direito e o dever de reconquistar essa riqueza roubada. Na prática, a princípio ele se deixara prender na quimera de Proudhon do crédito mútuo, de um vasto banco de troca que suprimiria os intermediários; depois as sociedades cooperativas de Lassalle, financiadas pelo Estado, transformando pouco a pouco a terra numa única cidade industrial apaixonaram-no, até o dia em que renunciara ao sistema diante da dificuldade de controle. Mas tudo isso ficara numa nebulosa, ele não sabia como realizar o novo sonho, impedido ainda pelos escrúpulos da sua sensibilidade e da sua razão, não ousando arriscar-se em afirmações absolutas e sectárias. Dizia simplesmente que era preciso apoderarem-se, antes de mais nada, do governo. O resto vinha depois.

— Mas o que está acontecendo contigo? Por que passaste para o lado dos burgueses? — continuou ele com violência, voltando a pôr-se diante do taberneiro. — Tu mesmo dizias que como estava não podia continuar.

Rasseneur corou ligeiramente.

— Sim, eu disse isso. E se a coisa explodir tu vais ver que não sou mais covarde do que os outros. Só que me recuso a fazer o jogo daqueles que aumentam a desordem para conseguir uma posição.

Foi a vez de Etienne corar. Os dois homens pararam de gritar, invadidos pelo frio de sua rivalidade, tornaram-se ásperos e brutais. Era aquilo que desnaturava os sistemas, levando um ao exagero revolucionário, empurrando o outro para uma afetação de prudência, conduzindo-os, enfim, e sem eles quererem, para além das suas verdadeiras idéias, nessa fatalidade de encarnar um papel que não se escolheu.

Suvarin, que os escutava, deixou transparecer no seu rosto de moça loura um silencioso desprezo, o esmagador desprezo do homem que está pronto a dar a vida, obscuramente, sem a glória do martírio.

— É para mim que estás dizendo isso? — perguntou Etienne. — Estás com inveja?

— Inveja de quê? — respondeu Rasseneur. — Eu não me dou ares de grande homem, não procuro criar uma seção em Montsou para ser o secretário.

O outro quis interrompê-lo, mas ele continuou:

— Vamos, sê franco! A ti pouco te importa a Internacional, queres é estar à nossa frente, bancar o importante, que mantém correspondência com o famoso Conselho Federal do Norte!

Houve um silêncio. Etienne, trêmulo, respondeu:

— Está bem... Acreditei que estava agindo decentemente; sempre te consultei, por saber que combatias aqui muito tempo antes de mim. Mas já que não podes suportar ninguém ao teu lado, passarei a trabalhar sozinho de hoje em diante... Para começar, previno-te de que a reunião vai-se realizar e os camaradas vão aderir mesmo que te oponhas e Pluchart não venha.

— Ora, aderir!... — murmurou o taberneiro. — Isso não é tudo. Tens que convencê-los a pagar a cotização.

— Não terão que pagar agora. A Internacional dá um prazo aos trabalhadores em greve. Pagaremos mais tarde, ela é que virá imediatamente em nosso auxílio.

Rasseneur perdeu a calma.

— Pois veremos... Vou tomar parte nessa tua reunião e vou falar. Fica sabendo que não te deixarei virar a cabeça dos meus amigos!

Vou esclarecê-los sobre seus verdadeiros interesses. Vamos ver a quem vão seguir, se a mim, que eles conhecem há trinta anos, ou a ti, que em menos de um ano transformaste isto aqui numa confusão... Não! não! deixa-me em paz! Agora o mais forte vai esmagar o outro!

E saiu, batendo com a porta. As guirlandas de flores estremeceram no teto, os escudos dourados balançaram-se nas paredes. Em seguida a grande sala voltou à sua paz pressaga.

Suvarin continuava a fumar com seu jeito delicado, sentado em frente à mesa. Depois de ter caminhado por algum tempo em silêncio, Etienne começou a desabafar com todas as palavras que tinha. Então era culpa sua se trocavam aquele vagabundo por ele? E defendeu-se dizendo que nunca tinha procurado a popularidade, não sabia mesmo como aquilo tudo se tinha armado: a amizade sincera dos moradores do conjunto habitacional, a confiança dos mineiros, o poder que tinha sobre eles no momento atual. Mostrou-se indignado com a acusação de querer instaurar a desordem por ambição; e batia no peito protestando sua fraternidade.

Com um movimento brusco parou na frente de Suvarin e exclamou

— Digo com toda a honestidade: se soubesse que tudo isto ia custar uma gota de sangue a um amigo, embarcava para a América agora mesmo!

O mecânico deu de ombros e um sorriso imperceptível aflorou-lhe novamente aos lábios.

— Ora! sangue... — murmurou. — E daí? A terra está precisando de sangue...

Etienne, mais calmo, arrastou uma cadeira, sentou-se do outro lado da mesa e apoiou os cotovelos nela. Aquela cabeça loura, cujos olhos sonhadores lançavam às vezes selvagens faíscas rubras, fascinava-o, exercia sobre sua vontade uma ação singular. Sem que o companheiro falasse, era o próprio silêncio que o conquistava, absorvendo-o pouco a pouco.

— Vejamos, o que farias em meu lugar? Não tenho razão de querer agir? A melhor coisa a fazer é entrar para essa Associação, não é?

Suvarin, depois de ter exalado lentamente uma baforada, respondeu com sua palavra favorita:

— Besteiras! Mas que seja ... Aliás, essa tal de Internacional vai funcionar mesmo, dentro em breve. Ele está tratando disso.

— Ele quem?

— Ele!

Esta última palavra fora pronunciada a meia voz, com fervor religioso, em direção ao Oriente. Falava do mestre, de Bakunin, o exterminador.

— Só ele pode, tem força para isso — continuou. — Esses teus sábios são uns idiotas com suas teorias da evolução. Dentro de três anos a Internacional, sob as ordens de Bakunin, vai esmagar o velho mundo.

Etienne era todo ouvidos. Tinha sede de saber, de compreender esse culto de destruição, sobre o qual o mecânico não dava senão detalhes obscuros, como se estivesse guardando mistério para si.

— Explica-te, homem. Qual é a finalidade de vocês?

— Destruir tudo... Exterminar as nações, os governos, a propriedade, Deus e o culto.

— Estou entendendo. Mas a que leva isso?

— À comuna primitiva e sem forma, a um mundo novo, ao começo de tudo.

— E os meios de execução? Como é que vocês vão fazer?

— Pelo fogo, pelo veneno, pelo punhal. O salteador é o verdadeiro herói, o vingador popular, o revolucionário em ação, sem frases tiradas dos livros. É preciso que uma série de horríveis atentados aterre os poderosos e acorde o povo.

Falando, Suvarin transformava-se, ficava terrível. Em êxtase, erguia-se da cadeira, uma chama mística incendiava-lhe os olhos pálidos e suas mãos delicadas comprimiam a borda da mesa a ponto de quebrá-la. Cheio de medo, o outro o fitava, pensando nas histórias de que conhecia trechos vagos, mediante confidências entrecortadas: tesouros abarrotados por baixo dos palácios do czar, chefes de polícia abatidos a punhaladas como javalis, uma amante dele, a única mulher que amara, enforcada em Moscou numa manhã de chuva, enquanto ele na multidão beijava-a com os olhos, despedindo-se.

— Não, não! — murmurou Etienne, fazendo um grande gesto para espantar essa abominável visão. — Nós ainda não chegamos a esse ponto. Assassinato, incêndio, nunca! Isso é monstruoso e injusto. Todos os companheiros se levantariam para estrangular o culpado!

Continuava não compreendendo aquelas teorias. E depois, seu povo recusava-se a aceitar esse sonho sombrio de extermínio do mundo, que ficaria ceifado como um campo de centeio, arrasado. Que fariam depois? Como os povos voltariam a crescer? Exigia uma resposta

— Explica o teu programa. Nós queremos saber para onde vamos.

Suvarin, então, concluiu placidamente, com seu olhar fluido e vago:

— Todos os raciocínios sobre o futuro são criminosos porque impedem a destruição pura e entravam a marcha da revolução.

Esta última tirada fez Etienne sorrir, apesar do arrepio que o perpassara. Aliás, ele confessava de bom grado que alguma coisa de útil havia em tais idéias, cuja horrível simplicidade o atraía. Mas seria perder a partida para Rasseneur advogar tal causa ante os companheiros. Tinha de ser prático.

A viúva Désir propôs-lhes almoçarem. Aceitaram, passando para o bar, que um biombo separava do salão de baile durante a semana. Assim que acabaram a omelete e o queijo, o mecânico disse que ia embora; como o outro o detivesse, exclamou:

— Para quê? Para ouvir vocês dizendo besteiras inúteis? Estou farto delas! Até logo!

E partiu, com seu jeito doce e obstinado, de cigarro na boca.

O nervosismo de Etienne aumentava. Era uma hora; decididamente Pluchart faltaria à palavra dada. Por volta de uma e meia os delegados começaram a aparecer, e ele, enquanto os recebia, vigiava as entradas, receoso de que a companhia mandasse seus espiões habituais. Examinava cada carta de convocação, perscrutava os rostos. Mas muitos entravam sem a carta, bastava conhecê-los para abrir-lhes a porta. Às duas horas chegou Rasseneur, que terminou de fumar seu cachimbo diante do balcão, conversando calmamente. Essa calma zombeteira acabou de enervá-lo, ainda mais que tinham vindo uns irresponsáveis, só para se divertirem, como Zacharie, o jovem Mouque e outros; eram os que não se importavam com a greve e achavam ótimo não fazer nada. E, sentados a uma mesa, gastando os últimos dois soldos numa cerveja, riam, faziam troça dos camaradas, dos convictos, que iam morrer de tédio naquela reunião.

Decorreram mais quinze minutos. A assistência começava a dar mostras de impaciência. Etienne, já desesperado, decidiu-se; ia entrar quando a viúva Désir, que espiava a rua, exclamou:

— Aí vem o homem!

Realmente, era Pluchart. Vinha num carro puxado por um cavalo atacado de tuberculose pulmonar. Foi logo saltando para o chão, franzino, bem parecido, de cabeça quadrada e muito grande, usando por baixo da sobrecasaca de pano preto os complementos domingueiros típicos de um operário rico. Havia cinco anos que não pegava na lima, e cuidava do seu aspecto, sobretudo dos cabelos, penteados com correção, vaidoso dos seus sucessos na tribuna. Mas conservava certo endurecimento nas articulações e as unhas das suas mãos largas não cresciam, roídas pelo ferro. Sendo muito ativo, percorria a província sem descanso para divulgar suas idéias.

— Não me queiram mal! — disse ele, adiantando-se às perguntas e recriminações. — Ontem, conferência em Preuilly pela manhã e reunião em Valençay à tarde. Hoje, almoço em Marchiennes com Sauvagnat... Afinal, pude tomar este carro. Estou exausto, podem ver pela minha voz. Mas não tem importância, falarei do mesmo jeito.

Estava na soleira da porta do Bon-Joyeux quando estacou, exclamando:

— Diacho! estava esquecendo as fichas! Ficaríamos a ver navios!

Voltou ao carro, que já estava sendo manobrado pelo cocheiro, e tirou do guarda-volume uma pequena caixa preta de madeira, que levou debaixo do braço.

Etienne, radiante, seguia-o de perto, enquanto Rasseneur, profundamente abatido, nem ousava estender-lhe a mão. Mas o outro já a apertava, falando de passagem sobre a carta: que idéia a dele! Por que não fazer a reunião quando se apresentava a oportunidade?

A viúva Désir perguntou-lhe se queria beber alguma coisa, mas ele recusou. Não era preciso, falaria sem beber. Apenas, tinha pressa, pretendia ainda dar um pulo a Joiselle para um encontro com Legoujeux.

Entraram então em grupo no salão de baile, seguidos de Maheu e Levaque, que chegavam atrasados. E a porta foi fechada a chave, por medida de segurança, o que fez os trocistas inventarem mais ditos espirituosos, Zacharie gritando ao jovem Mouque que talvez eles fossem fazer um filho todos juntos para se encerrarem dessa maneira.

Uns cem mineiros, sentados nos bancos, esperavam no ar abafado do recinto, de cujo soalho o suor nauseabundo do último baile se evaporava. Houve cochichos, olhares para a porta, enquanto os recém-chegados sentavam nos lugares vazios. O senhor de Lille foi detidamente examinado, sua sobrecasaca preta causou surpresa e inquietação.

Mas imediatamente, sob proposta de Etienne, votou-se a composição da mesa. Ele lançava os nomes e os outros aprovavam levantando a mão. Pluchart foi eleito presidente, tendo como assessores Maheu e o próprio Etienne. Houve um arrastar de cadeiras e a mesa diretora instalou-se. Por um instante procurou-se o presidente agachado atrás da escrivaninha, sob a qual guardava a caixa, que não tinha largado. Ao reaparecer, bateu ligeiramente com a mão, pedindo atenção, e em seguida começou com voz rouquenha:

— Cidadãos...

Uma portinhola se abriu e ele teve de interromper a fala. Era a viúva Désir, que dera a volta pela cozinha e trazia seis copos de cerveja sobre uma bandeja.

— Continue, continue... — murmurou ela. — Falar dá sede...

Maheu auxiliou-a e Pluchart pôde continuar. Disse estar muito comovido com a acolhida que lhe fora dispensada pelos trabalhadores de Montsou, desculpou-se do atraso, alegando cansaço e doença de garganta. Em seguida deu a palavra ao cidadão Rasseneur, que a pedia.

Rasseneur dirigiu-se imediatamente para a mesa e colocou-se ao lado das cervejas. Uma cadeira emboscada serviu-lhe de tribuna. Parecia muito comovido, tossiu antes de lançar com voz tonitruante um:

— Camaradas!...

A sua influência sobre os mineiros era resultante dessa facilidade de palavra, da simplicidade com a qual podia falar durante horas, sem nunca cansar. Não gesticulava, permanecia sólido e risonho, afogava-os, atordoava-os até vê-los gritar: "Sim, sim, é verdade, tens razão!" Naquele dia, porém, desde as primeiras palavras, sentira uma oposição surda; por isso, avançava com prudência. Só falou sobre a continuação da greve, esperando ser aplaudido para então atacar a Internacional.

Sem dúvida, a hora proibia ceder às exigências da companhia, mas quanta miséria, que futuro terrível se tivessem de continuar resistindo ainda por muito tempo! E, sem se pronunciar pela submissão, amolecia os ânimos, mostrava os conjuntos habitacionais mineiros famintos, perguntava com que recursos contavam os partidários da resistência.

Três ou quatro amigos tentaram apoiá-lo, o que veio atenuar o silêncio frio da maioria, a desaprovação cada vez mais irritada que acolhia suas palavras.

Desistindo de reconquistá-los, presa de cólera, predisse-lhes desgraças se se deixassem virar a cabeça por provocações vindas do estrangeiro.

Dois terços da assistência erguera-se furiosa, querendo impedi-lo de continuar falando, uma vez que a insultava, tratando-a como crianças incapazes de se dirigirem.

Rasseneur, bebendo enormes goles de cerveja, continuou falando em meio ao tumulto, gritando fora de si que ainda não tinha nascido o valentão que o impediria de cumprir com seu dever.

Pluchart pusera-se em pé. Como não tinha campainha, batia com o punho na mesa, repetindo com sua voz sem volume:

— Cidadãos... cidadãos...

Por fim obteve algum silêncio e a assembléia, consultada, cassou a palavra a Rasseneur. Os delegados que tinham representado as minas na entrevista com o diretor guiaram os outros, todos trabalhados pela fome, cheios de idéias novas. Foi uma vitória ganha antes mesmo da votação.

— A ti que te importa, comes todos os dias! — berrou Levaque, mostrando o punho a Rasseneur.

Etienne curvara-se por trás do presidente, para acalmar Maheu, muito vermelho, fora de si com aquele discurso hipócrita.

— Cidadãos — disse Pluchart — , deixem-me falar.

Fez-se um profundo silêncio e ele falou. Sua voz saía com esforço e rouca, mas já estava habituado, pois andava sempre na estrada, passeando sua laringite com o seu programa. Pouco a pouco sua voz ia subindo e conseguia arrancar-lhe efeitos patéticos. Os braços abertos acompanhavam os períodos com um balançar de ombros. Tinha uma eloqüência de sermão, uma maneira religiosa de deixar cair o final das frases, cujo bramido monótono acabava por convencer.

Pronunciou um discurso sobre a grandeza e utilidade da Internacional, que era o primeiro da sua bagagem oratória nas localidades em que estreava. Explicou a finalidade da organização: a emancipação dos trabalhadores; mostrou sua estrutura grandiosa: na base a comuna, depois a província, em seguida a nação e no topo a humanidade. Seus braços se moviam lentamente, empilhando os andares, erigindo a imensa catedral do mundo futuro. Depois, veio a administração interna: leu os estatutos, falou dos congressos, ressaltou a crescente importância da obra, o aprofundamento do programa, que, partindo da discussão dos salários, tratava agora da liquidação social, para terminar no sistema assalariado. A liquidação das nacionalidades, os operários do mundo inteiro congregados num desejo comum de justiça, varrendo a podridão burguesa, fundando, enfim, a sociedade livre, onde aquele que não trabalhasse não comeria! Seus bramidos faziam estremecer as flores de papel pintado pendentes do teto enfumaçado, cuja altura oprimente devolvia o fragor de sua voz.

Uma onda agitou a platéia. Alguns gritaram:

— É isso!... Estamos de acordo!

Ele prosseguiu. Era a conquista do mundo antes de três anos. Nesse ponto enumerou os povos conquistados. As adesões choviam de todos os lados. Nunca uma religião nascente fizera tantos fiéis. Depois, quando fossem os vencedores, ditariam a lei aos patrões, seria a vez de eles apertarem o nó no pescoço dos ricos.

— Muito bem! Muito bem! A vez deles chegará!

Pediu silêncio com um gesto. Começou a abordar o problema das greves. Em princípio, desaprovava-as, eram um meio muito lento, que antes agravava os sofrimentos do operário. Mas, enquanto a situação não mudava e sendo elas inevitáveis, então devia-se seguir esse caminho, pois tinham a vantagem de desorganizar o capital. E, nesse caso, apontava a Internacional como uma providência para os grevistas, citava exemplos: em Paris, quando da greve dos fundidores de bronze, os patrões tinham concordado com tudo de uma só vez, tomados de terror com a notícia de que a Internacional enviaria socorros; em Londres ela salvara os mineiros de uma hulheira, repatriando por sua conta um grupo de belgas, chamados pelo proprietário da mina. Apenas com a adesão, as companhias tremiam, os operários entravam para o grande exército dos trabalhadores, decididos a morrer uns pelos outros ao invés de continuarem escravos da sociedade capitalista.

Interromperam-no os aplausos. Ele enxugava a testa com o lenço, voltando a recusar um copo de cerveja que Maheu lhe oferecia. Quando quis prosseguir, novos aplausos não o deixaram falar.

— Chega! — disse ele rapidamente a Etienne. — Já estão prontos... Depressa! as fichas!

Mergulhou debaixo da mesa e reapareceu com a pequena caixa de madeira preta.

— Cidadãos! — gritou ele, dominando a algazarra. — Aqui estão as fichas de inscrição. Por favor, que se aproximem os delegados, eles as distribuirão. As contas serão feitas mais tarde.

Rasseneur levantou-se para protestar mais uma vez. Por seu lado, Etienne agitou-se, pois queria fazer um discurso. Seguiu-se uma total confusão. Levaque gesticulava, como se estivesse brigando. Maheu, em pé, falava, sem que se ouvisse uma só palavra do que dizia. Naquele tumulto infernal, a poeira subia do soalho, a mesma poeira volátil dos antigos bailes, empestando a atmosfera com o cheiro forte das operadoras de vagonetes e dos aprendizes.

Bruscamente a portinhola abriu-se e a viúva Désir obstruiu-a com sua barriga e seus seios, dizendo com voz trovejante

— Fiquem quietos, pelo amor de Deus! Os policiais estão aí!

Era o comissário da circunscrição que chegava, um pouco tarde, para lavrar um auto e dissolver a reunião. Quatro policiais o acompanhavam. Havia cinco minutos que a viúva os barrava à porta, alegando que estava em sua casa e tinha o direito de reunir amigos. Mas tinha sido empurrada e viera correndo prevenir sua ninhada.

— Fujam por aqui — ofegou ela. — Há um canalha de policial guardando o pátio, mas não tem importância, meu depósito de lenha dá para o beco. Vamos, depressa!

O comissário já estava esbordoando a porta, que, como não se abrisse, ele ameaçava arrombar. Algum espião tinha-o informado, porque ele gritava que a reunião era ilegal, já que um grande número de mineiros entrara ali sem convite.

Na sala a confusão era cada vez maior. Não podiam ir embora dessa maneira, nem sequer tinham votado, seja pela adesão, seja pela continuação da greve. Todos insistiam em falar ao mesmo tempo. Finalmente o presidente teve a idéia de um voto por aclamação. Braços ergueram-se, os delegados declararam às pressas que aderiam em nome dos camaradas ausentes. E foi assim que os dez mil mineiros de Montsou tornaram-se membros da Internacional.

Depois disso começou a debandada. Protegendo a retirada, a viúva Désir encostara-se à porta que as coronhas dos policiais faziam estremecer de encontro a ela. Os mineiros pulavam por cima dos bancos, escapavam em fila através da cozinha e do depósito de lenha. Rasseneur foi um dos primeiros a desaparecer, seguido de Levaque, que já esquecera as injúrias e sonhava com que o outro lhe oferecesse uma cerveja, para se refazer. Etienne, depois de ter-se apoderado da caixa, esperava com Pluchart e Maheu, que tinham como ponto de honra serem os últimos a sair. Quando estes abandonaram o recinto, a fechadura saltou e o comissário achou-se frente a frente com a viúva, cujos seios e barriga ainda formavam uma barricada.

— Não adiantou de nada quebrarem tudo o que é meu! — exclamou ela. — Não há ninguém aqui.

O comissário, homem preguiçoso, que não gostava de dramas, ameaçou-a simplesmente de metê-la na cadeia. E logo foi embora para lavrar o auto, levando consigo os quatro policiais, sob as chacotas de Zacharie e do jovem Mouque, que, cheios de admiração com a peça pregada pelos companheiros, ridicularizavam a força armada.

No beco, Etienne, sem saber o que fazer com a caixa, correu, seguido dos outros. Lembrou-se repentinamente de Pierron e perguntou por que ele não fora visto. Maheu, sempre correndo, respondeu que estava doente, uma doença fictícia, medo de se comprometer.

Quiseram reter Pluchart, mas ele, sem parar, declarou que partia imediatamente para Joiselle, onde Legoujeux esperava instruções. Desejaram-lhe então boa viagem, não pararam de correr, atravessando Montsou a toda a brida. Frases, entrecortadas pelo arquejar da respiração, foram trocadas. Etienne e Maheu riam confiantes, certos agora do triunfo: quando a Internacional mandasse socorros, seria a vez de a companhia implorar para que voltassem ao trabalho. E naquele impulso de entusiasmo, no galope dos sapatos grossos soando na estrada, havia uma outra coisa, alguma coisa de sombrio e feroz, uma violência cujo vento iria incendiar os conjuntos habitacionais mineiros, nos quatro cantos do país.

V

Transcorreu outra quinzena. Estava-se nos primeiros dias de janeiro, feitos de brumas frias que entorpeciam a imensa planície. E a miséria era cada vez maior, os conjuntos habitacionais agonizavam com a penúria crescente. Quatro mil francos enviados de Londres, pela Internacional, não chegaram para dois dias de pão. Depois, nada mais veio. Esta grande esperança morta abatia os espíritos. Com quem contar agora, já que até os próprios irmãos os abandonavam? Sentiam-se perdidos no meio do brutal inverno, isolados do mundo.

Na terça-feira faltou tudo no conjunto habitacional dos Deux-Cent-Quarante. Etienne e os demais delegados tinham feito o que podiam: abriram novas subscrições nas cidades vizinhas, e até em Paris; lançaram pedidos; organizaram conferências. Seus esforços quase não tiveram resultados: a opinião pública, que a princípio se comovera, tornou-se indiferente com a infinita duração da greve, calma demais, sem dramas apaixonantes. As magras esmolas mal chegavam para alimentar as famílias mais pobres. As outras viviam empenhando o que tinham, vendendo peça por peça as coisas da casa. Tudo ia parar no brechó, a lã dos colchões, os utensílios de cozinha, até os móveis.

Por um momento julgaram-se salvos; foi quando os pequenos varejistas de Montsou, asfixiados por Maigrat, ofereceram crédito, numa tentativa para recuperar a freguesia. Durante uma semana, o merceeiro Verdonck e os dois padeiros Carouble e Smelten efetivamente cumpriram a promessa, mas em seguida pararam. Quem se alegrou com isso foram os cobradores judiciais, porque o resultado foi um aumento de dívidas, que por muito tempo ainda deveria pesar sobre os mineiros. Agora que o crédito acabara e nem sequer uma panela velha tinham para vender, podiam jogar-se a um canto e esperar pela morte, como cães sarnentos.

Etienne, por eles, daria a própria vida. Renunciara ao seu ordenado, fora a Marchiennes empenhar suas calças e sobrecasaca de lã, sentindo-se feliz de poder fazer continuar no fogo a panela dos Maheu. Ficara apenas com as botas; poupara-as para continuar sentindo o chão firme sob os pés, dizia ele.

Sentia profundo desespero por ter sido a greve deflagrada muito cedo, quando a caixa de previdência ainda não tivera tempo de ter recursos suficientes. Via nisso a causa única do desastre, porque os operários triunfariam certamente sobre os patrões no dia em que tivessem dinheiro economizado suficiente para resistir. Lembrou-se então das palavras de Suvarin acusando a companhia de provocar a greve para destruir os primeiros fundos da caixa.

A visão do conjunto habitacional, daquela pobre gente sem pão e sem fogo, angustiava-o. Preferia sair, fatigar-se com longos passeios. Uma noite, quando voltava, nas imediações de Réquillart, percebeu uma velha desmaiada na beira da estrada. Sem dúvida estava morrendo de inanição. Tendo-a erguido, pôs-se a chamar uma mulher que via do outro lado do tapume.

— Ah, és tu! — disse ele, reconhecendo a filha de Mouque. — Vamos, ajuda-me... Ela tem que tomar algum alimento.

A moça, chorando de compaixão, correu a casa, ao pardieiro oscilante que seu pai instalara no meio dos escombros; voltou em seguida com genebra e um pão. A genebra ressuscitou a velha, que, em silêncio, mordeu gulosamente o pão. Era a mãe de um mineiro que vivia num conjunto habitacional para os lados de Cougny, e caíra ali quando voltava de Joiselle, onde fizera esforços baldados para conseguir dez soldos emprestados com uma irmã. Assim que comeu, partiu, ainda tonta.

Etienne ficou parado no meio do terreno baldio de Réquillart, cujos galpões desabados desapareciam sob o matagal.

— Não queres entrar para beber alguma coisa? — perguntou a filha de Mouque alegremente.

E como ele hesitasse:

— Então, continuas com medo de mim?

Seguiu-a, conquistado por seu sorriso. Aquele pão que dera com tão boa vontade comovia-o.

Ela não quis que ficassem no quarto do pai e levou-o para o seu, onde foi logo servindo dois copinhos de genebra. O quarto era muito limpo e ele a cumprimentou por isso. A verdade é que não parecia faltar nada à família: o pai continuava com o seu trabalho de cavalariço na Voreux e ela, com a desculpa de que não queria ficar de braços cruzados, fizera-se lavadeira, o que lhe rendia trinta soldos por dia. Gostava de farrear com os homens, mas nem por isso lhe apetecia permanecer o dia inteiro deitada.

— Escuta... — murmurou ela de repente, agarrando-o meigamente pela cintura. — Por que não queres andar comigo?

Disse aquilo de uma maneira tão graciosa, que ele não pôde conter-se e sorriu também.

— Mas eu te quero muito bem — respondeu o rapaz.

— Não da maneira como eu gosto... Tu sabes que morro de desejo... Vamos? Tu me darias um grande prazer!

Era verdade; corria atrás dele havia seis meses. Bastava olhá-la para que se atirasse, apertando-o em seus braços frementes, o rosto levantado e com tal súplica amorosa que ele acabou comovendo-se. Sua cara de lua cheia não era bonita, com a tez encardida, escalavrada pelo carvão. Mas seus olhos eram tão ardentes, sabia ser tão encantadora, palpitava com tal desejo, que parecia mais jovem e rosada.

Agora, diante daquela entrega cheia de humildade e ardor, ele não resistiu mais.

— Tu queres! Tu queres! — balbuciou ela, maravilhada.

E entregou-se com uma imperícia e um êxtase de virgem, como se fosse aquela a primeira vez, como se nunca tivesse conhecido homem. Ao deixá-la, ela beijou-lhe as mãos e agradeceu.

Etienne ficou algo envergonhado com aquela boa sorte inesperada. Ninguém se gabava de ter possuído a filha de Mouque. Ao partir, jurou não mais voltar. Mas assim mesmo guardou uma lembrança amável, era uma boa moça.

Quando chegou ao conjunto habitacional, as graves notícias que lhe comunicaram fizeram que esquecesse a aventura. Corria o boato de que a companhia talvez estivesse disposta a fazer uma concessão se os delegados tentassem uma nova diligência com o diretor. Pelo menos era isso o que tinha sido espalhado pelo contramestre. A verdade era que, na luta travada, a mina sofria ainda mais que os mineiros. De ambos os lados a obstinação só fazia ruínas: enquanto o trabalho morria de fome, o capital se destruía. Cada dia de greve consumia milhões de francos. Máquina parada é máquina morta. As ferramentas e o material iam sendo corroídos, o dinheiro imobilizado sumia, como água que a areia absorve. Com o esgotamento do estoque de hulha armazenado no pátio das minas, a freguesia começou a dizer que ia dirigir-se à Bélgica. Havia nisso uma ameaça futura. Mas o que mais assustava a companhia, o que ela ocultava com cuidado, eram os estragos crescentes nas galerias e nos veios. Os contramestres não bastavam para os consertos, o madeiramento estava rachando por toda parte, havia desabamentos a todo o instante. Dentro em pouco os desmoronamentos seriam de tal monta que necessitariam longos meses de reparação, antes que pudesse continuar a extração. A região já andava cheia de histórias: em Crèvecoeur, trezentos metros de via tinham caído, obstruindo o acesso ao veio Cinq-Paumes: na Madeleine, o veio Maugrétout esfarelara-se e estava ficando inundado. A direção recusava confirmar tais histórias, mas, de repente, dois acidentes, um atrás do outro, obrigaram-na a confessar. Uma manhã, perto da Piolaine, encontraram o solo fendido por cima da galeria norte da Mirou, que desmoronara na véspera; no dia seguinte foi um aluimento interior na Voreux que abalou toda uma faixa do subúrbio, fazendo que duas casas quase fossem tragadas.

Etienne e os delegados hesitavam em arriscar-se numa nova diligência, sem conhecerem as intenções da administração. Procuraram Dansaert, que evitou responder claramente: por certo deploravam o mal-entendido, fariam tudo ao seu alcance para chegar a uma solução. Mas ficava nisso, não se definia. Os mineiros decidiram-se por fazer uma visita ao Sr. Hennebeau, mostrando assim que eram razoáveis. Não queriam ser acusados mais tarde de terem recusado à companhia a oportunidade de reconhecer seus erros. Mas juraram não ceder em nada, manter de qualquer maneira as suas condições, que eram as únicas justas.

A entrevista teve lugar na terça-feira de manhã, o dia em que o conjunto habitacional caiu na mais negra miséria. O encontro foi menos cordial que o primeiro. Maheu falou outra vez, explicou que seus companheiros o enviavam para saber se a companhia tinha alguma coisa de novo a dizer-lhes.

Primeiro, o Sr. Hennebeau fingiu-se surpreendido: não recebera novas ordens, as coisas continuariam no mesmo pé enquanto os mineiros insistissem nessa revolta execrável. A atitude rígida e autoritária do diretor produziu efeitos tão funestos que, se os delegados tivessem vindo com intenções conciliadoras, a maneira com que foram recebidos teria bastado para torná-los ainda mais intransigentes. Em seguida, o patrão achou melhor resvalar para um terreno de concessões mútuas: se os operários aceitassem o pagamento do revestimento à parte, a companhia aumentaria esse pagamento com os dois cêntimos de que era acusada de lucrar. Aliás, disse ele, fazia tal oferta por sua conta e risco, nada estava resolvido, prometia apenas obter essa concessão de Paris.

Os delegados não aceitaram a oferta e repetiram suas exigências: a manutenção do sistema antigo, com uma alta de cinco cêntimos por vagonete.

Então ele confessou que podia dar andamento ao que prometera imediatamente, insistiu para que aceitassem, por amor de suas mulheres e filhos morrendo de fome. Mas os mineiros, de cabeça baixa, irredutíveis, continuaram dizendo não e não, com um menear feroz.

Separaram-se brutalmente, o Sr. Hennebeau batendo as portas, Etienne, Maheu e os outros indo embora, batendo seus grossos tacões estrada afora, com a raiva muda dos vencidos levados às últimas conseqüências.

Nesse mesmo dia, às duas horas, as mulheres dos mineiros, por seu lado, fizeram uma tentativa com Maigrat. Era a última esperança, comover aquele homem, arrancar-lhe mais uma semana de crédito. Fora idéia da mulher de Maheu, que muitas vezes contava demais com o bom coração das pessoas. Convenceu a Queimada e a mulher de Levaque a acompanharem-na. A de Pierron desculpou-se, dizendo que não podia deixar o marido, que ainda não estava bem curado. Outras mulheres se juntaram ao grupo; eram bem umas vinte. Quando a burguesia de Montsou as viu chegando, tomando toda a largura da estrada, sombrias e miseráveis, balançou a cabeça inquieta. Portas se fecharam, uma senhora escondeu a prataria. Era a primeira vez que apareciam todas juntas, um péssimo sinal; quando as mulheres percorriam em bandos as estradas, tudo estava por ir água abaixo.

No Maigrat houve uma cena violenta. Primeiro, ele mandou-as entrar, às gargalhadas, fingindo crer que vinham para pagar as contas: quanta amabilidade virem em comissão para pagar tudo de uma só vez! Mas depois, assim que a mulher de Maheu começou a falar, ele deu-se ares de zangado. Então, estavam zombando dele? Estavam planejando levá-lo à bancarrota com esse pedido de novo crédito, ou o quê? Não! Nem mais uma batata, nem mais uma migalha de pão! Que fossem ao merceeiro Verdonck, aos padeiros Carouble e Smelten, já que era com eles que se abasteciam! As mulheres o escutaram cheias de uma humildade medrosa, desculparam-se, espiaram nos seus olhos para ver se descobriam algum sinal de amolecimento. Ele recomeçou com as brincadeiras, ofereceu seu armazém à Queimada se ela o aceitasse como amante. Para agradá-lo, na covardia da miséria, riram; a mulher de Levaque foi mais longe, disse que aceitava a proposta. Mas logo ele voltou ao tom grosseiro e empurrou-as para a porta. Como insistissem, deu um safanão numa delas. As outras, já do lado de fora, chamaram-no vendido, enquanto a mulher de Maheu levantava os braços num impulso de indignação vingadora, pedindo a sua morte, gritando que um homem daquele não merecia comer.

A volta para o conjunto habitacional foi lúgubre. Quando as mulheres entraram em casa com as mãos vazias, os homens as olharam em silêncio e baixaram a cabeça. Era o fim... o dia terminaria sem uma colherada de sopa, e os outros dias por vir estavam envoltos numa sombra gelada, onde não luzia uma única esperança. Mas tinham querido assim, ninguém falou em render-se. Tal excesso de miséria só servia para torná-los ainda mais obstinados, mudos, verdadeiros animais acuados, preferindo morrer no fundo da toca a sair. Quem ousaria falar em submeter-se? Tinham feito um juramento em comum de resistirem juntos, e resistiriam, como quando na mina eram um só homem, quando lutavam para salvar um companheiro soterrado. Agüentariam, tinham aprendido a resignação numa boa escola; podiam perfeitamente apertar o cinto por oito dias — não engoliam fogo e água desde a idade de doze anos? E à sua resignação misturava-se um orgulho de soldado, de homens orgulhosos de sua profissão, temperados na luta diária contra a morte, ufanos do sacrifício.

Em casa dos Maheu a noite foi terrível. Todos permaneceram calados, em frente ao fogo que morria, onde fumegavam os últimos restos de carvão.

Após terem esvaziado os colchões, pouco a pouco, na antevéspera decidiram vender o relógio de cuco por três francos, e, agora, a sala parecia nua e morta, sem o tique-taque familiar que a enchia com seu ruído. O único luxo que restava era a caixa de cartão cor-de-rosa no centro do guarda-comida, antigo presente de Maheu, que a mulher guardava como uma jóia. As duas cadeiras em bom estado tinham partido: o velho Boa-Morte e as crianças apertavam-se num banco carcomido, trazido do jardim. E o crepúsculo lívido que descia dava a impressão de aumentar o frio.

— O que fazer? — repetiu a mulher, acocorada junto ao fogão.

Etienne, em pé, olhava para os retratos do imperador e da imperatriz, colados na parede. Já os teria arrancado há muito tempo, não fosse a família, que os tinha ali como decoração. De repente murmurou de dentes cerrados:

— E dizer que ninguém daria dois soldos por esses cretinos que observam a gente morrer de fome!

— E se eu levasse a caixa? — perguntou a mulher muito pálida, após uma hesitação.

Maheu, sentado na borda da mesa, com as pernas balouçantes e a cabeça no peito, empertigou-se.

— Não, não quero!

A mulher levantou-se com dificuldade e deu uma volta pela sala. Como podia Deus deixar que fossem reduzidos àquela miséria! O guarda-comida sem uma migalha, nada para vender, nem mesmo uma idéia de como conseguir um pão... E o fogo estava morrendo! Irritou-se contra Alzire, a quem tinha mandado pela manhã ao aterro para catar restos de carvão, e voltara de mãos abanando, dizendo que a companhia proibira a entrada. E quem é que se importava com as ordens da companhia? Como se fosse um roubo juntar uns miseráveis pedaços de carvão! A menina, desesperada, contou que um homem ameaçara dar-lhe uns tapas; prometeu em seguida voltar ao aterro no outro dia e trazer carvão, mesmo que a espancassem.

— E o malandro do Jeanlin, por onde andará? É isso o que eu quero saber! — gritou a mãe. — Deveria trazer a verdura para a salada, pelo menos a gente pastava, como os animais! Vocês vão ver como ele não volta para casa. Ontem já não dormiu aqui. Não sei o que poderá andar fazendo, mas tem jeito de estar sempre com a pança cheia.

— Talvez ande recolhendo dinheiro na estrada — disse Etienne.

A mulher brandiu os punhos, fora de si.

— Se eu souber que é isso!... Meus filhos pedindo esmolas! Preferia matá-los e matar-me depois.

Maheu estava novamente prostrado, sentado sobre a mesa. Lénore e Henri, admirados com a falta de comida, começavam a gemer, enquanto o velho Boa-Morte, silencioso, enrolava filosoficamente a língua na boca, para enganar a fome.

Ninguém falou mais, havia uma espécie de insensibilidade em todos, resultante da enorme carga de desgraças. O avô tossindo, cuspindo preto, novamente vítima de reumatismo, que se estava transformando em hidropisia; o pai asmático, os joelhos cheios de água; a mãe e as crianças minadas pelas escrófulas e a anemia hereditárias. Mas tudo isso eram os cavacos do ofício; só se queixavam quando a falta de alimentação ia dando cabo de todos eles. No conjunto habitacional já se morria como moscas. Contudo, precisavam encontrar o que comer. Que fazer, onde ir, meu Deus?

Então, no crepúsculo, cuja tristeza lenta tornava a sala cada vez mais escura, Etienne, que hesitava havia um momento, decidiu-se com o coração partido.

— Esperem um momento — disse ele. — Vou ver se consigo alguma coisa e já volto.

E saiu. Lembrara-se da filha de Mouque. Ela devia ter um pão, que lhe daria de bom grado. A idéia de ter que voltar a Réquillart custava-lhe bastante sacrifício; a moça ia beijar-lhe as mãos, com ar de escrava enamorada. Mas não podia deixar os amigos naquela aflição, e, se fosse preciso, faria o que ela quisesse.

— Eu também vou ver — disse por sua vez a mulher de Maheu. — Isto é demais...

Abriu novamente a porta nas pegadas do rapaz e puxou-a com força, deixando os outros imóveis e mudos, na claridade bruxuleante de um toco de vela que Alzire acabava de acender.

Na rua, a mulher parou para refletir, depois entrou na casa dos Levaque.

— Será que podias pagar-me o pão que te emprestei outro dia? Mas interrompeu-se, o que via não lhe dava coragem para continuar falando: a casa transpirava mais miséria do que a sua.

A mulher de Levaque, os olhos fixos, encarava o fogo apagado, enquanto o marido, embriagado por pregueiros, dormia sobre a mesa, de estômago vazio. Encostado à parede, Bouteloup rascava maquinalmente os ombros, com a pasmaceira de um pobre-diabo a quem rasparam as economias e que se admira de não ter o que comer.

— Um pão? Mas, minha cara, eu ia justamente à tua casa pedir outro emprestado... — respondeu a mulher de Levaque.

E, como o marido grunhisse de dor no seu sonho, bateu-lhe com a cabeça na mesa.

— Fica quieto, porco! Tomara que estejas com as tripas em fogo! Em vez de aceitar bebidas, devias ter pedido vinte soldos emprestados a um amigo.

E continuou praguejando, desabafando, no meio da imundície da casa, tanto tempo entregue às baratas, que já exalava um fedor insuportável do próprio chão. Podia tudo ir para o inferno, não se importava! Seu filho, o patife do Bébert, desaparecera desde a manhã. E ela gritava que assim estava ótimo, que era menos um, tomara que nunca mais voltasse. Depois disse que ia dormir; ao menos se aqueceria. Deu um empurrão em Bouteloup.

— Vamos, sobe! O fogo apagou, não há necessidade de acender a vela para ver os pratos vazios... Vens ou não vens, Louis? Já disse que vamos dormir... A gente fica bem juntinho, será um conforto. E que esse porco bêbado rebente de frio sozinho aqui embaixo.

Ao ver-se na rua, a mulher de Maheu atalhou resolutamente pelos jardins para ir à casa dos Pierron. Ouviu risadas. Quando bateu, houve um silêncio repentino. Levaram um bom tempo para abrir a porta.

— Ah, és tu! — exclamou a dona da casa, fingindo grande surpresa. — Pensei que fosse o médico.

Sem deixar a outra falar, ela continuou, mostrou Pierron sentado em frente a um grande fogo de hulha.

— Ele continua mal, continua mal, o coitado. O semblante é bom, mas a barriga está em petição de miséria. Precisa de muito calor, a gente tem de queimar tudo o que há.

Realmente, Pierron tinha ótimo aspecto, a tez rosada, a carnação rija. Resfolegava em vão, para fingir que estava doente. Ao entrar, a mulher de Maheu sentiu forte cheiro de coelho: certamente tinham escondido os pratos. Havia migalhas sobre a mesa, e, bem no meio dela, percebeu uma garrafa de vinho esquecida.

— Mamãe foi a Montsou para ver se arranjava um pão — continuou a outra. — Estamos aqui morrendo de fome.

Mas parou de falar; tinha seguido o olhar da vizinha e notou a garrafa. Em seguida refez-se e contou uma história: aquela garrafa de vinho era uma dádiva dos burgueses da Piolaine para seu marido, a quem o médico receitara bordô. E não parou mais de demonstrar sua gratidão: que boa gente! a senhorita, principalmente, que não se envergonhava de entrar em casa de operário para distribuir suas esmolas.

— Eu sei — disse a outra. — Já os conheço.

À idéia de que o bem vai sempre para os que menos precisam, seu coração confrangeu-se. Era sempre assim: os burgueses da Piolaine tinham jogado água no mar... Mas como não os vira no conjunto habitacional? Talvez tivesse conseguido alguma coisa deles.

— Vim aqui — confessou ela enfim — para ver se estavam em melhor situação do que nós... Terias um pouco de aletria para me emprestar? Pago na primeira oportunidade.

A outra armou um verdadeiro escarcéu.

— Mas não temos absolutamente nada, minha querida! Nem mesmo aquilo que se chama um grão de sêmola. Se a mamãe não voltar é porque não conseguiu nada, e teremos de ir dormir de estômago vazio.

Nesse momento veio um choro da adega e ela deu um soco na porta. Era a vagabunda da Lydie que estava trancada — dizia ela —, de castigo por só ter voltado para casa às cinco horas, após um dia inteiro ao deus-dará. Menina indomável, sempre desaparecendo!

A mulher de Maheu continuava parada, sem se resolver a ir embora. Aquele fogo generoso penetrava-a de um bem-estar magoado, a idéia de que ali havia comida aumentava a sua fome. Era evidente: tinha mandado a velha embora e encerrado a menina para empanturrarem-se com o coelho. Ah! por mais que dissessem, quando uma mulher se portava mal, isso trazia felicidade para o lar!

— Boa noite! — disse ela de repente.

Na rua estava escuro, era noite fechada, e a lua, entre as nuvens, iluminava a terra de uma maneira sinistra. Em vez de atalhar pelos jardins, a mulher fez a volta, desesperada, não ousando entrar em casa. Mas, ao longo das fachadas mortas, todas as portas ressudavam fome e inércia. De que adiantava bater? A miséria estava por toda parte. Havia semanas que não se comia mais, o próprio cheiro de cebola tinha desaparecido, esse cheiro forte que de longe, do campo, anunciava o conjunto habitacional; agora só havia um odor de porões bolorentos, de buracos úmidos onde ninguém vive. Os ruídos vagos iam esmorecendo aos poucos: eram lágrimas abafadas, pragas soltas ao léu. E o silêncio era cada vez mais pesado, sentia-se avançar o sono da fome, o esquecimento dos corpos jogados nas camas, sob os pesadelos dos estômagos vazios.

Como passasse em frente à igreja, viu uma sombra esgueirar-se rapidamente. Cheia de esperança, apressou o passo, pois tinha reconhecido o pároco de Montsou, o Padre Joire, que dizia a missa de domingo na capela do conjunto habitacional; sem dúvida saía da sacristia, onde estivera resolvendo algum problema.

De ombros caídos, ele caminhava rápido com seu ar de homem gordo e calmo, desejoso de viver em paz com todo mundo. Se viera resolver seu problema à noite, era para não se comprometer no meio dos mineiros. Aliás, dizia-se que ele acabava de ser promovido; e, de fato, já fora visto em companhia do seu sucessor, um padre magro, com dois olhos que pareciam brasas.

— Senhor pároco, senhor pároco! — gaguejou a mulher.

Mas ele não parou.

— Boa noite, boa noite, minha filha.

Ela estava defronte de casa. Suas pernas já não agüentavam mais. Entrou.

Todos permaneciam nos mesmos lugares: Maheu, derreado, continuava sentado na mesa; o velho Boa-Morte e as crianças apertados uns contra os outros no banco, para terem menos frio... E nenhuma palavra tinha sido trocada; apenas a vela continuava ardendo e já estava no fim, dentro em pouco a luz também faltaria.

Ao barulho da porta as crianças levantaram os olhos, mas, vendo que a mãe não trazia nada, voltaram a baixá-los, sofreando uma enorme vontade de chorar, com medo de serem repreendidos. A mulher voltou ao seu lugar, perto do fogo mortiço. Ninguém fez perguntas e o silêncio continuou. Todos tinham compreendido, julgavam inútil gastar esforços em conversas. Aferravam-se agora a uma esperança mínima, desencorajada, a esperança derradeira do socorro de Etienne, que talvez iria descobrir alguma coisa, em algum lugar. Os minutos continuaram a transcorrer, já nem os contavam mais.

Quando Etienne voltou, trazia enrolada, num pano de cozinha, uma dúzia de batatas cozidas e frias.

— Foi tudo o que pude conseguir — disse ele.

Também na casa de Mouque estava faltando o pão; era o seu jantar que a moça lhe metera à força entre as mãos, beijando-o com toda a ternura.

— Obrigado — respondeu ele à mulher de Maheu, que lhe oferecia a sua parte. — Eu comi lá.

Era mentira; deprimido, olhava as crianças atirarem-se sobre a comida. O pai e a mãe continham-se também, para deixar mais aos filhos, mas o velho, vorazmente, engolia tudo. Tiveram que lhe arrancar uma batata para Alzire.

Etienne disse então que tinha novidades. A companhia, irritada com a obstinação dos grevistas, dizia que ia despedir os mineiros comprometidos. Decididamente, ela queria a guerra. Mas havia um boato ainda mais grave: a companhia vangloriava-se de ter convencido um grande número de operários a voltar ao trabalho; na manhã seguinte, a Victoire e a Feutry-Cantel deveriam estar trabalhando a pleno rendimento; e até na Madeleine e na Mirou haveria um terço do pessoal.

Os Maheu ficaram exasperados.

— Inferno! — gritou o homem. — Se há traidores, temos de ajustar contas com eles!

E, em pé, cedendo a um transporte de cólera sofrida:

— Amanhã à noite, na floresta! Já que não deixam a gente reunir-se no Bon-Joyeux, faremos da floresta a nossa casa!

Esse grito acordou o velho Boa-Morte, que cochilava empanturrado. Era o antigo grito de reunião, o ponto de encontro onde os mineiros de outrora iam organizar sua resistência aos soldados do rei.

— É isso! Vandame! Também irei com os outros!

A mulher de Maheu fez um gesto enérgico.

— Iremos todos. Terminaremos com essas injustiças e traições!

Etienne decidiu que o encontro seria marcado para todas os conjuntos habitacionais mineiros para a noite do dia seguinte.

Mas o fogo estava apagado, como na casa dos Levaque, e a vela também, repentinamente, terminou. Não havia mais hulha ou querosene; tiveram de se deitar no escuro, com um frio enorme que mordia a pele. As crianças choravam.

VI

Jeanlin já estava restabelecido e caminhando, mas suas pernas tinham sido tão mal encanadas, que agora mancava de ambas. Era preciso vê-lo, parecia um pato, correndo tão depressa como antes, e com a mesma destreza de animal daninho e ladrão.

Naquele entardecer, na estrada de Réquillart, Jeanlin, acompanhado dos seus inseparáveis Bébert e Lydie, espreitava. Estava emboscado num terreno baldio, por trás de um tapume, em frente a uma venda quase vazia, localizada na curva de uma vereda. Uma velha meio cega expunha ali três ou quatro sacos de lentilha e feijão, negros de poeira; mas era um bacalhau velho e ressequido, todo pintalgado de dejeções de moscas e pendurado à porta, que ele cobiçava com seus olhos apertados. Já por duas vezes mandara Bébert apanhá-lo, mas tinha aparecido gente na curva do caminho. Eram os importunos de sempre, não se podia trabalhar à vontade!

Surgiu um homem a cavalo e os três deitaram-se rente ao tapume ao reconhecerem o Sr. Hennebeau. Desde o começo da greve, ele era visto cavalgando pelas estradas, percorrendo sozinho os conjuntos habitacionais revoltados, demonstrando uma coragem tranqüila em assegurar-se pessoalmente do estado de coisas da região. E nunca uma pedra tinha assobiado nos seus ouvidos; só encontrava homens silenciosos e lentos que o cumprimentavam, mas, principalmente, namorados, que não se importavam com política e andavam pelos cantos para um momento de prazer. Ao trote de sua égua, sem olhar para os lados para não atrapalhar ninguém, passava, enquanto seu coração pulsava de um desejo que nunca fora saciado, mediante aquela fartura de amores livres.

Viu perfeitamente os dois meninos sobre a menina, amontoados. Até as crianças já sabiam divertir-se esfregando umas contra as outras as suas misérias! Com os olhos úmidos, desapareceu, muito teso sobre a sela, com a sobrecasaca militarmente abotoada.

— Diabo de azar! — exclamou Jeanlin. — Vai agora, Bébert; puxa pelo rabo!

Mas outros dois homens passavam e o menino murmurou nova praga quando ouviu a voz de seu irmão, Zacharie, que contava ao jovem Mouque como tinha descoberto uma moeda de quarenta soldos costurada numa saia da sua mulher. Riram às gargalhadas, dando-se palmadas nos ombros. O jovem Mouque teve a grande idéia de uma partida de críquete para o dia seguinte: partiriam às duas horas do Avantage; iriam para os lados de Montoire, perto de Marchiennes. Zacharie aceitou. Por que não paravam de aborrecê-los com essa greve? Queriam era divertir-se, já que não tinham nada mais para fazer! E dobravam a estrada quando Etienne, que vinha do canal, deteve-os e pôs-se a conversar.

— Será que vão dormir aqui? — perguntou Jeanlin, exasperado. — Já é quase noite e a velha está recolhendo os sacos.

Outro mineiro estava descendo para Réquillart. Etienne afastou-se com ele. Ao passarem pelo tapume, o menino ouviu-os falando sobre a floresta; tinham adiado a reunião para o dia seguinte, temendo não poderem avisar todos os conjuntos habitacionais naquele mesmo dia.

— Aí está! — murmurou Jeanlin para os outros dois. — A bagunça é para amanhã. Temos que ir. Tocamos para lá de tarde, hem?

Com a estrada finalmente deserta, ele deu ordem de partida a Bébert.

— Chegou a hora! Puxa pelo rabo... E cuidado com a vassoura da velha!

Felizmente, estava quase escuro. Bébert, de um salto, agarrou-se ao bacalhau, cujo barbante rebentou. Saiu correndo, agitando o peixe como se fosse um papagaio de papel, seguido pelos outros dois. A velha, boquiaberta, saiu para fora sem compreender, não podendo mais distinguir aquele bando que se perdia nas trevas.

Esses gatunos acabavam sendo o terror da região, que fora invadida por eles, como por uma horda selvagem. A princípio contentaram-se com o pátio da Voreux, onde chafurdavam no carvão, saindo de lá negros, brincando de esconde-esconde entre a provisão de madeira, onde se perdiam como no fundo de uma floresta virgem. Depois, tomaram de assalto o aterro, onde escorregavam pelas partes escalvadas, ainda escaldantes por causa dos incêndios internos, metiam-se por entre o matagal da parte abandonada, escondidos o dia inteiro, ocupados em brincadeiras tranqüilas como ratos lúbricos. E continuavam a conquistar terreno, indo engalfinhar-se por entre os montes de tijolos, percorrendo os prados, comendo, sem pão, qualquer espécie de erva que tivesse algum sumo, esquadrinhando a vegetação do canal em busca de peixes presos no lodo, que devoravam crus. E iam cada vez mais longe, andavam quilômetros, até os bosques de Vandame, onde se empanturravam de morangos na primavera, de avelãs e medronhos[1] no verão. Não tardou muito para que a imensa planície lhes pertencesse.

Mas o que os atirava assim às estradas, de Montsou a Marchiennes, com seus olhos de lobos novos, era uma necessidade crescente de pilhagem. Jeanlin capitaneava essas expedições, lançando sua tropa sobre qualquer presa, devastando as plantações de cebola, saqueando os pomares, atacando os tendeiros. Na região, já estavam acusando os mineiros em greve, falava-se de uma enorme quadrilha organizada. Um dia, ele chegara a forçar Lydie a roubar sua própria mãe, fazendo que a menina lhe trouxesse duas dúzias de balas de cevada que a mulher de Pierron guardava num frasco no mostruário da janela; e a pequena, moída de pancada, não o traíra, a tal ponto temia a autoridade do companheiro. O pior era que ele sempre ficava com a parte do leão. Bébert também tinha de lhe entregar o resultado dos seus assaltos, e podia considerar-se um felizardo quando o capitão não o esbofeteava para ficar com tudo.

Jeanlin ultimamente andava abusando. Surrava Lydie como quem espanca a mulher legítima e aproveitava-se da credulidade de Bébert para comprometê-lo em aventuras desagradáveis, muito divertido em aturdir aquele menino grandalhão, mais forte do que ele, que podia aniquilá-lo com um murro. Desprezava os outros dois, tratava-os como escravos, contava-lhes que tinha por amante uma princesa,

---

[1] Espécie de morango silvestre. (N. do E.)

diante da qual eles eram indignos de se mostrar. E, realmente, havia oito dias que começara a desaparecer de repente ao chegar numa esquina, ao dobrar uma curva do caminho, onde quer que estivesse, depois de lhes ordenar de maneira terrível que voltassem para casa. Mas primeiro embolsava o resultado do saque.

Foi isso, aliás, o que aconteceu naquela noite.

— Passa para cá — disse ele, arrancando o bacalhau das mãos do companheiro quando os três pararam numa volta da estrada, perto de Réquillart.

Bébert protestou.

— Eu também quero... Quem é que foi apanhar?

— O quê? — gritou Jeanlin. — Tu não tens querer! Se eu quiser, dou-te, e não vai ser hoje: amanhã, se sobrar alguma coisa.

Empurrou Lydie, colocou um ao lado do outro, alinhados e perfilados como soldados. Depois, passando para trás deles:

— Agora, vocês vão ficar aí cinco minutos, sem um movimento... Se olharem para trás, juro por Deus! os bichos ferozes devoram vocês... E depois vão voltar imediatamente para casa, entenderam? Se no caminho o Bébert tocar na Lydie eu ficarei sabendo, e aí os dois vão levar uns bons tapas.

Imediatamente desapareceu na escuridão; era tão rápido que nem sequer o roçar dos seus pés descalços se ouviu. Os outros dois ficaram imóveis durante os cinco minutos, sem olhar para trás, com medo de receber um bofetão do invisível. Aos poucos, uma grande afeição nascera entre eles, como resultado daquele terror comum. Ele sempre sonhava tomá-la em seus braços e apertá-la com força contra seu coração, como via os outros fazerem. E ela bem que gostaria disso, porque nunca fora tratada com carinho. Mas nenhum dos dois ousaria desobedecer. Quando se foram, ainda que a noite estivesse muito escura, nem mesmo se abraçaram, caminharam lado a lado, comovidos e desesperados, certos de que, se se tocassem, o capitão, por trás, iria puni-los.

À mesma hora Etienne entrava em Réquillart. Na véspera, a filha de Mouque suplicara-lhe que voltasse, e ele voltava, envergonhado, sem querer confessar que começava a gostar daquela moça que o adorava como a um deus. Vinha, aliás, com a intenção de terminar com aquilo. Vê-la-ia, explicar-lhe-ia que não devia mais persegui-lo, para evitar comentários dos companheiros. Os tempos eram difíceis, não estava sendo honesto aceitando tais facilidades enquanto os outros morriam de fome.

Não a tendo encontrado em casa, decidiu esperá-la, e começou a espreitar as sombras que passavam.

Sob a torre do sino de rebate em ruínas, via-se o poço semi-obstruído. Uma viga em pé, sustentando um pedaço de teto, parecia um patíbulo pairando sobre o buraco negro; e, no bocal derruído do poço, cresciam duas árvores, uma sorveira e um plátano, que pareciam sair das profundezas da terra. Era um recanto selvagem e abandonado, a entrada cheia de galhos e ramagens de um precipício, atravancada de madeiras podres, verdejante com suas ameixeiras silvestres e espinheiros, onde, na primavera, as toutinegras faziam seus ninhos.

Desejando evitar as grandes despesas de conservação, a companhia havia dez anos que tencionava atulhar aquela galeria morta, mas tinha, antes, que instalar na Voreux um ventilador, porque o centro de ventilação dos dois poços, que se comunicavam entre si, era em Réquillart, cujo antigo esgoto servia de chaminé. Tinha-se limitado a consolidar o madeiramento à altura do solo com escoras atravessadas, barrando o acesso à extração, e havia abandonado as galerias superiores só para vigiar a galeria do fundo, onde ardia a fogueira do inferno, o enorme braseiro de hulha, tão violento, que o aquecimento do ar fazia soprar um verdadeiro furacão por toda a galeria vizinha. Por motivos de segurança, para que ainda se pudesse subir e descer, havia ordens de que o fosso das escadas tivesse uma manutenção acurada. Mas ninguém se importava com ele, e as escadas estavam apodrecendo com a umidade; alguns patamares já tinham desabado. Em cima, a entrada estava fechada por espesso matagal; como o primeiro lance de escada tinha perdido alguns degraus, para atingi-la era preciso pendurar-se em alguma raiz de sorveira e depois deixar-se cair, encomendando a alma a Deus, no escuro.

Etienne pacientemente esperava, escondido atrás do matagal, quando ouviu um roçar prolongado entre os galhos. Julgou que fosse a corrida de uma cobra assustada, mas o repentino clarão de um fósforo causou-lhe espanto, e ficou estupefato ao reconhecer Jeanlin, que acendia uma vela e se engolfava na terra. Ficou tão furioso que se aproximou do buraco. O menino tinha desaparecido, mas um clarão fraco vinha do segundo patamar. Hesitou um momento para depois deixar-se escorregar, segurando-se às raízes; pensou que teria de dar um salto de quinhentos e vinte e quatro metros, que era o que media a galeria, mas acabou sentindo um degrau sob os pés, e começou a descer vagarosamente.

Jeanlin não devia ter ouvido; Etienne continuava a ver a luz descendo, enquanto a sombra do menino, colossal e apavorante, dançava nas paredes com o balanço das suas pernas aleijadas. O rapazinho pulava, com uma destreza de macaco, e conseguia segurar-se com as mãos, com os pés, com o queixo, quando os degraus faltavam. As escadas, de sete metros cada uma, sucediam-se, algumas ainda sólidas, outras bambas, rangendo, quase desabadas; os patamares estreitos passavam, uns após os outros, esverdeados, a tal ponto apodrecidos, que se andava escorregando, como em cima de musgo. E, à medida que se descia, o calor era cada vez mais sufocante, um calor de fornalha, que vinha do poço da fogueira, felizmente pouco ativa desde o começo da greve, porque em época de trabalho, quando a fornalha devorava os seus cinco mil quilos de hulha diários, ninguém se arriscaria ali sem sair assado.

"Raio de velhaco!", praguejava Etienne sem fôlego. "Onde diabo vai ele?"

Por duas vezes quase caiu. Seus pés escorregavam na madeira úmida. Se ao menos tivesse uma vela, como o outro... Batia-se de encontro à parede a cada momento; era guiado apenas pelo vago clarão que fugia sob ele. Seguramente, já era a vigésima escada, e a descida continuava. Começou a contar os lances: vinte e um, vinte e dois, vinte e três, e cada vez descia mais. Parecia que estava com os miolos em fogo, chegou a pensar que tinha caído numa fornalha. Enfim chegou a uma embocadura de galeria e divisou a chama desaparecendo no fundo. Trinta lances de escada, aproximadamente duzentos metros.

"Será que ainda terei que correr atrás dele por muito tempo?", pensou Etienne. "É na cavalariça que ele se encafurna, não há dúvida."

À esquerda, porém, a via conduzindo à cavalariça estava obstruída por um desmoronamento. A viagem recomeçou, cada vez mais penosa e perigosa. Morcegos assustados voejavam, colavam-se na abóbada da galeria. Teve de correr para não perder de vista a luz, jogou-se para a frente, mas onde Jeanlin passava facilmente com sua agilidade de serpente ele não podia penetrar sem machucar-se. Esta galeria, como todas as vias antigas, tinha-se estreitado e a cada dia estreitava-se mais sob a constante pressão da terra. Em certos trechos já era uma garganta muito fechada, que dentro em pouco também desapareceria. Nesse trabalho de estrangulamento, as estacas vergadas e quebradas tornavam-se um perigo, ameaçando dilacerar-lhe a carne, fisgá-lo na passagem com a ponta de suas lanças, agudas como punhais. Ele avançava com precaução, de joelhos ou arrastando-se, tateando a sombra na sua frente. De repente, um bando de ratos percorreu-o da cabeça aos pés, num galope de fuga.

"Com todos os diabos! quando é que ele vai parar?", grunhiu Etienne sem fôlego, com dor nas costas.

Chegavam. Ao fim de um quilômetro a garganta alargava e entraram num trecho de via admiravelmente conservado. Era o fundo da antiga via de rodagem, aberta na rocha, igual a uma gruta natural. Etienne teve de parar; observava de longe o menino, que protegia a vela entre duas pedras e se punha à vontade, tranqüilo e descansado, como um homem feliz por chegar em casa. Uma instalação completa transformara aquela extremidade de galeria numa habitação confortável. No chão, a um canto, um monte de feno servia de cama; sobre velhas madeiras, dispostas para formarem uma mesa, havia de tudo: pão, maçãs, litros de genebra abertos — uma verdadeira caverna de bandoleiro, com o produto dos saques acumulados durante semanas, mesmo coisas inúteis como sabão e graxa, roubadas pelo simples prazer do roubo. E o menino, sozinho no meio de toda aquela rapina, deliciava-se como um verdadeiro bandoleiro egoísta.

— Escuta, tu estás debochando dos outros ou o quê? — gritou Etienne depois de tomar fôlego. — Vens para cá refestelar-te enquanto estamos morrendo de fome lá em cima?

Jeanlin tremia, aterrado. Ao reconhecer o rapaz acalmou-se.

— Queres jantar comigo? — acabou dizendo. — Que tal? Um pedaço de bacalhau assado? Vais ver que beleza!

Ainda não largara o bacalhau e pôs-se a limpar com grande afinco a sujeira das moscas com uma ótima faca nova, um desses pequenos punhais com cabo de osso onde se gravam provérbios. No dele lia-se a palavra "Amor", simplesmente.

— Tens uma bela faca — observou Etienne.

— É um presente de Lydie — respondeu Jeanlin, que deixou de contar que Lydie o roubara, por ordem dele, de um vendedor ambulante de Montsou, defronte do botequim Tête-Coupée.

E, sem parar de raspar, acrescentou com orgulho:

— Então, a minha casa não é boa? É mais aquecida que lá em cima e cheira muito melhor.

Etienne sentara-se e estava resolvido a fazê-lo falar. Sua cólera passara, agora só tinha interesse por aquela criança perversa, tão valente e decidida em todos os seus vícios. Com efeito, gozava-se de certo bem-estar no fundo daquele buraco; o calor não era demasiado, a temperatura sempre igual em qualquer estação, uma tepidez de banho, enquanto lá em cima o rude dezembro gretava a pele dos miseráveis. Com o envelhecimento, as galerias se purificavam de todos os gases nocivos, o grisu desaparecera, sentia-se ali somente o cheiro fermentado das madeiras antigas, um odor sutil de éter, como que adocicado por uma pitada de cravo-da-índia. Aliás, era até agradável olhar para essas madeiras, que tinham adquirido uma palidez amarelecida de mármore, franjadas de uma renda esbranquiçada, de vegetações esponjosas que pareciam envolvê-las numa passamanaria entretecida de seda e pérolas. Outras, ainda, estavam recobertas de cogumelos. E havia uma revoada de borboletas brancas, de moscas e aranhas de neve, uma população descolorida, que nunca veria a luz do sol.

— Mas tu não tens medo? — perguntou Etienne.

Jeanlin encarou-o admirado.

— Medo de quê? Estou completamente sozinho...

Nesse ponto, o bacalhau já estava completamente limpo; acendeu um fogo baixo, esparramou as brasas e o pôs a assar. Em seguida, cortou um pão em dois pedaços. Era uma comida excessivamente salgada, mas assim mesmo deliciosa para estômagos sólidos.

Etienne aceitara sua parte.

— Agora não me espanta mais de te ver engordando enquanto emagrecemos. Sabes que o que estás fazendo é uma patifaria? Não pensas nos outros?

— Ora! E por que os outros são bobos?

— Aliás, fazes bem em esconder-te, porque se teu pai vier a saber que andas roubando estás frito.

— Como se os burgueses não roubassem também! Tu é que dizes isso. Quando furtei este pão dos Maigrat, foi para descontar um que ele nos devia.

O rapaz calou-se, com a boca cheia, perturbado. O menino fitava-o com aquela cara de rato, onde brilhavam dois olhos verdes e sobressaía um enorme par de orelhas, em toda a sua degenerescência de aborto humano, mas de uma inteligência cheia de meandros e de uma manha selvagem, lentamente reconquistada pela animalidade ancestral. A mina, que o tinha engendrado, acabara sua obra quebrando-lhe as pernas.

— E a Lydie? — perguntou novamente Etienne. — Costumas trazê-la aqui?

Jeanlin riu com desprezo.

— A menina? Essa é boa! As mulheres falam muito.

E continuou rindo, cheio de um imenso desdém por Lydie e Bébert. Não havia ninguém mais tolo do que eles. A idéia de que aceitavam cegamente todas as suas lorotas e sempre acabavam de mãos abanando, enquanto ele comia refesteladamente o seu bacalhau, dava-lhe uma comichão de prazer. Em seguida, concluiu com uma gravidade de pequeno filósofo:

— É melhor estar só, assim não há discussões.

Etienne acabara de comer seu pão. Bebeu um gole de genebra. Chegou a perguntar-se se era direito aceitar a hospitalidade de Jeanlin, se não seria melhor arrastá-lo para cima, proibindo-lhe novos roubos, sob a ameaça de tudo contar a seu pai. Mas, ao examinar aquele esconderijo subterrâneo, uma idéia começou a tomar corpo na sua cabeça: quem sabe não viria a precisar dele, para os companheiros ou para si, no caso de as coisas piorarem lá por cima? Fez o menino jurar que não mais dormiria fora de casa, como costumava fazer, preferindo aquela cama de feno ao lar. Depois, apanhando um pedaço de vela, partiu na frente, deixando-o a arrumar tranqüilamente seus pertences.

A filha de Mouque esperava-o, já cheia de angústia, sentada num caibro, apesar do frio intenso. Ao avistá-lo saltou-lhe ao pescoço. Foi como se lhe cravassem uma faca no coração, quando ele anunciou a sua vontade de não mais revê-la. Deus do céu! Por quê? Então ela não o amava bastante?

Temendo sucumbir ao desejo de entrar na sua casa, encaminhou-a para a entrada, explicando-lhe o mais docemente possível que ela o comprometia aos olhos dos camaradas, que comprometia a causa política. Ela admirou-se; que tinha aquilo que ver com a política? Disse então que ele tinha era vergonha de ser visto ao seu lado; mas não estava magoada com isso, era bastante natural. Teve uma idéia: ofereceu-se para levar uma bofetada diante de todo mundo, para mostrar que estavam rompidos. Mas tinha de tornar a vê-la, pelo menos uma vezinha de tempos em tempos. Suplicou desesperadamente, jurou que ficaria escondida, que de agora em diante só o reteria por cinco minutos.

Ele, muito comovido, continuou a recusar. Não tinha outro jeito... Ao despedir-se, quis ao menos beijá-la. Caminhando, tinham chegado à entrada de Montsou e continuavam abraçados sob a lua cheia, quando uma mulher passou junto deles com um brusco sobressalto, como se tivesse tropeçado numa pedra.

— Quem é? — perguntou Etienne inquieto.

— Catherine — respondeu a outra. — Está voltando da Jean-Bart.

A mulher, agora, caminhava de cabeça baixa e pernas frouxas, com ar de muito cansada. O rapaz continuou a observá-la, desesperado de ter sido visto por ela, o coração invadido por um remorso sem causa. Então ela não estava com um homem? Não o fizera sofrer do mesmo sofrimento, ali mesmo, na estrada de Réquillart, quando se entregara a esse homem? Mas assim mesmo sentia-se deprimido por ter-lhe pago com a mesma moeda.

— Queres que te diga uma coisa? — murmurou a filha de Mouque, ao partir, debulhada em lágrimas. — Se não me queres é porque tens outra.

No dia seguinte o tempo estava esplêndido: um céu claro de geada, um desses maravilhosos dias de inverno, quando a terra dura soa como um cristal debaixo dos pés.

Jeanlin escapou de casa à uma hora, mas teve de esperar Bébert por trás da igreja e quase tiveram de partir sem Lydie, que a mãe mantinha fechada no porão. Acabava de ser solta, mas puseram-lhe um cesto nos braços, dizendo-lhe que, se não voltasse com ele cheio de dentes-de-leão, seria novamente encerrada com os ratos a noite inteira. Por isso, cheia de medo, quis ir colher a salada imediatamente, mas Jeanlin dissuadiu-a; veriam isso mais tarde.

Havia muito tempo que Polônia, a enorme coelha de Rasseneur, preocupava-o; passava justamente defronte do Avantage, quando a coelha saiu para a rua. Agarrou-a de um salto pelas orelhas, enfiou-a no cesto da menina e saíram correndo. Iam divertir-se à grande, fazendo-a correr como um cão até a floresta.

Mas pararam para ver Zacharie e o jovem Mouque, que, depois de terem bebido uma cerveja com mais dois companheiros, iniciavam sua grande partida de críquete. Tinham apostado um boné novo e um lenço vermelho, depositados no Rasseneur. Os quatro jogadores, dois a dois, tiraram a sorte para o primeiro turno, da Voreux à fazenda Paillot, cerca de três quilômetros; foi Zacharie quem ganhou; ele apostara em sete lances, ao passo que o jovem Mouque pedira oito. Tinham pousado a bola, o pequeno ovo torneado de raiz de buxo, no chão da estrada, com a ponta para cima. Todos empunhavam seus tacos, ou maços de ferro oblíquos, de cabos longos e enrolados em barbante muito apertado. Davam duas horas quando iniciaram a partida. Zacharie, magistralmente, no seu primeiro turno, composto de uma série de três lances, enviou a bola a mais de quatrocentos metros através dos campos de beterraba, pois era proibido jogar nas aldeias e estradas, onde já tinha morrido gente por causa desse esporte. O jovem Mouque, igualmente forte, arremessou a bola com tanto ímpeto, que ela foi cair cento e cinqüenta metros para trás. E a partida continuou, uma equipe avançando, a outra fazendo recuar, ambas correndo, todos com os pés contundidos pelas arestas geladas da terra lavrada.

A princípio, Jeanlin, Bébert e Lydie tinham corrido atrás dos jogadores, entusiasmados com as grandes tacadas. Depois, lembraram-se de Polônia, que eles sacudiam no cesto, e, abandonando a partida já no campo aberto, soltaram a coelha para ver se era capaz de correr muito. Em liberdade, ela saiu desabaladamente e os três correndo atrás; foi uma caçada de hora, em alta velocidade, cheia de desvios bruscos, gritos e bracejar no vazio. Se a coelha não estivesse com um início de gravidez, nunca a teriam apanhado.

Ainda esbaforidos, ouviram pragas que os fizeram voltar a cabeça. Encontravam-se novamente no meio do jogo de críquete e era Zacharie quem praguejava, porque por um triz não rachara a cabeça do irmão.

Os jogadores já estavam na quarta rodada: da fazenda Paillot tinham ido aos Quatre-Chemins, dos Quatre-Chemins a Montoire, e agora, em seis lances, de Montoire ao Pré-des-Vaches. Tinham percorrido duas léguas e meia em uma hora, tendo ainda parado no botequim do Vincent e na venda Trois-Sages, para beberem cerveja. Desta vez o jovem Mouque era mão. Tinha apenas dois lances para fazer, sua vitória estava assegurada quando Zacharie, usando do seu direito, sempre escarnecendo dos adversários, lançou a bola para trás com tanta destreza, que esta foi cair num fosso profundo. O parceiro do jovem Mouque não conseguiu tirá-la dali, foi um desastre. Os quatro jogadores começaram a discutir aos gritos, a partida estava no seu auge, e, devido ao empate, teriam de recomeçá-la. Do Pré-des-Vaches ao início das Herbes-Rousses não havia mais do que dois quilômetros, que seriam vencidos em cinco lances. Lá beberiam mais umas cervejas no Lerenard.

Jeanlin teve uma idéia. Deixou-os partir, tirou um barbante do bolso e amarrou-o à pata traseira esquerda de Polônia. Isso transformou-se numa grande brincadeira; a coelha corria adiante dos três garotos, puxando da perna, desancando de uma maneira tão ridícula, que eles riam como loucos. Depois amarraram-na pelo pescoço, fazendo-a galopar; como ela já estivesse cansada, arrastaram-na de barriga, de costas, como se fosse um carrinho de brinquedo. Como aquilo já durasse mais de uma hora e o animal estivesse estertorando, meteram-

-no outra vez no cesto ao ouvirem, perto do bosque, em Cruchot, os jogadores, cujo caminho atravessavam mais uma vez.

Agora, Zacharie, o jovem Mouque e os outros dois devoravam os quilômetros sem outro descanso que o tempo necessário para esvaziar copos em todas as tabernas do caminho. Das Herbes-Rousses tinham ido parar em Buchy, depois na Croix-de-Pierre, depois em Chamblay. A terra estremecia sob o calcar dos seus pés correndo sem descanso atrás da bola que pulava sobre a neve. O tempo estava bom, não se atolavam, nem corriam o risco de quebrar as pernas. No ar seco, as grandes tacadas espocavam como tiros. As mãos musculosas seguravam o cabo enrolado em barbante e o corpo inteiro se lançava, como para abater o boi. E isso durante horas, de um extremo a outro da planície, por cima dos fossos, das cercas, dos taludes dos caminhos, dos muros baixos dos cerrados. Era preciso ter bons foles no peito e juntas de ferro nos joelhos. Os britadores desenferrujavam-se com paixão nesse esporte. Havia fanáticos de vinte e cinco anos que chegavam a jogar num raio de dez léguas. Aos quarenta anos, já pesados, não jogavam mais.

Davam cinco horas, o crepúsculo já começava. Mais um jogo até a floresta de Vandame, para decidir quem ganharia o boné e o lenço. Zacharie gracejou, com a sua indiferença zombeteira pela política: seria engraçado se caíssem bem no meio dos camaradas.

Quanto a Jeanlin, desde a saída do conjunto habitacional, tinha por meta a floresta, apesar do seu jeito de estar apenas correndo os campos. Com um gesto indignado ameaçou Lydie, que, cheia de remorso e medo, falou em voltar à Voreux para colher dentes-de-leão. Então iam perder a reunião? Ele queria ouvir o que os velhos diriam. Empurrou Bébert, propôs alegrar o resto do caminho até as árvores desamarrando Polônia e perseguindo-a a pedradas. Seu plano secreto era matá-la; desejava levá-la para a sua toca de Réquillart e ali comê-la. A coelha recomeçou sua fuga, de focinho levantado e orelhas caídas: uma pedra esfolou-lhe o lombo, outra arrancou-lhe o rabo; apesar da escuridão crescente, os garotos a teriam matado se não tivessem visto, no centro de uma clareira, Etienne e Maheu parados. Atiraram-se sobre o animal, pondo-o mais uma vez dentro do cesto. Quase no mesmo momento, Zacharie e os companheiros davam a última tacada, lançando a bola, que foi cair a poucos metros da clareira. Estavam todos em pleno local da reunião.

Por toda a região, nas estradas e sendas da planície rasa, havia, desde o cair da tarde, uma longa fila, um deslizar de sombras silenciosas, caminhando isoladas ou em grupos, em direção às fímbrias violáceas da floresta. Todas as aldeias se esvaziavam, até as mulheres e crianças partiam como para um passeio sob o grande céu claro. Agora que os caminhos se tornavam escuros, não se distinguia mais essa multidão em marcha esgueirando-se para o mesmo local; sentia-se apenas o seu bater de pés, confusa, arrebatada por um único desejo. Ao longo das cercas, entre as moitas, apenas havia um roçar leve, um rumor vago de vozes noturnas.

O Sr. Hennebeau, que nesse momento justamente voltava para casa montado na sua égua, apurava o ouvido para aquele rumor perdido. Encontrara casais que passeavam lentamente naquele belo anoitecer de inverno. Mais namorados que, beijando-se, iam esconder-se por trás dos muros para alguns momentos de prazer. Não eram esses os seus encontros habituais, moças deitadas no fundo dos fossos, indigentes enchendo-se da única alegria que não custava nada? E aqueles imbecis ainda se queixam da vida, quando tinham, à farta, a felicidade única de se amarem! De bom grado teria estourado de fome como eles, se pudesse recomeçar a existência com uma mulher que se entregasse sobre os cascalhos com todo o corpo e de coração aberto. Não encontrava consolo para a sua desgraça, invejava aqueles miseráveis. De cabeça baixa voltava para casa, guiado pelo passo moroso da sua égua, desesperado com aqueles ruídos longos que se perdiam na amplidão do campo em trevas, nos quais só distinguia beijos.

VII

Era no Plan-des-Dames, na vasta clareira que uma derrubada acabava de abrir. Ela estendia-se em declive suave, cingida pela floresta espessa, por faias magníficas cujos troncos retos e regulares a envolviam de colunas brancas, esverdeadas de liquens. Os gigantes abatidos ainda jaziam sobre a grama; à esquerda, um monte de toros cortados mais parecia um cubo geométrico. O frio aumentara com o crepúsculo, o musgo gelado estalava sob os pés. Na terra já era noite fechada, os ramos altos recortavam-se contra o céu pálido, onde a lua cheia, subindo no horizonte, ia apagar as estrelas.

Perto de três mil mineiros tinham comparecido à reunião; era uma multidão fervilhante, homens, mulheres e crianças enchendo pouco a pouco a clareira, transbordando por baixo do arvoredo; e os retardatários continuavam a chegar; a maré de cabeças, afogada na sombra, espraiava-se até os cortes vizinhos. Um bramido subia daquele mar humano, igual a um vento de tempestade na floresta imóvel e gelada.

No alto, dominando o declive, encontrava-se Etienne, acompanhado de Rasseneur e Maheu. Estourara uma briga, ouviam-se seus ecos ressoando, intermitentes. Perto dos que discutiam estavam Levaque, de punhos cerrados, Pierron, que logo se pôs de costas, muito nervoso por não ter podido pretextar mais febres, e mais o velho Boa-Morte e o velho Mouque, ombro a ombro sentados num tronco, com ar de profunda meditação. Por trás deles agrupavam-se os trocistas: Zacharie, o jovem Mouque e outros ainda, que tinham vindo para se divertir, enquanto as mulheres, recolhidas e graves como numa igreja, formavam grupo à parte. A mulher de Maheu, muda, balançava a cabeça ouvindo o surdo praguejar da mulher de Levaque. Philomène tossia, atacada de bronquite com a chegada do inverno. Só a filha de Mouque ria com todos os dentes, divertida pela maneira com que a velha Queimada falava da filha, chamando-a de desnaturada, que a mandava sair para empanturrar-se com coelho, uma vendida que engordava graças à falta de caráter do marido. E sobre o monte de madeira encarapitara-se Jeanlin, içando Lydie e obrigando Bébert a segui-lo, ficando os três acima dos outros.

O responsável pela disputa era Rasseneur, que queria proceder formalmente à eleição da mesa. A derrota que sofrera no Bon-Joyeux enfurecera-o, e tinha jurado tirar a desforra, gabando-se de reconquistar sua autoridade antiga quando se encontrassem frente a frente, não mais como delegados, mas como mineiros. Etienne, revoltado, achou imbecil a idéia da mesa, em plena floresta. Tinham que agir revolucionariamente, como selvagens, já que estavam sendo caçados como lobos.

Vendo que a discussão não terminava mais, subiu num tronco de árvore e apoderou-se subitamente da multidão, gritando:

— Camaradas! Camaradas!

O rumor confuso extinguiu-se num longo suspiro, enquanto Maheu abafava os protestos de Rasseneur. Etienne continuou com uma voz poderosa:

— Camaradas, uma vez que nos proíbem de falar, uma vez que a polícia nos persegue como se fôssemos bandidos, é aqui que temos de nos reunir! Aqui somos livres, estamos em nossa casa, ninguém virá para nos fazer calar, da mesma forma que não conseguem calar os pássaros e os animais!

Uma torrente de gritos e exclamações foi a resposta:

— Sim, sim, a floresta é nossa, temos o direito de conversar... Fala!

Etienne permaneceu por um momento imóvel sobre o tronco de árvore. A lua, ainda baixa no horizonte, só iluminava os galhos mais altos, a multidão permanecia envolta em trevas, pouco a pouco acalmada e silenciosa. Ele, igualmente no escuro, fazia por cima dela, no cimo do declive, uma mancha de sombra.

Levantou um braço num gesto lento e começou. Sua voz, no entanto, não ribombava mais, adotara o tom frio de um simples mandatário do povo prestando contas. Finalmente fazia o discurso que o comissário de polícia fizera gorar no Bon-Joyeux. Começou com um histórico rápido da greve, afetando uma eloqüência científica: fatos, nada mais que fatos. Primeiro referiu-se à sua repugnância pela greve: os mineiros não a tinham querido, a direção os provocara com a nova tarifa de revestimentos. Depois lembrou a primeira visita dos delegados ao diretor, a má-fé da administração, e mais tarde, quando da segunda visita, sua concessão tardia, os dois cêntimos que devolvia depois de ter tentado roubá-los. Agora estavam nisso; começou a dar números provando que a caixa de previdência estava vazia, indicou o emprego dos socorros enviados, desculpando em algumas frases a Internacional, Pluchart e os outros, por não terem podido fazer mais por eles, devido às preocupações que tinham com seus planos de conquista do mundo. A situação agravava-se dia a dia, a companhia despedindo e ameaçando contratar operários na Bélgica; além disso intimidava os fracos, convencera certo número de mineiros a voltar ao trabalho. Toda essa fala foi pronunciada em tom monótono, como para ressaltar essas más notícias. Falou ainda da fome vitoriosa, da esperança morta, da luta já nos últimos haustos da coragem. De repente terminou, sem elevar a voz:

— É nestas circunstâncias, camaradas, que vocês devem tomar uma decisão esta noite. Querem a continuação da greve? E, nesse caso, que pretendem fazer para triunfar sobre a companhia?

Um silêncio profundo caiu do céu estrelado. A multidão, engolfada na escuridão, permanecia muda sob o peso daquelas palavras que lhe esmagavam o coração. Apenas se ouvia sua respiração angustiada por entre as árvores.

Mas Etienne já prosseguia noutro tom. Não era mais o secretário da associação que falava, era o chefe de bando, o apóstolo portador da verdade. Então havia covardes que faltavam à palavra empenhada?

Então tinha-se sofrido um mês inutilmente para depois voltar às minas de cabeça baixa e recomeçar a eterna miséria? Não valeria mais a pena morrer de uma vez, tentando destruir essa tirania do capital que levava o trabalhador à inanição? Continuar submetendo-se à fome até o momento em que ela, novamente, revoltaria até os mais calmos não era um jogo estúpido que não podia continuar existindo? E mostrou os mineiros explorados, suportando sozinhos os resultados da crise, obrigados a não mais comer no momento em que as necessidades da concorrência fizessem baixar os preços da mão-de-obra. Não! A tarifa do revestimento era inaceitável, não passava de uma economia disfarçada, queriam roubar de cada homem uma hora de seu trabalho diário. Desta vez era demais, estava chegando a hora em que os miseráveis, levados até o último degrau da sua miséria, fariam justiça.

Ficou de braços erguidos.

A multidão, à palavra "justiça", sacudida por um longo estremecimento, desatou em aplausos que rolaram com um barulho de folhas secas. Vozes gritaram:

— Justiça! Chegou a hora da justiça!

Aos poucos Etienne inflamava-se. Não possuía a abundância fácil e cascateante de Rasseneur. Muitas vezes, as palavras não lhe vinham, tinha de torturar a frase e dela saía com um esforço que ressaltava com um movimento de ombros. Mas nesses contínuos tropeços descobria imagens de uma energia familiar que empolgavam seu auditório. Da mesma forma, seus gestos de mineiro, os cotovelos para trás, depois estendendo-se e lançando os punhos para a frente, sua mandíbula repentinamente avançando, como para morder, exerciam também uma ação extraordinária sobre os camaradas. Todos o diziam, ele não era um espetáculo, mas prendia a atenção.

— O sistema assalariado é uma nova forma de escravidão — continuou ele com a voz ainda mais vibrante. — A mina deve ser do mineiro, como o mar é do pescador, como a terra é do camponês. Compreendam isso de uma vez por todas: a mina é de vocês, de todos vocês, que há um século a vêm pagando com tanto sangue e tanta miséria!

Com a maior sem-cerimônia abordou problemas obscuros de direito, a enfiada de leis especiais sobre minas em que ele se perdia. O subsolo, assim como o solo, pertencia à nação; apenas um privilégio odioso assegurava o monopólio às companhias. Para Montsou, a pretensa legalidade das concessões complicava-se com tratados passados outrora com proprietários de antigos feudos, segundo o velho costume de Hainaut. Os mineiros, portanto, só tinham que reconquistar sua propriedade. E com as mãos estendidas ele mostrava a região inteira, para além da floresta. Nesse momento, a lua, que subia no horizonte, escorregando pelos ramos mais altos, iluminou-o. Quando a multidão, ainda no escuro, divisou-o assim, todo iluminado, distribuindo a fortuna com suas mãos abertas, aplaudiu de novo, prolongadamente.

— Sim, sim, ele tem razão! Bravo!

A partir daí Etienne cavalgou no seu plano favorito: a distribuição de instrumentos de trabalho à coletividade, como ele dizia numa frase, cuja barbárie o comichava deliciosamente. Nele, agora, a evolução era completa. Tendo partido da fraternidade humilde dos catecúmenos, da necessidade de reformar o sistema assalariado, acabara na idéia política de o suprimir. Depois da reunião no Bon-Joyeux, seu coletivismo, ainda humanitário e sem fórmula, enrijecera num programa complicado, que ele ia discutindo cientificamente, artigo por artigo. Primeiro disse que a liberdade só podia ser conseguida com a destruição do Estado; quando o povo tivesse tomado o poder, as reformas seriam feitas: volta à comuna primitiva; substituição da família moral e opressiva pela família igualitária e livre; igualdade absoluta, civil, política e econômica; garantia da independência individual graças à possessão e ao produto integral dos instrumentos de trabalho; enfim, instrução profissional e gratuita, paga pela coletividade. Isso levaria a uma reforma da sociedade velha e podre. Atacou o casamento, o direito de fazer testamento, regulamentou a fortuna particular, pôs abaixo o monumento iníquo dos séculos mortos com um grande gesto, sempre o mesmo, o gesto do ceifador que derruba a colheita madura. Com a outra mão foi reconstruindo, erguendo a futura humanidade, o edifício da verdade e da justiça surgindo na aurora do século XX. Diante de tal tensão cerebral a razão perdeu pé, restou apenas a idéia fixa do sectário. Os escrúpulos da sua sensibilidade e do seu bom senso evaporaram-se, nada era mais fácil do que a realização desse mundo novo; previra tudo, falava dele como de uma máquina que montaria em duas horas, sem levar em conta o fogo e o sangue.

— Chegou a nossa vez! — gritou, numa última explosão. — Agora depende de nós conseguirmos o poder e a riqueza!

Uma aclamação rolou até ele, vinda dos confins da floresta. A lua, agora, iluminava toda a clareira, recortava em arestas brilhantes o mar de cabeças por toda a confusa lonjura da mata de corte e por entre os enormes troncos cinzentos. E naquele ar glacial havia um ricto feroz nos rostos, olhos faiscantes, bocas abertas... Era todo um povo em delírio de possessão, homens, mulheres e crianças famélicos, prontos para o assalto justo aos antigos bens de que estavam sendo esbulhados. Já nem sentiam mais frio, aquelas palavras ardentes aqueceram-nos até as entranhas. Uma exaltação religiosa fazia-os pairar sobre a terra, era a febre de esperança dos primeiros cristãos da Igreja esperando o reino próximo da justiça. Muitas frases obscuras lhes tinham escapado, quase nada entendiam daqueles raciocínios técnicos e abstratos, mas a própria obscuridade, a abstração, tornava ainda maior o campo das promessas, arrebatava-os num deslumbramento. Que sonho! serem eles os senhores, cessarem de sofrer, usufruírem finalmente da felicidade!

— É isso mesmo, com todos os diabos! Chegou a nossa vez! Morte aos exploradores!

As mulheres deliravam; a de Maheu saindo da sua calma, presa da vertigem da fome; a de Levaque gritando; a velha Queimada, fora de si, agitando seus braços de bruxa; Philomène, sacudida por um acesso de tosse; e a filha de Mouque, num delírio, gritava palavras cheias de ternura para o orador.

Dos homens, Maheu, conquistado, soltara um grito de cólera, entre Pierron, que tremia, e Levaque, que falava demais; os galhofeiros, Zacharie e o jovem Mouque, tentavam fazer graça, mas sentiam-se comovidos, admirados com o companheiro que pudera falar tanto tempo sem molhar a garganta. Mas era Jeanlin, encarapitado no monte de madeira, quem fazia mais estardalhaço, açulando Bébert e Lydie, agitando o cesto onde jazia Polônia.

O clamor era cada vez mais intenso. Etienne saboreava a embriaguez de sua popularidade. Era o seu poder que ele detinha ali, como que materializado naqueles três mil peitos, cujos corações fazia bater com uma palavra. Se Suvarin se tivesse dignado a vir, teria aplaudido suas idéias, à medida que as fosse reconhecendo, contente com os progressos anarquistas de seu discípulo, satisfeito com o programa, salvo o artigo sobre a instrução, um resto de tolice sentimental, já que a santa e salutar ignorância devia ser o banho de onde os homens surgiriam com nova têmpera. Quanto a Rasseneur, dava de ombros com desdém e cólera.

— Tu vais deixar-me falar ou não? — gritou ele para Etienne.

Este saltou do tronco de árvore.

— Fala, veremos se te escutam...

Já Rasseneur o tinha substituído e pedia silêncio com um gesto. O barulho era cada vez maior; seu nome corria das primeiras fileiras, onde tinha sido reconhecido, às últimas, espalhadas por entre as faias. A multidão recusava-se a ouvi-lo, era um ídolo caído, cuja vista bastava para enfurecer seus antigos fiéis. Sua elocução fácil, sua palavra cascateante e simpática, que por tanto tempo havia encantado, era chamada agora de tisana morna, para adormecer os covardes. Quis fazer o discurso de apaziguamento que trazia preparado sobre a impossibilidade de transformar o mundo mediante leis, sobre a necessidade de deixar à evolução social o tempo para amadurecer, mas ninguém lhe deu ouvidos; vaiaram-no, mandaram que se calasse; sua derrota do Bon-Joyeux agravou-se, tornou-se irremediável. Começaram a jogar punhados de musgo com gelo, uma mulher gritou com voz esganiçada:

— Abaixo o traidor!

Mas ele continuou explicando que a mina não podia ser propriedade dos mineiros, como é o tear do tecelão; declarou preferir a participação nos lucros, o operário interessado, transformado em filho da casa.

— Abaixo o traidor! — repetiram mil vozes, enquanto as pedras começavam a voar.

Nesse momento ele empalideceu e o desespero encheu seus olhos de lágrimas. Era o desmoronamento de sua existência, vinte anos de companheirismo ambicioso que afundavam sob a ingratidão das massas. Desceu do tronco com o coração despedaçado, sem forças para continuar.

— Isso te faz rir? — balbuciou ele, dirigindo-se a Etienne triunfante. — Muito bem, desejo o mesmo para ti... Tua hora chegará, ouviste?

E, como para eximir-se da responsabilidade nas desgraças que previa, fez um grande gesto e partiu sozinho através da campina muda e branca.

A vaia continuava; todos ficaram surpresos ao verem em pé sobre o tronco o velho Boa-Morte, que falava sem levar em conta a gritaria. Até ali, Mouque e ele tinham-se conservado absortos, com aquele jeito deles, parecendo que estavam refletindo sobre coisas passadas. Sem dúvida entrara numa dessas crises repentinas de tagarelice, que às vezes mexiam tão violentamente com o seu passado fazendo que às lembranças viessem aos seus lábios aos borbotões e por horas a fio. Fizera-se um grande silêncio, todos escutavam aquele velho de uma palidez de espectro sob a lua. E, como ele contava coisas sem ligação imediata com o assunto em pauta, longas histórias que ninguém podia compreender, a emoção aumentou.

Era da sua juventude que falava; narrava a morte dos seus dois tios esmagados na Voreux, a história da pneumonia que lhe carregara a mulher. Mas a sua idéia central estava sempre presente no que dizia: aquilo nunca andara bem e jamais andaria. Uma vez, tinham-se reunido quinhentos homens na floresta, porque o rei não queria diminuir as horas de trabalho. Em seguida, começou a contar a história de outra greve: vira tantas! Todas vinham desaguar sob estas árvores, aqui, no Plan-des-Dames, além, na Charbonnerie, ou mais longe ainda, no Saut-du-Loup. Em certas ocasiões fazia frio, em outras, calor. Uma noite chovera tanto que voltaram para casa sem poder falar. E os soldados do rei apareciam e as reuniões eram dispersadas a tiros.

— Levantávamos a mão, assim, jurávamos não mais voltar à mina... Eu jurei muitas vezes, ah! se jurei!...

A multidão escutava atônita, inquieta, quando Etienne, que acompanhava a cena, saltou para cima da árvore abatida e manteve o velho ao seu lado. Acabava de divisar Chaval entre os amigos da primeira fila. A idéia de que Catherine devia estar lá enchera-o de novo entusiasmo, da necessidade de ser aclamado diante dela.

— Camaradas, vocês ouviram bem o que ele disse. Aqui está um dos nossos anciãos, que falou dos seus sofrimentos e do que sofrerão nossos filhos, se não exterminarmos com os ladrões e os algozes.

Foi terrível, nunca falara com tamanha violência. Com um braço ele segurava o velho Boa-Morte, empunhando-o como uma bandeira de miséria e de luto, clamando por vingança. Em frases rápidas referiu-se ao primeiro Maheu, citou toda aquela família gasta na mina, devorada pela companhia, continuando faminta após cem anos de trabalho. E, como contraponto, falou em seguida dos barrigas-cheias da administração, que suavam dinheiro, de toda a quadrilha de acionistas que, como manteúdos, viviam havia um século de não fazerem nada, apenas desfrutando dos corpos dos mineiros. Então não era horrível que toda uma população de mineiros, de pai para filho, rebentasse-se no fundo da terra, para que ministros pudessem receber seu dinheiro por baixo da mesa e gerações de fidalgos e burgueses dessem festas ou engordassem placidamente sentados junto à lareira? Estudara as doenças dos mineiros, citou todas com detalhes horripilantes: anemia, escrofulose, bronquite negra, asma sufocante, reumatismo que paralisa. Esses miseráveis, que serviam de pasto às máquinas, que eram encurralados como gado nos conjuntos habitacionais, as grandes companhias absorviam aos poucos, regularizando assim a escravidão, ameaçando arregimentar todos os trabalhadores de uma nação, milhões de braços, para enriquecer um milhar de preguiçosos. Mas o mineiro não era mais o ignorantão, a besta esmagada nas entranhas da terra. Um verdadeiro exército brotava das profundezas das galerias, uma messe de cidadãos cuja semente germinava e faria estalar o chão num dia ensolarado. Saber-se-ia então se, no fim de quarenta anos de serviço, alguém se atreveria a oferecer cento e cinqüenta francos de aposentadoria a um velho de sessenta anos, que escarrava hulha e tinha as pernas minadas pela água dos veios. Sim! o trabalho acertaria suas contas com o capital, esse deus impessoal, desconhecido do operário, agachado em algum lugar, no mistério do seu tabernáculo, de onde sugava a vida dos mortos de fome que o alimentavam! Sim! iriam até ele, acabariam vendo sua cara à luz dos incêndios, afogariam em sangue esse porco imundo, esse ídolo monstruoso, empanturrado de carne humana!

Calou-se, mas seu braço continuou estendido, apontando para o inimigo ao longe, não sabia onde ao certo, mas espalhado por toda a terra. Desta vez o clamor da multidão foi tão violento, que os burgueses de Montsou ouviram-no e olharam para os lados de Vandame, com medo de que fosse algum desabamento formidável. Os pássaros noturnos começaram a voar por cima do arvoredo, ao luar.

Etienne quis concluir imediatamente:

— Camaradas, qual é a decisão de vocês? Votam pela continuação da greve?

— Sim! Sim! — gritaram todos.

— E que medidas querem tomar? Nossa derrota é certa se alguns covardes decidirem trabalhar amanhã.

As vozes voltaram num hausto de tempestade:

— Morte aos covardes!

— Vocês decidem então chamá-los ao dever, ao que foi jurado... Este é o plano que poderíamos pôr em prática: apresentarmo-nos nas minas e, com a nossa presença, trazer os traidores à ordem, mostrar à companhia que estamos todos de acordo e preferimos morrer a ceder.

— É isso mesmo! Às minas! Às minas!

Desde que começara a falar, Etienne procurava Catherine entre as cabeças pálidas que marulhavam à sua frente. Era certo que ela não viera. Mas Chaval continuava ali, dando de ombros e fingindo rir, devorado pela inveja, pronto a vender-se por um pouco daquela popularidade.

— E se há espiões entre nós, camaradas, eles que tomem cuidado, nós sabemos quem são... — continuou Etienne. — Sim, porque estou vendo mineiros de Vandame que não abandonaram o trabalho...

— Isso é para mim? — perguntou Chaval com bravata.

— É para aqueles a quem servir a carapuça... Mas, já que falas, devias compreender que aqueles que comem não deviam meter-se com os que têm fome. E tu trabalhas na Jean-Bart...

Uma voz zombeteira o interrompeu:

— Ele trabalha? Tem é uma mulher que trabalha para ele, isso sim...

Chaval, de rosto afogueado, praguejou:

— Vão para o inferno! Então é proibido trabalhar?

— É! — gritou Etienne. — Quando os camaradas estão passando miséria para o bem de todos, é proibido ser egoísta e hipócrita e pôr-se do lado do patrão. Se a greve fosse geral, há muito tempo teríamos vencido... Então é correto que mesmo um único homem de Vandame se apresente ao trabalho enquanto Montsou está em greve? O grande golpe seria ter parado o trabalho em toda a região, tanto na mina de Deneulin como aqui, entendes? Só há traidores nos veios de Jean-Bart, todos vocês são uns traidores!

Em torno de Chaval a turba estava ficando ameaçadora, punhos erguiam-se aos gritos de “Morra! Morra!”, cada vez mais próximos; ele sentiu que o sangue lhe gelava nas veias, mas, no seu ódio a Etienne, na sua ânsia de vencê-lo, uma idéia fez que se aprumasse.

— Escutem! Vão amanhã a Jean-Bart e vocês verão se eu trabalho!... Nós somos dos de vocês, mandaram-me aqui para dizer isto. É preciso apagar as caldeiras, é preciso que também os mecânicos entrem em greve. Tanto melhor se as bombas pararem, a água inundará as galerias e tudo irá para o inferno!

Por sua vez ele foi furiosamente aplaudido, o próprio Etienne ficou ultrapassado. Sucediam-se os oradores no tronco da árvore, gesticulando no meio da gritaria, lançando propostas terríveis. Era o ataque de loucura da fé, a impaciência de uma seita religiosa que, cansada de esperar pelo milagre prometido, decidira-se finalmente a provocá-lo. As cabeças enfraquecidas pela fome enxergavam vermelho, sonhavam com incêndios e sangue em meio a uma glória de apoteose, de onde subia a felicidade universal. E a lua, tranqüila, banhava aquele mar agitado, a floresta imensa cingia com seu grande silêncio aquele grito de massacre. Só a relva gelada estalava sob os sapatos, enquanto as faias, eretas na sua força, com a delicada ramagem dos seus galhos negros, engastados no céu branco, não viam nem ouviam os seres miseráveis que se agitavam a seus pés.

Todos se empurravam, a mulher de Maheu, de repente, encontrou-se ao lado do marido, e ambos fora de si, arrebatados pela lenta exasperação que havia meses os minava, aprovavam Levaque, que exagerava, pedindo a cabeça dos engenheiros. Pierron tinha desaparecido. Boa-Morte e Mouque falavam ao mesmo tempo, diziam coisas vagas e violentas que ninguém compreendia. Por brincadeira, Zacharie pedia a demolição das igrejas, enquanto o jovem Mouque batia com o seu taco no chão, só para aumentar a barulheira. As mulheres pareciam possessas: a de Levaque, de mãos nos quadris, insultava Philomène, que ela acusava de ter rido; a filha de Mouque falava em descadeirar os policiais a pontapés em certo lugar; a Queimada, que acabava de espancar Lydie, ao encontrá-la sem cesto e sem salada, continuava a dar bofetões no vazio, em todos os patrões que ela gostaria de apanhar. Por um instante Jeanlin ficara assustado, quando Bébert lhe disse que soubera por um outro menino que a mulher de Rasseneur os vira roubando Polônia, mas, depois de decidir que iria furtivamente soltar o animal na porta do Avantage, gritou mais forte ainda, abrindo sua faca nova e brandindo-a para todos os lados, sentindo-se glorioso ao vê-la brilhar.

— Camaradas! Camaradas! — repetia Etienne exausto, rouco, tentando obter um minuto de silêncio para se entenderem definitivamente.

Por fim calaram para escutá-lo.

— Camaradas! Amanhã de manhã na Jean-Bart. Está combinado?

— Sim, sim, na Jean-Bart! Morram os traidores!

O furacão daquelas três mil vozes encheu o céu, indo extinguir-se na claridade pura da lua.

QUINTA PARTE

I

Às quatro horas da manhã, a lua já desaparecera e a noite era muito escura. Tudo dormia ainda na casa dos Deneulin; a velha casa de tijolos permanecia muda e sombria, com portas e janelas fechadas, ao fundo de um vasto jardim maltratado, que a separava da galeria Jean-Bart. Do outro lado passava a estrada deserta de Vandame, um grande burgo, escondido por trás da floresta, a três quilômetros aproximadamente.

Deneulin, cansado por ter passado na véspera boa parte do dia no fundo da mina, roncava voltado para a parede, quando sonhou que o chamavam. Acabou acordando e ouviu realmente uma voz; correu para a janela. Era um dos seus contramestres, em pé no jardim.

— Que há? — perguntou ele.

— Uma revolta, senhor! Metade dos homens não quer trabalhar e não deixa os outros descerem.

Não compreendia direito, ainda com a cabeça pesada e cheia de sono, transido pelo grande frio, como por uma ducha gelada.

— Obrigue-os a descer, com todos os diabos! — gaguejou ele.

— Há uma hora que a coisa dura — continuou o contramestre. — Tivemos a idéia de chamá-lo. Só o senhor talvez consiga fazê-los voltar à razão.

— Está bem, já vou.

Vestiu-se correndo, o espírito já claro, muito inquieto. Poderiam pilhar a casa, nem a cozinheira nem o criado se teriam mexido. Mas do outro lado do patamar vozes alarmadas cochichavam. Ao sair. viu abrir-se a porta do quarto das filhas e ambas aparecerem, vestidas de roupões brancos, enfiados às pressas.

— Que está acontecendo, papai?

A mais velha, Lucie, já tinha vinte e dois anos, era alta, trigueira, de aspecto magnífico, enquanto Jeanne, a caçula, com apenas dezenove anos, era pequena, de cabelos dourados, de uma graça meiga.

— Nada grave — respondeu ele para acalmá-las. — Parece que uns baderneiros estão procurando barulho na mina. Vou ver.

Mas elas reclamaram, não queriam deixá-lo partir sem antes tomar algo quente, senão voltaria doente, com o estômago arruinado, como sempre. Ele disse que não, jurou que tinha pressa.

— Escuta — decidiu Jeanne saltando-lhe ao pescoço —, tu vais beber um copinho de rum e comer uns biscoitos, porque senão não te largo, e tens de me levar contigo.

Teve de submeter-se, insistindo que os biscoitos iam fazer-lhe mal. Já elas desciam na frente dele, cada uma com seu castiçal. Embaixo, na sala de jantar, serviram-no às pressas, uma despejando o rum num cálice, a outra correndo à copa em busca de um pacote de biscoitos.

Tendo perdido a mãe muito cedo, tinham-se educado sozinhas, bastante mal, estragadas pela indulgência do pai, a primogênita possuída pelo sonho de cantar em teatros, a mais jovem, louca por pintura, de uma ousadia de gosto que a singularizava. Mas, quando tiveram de diminuir os gastos, devido a grandes dificuldades nos negócios, brotaram de repente dessas moças de ar extravagante duas donas-de-casa muito sábias e espertas, cujo olho descobria erros de cêntimos nas contas. Hoje, com seus ares independentes de artistas, geriam o dinheiro, economizavam soldos, discutiam com os fornecedores, consertavam constantemente os vestidos, conseguiam, enfim, tornar aceitável a penúria crescente da casa.

— Come, papai — disse Lucie.

Notando a preocupação em que ele afundava, silencioso, sombrio, ficou cheia de medo.

— É coisa assim tão grave para fazeres essa cara? Fala... Ficaremos contigo, poderão almoçar muito bem sem a gente.

Falava de um passeio projetado para essa manhã. A Sra. Hennebeau devia ir na sua caleça buscar primeiro Cécile, na casa dos Grégoire, depois passaria para apanhá-las. Todas juntas iriam a Marchiennes, almoçar nas Forjas, aonde tinham sido convidadas pela mulher do diretor. Era uma ocasião para visitar as oficinas, os altos-fornos e as fornalhas de coque.

— Claro que ficamos — declarou Jeanne por sua vez.

Mas ele zangou-se.

— Que idéia! Já disse que não é nada. Por favor, voltem para a cama e estejam prontas às nove horas, como ficou combinado.

Beijou-as e deu-se pressa em partir. Ouviu-se o barulho de suas botas cada vez mais fraco na terra coberta de gelo do jardim.

Jeanne fechou cuidadosamente a garrafa de rum, enquanto Lucie guardava os biscoitos a chave.

A peça tinha a limpeza fria das salas onde a mesa é parcimoniosamente servida. Ambas aproveitaram aquela descida matinal para ver se tudo tinha sido arrumado de véspera. Um guardanapo fora deixado fora do lugar, teriam de chamar a atenção do criado. Por fim, subiram.

Enquanto atalhava pelos caminhos estreitos da horta, Deneulin pensava na sua fortuna comprometida, no dinheiro de Montsou, no milhão que empatara, planejando decuplicá-lo, e que agora corria riscos tão sérios. Fora uma série ininterrupta de golpes de má sorte, de consertos enormes e imprevistos, de condições de exploração das mais ruinosas, e depois aquela catastrófica crise industrial, justamente no momento em que os lucros começavam. Se houvesse greve na sua mina, estaria perdido. Empurrou um pequeno portão: as edificações da mina eram contornos na treva, demarcados apenas por alguns lampiões.

A Jean-Bart não tinha a importância da Voreux, mas as instalações renovadas faziam dela uma bela mina, segundo os engenheiros. Não se haviam contentado em alargar o poço para um metro e cinqüenta e em aprofundá-lo até setecentos e oito metros, tinham-no reequipado totalmente: máquina nova, elevadores novos, todo o material novo, instalado segundo os últimos aperfeiçoamentos da ciência. Havia até um toque de elegância nas construções, o galpão da triagem com lambrequins recortados, torre do sino de rebate com relógio, a sala da recebedoria e a casa da máquina com uma abóbada estilo capela renascentista, encimada por uma chaminé em espiral axadrezada, feita de tijolos pretos e vermelhos. A bomba estava colocada no outro poço da concessão, na velha galeria Gaston-Marie, reservada unicamente para o esgoto. À direita e à esquerda da extração, a Jean-Bart só tinha dois poços, o do ventilador a vapor e o das escadas.

De madrugada, a partir das três horas, Chaval já lá estava para convencer e incitar os camaradas, dizendo que era preciso imitar os trabalhadores de Montsou e pedir um aumento de cinco cêntimos, por vagonete. Em breve, os quatrocentos operários da extração tinham abandonado o vestuário e aglomeravam-se na sala da recebedoria, num tumulto de gestos e gritos. Os que queriam trabalhar empunhavam suas lâmpadas, estavam descalços e mantinham a pá ou a picareta debaixo do braço, ao passo que os outros, ainda de tamancos, o gibão sobre os ombros por causa do frio intenso, impediam o acesso ao poço. A essa altura, os contramestres já estavam roucos, tentando impor ordem, suplicando que fossem sensatos, que deixassem descer aqueles que estavam dispostos a trabalhar.

Chaval ficou fora de si ao ver Catherine de calças e jaqueta, a cabeça enrolada na coifa azul. Ao levantar-se ordenara-lhe brutalmente que ficasse deitada, mas ela, desesperada com aquela suspensão do trabalho, fora para a mina, porque ele nunca lhe dava dinheiro e, muitas vezes, era ela quem pagava por ambos. Que iria acontecer-lhe se ficasse sem ganhar nada? Um medo a obcecava, o medo de uma casa pública de Marchiennes, onde terminavam as operadoras de vagonetes sem pão e sem teto.

— Diacho! — gritou Chaval. — Quem te mandou meter o nariz aqui?

Ela tartamudeou que não tinha recursos e queria trabalhar.

— Então estás contra mim, cadela? Volta já para casa ou eu te levo a pontapés na bunda!

Cheia de medo, ela recuou, mas não foi embora, resolvida a ver como iam acabar as coisas.

Deneulin chegava pela escada da triagem. Apesar da luz insuficiente dos lampiões, abarcou a cena com um olhar penetrante, estudando aquela multidão envolvida em treva, da qual conhecia todos os rostos: britadores, carregadores, ascensoristas, operadoras de vagonetes e até mesmo os meninos aprendizes. Dentro do galpão, ainda novo e limpo, o trabalho, parado, esperava; a máquina, sob pressão, emitia ligeiros assobios de vapor; os elevadores permaneciam suspensos dos cabos imóveis; os vagonetes, abandonados no caminho, atravancavam o recinto. Apenas oitenta lanternas tinham saído, as outras ainda flamejavam no depósito. Mas tinha certeza de que com uma palavra sua todo o trabalho recomeçaria.

— Então, qual é o problema, meus filhos? — perguntou ele com voz cheia. — Não estão contentes? Expliquem, porque havemos de entender-nos.

Ainda que sempre exigindo grande esforço dos seus homens, de ordinário mostrava-se paternal com eles. Autoritário, de gestos bruscos, procurava primeiro conquistá-los com uma bonomia que tinha lampejos altissonantes, e muitas vezes fazia-se querer; os operários respeitavam nele, sobretudo, o homem corajoso, sempre nos veios com eles, o primeiro no perigo, tão logo um acidente lançava o pânico na mina. Já por duas vezes, após explosões de grisu, fora descido aos locais de perigo, amarrado pelos sovacos com uma corda, quando os mais valentes recuavam.

— Espero que não façam que me arrependa por ter-me responsabilizado por vocês — continuou ele. — Bem sabem que não aceitei um destacamento de policiais aqui na mina... Falem calmamente, estou escutando.

Todos se calaram, medrosos, procurando afastar-se dele. Foi Chaval quem acabou por dizer:

— Sr. Deneulin, o que há é que não podemos continuar trabalhando sem um aumento de cinco cêntimos por vagonete.

Ele pareceu surpreso.

— O quê? Cinco cêntimos? A propósito de que esse pedido? Eu não me queixo do revestimento que vocês fazem, não quero impor-lhes uma nova tarifa, como a administração de Montsou.

— É verdade, mas os companheiros de Montsou estão certos. Eles não aceitam a tarifa e exigem um aumento de cinco cêntimos porque não se consegue fazer bom trabalho com as atuais empreitadas... Queremos mais cinco cêntimos, não é verdade, pessoal?

Alguns aprovaram, o murmúrio recomeçou, acompanhado de gestos violentos. Pouco a pouco iam apertando o círculo.

Uma chama incendiou os olhos de Deneulin, enquanto seus punhos de homem amante dos governos fortes se fechavam de medo de ceder à tentação de agarrar alguém pelo pescoço. Preferiu discutir, argumentar.

— Vocês querem cinco cêntimos, e concordo em que o trabalho vale isso. Mas eu não posso dá-los. Se desse, estaria perdido. Tratem de compreender que para vocês viverem é preciso que eu viva. E eu estou muito apertado, o menor aumento no preço da mão-de-obra me derrubaria. Lembrem-se de que dois anos atrás, quando da última greve, cedi, mas naquele tempo ainda podia. E saibam que essa alta de salário foi extremamente ruinosa para mim, que desde então me debato numa crise. Hoje, prefiro fechar esta joça agora mesmo a não saber onde, no mês que vem, arranjar dinheiro para pagar vocês.

Chaval riu maldosamente ao ver aquele patrão falando tão francamente dos seus negócios. Os outros baixavam a cabeça, obstinados, incrédulos, sem poderem compreender que um chefe não ganhasse milhões com os seus operários.

Deneulin continuou insistindo. Explicou sua luta contra Montsou, sempre à espreita, pronta a devorá-lo se ele, por descuido, caísse de mau jeito. Era uma concorrência desenfreada, que o forçava a fazer economia, tanto mais que a grande profundidade da Jean-Bart aumentava o preço da extração, condição desfavorável só compensada pela grande espessura das camadas de hulha. Nunca teria aumentado os salários após a última greve, se não fosse a necessidade de imitar Montsou, de receio de ver seus empregados abandonarem-no. Em seguida, ameaçou-os com o futuro, que só seria desfavorável para eles próprios: se o obrigassem a vender, ficariam sob o jugo terrível da outra administração. Ele não estava entronizado num tabernáculo ignorado e longínquo: não era desses acionistas que pagam a gerentes para explorar o mineiro e que este nunca viu; era um patrão, arriscava algo mais do que o seu dinheiro, punha em risco sua inteligência, sua saúde, sua vida. A suspensão do trabalho representaria a morte, certamente, porque não tinha estoque e precisava satisfazer às encomendas. Por outro lado, o capital que representava seu aparelhamento não podia ficar inerte. De que maneira manteria seus compromissos? Quem pagaria o juro das somas que lhe tinham confiado seus amigos? Seria a falência.

— Isso é tudo, minha gente! — disse ele para terminar. — Gostaria de tê-los convencido... Não se pode pedir a um homem que se degole... E, se eu concordar com esses cinco cêntimos ou permitir que entrem em greve, será a mesma coisa que cortar o pescoço.

Calou-se. Os murmúrios começaram a correr. Parte dos mineiros parecia hesitar. Diversos deles voltaram para perto do poço.

— Que ao menos haja liberdade de escolha — disse um contramestre. — Quais são os que querem trabalhar?

Catherine foi uma das primeiras a avançar, mas Chaval, furioso, empurrou-a, gritando:

— Estamos todos de acordo, só os velhacos é que abandonam os companheiros!

Desde esse momento a conciliação pareceu impossível. A gritaria recomeçou, os homens que se encontravam perto do poço foram arredados aos empurrões e quase esmagados contra as paredes. O diretor, desesperado, tentou, por um momento, lutar sozinho, arremeter violentamente contra a turba, mas seria uma loucura inútil, teve de se retirar. E ficou por alguns minutos no fundo do escritório do recebedor, jogado sobre uma cadeira, ofegando, tão confundido na sua impotência que não conseguia pensar em nada. Finalmente acalmou-se e mandou um vigia buscar Chaval. Quando este último aceitou conversar, despediu os demais com um gesto.

— Deixem-nos sós.

A intenção de Deneulin era descobrir o que aquele astuto estava tramando. Às primeiras palavras já pôde ver que era um vaidoso, devorado pela paixão da inveja. Agarrou-o então pela lisonja, fingiu espantar-se de que um operário com seus méritos comprometesse dessa maneira seu futuro. Ouvindo-o, dir-se-ia que, há muito, ele já tinha Chaval na mira para um posto melhor. Terminou oferecendo--lhe à queima-roupa o lugar de contramestre, para mais tarde. Chaval escutava-o silencioso, a princípio com os punhos cerrados, depois gradualmente abertos. Seu cérebro trabalhava sem descanso: se insistisse na greve, nunca passaria de lugar-tenente de Etienne, enquanto outra ambição florescia nele, a de ser um chefe. Um calor de orgulho lhe subia às faces e o embriagava. E, aliás, o grupo de grevistas que esperava toda a manhã não viria mais, a essa hora; algum obstáculo o detivera, talvez os policiais: era o momento da conciliação. Mas assim mesmo continuava a negacear com a cabeça, fingindo o homem incorruptível, batendo indignado no peito. Finalmente, sem falar ao patrão sobre a vinda dos grevistas de Montsou, prometeu acalmar os companheiros e convencê-los a descer.

Deneulin permaneceu escondido, os próprios contramestres mantiveram-se afastados. Durante uma hora ouviram Chaval perorar, discutir, em pé sobre um vagonete de recepção. Parte dos operários começou a vaiá-lo, cento e vinte foram embora, exasperados, obstinando-se na resolução que ele os tinha feito tomar. Eram já mais de sete horas, raiava o dia, muito claro, um dia alegre de grande geada. E, de repente, o movimento da mina recomeçou, o trabalho parado seguiu o seu curso.

Primeiro foi a máquina, cuja biela mergulhou, enrolando e desenrolando os cabos das bobinas. Depois, em meio à barulheira dos sinais, começou a descida; os elevadores enchiam-se, afundavam, subiam, o poço engolindo a sua ração de aprendizes, operadoras de vagonetes e britadores; enquanto isso, sobre o pavimento de ferro, os ascensoristas empurravam os vagonetes com um barulho ensurdecedor.

— Diabo, ainda andas por aqui? — gritou Chaval a Catherine, que esperava a sua vez. — Desce de uma vez e começa logo a trabalhar!

Às nove horas, quando a Sra. Hennebeau chegou no seu carro, acompanhada de Cécile, encontrou Lucie e Jeanne já prontas, muito elegantes apesar de seus vestidos vinte vezes reformados. Deneulin admirou-se ao ver Négrel, que acompanhava a caleça, a cavalo. Então os homens também estavam convidados? A Sra. Hennebeau explicou com seu ar maternal que a haviam assustado dizendo que as estradas estavam cheias de gente mal-encarada, e achara por bem trazer consigo um defensor. Négrel riu e tranqüilizou-as: nada de grave, cão que ladra não morde, ninguém ousaria atirar uma pedra a uma vidraça.

Ainda alegre com o seu sucesso, Deneulin contou a revolta reprimida da Jean-Bart. Agora declarava-se perfeitamente tranqüilo. E ali, na estrada de Vandame, enquanto as senhoritas subiam na carruagem, todos se mostravam felizes com aquele dia maravilhoso, sem adivinharem, ao longe, na campina, o grande frêmito que tomava corpo, o povo em marcha, de que ouviriam o avançar se tivessem colado o ouvido ao chão.

— Muito bem, está combinado — disse a Sra. Hennebeau. — Esta noite o senhor vai buscar as suas filhas e janta conosco. A Sra. Grégoire também prometeu ir buscar Cécile.

— Conte comigo — respondeu Deneulin.

A caleça partiu para os lados de Vandame. Jeanne e Lucie debruçaram-se mais uma vez para fora e sorriram para o pai, que ficara parado à beira do caminho. Négrel trotava garbosamente atrás das rodas que fugiam.

Atravessaram a floresta, tomaram a estrada que vai de Vandame a Marchiennes. Ao passarem por Tartaret, Jeanne perguntou à Sra. Hennebeau se conhecia Côte-Verte, e esta, apesar de já estar residindo na região há cinco anos, confessou não ter visitado aquelas bandas. Fizeram então um desvio.

O Tartaret, na orla da floresta, era uma charneca inculta de uma esterilidade vulcânica, sob a qual, havia séculos, queimava uma jazida de hulha. Era uma lenda muito antiga, os mineiros da região contavam uma história sobre uma bola de fogo caindo do céu e atingindo aquela sodoma das entranhas da terra, onde as operadoras de vagonetes manchavam-se de abominações. O fogo se espalhara com tanta rapidez que elas não tinham tido tempo de escapar e ainda hoje ardiam no fundo daquele inferno. As rochas calcinadas, de um vermelho escuro, cobriam-se de uma eflorescência de alúmen, que era como uma lepra. O enxofre brotava em florações amarelas nas bordas das fissuras. De noite, os corajosos que ousavam espiar por esses buracos juravam ver as chamas e as almas criminosas debatendo-se no braseiro interior. Labaredas errantes corriam à flor do solo, vapores quentes, expelindo o fedor da imunda cozinha do diabo, fumegavam continuamente. E como um milagre de eterna primavera, no meio daquela charneca maldita do Tartaret, a Côte-Verte espraiava o seu prado sempre verde, as suas faias cujas folhas se renovavam sem cessar, suas semeaduras que chegavam a dar três colheitas. Era uma estufa natural, aquecida pelo incêndio das camadas profundas. Neve alguma resistia a tal temperatura. A enorme floração de verdura, ao lado das árvores despojadas da floresta, apresentava-se soberba naquele dia de dezembro, sem que a geada tivesse, sequer, queimado a extremidade de suas folhas.

Dentro em pouco a caleça corria pela planície. Négrel desmistificava a lenda explicando como o fogo começava, o mais das vezes, no fundo de uma jazida pela fermentação da poeira do carvão; quando não se podia dominá-lo, ele ardia indefinidamente. Citou o caso de uma mina da Bélgica que tivera de ser inundada, desviando-se um rio do seu curso para lançá-lo no poço.

Mas o engenheiro achou melhor calar-se, já que grupos de mineiros cruzavam agora a todo instante a carruagem. Passavam em silêncio, lançando olhares atravessados, examinando aquele luxo que os obrigava a abrir caminho. O seu número aumentava sempre, os cavalos tiveram de andar a passo na estreita ponte do Scarpe. Que estava acontecendo para que toda aquela gente andasse pelos caminhos? As damas começavam a ficar assustadas; Négrel farejava algo de mau naquela agitação. Foi com uma sensação de alívio que chegaram finalmente a Marchiennes. Esbatidas pelo sol, as baterias de fornalhas de coque e as chaminés dos altos-fornos expeliam fumaça, cuja sempiterna fuligem chovia no ar.

II

Na Jean-Bart, havia já uma hora que Catherine empurrava os vagonetes até o entroncamento. Estava tão alagada de suor que parou um momento para enxugar o rosto.

Do fundo do desmonte, onde britava no veio com seus companheiros de empreitada, Chaval admirou-se de não ouvir mais o barulho das rodas. As lâmpadas iluminavam mal, a poeira do carvão não deixava ver nada.

— Que aconteceu? — gritou ele.

Quando ela respondeu que estava desfazendo-se em suor e que sentia o coração saltando do peito, respondeu furioso:

— Burra! pois tira a camisa, como a gente!

Estavam a setecentos e oito metros, ao norte, na primeira via do veio Désirée, separados por três quilômetros do poço. Quando falavam daquela parte da mina, os mineiros da região empalideciam e baixavam a voz, como se estivessem falando do inferno. No mais das vezes limitavam-se a abanar a cabeça, preferindo calar sobre aquelas profundidades que ardiam como brasas. À medida que avançavam para o norte, as galerias aproximavam-se do Tartaret, penetrando assim no incêndio interno que, em cima, calcinava as rochas. O veio, no ponto a que se chegara, tinha uma temperatura média de quarenta e cinco graus. Estava-se em plena cidade maldita, no meio das chamas que os passantes da planície viam pelas fissuras, cuspindo enxofre e vapores nauseabundos.

Catherine, que já tirara a jaqueta, hesitou, depois tirou também as calças. E de braços e pernas nus, a camisa amarrada na cintura por uma corda, como se fosse uma blusa, pôs-se de novo a empurrar.

— Assim talvez melhore — disse ela em voz alta.

Sentia-se inquieta por estar seminua. Havia cinco dias que trabalhavam ali e que pensava nas histórias com que fora embalada na infância, nas operadoras de vagonetes de outrora que ardiam no Tartaret, como castigo por coisas que não se ousava repetir. Sem dúvida, já tinha idade bastante para não acreditar em tais bobagens, mas que faria ela, se repentinamente visse sair do muro uma moça rubra como um fogareiro e com olhos parecendo tições? A esta idéia, suava mais ainda.

No entroncamento, a oitenta metros do desmonte, outra operadora recebia o vagonete e empurrava-o mais oitenta metros. Dali ele era expedido pelo recebedor, com os demais que desciam das vias superiores.

— Puxa, que coragem! — disse a outra operadora de vagonetes, uma viúva magra de trinta anos, ao ver Catherine em camisa. — Eu é que não posso andar assim... Os garotos do plano inclinado não me deixam em paz com os seus palavrões.

— Pois eu — replicou Catherine — não ligo para o que dizem os homens. Estou sentindo muito calor.

E tornou a partir, empurrando um vagonete vazio.

O pior era que naquela via do fundo outra causa vinha juntar-se à vizinhança do Tartaret para tornar o calor insuportável. Ao lado, havia uma galeria abandonada da Gaston-Marie, muito profunda, onde uma explosão de grisu, dez anos antes, incendiara o veio, que ainda ardia por trás do muro de greda, que fora construído ali para estancar o fogo e vivia sob contínuos reparos, a fim de limitar o desastre. Sem ar, o incêndio devia ter-se apagado, mas sem dúvida correntes de ar desconhecidas o mantinham aceso. Durando já dez anos, esse fogo esquentava a argila do muro como os tijolos de um forno, a ponto de se receber o seu bafo na passagem. E era ao longo dessa muralha de mais de cem metros que se fazia o transporte, a uma temperatura de sessenta graus.

Após duas viagens, Catherine sentiu-se novamente abafada. Felizmente a via era larga e cômoda no veio Désirée, um dos mais espessos da região. A camada tinha um metro e noventa, os operários podiam trabalhar em pé; mas eles teriam preferido cavar curvados e ter um pouco de ar fresco para respirar.

— Mais esta! Já estás dormindo? — gritou violentamente Chaval quando não mais ouviu Catherine movimentar-se. — Que castigo para mim ter conseguido uma estropiada dessa! Vais ou não vais encher teu vagonete e empurrá-lo?

Ela estava na parte de baixo do veio, apoiada na pá; olhava a todos com um ar imbecilizado, sem obedecer, presa de um súbito mal-estar. Mal podia vê-los à luz avermelhada das lâmpadas, inteiramente nus, como animais, tão negros e sujos de suor e carvão, que sua nudez não a incomodava. Era um trabalho feito na obscuridade, espinhas de macacos que se espichavam, uma visão infernal de membros chamuscados, esgotando-se em meio aos golpes surdos e aos gemidos. Mas eles, sem dúvida, viam-na melhor, porque pararam de bater com as picaretas e começaram a fazer brincadeiras ao perceberem que estava sem calças.

— Ei, cuidado, não deixes que te resfries!

— Que pernas que ela tem! Como é, Chaval? dá bem para dois!

— Queremos ver! Levanta mais um pouco! Mais alto! Mais alto!

Chaval, sem se zangar com aquela pândega, insultou-a de novo.

— Diacho! Para ouvir palavrões ela é boa, poderia ficar ali até amanhã.

Num supremo esforço, Catherine decidiu-se a encher o vagonete e depois empurrou-o. A galeria era larga demais para que ela pudesse encostar-se nas madeiras dos lados, seus pés descalços não se mantinham sobre os trilhos, onde buscava um ponto de apoio enquanto empurrava o carro lentamente, os braços retesados e o corpo curvado. E, assim que ladeava o muro de greda, o suplício do fogo recomeçava, o suor voltava a correr por todo o corpo, em gotas enormes, como uma chuva de tempestade.

Apenas a um terço do entroncamento, ficou inundada, cega, coberta também de lama negra. Sua camisa estreita, como que encharcada em tinta, colada à pele, subira até os rins com o movimento das pernas. Sentia-se tão dolorosamente manietada, que teve de parar o trabalho outra vez.

Afinal, que estava acontecendo com ela naquele dia? Nunca se sentira tão mole. Devia ser o ar contaminado. Não havia ventilação no fundo daquela via longínqua. Respirava-se toda espécie de vapores que saíam do carvão com uma efervescência de fonte, e às vezes com tal abundância que as lâmpadas apagavam-se. Sem falar do grisu, do qual ninguém se ocupava mais, tal a sua quantidade, intoxicando os mineiros, do princípio ao fim da quinzena. Ela conhecia bem esse ar contaminado, esse ar morto, como dizem os mineiros: embaixo pesados gases asfixiantes, em cima gases leves que se incendeiam e fulminam uma mina inteira e centenas de homens num relâmpago. Desde a sua infância respirara-o tanto, que se espantava de não poder suportá-lo agora, os ouvidos zumbindo, a garganta em fogo.

Não podendo mais, sentiu necessidade de tirar a camisa. Aquela roupa, cujas menores pregas pareciam entrar na carne, estava-se transformando numa tortura. Resistiu e quis continuar empurrando, mas foi forçada a endireitar a espinha. Num repente, dizendo-se que voltaria a vestir-se no entroncamento, tirou tudo, a corda e a camisa, com tanta ânsia que teria arrancado a pele, se pudesse. E agora, nua, deplorável, rebaixada ao trote de fêmea ganhando a vida pela lama dos caminhos, esfalfava-se, com a garupa coberta de fuligem e barro até a barriga, como uma égua de carroça. De quatro patas, ela empurrava o vagonete.

Sentiu que estava ficando desesperada, a nudez não a aliviara. Que mais havia de tirar? Estava surda com aquele zumbido nos ouvidos, parecia-lhe ter um torniquete nas têmporas. Caiu de joelhos. A lâmpada, enfiada nos fragmentos de carvão do vagonete, foi diminuindo. No meio das suas idéias confusas, uma única era clara: subir o pavio da lâmpada. Por duas vezes quis examiná-la, e em ambas, à medida que a pousava diante de si, no chão, notou que se extinguia, como se a ela também faltasse a respiração. De repente a lâmpada apagou-se e tudo foi engolfado pelas trevas. Sua cabeça parecia um moinho girando, seu coração foi parando de bater, entorpecido pelo mesmo imenso cansaço que lhe atingira o corpo. Caíra de boca para baixo e agonizava no ar asfixiante, rente ao chão.

— Inferno! Garanto que ela anda outra vez fazendo das suas! — trovejou a voz de Chaval.

Pôs-se a escutar do alto do veio e não ouviu o barulho das rodas.

— Ei, Catherine! Diabo de mulher!

A voz perdia-se ao longe, na galeria escura, e nem um suspiro respondia.

— Queres que eu vá fazer-te andar?

Nada se movia, sempre o mesmo silêncio de morte. Furioso, ele desceu e saiu correndo com a sua lâmpada, quase tropeçando no corpo da operadora de vagonetes, que barrava a via. Boquiaberto, olhou-a demoradamente. Que teria ela? Não estaria fingindo, para tirar uma soneca? Mas a lâmpada, que baixara para iluminar o rosto da mulher, quase se apagou. Levantou-a, baixou-a novamente e acabou por compreender: devia ser um golpe de ar asfixiante. Sua violência desaparecera, a solidariedade do mineiro acordava diante do companheiro em perigo. Gritou para que lhe trouxessem a camisa dela, tomou nos braços a moça nua e desmaiada, erguendo-a o mais alto possível. Assim que lhe puseram nos ombros a roupa de ambos, partiu correndo, sustentando com uma das mãos o seu fardo, carregando na outra as duas lâmpadas. As galerias profundas desenrolavam-se na sua frente, enquanto corria, dobrando à esquerda e à direita, em busca da vida no ar gelado da planície, que o ventilador soprava. Finalmente parou ao ouvir um ruído de fonte, o borbulhar de uma infiltração vazando na rocha. Encontrava-se na encruzilhada de uma grande galeria carroçável, que antigamente era utilizada pela Gaston-Marie. Nesse ponto a ventilação soprava como uma tempestade, o frescor era tão grande que ele foi sacudido por um arrepio ao sentar-se por terra, encostando-se ao revestimento e com a amante ainda desacordada e de olhos fechados.

— Chega de brincadeiras, Catherine! Como é?... Vê se podes sustentar-te sozinha por um instante enquanto eu molho isto na água...

Estava assustado com a placidez dela. Mas assim mesmo conseguiu molhar sua camisa na fonte e lavar-lhe o rosto. Ela mais parecia uma morta, já enterrada, com seu corpo delicado de moça tardia, onde as formas da puberdade eram ainda hesitantes. De repente, um frêmito percorreu seu colo de criança, indo terminar no ventre e no sexo de pequena miserável, deflorada antes da idade. Abrindo os olhos, sussurrou:

— Tenho frio.

— Ah! agora sim, estou gostando... — exclamou Chaval, aliviado.

Vestiu-a, enfiando-lhe facilmente a camisa, e praguejou devido à dificuldade que encontrava para enfiar-lhe as calças. Ainda atordoada e sem movimentos, ela não sabia onde se encontrava nem por que estava nua. Ao lembrar-se, ficou envergonhada. Como tivera a coragem de tirar tudo! Perguntou: tinha sido vista assim, sem ao menos um lenço na cintura? Ele, rindo, inventou história, contou que desfilara com ela nua por entre os companheiros que abriam alas. Também, que idéia ter ouvido seu conselho e pôr-se de bunda à mostra! Em seguida deu a sua palavra de que os camaradas nem ficaram sabendo se ela tinha o traseiro redondo ou quadrado, tanto ele correra.

— Com a breca! Estou morrendo de frio! — disse, vestindo-se também.

Nunca ela o vira tão carinhoso. De ordinário, para uma palavra boa, saíam logo duas grosseiras da sua boca. Seria tão bom se pudessem viver em paz! Ainda lânguida de fadiga, foi invadida pela ternura. Sorrindo, murmurou:

— Beija-me!

Ele beijou-a e deitou-se ao seu lado, enquanto esperava que ela pudesse caminhar.

— Estás vendo? — continuou a moça. — Não tinhas razão de gritar comigo lá no veio. Juro que já não podia mais. Onde vocês trabalham é menos quente, mas se tu soubesses como a gente cozinha no fundo da via...

— Claro — respondeu ele. — A gente estaria melhor a céu aberto. Tens sofrido um bocado nesta mina, minha pobre menina; disso não duvido.

Ficou tão comovida ouvindo-o concordar, que se fez de corajosa.

— É que hoje o ar está envenenado e eu tive uma indisposição. Mas em seguida verás se sou preguiçosa. Quando é preciso trabalhar, trabalha-se, não é verdade? Prefiro morrer a ficar sem fazer nada...

Houve um silêncio. Ele segurava-a pela cintura, abrigando-a contra o peito. Ela, embora sentindo-se já com forças para voltar ao trabalho, entregava-se, deliciada.

— Eu só queria que fosses mais carinhoso — disse ela baixinho. — A gente podia viver tão bem se houvesse um pouco de amor...

E pôs-se a chorar mansamente.

— Mas eu te amo! — exclamou ele. — A prova é que te levei para viver comigo.

Ela respondeu com um aceno de cabeça. Muitas vezes os homens se juntavam a uma mulher só para usá-la, não se importando com a felicidade dela. Suas lágrimas começaram a correr mais quentes, desesperava-se ao pensar que poderia estar levando uma vida agradável, se fosse outro o companheiro, um rapaz que gostasse de envolvê-la assim, pela cintura. Um outro? E a imagem desse outro foi surgindo da sua enorme emoção. Mas agora já era tarde, seu único desejo era viver até o fim com este, desde que não a maltratasse muito.

— Então — disse ela —, tenta ser assim de vez em quando...

Os soluços não a deixavam continuar e ele beijou-a novamente.

— Bobinha! Está bem, eu juro que serei delicado. Até parece que sou pior do que os outros...

Olhando-o, ela começou a sorrir entre as lágrimas. Talvez ele tivesse razão, quase não há mulheres felizes. Embora não levando muito a sério o juramento dele, entregou-se à alegria de vê-lo tão solícito. Bom Deus! se ao menos aquilo durasse! Com novo ânimo, estreitaram-se num longo abraço, mas, ouvindo passos, puseram-se em pé. Três companheiros, que os tinham visto passar, vinham saber o que era.

Continuaram o caminho todos juntos. Eram quase dez horas e resolveram almoçar num canto arejado, antes de voltarem a suar no fundo do veio. Quando estavam acabando de comer o sanduíche duplo e iam beber um gole de café, ouviram um barulho que vinha de longe, das outras seções da mina, e que fez que apurassem o ouvido. Que seria? Outro acidente? Levantaram-se e correram. Britadores, operadoras de vagonetes e aprendizes cruzavam-se a cada instante, mas ninguém sabia de nada, todos gritavam, devia ser uma grande desgraça. Pouco a pouco a mina inteira estava assustada, sombras enlouquecidas desembocavam das galerias, as lanternas balançavam desaparecendo nas trevas. Onde era? Por que não diziam nada?

De repente um contramestre passou gritando:

— Estão cortando os cabos! Estão cortando os cabos!

Esse grito espalhou o pânico. Houve uma correria furiosa através das vias escuras. Ninguém sabia o que pensar. Por que cortavam os cabos? E quem os cortava, havendo homens no fundo da mina? Aquilo parecia uma monstruosidade.

Nesse momento a voz de outro contramestre ressoou e perdeu-se no emaranhado de galerias:

— É o pessoal de Montsou que está cortando os cabos! Saiam todos!

Ao compreender o que estava acontecendo, Chaval fez Catherine parar. A idéia de que ia encontrar os grevistas de Montsou fez que sentisse as pernas bambas. Então essa corja que ele acreditava já nas mãos dos policiais tinha vindo! Por um momento pensou em voltar e subir pela Gaston-Marie, mas aquela saída tinha sido fechada. Praguejou, hesitante, ocultando o medo, repetindo que não havia razão para correr, que ninguém ia deixá-los fechados no fundo da mina.

Ouviu-se novamente a voz do contramestre que se aproximava:

— Saiam imediatamente! Usem as escadas! As escadas!

Chaval foi arrastado como os demais companheiros; começou a empurrar Catherine, acusando-a de não correr o bastante. Será que ela estava querendo que ficassem encurralados ali, morrendo de fome? Os bandidos de Montsou eram capazes de quebrar as escadas, sem esperar que todos tivessem saído. Esta suposição pavorosa acabou de semear o pânico. Foi um salve-se-quem-puder ao longo das galerias, todos tentando chegar em primeiro lugar, frenéticos, enlouquecidos. Alguns gritavam que as escadas tinham sido quebradas, que ninguém sairia mais. Quando os grupos em pânico começaram a desembocar no patamar do poço, foi um verdadeiro atropelo: correram para o buraco negro e começaram a esmagar-se na porta estreita que dava acesso às escadas. Enquanto isto, um velho cavalariço que prudentemente recolhia os cavalos para a estrebaria observava-os com desdenhosa negligência, acostumado com as noites passadas na mina, certo de que acabaria sendo retirado dali.

— Com mil raios! sobe na minha frente! — disse Chaval a Catherine. — Se caíres, pelo menos posso aparar-te.

Atordoada, exausta devido à corrida de três quilômetros que a deixara novamente alagada em suor, ela abandonava-se, sem compreender, aos redemoinhos daquele mar humano. Ele, então, puxou-a pelo braço com tal violência, que quase o quebrou. A moça soltou um gemido e as lágrimas começaram a correr; ele já esquecera o juramento, nunca seriam felizes.

— Vamos, passa! — berrou o homem.

Catherine estava transida de medo. Se subisse na frente dele. seria maltratada todo o tempo, por isso resistia, enquanto o fluxo desvairado dos companheiros os empurrava para o lado. As infiltrações do poço pingavam em gotas enormes e o soalho da embocadura na galeria, abalado pelo tropel, tremia por cima do fosso, do desaguadouro lodoso, com dez metros de profundidade. Fora justamente na Jean-Bart, dois anos antes, que um terrível acidente, a ruptura de um cabo, precipitara o elevador no fundo do fosso, onde dois homens morreram. E todos pensavam nisso, que iam cair lá embaixo, se se amontoassem sobre as pranchas.

— Maldita cabeçuda! — gritou Chaval. — Pois então morre, ficarei livre de ti!

Começou a subir as escadas e ela seguiu-o.

Do fundo à superfície, havia cento e dois lances de escadas, cada um de aproximadamente sete metros, divididos por estreitos patamares da largura do fosso, com buracos quadrados que mal deixavam passar os ombros. Era como uma chaminé chata, de setecentos metros de altura, entre a parede do poço e o tabique do compartimento de extração, uma tripa úmida, negra e sem fim, onde as escadas se sobrepunham, quase a pique, a intervalos regulares. Um homem forte precisava de vinte e cinco minutos para galgar aquela coluna gigante. Aliás, esse fosso das escadas só era usado agora em caso de catástrofe.

A princípio Catherine subiu sem dificuldade. Seus pés descalços estavam acostumados com as lascas de carvão afiladas das vias e não sofriam com os degraus quadrados, providos de uma cantoneira de ferro para impedir o desgaste. Suas mãos, calejadas pelos vagonetes, agarravam-se sem titubear aos corrimões, grossos demais para elas. Ocupava-se com aquilo, esquecia seu desgosto naquela subida imprevista, vendo a serpente humana que coleava, içava-se, três homens por escada, de modo que, quando a cabeça surgisse na superfície, a cauda ainda se arrastaria no fundo do fosso. Mas ainda não estavam nesse ponto, os primeiros deviam ter vencido apenas um terço do caminho. Ninguém falava mais, só os pés se arrastavam com um ruído surdo, enquanto as lanternas, iguais a estrelas errantes, espalhavam-se de alto a baixo, numa linha sempre crescente.

Catherine ouvia atrás dela um aprendiz contando as escadas. Teve a idéia de fazer o mesmo. Já tinham subido quinze e chegavam a uma embocadura de galeria. Nesse momento chocou-se nas pernas de Chaval. O homem praguejou, dizendo-lhe que prestasse atenção. De vez em quando a coluna parava, imobilizando-se. Que era? Que estava acontecendo? E cada um encontrava voz para perguntar e fazer suposições apavorantes. A angústia aumentava, o desconhecimento dos acontecimentos no exterior era como um garrote que ia apertando à medida que se aproximavam da luz do dia. Alguém disse que teriam de descer, que as escadas estavam quebradas. Essa era a preocupação de todos, o medo de se encontrarem sem saída. Outra explicação veio descendo de boca em boca, o acidente com um britador que escorregara de uma escada. Não se sabia ao certo, os gritos impediam de ouvir. Então iam ficar passando a noite ali? Finalmente, sem outras explicações, a subida recomeçou, com o mesmo movimento lento e penoso, acompanhando o barulho dos pés no ferro dos degraus e a dança das lâmpadas. As escadas quebradas deviam estar mais acima.

À trigésima segunda escada, quando ultrapassavam a terceira embocadura de galeria, Catherine sentiu que suas pernas e seus braços se enrijeciam. Primeiro sentira um formigueiro na pele, muito leve. Agora, perdia a sensação do ferro e da madeira sob os pés e nas mãos. Uma dor vaga, que se foi tornando aguda, esquentava-lhe os músculos. E, no aturdimento que a invadia, começou a lembrar-se das histórias do avô Boa-Morte, do tempo em que não havia elevador e as meninas de dez anos subiam com o carvão nos ombros, ao longo das escadas sem corrimões, de maneira que, quando uma delas escorregava ou simplesmente um pedaço de hulha caía de um cesto, três ou quatro crianças eram precipitadas de cabeça para baixo. As cãibras nos membros estavam ficando insuportáveis, nunca chegaria ao topo.

Novas paradas permitiram-lhe respirar. Mas o terror que vinha lá de cima acabava de prostrá-la. Acima e abaixo dela, as respirações iam ficando cada vez mais ofegantes, respirava-se uma vertigem nessa ascensão interminável, cuja náusea a sacudia assim como aos outros. Sentia-se sufocada, ébria de trevas, exasperada com o esmagamento das paredes contra sua carne. E tiritava devido à umidade, o corpo em suor, porejando gotas enormes que a inundavam. Aproximavam-se do nível, a chuva caía com tanta força que ameaçava apagar as lâmpadas.

Por duas vezes Chaval falou com Catherine sem obter resposta. Por que não respondia? Tinha engolido a língua? Que custava dizer se estava indo bem? Havia meia hora que subiam, mas tão vagarosamente que se encontravam apenas na qüinquagésima nona escada. Restavam quarenta e três. Catherine acabou balbuciando que se ia agüentando. Ele a chamaria de preguiçosa se tivesse confessado seu cansaço. O ferro dos degraus parecia perfurar seus pés, tinha a sensação de que estava sendo serrada até os ossos. Após cada braçada, esperava ver suas mãos largarem o corrimão, esfoladas e endurecidas, a ponto de não poder fechar os dedos. Acreditava que a qualquer momento ia cair para trás com os ombros arrancados, as pernas desconjuntadas pelo contínuo esforço. Era sobretudo a pouca inclinação das escadas que a fazia sofrer, aquela colocação quase a prumo, que a obrigava a içar-se com a força dos braços, a barriga colada à madeira. O resfolegar das respirações cobria agora o barulho dos passos, um enorme estertor, retumbando na parede do fosso, elevava-se do fundo e ia morrer na superfície. Houve um gemido, correu um murmúrio pelas escadas, um aprendiz acabava de quebrar a cabeça na aresta de um patamar.

E Catherine subia. Ultrapassaram o nível. A chuva cessara, um nevoeiro tornava pesado o ar subterrâneo, envenenado por um cheiro de ferro velho e madeira úmida. Maquinalmente obstinava-se a contar baixinho: oitenta e um, oitenta e dois, oitenta e três; faltavam dezenove lances. Só estes números, repetidos, a amparavam com seu balanço rítmico. Já perdera a consciência dos seus movimentos. Ao levantar os olhos, as lâmpadas redemoinhavam em espiral. Seu sangue escorria, sentia que estava morrendo, ao menor sopro seria precipitada escadas abaixo. O pior, agora, era que os de baixo estavam empurrando, e a coluna inteira se arremessava com novo ímpeto, cedendo à cólera crescente de sua fadiga, à necessidade furiosa de tornar a ver o sol. Os primeiros da coluna já tinham chegado à superfície, não havia portanto escadas quebradas, mas a idéia de que ainda podiam quebrá-las, para impedir que os últimos saíssem, enquanto os outros respiravam lá em cima, acabou de enfurecê-los. E, como houvesse uma nova parada, as pragas explodiram, todos continuaram a subir, empurrando, passando por cima de corpos, tentando chegar de qualquer maneira.

Nesse momento Catherine caiu. Chegou a gritar o nome de Chaval, num apelo desesperado, mas ele não ouviu, estava lutando, arrebentara as costas de um companheiro a pontapés para passar na sua frente. Ela foi rolada, pisoteada. No seu desmaio, sonhou: era uma das pequenas operadoras de vagonetes de outrora, que um pedaço de carvão, caído de um cesto acima dela, acabava de jogar no fundo do poço, como um pardal atingido por uma pedrada. Faltavam apenas cinco lances de escadas para subir, tinham levado cerca de uma hora. Nunca soube de que maneira chegara ao topo, empurrada pelos outros, talvez graças à estreiteza do fosso. De repente encontrou-se num deslumbramento de sol, no meio de uma multidão ululante que a vaiava.

III

Desde o raiar do dia que um frêmito tinha agitado os conjuntos habitacionais mineiros, o frêmito que nesse momento se espalhava pelos caminhos, por toda a região. No entanto, a marcha combinada não pudera ser realizada em razão de uma notícia que corria de boca em boca: a tropa a cavalo e os policiais vasculhavam a planície. Contava-se que eles tinham chegado de Douai durante a noite, acusava-se Rasseneur de ter vendido os camaradas, prevenindo o Sr. Hennebeau. Uma operadora de vagonetes chegava a jurar que vira o criado levando o telegrama para ser expedido. Os mineiros cerravam os punhos, espreitando os soldados por trás das suas persianas, à tímida luz da madrugada.

Por volta das sete e meia, com o nascer do sol, circulou outro boato que acalmou os impacientes. Era um rebate falso, um simples desfile militar, coisa que vinha acontecendo desde o começo da greve, por ordem do general e a pedido do prefeito de Lille. Os grevistas odiavam esta autoridade, a quem acusavam de tê-los enganado com a promessa de uma intervenção conciliadora e que se limitava a fazer que a tropa desfilasse por Montsou de oito em oito dias, para mantê-los na linha. Assim, ao verem a cavalaria e os policiais retomarem tranqüilamente o caminho de Marchiennes, depois de haver ensurdecido os conjuntos habitacionais com os cascos dos seus cavalos sobre a terra batida, os mineiros zombaram de um prefeito tão ingênuo, com seus soldados que davam as costas no momento exato em que as coisas iam pegar fogo. Até as nove horas mantiveram-se calmos, pacatamente diante das casas, enquanto seguiam com os olhos, estrada afora, as costas pacíficas dos últimos policiais. No fundo dos seus grandes leitos, os burgueses de Montsou ainda dormiam a sono solto. Na direção, acabavam de ver a Sra. Hennebeau partir de carruagem, deixando sem dúvida o Sr. Hennebeau trabalhando, já que o palacete, fechado e mudo, parecia deserto. Nenhuma mina estava guardada militarmente, era a imprevidência fatal na hora do perigo, o erro natural das catástrofes, tudo o que um governo pode cometer de faltas, quando o essencial era prever qualquer eventualidade. Davam as nove quando os mineiros se puseram finalmente a caminho de Vandame, para a ação decidida de véspera na floresta.

Etienne compreendeu desde logo que não poderia contar, na Jean--Bart, com os três mil camaradas que tinham prometido ir. Muitos julgavam que a manifestação fora adiada, e o pior era que dois ou três grupos, já a caminho, iam comprometer a causa se ele não se pusesse, de qualquer maneira, à sua frente. Uns cem homens haviam partido antes do amanhecer e na certa tinham-se escondido sob as faias da floresta, à espera dos outros. Suvarin, que o rapaz fora consultar, deu de ombros: dez latagões bem dispostos fariam melhor trabalho que uma corja inteira. E tornou a mergulhar na leitura de um livro aberto à sua frente, recusando tomar parte na manifestação. Aquilo ameaçava transformar-se outra vez em sentimentalismo, quando bastaria incendiar Montsou, o que era bem simples. Ao sair pelo lado da casa, Etienne percebeu Rasseneur muito pálido, sentado defronte do fogão de ferro fundido, enquanto sua mulher, enorme na sua eterna roupa negra, o invectivava com palavras cortantes mas polidas.

Maheu foi de opinião que se devia manter a palavra empenhada. Um compromisso desse era sagrado. No entanto, a noite arrefecera os ânimos e ele, agora, temia uma desgraça e explicava que o dever deles era irem para lá a fim de manter os companheiros na ordem. A mulher aprovou com a cabeça. Etienne contemporizava, repetindo que era preciso agir revolucionariamente, mas sem atentar contra a vida das pessoas. Antes de partir, rejeitou a sua parte de um pão que lhe tinham dado de véspera com uma garrafa de genebra, mas bebeu de um só gole três copinhos, para combater o frio. E levou consigo um cantil cheio dela. Alzire cuidaria das crianças. O velho Boa-Morte, com as pernas doloridas da caminhada da véspera, ficara de cama.

Por prudência, não foram juntos. Jeanlin já desaparecera havia muito tempo. Marido e mulher seguiram lado a lado, atalhando por Montsou, enquanto Etienne se dirigiu para a floresta, onde queria encontrar-se com os companheiros. No caminho encontrou um bando de mulheres, entre as quais reconheceu a Queimada e a mulher de Levaque. Enquanto caminhavam, comiam castanhas que a filha de Mouque trouxera, e até as cascas devoravam, para permanecerem mais tempo de barriga cheia.

Na floresta ele não encontrou ninguém, todos já tinham partido para a Jean-Bart. Então saiu desabalado e chegou diante da mina no momento em que Levaque e uma centena de outros penetravam no pátio. Os mineiros surgiam de todas as partes, os Maheu pela estrada real, as mulheres do meio dos campos, todos dispersos, sem líderes, sem armas, correndo naturalmente para ali como água que transborda e segue os declives. Etienne percebeu Jeanlin instalado sobre um passadiço, como se fosse a um espetáculo. Correu com todas as suas forças e entrou com os primeiros. Não eram mais que trezentos.

Houve um momento de hesitação quando Deneulin surgiu no alto da escada que conduzia à recebedoria.

— Que é que vocês querem? — perguntou ele com voz forte.

Após ter visto desaparecer a caleça, de onde as filhas lhe sorriam ainda, voltara à mina, cheio de uma vaga apreensão. Mas tudo estava em ordem, os operários tinham descido, a extração funcionava, o que o deixou novamente tranqüilo. Conversava com o capataz quando lhe disseram que os grevistas se aproximavam. Dirigiu-se correndo para uma janela da triagem, e, diante daquela onda enorme que invadia o pátio, teve a consciência imediata da sua impotência. Como defender aquelas edificações abertas de todos os lados? Apenas poderia reunir em torno de si uns vinte dos seus operários. Estava perdido.

— Que é que vocês querem? — repetiu ele, lívido de cólera, fazendo um esforço para aceitar corajosamente sua derrota.

Houve empurrões e grunhidos na multidão. Etienne avançou e disse:

— Não viemos aqui para fazer-lhe mal, mas o trabalho tem que parar em toda a região.

Deneulin não se conteve e chamou-o de imbecil.

— Então acreditam que me estão fazendo bem parando o trabalho na minha mina? É como se me disparassem um tiro pelas costas, à queima-roupa. Pois saibam que meus homens estão trabalhando e que não subirão, a não ser que vocês me assassinem primeiro!

Estas palavras violentas levantaram um clamor. Maheu teve de segurar Levaque, que se atirava, ameaçador. Etienne continuou a parlamentar, procurando convencer Deneulin da legitimidade de sua ação revolucionária. Este, no entanto, respondia-lhe com o direito de trabalhar.

Aliás, recusava discutir semelhantes tolices; em sua casa era ele quem mandava. Só lastimava não ter ali quatro policiais para varrer aquela canalha.

— Perfeitamente, é minha culpa, mereço o que me está acontecendo. Com gente como vocês, só a força. Não sei como é que o governo pensa que pode comprá-los com concessões. Vocês o que farão é pô-lo abaixo com as armas que ele lhes fornecer.

Etienne, furioso, ainda podia conter-se. Baixou a voz:

— Peço-lhe, meu senhor, dê ordem para que subam os mineiros. Daqui por diante não respondo mais pela conduta dos meus companheiros. O senhor pode evitar uma desgraça.

— Não! Vão para o inferno! Eu o conheço? Você não trabalha para mim, portanto não tem nada para discutir comigo. Só os salteadores é que percorrem assim os campos para pilhar as casas.

Vociferações cobriram sua voz; as mulheres, sobretudo, insultavam-no. Ele continuou a desafiá-los, sentindo um alívio naquela franqueza que desafogava seu coração autoritário. Já que, de qualquer jeito, a ruína era certa, achava uma covardia as concessões inúteis. Mas o número de revoltosos ia aumentando sempre, cerca de quinhentos já se atiravam para a porta e ele ia ser destroçado se o seu capataz não o tivesse puxado violentamente para trás.

— Por favor, Sr. Deneulin!... Isto vai ser uma carnificina. De que serve fazer matar homens inutilmente?

Ele debateu-se e protestou com um último grito atirado à turba:

— Súcia de bandidos! Vocês pagarão por isso quando nós voltarmos a ser os mais fortes!

Levaram-no. Um último ímpeto acabava de levar os que estavam na frente da multidão para o início da escada, cujo corrimão foi torcido. Eram as mulheres que empurravam, uivando, excitando os homens. A porta cedeu em seguida, era uma porta sem fechadura, cerrada apenas com ferrolho. A escada, porém, era muito estreita e a multidão, esmagada, não teria conseguido entrar se a retaguarda dos assaltantes não tivesse resolvido passar pelas outras aberturas. Desse momento em diante, a turba tomou conta de tudo, invadindo o vestiário, a triagem e a casa das caldeiras. Em menos de cinco minutos a mina inteira pertencia aos grevistas, que percorreram os três andares em meio a um furor de gestos e gritos, levando tudo pela frente no entusiasmo da sua vitória sobre o patrão que resistia.

Maheu, assustado, fora dos primeiros a arremeter, dizendo a Etienne:

— Cuidado! Não devem matá-lo!

Este já corria, mas, quando viu que Deneulin se tinha barricado na sala dos contramestres, respondeu:

— E daí? Seria por acaso culpa nossa? Um louco desses...

Contudo, ele estava cheio de inquietação, ainda bastante calmo para ceder a um gesto de cólera. Sofria também no seu orgulho de chefe, vendo que a turba escapava à sua autoridade, extravasando para fora da fria execução da vontade do povo, que era o que tinha planejado. Em vão pediu que se mantivessem calmos, gritou que não deviam dar razões ao inimigo, com atos de destruição inútil.

— Às caldeiras — berrava a Queimada. — Apaguemos as fornalhas!

Levaque, que encontrara uma lima, agitava-a como um punhal, dominava o tumulto com um grito terrível:

— Cortemos os cabos! Cortemos os cabos!

Em breve todos o seguiam. Apenas Etienne e Maheu continuavam a protestar, aturdidos, falando inutilmente no meio da gritaria. Por fim, o primeiro conseguiu fazer-se ouvir:

— Mas há gente lá no fundo, companheiros!

O alarido redobrou, todos falavam ao mesmo tempo.

— Pior para eles, não tinham que descer! Vai ser uma lição para esses traidores! Isso mesmo! Isso mesmo! Que fiquem por lá! E, depois, existem as escadas!...

Quando a idéia das escadas os tornou ainda mais decididos, Etienne compreendeu que devia ceder. Temendo um desastre ainda maior, precipitou-se para a máquina, querendo ao menos subir os elevadores, para que os cabos, serrados por cima do poço, não os esmagassem com seu peso enorme ao caírem sobre eles. O mecânico tinha desaparecido com os outros trabalhadores da superfície. Segurou a barra de direção e começou a manobrar, enquanto Levaque e outros dois subiam no vigamento de ferro que sustinha as roldanas. Etienne acabava de fixar os elevadores nos ferrolhos de segurança quando se ouviu o ranger da lima cortando o aço. Fez-se um grande silêncio, esse ruído pareceu encher toda a mina, a turba ergueu a cabeça e escutou, presa de emoção. Maheu, na primeira fila, sentia-se invadir por uma alegria feroz, como se os dentes da lima os fossem livrar da desgraça, roendo o cabo de um desses buracos cheios de miséria, no qual nunca mais se desceria.

A Queimada tinha desaparecido pela escada do vestiário, gritando sempre:

— Apaguemos o fogo! Às caldeiras! Às caldeiras!

Algumas mulheres a seguiram. A de Maheu foi a primeira, para impedir que quebrassem tudo, da mesma forma que seu marido tinha tentado argumentar com os companheiros. Ela era a mais calma: podiam-se exigir seus direitos, mas sem fazer estragos no que era dos outros. Quando entrou na casa das caldeiras, as mulheres já estavam expulsando os dois foguistas, e a Queimada, empunhando uma grande pá, acocorava-se diante das fornalhas e as esvaziava violentamente, jogando o carvão incandescente sobre o chão de tijolos, onde ele continuava a arder, soltando uma fumaça negra. Havia dez fornalhas para os cinco geradores. Em breve, as outras seguiam o exemplo da Queimada; a mulher de Levaque manobrando sua pá com ambas as mãos e a filha de Mouque arregaçando as saias até as coxas para não se incendiar, todas elas como que cobertas de sangue por causa dos reflexos do fogo, suadas e desgrenhadas em torno daquela cozinha de bruxas. Os montes de hulha cresciam, o calor ardente crestava a enorme peça.

— Chega! — gritou a mulher de Maheu. — Esta joça já está pegando fogo!

— Melhor! — respondeu a Queimada. — Vai ser um trabalho completo... Eu tinha jurado que havia de fazê-los pagar pela morte do meu homem!

Nesse momento ouviu-se a voz esganiçada de Jeanlin:

— Atenção! Eu vou apagar isso! Vou soltar tudo!

Fora um dos primeiros a entrar, imiscuindo-se na a turba, encantado com a balbúrdia, procurando coisas para destruir. Teve então a idéia de abrir as torneiras de descarga, para soltar o vapor. Os jatos partiram com a violência de tiros, as cinco caldeiras esvaziaram-se com um sopro de tempestade, assobiando com tal estrondo que os ouvidos sangraram. Tudo desapareceu no meio do vapor, o carvão ficou branco, as mulheres eram apenas sombras de gestos imprecisos. Só o menino permanecia visível, subindo na galeria, por trás dos turbilhões de fumaça branca, encantado, rindo alegremente por ter desencadeado aquele furacão.

Isso durou cerca de quinze minutos. Tinham jogado alguns baldes de água sobre os montes de hulha para acabar de apagá-los: a ameaça de incêndio estava descartada. Mas a cólera da multidão não esmoreceu, ao contrário, foi açulada. Homens desciam com martelos, as próprias mulheres se armavam de barras de ferro e falava-se em destruir os geradores, quebrar as máquinas, demolir a mina.

Quando Etienne foi prevenido do que se tramava, veio correndo em companhia de Maheu. Ele mesmo estava ficando possuído, arrebatado por essa febre ardente de vingança. Mas nem por isso deixava de lutar, conjurando os companheiros a manterem-se calmos, agora que os cabos estavam cortados, as fornalhas apagadas e as caldeiras vazias, o que tornava o trabalho impossível. Mas continuavam não o escutando, sua liderança ia ser novamente contestada, quando se ouviu uma enorme vaia do lado de fora, dirigida para uma portinhola onde desembocava o fosso das escadas.

— Abaixo os traidores! Sujos! Covardes! Abaixo! Abaixo!

Era a saída dos operários do fundo da mina que começava. Os primeiros, ofuscados pela luminosidade, não sabiam o que fazer, pestanejando. Depois davam alguns passos, tentando atingir a estrada e fugir.

— Abaixo os covardes! Abaixo os falsos irmãos!

Todo o bando de grevistas acorrera. Em menos de três minutos não havia um só homem nas edificações; os quinhentos de Montsou formaram duas fileiras, para obrigar a passarem entre elas aqueles de Vandame, que tinham feito a traição de descer. E a cada novo mineiro que aparecia na porta do fosso, com as roupas em farrapos e a lama negra do trabalho, as vaias recrudesciam, ditos ferozes os recebiam: "Olha esse aí, tem três polegadas de pernas e um cu enorme! E aquele lá, com o nariz roído pelas putas do Volcan! E este outro, mija tanta remela pelos olhos que com ela se poderiam fazer velas para dez catedrais! E este um grandalhão sem bunda, comprido como a fome!" Uma operadora de vagonetes que surgiu tropeçando, enorme, com os seios na barriga e a barriga no traseiro, provocou uma tempestade de gargalhadas. Quiseram apalpá-la, os motejos eram cada vez mais fortes, estavam ficando cruéis, os tabefes iam começar. O desfile dos pobres-diabos continuava, todos tiritantes, silenciosos às injúrias, esperando os murros como animais acuados, felizes quando podiam enfim correr para fora da mina.

— Diabo! Afinal, quantos estão lá dentro? — perguntou Etienne.

Espantava-se de ver tanta gente saindo, irritava-se de constatar que não se tratava de meia dúzia de operários, pressionados pela fome, intimidados pelos contramestres. Fora então enganado na floresta? A Jean-Bart, quase em peso, descera. Soltou uma exclamação e precipitou-se, percebendo Chaval no umbral.

— Canalha! Foi para isso que nos fizeste vir?

Imprecações explodiram, houve um arranco em direção ao traidor. E então? Na véspera tinha feito o juramento com eles e agora era encontrado trabalhando, em companhia dos outros? Estava debochando deles?

— Agarrem-no! Ao poço! Ao poço!

Chaval, lívido de medo, gaguejava, procurava explicar-se, mas Etienne cortava-lhe a palavra, fora de si, possuído pela fúria da turba.

— Escolheste ser dos nossos, e serás. Vamos! em marcha, tratante.

Outro clamor cobriu sua voz. Catherine, por sua vez, aparecia, ofuscada pelo sol claro, temendo por sua sorte no meio daqueles selvagens. E, com as pernas arrebentadas pelos cento e dois lances de escada, as palmas das mãos sangrando, ofegava, quando a mãe, ao vê-la, atirou-se sobre ela com a mão levantada.

— Cadela, tu também! Enquanto tua mãe morre de fome, tu a trais por esse cafajeste!

Maheu reteve-lhe o braço, impedindo a bofetada. Mas sacudiu a filha, enfurecido como a mulher, censurando a sua conduta, ambos fora de si, gritando mais alto que os outros.

Ao ver Catherine, Etienne ficou ainda mais exasperado. Repetiu:

— A caminho! Para as outras minas! E tu vens conosco, velhaco!

Chaval mal teve tempo de apanhar os tamancos no vestiário e de jogar o suéter sobre os ombros enregelados. Todos o arrastavam, forçando-o a correr no meio deles. Tonta, Catherine enfiava igualmente os tamancos, abotoava no pescoço a velha jaqueta de homem com que se abrigava desde o começo do frio. E saiu correndo atrás do amante, não queria deixá-lo um só instante, porque certamente iam massacrá-lo.

Então, em dois minutos, a Jean-Bart esvaziou-se. Jeanlin, que encontrara uma corneta, soprava-a emitindo sons roucos, como se estivesse reunindo gado. As mulheres — a de Levaque, a Queimada, a filha de Mouque — arregaçavam as saias para correr, enquanto Levaque, empunhando um machado, esgrimia-o como um bastão de tambor-mor. A turba engrossava com novos companheiros que continuavam a chegar, eram já quase mil, sem ordem, esparramando-se pela estrada em aluvião. Como o portão de saída era muito estreito, botaram abaixo a cerca.

— Às minas! Abaixo os traidores! Nada de trabalho!

E, de repente, a Jean-Bart caiu num grande silêncio. A mina estava deserta, não se ouvia uma respiração sequer. Deneulin saiu da sala dos contramestres e, sozinho, proibindo com um gesto que o seguissem, percorreu as instalações. Estava pálido, muito calmo. Primeiro, parou diante do poço, levantou os olhos, examinou os cabos cortados: as pontas de aço pendiam inúteis, os dentes da lima tinham deixado uma ferida viva, uma chaga fresca que reluzia no negro da graxa. Em seguida foi até a máquina, contemplou a biela imóvel, semelhante à articulação de um membro colossal atingido pela paralisia; tocou o metal já frio e sentiu um estremecimento, como se estivesse tocando num cadáver. Depois desceu até as caldeiras; caminhando lentamente diante das fornalhas apagadas, abertas e inundadas, bateu com o pé nos geradores, que emitiram um som cavo. E agora? Estava tudo terminado, sua ruína concluíra-se. Mesmo que consertasse os cabos, que reacendesse as fornalhas, onde encontraria operários? Mais quinze dias de greve e estaria falido. E nessa certeza da sua bancarrota não mais conseguia odiar os bandidos de Montsou: via nisso a cumplicidade de todos, a culpa geral, secular. Brutos, sim; mas brutos que não sabiam ler e morriam de fome.

IV

E o bando, pela planície rasa, toda branca de geada, sob o pálido sol de inverno, marchava, saindo da estrada, atravessando as plantações de beterraba.

Na Fourche-aux-Boeufs, Etienne tomou o comando. Sem fazê-los parar, começou a gritar ordens e a organizar a marcha. Jeanlin corria na frente, emitindo com sua corneta uma música bárbara. Nas primeiras filas avançavam as mulheres, algumas armadas com paus, a de Maheu com um fulgor selvagem nos olhos, que pareciam procurar ao longe a cidade da justiça prometida; a Queimada, a mulher de Levaque e a filha de Mouque marchavam como soldados esfarrapados indo para a guerra. Em caso de encontro, queriam ver se os policiais ousariam bater nas mulheres. Em seguida vinham os homens, numa confusão de gado, formando uma retaguarda amplíssima, eriçada de barras de ferro, dominada por um único machado, o de Levaque, cujo gume reverberava ao sol. No centro, Etienne não perdia de vista Chaval, forçando-o a caminhar na sua frente, enquanto Maheu, atrás, sombrio, observava Catherine, única mulher entre aqueles homens, obstinando-se em marchar ao lado do amante, para impedir que lhe fizessem mal. Cabeças descobertas esguedelhavam-se ao vento; somente se ouvia o bater dos tamancos, semelhante a um tropel de gado solto, guiado apenas pelo toque selvagem de Jeanlin.

De repente, ouviu-se um novo grito:

— Pão! Pão! Pão!

Era meio-dia, a fome de seis semanas de greve despertava nos estômagos vazios, aguilhoada por essa marcha em campo aberto. As raras côdeas da manhã, as poucas castanhas da filha de Mouque já iam longe; e os estômagos gritavam, e esse sofrimento vinha aumentar a raiva contra os traidores.

— Às minas! Nada de trabalho! Pão!

Etienne, que em casa não quisera comer a sua parte, sentia no peito uma sensação insuportável de vazio, mas não se queixava. De tempos em tempos, apanhava seu cantil e tomava um gole de genebra, sentindo-se tão trêmulo, que julgava precisar daquilo para ir até o fim. Seu rosto se afogueava, uma chama iluminava seus olhos, mas a cabeça permanecia fria, pois ainda queria evitar estragos inúteis.

Ao chegarem ao caminho de Joiselle, um britador de Vandame, que se reunira à turba por vingança contra seu patrão, levou os companheiros para a direita, gritando:

— À Gaston-Marie! Vamos parar a bomba! Que as águas destruam a Jean-Bart!

A multidão, arrastada, já se dirigia para lá, apesar dos protestos de Etienne, que lhes suplicava que deixassem o esgoto trabalhar. De que serviria destruir as galerias? Apesar de todo o seu ódio, isso era uma coisa que revoltava seu coração de operário. Maheu também achava injusto atacar uma máquina. Mas o britador continuava a lançar seu brado de vingança; foi preciso que Etienne gritasse mais forte:

— À Mirou! Lá é que estão os traidores! À Mirou! À Mirou!

Com um gesto fizera que a multidão entrasse no caminho da esquerda, enquanto Jeanlin, outra vez na vanguarda, tocava com mais força. Houve uma grande reviravolta, a Gaston-Marie, por ora, estava salva.

E os quatro quilômetros que os separavam da Mirou foram vencidos em meia hora num passo acelerado, através da planície interminável. Este lado do canal era cortado por uma longa fita de gelo. Somente as árvores das margens, transformadas pela geada em candelabros gigantescos, rompiam a uniformidade monótona, que se prolongava e se perdia no céu do horizonte, como um mar. Uma ondulação do terreno ocultava Montsou e Marchiennes. Era a imensidade nua.

Estavam chegando à mina quando viram um capataz colocar-se num passadiço da triagem para recebê-los. Todos conheciam muito bem o tio Quandieu, o decano dos contramestres de Montsou, um ancião com a pele e os cabelos muito brancos, que devia andar pelos setenta, um verdadeiro milagre de boa saúde nas minas.

— Que é que vocês vêm fazer aqui, súcia de vadios? — gritou ele.

O bando estacou. Esse não era um patrão, era um companheiro. Retinha-os o respeito por aquele velho operário.

— Há homens trabalhando na mina — disse Etienne. — Manda-os saírem.

— É verdade, há homens trabalhando, talvez umas seis dúzias, os outros tiveram medo de vocês, corja de biltres! — replicou o velho Quandieu. — Mas previno-os de que nenhum deles sairá, ou eu ajustarei contas com vocês!

Houve exclamações, os homens empurraram, as mulheres avançaram. Descendo rapidamente do passadiço, o contramestre estava agora barrando a porta.

Maheu decidiu intervir:

— Velho, é o nosso direito. Como havemos de conseguir que a greve seja geral, se não forçarmos os companheiros a estarem do nosso lado?

O velho permaneceu silencioso por um momento. Evidentemente sua ignorância em matéria de coalizão igualava a do britador. Finalmente, respondeu:

— É o direito de vocês, não digo o contrário. Mas eu estou cumprindo ordens. Estou sozinho aqui. Os homens têm de trabalhar no fundo até as três horas, e trabalharão até as três horas.

As últimas palavras foram abafadas pelas vaias. Ameaçaram-no com o punho, as mulheres berravam como loucas, soprando-lhe no rosto seu bafo quente. Mas ele mantinha-se firme, a cabeça erguida, com sua barbicha e seus cabelos de uma brancura de neve. E a coragem infundia-lhe tal vigor, que se podia ouvi-lo claramente, por cima da gritaria:

— Vão para o inferno! Aqui não passam. Juro pelo sol que nos ilumina, prefiro morrer a deixar vocês tocarem nos cabos. Não empurrem, ou eu me atiro no poço na frente de todos.

Houve um estremecimento e a turba recuou, amedrontada. Ele continuou:

— Qual é o cachorro que não compreende isto? Eu não passo de um operário como vocês. Mandaram-me tomar conta disto aqui e eu tomo.

A inteligência do velho Quandieu não ia mais longe, obstinado na sua teimosia do dever militar, o cérebro tapado, o olho míope pela tristeza negra de meio século de fundo de mina. Os companheiros olhavam-no, tocados, sentindo em si o eco do que lhes dizia, essa obediência de soldado, a fraternidade e a resignação no perigo. Acreditando que eles ainda hesitavam, repetiu:

— Jogo-me no poço na frente de vocês!

Um grande movimento fez girar o bando. Todos voltaram as costas e a correria recomeçou pela estrada reta, que se estendia pelo infinito, por entre as terras. De novo os gritos se elevavam:

— À Madeleine! À Crèvecoeur! Nada de trabalho! Pão! Pão!

No meio da multidão, no entusiasmo da marcha, houve uma algazarra. Era Chaval, diziam, que quisera aproveitar-se da história de Mirou para escapar. Etienne acabava de agarrá-lo por um braço, ameaçando-o de fazê-lo em pedaços ao menor sinal de traição. O outro debatia-se, protestando, enfurecido:

— Então onde é que estamos? Não se é mais livre? Estou tiritando de frio há já uma hora, preciso lavar-me. Larga meu braço!

Realmente, ele estava sentindo os efeitos do carvão grudado à pele, e seu suéter quase não o protegia do frio.

— Caminha, ou somos nós que te lavaremos — respondeu Etienne. — Ninguém te mandou exagerar pedindo derramamento de sangue.

Continuavam quase correndo; Etienne acabou por se voltar para Catherine, que ainda se mantinha ao lado do outro. Desesperava-o senti-la tão próxima, tão miserável, tiritando sob a velha jaqueta de homem, com as calças enlameadas. Devia estar morta de fadiga e, contudo, não deixava de correr.

— Tu podes ir embora — disse ele afinal.

Catherine pareceu não entender. Seus olhos, ao encontrarem os de Etienne, brilharam somente com uma rápida chama de censura. E não parou. Por que quereria que ela abandonasse seu homem? Chaval, na verdade, não era bom; até a espancava em certas ocasiões. Mas era o seu homem, aquele que a possuíra primeiro. O que a enfurecia é que se atirassem mais de mil contra ele. Tê-lo-ia defendido, não por ternura, mas por orgulho.

— Vai-te embora! — repetiu violentamente Maheu.

A ordem do pai fez que diminuísse o passo. Tremia, as lágrimas enchiam-lhe as pálpebras. Depois, apesar do medo que sentia, voltou e tomou seu lugar, sempre correndo. Então deixaram-na.

O bando atravessou a estrada de Joiselle, seguiu por um instante a de Cron, depois subiu para Cougny. Desse lado, chaminés de fábricas riscavam o horizonte plano, galpões de madeira, oficinas de tijolos, com portas enormes e cheias de poeira, desfilavam ao longo da estrada. Passaram sucessivamente pelas casas baixas de dois conjuntos habitacionais mineiros, o dos Cent-Quatre-Vingts, depois o dos Soixante-Seize. E de cada um deles, ao chamado da corneta, ao clamor lançado por todas as bocas, saíram famílias, homens, mulheres, crianças, também correndo, unindo-se à retaguarda dos companheiros. Quando chegaram diante da Madeleine eram bem uns mil e quinhentos. A estrada descia em declive suave, e a vaga marulhante dos grevistas teve de contornar o aterro, antes de se espalhar no pátio da mina.

Nesse momento não deviam ser mais de duas horas. Mas os contramestres, advertidos, tinham apressado a subida, e, quando o bando chegou, a saída dos operários já estava terminando, tendo ficado no fundo da mina apenas uns vinte homens, que logo depois desembarcaram do elevador. Fugiram, tendo sido perseguidos a pedradas. Dois foram espancados, outro deixou a manga da jaqueta no local. Esta caça ao homem salvou o material: os cabos e as caldeiras não foram tocados. E já a vaga rolava em direção à mina vizinha.

Esta, Crèvecoeur, encontrava-se a apenas quinhentos metros da Madeleine. O bando caiu novamente no meio da saída dos operários.

Uma operadora de vagonetes foi apanhada e açoitada pelas mulheres, as calças rasgadas, as nádegas expostas diante dos homens, que riam. Os aprendizes recebiam tabefes, os britadores escaparam cheios de marcas azuis pelo corpo e o nariz sangrando. E nessa ferocidade crescente, nessa antiga necessidade de vingança cuja loucura fervia em todas as cabeças, os gritos continuavam, estrangulando-se, a morte aos traidores, o ódio ao trabalho mal pago, o rugido do estômago querendo pão. Puseram-se a cortar os cabos, mas a lima estava gasta, demorava muito, agora que estavam com a febre de seguir adiante, sempre adiante. Nas caldeiras uma torneira foi quebrada, enquanto a água, jogada com grandes baldes nas fornalhas, fazia estourar as grelhas de ferro fundido.

Fora, falou-se em marchar sobre a Saint-Thomas. Esta era a mina mais disciplinada, a greve não a atingira; nela, cerca de setecentos homens deviam ter descido. Isto dava raiva, esperariam por eles armados de porretes em formação de batalha campal, para ver quem cairia primeiro. Mas correu o boato de que havia policiais em Saint-Thomas, os policiais da manhã, de quem tinham feito troça. Como sabiam? Ninguém podia responder. Não importa! Ficaram com medo e decidiram-se pela Feutry-Cantel. E a vertigem voltou a possuí-los, encontraram-se novamente na estrada, batendo tamancos, empolgados: à Feutry-Cantel! Os covardes de lá deviam ser, pelo menos, uns quatrocentos; iam se divertir à grande! Situada à distância de três quilômetros, a mina ficava oculta num vale, próxima do Scarpe. Já estavam subindo a ladeira dos Gessais, para além do caminho de Beaugnies, quando uma voz na multidão aventou a idéia de que talvez a cavalaria estivesse na Feutry-Cantel. Então, de uma ponta à outra da coluna, correu o murmúrio de que a cavalaria lá estava. Uma hesitação refreou o passo da marcha, o pânico começava a soprar naquela região adormecida pelo desemprego e que pareciam percorrer havia séculos. Por que não haviam encontrado os soldados? Esta impunidade os perturbava, misturando-se à idéia da repressão que sentiam aproximar-se.

Sem que soubessem de onde partia, uma nova palavra de ordem lançou-os para outra mina.

— À Victoire! À Victoire!

Será que não havia policiais ou cavalaria na Victoire? Não sabiam. Todos pareciam tranqüilizados. E, dando meia volta, desceram para o lado de Beaumont, atalhando pelos campos para voltarem à estrada de Joiselle. O leito da estrada de ferro barrava a passagem; atravessaram-no pondo abaixo as cercas. Agora aproximavam-se de Montsou, a lenta ondulação dos terrenos era mais baixa, alargando o mar das plantações de beterraba, muito ao longe, até as casas escuras de Marchiennes.

Desta vez era uma caminhada de cinco quilômetros bem contados. Tamanho entusiasmo os empurrava que nem sentiam o cansaço atroz, os pés alquebrados e esfolados. O bando era cada vez maior, aumentando sempre com os companheiros apanhados pelo caminho e nos conjuntos habitacionais. Quando atravessaram o canal pela ponte Magache e se apresentaram diante da Victoire, já eram dois mil. Mas já tinham dado três horas, o trabalho terminara, não havia um só homem no fundo da mina. A decepção que sentiram explodiu em vãs ameaças, a única coisa que fizeram foi receber a cacos de tijolos os operários do desaterro que chegavam para pegar o trabalho. Invadiram a mina, que, deserta, passou a pertencer-lhes. E, no seu desapontamento por não terem uma cara de traidor para esbofetear, atiraram-se às coisas. Um bolsão de rancor rebentava neles, uma pústula envenenada, que se enchera aos poucos. Anos e anos de fome os torturavam com uma sede de massacre e destruição.

Atrás de um galpão, Etienne divisou uns carregadores que enchiam uma carroça de carvão.

— Dêem o fora! — ordenou ele. — Daqui não sai um pedaço!

À sua ordem, acorreram uns cem grevistas, e os carregadores mal tiveram tempo de escapar. Enquanto uns desatrelavam os cavalos, que, assustados, partiram a galope, ferroados nas ancas, outros emborcavam a carroça e quebravam os varais.

Levaque, com violentas machadadas, destruía os cavaletes para pôr abaixo os passadiços. Como resistissem, teve a idéia de arrancar os trilhos, de cortar a linha de um extremo a outro do pátio. Em seguida, todo o bando trabalhava para o mesmo fim. Maheu fez saltar os suportes de ferro fundido dos carris com a sua barra de ferro, que usava como alavanca. Enquanto isso, a Queimada, liderando as mulheres, invadia o depósito de lâmpadas, onde os porretes, dirigidos para todos os lados, cobriam o chão de estilhaços. A mulher de Maheu, fora de si, batia tão forte como a de Levaque. Todas elas ficaram cobertas de azeite, a filha de Mouque limpava as mãos na saia, rindo de ver-se tão suja. Por brincadeira, Jeanlin tinha-lhe despejado uma lâmpada pescoço abaixo.

Mas essas vinganças não enchiam a barriga. Os estômagos gritavam mais alto. E a grande lamentação dominou outra vez o tumulto:

— Pão! Pão! Pão!

Justamente na Victoire, um antigo contramestre tinha uma cantina. Certamente com medo, abandonara a sua barraca. Quando as mulheres voltaram, tendo os homens acabado de destruir a linha férrea, assediaram a cantina, cujas janelas cederam imediatamente. Não encontraram pão, só havia dois pedaços de carne crua e um saco de batatas. Mas, enquanto pilhavam, descobriram umas cinqüenta garrafas de genebra, que desapareceram como uma gota de água na areia.

Etienne, que já esvaziara seu cantil, pôde reabastecê-lo. Pouco a pouco, uma embriaguez perigosa, a embriaguez dos famintos, congestionava seus olhos, fazia que seus dentes parecessem de lobo entre os lábios pálidos. De repente notou que Chaval tinha escapado durante o tumulto. Pôs-se a praguejar e alguns homens correram para caçar o fugitivo, que se escondia com Catherine por trás de um monte de lenha.

— Ah! cachorro sem-vergonha! — berrou Etienne. — Então tens medo de te comprometer? E eras tu que na floresta pedias a greve dos mecânicos para parar as bombas!... Agora queres escapar, deixando-nos sozinhos na enrascada, hem? Pois muito bem, com mil raios! Vamos voltar à Gaston-Marie, eu quero que tu quebres a bomba. É isso! com mil raios! tu vais quebrá-la!

Estava bêbado, ele próprio lançava seus homens contra a bomba que tinha salvo algumas horas antes.

— À Gaston-Marie! À Gaston-Marie!

Todos o aclamaram e se precipitaram, enquanto Chaval, agarrado pelos ombros, arrastado, empurrado violentamente, continuava a pedir que o deixassem lavar-se.

— Vai-te embora! — gritou Maheu a Catherine, que também corria.

Desta vez ela nem sequer recuou, levantando para seu pai uns olhos ardentes, e continuou a correr.

Outra vez o bando invadiu a planície rasa. Voltava sobre seus passos, pelas compridas estradas retas, pelas terras cada vez mais amplas. Eram quatro horas; o sol, que se punha no horizonte, lançava no solo gelado as sombras daquelas hordas, de grandes gestos furiosos.

Desviaram-se de Montsou, dirigindo-se mais para cima, para a estrada de Joiselle. E, para não darem a volta pela Fourche-aux-Boeufs, passaram pelos muros da Piolaine. Naquele momento, precisamente, os Grégoire acabavam de sair para visitar o notário, antes de irem jantar com os Hennebeau, onde deveriam encontrar Cécile. A propriedade parecia dormir, com sua avenida de tílias deserta, sua horta e seu pomar pelados pelo inverno. Nada se movia na casa, cujas janelas fechadas se embaciavam devido ao aquecimento interno. E do profundo silêncio emanava uma impressão de bonomia e bem-estar, a sensação patriarcal de camas fofas e mesa farta, de felicidade tranqüila em que decorria a existência dos proprietários.

Sem parar, o bando lançou olhares sombrios através das grades, ao longo dos muros protetores, eriçados de cacos de garrafa. E o grito recomeçou:

— Pão! Pão! Pão!

Apenas os cães responderam com latidos furiosos, dois enormes dinamarqueses de pelo fulvo, que se punham nas patas traseiras, de goelas arreganhadas. E, por trás de uma persiana fechada, não havia mais que as duas criadas. Mélanie, a cozinheira, e Honorine, a camareira, atraídas por aquele grito, suando de medo, empalidecendo ao verem desfilar aquele bando de selvagens. As duas caíram de joelhos, julgando-se mortas, ouvindo uma pedra, uma só, que quebrava o postigo da janela ao lado. Era mais uma de Jeanlin, que fabricara uma funda com um pedaço de corda, e, de passagem, enviava lembranças aos Grégoire. Mas já voltara a soprar a sua corneta e a turba sumia-se ao longe, com o grito cada vez mais fraco:

— Pão! Pão! Pão!

Quando chegaram à Gaston-Marie, eram ainda em maior número, mais de dois mil e quinhentos furiosos, quebrando tudo, varrendo tudo, com a força impetuosa de uma torrente. Os policiais tinham passado por ali uma hora antes, seguindo depois para os lados da Saint-Thomas, mal informados por camponeses, sem mesmo tomarem a precaução, na sua pressa, de deixar uma guarnição de alguns homens, para proteger a mina. Em menos de quinze minutos as fornalhas foram emborcadas, as caldeiras, esvaziadas, as construções, invadidas e devastadas. Mas a bomba era o alvo principal. Não bastou que parasse com um último sopro de vapor, atiravam-se contra ela como a uma pessoa viva, a quem quisessem tirar a vida.

— Dá o primeiro golpe! — repetia Etienne, metendo um martelo na mão de Chaval. — Vamos! Não juraste como os outros?

Chaval tremia, recuava. E no acotovelamento o martelo caiu, enquanto os outros, sem esperar mais, destruíram a bomba com barras de ferro, tijolos, com tudo o que encontravam à mão. Alguns chegaram a esbordoá-la com varas. Os parafusos saltavam, as peças de aço e de cobre deslocavam-se, como membros arrancados. Um golpe de enxada violentíssimo fez em pedaços o corpo de ferro fundido e a água jorrou. A bomba, ao esvaziar-se, fez um ruído de gargarejo, semelhante a um arranco de agonia.

Era o fim. O bando voltou para fora, enlouquecido, atropelando-se atrás de Etienne, que não largava Chaval.

— Morte para o traidor! Ao poço! Ao poço!

O infeliz, lívido, gaguejava, voltando, com a obstinação imbecil da idéia fixa, à sua necessidade de se lavar.

— Espera; se isso te incomoda — disse a mulher de Levaque —, aqui está a tina!

Havia ali um charco, uma infiltração das águas da bomba. Estava branco, coberto por uma espessa camada de gelo. Empurraram-no naquela direção, quebraram o gelo e forçaram-no a mergulhar a cabeça na água gélida.

— Vamos, mergulha! — repetia a Queimada. — Diabo! se não entrares, jogamo-te aí dentro... E agora vais beber um trago, vais, sim! como os animais, com o focinho no cocho!

E ele teve de beber de quatro pés. Todos riam, com a maior crueldade. Uma mulher puxou-lhe as orelhas, outra jogou-lhe no rosto um punhado de esterco que encontrara na estrada, ainda fresco. Seu velho suéter não prestava mais, todo esfarrapado. E ele, desvairado, dava encontrões, empurrava, tentando fugir.

Maheu o maltratava, a mulher estava entre as mais ferozes, ambos dando vazão ao seu antigo rancor; a própria filha de Mouque, que de ordinário permanecia em bons termos com seus namorados, estava fora de si, chamava-lhe inútil, dizia que ia arrancar-lhe as calças para ver se ele ainda era um homem.

Etienne fez que se calasse.

— Chega! Com esse, apenas um de nós pode dar conta do recado... Se queres, eu e tu resolvemos o problema.

Seus punhos se fecharam, seus olhos iluminavam-se com um furor homicida, a embriaguez transformava-se em desejo de matar.

— Estás pronto? Um de nós dois vai ficar aqui... Dêem-lhe uma faca. Eu já tenho a minha.

Catherine, esgotada, apavorada, olhava para ele. Lembrava-se das suas confidências, da sua necessidade de dar cabo de alguém quando bêbado, envenenado a partir do terceiro copo, a tal ponto seus pais viciados no álcool tinham injetado aquela peçonha no seu corpo. Bruscamente ela arremeteu contra ele, esbofeteou-o com suas mãos de mulher, gritando-lhe na cara, sufocada de indignação:

— Covarde! Covarde! Covarde!... Já não chegam todas essas

atrocidades? Queres assassiná-lo, agora que ele não pode mais manter-se em pé!

Virou-se para o pai e para a mãe, para todos os outros.

— Vocês não passam de uns covardes! Covardes, ouviram? Pois matem-me com ele. Arranco os olhos de vocês, se o tocarem outra vez. Covardes!

E pôs-se na frente do seu homem, defendendo-o; esquecia as surras, esquecia a vida de miséria, arrebatada pela idéia de que pertencia a ele, já que por ele fora escolhida, e que era uma vergonha para si própria que o destruíssem assim.

Etienne, com os tapas da moça, ficara pálido. O primeiro ímpeto foi de atacá-la, mas depois, tendo passado a mão pelo rosto, num gesto de homem que se desembriaga, disse a Chaval, no meio de um grande silêncio:

— Ela tem razão, chega disso... Vai-te embora!

Sem mais esperar, Chaval saiu correndo, e Catherine atrás dele. A multidão, boquiaberta, viu-os desaparecer na volta do caminho. A mulher de Maheu murmurou então:

— Você errou, devia mantê-lo conosco. Certamente ele vai fazer alguma traição.

Mas o bando pusera-se novamente em marcha. Já eram quase cinco horas; o sol, rubro como brasa na fímbria do horizonte, incendiava a imensa planície. Um vendedor ambulante que passava informou-lhes que a cavalaria estava descendo para os lados da Crèvecoeur. A notícia fê-los retroceder e espalhou-se outra palavra de ordem:

— Para Montsou! À direção! Pão! Pão! Pão!

V

O Sr. Hennebeau fora à janela do seu gabinete para ver a partida da caleça que levava sua mulher para almoçar em Marchiennes. Por um instante, seu olhar seguira Négrel, que trotava ao lado da portinhola, depois foi sentar-se tranqüilamente à sua mesa. A casa parecia vazia sem a presença buliçosa da mulher e do sobrinho. Justamente naquele dia era o cocheiro quem guiava a carruagem; Rose, a nova camareira, estava de licença até as cinco horas; só Hippolyte, o camareiro, permanecera, locomovendo-se à vontade pelas peças, e, naturalmente, a cozinheira, ocupada desde o amanhecer com suas panelas, toda entregue ao jantar que seus patrões dariam à noite. De modo que o Sr. Hennebeau planejara um dia de grande trabalho, na calma imensa da casa deserta.

Lá pelas nove horas, Hippolyte, ainda que tivesse recebido ordem para não deixar ninguém entrar, tomou a liberdade de anunciar Dansaert, que trazia notícias. Foi só então que o diretor soube da reunião da véspera, na floresta. E os detalhes eram a tal ponto pormenorizados que ele os escutou pensando nos amores do capataz com a mulher de Pierron, tão conhecidos, que duas ou três cartas anônimas por semana denunciavam os desregramentos do seu empregado: evidentemente o marido falara, aquela delação cheirava a travesseiro. Aproveitou a ocasião, deu a entender que sabia de tudo, mas apenas recomendou um pouco de prudência, para evitar escândalo. Assustado com aquelas acusações durante seu relatório, Dansaert negou, gaguejando desculpas, enquanto seu narigão confessava o crime, subitamente rubro. Mas não quis insistir, contente de se ver desculpado com tanta bonomia, porque, de ordinário, o diretor mostrava-se de uma severidade implacável de homem puro, quando algum empregado resolvia regalar-se com alguma moça bonita durante o trabalho. A conversa continuou sobre a greve; essa reunião da floresta não passava ainda de uma fanfarronada de baderneiros, não havia uma ameaça séria. Em todo o caso, certamente os conjuntos habitacionais mineiros não se mexeriam nos próximos dias, graças à impressão de medo e respeito que lhes fora inculcada pelo desfile militar da manhã.

Quando o capataz partiu, o Sr. Hennebeau esteve a ponto de enviar um telegrama ao prefeito. Apenas o receio de dar provas de nervosismo o reteve. Já não se perdoava sua falta de faro, que o levara a dizer aos quatro ventos, e mesmo escrever à administração, que a greve não duraria mais do que uma quinzena. Para sua grande surpresa, ela se arrastava havia dois meses. Desesperava-se com isso, sentia-se humilhado, comprometido, forçado a imaginar algo brilhante, se queria voltar às boas graças dos administradores. Acabava de pedir-lhes instruções na eventualidade de alguma desordem. A resposta não vinha, esperava-a pelo correio da tarde. E perguntava-se se ainda estaria em tempo de enviar telegramas, pedindo a ocupação militar das minas, se essa fosse a opinião de Paris. Segundo ele, isso resultaria numa batalha, com sangue e mortos. Semelhante responsabilidade perturbava-o, apesar de sua habitual energia.

Até as onze horas trabalhou sem ser incomodado, sem outro ruído na casa morta que o da escova de encerar que Hippolyte manejava, muito ao longe, numa peça do primeiro andar. Depois, uma após a outra, recebeu duas mensagens, a primeira anunciando a invasão da Jean-Bart pelos grevistas de Montsou, a segunda falando dos cabos cortados, das fornalhas apagadas, de todos os estragos. Não podia compreender. Que tinham ido fazer os grevistas na concessão de Deneulin, em vez de atacarem uma mina da companhia? Aliás, que arrasassem Vandame à vontade, isso não fazia mais que ajudar o plano de conquista que tramava. Ao meiodia almoçou sozinho na vasta sala, servido em silêncio pelo criado, do qual nem mesmo os passos ouvia. Esta solidão tornava ainda mais sombrias as suas preocupações. Sentiu o sangue gelando nas veias quando um contramestre, que viera correndo, foi introduzido e lhe contou a marcha do bando sobre a Mirou. Quase em seguida, quando acabava de tomar café, um telegrama lhe informou que a Madeleine e a Crèvecoeur também estavam ameaçadas. Desse momento em diante sentiu-se extremamente perplexo. Esperava o correio às duas horas: devia pedir tropas imediatamente? ou seria melhor esperar, para não agir antes de ter conhecimento das ordens da administração? Voltou ao gabinete, quis ler uma nota para o prefeito, que na véspera pedira a Négrel que redigisse, mas não conseguiu encontrá-la. Pensou que talvez o rapaz a tivesse deixado no seu quarto, onde muitas vezes escrevia durante a noite. E, sem tomar uma decisão, perseguido pela idéia da nota, subiu ao quarto do sobrinho para procurá-la.

Ao entrar, o Sr. Hennebeau teve uma surpresa: o quarto não estava arrumado, sem dúvida por esquecimento ou preguiça de Hippolyte. Reinava ali um calor úmido, o calor abafado de uma noite inteira, aumentado pelo escapamento do calorífero que ficara aberto. Seu olfato foi açulado, quase sufocado com um perfume penetrante, que julgou ser o cheiro dos sais de banho, de que a bacia estava cheia. Uma grande desordem reinava na peça, roupas espalhadas, toalhas molhadas jogadas nos encostos das cadeiras, a cama descoberta, um lençol puxado, arrastando-se no tapete. Quando entrou, apenas lançou um olhar distraído a tudo aquilo, dirigindo-se para uma mesa coberta de papéis, em busca da nota desaparecida. Por duas vezes examinou os papéis, um por um, e decididamente o que buscava não estava entre eles. Onde diabo teria o desmiolado do Paul escondido o documento?

E ao voltar para o centro do quarto, olhando por cima de cada móvel, percebeu, na cama descoberta, algo que brilhava como uma faísca. Aproximou-se maquinalmente e estendeu a mão. Era um pequeno frasco de ouro entre duas pregas do lençol. Imediatamente reconheceu-o como da Sra. Hennebeau, o frasco de éter do qual ela nunca se separava. Continuava sem compreender como aquele objeto viera parar na cama de Paul. Num átimo ele se transformara: estava horrivelmente pálido. Sua mulher tinha dormido ali.

— Desculpe — murmurou Hippolyte da porta. — Como vi o senhor subir...

O criado entrou, olhando espantado para a desordem da peça.

— Meu Deus! É verdade que este quarto ainda não foi arrumado! Também, a Rose saiu, deixando tudo nas minhas costas...

O Sr. Hennebeau escondia o frasco na mão, apertando-o com toda a força.

— Quer alguma coisa?

— Está aí outro homem... Veio da Crèvecoeur trazendo uma carta.

— Está bem. Pode ir, e diga-lhe que me espere.

Sua mulher tinha dormido ali! Correu o ferrolho da porta, abriu a mão e olhou o frasco, que lhe deixara um sinal vermelho na pele. E subitamente começou a compreender, a ver claro, aquela sujeira tinha lugar em sua casa havia meses. Lembrou-se da sua antiga suspeita, os ruídos leves contra as portas, os pés descalços caminhando de noite pela casa silenciosa. Era isso! Sua mulher subia para dormir ali...

Caído sobre uma cadeira, em frente à cama que contemplava fixamente, permaneceu por algum tempo como se tivesse sido golpeado. Foi despertado por um barulho, alguém batia à porta, tentando abrir. Reconheceu a voz do criado:

— Sr. Hennebeau... Ah! está fechado por dentro...

— Que quer?

— Parece que é urgente, os operários estão quebrando tudo. Há mais dois homens lá embaixo. Chegaram telegramas...

— Deixe-me em paz! Já vou.

A idéia de que Hippolvte teria descoberto o frasco, se tivesse arrumado o quarto de manhã, deixava-o gelado. Aliás, esse criado já devia saber: inúmeras vezes encontrara a cama ainda quente do adultério, cabelos da mulher caídos no travesseiro, manchas execrandas enodoando os lençóis. Se vinha a todo o momento importuná-lo, era por maldade.

Quantas vezes não teria ficado com o ouvido colado à porta, excitado com a devassidão dos patrões?

O Sr. Hennebeau permaneceu imóvel, olhando para a cama. O longo passado de sofrimentos veio-lhe à memória, seu casamento com aquela mulher, o imediato mal-entendido, tanto físico como espiritual, os amantes que ela tivera sem que ele desconfiasse, aquele que tolerara por dez anos como se tolera uma perversão a uma doente. Depois, foi a chegada deles a Montsou, a louca esperança de curá-la, meses de languidez, de exílio modorrento, a aproximação da velhice, que enfim iria trazê-la de volta para ele. Mas surgia o sobrinho, esse Paul de quem ela se intitulava mãe, a quem falava do seu coração morto, enterrado em cinzas para todo o sempre. E ele, marido imbecil, nada via, na adoração por aquela mulher que era sua, que tantos homens tinham possuído e só ele não podia ter. Adorava-a com uma paixão vergonhosa, a ponto de cair de joelhos se ela resolvesse dar-lhe o resto dos outros. E o resto dos outros ela dava àquele rapaz.

Nesse momento, um toque de campainha longínquo fez o Sr. Hennebeau estremecer. Reconheceu-o, era o toque que se dava, seguindo suas ordens, quando chegava o carteiro. Levantou-se, falou em voz alta, num assomo de vulgaridade que jorrava da garganta, escapando ao seu controle.

— Ah! Que um raio os parta! Pouco me importam os telegramas e as cartas dessa gente!

Sentia-se invadido pelo ódio, necessitava de uma cloaca para nela enterrar toda essa imundície, esmagando-a com os pés. Aquela mulher era uma cadela! Procurava palavras indecorosas, para com elas emporcalhar a sua imagem. A repentina idéia do casamento entre Cécile e Paul, que ela arranjava com um sorriso tão inocente, acabou de exasperá-lo. Então nem sequer havia paixão, ou ciúme, em toda aquela sensualidade arrebatada? Na idade dela, já não devia ser mais do que um brinquedo perverso, a fixação no homem, uma recreação degustada como uma sobremesa a que estivesse acostumada. Acusava-a de tudo, quase inocentava o rapazinho que ela, com rejuvenescido apetite, mordera, como se morde o primeiro fruto verde, roubado na estrada. Quem mais devoraria, até onde desceria, quando não houvesse mais sobrinhos condescendentes, bastante práticos para aceitarem em sua família, mesa, cama e mulher?

Bateram timidamente na porta e Hippolyte disse, com medo, pelo buraco da fechadura:

— O correio, Sr. Hennebeau... E está aí outra vez o Sr. Dansaert dizendo que se estão matando...

— Inferno! Já vou!

Que faria com eles? Expulsá-los quando voltassem de Marchiennes, como animais nojentos que não queria mais ter sob seu teto? Agarraria um pau e lhes gritaria que fossem espalhar longe dele o veneno de seu concubinato. Eram seus suspiros, seus hálitos confundidos que aumentavam o calor úmido daquele quarto; o cheiro penetrante que o sufocara era o cheiro de almíscar que exalava a pele de sua mulher, outro gosto depravado, uma necessidade carnal de perfumes violentos. Reconheceu então o calor, o cheiro de fornicação, o adultério vivendo nos vasos desarrumados, nas bacias ainda cheias, na desordem dos lençóis, dos móveis, da peça inteira, corrompida pelo vício. Um furor de impotência atirou-o para cima da cama aos murros, massacrou-a, amarfanhou os lugares onde via a marca dos dois corpos, furioso com as cobertas arrancadas, com os lençóis usados, moles e inertes sob seus golpes, como que também exaustos pela longa noite de amor.

Mas de repente pareceu-lhe ouvir Hippolyte subindo outra vez. Envergonhado, parou.

Ficou por um momento ainda ofegante, enxugando a testa, acalmando as batidas do coração. Em pé defronte de um espelho, contemplou seu rosto, tão descomposto que não chegava a reconhecê-lo. Depois, quando viu que voltava ao normal, por um supremo esforço de vontade, desceu.

Embaixo, cinco mensageiros, sem contar Dansaert, esperavam. Todos traziam notícias de gravidade crescente sobre a marcha dos grevistas pelas minas. O capataz contou com detalhes os acontecimentos da Mirou, salva pelo valoroso comportamento do velho Quandieu. Ele escutava, balançava a cabeça, mas não sabia o que o outro estava dizendo; seu espírito ficara lá em cima, no quarto. Por fim disse que podiam ir, prometendo tomar medidas. Vendo-se outra vez só, sentado em frente à sua mesa, pareceu adormecer, a cabeça entre as mãos, os olhos abertos. A correspondência estava ali, sobre a mesa, e decidiu procurar a carta esperada, a resposta da administração, cujas linhas, a princípio, dançaram ante seus olhos. Contudo, acabou por compreender que os administradores queriam uma reação; claro, não lhe ordenavam que piorasse as coisas, mas davam a entender que alguns choques apressariam o desenlace da greve, provocando uma repressão enérgica. Desse momento em diante não hesitou mais, enviou telegramas para toda parte, ao prefeito de Lille, ao quartel do exército de Douai, à polícia de Marchiennes. Era um alívio, agora podia encerrar-se em casa, fez até espalhar boatos de que estava com gota. E durante toda a tarde escondeu-se no seu gabinete, sem receber ninguém, lendo apenas os telegramas e cartas que continuavam a chover. Seguiu assim de longe o bando da Madeleine à Crèvecoeur, da Crèvecoeur à Victoire, da Victoire à Gaston-Marie. Por outro lado, chegavam-lhe informações sobre o desnorteamento dos policiais e da cavalaria, perdidos pela estrada, sempre saindo das minas que iam ser atacadas. Podiam matar-se e destruir tudo, colocara novamente a cabeça entre as mãos, os dedos apertando os olhos, engolfados no grande silêncio da casa vazia, onde se ouvia apenas, e espaçadamente, o barulho das caçarolas da cozinheira preparando o jantar.

O crepúsculo já escurecia a peça, eram cinco horas quando uma algazarra fez que o Sr. Hennebeau acordasse sobressaltado, saindo do torpor e da inércia em que se encontrava, sempre com os cotovelos fincados na mesa. Por um momento pensou que eram os dois miseráveis que voltavam. Mas o tumulto ia num crescendo, e ao aproximar-se da janela deu-se uma terrível explosão de vozes:

— Pão! Pão! Pão!

Eram os grevistas que invadiam Montsou, enquanto os policiais, acreditando em um ataque à Voreux, galopavam em sentido contrário para ocupar aquela mina.

Justamente a dois quilômetros das primeiras casas, um pouco abaixo do cruzamento da estrada real com o caminho de Vandame, a Sra. Hennebeau e suas convidadas acabavam de assistir ao desfile do bando. O dia em Marchiennes passara-se alegremente, com um almoço delicioso na casa do diretor das Forjas e com uma interessante visita às oficinas e a uma fábrica de vidros das vizinhanças, como programa da tarde. Quando enfim voltavam, naquele límpido fim de um belo dia de inverno, Cécile tivera a fantasia de beber um copo de leite numa pequena fazenda da beira da estrada. Todos desceram da caleça. Négrel galantemente apeou do cavalo. A camponesa, assustada ao ver gente tão distinta, não sabia o que fazer, dizia que ia colocar uma toalha antes de servir. Mas Lucie e Jeanne quiseram ver a ordenha e todos foram para o estábulo com os copos na mão, transformando a idéia num piquenique, rindo muito ao afundarem--se na palha.

A Sra. Hennebeau, sempre dando-se ares de mãe condescendente, sorvia o leite aos golinhos, quando um barulho estranho vindo de fora e que ia num crescendo a inquietou.

— Que é isso?

O estábulo, construído à beira da estrada, possuía uma porta larga, para carroça, porque servia ao mesmo tempo de palheiro. As moças já tinham espichado os pescoços e espantavam-se com o que viam à esquerda: uma vaga negra, uma multidão que desembocava ululante do caminho de Vandame.

— Diabo! — murmurou Négrel, que também tinha saído. — Será que os nossos gabolas decidiram brigar?

— Devem ser outra vez os mineiros — disse a camponesa. — Já passaram por aqui duas vezes. Parece que a coisa vai mal, eles estão donos da região.

Dizia cada palavra com cautela, observando o efeito que produzia. Quando notou o pavor de todos, a profunda ansiedade em que aquele encontro os lançava, apressou-se a concluir:

— São uns patifes!

Négrel, vendo que era tarde demais para subirem à carruagem e voltarem a Montsou, deu ordem ao cocheiro para que abrigasse depressa a caleça no pátio da fazenda, onde a parelha de cavalos ficou escondida por trás de um galpão. Ele mesmo amarrou dentro desse galpão o seu cavalo, que um garoto segurava pela rédea. Ao voltar, encontrou sua tia e as moças fora de si, prontas a seguirem a camponesa, que lhes propusera refugiarem-se dentro de casa. Mas ele foi de opinião que ali estavam mais seguros, certamente ninguém viria procurá-los dentro da palha. A porta do estábulo não fechava direito e tinha tantos buracos, que se via a estrada por entre suas tábuas apodrecidas.

— Vamos, coragem! — disse ele. — Venderemos caro a nossa vida.

Essa brincadeira aumentou o medo. O barulho aproximava-se, mas ainda não se via nada; na estrada deserta parecia soprar um vento agreste, igual a essas rajadas bruscas que precedem as tempestades.

— Não, não quero ver — disse Cécile, indo encolher-se na palha.

A Sra. Hennebeau, muito pálida, cheia de ódio contra aquela gentalha que estragava um dos seus prazeres, mantinha-se atrás, lançando olhares oblíquos e enojados, enquanto Lucie e Jeanne, apesar de trêmulas, espiavam por uma fresta, não querendo perder nada do espetáculo.

O ribombar de trovão aproximava-se, a terra foi sacudida e Jeanlin passou na vanguarda, soprando a sua corneta.

— Apanhem os sais, é o suor do povo que está passando — murmurou Négrel, que, apesar das suas convicções republicanas, gostava de rir da canalha em companhia das senhoras.

Mas seu gracejo foi carregado pelo furacão dos gestos e gritos. As mulheres tinham aparecido, cerca de mil, cabelos ao vento, desgrenhados pela correria, os farrapos deixando à mostra a pele nua, nudez de fêmeas exaustas de parir mortos-de-fome. Algumas traziam os filhos nos braços, e levantavam-nos, agitando-os como uma bandeira de luto e vingança. Outras, mais jovens, com peitos estufados de guerreiras, brandiam paus, enquanto as velhas, monstruosas, berravam tão alto que as veias dos seus pescoços descarnados pareciam rebentar. Em seguida vieram os homens, dois mil furiosos, aprendizes, britadores, consertadores, verdadeira massa compacta que rolava como se fosse feita de um só bloco, apertada, confundida, a ponto de não se distinguirem as calças desbotadas ou os suéteres esfarrapados, esbatidos na mesma uniformidade terrosa. Os olhos faiscavam, viam-se apenas os buracos negros das bocas cantando a *Marselhesa*, cujas estrofes se perdiam num bramido confuso acompanhada pelo bater dos tamancos na terra dura. Acima das cabeças, entre a floresta de barras de ferro, passou um machado, bem ao alto. Esse único machado, que era como o estandarte do bando, desenhava no céu claro o perfil aguçado de um cutelo de guilhotina.

— Que caras horrendas! — balbuciou a Sra. Hennebeau.

Négrel disse entre dentes:

— O diabo me carregue se eu reconheço um único! De onde terão saído esses bandidos?

Realmente, a cólera, a fome, os dois meses de sofrimentos e aquela correria desenfreada pelas minas tinham transformado em mandíbulas de animais ferozes as feições plácidas dos mineiros de Montsou. Naquele momento o sol desaparecia; os últimos raios, de um púrpuro sombrio, pareciam ensangüentar a planície. E a estrada também pareceu lavada em sangue; as mulheres e os homens continuavam marchando, cobertos de sangue, como carniceiros em plena matança.

— Oh! maravilhoso! — disseram a meia voz Lucie e Jeanne, tocadas, no seu gosto de artistas, por aquele belo hórrido.

Mas mesmo assim tinham medo, recuando para perto da Sra. Hennebeau, que se apoiava numa manjedoura. Gelava-lhes o sangue nas veias pensar que bastava um olhar por entre as frestas daquela porta desconjuntada para que fossem massacrados. Também Négrel, que de ordinário era corajoso, sentia-se empalidecer, presa de um pavor mais forte que a sua valentia, um desses pavores que sopram do desconhecido. Cécile, aninhada na palha, nem se movia. E os outros, apesar do seu desejo de desviarem os olhos, não podiam, continuavam olhando.

Era a visão vermelha que arrastaria a todos, fatalmente, numa dessas noites sangrentas desse fim de século. Sim, uma noite, o povo em torrentes, desenfreado, correria assim pelos caminhos, gotejando o sangue burguês, exibindo cabeças, semeando o ouro dos cofres arrombados. As mulheres gritariam, os homens abririam suas queixadas de lobos, prontos para morderem. Sim, seriam os mesmos farrapos, o mesmo matraquear de tamancos grosseiros, a mesma turba assustadora, suja, de hálito fétido, varrendo o mundo caduco com a sua irresistível avalanche de bárbaros. Arderiam incêndios, nas cidades não ficaria pedra sobre pedra, regredir-se-ia à vida selvagem das florestas após o grande cio, o grande regabofe, em que os pobres, numa só noite, extenuariam as mulheres e esvaziariam as adegas dos ricos. Não sobraria nada, as fortunas e os títulos das situações adquiridas desapareceriam, até o dia em que talvez desabrochasse uma nova sociedade. Sim, eram essas coisas que estavam passando pela estrada, como uma força da natureza, e vinha delas o vento terrível que lhes açoitava os rostos.

Um enorme clamor se elevou, dominando a *Marselhesa*:

— Pão! Pão! Pão!

Lucie e Jeanne abraçaram-se à Sra. Hennebeau, que parecia sem sentidos, enquanto Négrel se colocava diante delas como para protegê-las com seu corpo. Seria naquela mesma noite que a velha sociedade viria abaixo? O que viram então acabou de atordoá-los. O bando escoava, na frente do estábulo passava agora um grupo de retardatários, quando surgiu a filha de Mouque. Ela sempre ficava para trás, espiando os burgueses pelos portões dos jardins, pelas janelas das casas. Quando descobria um, não podendo cuspir-lhe no rosto, mostrava-lhe o que era para ela o cúmulo do desprezo. Sem dúvida tinha descoberto algum, porque, de repente, levantou as saias, espichou as nádegas, mostrou seu enorme traseiro, completamente nu aos últimos raios do sol. Aquela massa disforme não tinha nada de obsceno nem fazia rir, era antes feroz.

Como tinha vindo, desaparecera; a onda rolava agora para Montsou pela estrada em ziguezagues, por entre as casas baixas pintadas de cores vivas. A caleça foi novamente para fora, mas o cocheiro disse que não se responsabilizava em levar de volta para casa a senhora e as senhoritas com os grevistas ocupando a estrada. E o pior era que não havia outro caminho.

— Mas temos de voltar, o jantar nos espera! — disse a Sra. Hennebeau fora de si, exasperada pelo medo. — Essa escória foi escolher logo hoje, quando tenho convidados. Vá-se fazer bem a uma gentalha como essa!

Lucie e Jeanne tentavam retirar Cécile da palha; esta debatia-se, pensando que os selvagens ainda estavam desfilando, e repetindo que não queria ver. Finalmente todas entraram no carro e Négrel, já a cavalo, teve a idéia de passar pelas ruelas de Réquillart.

— Dirija devagar — disse ele ao cocheiro —, porque o caminho é muito ruim. Se mais adiante algum bando o impedir de voltar à estrada, pare atrás da mina velha e nós iremos a pé, entrando pelo portão do jardim, enquanto você guarda o carro e os cavalos no galpão da primeira estalagem que encontrar.

E, assim, partiram. O bando, ao longe, espalhava-se por Montsou. Após terem visto passar por duas vezes os policiais e a cavalaria, os habitantes do lugar agitavam-se, cheios de pânico. Corriam histórias terríveis, falava-se de cartazes manuscritos ameaçando os burgueses com uma carnificina. Ninguém os tinha lido, mas assim mesmo citavam frases textuais. Sobretudo em casa do notário o terror estava no auge, porque ele acabava de receber por baixo da porta uma carta anônima em que o advertiam de que um barril de pólvora estava enterrado na sua adega, pronto para explodir se ele não se declarasse a favor do povo.

Os Grégoire, que justamente protelavam o fim de sua visita em razão da chegada dessa carta, discutiam-na, afirmando ser obra de algum trocista, quando a invasão do bando acabou de apavorar a casa. Eles sorriam e espiavam por uma fresta de cortina, recusando-se a admitir um perigo qualquer, certos de que tudo terminaria amigavelmente, como diziam. Como eram apenas cinco horas, tinham tempo, esperariam que a rua estivesse livre para ir jantar defronte, na casa dos Hennebeau, onde Cécile, certamente já de volta, devia esperá-los. Mas em Montsou ninguém parecia partilhar da confiança deles, pessoas passavam correndo, portas e janelas fechavam-se violentamente. Perceberam Maigrat, do outro lado da estrada, entrincheirando seu armazém com trancas de ferro, tão pálido e trêmulo, que sua raquítica mulherzinha é quem tinha de apertar os parafusos.

O bando concentrara-se diante do palacete do diretor e gritava sem parar:

— Pão! Pão! Pão!

O Sr. Hennebeau estava em pé à janela quando Hippolyte entrou para fechar os postigos, temendo que os vidros fossem quebrados a pedradas. Fechou assim todo o térreo e passou ao primeiro andar; ouviam-se distintamente os rangidos dos fechos e o bater das persianas. Infelizmente não se podia fechar da mesma forma o respiradouro da cozinha, no subsolo, uma abertura perigosa onde se refletia o fogo das panelas e da assadeira.

Maquinalmente, o Sr. Hennebeau, que queria ver, subiu novamente ao segundo andar, ao quarto de Paul; era o mais bem situado, à esquerda, permitindo descortinar a estrada até os depósitos da companhia. E escondeu-se atrás da persiana, dominando a multidão. Mas o quarto apoderou-se dele uma outra vez, o toucador limpo e em ordem, o leito frio, com os lençóis trocados e lisos. Toda a sua raiva da tarde, a furiosa batalha que tivera lugar no âmago do grande silêncio da sua solidão, transformava-se num imenso cansaço. O seu ser era agora como aquele quarto, arrefecido, varrido das imundícies da manhã, de volta à ordem habitual. De que serviria um escândalo? Sua mulher tinha simplesmente um amante a mais; o grave era que o escolhera dentro da família. Mas talvez houvesse uma vantagem; dessa maneira salvava as aparências. Encheu-se de autopiedade ao lembrar-se do seu ciúme louco. Que ridículo ter esmurrado a cama! Já não tinha tolerado outro homem? Podia muito bem tolerar este. Seria apenas o problema de mais um pouco de desprezo. Um amargor terrível envenenava-lhe a boca, a inutilidade de tudo, a eterna dor de viver, a vergonha de si próprio, que continuava a adorar e desejar essa mulher, mesmo na imundície em que a abandonava.

Embaixo da janela os gritos explodiram com redobrada violência:

— Pão! Pão! Pão!

— Imbecis! — disse o Sr. Hennebeau por entre os dentes fechados.

Ouvia que o injuriavam por receber ordenados polpudos, que o chamavam de vagabundo e barrigudo, de canalha que tinha indigestões de iguarias enquanto o operário morria de fome.

As mulheres haviam descoberto a cozinha e houve uma verdadeira tempestade de imprecações contra o faisão que assava e contra os molhos cujo cheiro gorduroso aguilhoava seus estômagos vazios. Ah, burgueses imundos, haviam de empanturrá-los de champanha e trufas até verem suas tripas estourar!

— Pão! Pão! Pão!

— Imbecis! — repetiu o Sr. Hennebeau. — Acaso eu sou feliz?

Enchia-se de cólera contra aquela gente que não compreendia. Dar-lhes-ia com prazer seu polpudo ordenado para ter, como eles, o couro resistente, a cópula fácil e sem remorso. Com que prazer os poria à sua mesa, os cevaria com seu faisão, enquanto ele iria fornicar atrás das sebes, derribar as moças, rindo daqueles que já tinham feito o mesmo com elas antes dele! Daria tudo, sua educação, seu bem-estar, seu luxo, sua autoridade de diretor, para ser, por um dia, o último dos miseráveis que lhe obedeciam, liberto da sua carne, bastante patife para bater na esposa e ir procurar seu prazer com as vizinhas. E queria também morrer de fome, ter a barriga vazia, o estômago contraído pelas cãibras e o cérebro com vertigens, talvez isso matasse a eterna dor. Ah! viver como um animal, nada ter de seu, acampar nos trigais com a operadora de vagonetes mais feia, mais suja, e ter a capacidade de ser feliz!

— Pão! Pão! Pão!

Fora de si, gritou furiosamente no meio do alarido:

— Pão! Só isso chega, imbecis?

Ele comia, mas assim mesmo estertorava de tanto sofrimento. Seu lar destruído, toda a sua vida de amargura subia-lhe à garganta num espasmo de morte. Era um desgraçado porque tinha pão. Quem era o idiota que punha a felicidade deste mundo na repartição da riqueza? Esses revolucionários sonhadores podiam destruir a sociedade e criar uma nova, mas não tornariam maior a alegria da humanidade, nem diminuiriam suas tristezas, cortando a cada um a sua fatia de pão. O que fariam seria aumentar as desgraças da terra, levando até os cães a uivar de desespero ao se verem arrancados da tranqüila satisfação dos instintos para serem elevados ao sofrimento insaciável das paixões. Não, o único bem era não ser, ou, sendo, ser a árvore, ser a pedra, menos ainda, o grão de areia que não pode sangrar sob o tacão dos viandantes.

E, no auge do tormento, seus olhos encheram-se de lágrimas que começaram a escorrer em gotas ardentes pelo rosto. O crepúsculo engolfava a estrada, quando as pedras começaram a esburacar a fachada do palacete. Já incapaz de cólera contra aqueles famintos, sofrendo apenas com a chaga em fogo do seu coração, continuou a balbuciar por entre lágrimas:

— Imbecis! Imbecis!

Mas o grito das barrigas vazias foi mais forte; como uma tempestade varrendo tudo, soprou o bramido:

— Pão! Pão! Pão!

VI

Etienne, sóbrio graças às bofetadas de Catherine, permaneceu à frente dos camaradas. Mas, enquanto os lançava contra Montsou com uma voz enrouquecida, ouvia dentro de si uma outra voz, a da razão, que, espantada, perguntava o porquê daquilo tudo. Ele não tinha querido aquelas coisas... Como, então, tendo partido para a Jean-Bart com o plano de agir friamente e impedir um desastre, acabava o dia de violência em violência, sitiando a residência do diretor?

E, contudo, era ele quem acabava de gritar: "Chega!" A princípio, sua única idéia fora proteger os depósitos da companhia, que falavam em ir pilhar. E agora, que as pedras já arranhavam a fachada do palacete, procurava, sem encontrar, a presa legítima sobre a qual devia lançar o bando, para evitar desgraças maiores. Como estivesse sozinho, impotente no meio da estrada, alguém o chamou, um homem parado à porta do botequim Tison, cuja proprietária se dera pressa em fechar as janelas, só deixando aberta a entrada.

— Sou eu... Vem aqui.

Era Rasseneur. Uns trinta, homens e mulheres, quase todos do conjunto habitacional dos Deux-Cent-Quarante, que permaneceram em casa durante a manhã, tinham vindo à tarde em busca de notícias, e, com a aproximação dos grevistas, haviam invadido aquele botequim. Zacharie e Philomène ocupavam uma mesa. Além, Pierron e a mulher, de costas, escondiam o rosto. Ninguém bebia, tinham-se refugiado ali, simplesmente.

Etienne reconheceu Rasseneur e já se afastava quando este acrescentou:

— Minha presença não te é agradável, já sei... Eu bem te preveni, as dores de cabeça vão começar. Agora vocês podem pedir pão, vão receber mas é chumbo.

Ele, então, voltou e respondeu:

— O que me desagrada são os covardes que, de braços cruzados, olham, enquanto arriscamos a pele.

— Então a tua idéia é pilhar aí em frente? — perguntou Rasseneur.

— A minha idéia é ficar até o fim com meus amigos, até que nos matem a todos.

Desesperado, Etienne voltou para o meio da turba, pronto para morrer. Na estrada, três crianças jogavam pedras e ele as afastou com um pontapé, gritando, para refrear os companheiros, que não adiantava nada quebrar os vidros.

Bébert e Lydie, que acabavam de se reunir a Jeanlin, aprendiam com este a manejar a funda. Cada um lançava a sua pedra, para ver qual deles faria o estrago maior. Lydie, que ainda não tinha prática, quebrara a cabeça de uma mulher na multidão, e os dois meninos riam como loucos. Por trás deles, Boa-Morte e Mouque, sentados num banco, observavam-nos. As pernas inchadas de Boa-Morte doíam tanto, que a muito custo se arrastara até ali, sem que se soubesse que curiosidade o impelia, porque tinha a fisionomia terrosa dos dias em que não se podia arrancar-lhe uma palavra.

Ninguém mais obedecia a Etienne. As pedras continuavam a chover, apesar das suas ordens em contrário. Ele sentia espanto, susto mesmo, diante daqueles selvagens que sublevara, tão lentos no começo e a seguir terríveis, de uma tenacidade feroz na cólera. Todo o velho sangue flamengo ali estava, pesado e calmo, levando meses para esquentar-se, atirando-se às violências mais inomináveis, sem querer ouvir nada, até que a besta ficasse ébria de atrocidades. No seu Meio-Dia, as multidões inflamavam-se mais depressa, mas trabalhavam menos. Teve de atracar-se com Levaque para arrancar-lhe o machado, não sabia mais como conter os Maheu, que atiravam pedras com ambas as mãos. Mas eram sobretudo as mulheres que o assustavam: a de Levaque, a filha de Mouque e as outras, possuídas de um furor assassino, os dentes e as unhas de fora, ladrando como cadelas, sob o comando da Queimada, que sobressaía dentre elas com seu corpo magro.

Houve então uma parada súbita, a surpresa de um minuto impunha o pouco de calma que as súplicas de Etienne não podiam obter. Eram simplesmente os Grégoire que tinham decidido despedir-se do notário e dirigiam-se para a casa do diretor. E pareciam tão calmos, tinham o ar de acreditar numa simples brincadeira por parte dos seus bons mineiros, cuja resignação os alimentava havia um século, que estes, espantados, tinham com efeito parado de jogar pedras, temendo atingir esse senhor idoso e essa velha dama, caídos do céu. Deixaram-nos entrar no jardim, subir as escadas, bater à porta fortificada, que não tinham pressa de lhes abrir. Mas, justamente nesse momento, Rose, a camareira, voltava do seu passeio, e ria aos operários furiosos, que conhecia muito bem por ser de Montsou. E foi ela quem, esmurrando a porta, acabou forçando Hippolyte a entreabri-la. Já não era sem tempo: mal os Grégoire desapareceram, a chuva de pedras recomeçou. Saída do seu pasmo, a multidão gritava mais forte:

— Morte aos burgueses! Viva o socialismo!

Rose continuava rindo, já no vestíbulo do palacete, como que divertida com a aventura, repetindo ao criado aterrado:

— Eles não são maus, eu os conheço.

O Sr. Grégoire pendurou metodicamente seu chapéu. Depois, tendo ajudado a esposa a tirar sua capa de fazenda grossa, disse, por sua vez:

— Sem dúvida, no fundo não têm maldade alguma. Depois de gritarem bastante, irão jantar com mais apetite.

Nesse momento o Sr. Hennebeau desceu do segundo andar. Assistira à cena e vinha receber seus convidados com seu jeito habitual, frio e polido. Só a palidez do semblante denunciava as lágrimas que o tinham agitado. Mas o homem já fora domado, só restava nele o administrador correto, resolvido a cumprir com o seu dever.

— Sabem? — disse ele — as senhoras ainda não chegaram.

Pela primeira vez uma inquietação apossou-se dos Grégoire. Cécile ainda não chegara! E como haveria de entrar se aquela brincadeira dos mineiros se prolongasse?

— Pensei em fazer desimpedir a entrada — continuou o Sr. Hennebeau. — Acontece, porém, que estou sozinho aqui, e, aliás, não sei aonde enviar meu criado para trazer quatro soldados e um cabo para darem um jeito nessa canalha.

Rose, que permanecera ali, atreveu-se a murmurar novamente:

— Mas, meu senhor, eles não são maus...

O diretor abanou a cabeça, enquanto o tumulto crescia do lado de fora e se ouviam os golpes surdos das pedras contra a fachada.

— Não lhes quero mal, até os desculpo, mas precisam ser muito estúpidos para acreditarem que queremos a sua desgraça. O caso é que sou responsável pela ordem. E dizer que os policiais, ao que me afirmam, estão percorrendo as estradas, e desde cedo não consegui um único!

Interrompeu-se para deixar passar a Sra. Grégoire e continuou:

— Passe, senhora, por favor, não fique aí, entre para o salão.

Mas a cozinheira, exasperada, vindo do subsolo, reteve-os ainda alguns minutos no vestíbulo. Declarou não aceitar mais a responsabilidade do jantar, porque até agora esperava do pasteleiro de Marchiennes a massa para os pastéis, que encomendara para as quatro horas. Evidentemente o homem ficara pelo caminho, com medo daqueles bandidos. Talvez até tivessem roubado suas cestas. Via os pastéis bloqueados atrás de uma moita, sitiados, enchendo a barriga de três mil miseráveis que pediam pão. Em todo caso, o patrão estava prevenido, ela preferia atirar seu jantar ao fogo a vê-lo estragado por causa da revolução.

— Tenha um pouco de paciência — disse o Sr. Hennebeau. — Nada está perdido, o pasteleiro ainda pode vir.

E como se voltasse para a Sra. Grégoire, abrindo ele mesmo a porta do salão, ficou muito surpreso ao perceber, sentado na banqueta do vestíbulo, um homem que até o momento não tinha notado por causa do lusco-fusco.

— Como? É você, Maigrat? Que aconteceu?

Maigrat levantara-se e seu rosto apareceu, engordurado e lívido, descomposto pelo pavor. Tinha perdido seu aspecto de homem gordo e calmo. Explicou humildemente que viera até ali para pedir ajuda e proteção no caso de os bandidos assaltarem seu armazém.

— Você bem vê que eu também estou ameaçado e não tenho ninguém para me proteger — respondeu o Sr. Hennebeau. — Teria feito melhor ficando em casa, para defender suas mercadorias.

— Sim! Sim! Pus trancas de ferro e deixei minha mulher tomando conta.

O diretor perdeu a paciência e não pode esconder seu desprezo. Que bela guarda, uma infeliz raquítica, saco de pancadas!

— Já disse que não posso fazer nada, trate de se defender sozinho. Aliás, aconselho-o a voltar imediatamente para casa, porque eles já estão pedindo pão outra vez... Escute...

Com efeito, o tumulto recomeçava e Maigrat chegou a ouvir seu nome. Voltar não era mais possível, seria despedaçado. Mas ao mesmo tempo a idéia da sua ruína transtornava-o. Encostou o rosto ao vidro da porta, suando, tremendo, espreitando o desastre, enquanto os Grégoire se decidiam a passar para o salão.

Tranqüilamente, o Sr. Hennebeau fingia fazer as honras da casa. Em vão pediu aos seus convidados que se sentassem. A peça fechada, com barricadas nas janelas, iluminada por duas lâmpadas antes da noite, enchia-se de terror a cada novo clamor chegado de fora. No abafamento das tapeçarias, a cólera da multidão retumbava muito mais inquietadora, prenhe de uma ameaça vaga e terrível. Mas assim mesmo conversaram, e, por mais que tentassem, sempre voltavam àquela inconcebível revolta. Ele admirava-se de não a ter previsto; na verdade, seus informantes eram tão maus que se enfurecia sobretudo contra Rasseneur, de quem dizia reconhecer a odiosa influência. Mas os policiais tinham de chegar a qualquer momento, era impossível que o abandonassem dessa maneira. Quanto aos Grégoire, não pensavam senão na filha: pobrezinha! Assustava-se com tanta facilidade... Podia ser que, diante do perigo, a carruagem houvesse voltado para Marchiennes. A espera durou ainda um quarto de hora, exasperada pela algazarra da rua, pelo barulho das pedras batendo de vez em quando nas janelas fechadas e que ressoavam como tambores. A situação estava ficando intolerável, o Sr. Hennebeau disse que ia sair para enxotar sozinho os desordeiros e ir ao encontro da carruagem, quando Hippolyte surgiu gritando:

— Sr. Hennebeau! Sr. Hennebeau! A senhora está aí fora, vão matá-la!

Como o carro não pudera passar pela ruela de Réquillart por causa dos grupos que o ameaçavam, Négrel resolvera pôr em execução a sua idéia: fazer a pé os cem metros que os separavam do palacete e bater no portão do jardim que ficava ao lado das dependências de serviço; o jardineiro os ouviria, com certeza haveria alguém para abrir. No começo as coisas correram como o previsto; a Sra. Hennebeau e as senhoritas já batiam na entrada de serviço quando algumas mulheres, prevenidas, precipitaram-se para o beco. Nesse momento começaram as complicações. Ninguém abria o portão, Négrel tentou inutilmente arrombá-lo com o ombro. Havia cada vez mais mulheres, e ele, temendo não poder contê-las, tomou o partido desesperado de empurrar à sua frente a tia e as moças e chegar à entrada principal passando pelo meio da turba. Esta manobra, no entanto, teve resultado terrível: não os deixavam passar, um grupo aos gritos os encurralou, enquanto o resto da multidão afluía de todos os lados, ainda sem compreender, espantado de ver aquelas damas bem vestidas perdidas no meio da batalha. Nesse momento foi tão grande a confusão que se deu um desses casos de desatino que não é possível explicar. Lucie e Jeanne, tendo chegado à escadaria, enfiaram-se pela porta que a camareira entreabria; a Sra. Hennebeau também entrou, seguida de Négrel, que voltou a pôr os ferrolhos, certo de que vira Cécile passar em primeiro lugar. Mas ela não entrara, tinha desaparecido no turbilhão, presa de tal medo que dera as costas à casa e se atirara no centro do perigo.

Em seguida recomeçou o clamor:

— Viva o socialismo! Morram os burgueses!

Alguns, de longe, em razão do véu que lhe encobria o rosto, tomaram-na pela Sra. Hennebeau, outros por uma amiga dela, uma jovem casada com um industrial da vizinhança, odiada pelos seus operários. Mas isso pouco importava, eram seu vestido de seda, sua capa de peles, até aquela pluma branca do chapéu que os enlouqueciam. E estava perfumada, possuía um relógio, tinha uma pele fina de desocupada que não lidava com carvão.

— Espera! — gritou a Queimada. — Vamos enfiar-te no rabo toda essa renda.

— É da gente que essas cadelas roubam tudo isso — continuou a mulher de Levaque. — Enchem-se de peles enquanto nós morremos de frio... Arranquem tudo, que fique nua, vamos mostrar-lhe como se vive!

Imediatamente a filha de Mouque investiu:

— Claro, claro, e que leve uma boa surra!

E as mulheres, naquela rivalidade selvagem, empurravam-se, agarravam-se pelos andrajos, cada uma querendo alguma coisa daquela moça rica. Na certa não tinha o traseiro mais bem feito do que qualquer outra. Muitas dessas elegantes até podres estavam por baixo dos atavios. A injustiça já estava durando demasiado, todas elas teriam de ser obrigadas a vestir-se como operárias, essas rameiras que tinham o desplante de pagar cinqüenta soldos pela lavagem de uma saia!

Em meio a essas fúrias, Cécile tiritava, as pernas paralisadas, balbuciando repetidamente a mesma frase:

— Minhas senhoras, por favor, minhas senhoras, não me façam mal.

Mas de repente soltou um grito rouco: umas mãos álgidas agarravam-na pelo pescoço. Era o velho Boa-Morte, para perto do qual fora empurrada pela multidão, que a segurava dessa maneira. Ele parecia estar ébrio de fome, embrutecido pela longa miséria, saído bruscamente do seu meio século de resignação, sem que se pudesse saber que impulso de rancor o fazia agir assim. Depois de ter, durante sua vida, salvo da morte uma dúzia de companheiros, arriscando a pele no grisu e nos desabamentos, cedia a coisas até então desconhecidas para ele, a um desejo de fazer aquilo, à fascinação daquele pescoço branco de moça. E, como aquele era um dos dias em que não falava, apertava os dedos, com seu ar de velho animal enfermo, ruminando recordações.

— Não! Não! — berraram as mulheres. — Queremos vê-la de bunda à mostra!

No palacete, desde que se deram conta do que acontecia, Négrel e o Sr. Hennebeau abriram corajosamente a porta para correr em socorro de Cécile. Mas a multidão atirava-se agora contra a grade do jardim, e não era fácil sair. Começaram a lutar, enquanto os Grégoire, horrorizados, surgiam à porta.

— Larga ela, velho! É a mocinha da Piolaine! — gritou a mulher de Maheu ao avô, quando reconheceu Cécile, a quem uma mulher rasgara o véu.

Por seu lado, Etienne, chocado com aquelas represálias contra uma menina, esforçava-se por fazer o bando largar a presa. Tendo uma inspiração, brandiu o machado que tinha arrancado das mãos de Levaque.

— Vamos para o Maigrat, que um raio o parta! Há pão lá dentro! Botemos o barraco de Maigrat abaixo!

E, com presteza, deu a primeira machadada na porta do armazém. Alguns homens o seguiram, Levaque, Maheu e outros. Mas as mulheres não largavam a presa. Cécile caíra das mãos de Boa-Morte nas da Queimada. Engatinhando, e a mando de Jeanlin, Lydie e Bébert introduziam-se entre as saias, para verem como era o traseiro da dama. Já começavam os repelões, suas roupas se rompiam, quando apareceu um homem a cavalo, arrojando o animal, chicoteando os que não escapavam a tempo.

— Canalhas! Vocês já chegaram ao ponto de bater nas nossas filhas!

Era Deneulin que vinha para o jantar. De um salto estava em terra; agarrou Cécile pela cintura, enquanto com a outra mão manobrava o cavalo com uma destreza e uma força extraordinárias, servindo-se dele como de uma cunha viva, fendendo a multidão, que recuava diante dos coices. Na grade a batalha continuava, mas assim mesmo ele passou, esmagando membros. Esse socorro imprevisto veio na hora certa para Négrel e Hennebeau, que se encontravam em grande perigo, no meio de pragas e socos. E, enquanto o rapaz entrava finalmente, com Cécile desmaiada, Deneulin, que protegia o diretor com seu corpo enorme, no alto do patamar, recebeu uma pedrada que quase lhe quebrou o ombro.

— Muito bem! — gritou ele. — Quebrem-me os ossos depois de quebrarem minhas máquinas!

Com a rapidez de um raio, fechou a porta, e uma chuva de pedras bateu na madeira.

— Que animais! — continuou ele. — Mais dois segundos e me rachavam o crânio como a uma cabaça vazia... É inútil tentar falar-lhes, vocês não acham? Estão loucos furiosos, só matando-os.

No salão, os Grégoire choravam, vendo Cécile voltar a si. Não estava machucada, nem um arranhão sequer, apenas seu véu se perdera. Mas o desespero deles aumentou quando viram sua cozinheira,

Mélanie, que contava como a turba tinha demolido a Piolaine. Morta de medo, ela viera correndo para advertir os patrões e entrara também pela porta entreaberta no momento da confusão, sem que ninguém tivesse dado por isso. E, na sua interminável narrativa, a única pedra de Jeanlin, que quebrara apenas um vidro, transformava-se num verdadeiro canhoneio que tinha destruído as paredes. O Sr. Grégoire já não sabia o que pensar. Estrangulavam-lhe a filha, punham sua casa abaixo... Então era verdade que esses mineiros podiam odiá-lo só porque ele vivia como homem decente, à custa do trabalho deles?

A camareira, que trouxera uma toalha e água-de-colônia, repetiu:

— É engraçado... Apesar de tudo isso, eles não são maus.

A Sra. Hennebeau, muito pálida, sentada, não conseguia refazer-se das emoções por que passara; apenas conseguiu forças para sorrir quando felicitaram Négrel.

Sobretudo os pais de Cécile agradeciam ao rapaz; o casamento, agora, era certo. O Sr. Hennebeau, em silêncio, corria os olhos da esposa para o amante, que ele tinha jurado matar ainda naquela manhã, fixando-se depois na moça que, sem dúvida, muito em breve, iria livrá-lo dele. Não tinha pressa, só temia uma coisa, ver sua mulher cair mais baixo ainda, talvez nos braços de algum lacaio.

— E vocês, minhas queridas, não tiveram nada quebrado? — perguntou Deneulin às filhas.

Lucie e Jeanne tinham tido muito medo, mas estavam contentes por terem visto tudo aquilo; agora riam.

— Irra! — continuou o pai. — Que belo dia! Se vocês querem um dote, tratem de consegui-lo por suas próprias mãos, e preparem-se para, ainda por cima, dar-me de comer.

Gracejava, com a voz trêmula. Seus olhos ficaram rasos de lágrimas quando as duas filhas se jogaram nos seus braços.

O Sr. Hennebeau tinha ouvido aquela confissão de ruína. Um pensamento rápido iluminou seu semblante. Realmente, Vandame ia pertencer a Montsou, era a compensação esperada, o lampejo de sorte que o poria novamente nas boas graças da administração. A cada nova desgraça da sua existência, ele se refugiava na estrita execução das ordens recebidas, fazia da disciplina militar em que vivia a sua reduzida parcela de felicidade.

Começavam a ficar calmos, o salão caía numa paz de exaustão, com a luz tranqüila das duas lâmpadas e o morno abafamento dos reposteiros. Que estava acontecendo lá fora? Os desordeiros se calavam, as pedras já não batiam na fachada, ouviam-se apenas uns golpes surdos, iguais aos que soam nos bosques quando as árvores estão sendo abatidas. Quiseram saber, foram ao vestíbulo espiar pela vidraça da porta. Até as senhoras e as senhoritas subiram ao primeiro andar para olhar por trás das persianas.

— Está vendo o patife do Rasseneur ali em frente, na porta daquela taberna? — perguntou Hennebeau a Deneulin. — Eu sabia, ele não podia faltar...

Mas não era Rasseneur, e sim Etienne, quem abria a machadadas o armazém de Maigrat. E, enquanto arrombava, continuou chamando pelos companheiros: então não era verdade que todas as mercadorias que estavam ali dentro pertenciam aos mineiros? Será que não tinham o direito de reaver o que era seu desse ladrão que os explorava havia tanto tempo e os esfomeava a uma simples palavra da companhia? Pouco a pouco, todos foram esquecendo a residência do diretor e acorriam para pilhar o armazém que ficava ao lado. O grito de "Pão! Pão! Pão!" retumbava de novo. Encontrariam pão por trás daquela porta. Um furor famélico os impelia, como se, de repente, não pudessem esperar mais, sob pena de morrerem naquela estrada. Jogavam-se com tal força contra a porta que Etienne receou ferir alguém ao golpear com o machado.

Enquanto isso, Maigrat, que deixara o vestíbulo do palacete, refugiara-se na cozinha, mas dali não podia ouvir nada, começou a imaginar a horrível destruição da sua loja. Por isso, resolveu subir para esconder-se atrás da bomba, do lado de fora. Foi então que começou a ouvir claramente o arrombamento da porta, as vociferações dos assaltantes, onde seu nome surgia a todo instante. Então, não era um pesadelo: continuava não vendo, mas ouvia, seguia o ataque com um zumbido nos ouvidos. Cada machadada feria-lhe o coração. Um gonzo devia ter saltado, mais cinco minutos e o armazém seria invadido. A cena surgia na sua imaginação com imagens reais, assustadoras, os assaltantes atirando-se para dentro, as gavetas abertas, os sacos rasgados, tudo comido, tudo bebido, a própria casa carregada, nada sobrando, nem mesmo um cajado para sair mendigando pelos vilarejos. Não! não se deixaria arruinar; antes morrer! Desde que se postara ali, percebia numa das janelas da sua casa, na parede do lado, o perfil tristonho da esposa, pálida e assustada por trás dos vidros; sem dúvida ela assistia aos golpes abalando a porta com seu jeito calado de pobre animal acostumado a apanhar. Por baixo havia um galpão, colocado de tal forma, que do jardim do palacete podia-se chegar até ele subindo pela latada da parede-meia; depois, daí era fácil rastejar sobre as telhas até a janela. A idéia de entrar na sua casa dessa maneira o torturava, no remorso de ter saído. Talvez ainda tivesse tempo de fortificar o armazém com os móveis; chegava até a inventar outras defesas heróicas, como azeite fervendo ou petróleo inflamado, derramados em cima. Mas esse amor pelas mercadorias lutava contra seu medo, estertorava na sua covardia represada. De repente, a um golpe mais violento do machado, decidiu-se. A avareza era mais forte, ele e a mulher cobririam os sacos com seus corpos; antes morrer do que entregar um pão.

Nesse momento ouviu-se uma gritaria:

— Olhem! Olhem! Há um gatão lá em cima! Ao gato! Pega o gato!

A turba tinha visto Maigrat esgueirando-se pelo teto do galpão. Na sua ânsia, apesar do seu peso, ele subira agilmente pela latada, sem se preocupar com as ripas que quebravam; e agora espichava-se ao longo das telhas, esforçando-se para atingir a janela. Mas a inclinação era muito forte, sua barriga o estorvava, suas unhas estavam sendo arrancadas. Assim mesmo ter-se-ia arrastado até a cumeeira, se não tivesse começado a tremer de medo de receber alguma pedrada, já que a multidão, que ele não conseguia ver, continuava a gritar lá de baixo:

— Pega o gato! Pega o gato! Vamos fazê-lo em pedaços!

E, bruscamente, suas duas mãos se soltaram, ele rolou como uma bola, bateu na biqueira e caiu atravessado na parede-meia, tão desastradamente que foi espatifar-se na rua, onde abriu o crânio no ângulo de um marco. O cérebro esguichou. Estava morto. Sua mulher, no alto, pálida e assustada por trás dos vidros, continuava olhando.

Houve um momento de estupor. Etienne tinha parado e o machado escorregara das suas mãos. Maheu, Levaque, os outros todos esqueceram o armazém, os olhos voltados para a parede, de onde escorria lentamente um filete vermelho. Os gritos tinham cessado, abateu-se um silêncio pesado, na escuridão que aumentava.

Em seguida recomeçaram os gritos. Eram as mulheres que se precipitavam, presas da embriaguez do sangue.

— A justiça tarda mas não falha! Ah, porco, morreste, enfim!

Rodearam o cadáver ainda quente e começaram a insultá-lo com gargalhadas, chamando de coisa imunda sua cabeça despedaçada, berrando na cara da morte o longo rancor de suas vidas sem pão.

— Eu te devia sessenta francos, já estás pago, ladrão! — gritou a mulher de Maheu, tão enfurecida quanto as outras. — Nunca mais vais negar-te a me vender fiado... Espera! Espera! Vou engordar-te mais ainda.

Começou a cavar a terra com as duas mãos, tomou dois punhados e os enfiou violentamente na boca do cadáver.

— Vai, come! Vamos, come, come, tu, que nos comias!

As injúrias eram cada vez mais violentas, enquanto o morto, estendido de costas, imóvel, olhava com seus grandes olhos vidrados o céu imenso de onde descia a noite. Aquela terra, enfiada na sua boca, era o pão que ele tinha recusado. E, de agora em diante, só comeria desse pão. Esfomear os pobres não lhe trouxera felicidade.

Mas as mulheres ainda queriam vingar-se. Rodeavam-no, farejando como lobas. Todas arquitetavam um ultraje que as desafogasse.

Ouviu-se a voz áspera da Queimada:

— Vamos castrá-lo como a um gato!

— Vamos! Ao gato! Mãos à obra! Esse asqueroso já fez demais o que não devia!

Imediatamente a filha de Mouque começou a abrir-lhe a braguilha e a puxar-lhe as calças, enquanto a mulher de Levaque levantava as pernas do morto. E a Queimada, com suas mãos secas de velha, abriu-lhe as coxas nuas e empunhou a virilidade morta. Segurou tudo e fez tal esforço para extirpar o membro que suas costas magras se distenderam e seus braços enormes estalaram. Mas a pele mole resistia, ela teve de atracar-se novamente e acabou arrancando o despojo, um pedaço de carne cabeluda e sangrenta que agitou no ar com uma gargalhada de triunfo:

— Pronto, aqui está!

Vozes esganiçadas saudaram com imprecações o horrível troféu:

— Ah, desgraçado! Não engravidarás mais as nossas filhas!

— Chega! Não te pagaremos mais com a nossa carne! Nunca mais teremos de abrir as pernas para conseguir um pão!

— Olha, eu te devo seis francos... Queres fazer uma brincadeira por conta? Eu estou pronta, se tu ainda podes!

Este gracejo sacudiu-as com uma gargalhada feroz. Passavam umas às outras a carne pingando sangue, como um animal tinhoso que cada uma tivera de suportar e acabavam de esmagar, que agora tinham ali, inerte, à sua mercê. Cuspiam em cima, arreganhavam os dentes, repetindo, numa furiosa explosão de desprezo:

— Ele não pode mais! Ele não pode mais! Já não é mais um homem que vai para a cova! Começa logo a apodrecer inútil!

A Queimada, então, espetou o naco de carne na ponta da sua vara, e, levantando-o bem alto, como um estandarte, empreendeu a marcha, seguida pela debandada ululante das mulheres. O sangue gotejava sobre elas, o despojo horripilante pendia como um pedaço de carne no gancho de um açougue. No alto, à janela, a Sra. Maigrat continuava estática, mas, ao último raio do sol que se punha, os defeitos dos vidros deformavam seu rosto branco, que parecia rir. Espancada, traída a todo momento, curvada da manhã à noite sobre o livro de assentamentos, talvez mesmo risse quando a chusma de mulheres saiu estrada afora com o animal tinhoso, o animal decepado na ponta da vara.

A espantosa mutilação fora realizada em meio a um horror estupefato. Nem Etienne, nem Maheu, nem os demais tiveram tempo de intervir; permaneceram imóveis ante o galopar das fúrias. Na porta do Tison assomaram algumas cabeças: Rasseneur, trêmulo de revolta, e Zacharie e Philomène, boquiabertos com o que viam. Os dois velhos, Boa-Morte e Mouque, sempre graves, balançavam a cabeça. Apenas Jeanlin ria, empurrando Bébert, forçando Lydie a olhar.

As mulheres já estavam voltando e desfilavam sob as janelas do palacete. Por trás das persianas, as damas espicharam o pescoço. Não tinham podido ver a cena, que se desenrolara oculta pela parede, e agora mal enxergavam, com a noite já caída.

— Mas o que é que elas têm na ponta daquele pau? — perguntou Cécile, que se enchera de coragem para olhar.

Lucie e Jeanne declararam que devia ser a pele de um coelho.

— Não, não — murmurou a Sra. Hennebeau. — Devem ter pilhado a salsicharia, deve ser um pedaço de porco.

Com um estremecimento, calou-se. A Sra. Grégoire advertiu-a com o joelho. Ambas permaneceram atônitas. As moças, muito pálidas, não fizeram mais perguntas, seguindo de olhos arregalados aquela visão rubra no fundo das trevas.

Etienne brandiu novamente o machado, mas o mal-estar não se dissipava, o cadáver obstruía a entrada e protegia o armazém. Muitos tinham recuado. Era como se um torpor tivesse caído sobre o bando. Maheu, que continuava sombrio, ouviu uma voz dizer-lhe ao ouvido que fugisse. Voltou-se e reconheceu Catherine, sempre vestindo o seu velho paletó de homem, negra e ofegante. Com um gesto mandou-a embora, não queria ouvi-la, chegou a ameaçá-la com pancadas. Ela então hesitou e, em desespero, correu para Etienne.

— Foge, foge, os policiais vêm aí!

Ele também a escorraçou, injuriando-a, sentindo o sangue subir-lhe novamente ao rosto, à lembrança dos tapas que recebera. Ela, porém, não desistiu, obrigou-o a jogar fora o machado, arrastando-o pelos dois braços com uma força irresistível.

— Quando te digo que os policiais estão chegando, tens de me escutar! Se queres saber mais, Chaval foi buscá-los e já está vindo com eles. A mim isso me enojou, por isso estou aqui. Foge! Não quero que te prendam...

E Catherine arrastou-o no momento em que um pesado galope vindo de longe fazia o chão tremer. Imediatamente explodiu a gritaria: "Os policiais!" E começou uma correria desabalada, um salve-se-quem-puder tão rápido que em dois minutos a estrada ficou vazia, absolutamente limpa, como que varrida por um furacão. Só o cadáver de Maigrat manchava de escuro a terra branca. Diante do Tison permanecera apenas Rasseneur, que, satisfeito, rindo, aplaudia a vitória fácil dos sabres, enquanto em Montsou deserto, sem luzes, no silêncio das janelas e portas fechadas, os burgueses, escorrendo suor, não ousando espiar, batiam queixo. A planície estava afundada na noite escura, só os altos-fornos e as fornalhas de coque iluminavam ao fundo o céu trágico. O galope pesado dos policiais se aproximava. Quando apareceram, eram uma massa sombria, não se podia distingui-los. E atrás deles, confiado à sua guarda, o carro do pasteleiro de Marchiennes chegava, enfim. Dele saltou um entregador que se pôs tranqüilamente a descarregar a massa para os pastéis.

SEXTA PARTE

I

Transcorreu a primeira quinzena de fevereiro, um frio inclemente prolongava o duro inverno, sem piedade dos miseráveis. Outra vez as autoridades tinham percorrido as estradas: o prefeito de Lille, um procurador e um general. E os policiais não foram suficientes, a tropa viera ocupar Montsou, um regimento inteiro, com seus homens acampando de Beaugnies a Marchiennes. Destacamentos armados guardavam os poços, havia soldados diante de cada máquina. O palacete do diretor, os depósitos da companhia, até mesmo as casas de certos burgueses estavam cercadas pelas baionetas. Ao longo das ruas só se ouvia agora o lento desfilar das patrulhas. No aterro da Voreux, uma sentinela permanente dava guarda, vigiando a planície rasa, sob o látego gelado do vento que soprava lá em cima. E de duas em duas horas, como em país inimigo, ressoavam os gritos da sentinela:

— Quem vem lá?... Passe a senha!

O trabalho ainda não recomeçara em lugar nenhum. Pelo contrário, a greve agravara-se: a Crèvecoeur, a Mirou, a Madeleine tinham suspendido a extração, como a Voreux; a Feufry-Cantel e a Victoire sofriam com uma diminuição diária do seu pessoal; na Saint-Thomas, até então indene, os trabalhadores estavam faltando. A greve transformara-se numa obstinação muda diante daquela exibição de força, que exasperava o orgulho dos mineiros. Os conjuntos habitacionais pareciam desertos no meio das plantações de beterraba. Não se avistava um único operário; se por acaso um homem surgia, estava isolado, olhava de soslaio, baixando a cabeça diante dos calças-vermelhas. E sob essa grande paz pressaga, naquela teimosia passiva de encontro aos fuzis, havia uma resignação mentirosa, a obediência forçada e passiva das feras enjauladas, que mantêm os olhos fixos no domador, prontas para lhe saltarem na nuca no momento em que ele dê as costas. A companhia, que tal paralisação do trabalho estava arruinando, andava dizendo que ia contratar os mineiros do Borinage, na fronteira belga, mas não se atrevia. De maneira que a batalha estava nesse pé, entre os operários que se encerravam em casa e as minas vazias, guardadas pela tropa.

A partir do dia seguinte à jornada terrível, produzira-se essa paz, de uma só vez, acobertando tal pânico, que se falava o menos possível sobre os estragos e as atrocidades. O inquérito aberto estabelecia que Maigrat morrera com a queda e a horrenda mutilação do cadáver permanecia inexplicada, já envolta em lenda. Por seu lado, a companhia não confessava os prejuízos sofridos, e os Grégoire não tinham a intenção de comprometer sua filha no escândalo de um processo, onde ela teria de testemunhar. Mas assim mesmo algumas prisões tinham sido efetuadas, de gente com papel insignificante nos acontecimentos, como sempre, de imbecis e pobres-diabos que não sabiam de nada. Por engano, Pierron tinha ido algemado até Marchiennes, fato de que os outros ainda riam. Rasseneur também quase foi parar lá, entre dois policiais. Na direção contentavam-se em preparar as listas de demissão, devolviam as carteiras de trabalho em massa: Maheu recebera a sua, Levaque também, assim como mais trinta e quatro dos seus companheiros, só do conjunto habitacional dos Deux-Cent-Quarante. E toda a severidade recaía sobre Etienne, desaparecido desde a noite da revolta, e que estava sendo procurado, sem que pudessem encontrar traço seu. Chaval, no seu ódio, denunciara-o, recusando-se a nomear os outros, devido às súplicas de Catherine, que queria salvar seus pais. Os dias passavam, todos sentiam que nada acabara, esperava-se o desenlace com o peito oprimido por uma angústia.

A partir daí, os burgueses de Montsou acordavam aos sobressaltos todas as noites, ouvindo toques de alerta imaginários, as narinas invadidas pelo mau cheiro da pólvora. Mas o que acabou de transtorná-los foi um sermão do novo pároco, o Padre Ranvier, esse sacerdote magro, de olhos ardentes como brasas, que sucedia o Padre Joire. Como se estava longe da prudência sorridente deste, da sua única preocupação de homem gordo e bondoso, que era viver em paz com todo o mundo! Pois não é que o Padre Ranvier tivera o desplante de tomar a defesa dos detestáveis bandidos que estavam desonrando a região? Encontrava desculpas para as atrocidades dos grevistas e atacava violentamente a burguesia, sobre a qual lançava todas as responsabilidades. Era a burguesia que, espoliando a Igreja das suas liberdades antigas em proveito próprio, transformara este mundo num lugar maldito de injustiça e sofrimentos; era ela, a burguesia, que prolongava as disputas, que empurrava a sociedade para uma catástrofe horrível com seu ateísmo, sua recusa em voltar à crença, às tradições fraternais dos primeiros cristãos. Ousou mesmo ameaçar os ricos, advertindo-os de que, se continuassem teimando em não escutar a voz de Deus, certamente ele se poria ao lado dos pobres, tiraria as fortunas dos ricos incrédulos e as distribuiria entre os humildes desta terra, para sua maior glória. As beatas tremiam, o notário declarou que aquilo era o pior socialismo, todos viam o padre como cabeça de um bando, brandindo uma cruz, demolindo a sociedade burguesa de 89 a grandes golpes.

Quando o Sr. Hennebeau foi cientificado, contentou-se em dizer, dando de ombros:

— Se nos incomodar demasiado, o bispo nos livrará dele.

E, enquanto o pânico soprava de uma ponta a outra da planície, Etienne morava nas entranhas da terra, no fundo de Réquillart, na toca de Jeanlin. Era ali que ele se escondia, ninguém o julgava tão perto. A tranqüila audácia daquele refúgio, na própria mina, na via abandonada do velho poço, tinha feito malograr as buscas. Em cima, as ameixeiras silvestres e os espinheiros, crescidos por entre os caibros caídos da torre do sino de rebate, tapavam o buraco; ninguém se arriscava a entrar por ali, para tanto era preciso conhecer muito bem a manobra, pendurar-se nas raízes da sorveira, deixar-se cair sem receio, para atingir os degraus ainda firmes. Havia outros obstáculos que o protegiam: o calor sufocante do fosso, cento e vinte metros de descida perigosa, depois o penoso rastejar por um quarto de légua, entre os muros estreitos da galeria, antes de chegar à infame caverna, cheia de rapinas. Ali ele vivia na maior abundância, encontrara genebra, o resto do bacalhau seco, provisões de toda a espécie. A grande cama de palha era excelente, não havia corrente de ar naquela temperatura igual, de uma tepidez de banho. Apenas a luz ameaçava faltar. Jeanlin, que se fizera seu provedor, com uma prudência e uma discrição de selvagem, encantado de enganar os policiais, chegava a trazer-lhe até pomada, mas não conseguia pôr a mão num pacote de velas.

A partir do quinto dia, Etienne só acendeu a luz para comer. Não conseguia engolir no escuro. Essa noite interminável, total, sempre da mesma escuridão, era o seu grande sofrimento. Não adiantava dormir em segurança, estar aquecido, ter o que comer; sentia como nunca sentira aquela noite pesando sobre sua cabeça. Tinha a sensação de que ela estava esmagando seus pensamentos! E agora, ainda por cima, vivia de roubos! Apesar de suas teorias comunistas, os velhos escrúpulos de educação acordavam; então, contentava-se com pão seco, diminuía sua ração. Mas que fazer? Tinha de continuar vivendo, sua tarefa ainda não estava concluída. Outro remorso o afligia ao lembrar-se daquela bebedeira selvagem, da genebra emborcada a sangue-frio, com o estômago vazio, e que o lançara contra Chaval, de faca em punho. Isso revolvia nele todo um desconhecimento apavorante, o mal hereditário, a longa hereditariedade da embriaguez, não bebendo sequer uma gota de álcool sem cair no furor homicida. Terminaria como assassino? Quando se vira abrigado, naquela sossegada profundidade da terra, saciado de violência, dormira dois dias consecutivos com um sono de animal empanturrado, embrutecido. E a repugnância persistia, sentia-se moído, com a boca amarga, a cabeça doente, como numa interminável ressaca. Transcorreu uma semana; os Maheu, avisados, não puderam enviar uma vela; teve de renunciar à claridade, mesmo para comer.

Agora, horas a fio, Etienne permanecia deitado na sua palha. Idéias obscuras, que não julgava ter, atormentavam-no. Era uma sensação de superioridade que o colocava acima dos seus camaradas, uma exaltação da sua pessoa, à medida que se ia instruindo. Nunca refletira tanto, perguntava-se a causa daquele fastio no dia seguinte ao da furiosa sarabanda nas minas. Mas não ousava responder, repugnavam-lhe as coisas de que se lembrava: a baixeza das cobiças, a grosseria dos instintos, o fedor de toda aquela miséria sacudida aos quatro ventos. Apesar do tormento das trevas, chegava a temer a hora em que teria de voltar ao conjunto habitacional. Que náusea, todos aqueles miseráveis amontoados, comendo no cocho comum! Nenhum com quem se pudesse falar seriamente sobre política, uma existência de gado, sempre o mesmo ar empestado do cheiro de cebola em que se sufocava! Queria descortinar-lhes um horizonte mais vasto, elevá-los ao bem-estar e às boas maneiras da burguesia, fazer deles os senhores... Mas que caminho a percorrer! Já não se sentia com coragem para atingir a vitória naquele desterro da fome. Lentamente, a sua vaidade de ser o chefe, sua preocupação constante de pensar por eles o distanciavam, insuflando-lhe a alma de um desses burgueses que execrava.

Uma noite Jeanlin trouxe um coto de vela, roubado da lanterna de um carroceiro, e isso foi um grande alívio para Etienne. Quando as trevas começavam a embrutecê-lo, pesando-lhe sobre a cabeça a ponto de sentir que ia enlouquecer, acendia a luz por um instante. Mas, assim que expulsava o pesadelo, apagava a vela, avaro daquela claridade tão necessária à sua vida como o pão. O silêncio zumbia nos seus ouvidos, ouvia apenas a fuga de algum bando de ratos, os estalidos do madeirame velho, o levíssimo ruído de uma aranha fiando sua teia. E, com os olhos abertos naquele vazio absoluto, porém tépido, voltava à sua idéia fixa, ao que estariam fazendo os companheiros lá em cima. Uma defecção sua ter-lhe-ia parecido a última das covardias. Se se escondia assim era para permanecer livre, para aconselhar e agir.

Suas longas meditações tinham delineado sua ambição: enquanto o melhor não acontecia, quisera ser Pluchart, largar o trabalho, viver unicamente para a política, mas sozinho, num quarto limpo, sob pretexto de que o trabalho intelectual absorve a vida inteira e exige muita calma.

No começo da segunda semana, como o menino lhe dissesse que os policiais acreditavam que ele tivesse atravessado a fronteira para a Bélgica, Etienne ousou sair da sua toca, assim que a noite desceu. Desejava estudar a situação, ver se deveriam continuar obstinando-se. Na sua opinião, a partida estava comprometida; antes da greve, duvidava do resultado; apenas cedera aos fatos; agora, após a embriaguez da rebelião, voltava à sua primeira dúvida, desistindo de fazer ceder a companhia. Mas ainda não queria confessá-lo a si próprio, a angústia o torturava quando imaginava os horrores da derrota, toda a pesada responsabilidade de sofrimento que cairia sobre ele. O fim da greve não seria o fim do seu papel, sua ambição derrubada, sua existência caindo outra vez no embrutecimento da mina e no asco do conjunto habitacional mineiro? E, honestamente, sem raciocínios baixos e mentirosos, esforçava-se em readquirir a fé, em convencer-se de que a resistência ainda era possível, que o capital ia destruir-se a si mesmo ante o suicídio heróico do trabalho.

Havia, com efeito, em toda a região, um longo fragor de ruínas. À noite, enquanto vagava pela planície escura como um lobo fora do esconderijo, parecia estar ouvindo o estrondo das falências, de uma ponta à outra do campo. À beira dos caminhos só encontrava fábricas mortas, com seus edifícios apodrecendo sob um céu baço. As que mais tinham sofrido eram as usinas de refinação de açúcar. A Hoton e a Fauvelle, após terem reduzido o número de seus operários, haviam fechado uma atrás da outra. Na fábrica de moagem Dutilleul, a mó que ainda trabalhava tinha parado no segundo sábado do mês, e a cordoaria Bleuze, que fabricava cabos de minas, fechara definitivamente suas portas por falta de trabalho. Para o lado de Marchiennes a situação agravava-se diariamente: todos os fogos apagados na vidraria Gagebois, demissões contínuas nas oficinas de construção Sonneville, dos três altos-fornos das Forjas só um aceso, nem mais uma bateria das fornalhas de coque ardendo no horizonte. A greve dos mineiros de Montsou, nascida da crise industrial que piorava havia dois anos, aumentara-a, precipitando a catástrofe. Às causas da crise, como a suspensão das encomendas da América, o estrangulamento dos capitais imobilizados num excesso de produção, juntava-se agora a falta imprevista de hulha para as poucas caldeiras que ainda permaneciam acesas — era essa a agonia suprema, a falta do pão das máquinas que os poços não forneciam mais. Assustada com o mal-estar geral, a companhia, diminuindo sua extração e esfomeando seus mineiros, em fins de dezembro encontrara-se fatalmente sem um pedaço de carvão no pátio das suas minas. Eram os elos de uma cadeia, o flagelo soprava de longe, uma queda provocava a outra, as indústrias iam-se esmagando umas às outras, numa série tão rápida de catástrofes, que as conseqüências repercutiam até nas cidades vizinhas — Lille, Douai, Valenciennes —, onde certos banqueiros em fuga arruinaram famílias inteiras.

Muitas vezes, na curva de uma estrada, Etienne parava na noite gelada para ouvir choverem os escombros. Respirava profundamente as trevas, deixava-se possuir pela alegria do nada, pela esperança de que o dia raiaria sobre a exterminação do velho mundo, com todas as fortunas arrasadas, o nível igualitário passado como uma foice, rente ao chão. Mas o que mais interessava nesse massacre eram as minas da companhia. Punha-se de novo a caminho, cegado pelas sombras, visitando a todas elas, feliz ao constatar algum estrago recente. Os desmoronamentos continuavam a produzir-se, e cada vez mais graves, à medida que a não-restauração das vias se prolongava. Por cima da galeria norte da Mirou, a aluição do solo tomava tais proporções, que a estrada de Joiselle afundara num percurso de cem metros, como se tivesse havido um tremor de terra. E a companhia, sem regatear, pagava aos proprietários seus campos desaparecidos, tentando aplacar os rumores que corriam a respeito de tais acidentes. Crèvecoeur e Madeleine, de rocha muito desmoronadiça, estavam cada vez mais entulhadas. Falava-se que dois contramestres tinham ficado soterrados na Victoire; uma enchente inundara a Feutry-Cantel; um quilômetro de galeria na Saint-Thomas teria de ser murado, porque o escoramento, por falta de reparação, estava rachando por todos os lados. Dessa forma, a todo momento havia enormes despesas, brechas abertas nos dividendos dos acionistas, uma rápida destruição das minas, que, com o tempo, terminaria comendo os famosos dinheiros de Montsou, centuplicados em um século.

Diante desses golpes repetidos, a esperança renascia em Etienne, acabava acreditando que com um terceiro mês de resistência daria cabo do monstro, do animal cansado e farto, agachado como um ídolo lá longe, no seu ignoto tabernáculo. Sabia que, com a revolta de Montsou, viva emoção se apoderara dos jornais de Paris, uma violenta polêmica entre a imprensa oficiosa e a imprensa da oposição, reportagens aterradoras que eram exploradas sobretudo contra a Internacional, a quem o império temia, depois de a ter encorajado. E, como a administração não podia continuar fazendo ouvidos de mercador, dois dos administradores tinham-se dignado vir para realizar um inquérito, mas de má vontade, sem parecerem inquietos com o desfecho, tão desinteressados que três dias depois já estavam partindo, declarando que tudo ia muito bem. Contudo, afirmavam-lhe, por outro lado, que esses senhores, durante sua permanência em Montsou, mantiveram-se em sessão permanente, desenvolvendo uma atividade febril, mergulhados em discussões das quais as pessoas em torno deles não quiseram falar. E Etienne acusava-os de simularem calma, chegava a chamar sua partida de fuga precipitada, certo agora do triunfo, já que esses homens terríveis tinham abandonado tudo.

Mas, na noite seguinte, ficou novamente desesperado. A companhia era muito poderosa para ser abatida com tal facilidade, podia perder milhões, mais tarde os reaveria por meio dos operários, cortando-lhes o pão. Nessa noite, tendo ido até a Jean-Bart, deu-se conta da verdade, quando um vigia lhe contou que se falava em ceder Vandame a Montsou. Ao que se dizia, lavrava a miséria mais terrível na casa de Deneulin, a miséria dos ricos, o pai doente por não saber o que fazer, envelhecido com a preocupação do dinheiro, as filhas lutando com os fornecedores, tentando salvar suas camisolas. Nos conjuntos habitacionais famintos sofria-se menos do que nessa casa burguesa, onde se escondiam para beber água. O trabalho ainda estava suspenso na Jean-Bart, e fora preciso substituir a bomba da Gaston-Marie, isso sem falar no começo de inundação, apesar do conserto imediato, exigindo grandes gastos. Deneulin apresentara enfim o pedido de empréstimo de cem mil francos aos Grégoire, cuja recusa, já esperada, acabou de abatê-lo. Os Grégoire diziam que, se recusavam, faziam-no por amizade, para o pouparem de uma luta inglória, e, ao mesmo tempo, aconselhavam-no a vender a concessão. Mas Deneulin, irredutível, continuava a dizer não. Enfurecia-o ter de pagar pela greve, preferia morrer primeiro, com todo o sangue na cabeça, de apoplexia. Que mais podia fazer? Já conhecia as ofertas. Chicaneavam com ele, depreciavam aquela presa magnífica, o poço reparado, todo reequipado, onde só a falta de dinheiro paralisava a exploração. Dar-se-ia por satisfeito se pudesse conseguir o suficiente para pagar os credores. Durante dois dias batera-se com os administradores acampados em Montsou, furibundo com o jeito tranqüilo com que eles exploravam suas dificuldades, gritando-lhes "nunca" com sua voz poderosa. E as negociações ficaram nisso, os administradores voltaram a Paris para esperar pacientemente seu último estertor. Etienne farejou essa compensação de desastres, cheio de desânimo diante do poderio invencível dos grandes capitais, tão fortes na batalha, que engordavam com a derrota comendo os cadáveres dos pequenos, caídos ao seu lado.

No dia seguinte, felizmente, Jeanlin lhe trouxe uma boa notícia. Na Voreux, o revestimento do poço ameaçava ruir, a água infiltrava-se por todas as juntas, tiveram de pôr às pressas uma turma de carpinteiros para fazer a reparação.

Até ali, Etienne tinha evitado a Voreux, temendo a eterna figura negra da sentinela, postada no aterro por cima da planície. Não era possível evitá-la, via tudo, era como a bandeira de um regimento drapejando no ar. Lá pelas três horas da madrugada, o céu tornou-se sombrio e ele foi à mina, onde alguns camaradas lhe explicaram o mau estado do revestimento; eram de opinião que teria de ser todo refeito, o que suspenderia a extração por três meses. Andou por ali longamente, escutando os martelos dos carpinteiros batendo no poço. Alegrava-lhe o coração aquela nova ferida que era preciso tratar.

Ao alvorecer, quando voltava, encontrou a sentinela sobre o aterro. Desta vez, certamente, ela o veria. Foi-se embora pensando nesses soldados tirados de entre o povo e que eram armados contra o povo. Como o triunfo da revolução seria fácil, se o Exército, de repente, se declarasse a seu favor! Bastava que o operário e o camponês nas casernas se lembrassem de suas origens. Esse era o perigo supremo, o grande pavor que fazia os burgueses baterem o queixo quando pensavam numa defecção possível das tropas. Em duas horas seriam varridos, exterminados, com os prazeres e as abominações de suas vidas de iniqüidades. Já se dizia que regimentos inteiros estavam contaminados pelo socialismo. Seria verdade? A justiça iria triunfar graças aos cartuchos distribuídos pela burguesia? E, passando para outra esperança, o rapaz começou a sonhar que as guarnições das minas também entravam em greve, fuzilando a companhia inteira e entregando enfim a mina aos mineiros.

Notou então que subia o aterro, levado por aquelas reflexões. Por que não conversar um pouco com o soldado? Ao menos ficaria sabendo o que pensava. Com jeito despreocupado continuou aproximando-se, como se estivesse colhendo aparas de madeira abandonadas ali. A sentinela permanecia imóvel.

— Que tempo dos diabos, hem, companheiro? — disse enfim Etienne. — Acho que vamos ter neve.

Era um soldadinho muito louro, de rosto meigo e pálido, cheio de sardas. Parecia enleado como um recruta com aquele capote.

— É, eu também acho — murmurou ele.

E com os seus olhos azuis esquadrinhou longamente o céu lívido, o amanhecer fumacento, cuja fuligem pesava como chumbo sobre a planície ao longe.

— Que idéia estúpida de porem vocês aqui, gelando até os ossos... — continuou Etienne. — Como se os cossacos estivessem por atacar... Além do mais, venta muito neste lugar.

O soldadinho tiritava sem se queixar. Havia ali uma cabana de pedra solta, onde o velho Boa-Morte se abrigava nas noites de tempestade, mas, como a ordem era para não abandonar o topo do aterro, o soldado não se movia, com as mãos tão enregeladas que nem sentia mais a arma. Pertencia à guarnição de sessenta homens que guardava a Voreux; e, como aquele posto cruel já lhe tocara diversas vezes, estivera mesmo a ponto de lá ficar, com os pés encarangados. Isso fazia parte da profissão, uma obediência passiva tornava-o ainda mais entorpecido, respondia às perguntas com palavras tartamudeadas de criança que dormita.

Durante um quarto de hora, Etienne tentou inutilmente fazê-lo falar de política. Dizia sim, não, sem parecer estar compreendendo; seus companheiros falavam que o capitão era republicano; quanto a ele, não tinha opinião, era-lhe indiferente. Se o mandassem atirar, atiraria, para não ser punido.

O operário escutava, invadido do ódio popular contra o Exército, contra esses irmãos a quem mudavam o coração, enfiando-lhes umas calças vermelhas.

— Como é o seu nome?
— Jules.
— E é de que região?
— De Plogoff, longe.

Estendeu o braço apontando ao acaso. Era na Bretanha, só isso sabia. Seu rostinho pálido animou-se, pôs-se a rir, entusiasmado.

— Tenho mãe e irmã. Estão-me esperando, claro. Ah, mas ainda falta um bocado! Quando parti, elas me acompanharam até Pont-l'Abbé. Os Lepalmec tinham-nos emprestado o cavalo, ele quase quebrou as patas na descida do Audierne. O primo Charles nos estava esperando com uma panelada de salsichas, mas as mulheres choravam tanto que a gente nem podia comer... Ah! meu Deus! como estou longe de casa...

Seus olhos encheram-se de lágrimas sem que deixasse de rir. A charneca deserta de Plogoff, a ponta selvagem de Raz, assolada pelas tempestades, apareciam-lhe como uma miragem brilhando ao sol, na estação cor-de-rosa das urzes.

— Será que — perguntou ele —, se eu não tiver punições, você acha que eles me darão uma licença de um mês, daqui a dois anos?

Etienne então começou a falar da Provença, de onde saíra em criança. Amanhecia, flocos de neve voltejavam no céu plúmbeo. Começou a ficar nervoso ao vislumbrar Jeanlin que se esgueirava por entre as moitas, estupefato de o ver ali. O menino chamava-o com acenos. De que servia esse sonho de confraternizar com os soldados? Seriam ainda necessários anos e anos, sua tentativa inútil deixou-o abatido, como se estivesse contando com o êxito. Repentinamente compreendeu os gestos de Jeanlin: vinham render a sentinela. Afastou-se correndo, foi enfiar-se em Réquillart, o coração mais uma vez lacerado pela certeza da derrota, enquanto o garoto corria ao seu lado, acusando o canalha do soldado de ter chamado a guarda para atirar neles.

No topo do aterro, Jules permanecera imóvel, o olhar perdido na neve que caía. O sargento aproximou-se com seus homens e os gritos regulamentares foram trocados:

— Quem vem lá? Passe a senha!

E ouviram-se os passos pesados partindo de novo, soando como em terra conquistada. Apesar de já ser dia, ninguém se mexia nos conjuntos habitacionais; os mineiros, calados, enfureciam-se sob o tacão militar.

II

Durante dois dias a neve caíra; naquela manhã ela parara de cair, mas um lençol branco cobria tudo. Essa região escura, de estradas negras, com paredes e árvores cobertas de poeira de hulha, estava toda branca, de uma brancura única, que se estendia ao infinito. O conjunto habitacional dos Deux-Cent-Quarante jazia sob a neve, como que desaparecido. Nem a mais leve fumaça escapava das chaminés. As casas sem fogo, tão frias como as pedras dos caminhos, não derretiam a grossa camada de neve sobre as telhas. O conjunto habitacional não era mais que um renque de lápides brancas, uma visão de vila morta, envolta na sua mortalha. Ao longo das ruas, só as patrulhas passando deixavam a marca lodosa dos seus cascos.

Nos Maheu, a última pazada de lascas de carvão ardera na véspera; e procurar mais no aterro, com aquele tempo terrível, quando os próprios pardais não encontravam um talo de erva, era impossível. Alzire, por ter teimado em procurar na neve, estava morrendo. A mãe tivera de a enrolar num trapo de coberta, enquanto esperava o Dr. Vanderhaghen, à casa de quem já fora duas vezes sem o encontrar. A criada, no entanto, prometera que ele passaria pelo conjunto habitacional antes do anoitecer, e a mulher espiava agora pela janela, enquanto a pequena enferma, que tinha querido ficar embaixo, tiritava sobre uma cadeira, com a ilusão de que ali estava mais quente, perto do fogão apagado. O velho Boa-Morte, em frente, outra vez com as pernas endurecidas, parecia dormir. Lénore e Henri ainda não tinham voltado, andavam percorrendo as estradas em companhia de Jeanlin, pedindo esmolas. Pela sala nua, só Maheu caminhava pesadamente, tropeçando continuamente na parede, com o ar imbecilizado de um animal que já não vê mais sua jaula. O querosene também acabara, mas o reflexo da neve lá fora era tão branco, que iluminava vagamente a peça, apesar de já ser noite.

Houve um barulho de tamancos, e a mulher de Levaque empurrou a porta como um furacão, fora de si, gritando do portal para a vizinha:

— Então tu andaste dizendo que eu forçava meu inquilino a pagar-me vinte soldos cada vez que ele dormia comigo?!

A outra deu de ombros.

— Não chateies! Eu não disse nada... Mas quem te contou isso?

— Disseram-me que tu tinhas dito, chega! E disseste também que escutavas, quando fazíamos a coisa, através das paredes, e que a sujeira era enorme na minha casa porque eu estava sempre de pernas abertas... Ainda tens coragem de negar? Fala!

Brigas como essa eram diárias, por causa da língua das mulheres; sobretudo entre as famílias que viviam em paredes-meias, as desavenças e reconciliações não duravam um dia. Mas nunca antes maldade tão desabrida os atirara uns contra os outros. Desde a greve, a fome exasperava os rancores, todos tinham necessidade de brigar, uma explicação entre duas mulheres terminava sempre com uma luta de morte entre os dois maridos.

Justamente nesse momento chegou Levaque, arrastando Bouteloup.

— Aqui está o sujeito, que ele diga se já pagou vinte soldos à minha mulher para dormir com ela.

O inquilino, que procurava esconder sua candura assustada com grandes barbas, balbuciou protestando:

— Oh, não! Nunca, nunca paguei nada!

Subitamente Levaque tornou-se ameaçador, com o punho no rosto de Maheu.

— Isso agora não passa, ouviste? Quem tem uma mulher assim desanca-a de pancadas... Tu acreditas no que ela disse?

— Mas com mil raios! — exclamou Maheu, furioso por ter sido arrancado do seu abatimento. — Vocês ainda encontram tempo para fazer intrigas? Será que a gente já não tem miséria que chegue? Deixa-me em paz ou eu te acachapo! Agora quero saber quem foi que disse que minha mulher falou isso!

— Quem?... Foi a mulher do Pierron.

A mulher de Maheu deu uma gargalhada sarcástica, e, voltando-se para a vizinha, disse:

— Ah, então foi ela! Pois bem, agora vou dizer-te o que ela me disse. Ouve bem! Ela me disse que tu dormias com teus dois homens, um por cima e outro por baixo!

A partir daí ninguém mais se entendeu. Todos estavam furiosos; os Levaque respondiam aos Maheu que a mulher de Pierron tinha dito poucas e boas a respeito deles: que tinham vendido Catherine e que estavam todos podres, até as crianças, contaminados por uma sujeira que Etienne apanhara no Volcan.

— Ela disse isso? ela disse isso? — berrou Maheu. — Pois muito bem, vou até lá, e, se repetir o que disse, rebento-lhe a cara.

Lançou-se para a rua, os Levaque o seguiram para assistir à briga, enquanto Bouteloup, que tinha horror de disputas, voltava furtivamente para casa. Excitada pelo bate-boca, a mulher de Maheu também ia saindo quando foi retida por um gemido de Alzire. Cruzou as pontas da coberta sobre o corpo trêmulo da menina e voltou para a janela, os olhos vagando. E esse médico que não vinha!

À porta dos Pierron, Maheu e os Levaque encontraram Lydie chafurdando na neve. A casa estava fechada, um fio de luz passava pela fenda da janela e a criança, a princípio, respondeu constrangida às perguntas: não, seu pai não estava, tinha ido ao lavadouro encontrar a Queimada, para trazer a trouxa de roupa. Depois ficou confusa, não quis dizer o que a mãe fazia naquele momento. Finalmente soltou a língua, com um riso sorrateiro de rancor: sua mãe a pusera para fora porque o Sr. Dansaert estava lá dentro e ela não os deixava conversar. O capataz passara toda a manhã no conjunto habitacional, com dois policiais, tentando recrutar operários, forçando os fracos, anunciando aos quatro ventos que, se não voltassem até segunda-feira ao trabalho, a companhia ia contratar mineiros belgas. E ao cair da tarde, tendo encontrado a mulher de Pierron sozinha, mandou embora os policiais. Depois instalara-se ali, bebendo genebra diante do fogo.

— Psiu! Fiquem quietos, vamos espiá-los — murmurou Levaque com um riso impudente. — Em seguida tiraremos satisfações. Vai-te embora, cadelinha!

Lydie recuou alguns passos enquanto ele punha um olho na fresta da janela. Em seguida começou a abafar risinhos, suas costas se arqueavam e fremiam. Por sua vez a mulher olhou também, mas disse, como se estivesse para vomitar, que sentia nojo. Maheu, que a empurrara, querendo ver também, declarou que já vira o bastante para poder desforrar-se. E os três recomeçaram, em fila, a olhar, como no teatro. A sala, reluzindo de tão limpa, era alegre graças ao belo fogo aceso na lareira; havia doces sobre a mesa, uma garrafa e dois copos; enfim, uma verdadeira farra. Era tanta coisa o que os dois homens viam que acabaram ficando exasperados com o que noutras circunstâncias os teria feito rir por seis meses.

Que ela levantasse as saias e se empanturrasse de sexo até não poder mais, ainda tinha graça. Mas, diacho! não era mesmo uma sem-vergonhice fazer isso diante de um fogo tão agradável e à base dos biscoitos, quando os demais companheiros não tinham uma migalha de pão ou uma lasca de carvão?

— Olha o papai! — gritou Lydie escapando.

Pierron voltava tranqüilamente do lavadouro, a trouxa de roupa num ombro. Maheu foi logo interpelando-o:

— Escuta aqui, disseram-me que tua mulher tinha falado que eu vendera Catherine e que lá em casa estávamos todos podres... E na tua, quanto paga à tua mulher o homem que neste momento está fazendo uso dela?

Atordoado, Pierron não compreendia, quando a mulher, assustada com o vozerio, perdeu a cabeça a ponto de entreabrir a porta, para ver o que se passava. Estava toda afogueada, com o corpete aberto e a saia ainda levantada, presa à cintura, enquanto Dansaert, ao fundo, enfiava as calças, em pânico. O capataz escapou, desapareceu, temendo que uma história dessa chegasse aos ouvidos do diretor. Armou-se então um escândalo terrível, com gargalhadas, vaias e injúrias.

— Tu que sempre andas dizendo que as outras são umas imundas — berrava a mulher de Levaque — não admira que sejas limpa, tens os chefes para te fazerem a limpeza.

— Ah! assenta-lhe como uma luva falar mal dos outros! — continuou Levaque. — Pois não é que essa cadela disse que a minha mulher dormia comigo e o inquilino, um por cima e o outro por baixo?! Tens coragem de negar que disseste isso?

A mulher de Pierron, porém, já dona de si, enfrentava os palavrões com um ar de desprezo, na certeza de ser a mais bonita e a mais rica.

— O que disse está dito, e deixem-me em paz! O que é que vocês têm que ver com o que eu faço? Bando de invejosos, que nos odeiam só porque depositamos dinheiro na caixa econômica! Podem ir falar à vontade, meu marido sabe muito bem por que o Sr. Dansaert estava aqui em casa.

E realmente Pierron se excitava, defendia a mulher. A briga tomou outros caminhos, chamaram-no de vendido, de espião, de lambe-botas da companhia; acusaram-no de fechar-se em casa para encher a barriga de guloseimas com que os chefes lhe pagavam as denúncias. Ele retrucava, dizia que Maheu enfiara um papel com ameaças por baixo de sua porta, onde estavam desenhadas duas tíbias em cruz, com um punhal por cima. E tudo aquilo terminou, forçosamente, por uma pancadaria entre os homens, como todas as intrigas de mulheres terminavam, visto que a fome punha fora de si mesmo os mais calmos. Maheu e Levaque atiraram-se sobre Pierron, massacrando-o; foi preciso separá-los. Quando a Queimada chegou do lavadouro, o sangue corria aos borbotões do nariz do genro. Posta a par do que se passara, limitou-se a dizer:

— Esse porco é a minha desonra.

A rua ficou novamente deserta, nenhuma sombra manchava a

brancura da neve. E o conjunto habitacional, imerso novamente na sua imobilidade de morte, estertorava de fome sob o frio intenso.

— E o médico? — perguntou Maheu fechando a porta.

— Não veio — respondeu a mulher, sempre em pé, à janela.

— As crianças chegaram?

— Ainda não.

Maheu voltou ao seu caminhar pesado, de uma parede à outra, com o seu ar de boi encurralado. Entorpecido na cadeira, o velho Boa-Morte nem sequer erguera a cabeça. Alzire também permanecia silenciosa, procurava não tremer, para não os preocupar; mas, apesar de sua coragem no sofrimento, por momentos tremia tanto, que se ouviam por baixo da coberta os calafrios que percorriam seu corpinho esquelético de menina enferma, enquanto, de olhos arregalados, olhava para o teto, observando o pálido reflexo dos jardins todos brancos, que iluminavam a peça com uma claridade de luar.

Entravam agora na última agonia, com a casa sem mais nada; era o desenlace. Atrás da lã, tinha ido para o brechó a fazenda dos colchões; depois foram os lençóis, a roupa branca, tudo aquilo que se podia vender. Uma tarde, venderam por dois soldos o lenço do avô. As lágrimas corriam a cada objeto doméstico de que tinham de se separar; e a mãe ainda se lamentava por ter levado um dia, enrolada na saia, a caixa de cartão cor-de-rosa, antigo presente do seu homem, como se tivesse sido um filho que abandonara a uma porta. Estavam nus, não tinham mais nada a vender a não ser a pele, tão carcomida, tão estragada, que ninguém daria um centavo por ela. Por isso nem se davam o trabalho de procurar, sabiam que não havia mais nada, que era o fim de tudo, que não deviam esperar nem uma vela, nem um pedaço de carvão, nem uma batata. Aguardavam apenas a morte; a única pena que sentiam era pelas crianças, revoltava-os aquela crueldade inútil, preferiam ter estrangulado Alzire a vê-la doente por causa deles.

— Até que enfim, aí vem ele! — exclamou a mulher.

Uma forma negra passou diante da janela. A porta se abriu. Mas não era o Dr. Vanderhaghen... Reconheceram o novo pároco, o Padre Ranvier, que não parecia surpreendido de ter entrado naquela casa morta, sem luz, sem fogo, sem pão. Acabava de sair das três casas contíguas, andava de família em família, recrutando homens de boa vontade, como Dansaert com seus policiais. Foi logo explicando-se com sua voz febril de sectário:

— Por que não foram à missa no domingo, meus filhos? Estão

errados, só a Igreja pode salvá-los... Vamos, prometam estar presentes no próximo domingo...

Maheu, após examiná-lo, pôs-se outra vez a caminhar pesadamente, sem dizer palavra. Foi a mulher quem respondeu:

— À missa, senhor pároco? Para quê? Será que Deus não se esqueceu da gente? Veja a minha menina, por exemplo, ardendo em febre... Que poderia ela ter feito para ser castigada dessa maneira? Não chega a miséria que já temos de suportar, ele a põe nesse estado, quando nem sequer posso dar uma xícara de chá quente.

O padre começou então a perorar. Analisou a greve, a miséria atroz, o rancor exasperado da fome, com o ardor de um missionário que catequiza selvagens, para maior glória da sua religião. Disse que a Igreja estava com os pobres, que um dia ela faria a justiça triunfar, fulminando com a cólera de Deus as iniqüidades dos ricos. E esse dia estava próximo, já que os ricos tinham tomado o lugar de Deus e governavam sem ele, roubando impiamente o poder. Mas, se os operários queriam a partilha justa dos bens terrestres, deviam entregar-se sem demora nas mãos dos padres, da mesma maneira que, quando Jesus morreu, os pequenos e os humildes tinham-se agrupado em torno dos apóstolos. Que força imensa teria o papa, de que exército disporia o clero, quando comandasse a multidão inumerável dos trabalhadores! Em uma semana o mundo estaria purgado dos malvados, os patrões indignos seriam expulsos, enfim o verdadeiro reino de Deus triunfaria, cada um recompensado segundo seus méritos, a lei do trabalho regendo a felicidade universal.

Escutando-o, a mulher julgava ouvir Etienne durante os serões do outono, quando este lhes anunciava o fim dos seus males. A diferença era que ela nunca tivera confiança nas batinas.

— Tudo o que o senhor diz é muito bonito — disse ela. — Quer dizer que então já não se entende mais com os burgueses... Todos os outros párocos que tivemos costumavam jantar com o diretor, e ameaçavam-nos com o inferno assim que reclamávamos pão.

Ele recomeçou, falou do deplorável mal-entendido entre a Igreja e o povo. Com frases veladas atacou os padres das cidades, os bispos, o alto clero amante dos prazeres, cumulado de poder, pactuando com a burguesia liberal, na imbecilidade da sua cegueira, sem ver que era justamente essa burguesia que o espoliava do comando do mundo. A libertação viria dos padres de aldeia, que se levantariam para restabelecer o reino de Cristo, com a ajuda dos miseráveis. E ele já parecia estar à frente deles, empertigava sua estatura angulosa, como um chefe de guerrilhas, como um revolucionário do Evangelho, os olhos resplandecentes, iluminando a sala escura. A ardente prédica era toda feita de palavras místicas, aquela pobre família já não podia compreendê-lo.

— Chega de tanto falatório — grunhiu bruscamente Maheu. — Teria feito melhor trazendo-nos pão.

— Vão domingo à missa — exclamou o padre. — Deus cuidará do resto!

E partiu, entrou na casa dos Levaque para catequizá-los, voando tão alto no seu sonho do triunfo final da Igreja, desdenhando a tal ponto os fatos, que percorria os conjuntos habitacionais mineiros sem uma esmola, de mãos vazias através daquele exército morrendo de fome, verdadeiro pobre-diabo que considerava o sofrimento como o incentivo da salvação.

Maheu continuava a esquadrinhar a peça, seus passos faziam tremer o soalho. Houve um ruído de roldana enferrujada, o velho Boa-Morte escarrou no fogão apagado. Depois a cadência dos passos recomeçou. Alzire, prostrada pela febre, delirava baixinho, ria, julgando que fazia calor e brincava ao sol.

— Maldita sorte! — murmurou a mulher, após tocar-lhe as faces. — Agora está queimando de tanta febre. Já não espero mais esse canalha, decerto aqueles bandidos o proibiram de vir.

Referia-se ao médico e à companhia. Contudo, soltou uma exclamação de alegria ao ver a porta abrir-se de novo. Mas seus braços voltaram a cair, permaneceu muito tesa, com a fisionomia carrancuda.

— Boa noite — disse Etienne a meia voz, após ter fechado cuidadosamente a porta.

Costumava aparecer assim, com a noite fechada. Desde o segundo dia os Maheu foram informados do seu esconderijo, mas guardavam o segredo, ninguém nas redondezas sabia ao certo o que acontecera com o rapaz. Isso o envolvia em lenda. Continuavam acreditando nele, corriam rumores misteriosos: ia reaparecer à frente de um exército, com caixas cheias de ouro; era sempre a expectativa religiosa de um milagre, o ideal realizado, a entrada repentina na cidade da justiça que lhes fora prometida. Uns diziam tê-lo visto no fundo de uma caleça, em companhia de três cavalheiros, na estrada de Marchiennes; outros afirmavam que ainda por dois dias ficaria na Inglaterra. Com o correr do tempo, no entanto, começou a desconfiança, certos pulhas acusavam-no de esconder-se numa toca, onde a filha de Mouque o mantinha aquecido; essa ligação, conhecida de todos, prejudicara-o.

Era, em meio à sua popularidade, uma lenta baixa de afeição, a surda maré dos convictos tomados de desespero, e cujo número, pouco a pouco, iria engrossando.

— Que tempo detestável! — acrescentou ele. — Como vai a coisa com vocês? Nada de novo? Sempre de mal a pior? Disseram-me que o Négrel tinha ido à Bélgica para contratar operários. Nem quero pensar... Se for verdade, estamos fritos!

Fora percorrido por um arrepio ao entrar na sala gelada e escura, seus olhos tiveram de se acostumar para poder ver os infelizes, que julgava estarem na parte mais escura da peça. Sentia a repugnância, o mal-estar do operário que não mais pertence à sua classe, refinado pelo estudo, insuflado pela ambição. Que miséria, quanto mau cheiro, e os corpos amontoados, e a imensa piedade que lhe dava um nó na garganta! O espetáculo dessa agonia desesperava-o a tal ponto que não encontrava palavras para aconselhá-los à submissão.

Mas Maheu colocara-se violentamente diante dele, gritando:

— Belgas? Que se atrevam, esses filhos da mãe! Que tragam belgas para trabalhar aqui, se querem que nós destruamos as minas.

Constrangido, Etienne explicou que não poderiam fazer nada, que os soldados que guardavam as minas protegeriam a descida dos operários belgas. Maheu cerrava os punhos, irritado sobretudo, como ele dizia, por ter as baionetas apontadas para as suas costas. Então os mineiros já não eram mais donos de si? Eram tratados como forçados, obrigados a trabalhar, sob a mira de um fuzil? Gostava do seu poço, sentia falta dele, já fazia dois meses que não descia... Por isso, sentia o sangue fervendo quando pensava em tal desaforo, trazerem estrangeiros para ali trabalhar. Mas, ao lembrar-se de que lhe tinham devolvido a carteira de trabalho, seu coração baqueou.

— Não sei por que me zango — murmurou ele. — Nada mais tenho que ver com isso... Quando me expulsarem daqui, posso ir morrer por aí.

— Deixa disso! — contestou Etienne. — Se quiseres, amanhã eles te recebem de volta. Operários como tu não são despedidos.

Interrompeu-se, espantado de ouvir Alzire, que ria suavemente, no delírio da febre. Até então só distinguira a sombra rija do velho Boa-Morte, e essa alegria da menina doente o apavorava. Era demais se até as crianças começassem a morrer! Com voz trêmula, decidiu-se:

— Isso não pode continuar, estamos perdidos... Temos que nos render...

A mulher de Maheu, até esse momento silenciosa e imóvel, explodiu de repente, gritando-lhe no rosto, tratando-o por tu e praguejando como um homem:

— O que é que tu estás dizendo? *Tu* dizes isso? Raios te partam!

Ele quis apresentar suas razões, mas ela não o deixou falar.

— Não repitas isso, com todos os diabos! ou eu, mesmo sendo mulher, te mando esta mão na cara... Então estamos aqui morrendo de fome há dois meses, vendi tudo o que tinha dentro de casa, meus filhos caíram doentes, para nada, para a injustiça recomeçar? Ah, só de pensar, o sangue me sobe à cabeça! Não e não! Prefiro queimar tudo, agora estou disposta até a matar em vez de me render.

Com um grande gesto ameaçador apontou para Maheu no escuro.

— Escuta bem, se o meu marido volta para a mina, serei a primeira a esperá-lo na estrada para cuspir-lhe na cara e chamá-lo de covarde.

Etienne não a via, mas sentiu o calor, um bafejo de animal latindo, e recuou assustado diante daquela fúria, que era obra sua. Achava-a tão mudada que não reconhecia mais nela a mulher prudente de outrora, que exprobrava a sua violência, dizendo que não se devia desejar a morte de ninguém, e agora não queria ouvir nada, fechada à razão, falando em matar gente. Já não era ele, mas ela que falava em política, que queria varrer de um golpe os burgueses, que pedia a república e a guilhotina, para limpar a terra dos ladrões ricos, engordados com o suor dos miseráveis.

— Era capaz de arrancar-lhes a pele com as minhas próprias mãos... Chega! é a nossa vez, como tu bem o dizias... Quando penso que o pai, o avô, o pai do avô e todos aqueles antes deles sofreram o que nós estamos sofrendo, e o que nossos filhos e os filhos dos nossos filhos sofrerão ainda, fico louca, tenho vontade de apanhar uma faca e sair por aí... No outro dia fomos muito comedidos. Devíamos ter arrasado Montsou, até o último tijolo. E, sabes? só lastimo uma coisa, não ter deixado o velho estrangular a moça da Piolaine... Eles não estão matando meus filhos de fome?

Suas palavras cortavam como machados em plena noite. O horizonte fechado não quisera abrir-se, o ideal impossível se transformava em veneno no fundo daquele cérebro enlouquecido pela dor.

— A senhora não me compreendeu — pôde enfim dizer Etienne, que batia em retirada. — Devia-se chegar a um acordo com a companhia; sei que os poços estão muito danificados e sem dúvida ela aceitaria uma conciliação.

— Não, isso nunca! — berrou ela.

Nesse momento Lénore e Henri entraram, de mãos abanando.

Um homem lhes dera dois soldos, mas, como a irmã passava todo o tempo dando pontapés no irmão, o dinheiro se perdera na neve. Até Jeanlin os ajudara a procurar, mas inutilmente.

— E onde está Jeanlin?

— Foi embora, mamãe, disse que tinha o que fazer.

Etienne escutava, desesperado. Tempos atrás, a mulher ameaçava matá-los se os filhos ousassem estender a mão. Hoje era ela mesma quem os mandava para as estradas e falava até em irem todos, os dez mil mineiros de Montsou, com o bordão e a sacola dos mendigos velhos, invadindo a região apavorada.

A angústia foi ainda maior na peça escura com a volta dos pequenos famélicos, que queriam comer. Por que não lhes davam comida de uma vez? Começaram a chorar e a brigar entre si, acabaram caindo sobre os pés da irmã agonizante, que soltou um gemido. Fora de si, a mãe espancou-os, ao acaso das trevas. Depois, como eles gritassem ainda mais forte, pedindo pão, desfez-se em pranto, caiu sentada no chão, cingiu-os num só abraço que abarcou a pequena enferma. E assim, por muito tempo, correram-lhe as lágrimas, num relaxamento nervoso que a deixou mole, aniquilada, balbuciando vinte vezes a mesma frase, chamando a morte: "Meu Deus, leva-nos para junto de ti! Meu Deus, tem piedade, leva-nos de uma vez, para terminar com isto!" O avô conservou-se imóvel, como uma velha árvore batida pelo vento e a chuva, enquanto o pai continuava a percorrer o espaço entre o fogão e o guarda-comida, sem olhar para nada.

De repente a porta abriu-se, e desta vez era o Dr. Vanderhaghen.

— Diabo! — exclamou. — Um pouco de luz não vai estragar os olhos de vocês... Vamos, vamos que estou com pressa!

Resmungava, como de hábito, esfalfado pelo trabalho. Felizmente trazia fósforos; Maheu teve de acender seis, um a um, para que ele pudesse examinar a doente. Sem as cobertas, a menina tiritava sob a luz vacilante, magra como um passarinho agonizando na neve, tão fraca que só se lhe via a corcunda. E, contudo, sorria, um sorriso alucinado de moribunda, os olhos saltados, enquanto as mãozinhas se crispavam no vazio do peito. E, como a mãe, sufocada, perguntasse se era justo levar, antes dela, a única filha que a ajudava no trabalho da casa, tão inteligente, tão meiga, o doutor perdeu a paciência.

— Pois aí está, expirou... Morreu de fome, a desgraçada. E ela não é a única; agora mesmo vi outra ao lado. Todos vocês me chamam, mas eu não posso fazer nada, é de carne que precisam para se curarem.

Maheu, com os dedos queimados, soltara o fósforo, e as trevas voltaram a cobrir o pequeno cadáver ainda quente. O médico partira, correndo. Etienne ouvia apenas na peça escura os soluços da mulher, invocando a morte, numa lamentação lúgubre e sem fim:

— Meu Deus, chegou a minha hora, leva-me também! Meu Deus, leva o meu marido, leva toda a minha família, por piedade, para terminar com isto!

III

Naquele domingo, a partir das oito horas, Suvarin ficou sozinho na sala do Avantage, no seu lugar habitual, com a cabeça encostada ao muro. Já nenhum mineiro podia tomar seus dois soldos de cerveja; nunca as tabernas tiveram menos fregueses. Por isso, a Sra. Rasseneur, imóvel no balcão, guardava um silêncio irritado, enquanto o marido, em pé defronte ao fogão de ferro fundido, parecia seguir, com ar meditativo, a fumaça ruiva do carvão.

Bruscamente, naquela paz pesada das peças muito aquecidas, três pequenas pancadas secas, batidas num vidro da janela, fizeram que Suvarin voltasse a cabeça. Ergueu-se, tinha reconhecido o sinal do qual já diversas vezes Etienne se servira para chamá-lo, quando o via lá de fora fumando seu cigarro, sentado a uma mesa vazia. Mas, antes que o mecânico alcançasse a porta, Rasseneur a abrira, e, reconhecendo, graças à luz da janela, quem estava ali, disse:

— Será que tens medo de que eu te venda? Se querem conversar, é melhor que o façam aqui dentro em vez de na estrada.

Etienne entrou. A mulher lhe ofereceu cortesmente um copo de cerveja, que ele recusou com um gesto. O taberneiro acrescentou:

— Há muito tempo que adivinhei onde te escondes. Se eu fosse um espião, como teus amigos dizem, já há oito dias teria mandado para lá os policiais.

— Não precisas defender-te — respondeu o rapaz. — Sei muito bem que não farias isso. Podemos não ter as mesmas idéias e continuar sendo amigos.

O silêncio voltou a reinar. Suvarin tornou à sua cadeira, de costas para a parede, os olhos vagando na fumaça do seu cigarro, mas seus dedos febris não paravam um momento; passava-os pelos joelhos procurando o pêlo tépido de Polônia, que naquela noite não se encontrava ali; era um mal-estar inconsciente, faltava-lhe alguma coisa, sem que ele soubesse o quê.

Sentado na outra extremidade da mesa, Etienne disse, enfim:

— O trabalho recomeça amanhã na Voreux. Os belgas chegaram com Négrel.

— De fato, chegaram quando já era noite fechada — murmurou Rasseneur, que ficara em pé. — Espero que não recomece a mortandade. — E levantando a voz: — Como vês, não quero continuar brigando contigo, mas isso terminará mal se vocês insistirem em fincar pé... Igualzinho à história da tal de Internacional... Anteontem fui a Lille resolver uns negócios e encontrei Pluchart; parece que a Internacional está desmoronando...

Deu detalhes. A Associação, depois de ter conquistado os operários do mundo inteiro, num ímpeto propagandístico que ainda fazia tremer a burguesia, estava agora sendo devorada, destruída aos poucos pelas batalhas internas das vaidades e ambições. Desde que os anarquistas triunfaram, expulsando os evolucionistas de primeira hora, tudo estava indo por água abaixo; a finalidade principal, a reforma do salário, afundava em meio aos conflitos de seitas, os grupos mais experientes se desorganizavam devido ao ódio à disciplina. E já se podia prever o fracasso final desse levante em massa, que por um instante ameaçara varrer de um sopro a velha sociedade apodrecida.

— Pluchart está sem voz, doente com tudo isso — prosseguiu Rasseneur. — Mas assim mesmo faz discursos, quer ir a Paris para falar... Por três vezes me disse que a nossa greve está perdida.

Etienne, de cabeça baixa, não o interrompeu. Na véspera falara com alguns companheiros, sentia pesar sobre si ondas de rancor e suspeita; eram as primeiras vagas da impopularidade, anunciadoras da derrota. Conservou-se sombrio, não queria confessar seu abatimento a um homem que lhe predissera que também um dia seria vaiado pela multidão, quando esta se quisesse vingar de uma decepção.

— A greve está perdida, sem dúvida, sei disso tão bem quanto Pluchart — disse ele. — Era de prever. Aceitamos o movimento contra a vontade, não contávamos acabar com a companhia... O caso é que a gente se arrebata, espera coisas, e, quando tudo vai por água abaixo, esquece-se de que devia contar com isso, há lamentos e brigas como diante de uma catástrofe caída do céu.

— Mas, então — perguntou Rasseneur —, se julgas a partida perdida, por que não fazes os demais companheiros entenderem isso?

O rapaz olhou-o fixamente.

— Olha, estou farto das tuas histórias! Tens as tuas idéias, eu tenho as minhas. Entrei na tua casa para mostrar que te estimo apesar de tudo, mas continuo a pensar que, se morrermos resistindo, nossas carcaças de esfomeados servirão melhor à causa do povo que toda a tua política de homem equilibrado... Ah! se ao menos um desses soldados nojentos me metesse uma bala no coração... Como seria formidável morrer assim!

Seus olhos ficaram úmidos com esse grito onde explodia o secreto desejo do vencido, o refúgio onde gostaria de perder-se para sempre com seu tormento.

— Muito bem! — exclamou a Sra. Rasseneur, que, com um olhar, lançava a seu marido todo o desdém das suas opiniões radicais.

Suvarin, de olhar perdido, continuava a tatear com suas mãos nervosas, não parecendo ter ouvido. Seu rosto louro de moça, de nariz fino e dentes pequenos e pontiagudos, banhava-se de uma luz selvagem, de um devaneio místico, em que perpassavam visões sangrentas. E pôs-se a sonhar em voz alta, respondendo a uma frase de Rasseneur sobre a Internacional, pescada no meio da conversa:

— São todos uns covardes, só havia um homem capaz de transformar a sua organização num instrumento terrível de destruição. Mas era preciso querer, ninguém quer nada, por isso a revolução abortará mais uma vez.

E continuou a lamentar-se, cheio de asco pela imbecilidade dos homens, enquanto os outros quedavam perplexos ante aquelas confidências de sonâmbulo, feitas para as trevas. Na Rússia estava tudo parado, sentia-se desesperado com as notícias que recebera. Seus antigos camaradas se transformavam em políticos, os famosos niilistas que faziam a Europa tremer, filhos de pope[1], de pequenos burgueses, de comerciantes, não viam mais que a libertação nacional, pareciam acreditar que o mundo seria redimido assim que eles matassem o déspota. E, logo que lhes falava em ceifar a humanidade velha como a uma plantação madura, sentia-se, a partir daí, incompreendido, suspeito, desclassificado, arrolado entre os príncipes frustrados do cosmopolitismo revolucionário. E no entanto seu coração de patriota debatia-se, era com uma amargura dolorosa que repetia seu termo favorito:

— Besteiras!... Eles nunca conseguirão nada com as suas besteiras.

Depois, baixando mais a voz, narrou em frases amargas o seu velho sonho de fraternidade. Não tinha renunciado ao seu título e à sua fortuna, só se colocara do lado dos operários com a esperança

---

[1] Pope: sacerdote russo. (N. do E.)

de ver fundada enfim essa sociedade nova do trabalho em comum. Todas as moedas que trazia no bolso tinham passado havia muito tempo para as mãos dos meninos do conjunto habitacional; fora de uma solidariedade de irmão para com os mineiros, sorrindo à sua desconfiança, conquistando-os com seu modo tranqüilo de operário exato e pouco conversador. Mas, decididamente, a fusão não se realizava, permanecia um estranho, com seu desprezo por qualquer ligação amorosa, sua vontade de permanecer impoluto, fora das gloríolas e dos prazeres. E, sobretudo, ficara desesperado de manhã com a leitura de uma notícia que vinha nos jornais.

Sua voz mudou, seus olhos iluminaram-se, fixos em Etienne, e dirigiu-se diretamente a ele.

— Tu podes compreender isto? esses operários chapeleiros de Marselha que ganharam a sorte grande de cem mil francos e, imediatamente, foram comprar títulos, dizendo que de agora em diante iam viver sem fazer nada! Essa é a intenção de todos vocês, operários franceses: encontrar um tesouro e em seguida comê-lo sozinhos, refestelados no egoísmo e na vagabundagem. Gostam de gritar contra os ricos, mas não têm coragem de dar aos pobres o dinheiro que a sorte lhes envia... Vocês nunca serão dignos da felicidade enquanto possuírem alguma coisa, enquanto esse ódio aos burgueses for apenas o desejo desesperado de serem burgueses também.

Rasseneur deu uma gargalhada; pensar que os dois operários de Marselha teriam de renunciar à sorte grande parecia-lhe estúpido. Mas Suvarin fremia, seu semblante descomposto tornava-se amedrontador, numa dessas cóleras religiosas que exterminam os povos. Gritou:

— Vocês vão ser todos ceifados, derrubados, atirados à podridão! Há de nascer um dia aquele que dizimará sua raça de poltrões e gozadores. Aqui está! Vocês vêem as minhas mãos? Se elas pudessem, agarrariam a terra, assim, e a sacudiriam até fazê-la em migalhas, para soterrar todos vocês nos seus escombros!

— Muito bem! — repetiu a Sra. Rasseneur, no seu modo cortês e convicto.

Fez-se outro silêncio. Em seguida Etienne falou dos operários belgas. Interrogou Suvarin sobre as disposições que tinham sido tomadas na Voreux, mas o mecânico, que voltara ao seu alheamento, mal respondia, apenas sabia que iam distribuir balas aos soldados que guardavam a mina. E a inquietação nervosa dos seus dedos sobre os joelhos chegou a tal ponto que acabou tomando consciência de que lhe faltava o pêlo macio e calmante da coelha.

— Onde está a Polônia? — perguntou ele.

O taberneiro deu outra risada e olhou para a mulher. Depois de certa hesitação decidiu-se:

— A Polônia? Está no quente.

Desde a sua aventura com Jeanlin, a enorme coelha, certamente ferida, só tivera filhos mortos. E, para não alimentarem uma boca inútil, tinham decidido nesse mesmo dia fazê-la com batatas.

— Comeste uma perna dela hoje na janta... Não estava bom? Chegaste a lamber os dedos...

A princípio Suvarin não compreendeu. Depois ficou muito pálido e teve uma contração de náusea; apesar de sua vontade de ser estóico, duas grossas lágrimas encheram seus olhos.

Mas não tiveram tempo de notar sua emoção; a porta abrira-se violentamente e surgiu Chaval, empurrando à sua frente Catherine. Após se ter embriagado de cerveja e fanfarronadas em todas as tabernas de Montsou, tivera a idéia de ir até o Avantage mostrar aos antigos amigos que não tinha medo. Entrou dizendo à amante:

— Diabo de mulher! Já te disse que vais beber uma cerveja! Quebro a cara do primeiro que me olhar atravessado!

Catherine, ao divisar Etienne, pusera-se muito pálida. Ao vê-lo, Chaval deu uma gargalhada maldosa.

— Sra. Rasseneur, duas cervejas! Estamos festejando a volta ao trabalho.

Sem dizer palavra, como mulher que não recusava a ninguém sua cerveja, encheu os copos. Fizera-se silêncio. Nem o taberneiro nem os dois outros tinham-se movido de onde estavam.

— Eu sei que disseram que eu sou um espião — continuou Chaval cheio de arrogância —, e estou esperando que me digam isso na cara, para ir à forra.

Ninguém respondeu, os homens olhavam vagamente para as paredes.

— O caso é que há os que são vagabundos e os que não são vagabundos — continuou ele mais alto. — Eu não tenho nada a esconder, larguei aquela porcaria do Deneulin e amanhã desço à Voreux com doze belgas, que estão sob as minhas ordens, porque sou estimado. Se isso contraria alguém, pode ir dizendo, bateremos um papo.

Mas, como o mesmo silêncio desdenhoso acolhesse suas provocações, enfureceu-se contra Catherine.

—Vais beber ou não, raio?! Vamos, brinda comigo à morte de todos os crápulas que não querem trabalhar.

Ela brindou, mas com uma mão tão trêmula, que se ouviu o leve tilintar dos copos. Então ele tirou do bolso um punhado de moedas de prata que espalhou no balcão com uma ostentação de bêbado, dizendo que fora com seu suor que ganhara aquilo e desafiava os vagabundos a mostrarem dez soldos. A atitude dos outros o exasperava, chegou aos insultos diretos.

— Então esta é a noite em que as toupeiras saem da toca? É preciso que os policiais estejam dormindo para que a gente encontre bandidos!

Etienne levantou-se, muito calmo e decidido.

— Escuta aqui, não me aborreças... Sim, tu és um espião, esse teu dinheiro está fedendo a alguma traição que fizeste, e tenho nojo de tocar no teu couro vendido. Mas não importa! Há muito que me vens provocando, hoje vamos resolver essa parada.

Chaval cerrou os punhos.

— Pois muito bem! O covardão primeiro tem de ouvir boas para se espinhar! Eu quero só a ti, cachorro! Tu vais pagar-me direitinho todas as sem-vergonhices que fizeram!

Com os braços estendidos, suplicante, Catherine interpôs-se entre eles, que não tiveram necessidade de repeli-la, pois ela própria sentiu a fatalidade daquela luta e recuou lentamente. Encostada à parede, permaneceu muda, tão paralisada pela angústia que nem tremia mais, com os olhos arregalados e fixos naqueles homens que iam matar-se por ela.

A Sra. Rasseneur simplesmente retirou os copos do balcão para que não os quebrassem, e voltou a sentar-se na sua banqueta, sem dar mostras de demasiada curiosidade. Contudo, não era possível deixar que dois antigos companheiros se atracassem assim. Rasseneur tentou intervir, mas Suvarin o agarrou pelo braço, levando-o para perto da mesa, dizendo:

— Não tens nada que ver com isso... Um deles é demais, o mais forte que viva.

Já Chaval, sem esperar o ataque, lançava no vácuo seus punhos cerrados. Era o mais alto e desenvolto, visava sempre ao rosto do adversário com furiosos golpes cortantes, com ambos os braços, um após o outro, como se estivesse manejando um par de sabres. E não parava de falar, exibia-se para a platéia, com uma enxurrada de insultos que o excitavam.

— Ah! maldito garanhão, vou achar-te as ventas! É o teu nariz que vou enfiar naquele lugar que tu já sabes! Vamos, mostra a cara, conquistador de putas, que eu quero fazer com ela uma lavagem para os porcos, e depois veremos se as cadelas das mulheres vão correr atrás de ti.

Mudo, de dentes cerrados, Etienne defendia-se na sua pequena estatura, fazendo o jogo certo, o peito e o rosto cobertos pelos dois punhos; e assim esperava para arremessá-los como se fossem molas, em profundidade.

A princípio não se machucaram muito. A dança falada de um, a fria expectativa do outro prolongavam a luta. Uma cadeira foi emborcada, os sapatos grossos esmagavam a areia branca esparzida no soalho. Com o tempo começaram a ficar cansados, ouvia-se o ruído da respiração, suas caras vermelhas inchavam, como se tivessem uma fornalha interna cujas chamas saíam pelos buracos claros dos olhos.

— Atingido! — berrou Chaval. — Achei-te a carcaça!

Com efeito, seu punho, igual a um malho lançado de través, atingira o ombro do adversário. Este conteve um grito de dor, houve apenas um ruído macio, o surdo esfacelamento dos músculos. E ele respondeu com um golpe em pleno peito, que teria rebentado o outro, se não se tivesse desviado com seu saltitar de cabra. Mas assim mesmo o soco atingiu-o no flanco esquerdo, e com tanta força que cambaleou, com a respiração cortada. Cheio de ódio por sentir que os braços amoleciam de tanta dor, atirou-se como uma fera, visando à barriga para atingi-la com um pontapé.

— Toma! nas tripas! — gaguejou sufocado. — Quero pô-las para fora!

Etienne esquivou-se do golpe, tão indignado com aquela infração às regras de um combate leal, que saiu do seu silêncio.

— Cala a boca, animal! E não metas as patas, filho da mãe, ou agarro uma cadeira e deixo-te em frangalhos!

Desde aí a briga ficou mais séria. Rasseneur, revoltado, teria intervindo de novo se não fosse o olhar severo de sua mulher que o continha. Será possível que dois fregueses não podiam resolver seus problemas em paz? O taberneiro pôs-se então diante do fogão, pois temia que os dois acabassem caindo no fogo. Suvarin, com sua calma habitual, enrolara um cigarro, que, no entanto, esquecia de acender. Contra a parede, Catherine permanecia imóvel; inconscientemente pusera as mãos nas cadeiras e contorcia-as, arrancando a fazenda do vestido, em movimentos rítmicos. Fazia um esforço imenso para não gritar, para não matar um, expondo sua preferência, apesar de que, de tão enlouquecida, já nem sabia qual preferia.

Dentro de algum tempo Chaval ficou exausto, inundado de suor, batendo a esmo. Apesar de sua cólera, Etienne continuava a cobrir-se, aparando quase todos os golpes, alguns dos quais o tocavam de leve. Teve uma orelha cortada, uma unha arrancou-lhe um pedaço da pele do pescoço, causando tal ardência, que ele praguejou também, desfechando um dos seus terríveis diretos. Outra vez Chaval livrou o peito com um salto, mas tinha-se abaixado e o punho o atingiu no rosto, esmagando o nariz e afundando um olho. Imediatamente começou a jorrar sangue das narinas, e o olho foi inchando e ficando roxo. E o miserável, cego com o jato de sangue, atordoado com a pancada na cabeça, braceava perdidamente no ar, quando outro murro em pleno peito finalmente o derrubou. Houve um estalar e ele caiu de costas, com o baque pesado de um saco de gesso que se descarrega.

Etienne esperou.

— Vamos, levanta. Se queres ainda, podemos recomeçar...

Sem responder, Chaval, após alguns segundos de embotamento, remexeu-se por terra, estirou os membros. Começou a levantar-se com grande esforço, permaneceu um momento de joelhos, encurvado, pegando com a mão, no fundo do bolso, alguma coisa que não se via. Depois, quando se pôs de pé, precipitou-se de novo, com as veias do pescoço saltadas e urrando como um selvagem.

Catherine, porém, tinha visto; e, sem querer, soltou um grito que lhe saíra do coração e a deixou abismada, porque era a confissão de uma preferência que ela mesma ignorava.

— Cuidado! ele tem uma faca!

Etienne só tivera tempo de aparar o primeiro golpe com o braço. A lã do suéter foi cortada pela lâmina grossa, uma dessas lâminas fixadas num cabo de pau por uma virola de cobre. Mas já agarrara o pulso de Chaval e começou então uma luta assustadora, ele sabendo estar perdido se o largasse, o outro dando safanões para se soltar e ferir. Pouco a pouco a arma descia, seus membros retesados fatigavam-se, por duas vezes Etienne sentiu o frio do aço contra a pele. Teve de fazer um esforço supremo, apertou o pulso com tal força que a faca escorregou da mão aberta. Ambos se atiraram ao chão e foi Etienne quem a apanhou e por sua vez a brandiu. Mantinha Chaval deitado, debaixo do seu joelho, e ameaçava cortar-lhe o pescoço.

— Ah, velhaco, traidor, desta vez mato-te!

Uma voz horrível, dentro dele, enlouquecia-o. Ela subia das entranhas e golpeava sua cabeça como se fosse um martelo, uma repentina loucura de homicídio, uma sede de sangue. Nunca tivera uma crise tão violenta, e contudo não estava embriagado. Mas lutava contra o mal hereditário, com a excitação desesperada do enlouquecido de amor que se debate à beira do estupro. Acabou por vencer-se, atirou a faca para trás de si, balbuciando com voz rouca:

— Levanta-te e vai embora!

Desta vez Rasseneur acorreu, mas sem ousar arriscar-se demasiado entre eles, com medo de receber algum golpe. Não queria assassinatos em sua casa, estava tão zangado que a esposa, muito tesa ao balcão, fazia-lhe notar que ele gritava sempre antes do tempo. Suvarin, que quase recebera a faca nas pernas, decidiu-se a acender o cigarro. Já tinham acabado? Catherine continuava olhando, aparvalhada diante dos dois homens, ambos vivos.

— Vai embora, vai embora — repetiu Etienne —, senão dou cabo de ti!

Chaval levantou-se, limpou com as costas da mão o sangue que continuava a escorrer do nariz; e, com o queixo sujo de sangue, o olho roxo, saiu arrastando os pés, no auge do ódio com a sua derrota. Maquinalmente Catherine o seguiu. Ele então empertigou-se e seu ódio explodiu numa torrente de torpezas:

— Ah, não! Isso é que não! Já que é ele quem tu queres, vai dormir com ele, cadela imunda! E, se tens amor à pele, não voltes a pôr os pés na minha casa!

E desapareceu, batendo violentamente com a porta. Houve um grande silêncio na sala tépida, onde se ouvia o leve rumor da hulha queimando. No chão só havia a cadeira emborcada e a poça de sangue que a areia ia absorvendo.

IV

Ao saírem de Rasseneur, Etienne e Catherine caminharam em silêncio. O degelo começava, um degelo frio e lento, que sujava a neve sem derretê-la. No céu lívido notava-se a lua cheia por detrás de grandes nuvens, farrapos negros que uma ventania altíssima varria furiosamente. Na terra não soprava nenhuma aragem, só se ouvia o gotejar dos telhados, de onde caíam bolas brancas, numa queda suave.

Etienne, embaraçado com a presença daquela mulher que lhe presenteavam, não sabia o que dizer, de tão sem jeito. A idéia de levá-la consigo e escondê-la em Réquillart parecia-lhe absurda. Preferia conduzi-la ao conjunto habitacional, para a casa dos pais, mas ela recusava, cheia de pavor: não, não, tudo menos voltar para a família depois de a ter deixado de maneira tão ignóbil. E nenhum dos dois conseguia dizer palavra, caminhavam ao acaso pelos caminhos que se transformavam em lodaçais. Primeiro tinham descido em direção à Voreux, depois dobraram à direita, passando entre o aterro e o canal.

— Mas tens que dormir em algum lugar — disse ele afinal. — Se eu tivesse ao menos um quarto, levava-te comigo...

Calou-se, cheio de timidez. Seu passado vinha-lhe à memória, seus enormes desejos de outrora, as delicadezas e as vergonhas que os tinham impedido de se juntarem. Acaso a quereria ainda, para se sentir tão confuso, com o coração pulsando cada vez mais forte de desejo renascido? A lembrança das bofetadas que ela lhe dera na Gaston-Marie agora o excitava, em vez de enchê-lo de rancor. E estava surpreendido; a idéia de levá-la para Réquillart já lhe parecia completamente natural e de fácil execução.

— Vamos, decide-te, onde queres que te leve? Tu me detestas tanto que não queres vir comigo...

Ela seguia-o lentamente, atrapalhada com os escorregões penosos dos tamancos nos sulcos do caminho. Sem erguer a cabeça, murmurou:

— Já sou bastante desgraçada, pelo amor de Deus, não me faças sofrer mais! De que adianta dizer isso, agora que já tenho um homem e tu tens uma mulher?

Referia-se à filha de Mouque. Julgava que viviam juntos, pois esse era o boato que corria havia uns quinze dias. E quando ele negou, jurando, ela balançou a cabeça e lembrou a noite em que os vira beijando-se na boca.

— Não é uma pena todas essas besteiras? — continuou ele a meia voz e parando. — Nós nos teríamos entendido tão bem...

A moça respondeu com estremecimento:

— Vamos, não te lamentes, não estás perdendo grande coisa. Se soubesses o traste inútil que sou, magra como um esqueleto, tão mal acabada que nunca serei uma mulher, juro-te!

E continuou a falar livremente, acusando-se como de uma falta, daquele longo atraso de sua puberdade.

Isso, apesar de já ter tido um homem, diminuía-a, relegava-se às fileiras das meninas. Quando se pode ter um filho, ainda há desculpa.

— Minha pobre criança! — murmurou Etienne, cheio de grande piedade.

Encontravam-se ao pé do aterro, escondidos à sombra do monte enorme. Uma nuvem de chumbo passava justamente pela lua, não podiam ver um ao outro, e seus hálitos se misturavam, seus lábios se buscavam, para o beijo cujo desejo os atormentara durante meses. Mas a lua reapareceu de repente, e viram por cima deles, no alto das rochas brancas de luz, a sentinela perfilada, que guardava a mina. E, sem que se tivessem beijado, separou-os o pudor, esse pudor antigo onde havia cólera, uma vaga repugnância e muito de amizade. Recomeçaram a vagarosa caminhada, com lama até os tornozelos.

— Então está decidido: tu não queres... — disse Etienne.

— Não — respondeu ela. — Primeiro o Chaval, agora tu, depois um outro... Não, tenho nojo disso. Ademais, não sinto prazer algum, para que fazer, então?

Calaram-se, andaram mais cem passos, sem trocar palavra.

— Mas ao menos sabes para onde é que vais? Não posso deixar-te ao deus-dará com uma noite dessa.

Ela respondeu com naturalidade:

— Volto para casa, para Chaval, é com ele que tenho de ficar.

— Mas ele te prometeu uma surra!

O silêncio recomeçou. Ela dera de ombros, resignada. Sim, ele a espancaria, e, quando estivesse cansado de bater, pararia; preferia isso a andar rolando pelas sarjetas, como uma meretriz. E depois, já estava acostumada a apanhar; dizia mesmo, para se consolar, que, em dez mulheres, oito não viviam melhor que ela. Se um dia Chaval quisesse casar, tudo estaria resolvido.

Etienne e Catherine dirigiram-se inconscientemente para Montsou, e, à medida que se aproximavam, seus silêncios ficavam mais longos. Era como se não estivessem mais caminhando juntos. O rapaz não encontrava nada para dizer que pudesse convencê-la, apesar da grande tristeza que sentia de vê-la voltando para Chaval. Seu coração estava despedaçado, nada tinha a oferecer senão uma existência de miséria e fuga, uma noite sem amanhã, se a bala de algum soldado lhe varasse a cabeça. Talvez mesmo fosse mais sensato não procurar novos sofrimentos. E assim reconduziu-a à casa do amante, de cabeça baixa, e não fez um gesto de protesto quando, já na estrada real, ela parou à esquina do depósito da companhia, a vinte metros do Piquette, dizendo:

— Volta daqui. Se ele te vê, vai querer brigar de novo.

Davam onze horas na igreja, o botequim estava fechado, mas a luz passava pelas frestas da porta.

— Adeus — murmurou a moça.

Estendeu-lhe a mão, que ele prendeu entre as suas; com esforço, lenta e penosamente, ela retirou-a, para deixá-lo. Sem olhar para trás, entrou pela porta pequena, com sua chave. Mas o rapaz permaneceu onde estava, espiando a casa, ansioso por saber o que se passava lá dentro. Apurou o ouvido, tremia com receio de ouvir os gritos de uma mulher sendo espancada. A casa conservava-se escura e silenciosa, apenas via luz numa janela do primeiro andar; e, como essa janela se abrisse e ele reconhecesse a figura franzina que se debruçava sobre a estrada, avançou.

Catherine, então, disse em voz muito baixa:

— Ele não voltou ainda, vou deitar-me. Vai embora, pelo amor de Deus!

Etienne partiu. O degelo aumentava, era como se a chuva rolasse dos telhados, um suor de umidade escorria das paredes, dos tapumes, de todas as massas confusas daquela zona industrial, perdida na noite. Primeiro dirigiu-se para Réquillart, doente de tristeza e cansaço, querendo apenas desaparecer, ser tragado pela terra, mas, em seguida, começou a atormentá-lo a idéia da Voreux, dos operários belgas que iam começar a trabalhar ali, e vieram-lhe à memória os companheiros exasperados contra os soldados, resolvidos a não tolerar estrangeiros na sua mina. Dirigiu-se novamente para lá, costeando o canal, atolando-se nas poças de neve derretida.

Quando se viu novamente perto do aterro, a lua surgiu, muito clara. Levantou os olhos, olhou o céu, onde havia uma cavalgada de nuvens impelidas pela ventania que soprava no alto. Agora, porém, elas estavam esbranquiçadas, esfiapadas, mais leves, de uma transparência baça de água turva sobre a face da lua, e correndo tão rápidas que o astro, velado por momentos, incessantemente reaparecia na sua limpidez.

Com os olhos cheios daquela claridade pura, Etienne baixou a cabeça, detendo a vista num espetáculo que se desenrolava no cimo do aterro. A sentinela, entorpecida pelo frio, não mais conseguindo ficar parada, agora dava guarda andando vinte e cinco passos voltada para o lado de Marchiennes, fazia meia-volta e caminhava outro tanto, de frente para Montsou. Via-se o brilho prateado da baioneta pairando acima da silhueta escura do soldado, recortada nitidamente contra a palidez do céu. Mas o que interessava ao rapaz era uma sombra móvel, um bicho de rastos e à espreita, em quem logo reconheceu Jeanlin pelo dorso de fuinha, longo e desengonçado, emboscado por trás da cabana onde o velho Boa-Morte se abrigava nas noites de temporal. A sentinela não podia vê-lo, com certeza o pequeno bandido preparava alguma das suas, pois andava furioso com os soldados, perguntando quando se veriam livres daqueles assassinos, que ali estavam com seus fuzis para matar a gente.

Etienne hesitou, não sabendo se devia chamá-lo, para evitar que fizesse alguma bobagem. Num dos momentos em que a lua se escondeu, viu-o preparando-se para saltar, só não o tendo feito porque o astro voltou a brilhar. Invariavelmente a sentinela avançava até a cabana, dava meia-volta e repetia o trajeto já feito. Repentinamente, aproveitando as sombras de uma nuvem, Jeanlin saltou nas costas do soldado com um pulo enorme de gato do mato e agarrou-se a ele com suas garras, cravando-lhe o canivete na garganta. Como o colarinho duro resistisse, empunhou a arma com ambas as mãos e abateu-a com todo o peso do corpo. Já estava acostumado a sangrar as galinhas que encontrava ciscando por perto das fazendas. Fez um trabalho tão rápido, que só se ouviu na noite um grito sufocado e o ruído cavo do fuzil caindo. A lua, muito branca, brilhava outra vez.

Paralisado de espanto, Etienne continuava a olhar. Uma exclamação fora estrangulada no fundo do seu peito. No alto, o aterro estava deserto, já não se distinguia sombra alguma sob a fuga descontrolada das nuvens. Subiu correndo para encontrar Jeanlin de gatinhas diante do cadáver que caíra de costas e braços abertos. Na neve, ao luar, as calças vermelhas e o capote cinzento destacavam-se duramente. Não correra uma única gota de sangue, a faca ainda estava enterrada até o cabo na garganta.

Com um soco furioso e irrefletido ele prostrou o menino ao lado do corpo.

— Por que fizeste isso? — gaguejou, desesperado.

Jeanlin soergueu-se, rastejou sobre as mãos, com o arqueamento felino do seu dorso magro; e as suas grandes orelhas, seus olhos verdes, suas maxilas salientes fremiam e faiscavam na excitação do crime.

— Fala, demônio! Por que fizeste isso?

— Sei lá, tive vontade.

E insistiu naquela resposta. Havia três dias que tinha vontade de fazer aquilo. Só pensava nisso, chegava a andar com dor de cabeça de tanto pensar. Para que preocupar-se por causa desses soldados imundos que vinham incomodar os mineiros em suas próprias casas? Dos discursos violentos na floresta, dos gritos de devastação e morte ecoados nas minas, cinco ou seis palavras tinham ficado na sua memória, e ele agora as repetia, brincando de revolução. Outras explicações não sabia dar, ninguém o tinha empurrado, imaginara tudo sozinho, da mesma maneira que planejava roubar cebolas nas plantações.

Etienne, abismado com aquele brotar surdo do crime no fundo de um cérebro de criança, escorraçou-o de novo com um pontapé, como a uma besta inconsciente. Temia que a guarnição da Voreux tivesse ouvido o grito abafado da sentinela e olhava para a mina a cada vez que a lua surgia. Mas nada se mexia, e ele debruçou-se sobre o cadáver, tocou as mãos que esfriavam, auscultou o coração parado sob o capote. Da faca só se via o cabo de osso, onde a divisa galante, a simples palavra "Amor", estava gravada em letras negras.

Seus olhos correram da garganta para o rosto e ele reconheceu o soldadinho: era Jules, o recruta, com quem conversara num amanhecer. Sentiu uma enorme piedade diante daquele rosto de louro, cheio de sardas. Os olhos azuis, arregalados, contemplavam o céu com o mesmo olhar fixo com que o vira esquadrinhando o horizonte em busca da terra natal. Onde seria a região de Plogoff que lhe aparecia sob um sol resplandecente? Ah! longe, muito longe. Com aquela noite de temporal o mar bramia a distância. Esse vento que soprava tão alto tinha talvez passado pela charneca. Duas mulheres estavam paradas — a mãe, a irmã — de cabelos ao vento, olhando também, como se pudessem ver o que a esta hora estava fazendo o seu menino para além das léguas e léguas que os separavam. De agora em diante elas continuariam a esperá-lo. Que coisa detestável era isso, os pobre-diabos matarem-se entre si, pelos ricos!

Mas era preciso fazer desaparecer aquele cadáver. Etienne pensou primeiro em jogá-lo ao canal. Mudou de idéia com a certeza de que lá seria encontrado. Sua ansiedade crescia com o correr dos minutos. Que decisão tomar? Teve uma inspiração súbita: se pudesse levar o corpo até Réquillart, saberia então como fazê-lo desaparecer para sempre.

— Vem aqui — disse para Jeanlin.

O menino estava arredio.

— Não, queres bater-me. E agora tenho o que fazer. Boa noite.

Realmente, tinha combinado com Bébert e Lydie encontrarem-se num esconderijo, um buraco que haviam preparado sob a provisão de madeira da Voreux. Para eles era uma farra enorme dormirem fora de casa para assistir à surra que os belgas iam levar se descessem à mina.

— Escuta, vem aqui — repetiu Etienne —, ou eu chamo os soldados para te cortarem a cabeça.

E, como Jeanlin se decidisse a ajudá-lo, amarrou fortemente seu lenço no pescoço do soldado, sem retirar a faca, que impedia o sangue de correr. A neve derretia-se, o solo não estava manchado de sangue e não havia mesmo vestígios de luta.

— Pega pelas pernas.

Jeanlin fez o que Etienne mandava, enquanto este segurava o morto pelos ombros, depois de colocar o fuzil às costas. E assim desceram lentamente o aterro, cuidando para não fazer rolar nenhuma pedra. Felizmente a lua estava escondida. Quando se esgueiravam, porém, pela margem do canal, ela surgiu, muito clara, e foi um milagre não os verem do posto da guarda. Silenciosos, caminhavam às pressas, atrapalhados pelo balanço do cadáver, sendo obrigados a pousá-lo de cem em cem metros. À esquina da viela de Réquillart, ficaram horrorizados ao ouvir o barulho de passos e mal tiveram tempo de se esconder por trás de um muro para deixar passar uma patrulha. Mais adiante foram surpreendidos por um homem, mas ia bêbado e afastou-se injuriando-os. Chegaram enfim à galeria antiga, alagados de suor, tão perturbados que batiam o queixo.

Etienne havia pensado que não seria fácil passar o soldado pelo fosso das escadas. Foi uma trabalheira medonha. Primeiro, Jeanlin, de cima, deixou escorregar o corpo, enquanto ele, suspenso do matagal, acompanhava-o, para ajudá-lo a transpor os dois primeiros patamares, onde faltavam alguns degraus. Em seguida, a cada escada, teve de repetir a mesma manobra, descer primeiro, depois recebê-lo em seus braços. E isso se repetiu nos trinta lances seguintes, duzentos e dez metros, sentindo-o continuamente cair sobre si. O fuzil machucava-lhe a espinha, não quis que o menino fosse buscar o coto de vela, que poupara avaramente. Para quê? A luz viria atrapalhá-los mais ainda naquele buraco estreito. Contudo, quando chegaram à embocadura da galeria, exaustos, mandou Jeanlin buscar a vela. Sentou-se perto do corpo, em meio às trevas, com o coração aos pulos.

Assim que Jeanlin voltou com a luz, Etienne consultou-o, já que o menino conhecia muito bem aquelas obras antigas, até as fendas por onde os homens não podiam passar. Tornaram a partir arrastando o morto cerca de um quilômetro, por um dédalo de galerias em ruínas. Por fim, o teto foi ficando mais baixo, já estavam ajoelhados, por baixo de uma rocha que se esfarelava e era escorada por caibros meio rachados. Era uma espécie de caixa comprida; ali colocaram o soldadinho como num caixão, pondo a seu lado o fuzil. Depois, a pontapés, acabaram de quebrar os caibros, arriscando lá ficarem também. Imediatamente a rocha se fendeu; apenas tiveram tempo de se arrastar para fora. Quando Etienne se voltou, querendo ver, a queda do teto continuava, esmagando lentamente o corpo sob o peso enorme. Dentro em pouco não se via mais nada a não ser a enorme massa de terra.

Tendo voltado ao seu canto da caverna onde armazenava os roubos, Jeanlin atirou-se sobre a palha, murmurando, prostrado:

— Bolas! os garotos que me esperem, vou dormir uma hora.

Etienne tinha apagado a vela, da qual só restava um pedaço muito pequeno. Ele também estava exausto, mas não tinha sono, com a cabeça martelada por dolorosos pensamentos, que eram como pesadelos. Em breve, só um ficou, torturante, fatigando-o com uma interrogação a que não podia responder: por que não tinha acabado com Chaval quando o subjugara com a faca? E por que aquela criança terminava de esfaquear um soldado de quem nem sequer o nome sabia? Essa coragem para matar, o direito de matar, transtornava todas as suas crenças revolucionárias. Seria um covarde? O menino, deitado na palha, pusera-se a roncar, com um ronco de embriagado, como se estivesse curando a bebedeira de seu crime. E, repugnado, irritado, Etienne sofria com a sua presença. De repente estremeceu, um sopro de medo roçara-lhe o rosto. Um roçar muito leve, um soluço parecia-lhe ter saído das profundezas da terra. A imagem do soldadinho, deitado lá no fundo com seu fuzil, debaixo das rochas, fez que sentisse um arrepio nas costas e os cabelos em pé. Era idiota, toda a mina se enchia de murmúrios, teve de acender novamente a vela e só sossegou vendo o vazio das galerias àquela pálida claridade.

Ainda durante um quarto de hora esteve refletindo, sempre assolado pela mesma luta, com os olhos fixos naquele pavio que ardia. Mas houve um deslocamento de ar, o pavio foi-se afogando, e tudo voltou às trevas. Sentiu outro arrepio, teve ímpetos de esbofetear Jeanlin para impedi-lo de ressonar tão alto. A presença do menino era-lhe tão insuportável que fugiu em busca de ar livre, correndo pelas galerias e pelo poço das escadas, como se ouvisse uma sombra resfolegante a persegui-lo.

Em cima, entre as ruínas de Réquillart, Etienne pôde enfim respirar à vontade. Já que não ousava matar, restava-lhe morrer. Essa idéia de morte, que já tivera uma vez, renascia, tomava corpo no seu cérebro como uma derradeira esperança. Morrer corajosamente, pela revolução, eis a solução que acabaria com todos os seus problemas, impedindo-o de continuar pensando. Se seus companheiros atacassem os belgas, ele estaria na vanguarda e teria a oportunidade de receber os primeiros golpes. E foi com passos firmes que voltou a rondar a Voreux...

Deram duas horas. Da sala dos contramestres, onde se instalara a guarda que protegia a mina, elevava-se uma grande algazarra. O desaparecimento da sentinela alvoroçara os soldados, tinham ido acordar o capitão e acabaram acreditando que houvera deserção, após meticuloso exame do local. E, à espreita na sombra, Etienne pensou nesse capitão republicano, de quem o soldadinho lhe falara. Quem sabe se não o decidiriam a passar para o lado do povo? Se a tropa se recusasse a atirar, isso podia ser o sinal para o massacre dos burgueses. Começou a voar nas asas de outro sonho; não mais pensou em morrer, permaneceu horas com os pés enfiados na lama, a neblina do degelo a cair-lhe nos ombros, arrebatado pela esperança de uma vitória ainda possível.

Até as cinco horas esperou pela chegada dos operários belgas. Depois deu-se conta de que a companhia tivera a inteligência de fazê-los dormir na Voreux. A descida começou, os poucos grevistas do Deux-Cent-Quarante colocados de piquete hesitavam em prevenir os companheiros. Foi Etienne quem os advertiu sobre o que se estava passando, e eles partiram correndo, enquanto o rapaz esperava atrás do aterro, perto do embarcadouro. Deram seis horas. O céu escuro ia ficando pálido, iluminando-se com um alvorecer avermelhado, quando o Padre Ranvier surgiu por um atalho, com a batina arregaçada sobre as pernas magras. Todas as segundas-feiras ia dizer a missa na capela de um convento, do outro lado da mina.

— Bom dia, meu amigo — disse em voz forte, depois de examinar o rapaz com seus olhos de fogo.

Etienne não respondeu. Ao longe, por entre os cavaletes da Voreux, vira passar uma mulher e precipitou-se, inquieto, julgando ter reconhecido Catherine.

Desde a meia-noite que Catherine palmilhava o degelo dos caminhos. Chaval, ao voltar, encontrou-a deitada e a pôs em pé com um tabefe, gritando-lhe que saísse imediatamente se não quisesse voar pela janela. E ela, em lágrimas, sem abrigo, com as pernas todas roxas dos pontapés, tivera de sair, empurrada para fora com um último tapa. Essa separação brutal a deixara tonta. Sentara-se num portal, olhando a casa, esperando que ele a chamasse de volta, porque não era possível, ele devia estar espiando-a pela janela para mandá-la subir assim que a visse tiritar, abandonada, sem ninguém que a recolhesse.

Depois, passadas duas horas, decidiu-se, morrendo de frio naquela imobilidade de cão escorraçado: saiu de Montsou pelo mesmo caminho em que viera, sem ousar chamar da calçada ou bater na porta. Afinal, tomou a estrada larga, planejando dirigir-se para o conjunto habitacional, à casa dos pais. Mas, quando lá chegou, foi possuída por tamanha vergonha, que correu ao longo dos jardins, temendo ser reconhecida por alguém, não obstante o pesado sono em que tudo estava mergulhado por trás das persianas fechadas. E, a partir daí, andou ao acaso, apavorada ao menor ruído, com medo de ser apanhada e conduzida como prostituta para a casa pública de Marchiennes, cuja ameaça a perseguia como um pesadelo havia meses. Por duas vezes foi dar na Voreux, assustando-se com a algazarra da casa da guarda, correndo esbaforida, olhando para trás, temendo que a perseguissem. A ruela de Réquillart estava sempre cheia de homens bêbados, mas ela acabou indo até lá, na vaga esperança de encontrar aquele que a expulsara horas antes.

Naquela manhã Chaval devia ir trabalhar. Este pensamento trouxe novamente Catherine para as proximidades da mina, se bem que soubesse que seria inútil falar-lhe: estava tudo acabado entre eles. Na Jean-Bart não havia mais trabalho e o homem jurara matá-la se ela voltasse a trabalhar na Voreux, onde temia comprometer-se em sua companhia. Que fazer, então? Ir embora, morrer de fome, ceder à sanha de todos os homens que passassem? Arrastava-se, tropeçava nas poças, as pernas trêmulas, toda enlameada. O degelo transformara-se numa enxurrada de lodo pelos caminhos; ela atolava-se, andando sempre, sem ânimo para procurar uma pedra onde pudesse sentar-se.

Surgiu o dia. Catherine reconheceu Chaval pelas costas, contornando prudentemente o aterro, no mesmo momento em que percebeu Lydie e Bébert, espiando do seu esconderijo, no monte de madeiras. Tinham passado a noite ali, esperando, sem se atreverem a voltar para casa, já que a ordem de Jeanlin era de esperarem por ele. E, enquanto este, em Réquillart, curava a embriaguez do seu crime, as duas crianças tinham-se lançado nos braços uma da outra, para aquecerem--se. O vento assobiava por entre os toros de castanheiro e carvalho, eles se enovelavam, como se estivessem numa cabana de lenhador abandonada. Lydie não ousava dizer em voz alta seus sofrimentos de menina-mulher acostumada a apanhar, da mesma forma que Bébert não tinha coragem para queixar-se dos tabefes com que seu capitão lhe inchava o rosto. Mas este, no final das contas, estava abusando demasiado, fazendo que arriscassem suas peles em roubos que eram verdadeiras loucuras e depois recusando-se a fazer a partilha. E nos seus coraçõezinhos começou a pulsar a revolta, acabaram beijando-se apesar da proibição do outro, não se importando de receber um tapa do invisível, com que ele os ameaçava. O tapa não veio e eles continuaram a beijar-se docemente, esquecidos de todo o resto, pondo nessa carícia sua longa paixão reprimida, tudo o que havia neles de martirizado e enternecido. Durante toda a noite tinham-se aquecido dessa maneira, tão felizes no fundo daquele buraco inóspito, que nem se lembravam de alguma vez o terem sido tanto, nem mesmo na festa de Santa Bárbara, quando comiam filhoses e bebiam vinho.

Um toque repentino de clarim fez Catherine estremecer. Pôs-se na ponta dos pés e viu a guarda da Voreux armando-se. Etienne surgiu correndo. Bébert e Lydie, de um pulo, saltaram para fora do esconderijo. Ao longe, dentro do dia que clareava, um bando de homens e mulheres vinha descendo do conjunto habitacional, com grandes gestos de cólera.

V

Acabavam de fechar todas as entradas da Voreux e os sessenta soldados, descansando armas, obstruíam a única porta que fora deixada livre, a que conduzia à recebedoria por uma escada estreita, para onde davam a sala dos contramestres e o vestiário. O capitão alinhara-os em duas fileiras, contra o muro de tijolos, para não poderem ser atacados pela retaguarda.

A princípio, o grupo de mineiros vindos do conjunto habitacional manteve-se a distância. Eram no máximo uns trinta e faziam seus planos com palavras violentas e confusas.

A mulher de Maheu, que fora a primeira a chegar, despenteada sob um lenço posto às pressas, tendo nos braços Estelle, que dormia, repetia com voz febril:

— Que ninguém entre e ninguém saia! Temos que agarrá-los todos lá dentro!

Maheu aprovava, no momento em que o velho Mouque chegou de Réquillart. Quiseram impedir sua passagem, mas ele se debateu, dizendo que os cavalos não podiam ficar sem comer sua aveia e que nada tinham a ver com a revolução. E, ainda por cima, havia um cavalo morto, estavam à sua espera para retirá-lo. Etienne libertou o velho cavalariço, que os soldados deixaram descer ao poço. Um quarto de hora mais tarde, quando o bando de grevistas já estava maior e tornava-se ameaçador, uma porta larga do térreo se abriu e apareceram homens arrastando o animal morto, um espetáculo horrível, ainda enfiado na rede de corda, e que abandonaram no meio das poças de neve derretida. Foi tamanha a comoção que ninguém os impediu de entrarem novamente e trancarem a porta. Todos tinham reconhecido o cavalo, pela cabeça dobrada e amarrada ao flanco. Ouviram-se murmúrios:

— Não é o Trombeta? É, sim, é o Trombeta.

Realmente, era ele. Desde que descera, nunca pudera aclimatar-se. Andava tristonho, sem gosto para o trabalho, como que torturado por uma nostalgia do sol. Em vão Batalha, o decano da mina, roçava-o amigavelmente com as costelas, mordiscava-lhe o pescoço, tentando incutir-lhe um pouco da resignação dos seus dez anos debaixo da terra. Estas carícias redobraram sua melancolia, seu pêlo fremia sob as confidências do camarada que envelhecera nas trevas; e ambos, cada vez que se encontravam e relinchavam juntos, pareciam estar-se lamentando: o velho de já nem sequer recordar, o jovem de não conseguir esquecer. Na cavalariça, em manjedouras vizinhas, viviam de cabeça baixa, assoprando as narinas um ao outro, intercambiando seu contínuo sonho da luz, visões de pradarias, de estradas brancas, de claridades amarelas, sem fim. Depois, quando Trombeta, alagado em suor, agonizava na sua cama de palha, Batalha pusera-se a farejá-lo em desespero, resfolegando rapidamente, como se estivesse soluçando. Sentia que o outro estava esfriando, a mina arrebatava-lhe sua derradeira alegria, aquele amigo caído lá do alto, cheio de bons aromas que lhe recordavam sua juventude ao ar livre. E arrebentara a correia, relinchando de medo ao constatar que Trombeta não se mexia mais.

Mouque vinha advertindo o capataz havia oito dias do que se estava passando, mas quem iria importar-se com um cavalo doente naquela ocasião?! E depois, a direção não gostava de mudar cavalos. Agora, portanto, só restava tirá-lo para fora. Na véspera, o cavalariço e mais dois homens haviam passado uma hora amarrando o cavalo morto. Atrelaram Batalha para levá-lo até o poço. Lentamente, o velho cavalo puxava o camarada morto, por uma galeria tão estreita que tinha de dar safanões, arriscando arrancar-lhe a pele. E, exausto, abanava a cabeça, ouvindo o longo arrastar daquela massa que ia ser esfolada. Na boca do poço, quando o desatrelaram, seguiu com um olhar triste os preparativos da subida, o corpo lançado sobre as travessas, por cima do fosso, a rede amarrada por baixo de um elevador. Afinal os ascensoristas deram o sinal de corpo, ele ergueu a cabeça para vê-lo partir, primeiro devagar, em seguida engolfado nas trevas, desaparecido para sempre naquele buraco escuro. E assim permaneceu, de pescoço espichado, sua memória vacilante de animal recordando-se talvez das coisas da terra. Mas tudo estava terminado, o companheiro nunca mais veria nada, ele próprio seria assim envolto como um embrulho atroz, no dia em que subisse por ali. Suas pernas puseram-se a tremer, o ar puro que vinha dos prados distantes o deixava tonto; e parecia bêbado quando voltou vagarosamente para a cavalariça.

No pátio, os mineiros continuavam sombrios diante do cadáver de Trombeta. Uma mulher disse a meia voz:

— Mais um homem que vai descer, se quiser...

Mas um novo grupo despontava vindo do conjunto habitacional, e Levaque, que marchava à frente, seguido da mulher e de Bouteloup, gritava:

— Morram os belgas! Fora com os estrangeiros! Morram! Morram!

Todos se precipitaram, Etienne teve de contê-los. Aproximou-se do capitão, um homem jovem, alto e delgado, com apenas vinte e oito anos, de fisionomia desesperada e resoluta. Começou a explicar-lhe tudo, tentando aliciá-lo, estudando o efeito das suas palavras. Para que arriscar um massacre inútil? Acaso a justiça não estava do lado dos mineiros? Eram todos irmãos, deviam entender-se. À palavra "república", o capitão fizera um gesto nervoso. Permaneceu todo o tempo numa postura militar, e disse bruscamente:

— Caia fora! Não me force a cumprir com o meu dever.

Três vezes Etienne recomeçou. Por trás dele os companheiros resmungavam. Corria o boato de que o Sr. Hennebeau estava na mina e falava-se em descê-lo ao fundo pelo pescoço para ver se ele, sozinho, conseguiria tirar carvão do veio. Mas era boato falso, lá dentro só estavam Négrel e Dansaert, que, por um momento, chegaram a aparecer numa janela da recebedoria: o capataz conservava-se atrás, embaraçado desde a sua aventura com a mulher de Pierron, ao passo que o engenheiro, corajosamente, esquadrinhava a multidão com seus olhinhos vivos, sorrindo com aquele desprezo trocista com que envolvia pessoas e coisas. Começaram as vaias e eles desapareceram. No seu lugar surgiu a cabeça loura de Suvarin; estava de serviço, não tinha abandonado sua máquina um só dia, desde o início da greve, num mutismo absoluto, aos poucos absorvido por uma idéia fixa, que como um prego de aço parecia luzir no fundo dos seus olhos pálidos.

— Caiam fora! — repetiu gritando o capitão. — Não tenho nada que ouvir, tenho ordens de guardar o poço e vou cumpri-las... Se vocês se aproximarem dos meus homens, eu saberei como fazê-los recuar.

Apesar da voz firme, sua inquietude e palidez eram cada vez maiores, diante do número sempre crescente de mineiros. Devia ser rendido ao meio-dia, mas, temendo não agüentar-se até lá, acabava de enviar a Montsou um mensageiro em busca de reforço.

Recomeçaram as vociferações:

— Morte aos estrangeiros! Morte aos belgas! Aqui nós somos os donos!

Etienne recuou, abatido. Era o fim, só lhe restava lutar e morrer. Daquele momento em diante deu rédea solta aos companheiros. O boato avançou até o destacamento. Eram perto de quatrocentos e os conjuntos habitacionais das imediações também estavam chegando, prontos para a batalha. Todos gritavam a mesma coisa; Maheu e Levaque, furiosos, conclamavam os soldados:

— Vão embora! Não temos nada contra vocês, desistam!

— Isso não é assunto para soldado — gritava a mulher de Maheu. — Deixem a gente resolver o problema entre nós!

Por trás dela, a mulher de Levaque acrescentava, ainda mais violenta:

— Será que teremos de dar cabo de vocês para poder passar? Vamos, dêem o fora!

Ouviu-se até a voz esganiçada de Lydie, que se metera no meio da turba, acompanhada de Bébert, e gritava a plenos pulmões:

— Soldados cretinos!

Catherine, a poucos passos, olhava, escutava, como que aparvalhada com aquelas novas violências, no meio das quais a má sorte a fazia cair. Será que já não estava sofrendo bastante? Que pecado teria cometido para ser assim perseguida pela desgraça? Ainda na véspera, não tinha compreendido nada dessas violências grevistas que agora explodiam, e pensara que, quando já se tem o seu quinhão de maus-tratos, não se deve procurar mais. Mas agora seu coração enchia-se de ódio, lembrou-se do que Etienne dizia, quando procurava catequizá-los, e por isso procurou ouvir o que ele estava falando com os soldados. Etienne chamava-os de companheiros, lembrava-lhes que também eram povo, que deviam estar do lado do povo, contra os exploradores da miséria.

Mas, de repente, a multidão abriu alas, e apareceu uma velha. Era a Queimada, horrendamente magra, com o pescoço e os braços descobertos, chegando num tal galope que quase não enxergava, com o cabelo grisalho todo desgrenhado caindo-lhe nos olhos.

— Raios os partam! Cheguei a tempo! — balbuciou ela, respirando a custo. — O vendido do Pierron tinha-me fechado no porão!

E, sem tomar fôlego, caiu sobre a tropa com a sua boca negra, vomitando insultos:

— Corja de canalhas! Corja de crápulas! Lambe-botas dos superiores, só são corajosos quando é para ir contra os pobres!

Os outros, então, juntaram-se a ela e foi uma torrente de injúrias. Alguns ainda gritavam: "Vivam os soldados! Para o poço com o oficial!" Mas dentro em pouco só se ouvia um clamor: "Abaixo os calças-vermelhas!" E esses homens, que tinham escutado impassíveis, de fisionomia imóvel e muda, os apelos à fraternidade, as tentativas amistosas de aliciamento, conservavam a mesma rigidez passiva sob aquela saraivada de insultos. Detrás deles o capitão desembainhara a espada. E, como a multidão apertava o cerco, ameaçando esmagá-los contra a parede, comandou preparar baioneta. Os soldados obedeceram, duas fileiras de pontas de aço vieram encostar-se ao peito dos grevistas.

— Canalhas! — berrou a Queimada, recuando.

Mas já estavam todos avançando novamente, num exaltado desprezo pela morte. Algumas mulheres se precipitaram, a de Maheu e a de Levaque clamavam:

— Podem matar-nos, podem matar-nos! Queremos os nossos direitos!

Levaque, em risco de se cortar, tinha agarrado nas mãos um feixe de baionetas, três baionetas, e sacudia-as, puxando-as para arrancá-las. E torcia-se com a força duplicada da sua cólera, enquanto Bouteloup, ao lado, arrependido de ter seguido o companheiro, olhava-o com toda a calma.

— Vamos, ataquem! — repetia Maheu. — Ataquem, se têm coragem!

E abriu a jaqueta e a camisa, mostrando o peito nu, cabeludo e tatuado pelo carvão. Começou a investir contra o aço, obrigando os soldados a recuarem, terrível na sua insolência e bravura. Uma das baionetas atingiu-o à altura do mamilo e ele, como doido, forçava-a para que entrasse profundamente, querendo ouvir as costelas estalarem.

— Covardes, não se atrevem... Há dez mil atrás de nós. Podem matar-nos, terão de matar mais dez mil.

A posição dos soldados tornava-se crítica; tinham recebido ordem de só usarem suas armas em caso extremo. Mas como impedir aqueles loucos de se auto-imolarem? Por outro lado, o espaço diminuía, encontravam-se agora acuados contra a parede, na impossibilidade de continuar recuando. A pequena tropa, um punhado de homens, diante da avalanche de mineiros, continuava resistindo, executando com sangue-frio as ordens breves dadas pelo capitão. Este, com seus olhos claros, os lábios nervosamente adelgaçados, só temia uma coisa, vê-los perder a cabeça com as injúrias. Já um sargento jovem, alto e magro, com bigode ralo e em pé, piscava os olhos de uma maneira inquietadora. Ao lado dele, um velho cheio de condecorações, de pele curtida por inúmeras campanhas, ficara lívido ao ver sua baioneta torcida como uma palha. Outro, sem dúvida um recruta, ainda cheirando a terra lavrada, fazia-se rubro cada vez que era chamado crápula e canalha. E as violências não cessavam, os punhos estendidos, os palavrões, as torrentes de acusações e ameaças eram como bofetadas. Era necessária toda a força da disciplina para os conter assim, impassíveis, no altivo e triste silêncio da rigidez militar.

Um choque parecia fatal, quando surgiu por trás da tropa o contramestre Richomme, com sua cabeça alva de policial bondoso, fremindo de emoção. Falou aos gritos:

— Diabo os carregue, seus idiotas! Isso não pode continuar assim!

E lançou-se entre as baionetas e os mineiros.

— Companheiros, escutem... Vocês sabem muito bem que eu sou um velho operário e sempre fui um dos de vocês. Pois bem, raios me partam! Prometo-lhes que, se não forem justos com vocês, eu mesmo irei até os patrões para lhes dizer umas boas... Mas chega disto, não se lucra nada berrando palavrões a esta boa gente e querendo ficar espetado na ponta duma baioneta.

Todos escutavam, hesitantes. No alto, infelizmente, voltou a delinear-se o perfil de Négrel. Temia, sem dúvida, ser acusado de enviar um contramestre, em vez de arriscar a própria pele. Tentou falar, mas sua voz perdeu-se no meio de tão espantoso tumulto, que teve de abandonar novamente a janela, depois de ter dado de ombros. Daí por diante, por mais que Richomme suplicasse em seu próprio nome, por mais que repetisse que aquilo devia ser decidido entre companheiros, repeliram-no, cheios de suspeitas; mas ele não arredou pé do meio dos grevistas.

— Raios os partam! Podem rachar-me a cabeça, mas não saio daqui enquanto continuarem bancando os idiotas!

Etienne, a quem ele pedia que o ajudasse a demover os companheiros, fez um gesto de impotência. Era tarde demais, os grevistas já eram mais de quinhentos. E já não eram só os revoltados, vindos para expulsar os belgas; formavam-se grupos de curiosos, de trocistas que se divertiam com a briga. No meio de um grupo, a pouca distância, Zacharie e Philomène olhavam, como se estivessem num teatro, tão despreocupados que tinham até trazido os dois filhos, Achille e Désirée. De Réquillart chegou um novo bando e nele vinham os filhos de Mouque; ele foi logo bater no ombro do seu amigo Zacharie, fazendo piadas; ela, cheia de entusiasmo, correu para a primeira fila dos cabeças-quentes.

Enquanto isso, o capitão olhava a todo momento para a estrada de Montsou. O reforço pedido não chegava, os seus sessenta homens já não podiam continuar resistindo.

Por fim, decidiu, em desespero de causa, assustar a multidão, e mandou carregar armas. Os soldados executaram a voz de comando, mas a agitação redobrou, com fanfarronadas e piadas.

— Olhem, os vagabundos vão fazer exercícios de tiro! — chalaceavam as mulheres, a Queimada, a esposa de Levaque e as outras.

A mulher de Maheu, com o peito coberto pelo corpinho de Estelle, que tinha acordado e chorava, aproximou-se tanto, que o sargento lhe perguntou o que ela vinha fazer ali com aquela pobre criança.

— É da tua conta? — respondeu ela. — Atira, se tens coragem.

Os homens abanavam a cabeça, cheios de desprezo. Nenhum acreditava que atirassem neles.

— Os cartuchos não têm bala — disse Levaque.

— Será que nós somos cossacos? — gritou Maheu. — Não se atira em franceses, desgraçados!

Outros diziam que, tendo feito a campanha da Criméia, não mais tinham medo de chumbo. E todos continuavam a atirar-se de encontro aos fuzis. Uma descarga naquele momento teria ceifado a multidão.

Na primeira fileira, a filha de Mouque estava rouca de tanto gritar, furiosa só de pensar que os soldados queriam assassinar mulheres. Já lhes havia cuspido todo o seu repertório de palavrões e não encontrava mais uma injúria que fosse bastante ofensiva, quando, de repente, não restando senão essa mortal ofensa para com ela bombardear a tropa, mostrou o traseiro. Levantou as saias com ambas as mãos até a cintura e pôs à mostra as nádegas enormes.

— Toma pra vocês! E até que é limpo demais, nem merecem, seus porcos!

Dobrava-se, punha-se de bruços e ia-se virando para que cada um tivesse o seu quinhão, ao mesmo tempo que dizia:

— Pro oficial! Pro sargento! Pros soldados todos!

Houve uma verdadeira tempestade de gargalhadas, Bébert e Lydie se retorciam, o próprio Etienne, apesar da sua sombria expectativa, aplaudiu aquela nudez insultante. Todos, brincalhões e brigões, começaram a vaiar os soldados, como se os vissem cobertos de dejetos. Só Catherine, à parte, em pé sobre um monte de madeira velha, permanecia calada, com o sangue latejando nas têmporas, invadida por aquele ódio cujo calor sentia aumentar paulatinamente.

Começaram os incidentes mais graves. O capitão, para acalmar seus homens, decidiu-se a fazer prisões. De um salto a filha de Mouque escapou, metendo-se por entre as pernas da multidão. Três mineiros, Levaque e mais dois, foram apanhados no grupo dos mais violentos e guardados à vista, no fundo da sala dos contramestres.

Do alto, Négrel e Dansaert gritaram ao capitão para que entrasse e se fechasse com eles. Este recusou, sentia que essas edificações, de portas sem fechaduras, iam ser tomadas de assalto, e ele passaria pela vergonha de ser desarmado. Seu minúsculo destacamento já estava grunhindo de impaciência, não se podia fugir diante daqueles miseráveis de tamancos. Os sessenta, apertados contra a parede, de fuzis carregados, continuaram fazendo frente ao bando.

A princípio houve um recuo, um profundo silêncio. Os grevistas permaneciam espantados com aquele golpe de força, mas em seguida ergueu-se um clamor, exigindo os prisioneiros, reclamando sua liberdade imediata. Começou a correr um rumor de que estavam sendo esfaqueados lá dentro. E, sem terem combinado, levados pelo mesmo ímpeto, pelo mesmo desejo de desforra, todos correram aos montes de tijolos que ficavam ao lado, tijolos feitos com o barro do terreno margoso e que eram cozidos ali mesmo. As crianças os traziam um a um, as mulheres enchiam as saias. Dentro em pouco todos tiveram um monte de munição aos pés e começou a batalha a pedradas.

Foi a Queimada quem começou a atirar; quebrava os tijolos na aresta aguda dos joelhos, e com ambas as mãos arremessava os dois pedaços. A mulher de Levaque quase destroncava os ombros de tão gorda e mole, e teve de se aproximar para não errar o alvo, apesar das súplicas de Bouteloup, que a puxava por trás, na esperança de levá-la para casa, agora que o marido estava engaiolado. A excitação era geral; a filha de Mouque, não querendo ferir as pernas flácidas com os tijolos, preferiu jogá-los inteiros. Até as crianças entraram na batalha. Bébert ensinava Lydie a atirar por baixo do braço. Era uma verdadeira saraivada de pedras, pedaços enormes que soavam surdamente. E, subitamente, no meio daquelas fúrias, lá estava Catherine, com os punhos no ar, brandindo também pedaços de tijolos, arremessando-os com toda a força dos seus braços finos. Se lhe perguntassem, não saberia dizer por que estava fazendo aquilo, sentia apenas que estava sufocada, desesperada, querendo destruir o mundo. Será que essa maldita existência de infortúnios não teria um fim breve? Estava farta de ser espancada e escorraçada por seu homem, de chafurdar como um animal acuado no lodo das estradas, sem ao menos pedir um pedaço de pão ao seu pai, que, como ela, não tinha nada para comer. Desde que se conhecia por gente sua vida fora horrível, e ia de mal a pior. E por isso partia os tijolos e arremessava-os, com a única idéia de tudo destruir, tão cega de ódio que nem via em quem acertava.

Etienne, que permanecera diante dos soldados, por pouco não teve a cabeça quebrada. Sua orelha inchava, voltou-se estremecendo ao compreender que o tijolo partira das mãos febris de Catherine; e, arriscando ser morto, ficou onde estava, a olhá-la. Muitos outros também permaneceram sem tomar parte, fascinados pela batalha. O jovem Mouque julgava os golpes, como se estivesse assistindo a um jogo: este acertou, aquele outro não teve sorte! Gracejava, mostrava a Zacharie, que brigava com Philomène, esta zangada por ele ter espancado Achille e Désirée, recusando-se a pô-los às costas para que vissem. Havia espectadores, aglomerados ao longe, ao longo da estrada. E no alto da ladeira, na entrada do conjunto habitacional, o velho Boa-Morte acabava de surgir, arrastando-se com a ajuda de uma bengala, imóvel agora, ereto contra o céu cor de ferrugem.

Quando começaram a chover os primeiros tijolos, o contramestre Richomme pusera-se outra vez entre soldados e mineiros. Suplicava a uns, exortava outros, sem levar em conta o perigo, tão desesperado que grossas lágrimas lhe corriam pelo rosto. Não se podiam entender suas palavras no meio do barulho, via-se apenas seu grande bigode grisalho que tremia.

Mas a saraivada de tijolos era cada vez mais forte. Os homens, a exemplo das mulheres, também atiravam.

Nesse momento a mulher de Maheu percebeu que o marido ficara para trás, de mãos vazias e ar sombrio.

— Que há contigo? Fala! — gritou ela. — Será possível que vais abandoná-los? Terás a coragem de deixar teus companheiros na cadeia? Ah! se eu não estivesse com esta criança tu verias!

Estelle, que se tinha agarrado ao seu pescoço, berrando, impedia-a de juntar-se à Queimada e às outras. E, como seu marido parecia não ouvir, ela empurrou com o pé alguns tijolos para junto dele.

— Raio de homem! Anda, pega isso! Ou será que serei obrigada a cuspir-te na cara diante de todo mundo para te dar ânimo?

Muito vermelho, ele começou a quebrar tijolos e a arremessá-los. Ela fustigava-o, aturdia-o, uivava por trás dele gritos de guerra, esmagando a criança contra o peito com os braços crispados. Ele avançou sempre encontrando-se finalmente diante dos fuzis. Sob aquela tempestade de pedras, a pequena guarnição desaparecia. Felizmente as pedras batiam alto, a parede estava crivada. Que fazer? A idéia de bater em retirada, de voltar as costas, enrubesceu por um momento o rosto pálido do capitão; mas nem esse movimento era já possível, ao menor gesto seriam despedaçados. Um tijolo acabava de quebrar a pala do seu quepe, gotas de sangue corriam-lhe da testa. Muitos dos seus homens estavam feridos e ele sentia-os fora de si, no estágio desesperado da defesa pessoal, em que se cessa de obedecer aos chefes. O sargento havia largado uma praga, com o ombro direito meio deslocado, a carne ferida por uma pancada surda, semelhante ao ruído que faz a lavadeira quando bate a roupa. Já por duas vezes atingido, o recruta tinha um polegar esmagado e uma queimadura ardente no joelho direito: por quanto tempo ainda teriam de suportar tudo aquilo? Como uma pedra, fazendo ricochete, tivesse atingido o velho soldado de carreira na barriga, este ficou lívido, sua arma tremeu e apontou, segura por seus braços magros. Por três vezes o capitão esteve a ponto de dar voz de fogo, mas uma angústia impedia-o, uma luta interminável de alguns segundos que acordava dentro dele idéias, deveres, todas as suas crenças de homem e de soldado. A chuva de tijolos era cada vez mais forte e ele ia abrir a boca para gritar "Fogo!" quando os fuzis começaram a disparar, primeiro três tiros, depois cinco, depois um tiroteio de pelotão e por fim um disparo sozinho, muito depois, no profundo silêncio.

Houve um momento de estupor. Eles tinham atirado, a multidão boquiaberta permanecia imóvel, ainda sem poder acreditar. Mas gritos dilacerantes elevaram-se, enquanto o clarim tocava o cessar fogo. Seguiu-se um pânico tremendo, um galope de gado metralhado, uma fuga sem rumo pela lama.

Bébert e Lydie caíram um sobre o outro aos primeiros tiros, ela ferida na cabeça, ele abaixo do ombro esquerdo. A menina, fulminada, não se mexia mais; Bébert, porém, ainda tinha movimentos e abraçava-a nas convulsões da agonia, como se quisesse repetir o gesto que fizera no fundo do buraco escuro, onde tinham passado a sua última noite. E Jeanlin, que justamente naquele momento chegava de Réquillart, ainda sonolento, capengando no meio da fumaça, viu o amigo abraçar-se à sua mulherzinha e morrer.

Os outros cinco tiros tinham atingido a Queimada e o contramestre Richomme. Ferido pelas costas, no momento em que suplicava aos camaradas, o homem caíra de joelhos e, tombando para um lado, agonizava por terra, com os olhos arrasados das lágrimas que tinha chorado. A velha, com a garganta estraçalhada, caíra reta e rangendo como um feixe de lenha seca, gaguejando uma última praga por entre os borbotões de sangue.

A essa altura, o fogo do pelotão já varria o terreno, ceifava a cem passos os grupos de curiosos que riam da batalha. Uma bala entrou pela boca do jovem Mouque, derrubando-o, esfacelado, aos pés de Zacharie e Philomène, tendo as duas crianças ficado todas respingadas de sangue. No mesmo momento a filha de Mouque recebia duas balas na barriga. Tinha visto os soldados fazerem pontaria e correra, num movimento instintivo de mulher bondosa, para proteger Catherine, gritando-lhe que tivesse cuidado; e deu um urro de dor, caindo de costas com o choque das balas. Etienne correu, quis levantá-la e carregá-la, mas com um gesto ela disse que estava tudo acabado. Depois, no arranco da morte, não deixou de sorrir a um e outro, como se estivesse feliz de vê-los juntos, agora que se ia.

Parecia tudo terminado, o furacão de balas fora perder-se ao longe, atingindo mesmo as fachadas do conjunto habitacional, quando o último tiro partiu, isolado, com atraso.

Maheu, atingido no coração, rodopiou e caiu com o rosto numa poça de água, negra de carvão.

Imbecilizada, a esposa abaixou-se.

— Eh, meu velho, levanta-te! Vamos! estás sentindo alguma coisa?

Com as mãos ocupadas por Estelle, teve de pô-la debaixo de um braço, para voltar a cabeça do seu homem.

— Vamos, fala! Onde é que estás ferido?

Maheu tinha os olhos vidrados, a boca escorrendo uma baba sanguinolenta. Ela compreendeu: o marido estava morto. Ficou então sentada no lodo, a filha debaixo do braço como um pacote, olhando estupefata para o seu homem.

A mina estava livre. Com o seu gesto nervoso, o capitão tirara e tornara a pôr o quepe rasgado por uma pedra; e conservava o mesmo aprumo, lívido diante daquele desastre da sua vida, enquanto seus homens, impassíveis, voltavam a carregar as armas. Surgiram na janela da recebedoria os rostos assustados de Négrel e Dansaert. Suvarin estava por trás deles, com a testa cortada por uma grande ruga, como se o prego da sua idéia fixa tivesse vindo cravar-se ali, ameaçador. Do outro lado do horizonte, na borda do planalto, Boa-Morte não se movera, com uma das mãos apoiadas na bengala e a outra fazendo uma pala sobre os olhos, para ver melhor, embaixo, o extermínio dos seus. Os feridos gemiam, os mortos esfriavam em posturas indefinidas, enlameados pelo lodo líquido do degelo, com a sujeira do carvão boiando ao seu redor e emoldurados pela neve imunda. E no meio desses cadáveres de homens pequenos, pobres e esqueléticos de tanta miséria, jazia o cadáver de Trombeta, um monte de carne sem vida, monstruoso e atroz.

Etienne não morrera. Continuava a esperar, ao lado de Catherine, caída de fadiga e angústia, quando uma voz vibrante o fez estremecer. Era o Padre Ranvier, que voltava da sua missa e, com os braços erguidos, num furor de profeta, pedia para os assassinos a cólera de Deus. Anunciava a era da justiça, a próxima exterminação da burguesia pelo fogo do céu, já que ela levava ao cúmulo os seus crimes, massacrando os trabalhadores e os deserdados deste mundo.

SÉTIMA PARTE

I

O tiroteio de Montsou repercutiu até em Paris com um eco formidável. Durante quatro dias, todos os jornais da oposição, indignados, publicaram nas suas primeiras páginas narrativas atrozes: vinte e cinco feridos, catorze mortos, entre eles duas crianças e três mulheres, e mais os prisioneiros. Levaque transformara-se numa espécie de herói, atribuíam-lhe uma resposta de uma grandeza antiga ao juiz de instrução. O império, ferido nas próprias carnes por aquelas poucas balas, fingia a calma do todo-poderoso, sem dar-se conta da gravidade da sua ferida. Era simplesmente um choque lamentável, coisa vaga e distante, na região carbonífera, muito longe do centro de gravitação, que era Paris. Tudo seria esquecido em pouco tempo, a companhia recebera ordem de abafar o problema e de acabar com a greve, cuja irritante duração se transformava em perigo social.

Por isso, na quarta-feira de manhã, chegaram a Montsou três administradores. A pequena cidade, que não ousara até então regozijar-se com o massacre, de coração oprimido, respirou, enfim, saboreando a alegria de se ver salva. Justamente nesse dia o tempo estava esplêndido, com um sol radioso, um dos primeiros sóis de fevereiro, cuja tepidez faz que os brotos dos lilases desabrochem. Todas as persianas da administração foram descidas, o vasto edifício parecia reviver e dali começaram a sair os boatos mais animadores; dizia-se que os administradores, muito chocados com a catástrofe, tinham vindo para abrir seus braços paternais aos desesperados mineiros. Agora que o golpe fora dado, sem dúvida mais violento do que eles queriam, prodigalizavam-se na sua missão de salvadores, decretavam medidas tardias e excelentes. Primeiro despediram os belgas, fazendo grande alarde dessa concessão extrema aos seus operários; depois suspenderam a ocupação militar das minas, que os grevistas esmagados já não ameaçavam; foram eles também que obtiveram silêncio acerca da sentinela da Voreux que desaparecera: tinha-se esquadrinhado a região sem encontrar o fuzil ou o cadáver e ficou decidido que o soldado seria declarado desertor, ainda que houvesse a suspeita de um crime. Em tudo esses senhores se esforçaram para atenuar os acontecimentos, tremendo de medo do futuro, julgando perigoso confessar a irrefreável selvageria de uma multidão, desencadeada pelos alicerces caducos do velho mundo. E, além do mais, esse trabalho de conciliação não os impedia de conduzir a bom termo os assuntos puramente administrativos: Deneulin já fora visto entrando na administração para encontrar-se com o Sr. Hennebeau. As conversações para a compra de Vandame continuavam, afirmava-se que ele ia aceitar as ofertas dos administradores.

Mas o que sobretudo agitou a região foram os enormes cartazes amarelos que esses senhores mandaram afixar nas paredes; liam-se neles estas poucas linhas em letras garrafais: "Operários de Montsou, não queremos que os desmandos praticados nos últimos dias privem com seus tristes efeitos os meios de subsistência dos operários sensatos e de boa vontade. Por isso, na segunda-feira, de manhã, abriremos novamente todas as minas, e, quando o trabalho já estiver em curso, examinaremos com cuidado e benevolência as situações que poderiam ser melhoradas. Faremos, enfim, tudo o que for possível e justo." Numa manhã, os dez mil mineiros desfilaram diante desses cartazes. Nenhum falava, muitos abanavam a cabeça, outros iam-se, arrastando os pés, sem que um músculo do rosto se tivesse movido.

Até então, o conjunto habitacional dos Deux-Cent-Quarante obstinara-se na sua resistência desesperada. Parecia que o sangue dos companheiros, que tingira o lodo da mina, impedia o caminho aos demais. Apenas uns dez haviam descido: Pierron e outros vendidos iguais a ele, que os demais, com ar sombrio, viam partir e voltar, sem um gesto ou ameaça. O cartaz afixado na igreja foi acolhido com surda desconfiança; nele não se falava das carteiras de trabalho que tinham sido devolvidas. A companhia voltaria a empregar os despedidos? O medo de represálias e a idéia fraternal de protestar contra a demissão dos mais comprometidos faziam que todos fincassem pé na obstinação. Tudo aquilo era muito equívoco, o melhor era esperar para ver, voltariam ao trabalho quando esses senhores resolvessem explicar-se com franqueza. Um silêncio esmagava o casario baixo, a própria fome já não tinha importância, todos podiam morrer desde que a morte violenta voejara sobre suas casas.

Um lar principalmente, o dos Maheu, conservava-se negro e mudo, afundado na sua dor. Desde que tinha acompanhado o marido ao cemitério, a mulher não abria a boca. Depois da batalha, permitira que Etienne trouxesse para casa Catherine, enlameada e semimorta; e quando a despia diante do rapaz, para a deitar, pensou por um instante que também a filha lhe voltava com uma bala na barriga, porque a camiseta tinha grandes manchas de sangue. Mas compreendeu logo: era, enfim, o sangue da puberdade que corria, devido ao choque daquele dia abominável. Que sorte a deles! Que belo presente aquele sangue! Poder fazer filhos para serem mortos pelos policiais... E não dirigiu a palavra a Catherine, como, aliás, não falou com Etienne. Este voltou a dormir com Jeanlin, arriscando ser preso, tomado de tal repugnância à idéia de voltar para as trevas de Réquillart, que preferia a prisão. Os arrepios o sacudiam, era o horror da noite após todas aquelas mortes, o medo inconfessado do soldadinho que jazia sob as rochas. De resto, imaginava a prisão como um refúgio no meio do tormento da sua derrota; mas a polícia nem sequer o procurou, passava horas horríveis, sem saber em que esfalfar seu corpo. E, além de tudo isso, a viúva às vezes os encarava, a ele e à filha, com ar rancoroso, como se estivesse perguntando o que estavam fazendo na casa dela.

Voltaram a roncar amontoados. O velho Boa-Morte ocupava a cama que pertencera às duas crianças, que dormiam com Catherine, agora que não existia mais a pobre Alzire para aninhar sua corcunda nas costas da irmã mais velha. Era ao deitar-se que a mãe sentia o vazio da casa, no frio do seu leito, agora tão largo. Em vão apertava-se de encontro a Estelle, isso não substituía o seu homem. E chorava em silêncio, horas a fio. Depois, os dias começaram a decorrer como antes: sempre sem pão, não tendo contudo a sorte de morrerem de uma vez por todas; coisas apanhadas a esmo que prestavam aos miseráveis o mau serviço de fazê-los durar. Nada havia mudado na sua existência, só havia de menos o seu homem.

Na tarde do quinto dia, Etienne, a quem aquela mulher silenciosa causava desespero, deixou a sala e caminhou lentamente ao longo da rua calçada da aldeia. A inação, que lhe era tão pesada, levava-o a contínuos passeios, de braços caídos, cabeça baixa, torturado pelo mesmo pensamento. Vagava assim havia meia hora, quando sentiu, para cúmulo do constrangimento, que seus companheiros se punham às portas para o verem. O pouco que sobrava da sua popularidade fora-se com o vento da fuzilaria, já não conseguia passar entre eles sem ter de suportar olhares cheios de rancor. Quando ergueu a cabeça, figuras ameaçadoras o observavam, as mulheres entreabriam as pequenas cortinas das janelas. E sob aquela acusação, muda ainda, sob a cólera contida daqueles olhos enormes, dilatados pela fome e pelas lágrimas, não sabia o que fazer, nem sabia andar. Às suas costas, a surda censura ia num crescendo. Presa de tal medo de ouvir todo o conjunto habitacional saindo à rua para lhe gritar sua miséria, voltou para casa, todo trêmulo.

Mas no lar dos Maheu a cena que o esperava acabou de arrasá-lo. O velho Boa-Morte estava ao lado do fogão apagado, pregado na sua cadeira desde que dois vizinhos, no dia da matança, tinham-no encontrado por terra, com a bengala quebrada, derrubado como uma velha árvore fulminada. E, enquanto Lénore e Henri, para enganar o estômago, raspavam com ruído ensurdecedor uma velha panela, onde na véspera tinham cozinhado algumas couves, a mulher de Maheu, muito ereta, após ter pousado Estelle sobre a mesa, ameaçava Catherine com o punho.

— Repete, diabo! Repete o que acabas de dizer!

Catherine tinha falado de sua intenção de voltar a trabalhar na Voreux. A idéia de não ganhar seu pão, de ser apenas tolerada na casa da mãe como um animal incômodo e inútil, tornava-se-lhe cada dia mais insuportável. E, se não fosse o temor de receber uns tabefes de Chaval, já na terça-feira teria descido. Gaguejando, insistiu:

— Que queres? Não se pode viver sem fazer nada. Ao menos teríamos pão.

A outra interrompeu-a:

— Escuta, o primeiro de vocês que voltar ao trabalho, eu mato... Era só o que faltava! Assassinar o pai e continuar explorando os filhos! Chega! Antes prefiro ver todos vocês levados de pés juntos, como o que já foi.

E o seu longo silêncio explodiu furiosamente numa torrente de palavras. Que bela soma lhe traria Catherine! Apenas trinta soldos, aos quais se poderiam adicionar vinte se os patrões quisessem dar algum serviço ao bandido do Jeanlin. Cinqüenta soldos e sete bocas a alimentar! Os pequenos só prestavam para comer. Quanto ao avó, devia estar com algum parafuso no cérebro frouxo por causa da queda, porque parecia um idiota, ou então sofrera um abalo vendo os soldados atirarem nos companheiros.

— Não é verdade, velho? acabaram com a sua casca. De nada lhe vale ter as mãos ainda fortes, está liquidado.

Boa-Morte olhava-a com seus olhos baços, sem compreender. Ficava horas com o olhar perdido, só sabia cuspir num prato cheio de cinza, que punham ao seu lado, por asseio.

— E nem ao menos pagaram a sua pensão — prosseguiu ela. — Estou certa de que vão suspendê-la, por causa das nossas idéias... Não, chega! Já disse que não quero mais nada desses desgraçados!

— Mas eles — arriscou Catherine — prometem no cartaz...

— Queres deixar-me em paz com esse tal cartaz? Outra arapuca para nos apanhar e destruir. Agora que nos furaram à bala podem bancar os bonzinhos para nós.

— Mas então, para onde iremos, mamãe? Não poderemos ficar aqui no conjunto habitacional, com certeza.

A mulher fez um gesto incompreensível e terrível. Para onde iriam? Não sabia, nem queria pensar nisso para não ficar louca. Iriam por aí, para qualquer parte. E, como o barulho da panela estava ficando insuportável, jogou-se sobre Lénore e Henri e espancou-os. Uma queda de Estelle, que tinha engatinhado, aumentou a algazarra. A mãe acalmou--a com um tabefe: que felicidade se tivesse morrido! E começou a falar de Alzire, desejando aos outros a fortuna dela. Depois, bruscamente, explodiu em soluços, com a cabeça apoiada na parede.

Etienne, em pé, não ousara intervir. Sua presença na casa já passava despercebida, as próprias crianças se afastavam dele, cheias de desconfiança. Mas as lágrimas daquelas desgraçadas dilaceraram-lhe o coração e murmurou:

— Vamos! vamos! coragem! sairemos dessa...

Ela pareceu não o ouvir lamentando-se num queixume baixo e contínuo:

— Ah, quanta miséria! Como é possível? Antes de todos esses horrores ainda se podia agüentar. Comíamos pão seco mas estávamos todos juntos... O que aconteceu depois, meu Deus! Que fizemos nós para receber tal castigo, uns já debaixo da terra, os outros querendo ir? É bem verdade que mais parecíamos bestas de carga e não havia justiça na partilha, nós sempre apanhando e aumentando a fortuna dos ricos, sem qualquer esperança de um dia gozar das boas coisas da vida. A alegria de viver desaparece quando não há mais esperança. Claro, isso não podia durar, era preciso respirar um pouco... Mas se ao menos a gente soubesse o que ia acontecer! Então é possível tamanha infelicidade só porque se quer justiça?

Os suspiros faziam-na estremecer, sua voz estava embargada por uma imensa tristeza.

— Depois, sempre aparecem os malandros que prometem que tudo vai entrar nos eixos, basta a gente querer... E perde-se a cabeça, o que já existe é causa de tanto sofrimento que se pede aquilo que não existe. Eu cheguei a sonhar como uma idiota, planejava uma vida de paz em comum; confesso que andava com a cabeça nas nuvens. E no fim cai-se outra vez na lama, partindo o lombo... Não era verdade, lá em cima não havia nada daquilo que se imaginou. O que havia era mais miséria, isso sim! Miséria à vontade, e tiros ainda por cima...

Etienne escutava essa lamentação e a cada lágrima sentia remorso. Não sabia o que dizer para acalmar a mulher, toda quebrada com a terrível queda do alto do seu ideal. Ela voltara para o meio da peça e encarava-o; e tratou-o por tu, num último grito de raiva:

— E tu também estás planejando voltar ao trabalho, depois de nos ter afundado a todos? Não te censuro nada, mas, se estivesse no teu lugar, já teria morrido de desgosto por ter feito tanto mal aos companheiros.

Ele quis responder, mas apenas encolheu os ombros, desesperado: para que dar explicações que a mulher, na sua dor, não compreenderia? E, arrasado pelo sofrimento, saiu, retomando a caminhada sem destino.

Outra vez encontrou o conjunto habitacional que parecia esperá-lo, os homens às portas, as mulheres às janelas. Assim que apareceu, começaram os murmúrios e a multidão aumentou. Um sopro de mexericos, que engrossava havia quatro dias, estourava numa maldição universal. Punhos ameaçavam-no, mães o apontavam para os filhos com um gesto de rancor, os velhos, ao vê-lo, cuspiam. Era o resultado da derrota, o reverso fatal da popularidade, uma execração que se exasperava em razão de todos os sofrimentos suportados sem resultado. Ele pagava pela fome e pela morte.

Zacharie, que chegava acompanhado de Philomène, deu um empurrão em Etienne no momento em que este saía. E riu maldosamente:

— Olha como está engordando! A carne dos outros deve ser um bom alimento...

A mulher de Levaque já estava na porta em companhia de Bouteloup. Falou de Bébert, seu filho, morto por uma bala; gritou:

— É verdade, há covardes que fazem massacrar crianças. Se ele quiser devolver-me o filho, que vá buscá-lo debaixo da terra!

A mulher não se lembrava mais do marido preso, a cama continuava ocupada, já que Bouteloup permanecera. Contudo, lembrou-se dele, e continuou aos gritos:

— Vejam estes! Os malandros passeiam, enquanto os valentes estão a ferros.

Etienne, para evitá-la, fora dar de cara com a mulher de Pierron, que atravessara correndo os jardins. Esta recebera como um alívio a morte da mãe, cujas violências iam levá-los à perdição; e quase não chorara a morte da filha do marido, a devassa da Lydie, de quem também se via livre. Mas entrava no coro das vizinhas, com a intenção de fazer as pazes.

— E a minha mãe? e a menininha? Viram-te muito bem, escondias-te por trás delas, quando receberam as balas que eram para ti!

Que fazer? Esbofetear a mulher de Pierron e as outras? Bater-se com todo o conjunto habitacional? Por um momento teve vontade. O sangue fervia-lhe na cabeça, chamava os companheiros de animais, irritava-se de vê-los sem inteligência e bárbaros, a ponto de o tornarem culpado da lógica dos fatos. Que estupidez! Vinha-lhe um desgosto resultante da impotência de poder domá-los novamente. E limitou-se a apressar o passo, como que surdo às injúrias. Em breve foi uma fuga, cada casa o apupava na passagem, encarniçavam-se atrás dele, todo um povo amaldiçoando-o numa voz pouco a pouco ribombante, no transbordar do ódio. Era ele o explorador, o assassino, a causa única da desgraça de todos. Saiu do conjunto habitacional, pálido, transtornado, correndo, com aquela turba ululante atrás de si. Por fim, na estrada, muitos o largaram; outros, no entanto, obstinavam-se, quando, no fim do declive, defronte do Avantage, deu com outro grupo que saía da Voreux. Nele encontravam-se o velho Mouque e Chaval. Depois da morte dos filhos, Mouque continuou no seu trabalho de cavalariço, sem uma palavra de pesar ou de queixa. Bruscamente, quando divisou Etienne, foi sacudido por um verdadeiro furor, saltaram-lhe lágrimas dos olhos e uma enxurrada de impropérios jorrou da sua boca negra e ensangüentada de tanto mascar tabaco:

— Canalha! biltre! velhaco!... Espera que vais pagar por meus pobres filhos, vou matar-te!

Apanhou um tijolo, partiu-o e atirou os dois pedaços.

— Isso, vamos liquidá-lo! — gritou Chaval, que gargalhava, encantado com aquela vingança. — Agora é a tua vez... Estás encurralado, porco imundo!

E ele também começou a apedrejar Etienne. Um clamor selvagem elevou-se, todos pegavam em tijolos, quebravam-nos e atiravam-nos para matá-lo, como tinham querido fazer com os soldados. Aturdido, o rapaz não fugia mais, enfrentava-os, procurando acalmá-los com frases. Vinham-lhe aos lábios seus antigos discursos, tão aclamados outrora. Repetia as palavras com que os arrebatara, na época em que os tinha na palma da mão, como um rebanho fiel. Mas a sua influência estava morta, só as pedras respondiam. Já recebera um ferimento no braço esquerdo, recuava, em grande perigo, quando se viu acuado contra a fachada do Avantage.

Havia um instante que Rasseneur surgira na porta.

— Entra — disse ele simplesmente.

Etienne hesitava; humilhava-o ter de refugiar-se ali.

— Vamos, entra, eu vou falar com eles.

Resignou-se, foi esconder-se no fundo da sala, enquanto o taberneiro obstruía a porta com seus ombros largos.

— Como é, meus amigos? Sejam razoáveis... Vocês sabem muito bem que eu nunca os enganei, sempre fui a favor da ordem, e, se me tivessem escutado, certamente não teriam chegado onde estão.

Mexendo com os ombros e com a barriga, falou demoradamente, deixou fluir sua eloqüência fácil, de uma brandura calmante de água tépida. E todo o seu sucesso de outrora lhe voltava, reconquistava a popularidade sem esforço, naturalmente, como se já não tivesse sido apupado e tratado de covarde, um mês antes. Vozes o apoiavam: muito bem! isso mesmo! assim é que se devia falar! Recebeu uma tempestade de aplausos.

Dentro, Etienne sentia-se desfalecer, com o coração cheio de amargura. Lembrava-se da predição de Rasseneur na floresta, quando este o ameaçara com a ingratidão das massas. Que brutalidade imbecil! Que esquecimento imperdoável dos serviços que prestara! Era uma força cega, devorando-se constantemente a si própria. E, na cólera de ver aqueles brutos arruinarem a própria causa, havia o desespero de se ver acabado, o fim trágico de sua ambição. Pois muito bem! Estava tudo terminado? Lembrava-se de ter ouvido debaixo das faias três mil corações baterem no ritmo do seu. Naquele dia tivera sua popularidade nas mãos, esse povo lhe pertencia, sentira-se o senhor dele. Sonhos loucos o embriagavam então: Montsou aos seus pés, Paris ao longe, deputado talvez, fulminando os burgueses com um discurso, o primeiro discurso pronunciado por um operário na tribuna de um parlamento. E agora, tudo acabado! Despertava miserável e detestado; seu povo acabava de corrê-lo a pedradas.

Elevou-se a voz de Rasseneur:

— A violência nunca conseguiu nada, não se pode mudar o mundo num dia. Aqueles que prometeram a vocês mudar tudo com um passe de mágica são ou farsantes ou malandros!

— Bravo! Bravo! — gritou a multidão.

Quem era então o culpado? E esta pergunta, que Etienne fazia a si próprio, acabou de desesperá-lo. Realmente, seria culpa sua aquela desgraça da qual ele mesmo sangrava, a miséria de uns, a morte de outros, as mulheres e crianças esqueléticas e sem pão? Tivera essa visão horrível, uma noite, antes da catástrofe. Mas já então uma força o impelia, foi de cambulhada com os demais companheiros. Aliás, nunca os tinha dirigido, eram eles que o levavam, que o obrigavam a fazer coisas que nunca teria feito sem o empurrão daquela multidão por trás dele. A cada violência, ficara estupefato com os acontecimentos, porque não tinha previsto ou querido nenhum. Podia ele esperar, por exemplo, que os seus fiéis do conjunto habitacional o escorraçassem um dia? Esses loucos mentiam quando o acusavam de lhes haver prometido uma existência farta e de preguiça. E nessa justificativa, nos raciocínios com que tentava combater seus remorsos, agitava-se a surda inquietação de não se ter mostrado à altura da sua missão: era a dúvida do semiletrado que o perseguia constantemente. Mas sentia-se sem coragem, já não estava solidário com os companheiros, tinha medo deles, dessa massa enorme, cega e irresistível do povo, passando como uma força da natureza, varrendo tudo, fora das regras e teorias. Uma repugnância o afastara deles pouco a pouco, o mal-estar dos seus gostos que se iam refinando, a subida lenta de todo o seu ser para uma classe superior.

Nesse momento a voz de Rasseneur se perdeu no meio das aclamações entusiásticas:

— Viva Rasseneur! Não há outro como ele! Bravo! Bravo!

O taberneiro entrou e fechou a porta enquanto a turba se dispersava. Os dois homens se olharam em silêncio e deram de ombros. Acabaram bebendo uma cerveja juntos.

Nesse mesmo dia houve um grande jantar na Piolaine, onde se festejava o noivado de Négrel e Cécile. Na véspera, os Grégoire tinham mandado encerar a sala de jantar e espanar o salão. Mélanie reinava na cozinha, vigiando os assados, mexendo os molhos, cujo odor subia até as águas-furtadas. Fora decidido que o cocheiro Francis ajudaria Honorine a servir à mesa. A jardineira lavaria a louça, o jardineiro abriria o portão. Nunca tamanha festa pusera tanto alvoroço naquela mansão patriarcal e rica.

Tudo se passou às mil maravilhas. A Sra. Hennebeau mostrou-se encantadora com Cécile e sorriu para Négrel, quando o notário de Montsou propôs um brinde à felicidade dos futuros cônjuges. O Sr. Hennebeau foi também muito amável. Seu ar risonho impressionou os convivas; corria o boato de que, novamente no agrado da administração, ia ser em breve nomeado oficial da Legião de Honra, pela maneira enérgica com que tinha subjugado a greve. Evitava-se falar dos últimos acontecimentos, mas havia um tom de triunfo na alegria geral, o jantar transformava-se na celebração oficial de uma vitória. Enfim, estavam livres, podiam voltar a comer e dormir em paz! Fez-se discretamente uma alusão aos mortos, cujo sangue mal tinha secado sobre a lama da Voreux: fora uma lição necessária, e todos se comoveram quando os Grégoire acrescentaram que, agora, o dever de cada um era ir curar as feridas nos conjuntos habitacionais mineiros. Os donos da casa tinham readquirido a sua placidez benévola, perdoando os seus bons mineiros, vendo-os já no fundo das minas, dando o bom exemplo de uma resignação secular. Os notáveis de Montsou, que não tremiam mais, convieram em que a questão do salário exigia ser estudada com toda a prudência. Ao assado, a vitória tornou-se completa quando o Sr. Hennebeau leu uma carta do bispo anunciando a transferência do Padre Ranvier. Toda a burguesia da província comentava com paixão a história desse padre, que chamava os soldados de assassinos. E o notário, à altura da sobremesa, declarou-se firmemente livre-pensador.

Deneulin, acompanhado das duas filhas, estava presente à festa. No meio de toda essa alegria, esforçava-se por esconder a melancolia da sua ruína. Na manhã daquele dia tinha assinado a venda da sua concessão de Vandame à companhia de Montsou. Posto contra a parede, com a corda no pescoço, submetera-se às exigências dos administradores, entregando-lhes finalmente a presa cobiçada há tanto tempo, conseguindo apenas o dinheiro necessário para pagar seus credores. Chegara até a aceitar, no último momento, como uma grande coisa, a oferta de o conservarem como engenheiro de divisão, resignando-se assim a velar, como simples assalariado, por essa mina onde enterrara sua fortuna. Era a morte das pequenas empresas individuais, o próximo desaparecimento dos patrões, comidos um a um pelo monstro sempre faminto do capital, afogados na maré montante das grandes empresas. Ele, sozinho, pagava as despesas da greve, sabia muito bem que se brindava ao seu desastre e à condecoração do Sr. Hennebeau. Seu único consolo era ver a bela arrogância de

Lucie e Jeanne, encantadoras nos seus vestidos reformados, rindo da derrocada, desenvoltas como rapazes, desdenhosas do dinheiro.

Quando passavam ao salão para tomar o café, o Sr. Grégoire chamou o primo de parte e felicitou-o pela coragem da sua decisão.

— Que mais queres? O único erro que cometeste foi arriscar em Vandame o milhão do teu dinheiro de Montsou. Tiveste dores de cabeça terríveis, para no fim fazeres desaparecer o dinheiro nesse trabalho de escravo, ao passo que o meu, que não saiu da gaveta, dá-me de comer sem que eu tenha de fazer nada, como continuará alimentando os filhos dos meus netos.

II

No domingo, assim que anoiteceu, Etienne escapou do conjunto habitacional. Um céu muito puro, cravejado de estrelas, iluminava a terra com uma luz azul de crepúsculo. Desceu em direção ao canal, seguiu lentamente a margem para os lados de Marchiennes. Era o seu passeio favorito, uma vereda de duas léguas coberta de relva, estendendo-se muito reta ao longo daquela água geométrica, que se desenrolava como uma interminável lâmina de prata liquefeita.

Nunca encontrava ninguém por aquelas paragens. Naquele dia, porém, ficou contrariado vendo um homem dirigir-se para ele. E, à luz pálida das estrelas, os dois caminhantes solitários só se reconheceram quando estavam frente a frente.

— Ah, és tu! — murmurou Etienne.

Suvarin acenou com a cabeça, sem responder. Por um momento permaneceram imóveis, depois, um ao lado do outro, recomeçaram o passeio em direção a Marchiennes. Ambos pareciam continuar imersos em seus pensamentos, como que muito distanciados.

— Viste no jornal o sucesso de Pluchart em Paris? — perguntou finalmente Etienne. — Ao sair da tal reunião de Belleville estava sendo esperado na calçada e recebeu uma ovação. O homem está lançado, apesar da sua rouquidão. De agora em diante ele vai dar as cartas.

O mecânico deu de ombros. Desprezava os discursadores, os astutos que entram na política como quem entra na advocacia, para ganhar dinheiro com a retórica.

Etienne, agora, estava entusiasmado por Darwin. Lera fragmentos seus, resumidos e vulgarizados num volume de cinco soldos, e, dessa leitura mal compreendida, fazia uma idéia revolucionária da luta pela existência, os magros comendo os gordos, o povo forte devorando a fanada burguesia. Mas Suvarin irritou-se, alongou-se sobre a imbecilidade dos socialistas que aceitam Darwin, esse apóstolo da desigualdade científica, cuja famosa seleção só era boa para filósofos aristocratas. E o outro insistia, queria raciocinar e exprimia suas dúvidas por uma hipótese: a velha sociedade não existia mais, fora varrida até as migalhas; pois bem! não era de temer que o mundo novo crescesse, lentamente estragado pelas mesmas injustiças, uns fracos e outros fortes, uns mais hábeis, mais inteligentes, comendo tudo, e outros idiotizados e preguiçosos, voltando novamente à escravidão? Diante dessa visão de eterna miséria o mecânico exclamou em tom feroz que, se a justiça não era compatível com o homem, este tinha que desaparecer. Enquanto houvesse sociedades podres haveria massacres, até a exterminação do último ser. E o silêncio voltou a reinar.

Por muito tempo, de cabeça baixa, Suvarin caminhou sobre a erva fina, tão absorto que seguia bem à beira da água, com a tranqüila certeza de um homem sonâmbulo, sonhando ao longo de um beiral. Depois, repentinamente, estremeceu, como se tivesse esbarrado com uma sombra. Levantou os olhos e seu rosto era de uma palidez marmórea. Perguntou suavemente ao companheiro:

— Já te contei como ela morreu?

— Quem?

— Minha mulher, lá na Rússia.

Etienne fez um gesto vago, admirado com o tremor da voz, com aquela repentina necessidade de confidência num homem habitualmente impassível, no seu estóico distanciamento dos outros e de si mesmo. Sabia apenas que a mulher era uma amante e fora enforcada em Moscou.

— O golpe tinha gorado — começou a contar Suvarin, agora com os olhos perdidos no branco deslizar do canal, entre a colunata azul das grandes árvores. — Tínhamos ficado catorze dias debaixo da terra, colocando minas na estrada de ferro. E, em vez do trem imperial, foi um trem de passageiros que explodiu... Então prenderam Ánuchka. Era ela que todas as noites nos trazia pão, disfarçada em camponesa. Foi ela também quem acendeu a mecha, porque um homem poderia ser notado... Segui o julgamento, escondido na multidão, durante seis dias intermináveis...

Não pôde mais falar, foi sufocado por um ataque de tosse. Em seguida continuou:

— Por duas vezes tive vontade de gritar, de furar a multidão para juntar-me a ela. Mas de que serviria? Um homem de menos é um soldado de menos; e eu percebia claramente que ela me dizia que não, com seus grandes olhos parados, quando encontrava os meus.

Tornou a tossir.

— No último dia, na praça, eu também estava... Chovia, os idiotas não sabiam o que fazer debaixo da chuvarada. Tinham levado vinte minutos para enforcar outros quatro: a corda rompia, não conseguiam acabar com o quarto... Ánuchka estava muito ereta, esperando. Não me via, procurava-me com o olhar na multidão. Subi numa pilastra e ela me enxergou, nossos olhares não se largaram mais. Mesmo depois de morta continuou olhando-me. Agitei meu chapéu e parti.

Houve novo silêncio. A fita branca do canal desenrolava-se até o infinito; ambos caminhavam no mesmo passo abafado, cada um imerso outra vez no seu isolamento. No fundo do horizonte, a água pálida parecia abrir no céu um risco de luz muito fino.

— Era o nosso castigo — continuou duramente Suvarin. — Éramos culpados do nosso amor... Sim, foi melhor que ela morresse, nascerão heróis do seu sangue, e eu, agora, tenho um coração de pedra... Ah! nem pais, nem mulher, nem amigo, nada que faça tremer a mão no dia em que for necessário tirar a vida de outros ou dar a sua!

Etienne parara, fremindo sob a noite fresca. Não discutiu, disse simplesmente:

— Estamos longe, queres voltar?

Voltaram em direção à Voreux, lentamente; depois de alguns passos, acrescentou:

— Viste os novos cartazes?

Eram os grandes cartazes amarelos que a companhia mandara afixar na manhã daquele dia. Neles, mostrava-se mais clara e conciliadora, prometia aceitar os mineiros despedidos que se apresentassem no dia seguinte ao trabalho. Tudo seria esquecido, perdoariam até os mais comprometidos.

— Sim, vi — respondeu o mecânico.

— E que achas?

— Acho que está tudo acabado... O rebanho voltará ao trabalho. Vocês são todos uns covardes.

Etienne, febrilmente, desculpou os companheiros: um homem pode ser valente, uma multidão que morre de fome não tem força para nada. Passo a passo tinham atingido a Voreux. Diante da massa escura da mina, continuou, jurou que nunca mais voltaria àquele trabalho, mas desculpava os que voltassem. Em seguida, como corria o boato de que os carpinteiros não tinham tido tempo de consertar o estaqueamento, procurou informar-se. Seria verdade? O volume de terra contra o madeiramento que revestia o poço era tão grande que ele estava arqueado e um dos elevadores de extração roçava-o ao passar, numa extensão de mais de cinco metros. Era verdade isso?

Suvarin, caído novamente no seu mutismo, respondeu secamente. Trabalhara na véspera, e, realmente, o elevador roçava em certo trecho; os mecânicos tinham de duplicar a velocidade para poder passar naquele lugar. Mas todos os chefes acolhiam as observações com a mesma frase irritada: queriam carvão; mais tarde aquilo seria consertado.

— Imagina se rebenta... — murmurou Etienne. — Estaríamos perdidos.

Com os olhos na mina, sem forma definida no escuro, Suvarin concluiu tranqüilamente:

— Se aquilo rebentar, os companheiros o saberão, já que tu os aconselhas a voltarem ao trabalho.

Davam nove horas no campanário de Montsou. Como o outro dissesse que ia dormir, ele acrescentou, sem mesmo estender a mão:

— Bem, adeus. Eu vou embora.

— Como, vais embora?

— É isso mesmo, pedi minha carteira de trabalho de volta, vou para outro lugar.

Etienne, estupefato, comovido, fitava-o. Era depois de duas horas de passeio que lhe dizia aquilo, e com toda a calma, quando só o anúncio daquela brusca separação confrangia seu coração. Haviam-se conhecido, tinham sofrido juntos; só de pensar que nunca mais o veria, ficava triste.

— Tu te vais para onde?

— Por aí, não sei...

— Mas nós nos veremos de novo?

— Não, acho que não.

Calaram-se, ficaram por um momento frente a frente, sem saber o que dizer.

— Então, adeus.

— Adeus.

Enquanto Etienne subia em direção ao conjunto habitacional, Suvarin voltou as costas e dirigiu-se para a margem do canal. Lá, agora sozinho, de cabeça baixa, engolfado nas trevas, como uma sombra movendo-se na noite, caminhou ao léu. Por momentos parava para ver as horas, ao longe. Quando soou meia-noite, abandonou o canal e dirigiu-se para a Voreux.

Nesse momento a mina estava deserta, apenas encontrou um contramestre com os olhos pesados de sono. As fornalhas só eram acesas às duas horas, para o começo do trabalho. Primeiro subiu para procurar num armário uma jaqueta que fingia ter esquecido. Nessa peça de roupa encontravam-se enroladas diversas ferramentas: uma pua, um serrote pequeno muito forte, um martelo e uma talhadeira. Em seguida, partiu; mas, em vez de sair pelo vestiário, enfiou-se pelo estreito corredor que levava ao fosso das escadas. E, com a jaqueta debaixo do braço, desceu de mansinho, sem lanterna, medindo a profundidade pela contagem das escadas. Sabia que o elevador roçava a trezentos e setenta e quatro metros, de encontro à quinta passagem do revestimento inferior. Tendo contado cinqüenta e quatro lances de escada, tateou com a mão e sentiu a saliência das madeiras. Era ali.

Então, com a destreza e o sangue-frio de um bom operário que meditou longamente sobre a sua tarefa, pôs-se a trabalhar. Começou serrando um painel no tabique do fosso que comunicava com o compartimento de extração. E, com a ajuda de fósforos rapidamente acesos e apagados, pôde estudar o estado do revestimento e dos reparos que recentemente tinham sido feitos.

Entre Calais e Valenciennes, a abertura dos poços de minas encontrava dificuldades inauditas, para atravessar os imensos lençóis de água subterrâneos, ao nível dos vales mais baixos. Só a construção do revestimento com pranchas unidas umas às outras, como as aduelas de um tonel, conseguia conter os mananciais e isolar os poços no meio de lagos cujas vagas profundas e obscuras batiam contra as paredes. Ao abrir a Voreux, fora necessário construir dois revestimentos: o do nível superior nas areias soltas e argilas brancas, vizinhas do terreno cretáceo, fendidas de todos os lados, empapadas de água como uma esponja; depois, o do nível inferior, diretamente por cima das jazidas de carvão, numa areia amarela, fina como farinha, correndo com a fluidez de um líquido; e era aí que se encontrava a Torrente, esse mar subterrâneo, o terror das minas do norte, mar com suas tempestades e seus naufrágios, mar ignorado, insondável, com seus vagalhões negros, a mais de trezentos metros da luz do sol. De ordinário os estaqueamentos agüentavam a pressão enorme. Só a depressão dos terrenos vizinhos podia ser perigosa, já que essas terras eram constantemente abaladas pelas antigas galerias de exploração, que, ao se encherem, sorviam-nos. Nessa depressão das rochas, às vezes se produziam fendas que se propagavam lentamente até o estaqueamento, deformando-o com o tempo, empurrando-o para o interior do poço. Esse era o grande perigo, uma ameaça de desabamento e inundação, a mina enchendo-se com as terras esboroadas e o dilúvio dos mananciais.

Suvarin, a cavalo na abertura que fizera, constatou uma deformação muito grave na quinta passagem do estaqueamento. A madeira estava arqueada, fora do enquadramento, muitas tinham mesmo saído do seu lugar. Infiltrações abundantes, "repuxos", como dizem os mineiros, jorravam das juntas, através da estopa alcatroada com que estavam calafetadas. E os carpinteiros, premidos pelo tempo, haviam-se limitado a colocar cunhas de ferro, tão negligentemente que nem todos os parafusos tinham sido postos. Produzia-se, evidentemente por trás, nas areias da Torrente, um movimento considerável.

Então, com a broca, principiou a desapertar os parafusos, de modo que um empuxão final arrancasse todos. Era um trabalho de temeridade louca, durante o qual várias vezes quase caiu, numa queda de cento e oitenta metros, que era o que o separava do fundo. Tivera de se agarrar às guias de carvalho, os madeiros por onde corriam os elevadores; e, suspenso por cima do vácuo, locomovia-se ao longo das travessas que os ligavam de distância em distância, deslizava, sentava-se, deitava-se de costas, simplesmente apoiado num cotovelo ou num joelho, com um tranqüilo desprezo pela morte. Um sopro o faria cair; por três vezes quase se despencou, sem um arrepio. Primeiro tateava com a mão, depois trabalhava, só acendendo um fósforo quando se perdia no meio daqueles caibros viscosos. Desatarraxados os parafusos, começou a trabalhar nas próprias pranchas, o que mais aumentou o perigo. Tinha procurado a prancha mestra, a que servia de apoio às outras; contra ela se encarniçou, furando-a, serrando-a, afinando-a, para que perdesse resistência, enquanto a água, escapando em finos esguichos pelos buracos e fendas, cegava-o e ensopava-o numa chuva gelada. Dois fósforos se apagaram; todos estavam molhados. Agora era a noite, um vácuo profundo de trevas.

A partir desse momento, parecia ébrio de ódio. Os sopros do invisível arrebatavam-no, o negro horror daquele buraco batido pela água lançou-o num furor de destruição. Começou a golpear ao acaso o estaqueamento, batendo onde podia, com a broca, com o serrote, possuído pelo desejo de pôr tudo abaixo sobre si mesmo. E punha nisso tal ferocidade, que era como se estivesse esfaqueando um ser vivo, que odiasse. Havia de exterminar essa besta malfazeja, essa

Voreux que estava com a goela sempre aberta e já devorara tanta carne humana! Ouvia-se o ranger das suas ferramentas, espichava-se, rastejava, descia, subia, mantendo-se por milagre, num vaivém contínuo, num esvoaçar de pássaro noturno por entre o vigamento de um campanário.

Mas acalmou-se, não contente consigo. Será que não se podiam fazer as coisas friamente? Sem se apressar tomou fôlego, voltou ao fosso das escadas, tornando a colocar o painel que serrara. Já bastava, não queria dar o alarme com um estrago muito grande, que tentariam consertar sem demora. A besta estava ferida na barriga, ver-se-ia se ela poderia viver até a noite. E lá estava a sua marca; o mundo, aterrado, viria a saber que ela não morrera de morte natural. Demorou-se enrolando metodicamente as ferramentas na jaqueta, subiu as escadas lentamente. Depois, tendo saído da mina sem ser visto, nem chegou a pensar em mudar de roupa. Deram três horas. Ficou na estrada, esperando.

À mesma hora, Etienne, que não dormia, assustou-se com um leve ruído que ouviu na escuridão espessa do quarto. Distinguia a respiração leve das crianças, os roncos de Boa-Morte e da viúva, enquanto, ao seu lado, Jeanlin emitia uma nota prolongada de flauta. Com certeza tinha sonhado, e já ia enovelar-se outra vez quando o ruído recomeçou. Era um estalido de madeira, o esforço abafado de uma pessoa que se levanta. Então pensou que talvez Catherine estivesse indisposta.

— És tu? Estás sentindo alguma coisa? — perguntou em voz baixa.

Ninguém respondeu, o ressonar dos outros continuava. Durante cinco minutos nada se mexeu, depois houve um outro estalido. E agora, seguro de não ter sonhado, atravessou o quarto, estendeu os braços para as trevas, tocando na cama da frente. Foi grande a sua surpresa ao encontrar a moça sentada, com a respiração suspensa, acordada e à espera.

— Por que não respondes? Que estás fazendo?

Ela acabou por dizer:

— Estou-me levantando.

— Levantando a esta hora?

— É isso mesmo, vou trabalhar.

Comovido, Etienne teve de se sentar na borda da enxerga, enquanto Catherine explicava-lhe as razões do seu gesto. Sofria muito de viver assim, sem fazer nada, sentindo sobre si os eternos olhares de censura; preferia correr o risco de ser maltratada por Chaval lá na mina. E, se a mãe não aceitasse seu dinheiro, não havia de ser nada, já estava bastante adulta para viver sozinha e fazer sua comida.

— E agora vai, quero vestir-me. E não digas nada, hem? Sê bom.

Mas ele ficou onde estava e tomou-a pela cintura, numa carícia de tristeza e pena. Em camisola, apertados um ao outro, sentiram o calor de sua pele nua, à beira daquela cama tépida do sono da noite. O primeiro movimento dela fora afastar-se, depois pôs-se a chorar baixinho, agarrando-o pelo pescoço para mantê-lo contra si, num abraço desesperado. E ficaram assim, sem outro desejo, com o passado dos seus amores infelizes, que não tinham podido satisfazer. Estava então tudo acabado, não ousariam amar-se um dia, agora que eram livres? Um pouquinho de felicidade seria o bastante para dissipar sua vergonha, esse mal-estar que os impedia de seguirem juntos, em razão de uma infinidade de idéias, que nem eles mesmos sabiam o que era.

— Vai deitar-te — murmurou ela. — Não quero acender a luz para não acordar mamãe... Já está na hora, vai...

Mas ele não escutava, abraçava-a desesperadamente, o coração imerso em profunda tristeza. Uma necessidade de paz, um invencível desejo de ser feliz invadia-o. E via-se casado, numa casinha limpa, sem outra ambição do que a de viverem e morrerem assim, juntos. Só pão lhe bastaria; e, mesmo que houvesse apenas para um, esse pedaço seria para ela. Para que mais? A vida valeria mais que isso?

Ela já estava soltando seus braços nus.

— Por favor, vai...

Então, num transbordamento de coração, ele disse-lhe ao ouvido:

— Espera, vou contigo.

E admirou-se de ter dito aquilo. Jurara que não voltaria a descer, de onde viria então essa decisão brusca, saída dos seus lábios sem a ter pensado ou raciocinado? Agora fazia-se nele tamanha tranqüilidade, uma cura tão completa das suas dúvidas, que se obstinava na decisão, como um homem salvo pelo acaso e que enfim encontrasse a única saída para o seu tormento. Por isso não quis ouvi-la, quando ela se mostrou alarmada, compreendendo que seu gesto era pura dedicação, temendo os impropérios com que ele seria recebido na mina. O rapaz ria de tudo isso, os cartazes prometiam perdão, e isso bastava.

— Já decidi, vou trabalhar... Vamos vestir-nos sem fazer barulho.

Vestiram-se no escuro, com mil precauções. Ela, às escondidas, tinha preparado de véspera a sua roupa de mineiro; o rapaz tirou do armário uma jaqueta e umas calças. E não se lavaram com receio de fazer barulho com o tacho. Todos dormiam, tinham de atravessar o corredor estreito onde dormia a mãe. Ao saírem, por desgraça tropeçaram numa cadeira. A mulher acordou, perguntando, cheia de sono:

— Hem? quem é?

Catherine, toda trêmula, tinha parado, apertando violentamente a mão de Etienne.

— Sou eu, não é nada — disse este. — Estou precisando de ar fresco, vou até lá fora respirar um pouco.

— Ah! — grunhiu a mulher, voltando a dormir.

Catherine não ousava caminhar. Finalmente desceu à sala e repartiu uma fatia que tinha guardado de um pão dado por uma senhora de Montsou. Depois, fecharam cuidadosamente a porta e partiram.

Suvarin permanecera em pé, ao lado do Avantage, numa curva da estrada. Havia meia hora que observava os mineiros voltando ao trabalho, confundidos com o escuro, passando com o seu surdo bater de cascos, como um rebanho. Contava-os, como os magarefes contam as reses à entrada do matadouro; e estava surpreso com a quantidade, não previra, mesmo no seu pessimismo, que o número de covardes pudesse ser tão grande. A fila não tinha fim, ele se retesava, friorento, cerrando os dentes, os olhos claros.

De repente estremeceu. Entre os homens que desfilavam e cujas fisionomias não distinguia, acabava de reconhecer um, pelo modo de andar. Avançou e fê-lo parar.

— Aonde vais?

Etienne, perturbado, em vez de responder, balbuciava:

— Como, ainda não partiste?

Depois confessou, voltava para a mina. Sim, tinha jurado, mas não era vida esperar de braços cruzados que as coisas, talvez dentro de cem anos, acontecessem; além disso, razões suas tinham feito com que se decidisse.

Suvarin escutara-o arrepiado. Agarrando-o por um braço, empurrou-o de volta ao conjunto habitacional.

— Volta já para casa!

Catherine se aproximou, ele reconheceu-a também. Etienne protestou, declarou que ninguém tinha o direito de julgar seus atos. E os olhos do mecânico foram da moça ao companheiro, enquanto recuava um passo, com um gesto brusco de desistência. Quando um homem tinha uma mulher no coração, estava liquidado, podia morrer. Talvez tenha visto, numa rápida visão, lá em Moscou, sua amante enforcada, o último laço carnal que cortara, que o tornara livre da vida dos outros e da sua. Disse simplesmente:

— Vai.

Perturbado, Etienne demorava-se, procurando uma palavra de camaradagem, para não se separarem assim.

— Então, vais partir mesmo?

— Vou.

— Vamos, um aperto de mão, meu velho. Boa viagem, e sempre amigos.

O outro lhe estendeu a mão gelada. Nem amigo, nem mulher.

— Desta vez é para sempre. Adeus.

— Sim, adeus.

E Suvarin, imóvel nas trevas, seguiu com o olhar Etienne e Catherine, que entravam na Voreux.

III

Às quatro horas começou a descida. Dansaert em pessoa, instalado na mesa do apontador, no depósito de lanternas, inscrevia cada operário que se apresentava e mandava que lhe dessem uma lanterna. Inscrevia a todos, sem uma observação, mantendo a promessa dos cartazes. No entanto, quando avistou Etienne e Catherine, teve um sobressalto, muito vermelho e abrindo a boca para mandá-los embora; depois limitou-se a exultar, com um ar insultante: ah! ah! então o forte dos fortes estava por terra? A companhia não era assim tão ruim, uma vez que o terror de Montsou voltava de mão estendida! Silencioso, Etienne apanhou a sua lanterna e subiu em direção ao poço com a operadora de vagonetes.

Mas era ali, na recebedoria, que Catherine temia os impropérios dos outros. Logo que entrou, divisou Chaval no meio de um grupo de mineiros, esperando um elevador. Ele já estava avançando furiosamente para ela quando, ao ver Etienne, parou. Começou então a dar-se ares de deboche, com um ofensivo movimento de ombros. Pois muito bem! pouco se lhe dava, o outro fora ocupar o seu lugar ainda quente. Que se arranjasse! Se o cavalheiro gostava de restos, melhor para ele. E, na exibição daquele desprezo, transformara-se numa fera de ciúme, com os olhos flamejantes. O resto do grupo não tomou conhecimento da cena, permaneceu de olhos baixos, contentando-se em olhar de revés para os recém-chegados. Depois, acabrunhados e sem cólera, eles voltaram a olhar fixamente a boca do poço, lanterna na mão, tiritando sob a fazenda fina da jaqueta, que as correntes de ar da enorme peça atravessavam.

Finalmente o elevador fixou-se nos ferrolhos e gritaram que embarcassem. Catherine e Etienne enfiaram-se num vagonete, onde já estavam Pierron e dois britadores. Ao lado, no outro carro, Chaval dizia ao velho Mouque, quase aos gritos, que a direção errava em não aproveitar a ocasião para livrar a mina dos salafrários que a infestavam; mas o velho cavalariço, já de volta à resignação da sua vida de cachorro, não se enfurecia mais com a morte dos filhos, e respondeu apenas com um gesto conciliador.

O elevador desengatou-se, desaparecendo no escuro. Ninguém falava. De repente, quando estavam a dois terços da descida, houve um choque terrível, os ferros partiram e os homens foram jogados uns contra os outros.

— Maldição! — grunhiu Etienne. — Será que querem esmagar-nos? Vamos acabar ficando no fundo, com esse revestimento infame. E eles têm a coragem de dizer que já consertaram...

Contudo, o elevador tinha transposto o obstáculo e agora descia sob uma chuva torrencial, tão violenta, que os operários começaram a ficar nervosos com aquele dilúvio. Afinal, quantos escapamentos de água havia nas juntas?

Interrogado, Pierron, que já trabalhava havia vários dias, não quis mostrar seu medo, que poderia ser considerado como um ataque à direção, e respondeu:

— Oh! não há perigo. É sempre assim. Sem dúvida não tiveram tempo de calafetar os repuxos.

O dilúvio desabava sobre suas cabeças; chegavam ao fundo, na última expedição, debaixo de uma verdadeira tromba-d'água. Nenhum contramestre tivera a idéia de subir pelas escadas para ver o que estava acontecendo. A bomba bastaria, os calafates revistariam as juntas na noite seguinte. Nas galerias, a reorganização do trabalho estava dando dores de cabeça. Antes de deixar os britadores voltarem às suas zonas de extração, o engenheiro decidira que, durante os primeiros cinco dias, todos os homens executariam certos trabalhos de consolidação, de urgência absoluta. Por todas as partes havia desabamentos iminentes, as vias tinham sofrido tanto que era necessário consertar o estaqueamento em extensões de muitas centenas de metros. Embaixo, formavam-se, portanto, equipes de dez homens, cada uma sob a direção de um contramestre; depois, eram postas a trabalhar nos pontos mais danificados. Quando a operação de descida terminou, constatou-se que trezentos e vinte e dois mineiros tinham descido, aproximadamente a metade do número que trabalhava quando a mina atingia pleno rendimento.

Chaval completou justamente a equipe da qual Etienne e Catherine faziam parte; e isso não foi por acaso, já que a princípio se escondera por trás dos companheiros, apresentando-se depois ao contramestre. Essa equipe foi fazer desobstrução no fim da galeria norte, a cerca de três quilômetros, de um desabamento que fechava uma via do veio Dix-Huit-Pouces. Atacaram as rochas desabadas a picareta e pá. Etienne, Chaval e cinco outros desentulhavam, enquanto Catherine e dois aprendizes transportavam o entulho até o plano inclinado. Quase não se falavam, o contramestre não os deixava. No entanto, os dois pretendentes da operadora de vagonetes estiveram a ponto de trocar bofetadas. Sempre rosnando que não queria mais saber daquela vagabunda, Chaval não a deixava em paz, dando-lhe empurrões disfarçados, enquanto Etienne ameaçava-o com uma refrega se não parasse com aquilo. Comiam-se com os olhos e foi necessário separá-los.

Por volta das oito horas, Dansaert passou para examinar o trabalho. Estava de mau humor, discutiu com o contramestre: continuava tudo na mesma, as madeiras tinham de ser mudadas à medida que o trabalho avançava. Como é que podiam fazer um trabalho tão porco? E lá se foi, avisando que voltaria com o engenheiro. Esperava Négrel desde a madrugada, não compreendia a causa do seu atraso.

Passou-se mais uma hora. O contramestre tinha suspendido a limpeza, para pôr todo o seu pessoal a revestir o teto; a própria operadora de vagonetes e os dois aprendizes pararam com o transporte de terra, e preparavam e traziam os caibros. Naquela extremidade de galeria, a equipe se encontrava como nos postos avançados, perdida nos fundos da mina, sem comunicação com os outros grupos. Três ou quatro vezes, ruídos estranhos, correrias longínquas fizeram que os trabalhadores voltassem a cabeça: que era aquilo? Parecia que as vias estavam sendo abandonadas, que os companheiros já estavam subindo à desfilada. Mas o ruído perdia-se no profundo silêncio e eles voltavam a colocar os caibros, atordoados com as marteladas. Por fim recomeçaram a desaterrar e a transportar o entulho.

Na volta da sua primeira viagem, Catherine, assustada, veio dizer que não havia mais ninguém no plano inclinado.

— Chamei e não responderam. Todos fugiram.

O pavor foi tal que os dez homens largaram as ferramentas e desembestaram. A idéia de se verem sozinhos, abandonados no fundo da mina, tão longe do poço, os enlouquecia. Só tinham conservado as lanternas, corriam em fila, os homens, os meninos, a operadora de vagonetes; e o próprio contramestre perdeu a cabeça, chamava em altos brados, cada vez mais assustado com o silêncio, com aquele deserto sem fim das galerias. Que estava acontecendo, para não se encontrar vivalma? Que acidente poderia ter feito o pessoal desaparecer dessa maneira? O terror aumentava com a incerteza do perigo, com a ameaça que sentiam presente, mas não conheciam.

Afinal, quando se aproximavam do poço, uma enxurrada embargou-lhes o passo. Em seguida, já estavam com água até os joelhos e não podiam mais correr, com muita dificuldade fendiam a torrente, certos de que um minuto de atraso seria a morte.

— Miseráveis! foi o estaqueamento que estourou — gritou Etienne. — Bem que eu dizia que nós ficaríamos enterrados!

Desde que descera, Pierron, muito inquieto, via aumentar o dilúvio que caía do poço. Enquanto embarcava os vagonetes com outros dois, erguia a cabeça, o rosto todo salpicado de grossas gotas, os ouvidos zumbindo com o ronco da tempestade que se desencadeava lá no alto. Mas seu susto maior foi quando notou que o desaguadouro, embaixo, o fosso de dez metros de profundidade, enchia-se. A água já jorrava do forro, transbordava pelo soalho de ferro fundido. Isso era a prova de que a bomba não chegava para esgotar a grande quantidade de água. Ouvia-a resfolegar, aos arrancos. Então, avisou Dansaert, que praguejou furioso, respondendo que tinham de esperar pelo engenheiro. Mais duas vezes Pierron voltou à carga, só conseguindo arrancar do capataz um encolher de ombros exasperado. E daí? A água estava subindo, que queria que fizesse?

Mouque apareceu com Batalha, conduzindo-o para o trabalho; teve de segurá-lo com ambas as mãos, o velho cavalo sonolento empinou-se subitamente, a cabeça espichada para o poço, relinchando para a morte.

— O que é que há, filósofo, estás nervoso? Ah, é por causa da chuva. Vamos, vamos, isso não te diz respeito.

Mas o animal estava todo eriçado e Mouque teve de arrastá-lo à força para o trabalho.

Quase no mesmo instante, quando Mouque e Batalha desapareciam no fundo de uma galeria, houve um estalo no ar, seguido de um barulho prolongado de queda. Era um pedaço do estaqueamento que se soltava, caindo de cento e oitenta metros, batendo de encontro às paredes. Pierron e os outros carregadores tiveram tempo de se afastar, a prancha de carvalho esmagou apenas um vagonete vazio. Ao mesmo tempo, uma tromba-d'água, jorrando de um dique rebentado, espraiava-se. Dansaert quis ir ver, mas ainda não tinha acabado de falar quando desabou outra prancha. E, diante da catástrofe que os ameaçava, apavorado, não hesitou mais, deu ordem de subida, e enviou os contramestres para avisar o pessoal nas vias.

Começou então uma pavorosa correria. De todas as galerias chegavam magotes de operários desembestados, precipitando-se ao assalto dos elevadores. Esmagavam-se, matavam-se para ser subidos imediatamente. Alguns, que haviam tido a idéia de subir pelas escadas, voltaram, gritando que a passagem já estava obstruída. O terror era geral; após a partida de um elevador, ninguém sabia se o seguinte passaria por entre os obstáculos que obstruíam o poço. No alto, a derrocada devia continuar, ouvia-se uma série de detonações surdas; as madeiras, que se fendiam, rachavam sob o impacto contínuo e crescente da tempestade. Em breve um elevador ficou fora de serviço, inutilizado, não mais podendo deslizar entre as guias, sem dúvida partidas. O outro roçava tanto que certamente o cabo ia rebentar. E ainda havia uma centena de homens para sair, todos estertoravam, agarravam-se ensangüentados, afogados. Dois foram mortos pela queda das pranchas; um terceiro, que se pendurara ao elevador, caiu de cinqüenta metros de altura e desapareceu no desaguadouro.

Apesar de tudo isso, Dansaert procurava impor um pouco de ordem. Armado de uma picareta, ameaçava abrir a cabeça do primeiro que não obedecesse; e quis pô-los em fila, gritava que os carregadores seriam os últimos a sair, depois de terem embarcado os outros. Ninguém o escutava; já impedira Pierron, trêmulo e lívido, de fugir em primeiro lugar. A cada nova leva que partia, tinha de afastá-lo com um tabefe. Mas ele mesmo batia o queixo, um minuto a mais e seria arrastado, lá em cima estava tudo desabando, era como um rio transbordando, uma chuva mortífera de madeiras. Alguns operários ainda apareciam correndo, quando, morto de medo, ele saltou para dentro de um vagonete, deixando Pierron saltar atrás dele. O elevador subiu.

Nesse momento, a equipe de Etienne e Chaval desembocava na galeria. Viram o elevador desaparecendo, precipitaram-se, mas tiveram de recuar sob o desabamento total do estaqueamento. O poço estava completamente obstruído, o elevador não desceria mais.

Catherine soluçava, Chaval sufocava-se de tanto praguejar. Eram uns vinte, será que os canalhas dos chefes os abandonariam assim? O velho Mouque, que trouxera de volta Batalha, calmamente, ainda o segurava pela rédea, ambos estupefatos, o homem e o animal, diante da rápida subida da inundação. A água já atingia as coxas. Etienne, mudo, de dentes cerrados, segurou Catherine no colo. E os vinte berravam, olhando para cima, os vinte se obstinavam, imbecilizados, em fitar o poço, esse buraco esboroado que cuspia um rio e de onde já não lhes podia vir qualquer socorro.

Na superfície, Dansaert, ao desembarcar, divisou Négrel, que chegava correndo. Naquela manhã, por uma fatalidade, a Sra. Hennebeau o tinha retido ao sair da cama, para folhear catálogos na escolha das jóias que deveria oferecer à noiva. Eram dez horas.

— O que está acontecendo? — gritou ele de longe.

— A mina está perdida — respondeu o capataz.

E contou a catástrofe, gaguejando, enquanto o engenheiro, incrédulo, fazia esgares: ora, vamos! como era possível que um revestimento se esboroasse assim? Estavam exagerando, tinha que ver.

— Ficou alguém lá embaixo?

Dansaert confundiu-se: não, ninguém. Pelo menos supunha. Podia ser que alguns operários se tivessem atrasado.

— Mas com mil diabos! — berrou Négrel. — Por que você subiu, então? Como pôde abandonar o pessoal?

Imediatamente deu ordem para que contassem as lanternas. De manhã, tinham sido distribuídas trezentas e vinte e duas, e só se encontravam duzentas e cinqüenta e cinco. Entretanto, diversos operários confessavam que haviam abandonado as suas embaixo, arrancadas das suas mãos, na confusão do pânico. Tentou-se fazer uma chamada, foi impossível estabelecer um número exato: alguns mineiros tinham escapado, outros não ouviam mais os próprios nomes. Ninguém chegava a um acordo quanto aos companheiros que estavam faltando. Talvez fossem vinte, talvez quarenta. O engenheiro tinha uma única certeza: havia homens no fundo; podiam-se ouvir seus gritos no meio do estrondo das águas, através das vigas desabadas, ao se debruçar na boca do poço.

A primeira providência de Négrel foi mandar chamar o Sr. Hennebeau e querer fechar a mina. Mas já era tarde, os mineiros que tinham corrido ao conjunto habitacional dos Deux-Cent-Quarante, como que perseguidos pelo estalar do estaqueamento, tinham alarmado as famílias; e bandos de mulheres, velhos, crianças surgiam desabalados, sacudidos por gritos e soluços. Tiveram de ser repelidos; um cordão de vigias foi encarregado de mantê-los a distância, para não atrapalharem os trabalhos. Muitos operários que tinham subido permaneciam por ali, estupefatos, sem pensar em mudar de roupa, retidos por uma fascinação do medo, fitando aquele buraco horrendo onde quase tinham ficado. As mulheres, em volta deles, desesperadas, suplicavam que lhes dissessem os nomes. Quem estava lá embaixo? Fulano estaria? E beltrano? Eles não sabiam, balbuciavam, eram perpassados por arrepios e faziam gestos loucos, gestos que afastavam uma visão pavorosa, sempre presente. A multidão aumentava rapidamente, uma lamentação subia das estradas. E lá em cima, no aterro, na cabana de Boa-Morte, um homem estava sentado no chão: era Suvarin, que não se afastara e que olhava.

— Os nomes! Os nomes! — gritavam as mulheres, sufocadas pelas lágrimas.

Négrel surgiu por um instante e disse estas palavras:

— No momento em que soubermos os nomes, daremos a conhecer. Mas nada está perdido, todos serão salvos... Eu vou descer.

Então, muda de angústia, a multidão esperou. Realmente, com tranqüila bravura, o engenheiro preparava-se para descer. Fizera desenganchar o elevador, ordenando que o substituíssem por uma caçamba; e, como acreditava que a água iria apagar a lanterna, mandou pendurar outra por baixo da caçamba, que a protegeria.

Alguns contramestres, trêmulos, com o rosto lívido e descomposto, ajudavam os preparativos.

— Você vai descer comigo, Dansaert — disse Négrel com voz seca.

Depois, vendo-os todos sem coragem, e o capataz oscilando, ébrio de horror, afastou-o com um gesto de desprezo.

— É melhor que não vá, você iria atrapalhar-me... Prefiro ir sozinho.

Já tinha entrado para a caçamba estreita, que se balançava na extremidade do cabo, e, segurando a lanterna numa das mãos, apertando com a outra a corda do sinal, ele mesmo gritou para o mecânico:

— Devagar!

A máquina pôs em movimento as bobinas; Négrel desapareceu no sorvedouro, de onde continuavam a subir os gritos dos miseráveis.

No alto, o revestimento estava perfeito. Balançando no centro do poço, virava-se, iluminava as paredes: o vazamento nas juntas era tão pouco abundante que sua lanterna não foi atingida. Mas a trezentos metros, quando chegou ao revestimento inferior, a lanterna se apagou, conforme as suas previsões, e a caçamba ficou inundada. Daí por diante, para enxergar, só contava com a lanterna suspensa, que o precedia nas trevas. E, apesar de sua valentia, estremeceu e ficou pálido diante do horror do desastre. Poucas pranchas permaneciam no lugar, as outras tinham-se despencado com suas molduras; por trás, surgiam enormes cavidades, as areias amarelas, finas como farinha, corriam em massas consideráveis, enquanto as águas da Torrente, esse mar subterrâneo de tempestades e naufrágios ignorados, derramavam-se numa enxurrada de represa. Desceu mais, perdido no centro daqueles vácuos que aumentavam constantemente, esborrifado e redemoinhando sob a violência das águas, tão mal iluminado pela estrela vermelha da lanterna que ia embaixo, que julgou estar vendo ruas, encruzilhadas da cidade destruída, muito ao longe, na dança das grandes sombras móveis. Nenhum trabalho humano era mais possível. Apenas uma esperança lhe restava: tentar a salvação dos homens em perigo. À medida que afundava, ouvia crescer os gritos. Teve de parar, um obstáculo intransponível vedava o poço, um amontoado de vigas, as madeiras soltas das guias, as paredes das escadas, tudo isso emaranhado com as correias arrancadas da bomba. Quando olhava longamente, com o coração apertado, os gritos cessaram repentinamente. Sem dúvida, diante do avanço das águas, os miseráveis tinham fugido para as galerias, se não tivessem sido engolidos pela enchente.

Négrel resignou-se a puxar a corda do sinal para que o subissem. Em seguida fez outro sinal para que parassem. Não conseguia voltar a si do espanto daquele acidente tão repentino, de que não compreendia a causa. Queria descobrir, examinou as poucas pranchas do estaqueamento que ainda estavam no lugar. A distância, ficara surpreso com as rachas e os cortes na madeira. A lanterna extinguia-se, afogada em umidade, e ele tateou com os dedos, reconhecendo nitidamente o trabalho do serrote e da broca, um hediondo trabalho de destruição. Evidentemente, aquela catástrofe fora provocada. Ficou boquiaberto, as últimas pranchas estalaram e afundaram no abismo, numa última queda que quase o levou junto. Sua coragem tinha desaparecido; só de pensar no homem que fizera aquilo ficava com os cabelos em pé, gelado com o medo religioso do mal, como se, à espreita nas trevas, o homem ainda estivesse ali, enorme, do tamanho da sua desmesurada maldade. Gritou, puxou histericamente o sinal; e já não era sem tempo, pois notou, cem metros acima, que o estaqueamento superior também começava a desmoronar; as juntas abriam-se, perdiam seu calafeto de estopa, desaguavam riachos. Agora não era mais que uma questão de horas, o poço estava-se desmontando e desabaria.

Na superfície, o Sr. Hennebeau, ansioso, esperava Négrel.

— E então? — perguntou.

Mas o engenheiro, sufocado, não conseguia falar. Desfalecia.

— Isso não é possível, nunca se viu nada semelhante... Examinaste bem?

O rapaz respondia afirmativamente com a cabeça, olhando para os lados. Não queria falar na frente dos poucos contramestres que escutavam; levou o tio a uma distância de dez metros, não se julgou bastante afastado, distanciou-se mais. Depois, muito baixinho, ao ouvido, contou-lhe enfim o atentado, as pranchas furadas e serradas, a mina sangrada no pescoço e agonizando. O diretor empalideceu e baixou também a voz, na necessidade instintiva de silêncio sobre a monstruosidade dos grandes deboches e dos grandes crimes. Não deviam apresentar-se trêmulos diante dos dez mil operários de Montsou: mais tarde veriam. E ambos continuavam a segredar, aterrados com a coragem daquele homem que descera e pendurara-se no vácuo, arriscando incontáveis vezes sua vida naquela horrível tarefa. Não compreendiam mesmo aquela bravura louca de destruição, recusavam-se a acreditar, apesar da evidência, tal como se duvida dessas histórias de evasões célebres, desses prisioneiros que escapam por janelas, a trinta metros do solo.

Quando o Sr. Hennebeau se reaproximou dos contramestres, um tique nervoso repuxava-lhe o rosto. Teve um gesto de desespero, deu ordem para que a mina fosse evacuada imediatamente. Foi um dispersar lúgubre, de enterro, um abandono mudo, com olhares lançados para trás aos grandes edifícios de tijolos, vazios e ainda em pé, que já nada podia salvar.

E, quando o diretor e o engenheiro desciam por último da recepção, a multidão acolheu-os com seu grito, repetido com obstinação:

— Os nomes! Os nomes! Dêem os nomes!

Agora lá estava a mulher de Maheu, entre as outras. Lembrara-se do barulho que ouvira de noite, a filha e o inquilino deviam ter saído juntos, certamente estavam no fundo da mina. E, depois de ter exclamado que era bem feito, que eles mereciam ficar enterrados porque eram fracos e covardes, acorrera também e postara-se na primeira fila, trêmula de angústia. Aliás, já não duvidava mais, tinha certeza, pela discussão que se travava ao redor dela. Sim, sim, Catherine ficara, e Etienne também, um outro os vira. A respeito dos demais, no entanto, não chegavam a um acordo. Não, esse não, aquele sim, Chaval talvez, ainda que um aprendiz jurasse ter subido com ele. As mulheres de Levaque e Pierron, apesar de não terem nenhum dos seus em perigo, estavam excitadíssimas, lamentando-se tanto quanto as outras. Tendo sido um dos primeiros a sair, Zacharie, apesar do seu jeito trocista, abraçara em lágrimas a esposa e a mãe; e, permanecendo junto desta, tremia com ela, mostrando pela irmã um inesperado extravasamento de ternura, recusando-se a acreditar que ela ficara soterrada, enquanto os chefes não o tivessem declarado oficialmente.

— Os nomes! Os nomes! Por piedade, os nomes!

Négrel, enervado, gritou aos vigias:

— Tratem de fazê-los calar! Isto é um desespero! Nós não sabemos os nomes!

Já tinham transcorrido duas horas. No primeiro impacto do desastre, ninguém tinha pensado no outro poço, no velho poço de Réquillart. O Sr. Hennebeau anunciava que iam tentar o salvamento por esse lado, quando começou a circular um rumor: cinco operários acabavam de escapar à inundação, subindo pelas escadas apodrecidas do antigo poço fora de serviço; e citava-se o nome do velho Mouque, o que era uma surpresa, ninguém o supunha lá. Mas a narrativa dos cinco evadidos aumentou as lágrimas: quinze pessoas não tinham podido segui-los, perdidas, emparedadas pelos desmoronamentos, e não era mais possível socorrê-las porque em Réquillart a água já atingira uma altura de dez metros. Todos os nomes foram dados a conhecer, o ar encheu-se com os gemidos de um povo desesperado.

— Façam que se calem! — repetiu Négrel, furioso. — E que recuem! Vamos, recuem cem metros! Há perigo, para trás, para trás!

Foi preciso empurrar aquela pobre gente, que começou a imaginar novas desgraças: estavam sendo expulsos para não terem conhecimento de novas mortes. Os contramestres, então, tiveram de explicar que o poço ia destruir a mina. Essa notícia deixou-os mudos de espanto, deixaram que os repelissem passo a passo. No entanto, foi dobrado o número de guardas que os continham, porque eles, mesmo sem querer, como que magnetizados, voltavam sempre. A multidão acotovelava-se na estrada, vinha gente de todas as aldeias operárias e até de Montsou. E o homem no cume do aterro, o homem louro com feições de moça fumava cigarros para passar o tempo, sem tirar da mina os seus olhos claros.

A expectativa começou. Era meio-dia, ninguém tinha comido e ninguém se afastava. No céu brumoso, de um cinzento sujo, passavam lentamente nuvens cor de ferrugem. Um cão enorme, por trás da sebe de Rasseneur, ladrava violentamente, sem descanso, irritado com o bulício da multidão. E essa multidão tinha-se espalhado, pouco a pouco, pelas terras vizinhas, rodeara a mina num círculo de cem metros. No centro desse grande vazio erguia-se a Voreux, onde não havia ninguém e o silêncio era completo, um verdadeiro deserto. As janelas e as portas, escancaradas, mostravam o abandono interior. Um gato fulvo, esquecido lá dentro, farejando a ameaça daquela solidão, saltou de uma escada e desapareceu. Sem dúvida apagavam-se as fornalhas dos geradores, porque a esguia chaminé de tijolos soltava fiapos de fumaça de encontro às nuvens sombrias, enquanto a ventoinha da torre do sino de rebate rangia ao vento, com um gritinho áspero, a única voz melancólica daqueles vastos edifícios que iam desaparecer.

Às duas horas tudo continuava no mesmo. O Sr. Hennebeau, Négrel e outros engenheiros vindos em socorro formavam um grupo de sobrecasacas e chapéus pretos à frente da multidão. E eles também não se afastavam, as pernas bambas de cansaço, febris, doentes de assistirem impotentes a tamanho desastre, murmurando raras palavras, como à cabeceira de um moribundo. O estaqueamento superior devia estar-se esboroando, ouviam-se estrondos repentinos, ruídos cadenciados de queda profunda, aos quais sucediam-se longos silêncios. Era a ferida que se alastrava: o desmoronamento, principiado por baixo, subia, aproximava-se da superfície. Uma impaciência nervosa apoderou-se de Négrel; queria ver, e já avançava sozinho naquele vácuo assustador, quando o seguraram. Para quê, se não podia impedir o desastre? No entanto, um velho mineiro, iludindo a vigilância, correu até o vestiário para logo reaparecer, tranqüilamente: fora buscar os tamancos.

Deram três horas. Nada ainda. Uma chuvada tinha ensopado a multidão sem que ninguém arredasse pé. O cão de Rasseneur pusera-se de novo a ladrar. E foi somente às três horas e vinte que um primeiro tremor sacudiu a terra. A Voreux estremeceu, resistindo, sempre em pé. Contudo, seguiu-se logo outro tremor, e um longo grito saiu das bocas abertas: o galpão de telhas alcatroadas da triagem, após oscilar duas vezes, desabou com um barulho terrível. Sob a enorme pressão, os caibros partiam-se e chocavam-se com tal força, que houve uma chuva de detritos. A partir desse momento a terra não parou de tremer, os abalos sucediam-se, desabamentos subterrâneos, roncos de vulcão em erupção. Ao longe, o cão parara de ladrar, soltava uivos lastimosos, como que anunciando as oscilações que pressentia. E as mulheres, as crianças, toda aquela gente que olhava não podia conter um clamor de angústia, a cada um desses tremores que a fazia oscilar. Em menos de dez minutos, o telhado de ardósia da torre do sino de rebate desabou, a recebedoria e a casa da máquina fenderam-se, abrindo uma brecha considerável. Depois os ruídos pararam, a derrocada cessou, fez-se de novo um grande silêncio.

Durante uma hora a Voreux permaneceu assim, aluída, como que bombardeada por um exército de bárbaros. Já não se gritava mais, o largo círculo de espectadores olhava apenas. Debaixo do monte de caibros da triagem, podiam-se ver os basculadores despedaçados, as tremonhas quebradas e torcidas. Mas era sobretudo na recebedoria que os destroços se acumulavam, em meio a uma montanha de tijolos, por entre paredes inteiras transformadas em farelo. A estrutura de ferro que sustentava as roldanas tinha vergado e estava meio afundada no poço; um elevador ficara pendurado, um pedaço de cabo arrancado flutuava; depois, era uma massa de vagonetes, de chapas de ferros fundidos, de escadas. Por um acaso, o depósito de lanternas ficara intato, mostrando à esquerda as fileiras claras de suas luzinhas. E, ao fundo de sua casa derruída, via-se a máquina, solidamente assente no pedestal de alvenaria: as peças de cobre reluziam, os grossos membros de aço pareciam músculos indestrutíveis, a enorme biela, dobrada no ar, assemelhava-se ao poderoso joelho de um gigante deitado e tranqüilo na sua força.

O Sr. Hennebeau, ao fim daquela hora de espera, sentiu a esperança renascendo. O movimento da terra devia ter terminado, teriam a sorte de salvar a máquina e o resto dos edifícios. Mas continuava proibindo que se aproximassem, queria esperar mais meia hora. A expectativa tornou-se insuportável, a esperança aumentava a angústia, todos os corações disparavam. Uma nuvem sombria, crescendo no horizonte, apressava o crepúsculo, um fim de dia sinistro sobre aqueles destroços das tempestades da terra. Estavam ali desde as sete horas, sem arredar pé, sem comer.

E, de repente, quando os engenheiros avançavam com prudência, uma suprema convulsão do solo os pôs em fuga. Ouviam-se detonações subterrâneas, toda uma artilharia monstruosa bombardeando o abismo. Na superfície, abatiam-se as últimas construções, esmagando tudo. Primeiro, uma espécie de turbilhão sorveu os restos da triagem e da recebedoria; em seguida, a casa das caldeiras desmoronou e sumiu; depois, foi o torreão quadrado, onde estertorava a bomba de esgoto, que emborcou, como um homem varado por uma bala. E viu-se então uma coisa espantosa: a máquina, deslocada do seu pedestal, com os membros esquartejados, lutar contra a morte: caminhou, estendeu sua biela, seu joelho de gigante, como para se levantar, mas expirou, esmagada, sorvida. Apenas a esguia chaminé de trinta metros permanecia em pé, sacudida, igual a um mastro no meio do furacão; acreditava-se que ela ia esmigalhar-se e voar em pó, quando, de repente, afundou-se em bloco, tragada pela terra, derretida como um círio colossal; e nada ficou de fora, nem sequer a ponta do pára-raios. Era o fim, a besta má, acocorada no seu buraco, farta de carne humana, já não mais expelia seu hálito forte e extenso. A Voreux, inteira, acabava de desaparecer no abismo.

A multidão fugiu aos gritos. Mulheres corriam, tapando os olhos. O pavor dispersou os homens como a um monte de folhas secas. Ninguém queria gritar e gritava, com a garganta pulsando, os braços no ar, diante do imenso buraco que se abrira. Aquela cratera de vulcão extinto, com uma profundidade de quinze metros, estendia-se da estrada ao canal, numa largura de pelo menos quarenta metros. Todo o pátio da mina seguira os edifícios, os cavaletes gigantescos, os passadiços com seus trilhos, um comboio completo de vagonetes, três vagões, sem contar a provisão de madeiras, um bosque de estacas já cortadas, engolidas como palha. No fundo, não se distinguia mais do que um amontoado de caibros, tijolos, ferro, gesso, restos moídos, horrendos, emaranhados, nojentos, resultado da fúria da catástrofe. E o buraco aumentava, fendas partiam das suas bordas, corriam através dos campos, a grandes distâncias. Uma fenda subia até o estabelecimento de Rasseneur, cuja fachada rachara. Será que o conjunto habitacional seria atingido? Até onde teria de fugir para ficar a salvo, naquele medonho fim de dia, sob aquelas nuvens de chumbo, que também pareciam querer esmagar o mundo?

Négrel teve um grito de dor. O Sr. Hennebeau, que tinha recuado, chorou. O desastre ainda não estava completo, a margem do canal rompeu-se e ele precipitou-se de uma vez, como um lençol borbulhante, por uma das fendas. O canal foi-se esvaindo, caindo como uma cascata num vale profundo. A mina bebia aquele regato, a inundação agora submergia as galerias por muitos anos. Breve a cratera ficou cheia, um lago lodoso ocupou o lugar da Voreux, semelhante a esses lagos sob os quais jazem cidades malditas. Um silêncio aterrorizado tinha-se feito, só se ouvia a queda da água, roncando nas entranhas da terra.

Então, sobre o aterro aluído, Suvarin levantou-se. Tinha reconhecido a mulher de Maheu e Zacharie, soluçando diante dos escombros, cuja massa pesava tanto sobre a cabeça dos miseráveis que agonizavam no fundo. E jogou fora seu último cigarro, afastou-se sem olhar para trás, pela noite escura. Sua sombra foi diminuindo, fundindo-se com as trevas. Era para lá que ia, para o desconhecido. Caminhava com seu ar tranqüilo, para o extermínio, para onde quer que houvesse dinamite para fazer ir pelos ares cidades e homens. Será ele, certamente, que a burguesia agonizante ouvirá, quando debaixo dela, sob seus passos, explodir o calçamento das ruas.

IV

Na mesma noite do desmoronamento da Voreux, o Sr. Hennebeau partiu para Paris, querendo pessoalmente informar os administradores, antes que os jornais pudessem dar a notícia. E quando voltou, no dia seguinte, acharam-no muito calmo, com o seu ar de gerente correto. Salvara evidentemente sua responsabilidade, a confiança que lhe votavam não pareceu diminuída; ao contrário, o decreto que o nomeava oficial da Legião de Honra foi assinado vinte e quatro horas depois.

Mas, se o diretor estava salvo, a companhia oscilava com o terrível golpe. Não eram os poucos milhões perdidos, era a ferida no flanco, o medo surdo e constante do futuro, por causa da destruição de um dos seus poços. Ficou tão abalada, que mais uma vez sentiu necessidade de silêncio. Para que mexer naquela chaga? Para que descobrir o bandido e fazer dele um mártir, cujo espantoso heroísmo enlouqueceria outras cabeças, geraria uma linguagem completa de incendiários e assassinos? De resto, não suspeitou do verdadeiro culpado, acabou acreditando num verdadeiro exército de cúmplices, não podendo admitir que um único homem tivesse a audácia e a força para praticar semelhante façanha. E era justamente este o pensamento que a obcecava: uma ameaça sempre maior em torno de suas minas. O diretor recebera ordem de organizar um vasto sistema de espionagem e depois despedir sem barulho, um a um, os homens perigosos, suspeitos de terem participado do crime. Limitaram-se a esta depuração de alta prudência política.

Só houve uma demissão imediata, a de Dansaert, o capataz. Depois do escândalo com a mulher de Pierron, o homem tornara-se impossível. E pretextou-se sua atitude no perigo, a covardia do capitão abandonando seus subalternos. Por outro lado, era uma discreta concessão aos mineiros, que o detestavam.

No entanto, entre a população corriam certos boatos, e a direção teve de mandar uma nota retificadora aos jornais, desmentindo uma versão em que se falava de um barril de pólvora explodido pelos grevistas. Após rápido inquérito, o relatório do engenheiro do governo concluía por uma ruptura natural do estaqueamento, que o peso do terreno teria ocasionado. E a companhia resolveu calar-se e aceitar a censura por uma falta de cuidado. Na imprensa, em Paris, logo ao terceiro dia, a catástrofe foi engrossar o noticiário: só se falava dos operários agonizando no fundo da mina, liam-se com avidez os telegramas publicados todas as manhãs. Em Montsou mesmo, os burgueses ficavam pálidos e emudeciam ao ouvirem falar na Voreux; criava-se uma lenda, que mesmo os mais afoitos apenas ousavam cochichar. Toda a região demonstrava grande piedade pelas vítimas, organizavam-se marchas à mina destruída, famílias inteiras iam admirar o horror dos escombros que pesavam tanto na cabeça dos miseráveis soterrados.

Deneulin, nomeado engenheiro de divisão, estreara na sua função em pleno desastre. Sua primeira tarefa foi repor o canal no seu leito, porque aquela enxurrada agravava cada vez mais os estragos. Grandes trabalhos eram necessários e ele colocou imediatamente cem operários na construção de um dique. Duas vezes o ímpeto das águas arrastou as primeiras barragens. Agora instalavam-se bombas, era uma luta encarniçada, uma reconquista violenta e demorada dos terrenos desaparecidos.

Mas o salvamento dos mineiros soterrados apaixonava ainda mais. Négrel estava encarregado de tentar um supremo esforço, e braços era o que não faltava, todos os mineiros vinham oferecer-se, num impulso de fraternidade. Esqueciam a greve, não se preocupavam com o pagamento, podiam não lhes dar nada, só queriam enfrentar o perigo e tentar salvar os companheiros que estavam morrendo. Todos se apresentavam com as suas ferramentas, frementes, esperando que lhes dissessem em que lugar deveriam cavar. Muitos, doentes de horror após o acidente, agitados por espasmos nervosos, inundados de suores frios, perseguidos por pesadelos, levantavam-se apesar de tudo, mostravam-se os mais decididos a baterem-se contra a terra, como se tivessem uma desforra a tirar. Infelizmente, a dúvida começava diante da necessidade de fazer um trabalho útil: de que maneira? como descer? de que lado furar as rochas?

A opinião de Négrel era que nenhum dos infelizes sobrevivia, os quinze tinham seguramente morrido, afogados ou asfixiados. Contudo, nessas catástrofes de minas, a regra é sempre supor vivos os homens emparedados no fundo; e nesse sentido é que se raciocinava. O primeiro problema consistia em deduzir onde eles poderiam ter-se refugiado. Os contramestres, os velhos mineiros, consultados, concordavam num ponto: diante da inundação, os homens certamente tinham subido, galeria por galeria, até os veios mais altos, de maneira que, sem dúvida, achavam-se encurralados em alguma via superior. Isto, de resto, concordava com as informações do velho Mouque, cuja narrativa confusa fazia até acreditar que o pânico da fuga dividira os quinze em pequenos grupos, espalhando os fugitivos pelo caminho, em todos os andares. Mas as opiniões dos contramestres diferiam quando se abordava a discussão das tentativas possíveis. Como as vias mais próximas da superfície estavam a cento e cinqüenta metros, não se podia pensar em abrir um poço. Restava Réquillart, o único acesso, o único ponto por onde podiam aproximar-se. O pior era que a velha mina, também inundada, não mais se comunicava com a Voreux e não tinha livres, acima do nível das águas, senão trechos de galerias dependentes do primeiro patamar do poço. O esgotamento das águas ia levar anos; o melhor a fazer, portanto, era percorrer essas galerias, para ver se davam passagem às vias submersas, nas quais se suspeitava a presença dos mineiros em perigo.

Antes de chegar a essa decisão, tinham discutido muito, para afinal descartarem uma série de projetos impraticáveis.

A partir daí, Négrel começou a revolver a poeira dos arquivos, e, quando descobriu os planos antigos das duas minas, estudou-os, determinou os pontos por onde deveriam começar as pesquisas. Pouco a pouco inflamara-se com aquela busca, também ele estava possuído por uma febre de devotamento, apesar de sua irônica indiferença por homens e coisas. Começaram logo as dificuldades para a descida em Réquillart: foi necessário desentulhar a boca do poço, derrubar a sorveira, cortar as ameixeiras silvestres e os espinheiros; e ainda tiveram que consertar as escadas. Depois começaram as tentativas. O engenheiro, tendo descido com dez operários, fazia-os bater com as ferramentas em certos lugares do veio por ele indicados; e, num grande silêncio, cada um colava o ouvido à hulha, tentando perceber se algumas pancadas longínquas respondiam. Mas em vão percorreram todas as galerias transitáveis: nenhum eco se ouvia. As dificuldades aumentavam: em que lugar abrir um buraco? Encaminhar-se para onde, visto que ali parecia não haver ninguém? Contudo, persistiam, procuravam, cada vez mais enervados e ansiosos.

Desde o primeiro dia, a mulher de Maheu chegava de manhã a Réquillart, sentava-se na boca do poço, num barrote, e ali ficava sem se mexer, até a noite. Quando algum homem saía, ela erguia-se e perguntava com os olhos: nada? Não, nada! E voltava a sentar, sem uma palavra, com o rosto duro e fechado. Jeanlin também, vendo que invadiam sua toca, rondara assustado, como um animal de rapina cujos roubos acabariam por ser descobertos; e pensava ainda no soldadinho debaixo das rochas, temendo que fossem perturbar seu sono. Mas essa parte da mina estava invadida pelas águas, e mesmo as escavações dirigiam-se mais para a esquerda, na galeria oeste. A princípio Philomène também tinha vindo, para acompanhar Zacharie, que fazia parte da equipe de buscas; depois aborrecera-se de apanhar frio sem necessidade nem resultado e ficou no conjunto habitacional, arrastando seus dias de mulher sem energia, indiferente, ocupada em tossir da manhã à noite. Zacharie, ao contrário, vivia num inferno, seria capaz de comer a terra para encontrar a irmã. Gritava de noite, via-a, ouvia-a, macerada pela fome, com a garganta estraçalhada de tanto gritar por socorro. Por duas vezes tinha querido cavar sem ordem, dizendo que ali era o lugar, que sabia muito bem. O engenheiro já não o deixava mais descer e ele não se arredava daquele poço de onde o enxotavam, não conseguia sequer sentar-se e esperar junto da mãe, tanta era a vontade que tinha de agir, torturando-se sem descanso.

Estavam no terceiro dia. Négrel, desesperado, resolvera abandonar tudo nessa noite. Ao meio-dia, depois do almoço, quando voltou com sua equipe, para tentar um último esforço, ficou surpreso de ver Zacharie sair de dentro da mina, muito vermelho, gesticulando, gritando:

— Ela está lá dentro! Respondeu-me! Venham, venham de uma vez!

Tinha-se introduzido pelas escadas, apesar do guarda, e jurava que ouvira pancadas na primeira via do veio Guillaume.

— Mas já passamos duas vezes por onde você diz — observou Négrel, incrédulo. — Enfim, vamos ver.

A mulher de Maheu levantara-se; tiveram de impedi-la de descer. Esperava muito ereta na beira do poço, com os olhos fixos nas trevas do buraco.

Embaixo, o próprio Négrel deu três pancadas, muito espaçadas, em seguida aplicou o ouvido contra o carvão, recomendando aos operários o maior silêncio. Nenhuma resposta lhe foi dada e abanou a cabeça; evidentemente o pobre rapaz tinha sonhado. Furioso, Zacharie bateu por sua vez e encostou o ouvido; seus olhos brilharam, estava todo agitado por um tremor de alegria. Então os outros operários renovaram a experiência, uns após outros; todos se animavam, percebiam claramente a longínqua resposta. Foi um assombro para o engenheiro, que colou outra vez o ouvido, acabando por distinguir um ruído extremamente leve, um rumor rítmico, quase indistinto, a conhecida cadência do sinal dos mineiros, quando batem contra a hulha, avisando que estão em perigo. A hulha transmite os sons com uma limpidez de cristal, muito longe.

Um contramestre presente estimou em não menos de cinqüenta metros a espessura que os separava dos emparedados. Mas parecia que já podiam estender-lhes a mão; houve grande alegria. Négrel começou no mesmo instante os trabalhos de aproximação.

Quando Zacharie, no exterior, voltou a ver a mãe, ambos se abraçaram.

— Não se entusiasmem muito — disse cruelmente a mulher de Pierron, que nesse dia resolvera dar um passeio até ali, por curiosidade. — Se Catherine não estiver, vocês vão sofrer muito, depois.

Era verdade, talvez Catherine estivesse noutro lugar.

— Deixa-me em paz! — gritou furiosamente Zacharie. — Eu sei que ela está lá.

A mulher de Maheu sentara-se outra vez, muda, imóvel. Pôs-se novamente a esperar.

Assim que a história se espalhou por Montsou, começou a chegar gente. Não se via nada, mas ninguém arredava pé, tiveram de manter os curiosos a distância. Embaixo, trabalhava-se noite e dia. Temendo encontrar algum obstáculo, o engenheiro mandara abrir no veio três galerias em declive, convergindo para o ponto onde se supunha que os mineiros estivessem emparedados. Apenas um britador podia abater a hulha na frente estreita do túnel; rendiam-no de duas em duas horas, e o carvão, retirado em cestos, era passado de mão em mão por uma cadeia de homens, que se alongava à medida que o buraco se aprofundava. No começo o trabalho andou depressa; abriram-se seis metros num dia.

Zacharie conseguira ser dos operários escolhidos para o desmonte. Era um posto de honra disputado. E enfurecia-se quando queriam substituí-lo, após suas duas horas de serviço regulamentar. Roubava a vez dos companheiros, recusava-se a largar a picareta. Em breve sua galeria estava mais adiantada do que as outras; batia-se contra a hulha com ímpeto tão feroz, que se ouvia sair do túnel o seu arfar rouquenho, igual ao ronco de uma forja interna. Quando saía, enlameado e negro, morto de cansaço, caía por terra, tinham de enrolá-lo numa coberta. Depois, ainda cambaleante, voltava ao trabalho e a luta recomeçava, os grandes golpes surdos, os lamentos abafados, um arrebatamento vitorioso de massacre. O pior era que o carvão endurecia, por duas vezes quebrou a ferramenta, exasperado de já não avançar tão depressa. Sofria também com o calor, um calor que aumentava a cada metro de avanço, insuportável no fundo daquele buraco estreito, onde o ar não podia circular. Um ventilador manual funcionava bem, mas a ventilação não se fazia sentir, em três ocasiões foram retirados trabalhadores desfalecidos, estrangulados pela asfixia.

Négrel vivia no fundo com os seus operários; comia lá mesmo, às vezes dormia duas horas, sobre um feixe de palha, enrolado numa capa. O que os tornava incansáveis era a súplica dos miseráveis do outro lado, a chamada cada vez mais distinta que batiam para que se apressassem a socorrê-los. Agora o sinal soava muito claro, com uma sonoridade musical, como que dado nas lâminas de uma harmônica. Guiavam-se por ele, caminhavam em direção àquele ruído cristalino, como se marcha para o canhão nas batalhas. Cada vez que se rendia um britador, Négrel descia, batia e colava o ouvido; e de cada vez, até aquele momento, a resposta viera sempre, rápida e instante. Não havia dúvida, avançavam na direção certa; mas que lentidão fatal! Nunca chegariam a tempo. A princípio, em dois dias, tinham aberto treze metros, mas no terceiro fizeram somente cinco; depois, no quarto, apenas três. A hulha apertava, endurecia a tal ponto que, agora, abriam dois metros com muita dificuldade. No nono dia, depois de esforços sobre-humanos, tinham avançado trinta e dois metros e calculavam que ainda teriam uns vinte pela frente. Para os prisioneiros, era o décimo segundo dia que começava, doze vezes vinte e quatro horas sem pão, sem fogo naquelas trevas glaciais! Este pensamento horrendo enchia os olhos de lágrimas, enrijecia os braços dos que trabalhavam. Parecia impossível que cristãos pudessem continuar vivendo, as pancadas longínquas enfraqueciam desde a véspera, temiam continuamente não as ouvir mais.

Regularmente a mulher de Maheu vinha sentar-se à boca do poço. Trazia Estelle nos braços, já que a pequena não podia ficar sozinha da manhã à noite. Seguia os trabalhos hora a hora, partilhava das esperanças e dos desalentos. Nos grupos que rodeavam o local, e até em Montsou, havia uma expectativa febril, comentários sem fim. Todos os corações da região batiam lá dentro, nas entranhas da terra.

No nono dia, à hora do almoço, Zacharie não respondeu quando o chamaram para ser substituído. Estava como louco, batia-se contra a hulha, praguejando. Négrel, que tinha saído por um instante, era o único a quem ele obedeceria; só havia ali um contramestre com três mineiros. Sem dúvida Zacharie, mal iluminado, furioso com a claridade bruxuleante que o impedia de trabalhar mais depressa, cometeu a imprudência de abrir sua lanterna. Com isso desobedecia a ordens severas, tinham-se declarado escapamentos de grisu, o gás formava uma massa enorme nesses corredores estreitos, privados de ventilação. Bruscamente ouviu-se o ribombar de um trovão, uma tromba de fogo saiu do túnel, como da boca de um canhão carregado. Tudo ardia, o ar inflamava-se como pólvora, de um extremo ao outro das galerias. A torrente de fogo carregou o contramestre e os três operários, subiu pelo poço, jorrou na superfície como uma erupção, cuspindo rochas e pedaços de madeira. Os curiosos fugiram; a mulher de Maheu levantou-se, apertando ao colo Estelle apavorada.

Quando Négrel e os operários voltaram, uma cólera terrível os possuiu. Queriam destruir aquela terra com os saltos dos sapatos, como a uma mãe desnaturada que mata seus filhos ao acaso, nos imbecis caprichos da sua crueldade. Devotavam-se, iam em socorro dos companheiros e ainda morriam homens! Após três longas horas de esforços e perigos, quando penetraram enfim nas galerias, a subida das vítimas foi lúgubre. Nem o contramestre nem os operários estavam mortos, mas cobertos de chagas, exalando um cheiro de carne queimada; tinham bebido fogo, as queimaduras iam até a garganta; e gritavam continuamente, suplicando que os matassem. Dos três mineiros, um era o homem que, durante a greve, destruíra a bomba da Gaston-Marie com uma picareta, os outros dois tinham cicatrizes nas mãos, os dedos esfolados, cortados, de tanto terem atirado tijolos nos soldados. A multidão, pálida e trêmula, descobriu-se quando eles passaram.

Em pé, a mulher de Maheu esperava. Apareceu enfim o corpo de Zacharie. As roupas tinham ardido, o corpo não passava de um carvão negro, calcinado, irreconhecível. Esmagada na explosão, a cabeça tinha desaparecido. E quando aqueles restos horríveis foram depositados sobre uma maca, a mulher seguiu-os maquinalmente, os olhos reluzindo, sem uma lágrima. Levava nos braços Estelle adormecida, caminhava trágica, com os cabelos fustigados pelo vento. No conjunto habitacional, Philomène ficou petrificada, depois começou a chorar copiosamente, sentindo-se aliviada. No mesmo passo em que viera, a mãe voltou a Réquillart: tinha acompanhado o filho, voltava para esperar pela filha.

Passaram mais três dias. Voltou-se aos trabalhos de salvamento em meio a dificuldades inauditas. As galerias de aproximação felizmente não tinham desabado com a explosão do grisu, mas o ar queimava, tão pesado e viciado, que foi preciso instalar outros ventiladores. De vinte em vinte minutos os britadores eram substituídos. Avançavam, apenas dois metros os separavam dos companheiros. Mas agora trabalhavam transidos, golpeando com força unicamente por vingança, já que os sinais tinham cessado, a chamada não soava mais com sua cadência clara e leve. Estavam no décimo segundo dia de trabalho, no décimo quinto da catástrofe, e desde aquela manhã fizera-se um silêncio de morte.

O novo acidente aguçou mais ainda a curiosidade de Montsou; os burgueses organizavam excursões, e com tal entusiasmo, que os Grégoire decidiram-se a fazer o mesmo. Organizaram um passeio, combinou-se que iriam à Voreux na carruagem deles, enquanto a Sra. Hennebeau levaria, na sua, Lucie e Jeanne. Deneulin mostrar-lhes--ia sua obra, depois voltariam para casa passando por Réquillart, onde Négrel lhes explicaria em que ponto estavam os trabalhos de perfuração e se ainda havia alguma esperança. Finalmente, jantariam todos juntos nessa noite.

Quando, por volta das três horas, os Grégoire e sua filha Cécile desceram diante da mina em ruínas, encontraram a Sra. Hennebeau, que chegara primeiro, de vestido azul-marinho, fugindo do pálido sol de fevereiro sob uma sombrinha. O céu, muito puro, era de uma doçura primaveril. O Sr. Hennebeau estava lá, com Deneulin; e ela escutava distraída as explicações dadas por este último sobre os esforços feitos para represar o canal. Jeanne, que sempre andava com um álbum, pusera-se a desenhar, entusiasmada com o horror do motivo, enquanto Lucie, sentada ao lado dela sobre um destroço de vagonete, também soltava exclamações de entusiasmo, achando aquilo "fantástico". O dique, ainda não concluído, apresentava diversos vazamentos, cujas ondas espumantes caíam, rolando em cascatas para dentro do enorme buraco da mina tragada. Mas a cratera se esvaziava, a água, bebida pela terra, baixava, deixando à mostra a horrível mixórdia do fundo. Sob o azul delicado daquele belo dia, era como uma cloaca, as ruínas de uma cidade destruída e diluída no lodo.

— E a gente sai de casa para ver isso! — exclamou o Sr. Grégoire, desiludido.

Cécile, muito rosada, feliz de respirar ar tão puro, brincava, gracejava, enquanto a Sra. Hennebeau fazia beicinho, como se estivesse enojada, murmurando:

— A verdade é que isso nada tem de bonito.

Os dois engenheiros puseram-se a rir. Trataram de interessar os visitantes levando-os a visitar tudo, explicando-lhes o movimento das bombas e a manobra do bate-estacas. Mas as senhoras começavam a ficar nervosas. Estremeceram ao saber que as bombas funcionariam anos, seis, sete anos talvez, antes que se pudesse reconstruir o poço e toda a água da mina estivesse esgotada. Não, preferiam pensar em outra coisa, essas desgraças só serviam para dar pesadelos.

— Vamos — disse a Sra. Hennebeau, dirigindo-se para o carro.

Jeanne e Lucie protestaram. Como? Já? O desenho ainda não estava acabado! Quiseram ficar, o pai as acompanharia para o jantar, à noite.

O Sr. Hennebeau embarcou na caleça com a esposa; desejava falar com Négrel.

— Vão na frente — disse o Sr. Grégoire. — Temos uma visitinha de cinco minutos a fazer ali no conjunto habitacional... Vão, vão, estaremos em Réquillart com vocês.

Subiu depois da Sra. Grégoire e de Cécile; e, enquanto o outro carro corria ao longo do canal, o deles subiu vagarosamente a ladeira.

Era uma ação caridosa que devia completar o passeio. A morte de Zacharie enchera-o de piedade por essa trágica família Maheu, da qual todo mundo falava. Não lastimavam o pai, um bandido, um assassino de soldados, que fora preciso abater como a um lobo. Apenas a mãe os comovia, essa pobre mulher que acabara de perder o filho, após ter perdido o marido, e cuja filha provavelmente já era cadáver debaixo da terra; isso sem contar que se falava de um avô enfermo, de um menino manco em conseqüência de um desabamento, de uma menina morta de fome durante a greve. E, ainda que essa família tivesse merecido uma parte das desgraças por seu espírito odioso, haviam resolvido afirmar a grandeza da sua caridade, o desejo de perdão e de conciliação, levando-lhes eles mesmos uma esmola. Dois embrulhos cuidadosamente envoltos estavam debaixo de um dos bancos da carruagem.

Uma velha indicou ao cocheiro a casa dos Maheu, o número dezesseis do segundo quarteirão. Mas, quando os Grégoire desceram com os embrulhos, bateram em vão, acabando por esmurrar a porta com os punhos fechados, sem que ninguém viesse abrir; a casa ressoava lugubremente, como um lar desfeito pelo luto, gélido e negro, abandonado há muito tempo.

— Não há ninguém — exclamou Cécile, desapontada. — Que aborrecido! Que faremos com tudo isso?

Subitamente a porta do lado abriu-se e a mulher de Levaque apareceu.

— Meu senhor! minha senhora! Queiram perdoar! Desculpe, senhorita! Estão procurando a vizinha? Ela não está em casa, foi para Réquillart...

Numa torrente de palavras contou-lhes a história, repetiu que tinham de se ajudar mutuamente, que guardava em casa Lénore e Henri para que a mãe pudesse ir para lá, esperar. Seu olhar caiu nos embrulhos, começou a falar da sua pobre filha que ficara viúva, a alardear sua própria miséria, com os olhos faiscando de cobiça. Depois, hesitante, murmurou:

— Eu tenho a chave... Já que os senhores insistem... O velho está lá dentro.

Os Grégoire olharam para ela estupefatos. Como? Então o ancião estava lá e ninguém respondia? Estaria dormindo? E, quando a mulher de Levaque abriu por fim a porta, o que viram fê-los estacar.

Boa-Morte lá estava, sozinho, com os olhos arregalados e fixos, pregado numa cadeira, diante do fogão apagado. Em torno dele a sala parecia maior sem o cuco, sem os móveis de pinho envernizado que noutros tempos a alegravam; só restavam, no verde cru das paredes, os retratos do imperador e da imperatriz, cujos lábios róseos sorriam com benevolência oficial. O velho não se mexia, não piscava os olhos com a luz que entrava pela porta, idiotizado, como se não estivesse vendo todas aquelas pessoas. Aos pés tinha o prato cheio de cinza, como os gatos têm os seus, para fazerem suas necessidades.

— Não reparem se ele não faz as honras da casa — disse a mulher de Levaque, cheia de dedos. — Parece que está com um parafuso frouxo. Faz quinze dias que não fala.

Mas um arranco sacudiu Boa-Morte, um ronco profundo que parecia subir das entranhas; e cuspiu no prato um espesso escarro negro. A cinza estava empapada de cuspo, era um lodo de carvão, todo o carvão da mina que ele arrancava da garganta. Em seguida voltou à sua imobilidade. Só se mexia para escarrar.

Chocados, nauseados, os Grégoire tentavam, contudo, pronunciar algumas palavras amigas e animadoras.

— Então, bom homem — disse o pai —, está constipado?

O velho, com os olhos na parede, nem virou a cabeça. E voltou a reinar um silêncio pesado.

— Por que não lhe fazem uma tisana? — acrescentou a mãe.

O velho continuou mudo e rígido.

— Papai — murmurou Cécile —, já haviam nos dito que ele estava doente, mas tínhamos esquecido...

Interrompeu-se muito embaraçada. Após ter colocado em cima da mesa um pouco de carne cozida e duas garrafas de vinho, desfazia o segundo embrulho, tirando um par de sapatos enormes; era o presente destinado ao avô. E ficou com um sapato em cada mão sem saber o que fazer, contemplando os pés inchados do desgraçado, que nunca mais caminhariam.

— Hem? Chegam um pouco tarde, não é, bom homem? — disse o Sr. Grégoire, para desanuviar o ambiente. — Mas não tem importância, sempre servem.

Boa-Morte não ouviu, não respondeu, sempre com a mesma cara assustadora, de uma frieza e de uma dureza de pedra.

Então Cécile, furtivamente, colocou o calçado contra a parede. Mas, apesar de ter tomado todas as precauções, os pregos fizeram barulho; e aqueles sapatos enormes pareciam atravancar a peça.

— Ele nem sequer agradece! — exclamou a mulher de Levaque, lançando para os sapatos um olhar de profunda cobiça. — É o mesmo que jogar pérolas aos porcos, com perdão da palavra.

Continuou tentando arrastar os Grégoire para a sua casa na esperança de apiedá-los. Afinal inventou um pretexto, começou a elogiar Henri e Lénore, que eram umas graças, muito queridinhos e tão inteligentes, respondendo como dois anjos a todas as perguntas! Esses, sim, diriam tudo o que os senhores desejavam saber.

— Vens também, filhinha? — perguntou o pai, contente com a oportunidade que se lhe apresentava de sair.

— Sim, já vou — respondeu ela.

Cécile ficou só com Boa-Morte. O que a retinha trêmula e fascinada era a sensação de já conhecer aquele velho: onde tinha visto aquela cara quadrada, lívida, manchada de carvão? De repente lembrou-se, enxergou a multidão ululante que a cercava, sentiu as mãos frias apertando seu pescoço. Era ele, era aquele homem. Não podia tirar os olhos daquelas mãos descansando nos joelhos, mãos de operário derreado, cuja força está nos pulsos ainda sólidos, apesar da idade. Pouco a pouco Boa-Morte parecera despertar e fitava-a, examinava-a também, com seu ar imbecilizado. Um rubor começou a subir-lhe às faces, um cacoete nervoso repuxava-lhe a boca de onde escorria um fio de saliva negra. Hipnotizados, os dois ficaram um defronte do outro, ela florescente, rechonchuda e rósea, graças aos longos ócios e ao bem-estar refarto da sua raça, ele inchado de água, de uma fealdade atroz de animal estafado, degenerado de pai para filho por cem anos de trabalho e de fome.

Ao fim de dez minutos, quando os Grégoire, surpresos de não verem Cécile, voltaram à casa dos Maheu, soltaram um grito terrível. Sua filha jazia no chão, roxa e estrangulada. No pescoço os dedos tinham deixado as digitais vermelhas de um punho de gigante. Boa-Morte, oscilante sobre suas pernas trôpegas, tinha caído junto dela, sem poder levantar-se. Tinha as mãos ainda crispadas, olhava para as pessoas com o seu ar de idiota, de olhos arregalados. Na queda quebrara o prato, a cinza tinha-se espalhado, o lodo dos escarros pretos tinha enlameado toda a peça, mas o enorme par de sapatos estava são e salvo contra a parede.

Nunca foi possível restabelecer exatamente os fatos. Por que Cécile se teria aproximado? Como Boa-Morte, preso à sua cadeira, pudera agarrar-se à garganta da moça? Evidentemente, ao conseguir segurá-la, deve ter-se encarniçado, apertando sempre, abafando seus gritos, mantendo-se por cima dela até o último suspiro. Nenhum ruído, nenhum lamento atravessara a fina parede da casa vizinha. Teve-se de acreditar num acesso repentino de demência, numa compulsão inexplicável de assassínio, diante daquele pescoço branco de donzela. Causou assombro tal selvageria num velho enfermo, que sempre vivera honradamente, como uma besta de carga, contrário às idéias novas. Que rancor ignorado dele mesmo o envenenara, subindo-lhe das entranhas à cabeça? O horror fez concluir pela inconsciência, era o crime de um mentecapto.

Os Grégoire, ajoelhados, soluçavam, sufocados de dor. A sua filha adorada, essa filha tanto tempo desejada, cumulada de todas as vontades, a quem, nas pontas dos pés, iam espiar quando dormia, nunca alimentada o bastante, nunca bastante gorda! Para eles, a vida estava terminada; para que continuar vivendo, agora que ela não existia mais?

A mulher de Levaque, desvairada, gritava:

— Mas como é que esse velho salafrário fez isso? Ninguém podia esperar uma coisa dessa! E a mulher só vai voltar de noite! Querem que eu vá buscá-la?

Aniquilados, o pai e a mãe não respondiam.

— Querem? Acho que é melhor... Eu vou...

Mas antes de sair notou os sapatos. A notícia já corria pelo conjunto habitacional, uma pequena multidão amontoava-se na porta. Talvez os roubasse... E depois, ali já não havia mais homem para os calçar. Carregou-os disfarçadamente. Deviam ser o número de Bouteloup.

Em Réquillart, os Hennebeau esperaram muito tempo os Grégoire, em companhia de Négrel. Este, que saíra da mina, dava pormenores: esperava-se atingir nessa mesma noite o local onde estavam as vítimas, mas certamente só retirariam cadáveres, porque o silêncio de morte continuava. Atrás do engenheiro, a mulher de Maheu, sentada no barrote, escutava muito pálida quando a vizinha chegou com a terrível notícia. E ela apenas teve um grande gesto de impaciência e irritação; contudo, seguiu-a.

A Sra. Hennebeau quase teve uma síncope. Que horror! Pobrezinha da Cécile, tão alegre naquele dia, ainda tão cheia de vida uma hora antes! Foi preciso que Hennebeau carregasse a esposa para o casebre do velho Mouque. Com suas mãos desajeitadas, desabotoou--a, perturbado pelo perfume de almíscar que exalava o corpete aberto. E, como ela, banhada em lágrimas, abraçasse Négrel, descontrolado com aquela morte que punha um ponto final no seu casamento, o marido, liberto de uma preocupação, ficou ali, observando os dois a se lamentarem. Essa desgraça vinha em boa hora: preferia conservar o sobrinho consigo, para não ter que se preocupar com o cocheiro.

V

No fundo do poço, os miseráveis abandonados berravam de terror. Já estavam com água até a cintura. O barulho da torrente os aturdia, as últimas quedas do revestimento faziam-nos pensar num desabamento final do mundo. E o que acabava de os enlouquecer eram os relinchos dos cavalos encerrados na cavalariça, um grito de morte, terrível, inesquecível, de animal que está sendo degolado.

Mouque tinha largado Batalha. O velho cavalo permanecia ali, trêmulo, com os olhos dilatados e fixos naquela água que subia sempre. O patamar do poço enchia-se rapidamente, via-se crescer a enxurrada esverdeada ao rubro clarão de três lanternas que ainda estavam acesas na abóbada. E de repente, ao sentir aquela água gelada encharcando seus pêlos, ele partiu disparado, num galope furioso, engolfando-se, perdendo-se ao fundo de uma das galerias de transporte.

Então foi um salve-se-quem-puder, os homens seguiram o animal.

— Aqui não há mais nada a fazer — gritou Mouque. — Vamos tentar a Réquillart.

A idéia de que poderiam sair pela velha mina vizinha, se pudessem lá chegar antes que a passagem fosse cortada, arrastou-os. Os vinte, em fila, empurravam-se, mantendo as lanternas bem no alto para que a água não as atingisse. Felizmente a galeria elevava-se em uma rampa muito suave; andaram duzentos metros lutando contra a água, com ela sempre à mesma altura. Crenças adormecidas acordavam naquelas almas desesperadas, invocavam a terra, era a terra que se vingava, que soltava o sangue das veias, porque lhe tinham cortado uma artéria. Um velho balbuciava orações esquecidas, dobrando os polegares no sentido contrário das juntas, para apaziguar os maus espíritos da mina.

Mas, na primeira encruzilhada, entraram em desacordo. O cavalariço queria ir pela esquerda, outros afirmavam que encurtariam caminho indo pela direita. Um minuto foi perdido.

— Pois morram discutindo, pouco me importa! — exclamou brutalmente Chaval. — Eu vou por aqui.

Tomou à direita e seguiram-no dois homens. Os outros continuaram correndo atrás do velho Mouque, que se criara no fundo da Réquillart. Contudo, ele mesmo hesitava, não sabia para onde dobrar. Estavam perdidos, os veteranos já não reconheciam as vias, cujo dédalo tinha como que se emaranhado diante deles. Paravam hesitantes a cada bifurcação, mas eram obrigados a se decidir.

Etienne corria atrás de todos, retido por Catherine, a quem a fadiga e o medo paralisavam. Por ele, teria entrado à direita, com Chaval, porque o julgava no caminho certo, mas preferia ficar no fundo a segui-lo. E a dispersão continuava, outros tinham embarafustado por caminhos diversos, já não eram mais que sete atrás do velho Mouque.

— Pendura-te no meu pescoço que eu te levo — disse Etienne à moça, vendo-a fraquejar.

— Não, desisto... — murmurou ela. — Não posso mais, prefiro morrer agora.

Estavam cinqüenta metros distantes dos outros, e ele ia pegá-la ao colo, apesar da sua resistência, quando subitamente a galeria ficou obstruída: um bloco enorme tinha desabado, isolando-os. A inundação estava soltando as rochas, produziam-se desabamentos de todos os lados. Tiveram de voltar. Depois ficaram sem saber em que direção caminhavam. Estava acabado, era preciso abandonar a idéia de subir pela Réquillart. Sua única esperança era alcançar as seções superiores, de onde, talvez, viriam retirá-los, se as águas baixassem.

Etienne reconheceu, por fim, o veio Guillaume.

— Agora já não sei onde estamos — disse ele. — Que azar! Íamos no caminho certo, mas agora é tarde... Escuta, vamos seguir em frente, subiremos pela chaminé.

Tinham água até o peito, avançavam muito lentamente. Enquanto tivessem luz, não desesperariam. Apagaram uma das lanternas para economizar azeite, com a idéia de o passar para a outra. Estavam chegando à chaminé quando um ruído atrás deles fez que se voltassem. Seriam os outros, que, não tendo podido passar, voltavam? Ouviam um resfolegar ao longe, não podiam explicar aquela tempestade que se aproximava lançando espuma. E gritaram ao perceber uma massa enorme, esbranquiçada, surgir da sombra e lutar para os alcançar, entre os caibros muito estreitos para o seu tamanho.

Era Batalha. Ao deixar a expedição, galopava ao longo das galerias escuras, desesperado. Parecia conhecer seu caminho naquela cidade subterrânea, onde morava havia onze anos. E seus olhos enxergavam no fundo da noite eterna em que vivera. Galopava, galopava, curvando a cabeça, levantando as patas, correndo por aqueles estreitos intestinos da terra, onde seu corpo enorme mal cabia. As ruas se sucediam, as encruzilhadas abriam suas bifurcações, sem que ele hesitasse. Para onde ia? talvez para a visão da sua juventude, ao moinho em que nascera às margens do Scarpe, à confusa recordação do sol, ardendo no ar como uma lâmpada enorme. Queria viver, sua memória de animal acordava, o desejo de respirar o ar das planícies impelia-o para a frente, até descobrir o buraco, a saída para o céu quente e a luz. E uma revolta varria toda a sua antiga resignação, esta mina assassinava-o, depois de o ter cegado.

A água que o perseguia batia-lhe nas ancas, atingia a garupa. Mas, à medida que avançava, as galerias estreitavam, com tetos mais baixos e paredes mais unidas. Ele galopava apesar de tudo, esfolando-se, deixando nas madeiras postas dos seus membros. Toda a mina parecia convergir sobre ele, para o prender e sufocar.

Então, Etienne e Catherine viram-no tolhido entre as rochas, bem próximo deles. Tinha tropeçado e quebrara as duas patas dianteiras. Num derradeiro esforço, arrastou-se alguns metros, mas os flancos já não passavam mais, estava envolvido, estrangulado pela terra. E sua cabeça ensangüentada espichou-se, procurou ainda uma fenda, com seus grandes olhos turvos. A água cobria-o rapidamente, pôs-se a relinchar, na mesma agonia prolongada, atroz, em que os outros cavalos já tinham morrido na cavalariça. Foi uma morte horrenda a do velho animal, despedaçado, imobilizado, debatendo-se naquelas profundezas, longe da luz do dia. Seu relincho final não cessava; a água cobria a crina e o grito continuava a sair da sua boca espichada e muito aberta. Houve um último ronco, o ruído surdo de um tonel que se enche. Depois fez-se um grande silêncio.

— Deus do céu! Leva-me daqui! — soluçava Catherine. — Ah, meu Deus! Tenho medo, não quero morrer... Leva-me! Leva-me!

Ela tinha visto a morte. O poço desabado, a mina inundada, nada lhe insuflara tanto horror como o clamor de Batalha agonizante. E continuava a ouvi-lo, seus tímpanos pareciam estourar, todo o seu ser estremecia.

— Leva-me, leva-me daqui!

Etienne agarrou-a e levou-a. Aliás, já não era sem tempo, subiram a chaminé com água até os ombros. Tinha de ajudá-la, a moça não possuía mais forças para se agarrar às madeiras. Por três vezes ela quase escorregou, quase voltou a cair no mar profundo, cujas ondas estrondavam atrás deles. Felizmente, puderam respirar alguns minutos quando encontraram a primeira via, ainda desobstruída. Mas a água reapareceu, foi necessário içarem-se de novo. E aquela subida demorou horas, com a enchente expulsando-os de via para via, obrigando-os a subir sempre. Na sexta via, uma parada os encheu de esperança; parecia que o nível da água permanecia estacionário. Mas uma alta mais forte teve lugar e foram obrigados a subir à sétima, depois à oitava. Restava apenas uma via; quando se viram nela, examinaram ansiosamente cada centímetro de água que aumentava. E se não parasse? Iam morrer como o velho cavalo, esmagados contra o teto, com a garganta cheia de água?

Ouviam-se desabamentos a todo instante. A mina inteira estava abalada, de entranhas demasiado delgadas, estourando com a enorme massa de água que a enchia. No extremo das galerias o ar comprimido acumulava-se, produzindo explosões formidáveis, entre as rochas fendidas e as terras revoltas. Era o estrépito aterrador dos cataclismos internos, um renascer da batalha antiga, da época em que os dilúvios convulsionavam a terra, jogando as montanhas nas planícies.

E Catherine, sacudida, atordoada por aquele desabamento contínuo, juntava as mãos, gaguejava as mesmas palavras, sem descanso:

— Não quero morrer... Não quero morrer...

Para tranqüilizá-la, Etienne jurava que a água não subia mais. Aquela corrida já durava bem umas seis horas, iam descer, enviar socorros. E dizia seis horas sem saber, a noção exata do tempo escapava-lhes. Na verdade tinham passado um dia inteiro subindo pelo veio Guillaume.

Molhados, tiritando, pararam para descansar. Ela despiu-se sem pejo, para torcer as roupas; depois tornou a vestir as calças e a jaqueta, que acabaram de secar no corpo. Como estava descalça, ele, que tinha seus tamancos, forçou-a a calçá-los. Agora podiam esperar, baixaram a mecha da lanterna, ficando com uma luz fraca da lamparina. Mas as cãibras começaram a aguilhoar seus estômagos e deram-se conta de que estavam morrendo de fome. Até então pareciam não ter vivido. No momento da catástrofe ainda não tinham almoçado, e acabavam de encontrar seus pedaços de pão, cheios de água, transformados em sopa. Ela teve de se zangar para que ele aceitasse sua parte, e assim que comeu adormeceu de cansaço sobre a terra fria. O rapaz, consumido pela insônia, velava-a, com a cabeça nas mãos, os olhos arregalados.

Quantas horas decorreram assim? Não poderia dizer. O que sabia era que na sua frente, pelo buraco da chaminé, vira reaparecer a vaga negra e movente, a besta cujo dorso eriçava-se continuamente para alcançá-los. A princípio foi apenas uma linha fina, uma serpente ligeira que se aproximava; depois transformou-se num espinhaço fervilhante que rastejava. E dentro em pouco foram alcançados; os pés da moça, que dormia, ficaram molhados. Ansioso, ele não sabia se devia acordá-la. Não seria cruel tirá-la daquele repouso, da ignorância prostrada em que estava engolfada, talvez sonhando com o ar livre e a vida ao sol? E de resto, por onde fugir? Indagou-se e acabou lembrando que o plano inclinado construído naquela parte do veio comunicava diretamente com o plano que servia à expedição superior. Era uma saída. Deixou-a dormir ainda, o mais possível, olhando a maré subir, esperando que os expulsasse dali. Afinal ergueu-se devagarinho e Catherine teve um grande estremecimento.

— Ah, meu Deus! é verdade... Estou aqui, meu Deus!

Recordava-se, lamentava-se ao ver que a morte estava sempre próxima.

— Vamos, calma — murmurou ele. — Podemos passar, juro.

Para alcançar o plano inclinado, tiveram de caminhar curvados, outra vez com a água até os ombros. E a subida recomeçou, mais perigosa, por aquele buraco inteiramente estaqueado com uma extensão de cem metros. Primeiro quiseram puxar o cabo, a fim de fixar embaixo um dos carros, porque, se o outro descesse durante a sua ascensão, seriam esmagados. Mas não conseguiram, um obstáculo tinha danificado o mecanismo. Arriscaram-se assim mesmo, não ousando servir-se do cabo que tolhia seus movimentos, arrancando as unhas naquelas madeiras lisas. Ele ia atrás, retinha-a com a cabeça quando ela escorregava, as mãos em sangue. De repente esbarraram contra os pedaços de madeira que obstruíam o plano. Um desabamento de terra impedia-os de continuarem subindo. Felizmente havia uma porta naquela altura, e desembocaram numa via.

Diante deles, a luz de uma lanterna deixou-os boquiabertos. Um homem gritou-lhes furiosamente:

— Mais outros espertinhos tão idiotas como eu!

Reconheceram Chaval, que estava bloqueado pelo desabamento que enchia o plano inclinado. E os outros dois que estavam com ele tinham ficado no caminho, com a cabeça esmagada. Chaval, ferido no braço, tivera a coragem de voltar, de joelhos, apanhar suas lanternas e revistá-los, para roubar-lhes a merenda. Quando fugia do local, um último desabamento, às suas costas, obstruiu a galeria.

Ao vê-los, jurou para si mesmo não repartir suas provisões com aquela gente que saía da terra, preferia matá-los. Mas em seguida reconheceu-os e sua cólera desapareceu, pôs-se a rir com um riso de alegria perversa.

— Ah, é a Catherine! Bateste com o nariz na porta e agora queres voltar para o teu homem, não é isso? Muito bem! Vamos tentar safar-nos desta juntos, está bem?

Fingia não ver Etienne. Este, aborrecido com o encontro, fizera um gesto para proteger a operadora de vagonetes, que se chegara para ele. Nada a fazer, senão aceitar a situação. Perguntou simplesmente ao outro, como se se tivessem despedido como bons amigos uma hora antes:

— Já viste no fundo? Não se pode passar pelas seções de desmonte?

Chaval continuava troçando.

— Pelas seções de desmonte? Que gracinha! Também ruíram, estamos entre duas paredes, numa verdadeira ratoeira... Mas tu podes voltar pelo plano, se és bom mergulhador.

Com efeito, a água subia, ouviam-na marulhar. A retirada já não era mais possível. O outro tinha razão, era uma ratoeira, um extremo de galeria que depressões consideráveis obstruíam atrás e na frente. Não havia saída, os três estavam murados.

— Então, ficas? — acrescentou Chaval chocarreiro. — É o melhor que tens a fazer, e, se me deixares em paz, não te dirigirei a palavra. Aqui ainda há lugar para dois homens... Em seguida veremos qual dos dois vai morrer primeiro, a menos que nos socorram, o que me parece difícil.

O rapaz disse:

— Se batêssemos, talvez nos ouvissem...

— Estou cansado de bater. Vai, tenta com esta pedra.

Etienne apanhou o pedaço de arenito que o outro já tinha partido e bateu no veio, ao fundo, o sinal dos mineiros, a cadência prolongada com que os operários em perigo assinalam sua presença. Depois colou o ouvido para escutar. Insistiu vinte vezes, mas não obteve resposta.

Durante este tempo, Chaval fingia arranjar calmamente suas coisas. Primeiro enfileirou as três lanternas contra a parede: só uma ardia, as outras serviriam para mais tarde. Em seguida colocou sobre um pedaço de madeira os dois pedaços de pão que ainda tinha. Era a provisão, dava para dois dias, poupando. Voltou-se, dizendo:

— Catherine, a metade será para ti, quando sentires muita fome.

A moça não respondeu. Para ela, era o cúmulo da desgraça encontrar-se entre aqueles dois homens.

E a vida de inferno começou. Nem Chaval nem Etienne abriam a boca, sentados no chão, a poucos passos um do outro. A uma observação do primeiro, o segundo apagou sua lanterna, um luxo inútil de luz; depois voltaram ao silêncio. Catherine deitara-se perto do rapaz, inquieta com os olhares que seu antigo amante lhe lançava. As horas passavam, ouvia-se o leve murmúrio da água subindo sempre, enquanto, de tempos a tempos, tremores profundos, estrondos longínquos anunciavam os últimos desabamentos da mina. Quando a lanterna se esvaziou e foi preciso abrir outra para acender, por um instante temeram o grisu; mas preferiam explodir logo a permanecer nas trevas. Nada aconteceu, não havia grisu. Deitaram-se novamente e as horas continuaram passando.

Um ruído fez que Etienne e Catherine levantassem a cabeça. Chaval decidira-se a comer: cortara a metade de uma fatia de pão, mastigava demoradamente, para não engolir tudo de uma vez. Eles, torturados pela fome, observavam.

— Não queres mesmo? — perguntou Chaval à operadora de vagonetes, com o seu ar provocante. — Pois devias querer.

A moça baixara os olhos, receando ceder, com o estômago dilacerado por uma cãibra tão forte, que lhe vinham lágrimas aos olhos.

Sabia o que ele queria; já pela manhã fizera carícias no seu pescoço, tomado por um dos seus antigos furores de desejo, vendo-a junto do outro. Os olhares que lançava tinham a chama que ela conhecia muito bem, a chama das suas crises de ciúmes, quando caía sobre ela a socos, acusando-a de praticar coisas abomináveis com o inquilino da mãe. E não queria, temia voltar a ele, atirando os dois homens um contra o outro, nesse buraco estreito onde agonizavam. Deus! Não podiam ao menos morrer como amigos?

Etienne preferia morrer de inanição a mendigar de Chaval uma migalha de pão. O silêncio era cada vez mais pesado, parecia prolongar-se por uma eternidade, com a lentidão dos minutos monótonos que escoavam um a um, sem esperança. Havia um dia que estavam encerrados juntos. A segunda lanterna começou a esgotar-se, acenderam a terceira.

Chaval atacou o segundo pedaço de pão e grunhiu:

— Não sejas idiota, vem!

Catherine estremeceu. Para deixá-la livre, Etienne pusera-se de costas. Como a moça se conservasse imóvel, disse-lhe, em voz baixa:

— Vai, minha filha.

As lágrimas que ela sufocava correram então. Chorou longamente, não encontrando forças para se levantar, já sem saber se tinha fome, sofrendo de uma dor que a mordia por todo o corpo. O rapaz pusera-se em pé, ia e vinha, batendo em vão o sinal dos mineiros, odiando aquele resto de vida que era obrigado a viver ali, ao lado do rival que execrava. Nem mesmo havia espaço bastante para um ir morrer longe do outro! Mal dava dez passos, tinha de voltar e topar com esse homem. E ela, a infeliz, que era disputada até nas entranhas da terra, seria do que sobrevivesse! O outro a roubaria se ele morresse primeiro. Aquilo não terminava mais, uma hora vinha depois da outra, a revoltante promiscuidade agravava-se com a pestilência dos hálitos, a imundície das necessidades fisiológicas satisfeitas em comum. Duas vezes atirou-se contra as rochas, como que querendo rachá-las a socos.

Outro dia acabava e Chaval tinha sentado perto de Catherine, repartindo com ela seu último pedaço de pão. A moça mastigava os bocados penosamente e ele cobrava cada um com uma carícia, no seu desespero de ciumento, que não queria morrer sem possuí-la diante do outro. Esgotada, Catherine se entregou, mas, quando o homem foi estreitá-la, lamentou-se:

— Ai! Solta-me, estás-me machucando.

Etienne, fremente, encostara a cabeça nas madeiras, para não ver. Voltou de um salto, enlouquecido.

— Larga-a, demônio!

— Que é que tens com isso? — disse Chaval. — Ela é minha mulher; é ou não é?

E abraçou-a de novo, apertando-a, por bravata, colando-lhe à boca seu bigode ruivo. E continuou:

— Deixa-nos em paz, por favor! Vai ver se a gente está lá no outro canto, vai.

Mas Etienne, com os lábios brancos, gritava:

— Se não a largares, estrangulo-te!

O outro pôs-se em pé de um salto, porque tinha compreendido, pelo sibilar da voz, que o rapaz ia dar cabo dele. Parecia-lhes que a morte custava a chegar, um dos dois tinha de desaparecer, imediatamente. Era a velha disputa que recomeçava, na terra onde em breve dormiriam lado a lado. E tinham tão pouco espaço que não podiam brandir os punhos sem se esfolar.

— Cuidado! — rosnou Chaval. — Desta vez acabo contigo.

O sangue começou a ferver na cabeça de Etienne. Sobre seus olhos baixou um vapor vermelho, a garganta latejava, afogada. A necessidade irresistível de matar possuiu-o, uma necessidade física, a excitação sangüínea de uma mucosa que determina um violento acesso de tosse. Aquilo explodiu, fugiu ao seu controle, sob o impulso da lesão hereditária. Agarrou-se a uma lasca de xisto da parede, puxou-a e arrancou-a, enorme e pesada. Depois, com as duas mãos, com força redobrada, abateu-se sobre a cabeça de Chaval.

Este não teve tempo de saltar para trás. Caiu com o rosto esmagado, a cabeça aberta. O cérebro salpicou o teto da galeria, um jato purpúreo corria da ferida, igual a uma fonte. Em seguida formou-se uma poça onde a estrela fumacenta da lanterna refletiu-se. A sombra invadia aquela tumba emparedada, o corpo no chão parecia um montículo negro de restos de carvão.

Etienne, curvado, observava-o com as pupilas dilatadas. Estava feito; ele tinha matado. Confusamente voltavam-lhe à memória todas as suas lutas, esse combate inútil contra o veneno que dormia nos seus músculos, o álcool lentamente acumulado da família. E no entanto só estava ébrio de fome, mas o longínquo alcoolismo dos pais bastara para matar. Seus cabelos eriçavam-se com o horror daquele assassinato, e, apesar da revolta da sua educação, uma alegria fazia pulsar seu coração, a alegria animal de um apetite enfim satisfeito.

Em seguida sentiu orgulho, o orgulho do mais forte. Surgiu-lhe uma visão, a do soldadinho apunhalado, morto por uma criança. Ele também havia matado.

Mas Catherine, em pé, soltou um grande grito:

— Meu Deus! Está morto!

— Estás sentindo falta dele? — perguntou Etienne enfurecido.

Sufocada, ela não sabia o que dizer. Depois, cambaleante, atirou--se nos seus braços.

— Ah! Mata-me também! Morramos os dois!

Desesperada, agarrou-se ao seu pescoço, ele cingiu-a também, e ambos, por um momento, acreditaram que iam morrer. Mas a morte não tinha pressa e soltaram-se. Depois, enquanto ela tapava os olhos, o rapaz arrastou o miserável, jogando-o no plano inclinado, para tirá--lo do estreito espaço onde ainda teriam de viver. A vida não seria possível com aquele cadáver entre ambos. E levaram um susto quando ouviram o corpo mergulhando em borbotões de espuma. Então a água já tinha enchido aquele buraco? Nesse momento viram que o líquido transbordava pela galeria.

Começou nova luta. Tinham acendido a última lanterna, que se esgotava iluminando a enchente, cuja alta regular, obstinada, não parava. Primeiro tiveram água até os tornozelos, depois atingiu os joelhos. A via era em declive e eles se refugiaram no cimo, o que lhes deu uma trégua de algumas horas. Mas a vaga alcançou-os, ficaram com água até a cintura. Em pé, encurralados, colados à rocha, viam-na crescer sempre, sempre. Quando lhes chegasse à boca, tudo estaria terminado. A lanterna, que tinham pendurado no alto, amarelava o vaivém das ondas, mas começou a enfraquecer e agora eles só distinguiam um semicírculo que diminuía constantemente, como que tragado pela sombra que parecia crescer com o fluxo. E de repente foram envolvidos pelo escuro, a lanterna acabava de se apagar, depois de queimar sua última gota de azeite. Era a noite total, a noite das entranhas da terra onde dormiriam, sem jamais reabrir os olhos à luz do sol.

— Diabo! — praguejou surdamente Etienne.

Catherine, como se tivesse sido agarrada pelas trevas, aconchegara-se contra ele. E repetia a frase dos mineiros, em voz baixa:

— A morte apagou a lanterna...

No entanto, diante da ameaça, seu instinto lutava, uma febre de viver reanimou-os. Violentamente ele pôs-se a cavar o xisto com o gancho da lanterna, e a moça ajudava-o com as unhas. Fizeram uma espécie de banco elevado e ali sentaram-se, com as pernas balançando, curvados, porque a abóbada os forçava a baixar a cabeça. A água agora só gelava seus calcanhares; não tardaram porém em sentir o frio cortando-lhes as canelas, a barriga das pernas, os joelhos, num movimento invencível e sem trégua. O banco, mal nivelado, encharcava-se de uma umidade tão viscosa, que tinham de segurar-se com força para não escorregar. Era o fim; quanto tempo esperariam ainda, reduzidos àquele nicho, onde não ousavam fazer um gesto, extenuados, famintos, sem pão e sem luz? Sofriam sobretudo com as trevas, que não os deixavam ver aproximar-se a morte. Reinava um grande silêncio, a mina, cheia de água, estava quieta. Agora, por baixo deles, só tinham a sensação desse mar subindo, do fundo das galerias, sua muda maré.

As horas sucediam-se, todas igualmente negras, sem que pudessem medir sua duração exata, cada vez mais perdidos no cálculo do tempo. As torturas por que passavam, em vez de tornar os minutos intermináveis, faziam que passassem rápidos. Acreditavam estar soterrados há apenas dois dias e uma noite, quando, na realidade, já acabava o terceiro dia. Qualquer esperança de socorro se desvanecera, ninguém sabia que estavam ali, ninguém conseguiria descer, e a fome acabaria com eles, se a inundação não o fizesse. Tiveram a idéia de dar o sinal pela última vez, mas a pedra tinha ficado debaixo da água. E, além disso, quem os ouviria?

Catherine, resignada, apoiara contra o veio sua cabeça dolorida, quando um estremecimento a pôs atenta.

— Escuta! — disse ela.

Etienne pensou que ela falasse do marulho da água subindo sempre e por isso mentiu, quis tranqüilizá-la.

— Estou mexendo com as pernas, é isso que estás ouvindo.

— Não, não, não é isso... É ali, escuta!

Ela tinha colado seu ouvido ao carvão. O rapaz compreendeu e imitou-a. Uma espera de alguns segundos desesperou-os. Depois, muito longínquas, ouviram três pancadas, bem espaçadas e fracas. Duvidavam ainda, seus ouvidos zumbiam, eram talvez estalos do carvão. Não sabiam com que bater para responder.

Etienne teve uma idéia.

— Estás com os tamancos. Descalça-os e bate com os saltos.

Catherine bateu o sinal dos mineiros e puseram-se a escutar, distinguindo novamente as três pancadas ao longe. Várias vezes recomeçaram, várias vezes veio a resposta. Choravam, abraçavam-se, arriscando perder o equilíbrio. Enfim os companheiros estavam do outro lado, já iam chegar. Foi um transbordar de alegria e de amor que varria os tormentos da espera, da raiva dos apelos por tanto tempo inúteis, como se os salvadores não tivessem mais que fender a rocha com o dedo para libertá-los.

— Viste? — exclamou ela alegremente. — Não foi uma sorte eu ter apoiado a cabeça?

— Tens um ouvido... — respondeu ele. — Eu não tinha escutado nada.

A partir desse momento revezavam-se, sempre um deles estava à escuta, pronto a responder ao menor sinal. Breve perceberam golpes de picareta: começavam os trabalhos de aproximação, abriam uma galeria. Nenhum ruído lhes escapava, mas a alegria se desvaneceu. Riam para enganar um ao outro, o desespero voltava a invadi-los pouco a pouco. Primeiro acharam mil explicações: evidentemente vinham por Réquillart, a galeria desembocava na camada de carvão, talvez estivessem abrindo diversas, porque havia três homens trabalhando. Em seguida começaram a falar menos, acabaram calando-se quando calcularam a massa enorme que os separava dos salvadores. Mudos, continuaram suas reflexões, contavam os dias e dias que um operário gastaria para atravessar semelhante bloco. Nunca chegariam a tempo, teriam morrido várias vezes. E, abatidos, não ousando mais trocar palavra naquele crescer de angústia, respondiam à chamada com batidas de tamanco, sem esperança, apenas pela necessidade maquinal de dizerem aos outros que ainda viviam.

Um, dois dias se passaram. Havia seis dias que estavam soterrados. A água, à altura dos joelhos, não subia nem descia, e parecia que suas pernas se estavam derretendo com aquele banho gelado. Por uma hora ainda podiam tê-las levantadas, mas a posição era tão incômoda que se retorciam com cãibras atrozes, e tinham de deixá-las cair. A cada dez minutos deviam fazer um movimento com as nádegas para não escorregarem da rocha. As arestas do carvão perfuravamlhes as costas, sentiam na nuca uma dor fixa e intensa, de a terem constantemente curvada, para não quebrarem a cabeça. E a sufocação aumentava, o ar, comprimido pela água, acumulava-se na espécie de bolsão onde estavam encerrados. Suas vozes, abafadas, pareciam vir de muito longe. Os ouvidos começaram a zumbir, ouviam as badaladas furiosas de um sino, o galope de um rebanho sob uma chuva de pedras interminável.

A princípio, Catherine sofreu horrivelmente de fome. Levava à garganta suas pobres mãos crispadas, dava enormes suspiros cavos, uma queixa contínua, dilacerante, como se uma tenaz lhe tivesse arrancado o estômago. Etienne, sofrendo da mesma tortura, tateava febrilmente no escuro, quando, junto de si, seus dedos encontraram um pedaço de madeira meio podre, que suas unhas esfarelaram. Deu um punhado à gradadora, que o engoliu rapidamente. Por dois dias viveram daquela madeira carunchosa, devoraram-na toda, ficando desesperados quando acabou, esfolando-se para arrancar outras, ainda sólidas e cujas fibras resistiam. Seu suplício aumentou, enfureciam-se de não poder mastigar a fazenda das roupas. Um cinto de couro do rapaz aliviou-os um pouco. Cortava-o em pedacinhos com os dentes e ela os triturava, encarniçando-se para engoli-los. Isso fazia com que mastigassem, dava-lhes a ilusão de que comiam. Depois, devorado o cinto, voltaram à fazenda, chupando-a horas e horas.

Em breve, porém, aquelas crises violentas cessaram, a fome passou a ser uma dor profunda, surda, o próprio abandono, lento e progressivo, das forças. Sem dúvida teriam sucumbido se não tivessem água à vontade. Era só abaixarem-se, bebendo na palma da mão; e isso vinte, trinta vezes, pois a sede era tanta que nem toda aquela água podia saciá-la.

No sétimo dia, Catherine curvava-se para beber, quando bateu com a mão num corpo que flutuava a sua frente.

— Olha... Que é isso?

Etienne tateou nas trevas.

— Não sei, parece o forro de uma porta de ventilação.

Ela bebeu, e, quando ia apanhar mais água, o corpo bateu outra vez na sua mão. Deu um grito terrível.

— É ele! Meu Deus!

— Ele quem?

— Ele, tu sabes quem é... Toquei no bigode.

Era o cadáver de Chaval que voltara do plano inclinado e fora trazido até ali pela cheia. Etienne estendeu o braço, tocou no bigode, no nariz esmagado. Um arrepio de repugnância e medo sacudiu-o. Possuída de uma náusea medonha, Catherine cuspiu a água que ainda tinha na boca. Teve a sensação de que acabava de beber sangue, de que toda aquela água profunda diante dela era agora o sangue daquele homem.

— Espera — tartamudeou Etienne —, vou empurrá-lo.

Deu um pontapé no cadáver, que se afastou. Mas em seguida sentiram-no de novo batendo-lhes nas pernas.

— Raio! Vai-te!

Na terceira vez Etienne teve de deixá-lo. Alguma corrente o trazia de volta. Chaval não queria ir embora, queria ficar ao lado deles, encostado neles. Foi um companheiro terrível, que acabou de envenenar o ar. Durante todo aquele dia não beberam água, lutando, preferindo morrer; mas no dia seguinte o sofrimento os decidiu: afastavam o corpo cada vez que recolhiam o líquido, e bebiam apesar de tudo. Não valera a pena matá-lo, voltara a interpor-se entre ambos, obstinado no seu ciúme. Estaria ali até o fim, mesmo morto, impondo sua presença.

Passou-se um dia e mais outro. A cada movimento da água, Etienne recebia um leve esbarrão do homem que assassinara, o simples gesto de um vizinho que não queria ser esquecido. E todas as vezes estremecia. Via-o constantemente, inchado, esverdeado, com seu bigode ruivo no rosto esmagado. Depois começou a esquecer, não o tinha matado, o outro nadava e ia mordê-lo. Catherine, agora, era agitada por longas, intermináveis crises de choro, no fim das quais permanecia aniquilada. Acabou caindo num estado de sonolência invencível. O rapaz despertava-a, ela tartamudeava algumas palavras, mesmo sem abrir os olhos, e voltava a dormir. Temendo que se afogasse, Etienne passara-lhe um braço pela cintura. Agora era ele quem respondia à equipe de salvamento. Os golpes de picareta aproximavam-se, ouviam-nos atrás das costas. Mas suas forças também diminuíam, perdera toda a coragem de bater. Sabiam que estavam ali, para que cansar-se? Já pouco lhe importava que viessem ou não. No embotamento da espera, chegava a esquecer, durante horas, por que esperava.

Um alívio reconfortou-os um pouco; a água baixava e o corpo de Chaval afastou-se. Havia nove dias que trabalhavam para libertá-los, e eles davam, pela primeira vez, alguns passos pela galeria quando um espantoso tremor atirou-os ao chão. Buscaram-se, ficaram nos braços um do outro, doidos, não compreendendo, julgando que era outra vez a catástrofe. Nada se movia, o barulho das picaretas tinha cessado.

No canto em que estavam sentados, lado a lado, Catherine riu baixinho.

— Lá fora deve estar bonito... Vem, vamos sair daqui.

A princípio Etienne lutou contra esse ataque de demência, mas sua cabeça mais sólida começou a ficar contagiada e perdeu também a sensação justa da realidade. Os sentidos de ambos se alteraram, sobretudo os de Catherine, agitada pela febre, atormentada por uma necessidade de palavras e gestos. O zumbido nos seus ouvidos transformara-se em murmúrio de água corrente, em canto de pássaros; sentia um violento perfume de ervas esmagadas e via claro; grandes manchas amarelas voavam diante dos seus olhos; eram tão grandes que ela se julgava lá fora, na margem do canal, nos trigais, num dia de sol radiante.

— Que calorzinho, hem? Abraça-me, fiquemos assim, para sempre, para sempre!

Ele abraçava-a, a moça afagava-o, longamente, continuando naquela tagarelice feliz:

— Que idiotas fomos em esperar tanto tempo! Logo que te conheci apaixonei-me por ti e não compreendeste, ficaste zangado... Depois, lembras-te? Lá em casa, as noites em que não podíamos dormir, de barriga para cima, ouvindo a respiração um do outro, loucos de vontade de nos abraçarmos...

Contagiado por sua alegria, ele gracejou com a lembrança daquela mútua ternura:

— Tu me bateste uma vez, lembras-te? Dois tabefes bem aplicados, na cara!

— Porque te amava... — murmurou ela. — Sabes que eu evitava pensar em ti? Dizia-me que estava tudo acabado entre nós, mas no fundo sabia que um dia viveríamos juntos... Só faltou ocasião, um acaso feliz, não é verdade?

Um arrepio o deixou gelado, quis afugentar aquele sonho, depois disse lentamente:

— Nada acaba para sempre, basta um pouco de felicidade para tudo recomeçar.

— Posso ficar contigo desta vez? Não vamos separar-nos mais?

E, desfalecendo, ela escorregou. Estava tão fraca que quase não podia falar. Assustado, ele a retivera contra o peito.

— Estás sentindo alguma coisa?

Ela endireitou-se, espantada.

— Não, não... Por quê?

Mas essa pergunta tirara-a do seu sonho. Desesperada, olhou para as trevas, torcendo as mãos, numa nova crise de soluços.

— Meu Deus, meu Deus! Que escuridão!

Já não eram os trigais, nem o cheiro das ervas, nem o canto das cotovias, nem o grande sol amarelo; era a mina desabada, inundada, a noite fedorenta, o gotejar fúnebre daquela tumba onde agonizavam há tantos dias. A subversão dos sentidos aumentava agora o horror, ela deixou-se possuir pelas superstições da infância, viu o Homem

Negro, o velho mineiro morto que voltava à mina para torcer o pescoço das moças levianas.

— Escuta... Ouviste?

— Não, não ouço nada.

— O Homem... Tu sabes quem... Olha! Lá está ele. A terra largou todo o sangue das suas veias, para se vingar, porque lhe cortaram uma artéria. E lá está ele, olha, olha! Mais negro que a noite... Estou com medo, estou com medo!

Calou-se, trêmula. Depois, em voz muito baixa, continuou:

— Não, é sempre o outro.

— Que outro?

— Esse que está conosco, o que já morreu.

A imagem de Chaval a perseguia; falava dele confusamente, contava sua vida de cão, o único dia em que ele fora carinhoso, na Jean-Bart, os outros dias de tolices e tapas, quando ele a sufocava de carícias, depois de tê-la desancado a pancadas.

— Juro que é ele que vem vindo, para nos impedir de viver juntos... É o eterno ciúme dele... Manda-o embora, pelo amor de Deus! Abraça-me! Não deixes que me leve!

Num ímpeto, pendurou-se ao rapaz, procurando sua boca, onde colou apaixonadamente a sua. As trevas desapareceram, voltou a ver o sol, readquiriu um riso calmo de enamorada. Ele, trêmulo de a sentir assim contra a sua carne, seminua sob a jaqueta e as calças, cingiu-a, num despertar de virilidade. Realizou-se enfim sua noite de núpcias no fundo daquele túmulo, sobre um leito de lama, na ânsia de não morrerem sem antes serem felizes, no obstinado desejo de viver, de gerar vida pela última vez. Amaram-se desesperados de tudo, afundando na morte.

Em seguida não houve mais nada. Etienne voltou a sentar no chão, sempre no mesmo canto, com Catherine nos joelhos, deitada, imóvel. Assim passaram horas. Durante muito tempo julgou que ela dormia, mas ao tocá-la constatou que estava muito fria. Morta. Mas mesmo assim não se moveu, temendo despertá-la. A idéia de que fora o primeiro a possuí-la desabrochada, mulher, e que ela podia estar grávida, enternecia-o. Outras idéias, a vontade de partirem juntos, a alegria por tudo aquilo que fariam mais tarde, voltavam-lhe por momentos, mas tão vagamente, que pareciam roçar-lhe apenas a testa, como a própria respiração do sono. Estava muito fraco, só tinha forças para fazer um pequeno gesto, um lento movimento de mão, para assegurar-se de que ela continuava ali, como uma criança adormecida, na sua rigidez gelada. Tudo desaparecia, a própria escuridão soçobrava; ele não estava em parte alguma, sentia-se fora do espaço, fora do tempo. Alguma coisa batia bem junto da sua cabeça, golpes cuja violência se aproximava, mas teve preguiça de responder, entorpecido por um imenso cansaço. Agora, já não queria saber de mais nada, sonhava apenas que ela caminhava à sua frente e ouvia o leve bater dos seus tamancos. Passaram-se dois dias e ela não se movera; ele tocava-a com seu gesto maquinal, tranqüilizado por senti-la tão sossegada.

Etienne sentiu um abalo. Vozes tonitroavam, pedras rolavam até seus pés. Ao perceber uma lanterna, chorou. Pestanejava, seguindo a luz, não se cansava de vê-la, em êxtase diante daquele ponto avermelhado que mal iluminava as trevas. Alguns companheiros o carregaram, deixou-os enfiarem colheradas de sopa por entre seus dentes cerrados. Foi só na galeria de Réquillart que reconheceu alguém, o engenheiro Négrel, em pé diante dele. E aqueles dois homens que se desprezavam, o operário revoltado e o chefe cético, lançaram-se nos braços um do outro, chorando copiosamente, na comoção profunda de toda a humanidade que havia neles. Era uma tristeza imensa, a miséria das gerações, o excesso de dor em que pode cair a vida.

Na superfície, a mulher de Maheu, prostrada aos pés de Catherine morta, deu um grito, depois outro e mais outro, numa queixa sem fim, incessante. Diversos cadáveres já tinham sido trazidos e alinhados no chão: Chaval, que julgaram ter sido esmagado por um desabamento, um aprendiz e dois britadores, igualmente esmagados, com o crânio vazio e a barriga cheia de água. Mulheres, na multidão, perdiam a razão, rasgavam as saias, arranhavam o rosto.

Quando enfim o tiraram, depois de o terem habituado à luz das lanternas e alimentado um pouco, Etienne surgiu descarnado, com o cabelo todo branco. E todos se afastavam, estremecendo à vista daquele velho. A mulher de Maheu parou de gritar para olhá-lo estupefata, com seus grandes olhos fixos.

VI

Eram quatro horas da manhã. A fresca noite de abril aquecia-se com a aproximação do dia. No céu límpido as estrelas vacilavam, enquanto uma claridade de aurora tingia o oriente. E o campo negro, adormecido, fremia com o leve rumor que precede o despertar.

Etienne, a grandes passadas, seguia pelo caminho de Vandame.

Acabava de passar seis semanas em Montsou, num leito de hospital. Ainda macilento e muito magro, sentira-se com forças para partir, e partira. A companhia, sempre preocupada por suas minas, procedendo a demissões sucessivas, prevenira-o de que estava despedido, oferecendo-lhe um seguro de cem francos e o conselho paternal de abandonar o trabalho em minas, agora muito duro para ele. Mas não aceitara os cem francos. Uma resposta de Pluchart o chamava a Paris, numa carta em que vinha dinheiro para a viagem. Era a realização do seu sonho antigo. Na véspera, saindo do hospital, pernoitara no Bon-Joyeux, em casa da viúva Désir. E levantara-se de madrugada com um único desejo, despedir-se dos companheiros, antes de tomar o trem das oito horas, em Marchiennes.

No caminho, que estava ficando cor-de-rosa, Etienne parou. Fazia-lhe bem respirar o ar puríssimo da primavera temporã. A manhã anunciava-se radiosa. Lentamente o dia surgia e a vida da terra começava com o sol. Pôs-se outra vez em marcha, batendo vigorosamente com seu bordão de corniso[1], vendo ao longe a planície sair da neblina da noite. Não revira ninguém; a mulher de Maheu fora uma única vez ao hospital, não voltando mais, sem dúvida por não ter podido. Mas sabia que todo o conjunto habitacional dos Deux-Cent-Quarante trabalhava agora na Jean-Bart, inclusive ela.

Pouco a pouco os caminhos desertos povoavam-se; mineiros passavam continuamente por Etienne, macilentos, silenciosos. Dizia-se que a companhia tripudiava deles. Após dois meses e meio de greve, vencidos pela fome, quando voltaram às minas tiveram de aceitar a tarifa do revestimento, essa baixa disfarçada de salário, odiada por todos, ensangüentada pelo sacrifício de tantos companheiros. Roubavam-lhes uma hora de trabalho, faziam que faltassem ao juramento de não se submeterem, e esse perjúrio imposto ficava-lhes atravessado na garganta, como um bolsão de fel. O trabalho tinha recomeçado por toda parte, em Mirou, Madeleine, Crèvecoeur, Victoire... Por toda parte, na bruma da manhã, ao longo dos caminhos envoltos em trevas, filas de homens caminhavam de cabeça baixa, como um rebanho dirigindo-se para o matadouro. Tiritavam sob as roupas finas, cruzavam os braços, moviam os quadris, curvavam as costas, que o sanduíche, enfiado entre a camisa e a jaqueta, tornava corcundas. E, nessa volta em massa, nessas sombras mudas, negras,

---

[1] Variedade de madeira. (N. do E.)

sem um riso, sem um olhar para o lado, pressentiam-se os dentes cerrados de cólera, o coração afogado de ódio, todos resignados apenas às necessidades do estômago.

Quanto mais se aproximava da mina, mais Etienne via crescer o número de mineiros. Quase todos caminhavam isolados, os que vinham em grupos seguiam uns atrás dos outros, já exaustos, dos outros e de si próprios. Percebeu um, muito velho, cujos olhos brilhavam como brasas, sob uma testa lívida. Um outro, jovem, resfolegava como se quisesse desencadear uma tempestade. Muitos levavam os tamancos na mão, e mal se ouvia o som cavo das suas grossas meias de lã. Era um passar sem fim, uma enxurrada, uma marcha forçada de exército vencido, seguindo cabisbaixo, secretamente dilacerado pela vontade de tornar à luta e de se vingar.

Quando Etienne chegou, a Jean-Bart saía do escuro, os lampiões suspensos dos cavaletes ardiam ainda no alvorecer que despontava. Por cima dos edifícios sombrios elevava-se um escapamento de vapor, como uma pluma branca delicadamente tingida de carmim. Enfiou-se pela escadaria da triagem para ir à recebedoria.

A descida começava, os operários surgiam do vestiário. Permaneceu imóvel no meio daquele barulho, daquela agitação. O rolar dos vagonetes estremecia o pavimento de ferro fundido, bobinas giravam, desenrolavam os cabos em meio aos gritos do megafone, ao toque das campainhas, aos golpes da clava no cepo do sinal. Voltou a encontrar o monstro engolindo sua ração de carne humana, os elevadores emergindo, mergulhando, sumindo com carregações de homens, sem descanso, abocanhando com a facilidade de um gigante voraz. A partir do seu acidente, tinha um pavor, de fundo nervoso, pela mina. Os elevadores que submergiam arrancavam-lhe as entranhas. Teve de desviar os olhos; o poço exasperava-o.

Mas na vasta peça ainda escura, que os lampiões bruxuleantes mal iluminavam, não divisou um único rosto amigo. Os mineiros que ali esperavam, descalços, lanterna na mão, examinavam-no com seus grandes olhos inquietos, para depois baixarem a cabeça, como que envergonhados. Conheciam-no, sem dúvida, e já não guardavam rancor; ao contrário, pareciam temê-lo, corando à idéia de serem acusados de covardes. Essa atitude deixou-o comovido, esqueceu que aqueles miseráveis o haviam apedrejado, recomeçou a sonhar em transformá-los em heróis, em dirigir o povo, essa força da natureza que se devorava a si própria.

Um elevador encheu-se de homens, a fornada desapareceu, mas

outros continuavam a chegar e ele viu, enfim, um dos seus lugares--tenentes, um valente que jurara morrer.

— Tu também! — murmurou ele compungido.

O outro empalideceu, tremeram-lhe os lábios; depois, com um gesto de desculpa:

— Que queres? Tenho mulher.

No novo grupo que vinha do vestiário reconheceu a todos.

— Tu também! Tu também! Tu também!

E todos tremiam, gaguejando com voz abafada:

— Tenho mãe... Tenho filhos... Preciso comer...

O elevador não voltava, eles esperavam, abatidos, sofrendo tanto com a derrota, que evitavam olhar uns para os outros, fixando obstinadamente o poço.

— E a mulher de Maheu? — perguntou Etienne.

Ninguém respondeu. Um deles fez um sinal significando que ela já estava por chegar; outros ergueram os braços, trêmulos de piedade: pobre mulher, que desgraça! O silêncio continuou, e, quando o companheiro lhes estendeu a mão, despedindo-se, todos a apertaram com força, pondo naquele gesto mudo toda a raiva por terem cedido, a esperança febril da desforra. O elevador apareceu, embarcaram, desapareceram, engolidos pelo sorvedouro.

Surgiu Pierron, com a lanterna de fogo livre dos contramestres fixada no couro do gorro. Havia oito dias que era o chefe de equipe na expedição, e os operários o evitavam, já que as honrarias o tornavam presunçoso. Irritou-se ao ver Etienne, mas assim mesmo veio falar-lhe e tranqüilizou-se quando o rapaz lhe anunciou sua partida. Conversaram. Sua mulher dirigia agora o Café Progrès, graças ao apoio de todos os cavalheiros da direção, que eram muito bons para ela. Mas interrompeu-se para censurar o velho Mouque, acusando-o de não ter subido o estrume dos cavalos na hora regulamentar. O velho escutou-o, cabisbaixo. Mas antes de descer, humilhado com aquela repreensão, ele também apertou a mão de Etienne, num gesto longo, cheio de raiva íntima, fremente de rebeliões futuras. E aquela mão calejada que tremia na sua, aquele ancião que lhe perdoava os filhos mortos, emocionou-o tanto que o deixou ir-se sem poder proferir uma palavra.

— Então, a mulher de Maheu não vem mesmo hoje? — perguntou ele a Pierron, passado um momento.

Primeiro Pierron fingiu não ter ouvido, não gostava nem de falar daquela gente, dava azar. Depois, afastando-se a pretexto de emitir uma ordem, disse:

— Hem? A mulher de Maheu?... Está chegando.

Com efeito, ela saía do vestiário, com a sua lanterna, vestindo calça e jaqueta, o cabelo envolto na coifa. Fora por caridosa exceção que a companhia, apiedada pela sorte daquela infeliz, permitira que voltasse a trabalhar na idade de quarenta anos. E, como parecia difícil usá-la no carreio, empregaram-na para acionar um pequeno ventilador que acabavam de instalar na galeria norte, na região infernal do Tartaret, onde não havia ventilação. Durante dez horas, com os rins alquebrados, ela fazia a roda girar, no fundo daquele buraco ardente, com o corpo cozido por quarenta graus de calor. Ganhava trinta soldos.

Quando Etienne a viu, deplorável naquelas roupas masculinas, com os seios e a barriga como que inchados pela umidade da mina, não conseguiu falar de tanto espanto, não encontrou palavras para dizer que partia e desejava despedir-se dela.

A mulher encarou-o, impassível, e por fim disse, tuteando-o:

— Como é, estás admirado de me ver? É verdade que eu ameaçava matar o primeiro dos meus que voltasse à mina, e aqui estou eu. Devia matar-me, não achas? Asseguro-te que já o teria feito, se não fossem o velho e as crianças para alimentar.

E prosseguiu, na sua voz baixa e fatigada. Não se desculpava, contava simplesmente o que acontecera, que eles quase tinham morrido, que então se decidira, para não serem expulsos do conjunto habitacional.

— Como vai o velho? — perguntou Etienne.

— Sempre quieto e limpo, mas completamente pancada. Não foi condenado pelo que fez, sabias? Quiseram metê-lo no hospício, não deixei, arrasariam com ele em dois tempos... Seu caso nos prejudicou muito, pois retiraram-lhe a pensão. Um desses homens do escritório me disse que seria imoral pagarem qualquer coisa a ele.

— E Jeanlin, está trabalhando?

— Está, deram-lhe um trabalho externo. Ganha vinte soldos... Olha, não posso queixar-me, os patrões têm sido muito bons, como eles mesmos me disseram. Os vinte soldos do menino e os meus trinta soldos fazem cinqüenta. Se não fôssemos seis teríamos o que comer. Estelle já devora tudo o que encontra, mas o pior é que terei de esperar quatro ou cinco anos para que Lénore e Henri estejam em idade de trabalhar.

Etienne não pôde conter um gesto de pena.

— Eles também!

O rosto macilento da mulher ficou rubro e seus olhos faiscaram. Mas seus ombros curvos pareciam suportar o peso do destino. Disse:

— Que queres? Depois dos outros é o turno deles. Todos já foram sacrificados, agora lhes toca a vez.

Calou-se, interrompida por alguns carregadores que empurravam vagonetes. Pelas grandes janelas empoeiradas entrava o amanhecer, envolvendo os lampiões numa claridade baça. E a trepidação da máquina recomeçava: de três em três minutos, os cabos se desenrolavam, os elevadores continuavam a engolir os homens.

— Vamos, seus preguiçosos, apressem-se! — gritou Pierron. — Embarquem logo, senão não saímos daqui.

A mulher de Maheu, para quem ele olhava, não se mexeu. Já deixara passar três elevadores, e, como que despertando e lembrando-se das primeiras palavras de Etienne, murmurou:

— Então, partes?

— Sim, daqui a pouco.

— Muito bem, quanto mais longe deste lugar, melhor. Felizes os que podem... Gostei de te ver, quero que pelo menos saibas que nada tenho contra ti. Houve um momento em que era capaz de acabar contigo, depois de todas aquelas mortes. Mas refleti e acabei dando-me conta de que, afinal, ninguém tem culpa... Não, não tens culpa, a culpa é de todos.

Começou a falar com toda a tranqüilidade dos seus mortos, do seu homem, de Zacharie, de Catherine; só quando pronunciou o nome de Alzire lhe vieram lágrimas aos olhos. Voltara à sua calma de mulher sensata, julgando muito sabiamente as coisas. Nada de bom resultaria para os burgueses com a matança de tantos pobres. Certamente seriam castigados um dia, porque tudo se paga. Nem teriam necessidade de intervir; a coisa estouraria sozinha, os soldados atirariam nos patrões, como tinham atirado nos operários. E na sua resignação secular, nessa disciplina hereditária que a curvava de novo, surgia um resultado: a certeza de que a injustiça não podia continuar durando, e de que, se Deus estava morto, nasceria outro para vingar os miseráveis.

Falava baixo, lançando olhares desconfiados. E, como Pierron se aproximasse, acrescentou alto:

— Se te vais, tens que apanhar as tuas coisas lá em casa. São duas camisas, três lenços e umas calças velhas.

Etienne recusou com um gesto aqueles poucos trapos que não tinham ido parar no brechó.

— Não, não vale a pena, ficam para as crianças. Em Paris eu dou um jeito.

Mais dois elevadores tinham descido e Pierron decidiu-se a interpelar diretamente a mulher:

— Como é? Estão esperando... Já terminou a palestra?

Ela, porém, deu-lhe as costas. O vendido puxava a brasa para a sardinha dos patrões! Não tinha nada que ver com a descida dos operários! Já era odiado por seus subalternos ali na expedição... E ficou onde estava, com a lanterna na mão, enregelada pelas correntes de ar, apesar de não fazer frio. Nem Etienne nem ela tinham mais o que dizer. Permaneciam frente a frente, tão cheios de emoção, que gostariam de se dizer mais alguma coisa.

Por fim ela disse o que lhe veio à cabeça:

— A mulher do Levaque está grávida, o marido continua na cadeia. Enquanto ela espera, o Bouteloup tomou o lugar dele.

— Ah, sim! o Bouteloup...

— Ia esquecendo de te contar... A Philomène foi embora.

— Como, foi embora?

— Sim, com um mineiro de Pas-de-Calais. Tive medo de que ela me deixasse os dois filhos, mas não, carregou-os juntos. Que tal essa? Uma mulher que cospe sangue e parece que vai morrer a qualquer momento!

Meditou por um momento, para continuar lentamente:

— Como falaram de mim!... Lembras-te? Diziam que eu dormia contigo. Deus meu! Depois da morte do meu homem, isso poderia ter acontecido, se eu fosse mais nova... Hoje alegro-me de não ter havido nada, seriam mais dissabores para nós...

— Claro, seriam mais dissabores — repetiu Etienne simplesmente.

Daí por diante não trocaram mais palavra. Um elevador esperava-a, chamavam-na aos gritos, ameaçando-a com uma multa. Ela então decidiu-se, e apertou-lhe a mão. Muito comovido, ele continuou a observá-la, tão miserável e acabada, com sua cara macilenta, seus cabelos descoloridos escapando da coifa azul, seu corpo de animal parideiro, deformado por baixo das calças e da jaqueta surrada. E, nesse último aperto de mão, reconheceu o mesmo aperto de mão dos demais companheiros, demorado e mudo, marcando encontro para o dia em que tudo recomeçaria. Compreendeu perfeitamente, no fundo dos olhos dela brilhava uma crença tranqüila. Até breve, e dessa vez seria para arrasar com tudo.

— Diabo de preguiçosa! — gritou Pierron.

Empurrada, dando encontrões, ela meteu-se no fundo de um vagonete com mais quatro. Puxaram a corda dando o sinal de corpo, o elevador soltou-se, caiu no escuro, não sobrando mais que a corrida rápida do cabo.

Etienne, então, deixou a mina. Embaixo, no galpão da triagem, divisou uma criatura sentada no chão, de pernas estendidas, no meio de um monte de carvão. Era Jeanlin, encarregado de fazer a limpeza grossa. Tinha um bloco de hulha entre as pernas e com um martelo retirava dele os fragmentos de xisto. Uma poeira fina envolvia-o numa nuvem de fuligem tal, que Etienne não o teria reconhecido, se o menino não tivesse erguido seu focinho de macaco, de orelhas abanando e olhinhos azulados. Fez um esgar que era um riso, partiu o bloco de uma martelada e desapareceu na poeira negra que subia.

Fora, Etienne seguiu pela estrada por algum tempo, absorto. Muitas idéias fervilhavam dentro dele. Mas teve uma sensação de ar livre, de céu aberto, e respirou longamente. O sol surgia no horizonte glorioso, era um despertar de regozijo por toda a extensão do campo. Uma vaga de ouro rolava do oriente ao ocidente, sobre a imensa planície. Esse calor de vida avançava, estendia-se num estremecer de juventude, e nele vibravam os suspiros da terra, o canto dos pássaros, todos os murmúrios das águas e dos bosques. Era bom estar vivo, o velho mundo queria viver mais uma primavera.

E, avassalado por essa esperança, Etienne afrouxou o passo, examinando a paisagem, entranhando-se da alegria da nova estação. Pensava em si, sentia-se forte, amadurecido por sua dura experiência no fundo da mina. Sua educação estava terminada, partia armado, como soldado intelectual da revolução, tendo declarado guerra à sociedade, tal como a via e condenava. A alegria de reunir-se a Pluchart, de ser como Pluchart um chefe escutado, inspirava-lhe discursos, cujas frases lapidava. Pensava em alargar seu programa. O refinamento burguês que o elevara acima da sua classe injetava-lhe um ódio ainda maior contra a burguesia. Necessitava glorificar esses operários cujo cheiro de miséria tanto o incomodava agora; iria mostrá-los ao mundo como os únicos grandes, os únicos impecáveis, como a única nobreza e a única força capaz de retemperar a humanidade. Já se via na tribuna, triunfando com o povo, se este não o devorasse antes.

Um canto de cotovia, muito alto, fê-lo olhar para o céu. Pequenas nuvens vermelhas, os últimos vapores da noite, fundiam-se no límpido azul. E os rostos esfumados de Suvarin e Rasseneur lhe apareceram. Decididamente, tudo se estragava quando havia luta pelo poder. Fora o caso dessa famosa Internacional, que devia ter renovado o mundo e agora estava impotente, após ver seu formidável exército dividir-se, esfarelar-se por causa das lutas intestinas. Teria razão Darwin, o mundo não seria mais que uma batalha, os fortes devorando os fracos, para o embelezamento e a continuidade da espécie? Essa questão perturbou-o, ainda que tivesse para ela resposta categórica, como homem verdadeiramente satisfeito com seu saber. Mas dissipou-lhe as dúvidas uma idéia que o encantou, a idéia de lançar a sua antiga explicação da teoria na primeira vez que discursasse. Se era necessário que uma classe fosse devorada, não seria o povo, cheio de vida, jovem ainda, quem iria devorar a burguesia, exausta de tantos prazeres? Com sangue novo se faria a sociedade nova. E, nesta espera de uma invasão de bárbaros, regenerando as velhas nações caducas, ressurgia sua fé absoluta numa revolução próxima, a verdadeira, a dos trabalhadores, cujo incêndio abrasaria o fim do século com a mesma cor purpúrea desse sol nascente, que via ensangüentar o céu.

Continuava caminhando, batendo com o seu cajado de corniso nos seixos da estrada; e, quando olhava ao redor, reconhecia as regiões por onde passava. Na Fourche-aux-Boeufs, lembrou-se de que ali passara, comandando a multidão, na manhã do assalto às minas. Hoje, o trabalho de bestas, mortal, mal pago, recomeçava. Debaixo do chão, muito no fundo, a setecentos metros, parecia-lhe ouvir golpes surdos, regulares, constantes: eram os companheiros que vira descer, os negros companheiros que cavavam, cheios de um ódio silencioso. Sem dúvida tinham sido derrotados, pois haviam deixado dinheiro e mortos, mas Paris não esqueceria os tiros da Voreux, o sangue do império também correria por aquela ferida incurável. E, se a crise industrial chegasse ao fim, se as fábricas reabrissem uma a uma, não tinha importância, o estado de guerra continuaria, a paz agora era impossível. Os mineiros já sabiam quantos eram, já conheciam sua força, tinham sacudido com seu grito de justiça os operários da França inteira. A derrota deles não trazia segurança para ninguém; os burgueses de Montsou viram sua vitória minada pelo surdo mal-estar das seqüelas da greve, e olhavam para trás, suspeitando de que seu fim continuava a espreitá-los, inevitável, do mais recôndito daquele grande silêncio. Eles compreendiam que a revolução renasceria sem descanso, talvez mesmo amanhã, com a greve geral, a união de todos os trabalhadores resultando em caixas de socorros que os levariam a agüentar por muitos meses comendo pão. Desta última vez, fora um empurrão dado na sociedade em ruínas, e tinham sentido perfeitamente o chão fugindo sob seus pés, sentiam formarem-se outras convulsões, sempre outras, até que esse velho edifício abalado desmoronasse, tragado como a Voreux, sorvido pelo abismo.

Etienne tomou à esquerda o caminho de Joiselle. Lembrou então que, ali, impedira a turba de destruir a Gaston-Marie. Ao longe, iluminadas pelo sol radiante, viu as torres do sino de rebate de diversas minas: Mirou à direita, Madeleine e Crèvecoeur lado a lado. O trabalho ressoava por toda parte, os golpes de picareta que ele julgava escutar nas entranhas da terra vibravam agora de um extremo ao outro da planície. Um golpe, e outro, e muitos outros, por baixo das plantações, das estradas, dos vilarejos, que riam à luz: todo o obscuro trabalho dos forçados do fundo da terra, tão recoberto pela massa enorme das rochas que era preciso sabê-lo estar sendo feito lá embaixo, para poder captar o seu grande suspiro doloroso. E agora pensava que talvez a violência não ajudasse muito. Cabos cortados, trilhos arrancados, lanternas quebradas, que esforço inútil! Não, não valia a pena três mil pessoas percorrerem as estradas transformadas em bando devastador. Pressentia vagamente que a legalidade, um dia, podia ser mais terrível. Sua inteligência amadurecia; livrara-se da doença do rancor. Sim, a mulher de Maheu, sensata como era, tinha razão, seria o golpe de misericórdia na burguesia: arregimentarem-se em silêncio, conhecerem-se, reunirem-se em sindicatos, assim que a lei o permitisse. Depois, no dia em que fossem multidão, no dia em que milhões de trabalhadores se apresentassem diante de alguns milhares de desocupados, tomar o poder, ser os donos. Ah! que despertar da verdade e da justiça! O deus repleto e acocorado rebentaria na hora, o ídolo monstruoso escondido no fundo do seu tabernáculo, nesse desconhecido longínquo onde os miseráveis o alimentavam com sua carne, sem nunca tê-lo visto.

Mas Etienne, deixando o caminho de Vandame, entrou pela estrada pavimentada. Avistou Montsou à direita, desaparecendo no vale. Defronte tinha os escombros da Voreux, o buraco maldito que três bombas esgotavam, sem descanso. Depois, no horizonte, divisava as outras minas: Victoire, Saint-Thomas, Feutry-Cantel, enquanto, para o norte, as chaminés dos altos-fornos e as baterias das fornalhas de coque fumegavam no ar transparente da manhã. Se não queria perder o trem das oito, tinha de se apressar, havia ainda seis quilômetros a percorrer.

E, sob seus pés, continuavam as batidas cavas, obstinadas, das picaretas. Todos os companheiros estavam lá no fundo; ouvia-os seguindo-o a cada passo. Não era a mulher de Maheu sob aquele canteiro de beterrabas, curvada, com uma respiração que chegava até ele tão rouca, fazendo acompanhamento ao ruído do ventilador? À esquerda, à direita, mais adiante, julgava reconhecer outros, sob os trigais, as cercas vivas, as árvores novas. Agora, em pleno céu, o sol de abril brilhava em toda a sua glória, aquecendo a terra que germinava. Do flanco nutriz brotava a vida, os rebentos desabrochavam em folhas verdes, os campos estremeciam com o brotar da relva. Por todos os lados as sementes cresciam, alongavam-se, furavam a planície, em seu caminho para o calor e a luz. Um transbordamento de seiva escorria sussurrante, o ruído dos germes expandia-se num grande beijo. E ainda, cada vez mais distintamente, como se estivessem mais próximos da superfície, os companheiros cavavam. Sob os raios chamejantes do astro rei, naquela manhã de juventude, era daquele rumor que o campo estava cheio. Homens brotavam, um exército negro, vingador, que germinava lentamente nos sulcos da terra, crescendo para as colheitas do século futuro, cuja germinação não tardaria em fazer rebentar a terra.

DADOS BIOGRÁFICOS

Émile Zola*

O pai de Zola tinha 44 anos quando conheceu Émilie-Aurélie Aubert, numa de suas viagens a Paris. Apesar da grande diferença de idade — a moça não chegara aos vinte anos —, acabaram casando-se. O resultado dessa união foi Émile Zola, nascido em 12 de abril de 1840, durante uma estada do casal em Paris.

O menino mal conheceu o pai: em 1847, François faleceu. As coisas ficaram difíceis. Sozinha e com grandes esforços, a mãe procurou equilibrar o orçamento doméstico e fazer que o filho estudasse. De certa forma, ela teve sucesso: Zola foi aluno do Colégio Notre-Dame e do Colégio de Aix. Quando o rapaz atingiu a maioridade, partiu com Émilie para Paris e, graças a um amigo da família, conseguiu um emprego na Alfândega. O salário não era muito bom, porém o mais penoso era ter de ficar preso no escritório. Além disso, havia outro problema sério: o jovem não conhecia ninguém em Paris. Assim, sua única distração era escrever, para os amigos que deixara em Aix, longas queixas sobre a necessidade de ganhar a vida.

---

* Fonte: *Os imortais da literatura universal*, Abril S/A Cultural e Industrial, 1979.

Nem a promoção a comissário da Alfândega (1860) conseguiu entusiasmá-lo. Vivia sonhando com a natureza, as flores, os pássaros e as mulheres: enfim, a vida fora do escritório. E, de tanto sonhar, um dia descobriu que não poderia mais suportar "aquele mundo de comissários estúpidos". Largou tudo e foi morar num sótão, alimentando-se de pão com alho e óleo, à maneira dos boêmios da época. Só não pensava em deixar Paris. Sentia que possuía talento literário, estava disposto a lutar para obter sucesso, e as probabilidades de consegui-lo eram maiores na capital.

Em dezembro de 1859, concluía sua primeira obra em prosa, *Les Grisettes de Provence* (As Costureirinhas de Provença). Continuava, porém, desconhecido e insatisfeito. Ele mesmo costumava dizer: "Ser sempre desconhecido é chegar a duvidar de si; nada engrandece os pensamentos de um autor como o sucesso".

Enquanto a fama não vinha, ia-se distraindo de várias maneiras: discutia literatura, escrevia poemas sob a influência de seus ídolos românticos, sonhava com o futuro e ainda encontrou tempo para se apaixonar por Alexandrine Mesley, com quem se casaria em 1863.

Em fevereiro de 1862, com o objetivo de se aproximar um pouco mais do mundo literário, começou a trabalhar na Editora Hachette. Ali seu progresso foi rápido: logo se tornou chefe de publicidade. Tinha um bom salário e a oportunidade de tomar contato com os escritores mais famosos da época. Por outro lado, aos poucos foi descobrindo que a literatura também era um comércio, e o valor de uma obra, por si mesmo, sem a ajuda da publicidade, não bastava para imortalizar um autor.

Enquanto trabalhava para vender os livros dos outros, Zola escrevia também o seu: *Contes à Ninon* (Contos para Ninon). Abandonara a poesia, pois a experiência lhe havia ensinado que os versos não vendiam bem. Recusado inicialmente por três editores, o manuscrito foi publicado afinal em 1864, e recebeu boa acolhida da crítica, embora não despertasse grandes polêmicas. Mas não era isso que importava, por enquanto. O fundamental era trabalhar muito, para aumentar sua renda e fazer-se conhecido. As dez horas diárias não lhe bastavam; Zola ainda escrevia artigos para o *Petit Journal* e para o *Salut Public* de Lyon, além de redigir *La Confession de Claude* (A Confissão de Claude), publicado em 1865. O livro foi bem recebido pela crítica, mas, como o anterior, não suscitou polêmicas. E Zola sabia que as polêmicas eram úteis ao sucesso de um escritor.

Por outro lado, começou a sentir que a Hachette lhe roubava um tempo precioso. Assim, no início de 1866, deixou o emprego para dedicar-se à literatura.

Abandonou o romantismo de seus anos de adolescência e passou a admirar outros autores: Balzac (1799-1850), Stendhal (1783-1842), Flaubert (1821-1880). Essa guinada para o realismo devia-se principalmente às suas últimas leituras: das teorias evolucionistas de Darwin (1809-1882) até o *Tratado da Hereditariedade Natural* do Dr. Lucas, passando pela *Filosofia da Arte* de Taine (1828-1893). No entanto, o que parece tê-lo feito decidir-se pelo realismo foi a *Introdução ao Estudo da Medicina Experimental* (1865), de Claude Bernard (1813-1878). Essa obra foi importante para o rumo que Zola imprimiria a toda a sua obra: o rigor científico no romance, cujo objetivo, diria ele, é o mesmo das experiências de laboratório, isto é, o conhecimento da realidade. O que Claude Bernard havia feito com o corpo humano Zola faria com as paixões e os meios sociais.

Com esse pensamento, começou a elaborar *Thérèse Raquin* (1868), "um grande estudo fisiológico e psicológico". Entretanto, logo depois teve de interromper o trabalho, para atender a uma encomenda: escrever o romance-folhetim *Os Mistérios de Marselha*. Para realizá-lo, baseou-se em documentos dos últimos processos criminais. Sua preocupação não era a qualidade, mas o estabelecimento de um método de trabalho que seria fundamental para suas obras posteriores. A partir de uma pilha de documentos, compôs várias histórias organizadas em torno de um assunto central. Esse mesmo processo seria usado depois na realização da série *Os Rougon-Macquart*.

Os Mistérios de Marselha começou a ser impresso no dia 1º de março de 1867, em *Le Messager de Provence*, de Marselha. Apesar de não ganhar muito dinheiro com essa publicação, Zola passou a ser conhecido em toda a região meridional da França.

A história natural de uma família

Durante mais de dois anos, Zola ficou pensando no projeto de sua nova obra. Um trabalho de muito fôlego, como a *Comédia Humana* de Balzac, composto de vários romances ligados entre si. Começou, assim, a elaborar a *História Natural e Social de uma Família sob o Segundo Império: Os Rougon-Macquart*.

O ano de 1870 surgia com ilimitada fé na ciência e no progresso, e parecia propiciar uma tarefa desse tipo. Era com todos os rigores científicos que Zola queria realizar a sua obra, mesmo discordando dos argumentos de Claude Bernard, que estabelecia diferenças entre os escritos de caráter científico e os de imaginação.

Depois de convencer o editor Charpentier a financiar o projeto, o romancista afastou-se do mundo. Enfiado nas bibliotecas, por mais de um ano, trabalhou na árvore genealógica dos Rougon-Macquart. Terminada a coleta de dados, foi para casa e começou a criar. E, das 9 horas da manhã à 1 hora da tarde, redigia sempre o mesmo número de páginas, qualquer que fosse sua disposição. A qualidade ainda não estava em primeiro plano. Era preciso construir uma grande obra, e ele não se podia dar o luxo de depender de estados de espírito.

Não teria abandonado sua mesa de trabalho, não fosse a guerra franco-prussiana, de 1870, que o obrigou a refugiar-se em Bordeaux. Quando terminou o sítio dos inimigos, voltou a Paris. Mas em março do ano seguinte estourava a revolta dos operários, a Comuna. No meio de toda a agitação, míope e com um caderninho nas mãos, o escritor anotava tudo. Sua atitude despertou suspeitas e ele acabou sendo preso pelos revoltosos. "Mas eu sou Émile Zola", protestou, "antigo republicano. Meus livros foram perseguidos pelo império! Sou um jornalista!" Seus protestos convenceram os líderes revolucionários, que o libertaram no dia seguinte. Mal deixou a cela, contudo, foi novamente preso, desta vez pelos homens do governo. Soltaram-no graças à intervenção de Gustave Simon, filho do estadista Jules Simon (1814-1896). Ao sair da prisão, declarou: "A única coisa que me consola é não existir um terceiro governo que mande prender-me amanhã".

Enquanto a revolução continuava lá fora, dentro de casa o escritor continuava seu trabalho. Apesar de todas as interferências, em 1871 apareceram os dois primeiros volumes da série dos Rougon: *La Fortune des Rougon* (A Fortuna dos Rougon) e *La Curée* (A Presa). Zola estava ansioso para conhecer as opiniões do público. Ficou preocupado ao notar uma reação negativa, e indignou-se quando teve notícias de que até cartas de denúncias estavam sendo enviadas ao procurador da República. Sua indignação, porém, só serviu para piorar as coisas: a publicação de *La Curée*, em folhetim, foi suspensa, sob a acusação de obscenidade. Isso era demais para um autor que se considerava sério e puro. Sua defesa apareceria algum tempo depois no ensaio *Da Moralidade na Literatura*: "Eu não sei o que se entende por um escritor moral e um escritor imoral; mas eu sei muito bem o que é um escritor que tem talento e um que não o tem (...) para mim são obras obscenas as que são mal pensadas e mal executadas".

E continuou trabalhando na série dos Rougon. Até 1876, publicou mais quatro volumes: *Le Ventre de Paris* (O Ventre de Paris), *La Conquête de Plassans* (A Conquista de Plassans), *La Faute de L'Abbé Mouret* (O Crime do Abade Mouret) e *Son Excellence Eugène Rougon* (Sua Excelência Eugène Rougon).

Estava com 36 anos e com uma enorme capacidade criadora. A crítica já acolhia com interesse suas obras. Entretanto, ainda não era um romancista de sucesso.

A consagração de um autor

"Vocês me tratam de escritor democrático e algo socialista e surpreendem-se de que eu pinte certa classe operária com cores verdadeiras e entristecedoras. De início, não aceito as etiquetas que vocês me colam nas costas. Creio ser um escritor sem epíteto; se desejam classificar-me, digam que sou um romancista naturalista, o que não me desagradará. Minhas opiniões políticas não contam... Quanto à pintura de certa classe operária, ela é tal como a expressei, sem sombra, sem uma atenuação. Eu digo o que vejo, verbalizo simplesmente, e deixo aos moralistas a preocupação de tirar lições. Desnudei as chagas do alto, não iria esconder as de baixo. Minha obra não é obra de partido e de propaganda. Ela é obra de verdade."

Assim Zola respondia aos ataques contra seu novo romance — *L'Assommoir* (A Taverna) —, publicado em folhetim no outono de 1876, e em livro no ano seguinte. Apesar de todas as críticas, o sucesso foi tão grande que, em poucas semanas, Émile Zola se transformou no escritor francês mais célebre. Tinha alcançado um de seus propósitos.

Em dois volumes, *L'Assommoir* denuncia um dos maiores problemas dos meios operários de então: o alcoolismo. O livro é considerado uma obra-prima do "romance negro". Nele tudo é cinzento e muito feio. As ruas são descritas quase sempre à noite. O sol nunca aparece. Na verdade, segundo alguns críticos, *L'Assommoir* transporta a literatura a um nível de negridão insuperável. Segundo o escritor, a miséria é mais produto da vontade das pessoas do que da condição em que vivem. O mal está no ser. O homem é um solitário, sem recursos, sem esperança e sem pecado. É, enfim, um animal a caminho do fim último: a morte.

O sucesso do romance não ficou apenas em frases elogiosas. O editor

Charpentier reformulou os termos do contrato, para favorecer o escritor. Os jornais disputaram as obras seguintes de Zola, oferecendo fortunas para publicá-las em folhetim. Com todo esse dinheiro, o romancista comprou uma casa em Médan, e, enquanto os leitores ainda discutiam *L'Assommoir,* começou a elaborar um novo livro, em estilo completamente diverso. Mas, como ele mesmo previra, *Une Page d'Amour* (Uma Página de Amor) — 1878 — acabou decepcionando um público que cada vez mais desejava narrativas violentas.

A única coisa que o consolou do fracasso foi a constante presença de um grupo de autores em sua casa. Dessas reuniões nasceu um livro: *Les Soirées de Médan* (Os Serões de Médan) — 1880 —, com um conto de cada escritor; o de Zola chamava-se *L'Attaque du Moulin* (O Ataque do Moinho). Apenas um momento de descanso para um homem acostumado a criar grandes obras, e já consagrado pelo sucesso. Assim, logo se pôs a preparar novo romance, onde conta a vida de uma cortesã. Desde sua publicação, em 1880, *Naná* fez enorme sucesso, principalmente pelo tema ousado e pela criação realista das personagens. Entretanto, como o escândalo havia sido responsável por grande parte desse êxito, os ataques vieram de maneira redobrada. Aqueles que tinham elogiado *L'Assommoir*, por mostrar as fraquezas dos meios operários, rejeitaram *Naná* por denunciar os males de outras camadas sociais.

Zola defendia-se com os mesmos argumentos de sempre. Se aquilo que um autor escreve é verdadeiro, nada deve impedi-lo de escrever. Para ele não existem paixões proibidas, e, se existissem, teria o direito e o dever de apontá-las. Só o que não deve fazer é enegrecer gratuitamente a condição humana.

Em 1882, Zola publicou *Pot-Bouille*, um livro muito longo, com a fraqueza de parecer uma caricatura do naturalismo, tão acentuadas estão ali as características da escola. Nos dois anos seguintes, apareceram mais dois volumes da série dos Rougon: *Au Bonheur des Dames* (A Felicidade das Damas) e *La Joie de Vivre* (A Alegria de Viver). Ambos pertencem à produção média, mas o primeiro interessa mais pelas preocupações sociais apresentadas. Seu tema é a luta do grande comércio contra as pequenas lojas.

Para fazer *Germinal*, Zola não se satisfez com a simples busca de documentos. Foi passar alguns meses numa região mineira. Morou em cortiços, bebeu cerveja e genebra nos botequins e desceu ao fundo dos poços para observar de perto o trabalho dos operários. Aos poucos foi se familiarizando com o meio onde viviam aqueles homens. Descobriu quais as principais doenças causadas pela mineração. Sentiu o problema dos baixos salários, os sacrifícios dos mineiros, a gota que cai com uma regularidade incrível sobre seus rostos, a dificuldade de empurrar um vagonete por um corredor estreito, o drama do salto na escuridão que eles têm de dar para poderem sobreviver. Numa passagem admirável, descreve a emoção de uma greve de operários. Mostra seu ódio animal. Um ódio que destrói tudo à sua passagem. Uma violência viva nos corpos que querem libertar-se, mesmo à custa da total destruição. Mostra também o amor feito sobre o carvão, os pequenos dramas das dívidas, as brigas no cortiço, a promiscuidade de pais e filhos em casas muito pequenas.

A obra obteve enorme repercussão. Apesar de revelar um universo que muita gente não queria ver, *Germinal* é um livro tão poderoso que consagrou Zola como um dos maiores escritores de todos os tempos. Foi publicado em 1885. E, em julho desse mesmo ano, o romancista mandava uma carta a Gustave Geoffroy, que havia feito um estudo sobre *Germinal*, dizendo: "Meu papel foi recolocar o homem no seu lugar dentro da criação, como um produto da terra, submetido ainda a todas as influências do meio; e no próprio homem coloquei em seu lugar o cérebro, um órgão entre outros órgãos, porque não creio que o pensamento seja outra coisa além de uma função da matéria". Demonstrava assim, claramente, sua posição materialista.

No ano seguinte (1886), lançou *L'Oeuvre* (A Obra), e começou a escrever *La Terre* (A Terra), romance ambientado no campo, no qual pretendia pintar a vida dos camponeses, tal como fizera com os operários em *Germinal*. Publicado em 1887, *La Terre* logo transformou Zola num alvo de críticas violentas. Acusaram-no de indecente e de haver caluniado os camponeses. Os adversários do naturalismo não lhe davam folga.

Em 1888, o escritor conheceu Jeanne Rozerot, jovem de vinte anos, com a qual teve uma ligação amorosa. Dois filhos, uma menina e um menino, foram o resultado de sua única aventura sentimental. No mesmo ano, publicou *Le Rêve* (O Sonho), no qual demonstra sua enorme facilidade de passar de temas violentos para assuntos mais amenos.

Dois anos depois, terminou *A Besta Humana*, de temática essencialmente naturalista. A personagem principal é um criminoso nato. Da mesma maneira que alguns têm paixão pelo álcool, ele tem por sangue. Os outros assassinos que aparecem no decorrer do romance o são por interesse ou inveja, enquanto Lantier mata por instinto, gratuitamente, pelo puro prazer de matar. Sua luta contra essa tara é admiravelmente mostrada pelo escritor.

Depois de *A Besta Humana*, Zola estava começando a se cansar da série *Os Rougon-Macquart*. E, à medida que se cansava, ia empobrecendo os novos romances. Assim, os três últimos, publicados de 1891 a 1893 — *L'Argent* (O Dinheiro), *La Débâcle* (A Derrocada) e *Le Docteur Pascal* (O Dr. Pascal) —, já não têm a força dos anteriores.

Quando terminou *Os Rougon-Macquart*, Zola tinha 53 anos. Havia escrito vinte romances, em 31 volumes, com 1200 personagens. Podia dar-se o luxo de descansar. Mas ele não queria esse luxo. Queria continuar criando. O projeto da próxima obra já estava pronto: *As Três Cidades*, título que englobaria os romances: *Lourdes* (1894), *Roma* (1896) e *Paris* (1898).

Dreyfus e a morte

Em 1894, o Capitão Dreyfus foi condenado à prisão perpétua na Ilha do Diabo, por um crime que não tinha cometido. As cartas que o capitão enviava do presídio gritavam sua inocência com firmeza e convicção. O caso tornou-se público.

Três anos mais tarde, em 1897, Zola foi passar o inverno em Paris, e tomou conhecimento de certos documentos relativos ao processo. Entusiasmou-se. Era a primeira vez, depois de trinta anos de literatura, que sentia uma motivação para agir, muito superior à paixão por criar. Era preciso reparar a injustiça cometida diante de todo um povo.

O acaso acabou decidindo a maneira de entrar em ação: num passeio por Paris, Zola encontrou-se com o diretor do jornal *Figaro*. Os dois conversaram sobre o caso e chegaram à mesma conclusão: Dreyfus era inocente. Pouco depois, o jornal publicava um artigo do escritor — *Procès Verbal* —, falando, entre outras coisas, do anti-semitismo (Dreyfus era judeu). No dia 14 de dezembro de 1897, redigiu *Carta à Juventude*, onde faz um apelo para que os jovens lutem pela revisão do processo.

Zola ataca, os adversários revidam. Num artigo do *Petit Journal*, chegam a colocar em dúvida a honra de seu pai. Com uma tiragem de mais de um milhão de exemplares, o jornal espalhava a mentira e o ódio nas vilas mais longínquas. Mesmo as pessoas que estavam convencidas da inocência do Capitão Dreyfus continuavam caladas.

Zola, porém, não se deixou assustar. Em 13 de janeiro de 1898, publicou no *Aurore* a famosa carta *J'Accuse* (Eu Acuso), endereçada ao presidente da República, Félix Faure. Nela denuncia todas as partes obscuras do processo. A publicação abalou Paris. O escritor foi condenado a um ano de prisão e obrigado a pagar fiança.

A única solução era sair da França. Zola partiu para a Inglaterra, onde começou a compor *Fecundidade*, o primeiro de seus *Quatro Evangelhos*. Só retornou a Paris para assistir à revisão do processo de Dreyfus. O capitão foi condenado novamente, e Zola, num artigo violentíssimo, fez explodir toda a sua indignação. Finalmente, em 1899, Dreyfus foi libertado. E o romancista, por ter sido um dos grandes responsáveis por essa vitória, recebeu um convite de editores ingleses para escrever sobre o caso. No entanto, recusou, pois julgava o fato de interesse exclusivamente francês.

Em 1901, as associações operárias organizaram um banquete para festejar a publicação de seu segundo evangelho, *Trabalho*, e para homenageá-lo por sua atuação no caso Dreyfus. Em agosto do mesmo ano, terminou a redação de *Verdade*, o terceiro evangelho.

Em setembro, vai a Paris. O apartamento desabitado há alguns meses está bastante úmido. Zola liga o aquecedor, e adormece ao lado da esposa. À noite, Alexandrine acorda. Tem a cabeça e o corpo extremamente fatigados. Cambaleando, ela chega até o banheiro. Tem vômitos e sente um mal-estar geral. Mas precisa recuperar as forças e avisar o marido. Quando volta ao quarto, vê que Zola já acordou. Contudo, os dois não conseguem conversar, pois ele também se sente mal. Tenta levantar-se, mas perde os sentidos. Alexandrine esforça-se para fazer alguma coisa, porém acaba desmaiando também.

Somente às 9 horas da manhã do dia 29 de setembro é que os empregados decidem arrombar a porta do quarto para ver o que está se passando. Alexandrine é transportada imediatamente para uma clínica, e é salva. Zola, entretanto, está morto, asfixiado pelo gás do aquecedor. O descanso chegou antes de escrever o último dos quatro evangelhos: *Justiça*.

Sobre a importância literária de Zola escreve Otto Maria Carpeaux (*História da Literatura Ocidental*): "O nome de Zola não costuma figurar nas discussões sobre os problemas do romance moderno; e certos críticos de vanguarda chegam a afirmar que 'Zola já não é lido'. A afirmação não corresponde à verdade (...) Zola continua lido. Mas, em numerosas edições e traduções baratas, a sua obra está circulando pelo mundo inteiro, constituindo para inúmeros leitores a primeira iniciação e a iniciação definitiva na literatura (...) O método de Zola deixa entrar luz em lugares escondidos. Não há nada de 'misterioso' na sua obra nem na sua personalidade de um pequeno-burguês tímido e ambicioso, trabalhador assíduo, escritor profissional com desejos confessados de fazer publicidade e ganhar dinheiro. Zola tem muito de jornalista, de repórter; e, na qualidade de repórter, descobriu o mundo moderno, ao qual, até então, a literatura não prestara a atenção devida (...) Em Zola há algo de Miguel Ângelo, assim como no seu contemporâneo Daumier. Às vezes, os seus monumentos da baixeza são caricaturas grandiosas, das quais uma, *La Terre*, chegou a assustar os seus próprios discípulos. O 'abismo' em Zola é o seu pessimismo social, resultado da combinação entre o determinismo do realista proletário, discípulo de Sue, Flaubert e Taine, e o moralismo puritano de pequeno-burguês francês com o desejo íntimo de voltar à terra".

Sumário

Relação dos Volumes Publicados

1. Dom Casmurro
Machado de Assis
2. O Príncipe
Maquiavel
3. Mensagem
Fernando Pessoa
4. O Lobo do Mar
Jack London
5. A Arte da Prudência
Baltasar Gracián
6. Iracema / Cinco Minutos
José de Alencar
7. Inocência
Visconde de Taunay
8. A Mulher de 30 Anos
Honoré de Balzac
9. A Moreninha
Joaquim Manuel de Macedo
10. A Escrava Isaura
Bernardo Guimarães
11. As Viagens - "Il Milione"
Marco Polo
12. O Retrato de Dorian Gray
Oscar Wilde
13. A Volta ao Mundo em 80 Dias
Júlio Verne
14. A Carne
Júlio Ribeiro
15. Amor de Perdição
Camilo Castelo Branco
16. Sonetos
Luís de Camões
17. O Guarani
José de Alencar
18. Memórias Póstumas de Brás Cubas
Machado de Assis
19. Lira dos Vinte Anos
Álvares de Azevedo
20. Apologia de Sócrates / Banquete
Platão
21. A Metamorfose/Um Artista da Fome/Carta ao Pai
Franz Kafka
22. Assim Falou Zaratustra
Friedrich Nietzsche
23. Triste Fim de Policarpo Quaresma
Lima Barreto
24. A Ilustre Casa de Ramires
Eça de Queirós
25. Memórias de um Sargento de Milícias
Manuel Antônio de Almeida
26. Robinson Crusoé
Daniel Defoe
27. Espumas Flutuantes
Castro Alves
28. O Ateneu
Raul Pompeia
29. O Noviço / O Juiz de Paz da Roça / Quem Casa Quer Casa
Martins Pena
30. A Relíquia
Eça de Queirós
31. O Jogador
Dostoiévski
32. Histórias Extraordinárias
Edgar Allan Poe
33. Os Lusíadas
Luís de Camões
34. As Aventuras de Tom Sawyer
Mark Twain
35. Bola de Sebo e Outros Contos
Guy de Maupassant
36. A República
Platão
37. Elogio da Loucura
Erasmo de Rotterdam
38. Caninos Brancos
Jack London
39. Hamlet
William Shakespeare
40. A Utopia
Thomas More
41. O Processo
Franz Kafka
42. O Médico e o Monstro
Robert Louis Stevenson
43. Ecce Homo
Friedrich Nietzsche
44. O Manifesto do Partido Comunista
Marx e Engels
45. Discurso do Método / Regras para a Direção do Espírito
René Descartes
46. Do Contrato Social
Jean-Jacques Rousseau
47. A Luta pelo Direito
Rudolf von Ihering
48. Dos Delitos e das Penas
Cesare Beccaria
49. A Ética Protestante e o Espírito do Capitalismo
Max Weber
50. O Anticristo
Friedrich Nietzsche
51. Os Sofrimentos do Jovem Werther
Goethe
52. As Flores do Mal
Charles Baudelaire
53. Ética a Nicômaco
Aristóteles
54. A Arte da Guerra
Sun Tzu
55. Imitação de Cristo
Tomás de Kempis
56. Cândido ou o Otimismo
Voltaire
57. Rei Lear
William Shakespeare
58. Frankenstein
Mary Shelley
59. Quincas Borba
Machado de Assis
60. Fedro
Platão
61. Política
Aristóteles
62. A Viuvinha / Encarnação
José de Alencar
63. As Regras do Método Sociológico
Émile Durkheim
64. O Cão dos Baskervilles
Sir Arthur Conan Doyle
65. Contos Escolhidos
Machado de Assis
66. Da Morte / Metafísica do Amor / Do Sofrimento do Mundo
Arthur Schopenhauer
67. As Minas do Rei Salomão
Henry Rider Haggard
68. Manuscritos Econômico-Filosóficos
Karl Marx
69. Um Estudo em Vermelho
Sir Arthur Conan Doyle
70. Meditações
Marco Aurélio
71. A Vida das Abelhas
Maurice Materlinck
72. O Cortiço
Aluísio Azevedo
73. Senhora
José de Alencar
74. Brás, Bexiga e Barra Funda / Laranja da China
Antônio de Alcântara Machado
75. Eugênia Grandet
Honoré de Balzac
76. Contos Gauchescos
João Simões Lopes Neto
77. Esaú e Jacó
Machado de Assis
78. O Desespero Humano
Sören Kierkegaard
79. Dos Deveres
Cícero
80. Ciência e Política
Max Weber
81. Satíricon
Petrônio
82. Eu e Outras Poesias
Augusto dos Anjos
83. Farsa de Inês Pereira / Auto da Barca do Inferno / Auto da Alma
Gil Vicente
84. A Desobediência Civil e Outros Escritos
Henry David Toreau
85. Para Além do Bem e do Mal
Friedrich Nietzsche
86. A Ilha do Tesouro
R. Louis Stevenson
87. Marília de Dirceu
Tomás A. Gonzaga
88. As Aventuras de Pinóquio
Carlo Collodi
89. Segundo Tratado Sobre o Governo
John Locke
90. Amor de Salvação
Camilo Castelo Branco
91. Broquéis/Faróis/ Últimos Sonetos
Cruz e Souza
92. I-Juca-Pirama / Os Timbiras / Outros Poemas
Gonçalves Dias
93. Romeu e Julieta
William Shakespeare
94. A Capital Federal
Arthur Azevedo
95. Diário de um Sedutor
Sören Kierkegaard
96. Carta de Pero Vaz de Caminha a El-Rei Sobre o Achamento do Brasil
97. Casa de Pensão
Aluísio Azevedo
98. Macbeth
William Shakespeare

99. Édipo Rei/Antígona
Sófocles

100. Lucíola
José de Alencar

101. As Aventuras de Sherlock Holmes
Sir Arthur Conan Doyle

102. Bom-Crioulo
Adolfo Caminha

103. Helena
Machado de Assis

104. Poemas Satíricos
Gregório de Matos

105. Escritos Políticos / A Arte da Guerra
Maquiavel

106. Ubirajara
José de Alencar

107. Diva
José de Alencar

108. Eurico, o Presbítero
Alexandre Herculano

109. Os Melhores Contos
Lima Barreto

110. A Luneta Mágica
Joaquim Manuel de Macedo

111. Fundamentação da Metafísica dos Costumes e Outros Escritos
Immanuel Kant

112. O Príncipe e o Mendigo
Mark Twain

113. O Domínio de Si Mesmo pela Auto-Sugestão Consciente
Émile Coué

114. O Mulato
Aluísio Azevedo

115. Sonetos
Florbela Espanca

116. Uma Estadia no Inferno / Poemas / Carta do Vidente
Arthur Rimbaud

117. Várias Histórias
Machado de Assis

118. Fédon
Platão

119. Poesias
Olavo Bilac

120. A Conduta para a Vida
Ralph Waldo Emerson

121. O Livro Vermelho
Mao Tsé-Tung

122. Oração aos Moços
Rui Barbosa

123. Otelo, o Mouro de Veneza
William Shakespeare

124. Ensaios
Ralph Waldo Emerson

125. De Profundis / Balada do Cárcere de Reading
Oscar Wilde

126. Crítica da Razão Prática
Immanuel Kant

127. A Arte de Amar
Ovídio Naso

128. O Tartufo ou O Impostor
Molière

129. Metamorfoses
Ovídio Naso

130. A Gaia Ciência
Friedrich Nietzsche

131. O Doente Imaginário
Molière

132. Uma Lágrima de Mulher
Aluísio Azevedo

133. O Último Adeus de Sherlock Holmes
Sir Arthur Conan Doyle

134. Canudos - Diário de uma Expedição
Euclides da Cunha

135. A Doutrina de Buda
Siddharta Gautama

136. Tao Te Ching
Lao-Tsé

137. Da Monarquia / Vida Nova
Dante Alighieri

138. A Brasileira de Prazins
Camilo Castelo Branco

139. O Velho da Horta/Quem Tem Farelos?/Auto da Índia
Gil Vicente

140. O Seminarista
Bernardo Guimarães

141. O Alienista / Casa Velha
Machado de Assis

142. Sonetos
Manuel du Bocage

143. O Mandarim
Eça de Queirós

144. Noite na Taverna / Macário
Álvares de Azevedo

145. Viagens na Minha Terra
Almeida Garrett

146. Sermões Escolhidos
Padre Antonio Vieira

147. Os Escravos
Castro Alves

148. O Demônio Familiar
José de Alencar

149. A Mandrágora / Belfagor, o Arquidiabo
Maquiavel

150. O Homem
Aluísio Azevedo

151. Arte Poética
Aristóteles

152. A Megera Domada
William Shakespeare

153. Alceste/Electra/Hipólito
Eurípedes

154. O Sermão da Montanha
Huberto Rohden

155. O Cabeleira
Franklin Távora

156. Rubáiyát
Omar Khayyám

157. Luzia-Homem
Domingos Olímpio

158. A Cidade e as Serras
Eça de Queirós

159. A Retirada da Laguna
Visconde de Taunay

160. A Viagem ao Centro da Terra
Júlio Verne

161. Caramuru
Frei Santa Rita Durão

162. Clara dos Anjos
Lima Barreto

163. Memorial de Aires
Machado de Assis

164. Bhagavad Gita
Krishna

165. O Profeta
Khalil Gibran

166. Aforismos
Hipócrates

167. Kama Sutra
Vatsyayana

168. Histórias de Mowgli
Rudyard Kipling

169. De Alma para Alma
Huberto Rohden

170. Orações
Cícero

171. Sabedoria das Parábolas
Huberto Rohden

172. Salomé
Oscar Wilde

173. Do Cidadão
Thomas Hobbes

174. Porque Sofremos
Huberto Rohden

175. Einstein: o Enigma do Universo
Huberto Rohden

176. A Mensagem Viva do Cristo
Huberto Rohden

177. Mahatma Gandhi
Huberto Rohden

178. A Cidade do Sol
Tommaso Campanella

179. Setas para o Infinito
Huberto Rohden

180. A Voz do Silêncio
Helena Blavatsky

181. Frei Luís de Sousa
Almeida Garrett

182. Fábulas
Esopo

183. Cântico de Natal/ Os Carrilhões
Charles Dickens

184. Contos
Eça de Queirós

185. O Pai Goriot
Honoré de Balzac

186. Noites Brancas e Outras Histórias
Dostoiévski

187. Minha Formação
Joaquim Nabuco

188. Pragmatismo
William James

189. Discursos Forenses
Enrico Ferri

190. Medeia
Eurípedes

191. Discursos de Acusação
Enrico Ferri

192. A Ideologia Alemã
Marx & Engels

193. Prometeu Acorrentado
Ésquilo

194. Iaiá Garcia
Machado de Assis

195. Discursos no Instituto dos Advogados Brasileiros / Discurso no Colégio Anchieta
Rui Barbosa

196. Édipo em Colono
Sófocles

197. A Arte de Curar pelo Espírito
Joel S. Goldsmith

198. Jesus, o Filho do Homem
Khalil Gibran

199. Discurso sobre a Origem e os Fundamentos da Desigualdade entre os Homens
Jean-Jacques Rousseau

200. Fábulas
La Fontaine

201. O Sonho de uma Noite de Verão
William Shakespeare

202. Maquiavel, o Poder
José Nivaldo Junior

203. Ressurreição
Machado de Assis

204. O Caminho da Felicidade
Huberto Rohden

205. A Velhice do Padre Eterno
Guerra Junqueiro

206. O Sertanejo
José de Alencar

207. Gitanjali
Rabindranath Tagore

208. Senso Comum
Thomas Paine

209. Canaã
Graça Aranha

210. O Caminho Infinito
Joel S. Goldsmith

211. Pensamentos
Epicuro

212. A Letra Escarlate
Nathaniel Hawthorne

213. Autobiografia
Benjamin Franklin

214. Memórias de Sherlock Holmes
Sir Arthur Conan Doyle

215. O Dever do Advogado / Posse de Direitos Pessoais
Rui Barbosa

216. O Tronco do Ipê
José de Alencar

217. O Amante de Lady Chatterley
D. H. Lawrence

218. Contos Amazônicos
Inglês de Souza

219. A Tempestade
William Shakespeare

220. Ondas
Euclides da Cunha

221. Educação do Homem Integral
Huberto Rohden

222. Novos Rumos para a Educação
Huberto Rohden

223. Mulherzinhas
Louise May Alcott

224. A Mão e a Luva
Machado de Assis

225. A Morte de Ivan Ilicht / Senhores e Servos
Leon Tolstói

226. Álcoois e Outros Poemas
Apollinaire

227. Pais e Filhos
Ivan Turguêniev

228. Alice no País das Maravilhas
Lewis Carroll

229. À Margem da História
Euclides da Cunha

230. Viagem ao Brasil
Hans Staden

231. O Quinto Evangelho
Tomé

232. Lorde Jim
Joseph Conrad

233. Cartas Chilenas
Tomás Antônio Gonzaga

234. Odes Modernas
Anntero de Quental

235. Do Cativeiro Babilônico da Igreja
Martinho Lutero

236. O Coração das Trevas
Joseph Conrad

237. Thais
Anatole France

238. Andrômaca / Fedra
Racine

239. As Catilinárias
Cícero

240. Recordações da Casa dos Mortos
Dostoiévski

241. O Mercador de Veneza
William Shakespeare

242. A Filha do Capitão / A Dama de Espadas
Aleksandr Púchkin

243. Orgulho e Preconceito
Jane Austen

244. A Volta do Parafuso
Henry James

245. O Gaúcho
José de Alencar

246. Tristão e Isolda
Lenda Medieval Celta de Amor

247. Poemas Completos de Alberto Caeiro
Fernando Pessoa

248. Maiakósvski
Vida e Poesia

249. Sonetos
William Shakespeare

250. Poesia de Ricardo Reis
Fernando Pessoa

251. Papéis Avulsos
Machado de Assis

252. Contos Fluminenses
Machado de Assis

253. O Bobo
Alexandre Herculano

254. A Oração da Coroa
Demóstenes

255. O Castelo
Franz Kafka

256. O Trovejar do Silêncio
Joel S. Goldsmith

257. Alice na Casa dos Espelhos
Lewis Carrol

258. Miséria da Filosofia
Karl Marx

259. Júlio César
William Shakespeare

260. Antônio e Cleópatra
William Shakespeare

261. Filosofia da Arte
Huberto Rohden

262. A Alma Encantadora das Ruas
João do Rio

263. A Normalista
Adolfo Caminha

264. Pollyanna
Eleanor H. Porter

265. As Pupilas do Senhor Reitor
Júlio Diniz

266. As Primaveras
Casimiro de Abreu

267. Fundamentos do Direito
Léon Duguit

268. Discursos de Metafísica
G. W. Leibniz

269. Sociologia e Filosofia
Émile Durkheim

270. Cancioneiro
Fernando Pessoa

271. A Dama das Camélias
Alexandre Dumas (filho)

272. O Divórcio / As Bases da Fé / e outros textos
Rui Barbosa

273. Pollyanna Moça
Eleanor H. Porter

274. O 18 Brumário de Luís Bonaparte
Karl Marx

275. Teatro de Machado de Assis
Antologia

276. Cartas Persas
Montesquieu

277. Em Comunhão com Deus
Huberto Rohden

278. Razão e Sensibilidade
Jane Austen

279. Crônicas Selecionadas
Machado de Assis

280. Histórias da Meia-Noite
Machado de Assis

281. Cyrano de Bergerac
Edmond Rostand

282. O Maravilhoso Mágico de Oz
L. Frank Baum

283. Trocando Olhares
Florbela Espanca

284. O Pensamento Filosófico da Antiguidade
Huberto Rohden

285. Filosofia Contemporânea
Huberto Rohden

286. O Espírito da Filosofia Oriental
Huberto Rohden

287. A Pele do Lobo / O Badejo / o Dote
Artur Azevedo

288. Os Bruzundangas
Lima Barreto

289. A Pata da Gazela
José de Alencar

290. O Vale do Terror
Sir Arthur Conan Doyle

291. O Signo dos Quatro
Sir Arthur Conan Doyle

292. As Máscaras do Destino
Florbela Espanca

293. A Confissão de Lúcio
Mário de Sá-Carneiro

294. Falenas
Machado de Assis

295. O Uraguai / A Declamação Trágica
Basílio da Gama

296. Crisálidas
Machado de Assis

297. Americanas
Machado de Assis

298. A Carteira de Meu Tio
Joaquim Manuel de Macedo

299. Catecismo da Filosofia
Huberto Rohden

300. Apologia de Sócrates
Platão (Edição bilingue)

301. Rumo à Consciência Cósmica
Huberto Rohden

302. Cosmoterapia
Huberto Rohden

303. Bodas de Sangue
Federico García Lorca

304. Discurso da Servidão Voluntária
Étienne de La Boétie

305. Categorias
Aristóteles

306. Manon Lescaut
Abade Prévost

307. Teogonia / Trabalho e Dias
Hesíodo

308. As Vítimas-Algozes
Joaquim Manuel de Macedo

309. Persuasão
Jane Austen

310. Agostinho - Huberto Rohden

311. Roteiro Cósmico
Huberto Rohden

312. A Queda dum Anjo
Camilo Castelo Branco

313. O Cristo Cósmico e os Essênios - Huberto Rohden

314. Metafísica do Cristianismo
Huberto Rohden

315. Rei Édipo - Sófocles

316. Livro dos provérbios
Salomão

317. Histórias de Horror
Howard Phillips Lovecraft

318. O Ladrão de Casaca
Maurice Leblanc

319. Til
José de Alencar

Série Ouro
(Livros com mais de 400 p.)

1. Leviatã
Thomas Hobbes

2. A Cidade Antiga
Fustel de Coulanges

3. Crítica da Razão Pura
Immanuel Kant

4. Confissões
Santo Agostinho

5. Os Sertões
Euclides da Cunha

6. Dicionário Filosófico
Voltaire

7. A Divina Comédia
Dante Alighieri

8. Ética Demonstrada à Maneira dos Geômetras
Baruch de Spinoza

9. Do Espírito das Leis
Montesquieu

10. O Primo Basílio
Eça de Queirós

11. O Crime do Padre Amaro
Eça de Queirós

12. Crime e Castigo
Dostoiévski

13. Fausto
Goethe

14. O Suicídio
Émile Durkheim

15. Odisseia
Homero

16. Paraíso Perdido
John Milton

17. Drácula
Bram Stoker

18. Ilíada
Homero

19. As Aventuras de Huckleberry Finn
Mark Twain

20. Paulo – O 13º Apóstolo
Ernest Renan

21. Eneida
Virgílio

22. Pensamentos
Blaise Pascal

23. A Origem das Espécies
Charles Darwin

24. Vida de Jesus
Ernest Renan

25. Moby Dick
Herman Melville

26. Os Irmãos Karamazovi
Dostoiévski

27. O Morro dos Ventos Uivantes
Emily Brontë

28. Vinte Mil Léguas Submarinas
Júlio Verne

29. Madame Bovary
Gustave Flaubert

30. O Vermelho e o Negro
Stendhal

31. Os Trabalhadores do Mar
Victor Hugo

32. A Vida dos Doze Césares
Suetônio

33. O Moço Loiro
Joaquim Manuel de Macedo

34. O Idiota
Dostoiévski

35. Paulo de Tarso
Huberto Rohden

36. O Peregrino
John Bunyan

37. As Profecias
Nostradamus

38. Novo Testamento
Huberto Rohden

39. O Corcunda de Notre Dame
Victor Hugo

40. Arte de Furtar
Anônimo do século XVII

41. Germinal
Émile Zola

42. Folhas de Relva
Walt Whitman

43. Ben-Hur — Uma História dos Tempos de Cristo
Lew Wallace

44. Os Maias
Eça de Queirós

45. O Livro da Mitologia
Thomas Bulfinch

46. Os Três Mosqueteiros
Alexandre Dumas

47. Poesia de Álvaro de Campos
Fernando Pessoa

48. Jesus Nazareno
Huberto Rohden

49. Grandes Esperanças
Charles Dickens

50. A Educação Sentimental
Gustave Flaubert

51. O Conde de Monte Cristo (Volume I)
Alexandre Dumas

52. O Conde de Monte Cristo (Volume II)
Alexandre Dumas

53. Os Miseráveis (Volume I)
Victor Hugo

54. Os Miseráveis (Volume II)
Victor Hugo

55. Dom Quixote de La Mancha (Volume I)
Miguel de Cervantes

56. Dom Quixote de La Mancha (Volume II)
Miguel de Cervantes

57. As Confissões
Jean-Jacques Rousseau

58. Contos Escolhidos
Artur Azevedo

59. As Aventuras de Robin Hood
Howard Pyle

60. Mansfield Park
Jane Austen